2015年度黑龙江省哲学社会科学
《美国意象派诗歌中国文化移入现象研究》

西方女性文学小说细读

徐畔 杨胜男 主编

黑龙江人民出版社

图书在版编目（CIP）数据

西方女性文学小说细读/徐畔,杨胜男主编.—哈尔滨：
黑龙江人民出版社,2015.12（2021.8重印）
ISBN 978－7－207－10611－7

Ⅰ.①西…　Ⅱ.①徐…　②杨…　Ⅲ.①妇女文学
—小说研究—西方国家　Ⅳ.①I106.4

中国版本图书馆 CIP 数据核字（2015）第 315934 号

责任编辑： 常　松
封面设计： 张　涛

西方女性文学小说细读

徐　畔　杨胜男　主编

出版发行　黑龙江人民出版社
通讯地址　哈尔滨市南岗区宣庆小区 1 号楼
邮　　编　150008
网　　址　www. longpress. com
电子邮箱　hljrmcbs@ yeah. net
印　　刷　三河市佳星印装有限公司
开　　本　787×1092　　1/16
印　　张　33.75
字　　数　580 千字
版　　次　2021年 8 月第 1 版第 2 次印刷
书　　号　ISBN 978－7－207－10611－7
定　　价　78.00 元

版权所有　侵权必究　　　　　举报电话：（0451）82308054
法律顾问：北京市大成律师事务所哈尔滨分所律师赵学利、赵景波

徐　畔，1975年生，哈尔滨师范大学西语学院教授，博士，博士后。英国索尔福德大学荣誉教授。

杨胜男，1985年生，黑龙江大学英语语言文学硕士。现为哈尔滨师范大学西语学院讲师，从事教学科研工作。2011年至今参与黑龙江省哲学社科基金项目1项，黑龙江省厅局级课题研究项目2项；参与编写教材2部，其中1部为普通高等教育"十一五"国家级规划教材；先后发表科研论文数篇。

前　　言

　　本书在选材上既体现时代变迁,尤其是与女性社会地位变化相随的女性文学发展过程,又突出女性文学博大精深的风采。除选择传统的经典一类,如珍妮·奥斯丁(Jane Austen)、勃朗特姐妹(The Bronte Sisters)、伍尔夫(Woolf)等的作品,还着重介绍那些曾被湮没的杰出作家及其作品,如:凯特·肖邦(Kate Chopin)、夏洛蒂·帕金斯·吉尔曼(Charlotte Perkins Gilman)、多萝茜·理查逊(Dorothy M. Richardson)、左拉·尼尔勒·赫斯顿(Zora Neale Hurston)等,对于20世纪的西方女作家则更注重展现她们的多元化特色。总而言之,西方女性文学的发展自涓涓细流始,至今日之汪洋大观,其变化无不折射出西方社会、政治、文化的沧海桑田。它证明了女性社会地位的改变可以使女性对人类社会做出难以估量的贡献,它也证明了从这个世界另一半人类的视角看过去,世界则是别一样的天地。

　　女性文学的简单定义就是女性写作的文学,因为有了几千年男女不平等的历史,于是就有了突出女性文学的必要,于是也就有了了解女性文学发展的必要。换句话说,了解西方女性文学的发展,有助于对形成西方女性不同存在方式和文化思想的社会历史过程的了解,有助于对西方女性不同时期生存状况及思想情感的了解,更有助于我们对西方女性文学作品的解读,这也许就是我们编写本书的初衷。

　　有人说21世纪是女性文学的世纪,可见当今世界女性文学发展出现的蓬勃生机和取得的辉煌成就。女性作家们活跃于文学舞台,从浅表的意义上来说给这个长久以来由男权话语统治的人类精神园地带来了更加丰富的果实、更加真切的情感;从深层的意义上来说促进了人类两性间的相互认识理解与和谐共存,从而提升了人类的生存意义和生命价值。尽管朝向理想的文明世界仍然十分遥远,但通过女性文学的发展我们可以欣慰地看到社会的进步。妇女的地位是人类社会文明进步的标志,女作家的地位也是人类社会文化发展水平的一个标志,西方女性文学的发展似乎向我们证明了这一点(王晓英,2003)。为此,我们编写了这部《西方女性文学小说细读》,希望通过对西方不同时期具有代表性的女作家和作品的介绍,为广大读者提供一个了解西方女性文学及其发展的窗口。

编者

2015 年 10 月

目　　录

导　　读

　　一个多世纪以来,西方批评界经历了多种转向,从传统批评的集中关注作者,到新批评等形式主义流派的集中关注文本,到读者反应批评的仅关注读者,或到文化政治批评的聚焦于社会历史语境。任何一种批评方法,作为受特定阐释框架左右的特定阅读方式,均有其盲点和排斥面,同时也有其长处或用处。各种批评方法应是各家争鸣、互为补充的,可是各种批评方法往往唯我独尊,相互排斥,你方唱罢我登台。然而,随着学术风头的转向,有的曾经被打入冷宫的批评方法,可能又会以某种形式回归前台。英美新批评在 20 世纪上半叶倡导的"细读"(close reading)方法,在 20 世纪 60 年代曾受到文体学、叙事学等新的形式主义流派的冲击。在西方 20 世纪 80 年代发生文化、政治批评的转向之后,"细读"方法更是被认为落伍过时,遭到冷遇。但进入 21 世纪以来,西方政治文化批评的激进氛围有所缓解,不少学者开始重新关注文学作品本身,"细读"方法也在西方以"新形式主义"(new formalisms)的面貌逐渐复兴。"新形式主义"之"新"在于摆脱了传统形式主义将文本与社会语境相隔离的局限性。但"新形式主义"的"细读"与传统上的"细读"一样,还存在另外一种局限性:聚焦于遣词造句,在很大程度上忽略了超越文字层面的结构技巧,因此对于叙事作品的分析而言有较大的局限性。

　　本书提倡和实践一种"整体细读"的方法。这种方法旨在打破阐释定见的束缚,以作品为本,仔细考察局部成分的内涵和全局,仔细考察作品各成分之间的相互关联,并将文内阅读与互文阅读相结合、作品分析与语境关注相结合。

　　文学史就是误读史,这是布鲁姆独到的见解与发现。由此,经典不仅是通过想象虚构而成,而且是一种焦虑结构,作家耀眼的光环背后隐藏了深深的焦虑。影响的焦虑是一种文学性的焦虑,表现在文本层面,就是一种语言的焦虑。由此,现代对古典的误读,后现代对现代的误读,便成了语言之间的争夺战。通过"整体细读"对经典的重构与解构,可以揭示出与表面文本大相径庭的作品的潜藏文本。

21 世纪是女性文学的世纪,尽管这个说法只能由未来几十年来证明,但它绝非空谈,至少反映了当今世界女性文学的蓬勃生机、辉煌成就和发展势态。女性作家们活跃于文学舞台,从浅表的意义上来说给这个长久以来由男权话语统治的人类精神园地带来更加丰富的果实、更加真切的情感,从深层的意义上来说,促进了人类两性间的相互认识理解与和谐共存,从而提升了人类的生存意义和生命价值。尽管朝向理想的文明世界仍然十分遥远,但通过女性文学的发展我们可以欣慰地看到社会的进步。妇女的地位是人类社会文明进步的标志,女作家的地位也是人类社会文化发展水平的一个标志,西方女性文学的发展似乎向我们证明了这一点。为此,我们选编了这部《西方女性文学小说细读》,希望通过对西方不同时期具有代表性的女作家和作品的介绍,为我们的读者提供一个了解西方女性文学及其发展的窗口。

西方女性文学的发展是随着西方社会的变化而变化的。但正如艾丽斯·沃克(Alice Walker)在其著名散文《寻找母亲的花园》①(*Our Mothers' Gardens*,1983)中所说:我们的母亲和祖母们不是圣人,而是艺术家,她们内心有永不停息的创造力。② 确实,不论何时,女性自始至终都拥有艺术的创造力。在西方,女作家的存在几乎与有文字记载的文学史同步。古希腊文学乃西方文学之滥觞,其间就有一位与荷马比肩而立的女性——被柏拉图称为"第十位文艺女神"的女诗人萨福(Sappho,约前7—前6世纪)。萨福一生写过九卷诗,但留存下来的只有两首完整的诗和一些残句,她用简洁自然的诗句写出了自己复杂的心理变化,反映了希腊奴隶主贵族的生活情趣,受到西方历代诗人的推崇。然而,嗣后两千年的西方文学史中,从雅典的悲剧之父埃斯库罗斯(Aeschylos,约前525—前456),至英国文艺复兴时期的文学顶峰莎士比亚(Shakespeare,1564—1616),到德国狂飙运动的倡导者歌德(Goethe,1749—1832),在我们随口报出的一连串娴熟于心的名字中间却不见一位女性。于是,20 世纪初,英国女作家维吉尼亚·伍尔夫(Virginia Woolf,1882—1941)在她著名的《自己的房间》(*A Room of One's Own*,1929)里不禁对女性作品付之阙如的"空空书架"感慨万千:19 世纪以前的西方女性要想写出一部天才作品几乎是难以成行的壮举,因为她连拥有一间属于自己的房屋和足够维持生计的钱这种最基本的愿望都不能得到满足。不是女性失却了她们的艺术天赋,而是两千年

---

① 美国女作家艾丽斯·沃克(Alice Walker)说过:"在寻找母亲花园的路上,我找到了自己的花园。"
② 艾丽斯·沃克:《寻找母亲的花园》,汪义群译,《外国文艺》1994 年第 6 期。

来,西方女性在男权肆虐的社会里被剥夺了受教育和就业的权利;政治经济地位低下,饱受性别歧视,艺术创造力受到严重压抑。在这样的处境中,她们有的"怀着压抑在内心的真正天赋离开人间",有的"被内心永不停息的创造活力逼得几近疯狂"①,虽然也有极少数女性通过写作使自己的才华得到流露,但其作品往往按照男权标准的衡量被斥于经典之外,最终被埋没在尘封的岁月里。

真正意义上的西方女性文学产生于 19 世纪,那是随着人权运动的出现而发展起来的。在法国大革命所倡导的自由、平等、博爱及天赋人权等思想的影响下,19世纪 30 年代起西方开始了一场为女性争取教育、政治、法律和经济等方面权益的女权运动。与此同时,女性的文学创作也进入了黄金时期,涌现了一批优秀的女性作家和作品。至 20 世纪 60 年代,女权运动再度掀起高潮。在对父权制思想文化本身提出质疑的同时,人们也将更多的目光投向女性作家和她们的作品,不仅重新界定父权制传统的文学经典,而且开始研究女性文学的意义。女性文学的理论研究也促进了女性文学的创作实践,如今,女性文学在西方的发展已呈波澜壮阔之景观,从历史到现状,从精神到身体,从风格到题材,多元并陈,色彩各异,全面地反映了西方女性的生存状况和精神风貌。

西方女性文学的源头可以追溯到中世纪及文艺复兴时期。但据史料记载,这一时期有名望的作家无一女性。桑德拉·吉尔伯特(Sadra Gilbert,1936—　)和苏珊·古芭(Susan Gubar,1944—　)在编撰《诺顿女性文学选集》(*Norton Anthology of Literature by Women*)时,穷尽故纸堆才发现,英国中世纪留下笔墨的仅有三位女性:离群索居的女修道士朱丽安(Julian of Norwich,1342—1416),献身基督教的玛格丽·坎朴(Margery Kempe,1373—1438),以及生平事迹不详的朱丽安娜·伯纳斯(Juliana Berners,1388—?)。文艺复兴时代除了英国女王伊丽莎白一世,有作品见之于史的还有玛丽·西德尼·赫伯特(Mary Sidney Herbert,1561—1621),著名诗人菲利普·西德尼·赫伯特(Philip Sidney Herbert,1554—1586)的妹妹,英国第一位出版诗集的女作家伊莎白拉·惠特尼(Isabella Whitney,1548—1573),第一位从女性角度改写《圣经》中人类堕落的故事的艾米丽亚·兰叶(Aemilia Lanyer,1569—1645),以及伊丽莎白时代最多产的女作家伊丽莎白·卡丽(Elizabeth Cary,1585—1639),她 17 岁就写作了诗剧《玛瑞姆的悲剧》(*The Tragedy of Mariam*,1603),这是西方历史上第一部由女性创作的全本剧本,描写了女性面对婚姻和男

---

① 艾丽斯·沃克:《寻找母亲的花园》,汪义群译,《外国文艺》1994 年第 6 期。

权的矛盾心理。这些女性都与王室宫廷和教会有密切的关系,而那里是当时女性唯一能够接受教育的地方。

尽管中世纪及文艺复兴时期的妇女在父权制思想的影响下自视身份低微,但翻看这一时期硕果仅存的女作家的作品,我们依然能感受到女性对平等权利的渴望。最典型的例子莫过于被称为欧洲最早的女权主义者、法国15世纪的女作家克里丝蒂·德·皮桑(Christine de Pisan)所著的《女士城》(*The Book of the City of Ladies*,1405),该书前所未有地描绘了一个乌托邦式的女儿国,在那里,不同年龄不同国籍的杰出妇女们聚集一堂,尽显女性才华与成就,从而证明了女性的价值。同样,女权的观点也以不同方式出现在其他女作家的作品中,如朱丽安将基督定义为母亲,赫伯特将伊丽莎白女王比作上帝,这些在父权制权威看来无疑都属离经叛道之举。

西方女性文学起步于17—18世纪,这时期的西方社会发生了重大变革。伍尔夫在《自己的房间》中写道:"18世纪末的时候就产生了一个变化……这个变化比十字军东征或者玫瑰战争更为重要。这变化就是,中产阶级妇女开始写作了。"①尽管,在当时,女性写作大多成为主流文学嘲笑和批评的对象,但写作的职业毕竟向屈指可数的中产阶级女性开放,成为女人可以为自己挣得一点经济收入的途径。这时期,在英国出现了第一位职业女作家阿芙拉·贝恩(Aphra Behn,1640—1689),还出现了女性主义思想的最初硕果:玛丽·沃尔斯顿·克拉夫特(Mary Wollstonecraft,1759—1797)的《为女权辩护》(*Vindication of the Rights of Women*,1792)。

在写作体裁上,17—18世纪流行的经典诗歌模式远远不能满足女作家对妇女生活的描写需求,但小说的形式却很好地适应了这个题材。其实,从那时起,女性与小说之间就有了特殊的密切关系。在解释为什么19世纪早期所能阅读到的妇女作品除了极少例外全都是小说时,伍尔夫指出由于"妇女所获得的全部文学训练,均在于对性格的观察和对情感的分析。几个世纪以来,她的情感一直受到公用起居室的种种影响和教化。人们的感情给她以深刻的印象,个人的关系始终展现在她的眼前。因而,当中产阶级妇女开始写作时,她自然就写小说"。再者,"当妇女成为作家时,所有的旧的文学形式已根深蒂固,固定难变。只有小说尚年轻,运

---

① 刘炳善编:《伍尔夫散文》,中国广播电视出版社2000年版,第524页。

用起来还柔软可塑"①。可以说,女性文学最初的也是最大的贡献是在小说方面。在此仅举几例:法国作家拉法耶特夫人(Marie Madeleine de La Fayette,1634—1693)的《克莱芙王妃》(*Princesse de Cleves*,1678)不仅宣告了"法国式"小说的诞生,书中对人物精微细腻的心理分析还使之成为欧洲第一部完整的心理小说。英国作家阿芙拉·贝恩②的《奥鲁诺可》(*Oroonoko*,1688)被称为英国的第一部小说,同时也是欧洲第一部批评奴隶制的作品。德拉瑞维尔·曼蕾(Delarivier Manley,1663—1724)的《瑞维拉历险记》(*The Adventure of Rivella*,1714)开创了女性自传体小说的先河。被亨利·菲尔丁称作"小说夫人"的伊莱莎·海伍德(Eliza Haywood,1669—1756)是60余种出版物的作者,堪称18世纪最多产的女作家,她的代表作《多余的爱情》(*Love in Excess*,1719—1720)是英国当时除《鲁滨孙漂流记》(*Robinson Crusoe*,1719)之外最畅销的小说,可谓女性写作畅销书最早的典范。范妮·伯尼(Fanny Burney,1752—1840,也称达布莱夫人)的《伊夫莱娜》(*Evelina*,1778)极尽人物形象塑造之能事,成功地描写了一位纯真善良少女的成长故事。安·拉德克利弗(Ann Radclifte,1764—1823)的《乌道尔福的奥秘》(*The Mysteries of Udolpho*,1794)则是哥特小说的经典之作,由于这部小说的成功,哥特小说不仅作为一种小说体裁在英国确定了自己的地位,而且还深刻影响到其他一些国家,特别是德国和美国的文学创作。如今,拉德克利弗和她的作品已经成为哥特小说的代名词。

可见,19世纪之前的西方女性文学虽未呈洋洋大观的局面,但女性作家对文学的贡献已经成为西方文学史中不可或缺的一部分。因此,在本书中,我们特别选择了拉法耶特夫人、范妮·伯尼、安·拉德克利弗三位作家作为西方女性文学早期的代表。

19世纪是真正意义上西方女性文学产生的时期。从某种意义上说,这是一个女性想象力得以驰骋的黄金时代。③需要指出的是,这也是西方历史上一个重要的文化转型时期,在这个世纪里不仅妇女生活状况有了前所未有的变化,女性文学传统也得到前所未有的加强。妇女相继取得了选举权、财产权、离婚后孩子的监护

---

① 刘炳善编:《伍尔夫散文》,中国广播电视出版社2000年版,第537页。

② 谈到英国的职业女性作家,每每要追溯到17世纪末的奇女子贝恩(1640—1689)。维吉尼亚·伍尔夫在《自己的房间》(1929)中曾说过:"所有的女人都应在阿芙拉·贝恩墓上撒下鲜花,因为是贝恩为她们争得了说出自己的想法的权利。"

③ Sandra M. Gilbert & Susan Gubar:The Norton Anthology of Literature by Women,W. W. Norton & Company,New York,1996,p.303.

权,她们可以受高等教育,从事医生、护士、律师和记者的职业,组织贸易会、创办企业、写作畅销书。妇女取得的成就显耀在世人面前,以至于到 19 世纪末,所谓的"妇女问题"成了思想家们讨论的主要议题。正如女性主义历史学家瑞·斯特瑞奇所言:"妇女运动的真实历史就是整个 19 世纪的历史;那些年里发生的事情无不与这个进行着的伟大的社会变革有关,其产生原因也无不与它的影响有关。"①就女性文学而言,作家人数剧增,涌现了一批才华出众、卓尔不群的女作家和许多我们耳熟能详的经典作品。被伍尔夫称为英国最伟大的四位女作家珍妮·奥斯丁(Jane Austen,1775—1817)、夏洛蒂·勃朗特(Charlotte Brontë, 1816—1855)、艾米丽·勃朗特(Emily Brentë, 1818—1848)和乔治·爱略特(George Eliot, 1819—1880),以及著名女诗人艾米莉·狄金森(Emily Dickson, 1830—1886)、伊丽莎白·芭蕾特·勃朗宁(Elizabeth Barrett Browning, 1806—1861)和克里斯蒂娜·罗塞蒂(Christina Rossetti,1830—1894)等都生活在 19 世纪。

然而,在意识形态领域起主导影响的依然是父权制的女性观,妇女仍处于附属男性的地位,所谓理想的女性是纯洁无私、顺从男人、固守家庭的"家中天使",而拒绝依附男人或因环境所迫而偏离所谓妇道的则被视为魔鬼。在这种女性观的制约下,女作家作品中也难以避免地出现对所谓女性美德的宣扬和非"天使"即"魔鬼"的陈规化女性形象。如美国作家路易莎·梅·艾可特(Louisa May Alcott)的小说《小妇人》(Little Women,1868—1869)就是一部教导年轻女孩子如何当好贤妻良母的经典;夏洛蒂·勃朗特的《简·爱》(Jane Eyre,1847)中疯女人伯莎·梅森与端庄的简·爱的对比;伊丽莎白·芭蕾特·勃朗宁的"诗小说"《奥罗拉·丽》(Aurora Leigh,1856)中邪恶的瓦尔德玛夫人与女主人公奥罗拉的对比;等等。另一方面,女作家们由于困惑于理想与现实之间的巨大差异,表现出了一个桑德拉·吉尔伯特和苏珊·古芭在《阁楼上的疯女人》(The Madwoman In The Attic,1979)中总结的西方女性文学独特的传统特征——对疯狂的表现。许多女性作家不仅以疯狂为主题,而且是在自身接近疯狂状态下写出大量描写女性痛苦体验的作品。

19 世纪的西方女性文学较 17、18 世纪显示了更加多样的艺术风格,浪漫主义即是一例。西方 19 世纪初盛行的浪漫主义显然影响了当时的女性作家,描写理想、抒发个人情感、对大自然的歌颂也出现在她们的创作中。英国的多萝茜·华兹

---

① Sandra M. Gilbert & Susan Gubar:The Norton Anthology of Literature by Women,W. W. Norton & Company,New York,1996,p. 283.

华斯（Dorothy Wordsworth,1771—1855）和玛丽·雪莱（Mary Shelley）即是这样的代表。前者在日记中对大自然细致入微的观察和描写与其兄长威廉·华兹华斯（William Wordsworth,1770—1850）的《抒情歌谣集》（Lyrical Ballads,1798）如出一辙，而后者的《弗兰肯斯坦》①（Frankenstein,1818）则如同其丈夫雪莱（Shelley）的《解放了的普罗米修斯》（Prometheus Unbound,1820）一样关注着自由和权威、意志与想象之间的冲突。即使是认为"理智"重于"情感"的小说家珍妮·奥斯丁，也不得不面对由浪漫主义引发的婚姻中的问题。而在夏洛蒂·勃朗特和艾米丽·勃朗特等作家那里，我们可以清楚地发现拜伦、雪莱式的英雄浪漫主义痕迹。简·爱对精神自由和地位平等的追求既是拜伦式的对个人权利的争取，又是雪莱式的对社会改革的呼吁；在罗切斯特身上，我们看到了一个拜伦式的英雄，而充满反抗精神的简·爱和凯瑟林当然也可以谓之为拜伦式的女英雄。在法国浪漫主义文学发展过程中，女性更是起着很重要的作用。斯塔尔夫人（Madame de Staël,1766—1817）的《论文学》②（On Literature,1800）奠定了法国浪漫主义文学的理论基础，乔治·桑（George Sand,1804—1876）的小说则发展了法国的积极浪漫主义。

　　19 世纪的女作家在揭示与批判社会现实方面并不逊色于男性作家，同时，她们又以女性特有的敏锐目光和审美意识来观察社会现实。珍妮·奥斯丁的小说以幽微细致、幽默讽刺的笔法描摹了那个时代中产阶级的生活，从日常平凡的事件中揭示出普遍而深刻的道德含义。夏洛蒂·勃朗特在《简·爱》中对 19 世纪英国宗教的虚伪和人性的冷酷进行了深刻的揭露。伊丽莎白·盖斯凯尔（Elizabeth Cleghorn Gaskell,1810—1865）在《玛丽·巴登》（Mary Barton,1848）等作品中批判了工业制度的残酷无情。乔治·桑的《康苏爱萝》（Consuelo,1842）通过讲述女主人公康苏爱萝的经历，描绘了一幅从威尼斯到维也纳，从上流宫廷社会到下层农村的欧洲广阔的社会风俗画面，对 18 世纪欧洲封建制度进行了广泛而深入的揭露。波兰女作家艾丽查·巴甫洛卡斯卡·奥若什科娃（Eliza Orzeszkowa,1842—1910）的长

---

　　① 《科学怪人》（The Modern Prometheus），又译作《弗兰肯斯坦》（Frankenstein），是西方文学中的第一部科学幻想小说，诞生于日内瓦湖畔，出自玛丽·雪莱之手。最初出版于 1818 年，较为普及的版本是 1831 年印行的第三版，属于受到浪漫主义影响的哥特小说。后世有部分学者认为这部小说可视为恐怖小说或科幻小说的始祖。弗兰肯斯坦是故事中的疯狂医生，因为以科学的方式使死尸复活，所以中文版译作《科学怪人》。而那个人造人称为"弗兰肯斯坦的怪物"。

　　② 斯塔尔夫人的著作有《论文学与社会制度的关系》（简称《论文学》,1800）和《论德意志》（1810）以及小说《黛尔菲娜》（1802）和《柯丽娜》（1807）。在《论文学与社会制度的关系》中，作者根据狄德罗关于文学与社会风尚互相联系的论点，评论从古希腊直到 18 世纪的西欧文学，并论述了欧洲北方与南方的文学，以及古典主义与浪漫主义文学，表示对于浪漫主义的偏爱。

篇小说《涅曼河上》(*Nad Niemnem*,1887)被誉为"波兰现实主义小说的杰作",作家以深刻的洞察力和高度的艺术概括力描绘了一幅19世纪波兰农村生活生动而真实的画卷。美国女作家斯陀夫人(Harriet Elizabeth Beecher Stowe,1811—1896)的《汤姆叔叔的小屋》(*Uncle Tom's Cabin*,1852)是美国现实主义小说的先驱,它广泛而深刻地反映了南部奴隶社会的黑暗与落后,揭露和谴责了蓄奴制的野蛮与反动,为唤醒民众反对蓄奴制以及推动废奴运动和南北战争起了非常重要的作用。在批判社会现实问题的同时,女作家们更加关注社会现实中女性所受到的不平等待遇。她们一方面强烈控诉19世纪妇女所受的社会压力和痛苦遭遇,另一方面开始试探并大胆地描写女性意识的觉醒,表现女性的深层心理感受。如果说《简·爱》等作品表达了19世纪西方女性独立的期望与女性性别角色的矛盾,体现的只是一般意义上的女性意识,那么像美国女作家凯特·肖邦(Kate Chopin,1851—1904)描写女主人公追求婚外恋情的《觉醒》(*The Awakening*,1899),夏洛蒂·帕金斯·吉尔曼(Charlotte Perkins Gilman,1860—1935)揭示夫妻关系、性别政治的《黄色壁纸》(*The Yellow Paper*,1892)等作品则从更深层的意义上体现了与父权制时代精神格格不入的新女性意识。当然,女性意识作为男权意志的对立面得到广泛而深入的表现则是进入20世纪之后才真正开始的。

20世纪的西方,女性的权益空前增强,各国妇女不仅于该世纪上半叶全面获得选举权,而且几乎进入了所有的就业领域。在思想层面上,女权运动虽然在两次世界大战期间平静下来,但到了60年代,在学生运动和民权运动的激发下,女权运动再度兴起,这次运动不单强调女权的争取,更重视男女两性的角色分析,并开始对父权制思想文化本身提出质疑,出现了许多女性主义的理论著作,其中最有影响的是法国思想家兼文学家西蒙·波娃(Simone de Beauvoir,1908—1986)的《第二性》(*The Second Sex*,1949)和美国女作家贝蒂·弗里丹(Betty Friedan,1921—2006)的《女性的奥秘》(*The Feminine Mystique*,1963)。70年代,随着凯特·米利特(Kate Millet,1934—　)的《性政治》(*Sexual Politics*,1969)的发表,女性主义文学批评也以一种崭新的批评方式正式出现。与此同时,西方女性文学进入了一个新的发展时期,女作家及作品如雨后春笋般出现,她们迫切要求以自身特有的生活经历和强烈的自我意识表达心声,以独特的视野和手法全面阐释妇女从觉醒到抗争到获得解放的历程。毫无疑问,这100年期间的女作家较之以前的女作家数量更多,成果更丰富,并且在继续发扬光大西方女性文学的优秀传统之余,更加凸显现代女性文学的特征——即由女性作为书写主体,以女性感受、女性视角为基点而挖掘的女性经验。简而言之,20世纪的西方女性文学外呈枝繁叶茂之丰硕,内具扭转乾坤之精神。

20世纪西方女性作家在文学艺术,尤其是小说艺术手法的创新上可谓功莫大焉。我们知道西方现代主义文学发轫于20世纪初的意识流心理小说,英语文学中的意识流小说始自英国的一位女作家——多萝茜·理查逊(Dorothy M. Richardson,1873—1957),她在以《人生历程》(Pilgrimage,1938,1967,1979)为名的一系列心理小说中,通过别具一格的手法揭示了女主角米丽安在漫长岁月里流动不已、变幻莫测的意识,对传统的现实主义小说从内容到技巧上进行了一次彻底的革命。维吉尼亚·伍尔夫更是现代主义文学的主要倡导者,她不仅是意识流小说的主要代表,也是杰出的文学理论家、批评家和随笔作家;同时,又是女性主义文学理论的先驱。从《雅各的房间》(Jacob's Room,1922)到《达洛威夫人》(Mrs Dalloway,1925)、《到灯塔去》(To the Lighthouse,1927)以及《海浪》(The Waves,1931),伍尔夫将意识流小说的形式与技巧发挥到了完美的境地,对整个西方现代主义文学起到了推动作用。将现代心理学理论运用到小说创作中的女作家还有英国的梅·辛克莱尔(May Sinclair,1865—1946),她的小说特别关注潜意识中的欲望和这些欲望受到压抑后的结果,同时也特别关注鄙视肉体需求而片面提升精神理想的危害。在其代表作《三姐妹》(The Three Sisters,1914)中,她使用了弗洛伊德的心理分析方法来探究人物复杂而微妙的内心世界,这在当时极大地拓展了女性作家的创作范围。

被西方评论界称作"作家的作家"的美国女作家格特鲁德·斯坦因以极强的"先锋意识"和超前意识著称,她的创作表现出一反传统、奇异独特的文学风格,如把现代派绘画技巧应用到她的文学创作之中。小说《三个女人》就是斯坦因受到塞尚的一幅女子肖像画的启迪而写出的;她的另一部小说《软纽扣》(Tender Buttons,1912)则具有明显的立体主义色彩,被称为文学中的立体主义,斯坦因本人也因此被称作"达达之母"①。法国女小说家娜塔丽·萨洛特(Nathalie Sarraute,1900—1999)是"新小说"的先驱人物,也是"新小说派"的主要理论家,被称为"新小说之母"。值得一提的还有新西兰女作家凯瑟琳·曼斯菲尔德(Katherine Manthfield,1888—1923)在短篇小说上的技巧创新,英国作家安吉拉·卡特的魔幻现实

---

① 达达主义(Dadaism)是1916年在瑞士苏黎世(Zurich),由一群不同国籍的艺术家所创立的文学和视觉艺术的运动,作品新奇、大胆且富于叛逆性,呈现出反战、反讽、反传统的艺术态度。

主义,德国女作家克丽斯塔·沃尔夫(Christa Wolf,1929—2011)在《卡珊德拉》(*Cassandra*,1984)中对神话的历史化重构,等等。完全可以这样说,女性作家开拓了20世纪文学创作的新天地。

从审美特征上来看,20世纪的女性创作与20世纪的社会政治问题紧密结合,在表现寻求个人归属、女性自我意识以及个人与国家历史的关系时取得了更加广阔的视野,同时更细致地表现女性从恋爱婚姻到生儿育女的生活道路,以及新一代女性在现代社会里寻求自己地位的过程中的矛盾心理。如果说19世纪的西方女性文学最主要的审美特征在于追求女性独立,追求与男性平等的社会地位,那么,20世纪西方女性文学所表现出的最重要的审美特征则是独立以后的女性所面对的种种问题。

女性意识与男权文化的冲突是20世纪西方女性文学的重要题材,许多女作家都描写了追求自立的女性与男权文化的冲突以及女性的失败。如英国的多丽斯·莱辛(Doris Lessing,1919—2013)在其代表作《金色笔记》(*The Golden Notebook*,1962)中就披露了自由女性的不幸,主人公安娜自诩为"自由女性",但是她深切地意识到摆脱男性的约束是一项艰难的任务。另一位英国女作家费·韦尔登(Fay Weldon,1931—　)以《女魔的生活与爱情》(*The Life and Loves of a She-Devil*,1983)为代表的系列作品也通过对现代女性复杂的生活经历的描写,揭露了父权制传统文化对女性依然施加着的压迫。20世纪女性文学在描写女性经验的题材方面可以说进入了一个全方位的地步。美国女作家西尔维娅·普拉斯是第一位把生育的经验写进作品中的作家。加拿大的卡罗尔·希尔兹(Carol Shields,1935—　)则透过生活的表面揭示女性生存的本质和意义以及女性之间的友谊。英国作家艾瑞卡·琼(Erica Jone,1942—　)致力于当代女性心灵的探析,直面女性对性爱的本能需求,主张女性勇敢追寻并建设独立自我,同时展示两性间的矛盾与冲突。艾丽斯·沃克的著名小说《紫色》(*The Color Purple*,1982)在刻画女人的发展成长、女性之间互助的同时也探讨了男人发展、变化的可行性。

20世纪西方女性文学另一个显著的审美特征是性别意识与文化意识的交融。20世纪尤其在后期是多元文化既交汇又冲突的时代。女性作家由于对文化有着特殊的敏感,往往更能深切地感受它的影响,因而能更加细致、更加深刻地以自身的文化经历和种族身份来表达不同的女性经验。对具有双重甚至多重文化背景的作家来说,对与本民族传统文化不同的文化体验似乎成了激发她们想象力的因素,她们的创作过程常常也成为寻找身份和发现自我的历程。她们共同的创作主题常常围绕种族、性别所属的边缘文化、边缘身份的失落感以及性别、代沟、文化间的冲突展开。加拿大女作家玛格丽特·阿特伍德(Margaret Atwood,1939—　)的关注点是妇女问题,但同时也关注加拿大文化的独立。她在以《生存》(Survival:A Thematic Guide to Canadian Literature,1972)为题的文学论著中,主张加拿大摆脱英美文化的影响,发展自己的文学,从而振兴加拿大独立的民族精神。美国黑人女作家托尼·莫里森(Toni Morrison,1931—　)致力于为黑人创作,探索生活在美国社会的黑人的喜怒哀乐,寻求美国黑人的文化之根,尤其要向美国社会传达黑人妇女的声音。其小说中的主人公大多挣扎在黑人的信仰和白人的价值标准、传统美国黑人文化与现代文明的矛盾与冲突中,并努力寻求自己的身份和位置。美国华裔女作家也是展现多元文化特征的重要代表,汤亭亭(Maxine Hong Kingston,1940—　)的《女勇士:少女时代与恶魔的回忆录》(The Woman Warrior:Memoirs of a Girlhood Among Ghosts,1976)、谭恩美(Amy Tan,1952—　)的《喜福会》(The Joy Luck Club,1988)等作品之所以获得成功,在很大程度上归功于作者及其作品中所展现的多元文化特质。可以说中国传统文化为她们提供了可以言说的素材以及富含隐喻的功能,使她们能够在两个世界、两种文化、两个声音、两种语言之间,以独特的生命体验和视角,审视生命、关注存在。同时,她们又作为弱势种族和边缘文化的代表要向强势种族和主流文化喊出自己的声音。

　　时至 20 世纪末,女性生态文学成了西方女性文学中重要的一支。女作家对人与自然关系的特别关注也许是性别使然,须知女性和自然是有着天然联盟的,因为以男权为中心的世界奉行的是人类中心主义,在这个世界里妇女和自然同受其害。所以我们常常可以看到女作家们以富于感情的笔触展现自身作为自然呵护者的形象。开创女性生态文学之先河者是美国女作家蕾切尔·卡逊(Rachel Carson,1907—1964),她的代表作《寂静的春天》(Silent Spring,1962)描述了农药灭杀各种生灵,把一个有声有色的春天变成了荒凉死寂的人间地狱的故事。加拿大作家玛格丽特·阿特伍德也被认为是生态文学的代表人物之一,其小说《浮现》(Surfacing,1972)让读者对人类杀戮动物的丑恶行径不寒而栗。目前在西方,女性生态文学似乎正吸引着越来越多的作家和评论家的注意。

1. 拉法耶特夫人［法］

《克莱芙王妃》

作者简介

拉法耶特夫人（Marie Madeleine de La Fayette，1634—1693），法国小说家，原名玛丽·马德莱娜·皮奥什·德·拉韦尔涅，出生于巴黎的小贵族家庭，早年受过良好的古典拉丁文学教育。

1655 年，21 岁的她嫁给了拉法耶特伯爵，但几年后，便与丈夫友好分手。从 1661 年起，拉法耶特夫人独自住在巴黎，过着一种上流社会的生活，经常参加郎布依耶公馆著名的文艺沙龙聚会。不久，她有了自己的沙龙，每星期六与朋友相聚。她有许多朋友，包括爽直聪明的著名书简家、英国查理二世的姐姐塞维涅夫人、箴言作家、清洁文字运动的主要成员拉罗什富科，英国皇宫早逝的亨利耶特也是她的亲密朋友。

拉法耶特夫人以才思敏捷为时人所重，当时的国王路易十四世也对她青睐有加，因此，她经常出入宫廷，与宫廷贵妇以及当世名士结交。但她有清醒的头脑和早年比较厚实的文学修养，抵住了风靡当世的"风雅派"矫揉造作之风。

拉法耶特夫人

拉法耶特夫人对她青年时代阅读的小说称赞不已，认为自己从中受益匪浅。她高度赞扬杜尔菲的《阿斯特雷》。一段时间里，她和拉罗什富科每天下午都读这本书，但是，她的作品中却没有杜尔菲的故弄玄虚和矫揉造作。

1680 年,她的好友拉罗什富科去世,3 年后,她的前夫也去世,精神上的巨大打击使拉法耶特夫人放弃了上流社会的生活,重新回归到平静的生活之中。一直到 1693 年去世,她都过着一种虔诚的、沉思的生活。

拉法耶特夫人主要的写作活动是在上流社会生活时期,作品有:《英国亨利耶特的故事》(1720)、《1688—1689 年法国宫廷回忆录》(*Histoire d'Henriette d'Angleterre*,1731)、《蒙邦西耶王妃》(*La Princesse de Montpensier*,1662)、《克莱芙王妃》(*La Princesse de Clèves*,1678)和《汤德伯爵夫人》(*La Comtesse de Tende*,1718)。

拉法耶特夫人生活的时代,妇女没有文学作品的创作权,因而她的主要著作都不是用真名发表的。但这些著作质量较高,特别是她的代表作《克莱芙王妃》,被认为是法国第一部心理小说,她对人物心理的揣摩与分析细腻入微,可与拉辛的悲剧相比。

代表作品

《克莱芙王妃》的故事情节很简单,小说以亨利二世(Henry II Curmantle, 1547—1549)时的宫廷为背景,影射了 17 世纪后期的皇室生活。

宫廷生活的中心内容是野心勃勃的争权夺利和男女风流韵事,仅仅因为人们"不断寻欢作乐、钩心斗角",才没有感到百无聊赖、无所事事。贵妇人们相互嫉妒,拉帮结派。这里,"有一种激动不安的情绪,但秩序井然。对一个姑娘来说,这既令人欢悦,但更潜伏着危险"。

年轻的夏德小姐进入了这样的环境,她出身名门富家,自小受母亲的精心培养调教,成为一个聪颖贤惠的端庄淑女。守寡的母亲贪图私利,强迫她同克莱芙亲王结婚。克莱芙亲王年轻英俊,温文尔雅,既有学识又有胆识,深受国王的器重。他对妻子又忠实又体贴,年轻的妻子尊重自己的丈夫,但并不爱他。她让他享有夫权,但不能完全委身于他。于是,他产生了对性爱的渴望,弄得心烦意乱,几乎到了病态的地步。贤德纯洁、无依无靠的王妃无力应付这种危险的场面,母亲曾经教育过她,只不过不管这种教育出自多么善良

的动机,它毕竟还是肤浅虚伪的老调重弹。

此时,风流潇洒的德·内穆尔公爵回朝复命,同克莱芙王妃邂逅,便一见倾心。克莱芙王妃一心爱自己的丈夫,但只是一种敬爱,而她发现自己对德·内穆尔公爵却产生了她丈夫所求而未得的那种感情,便禁不住也吐露自己的爱慕之情。但她仍然忠于自己的丈夫。故事的高潮是:王妃告诉丈夫,她爱上了一个人(她没讲出他的名字),默默地乞求丈夫的帮助。为了恢复往昔的平静心情,她需要离开宫廷。但是,她的真诚坦白带来了灾难,不久,丈夫对妻子的贞操满腹疑虑,加上嫉妒,便郁郁死去。

内穆尔再次向她求婚,尽管他是宫廷人物,还是被那异乎寻常的相思所折磨,他甚至在爱情的折磨中变得更有教养。但是,王妃拒绝了他。最初,她无法接受内穆尔取代亡夫。之后,她变得非常忧郁、心灰意懒,终于被击溃。她告诉内穆尔,她得"严守妇道,保持贞操"。于是,她退隐修道院,几年后,在那里悄然死去。完全没有信奉基督教的暗示:修道院只是一个心灵遭到毁灭的女人的避难所。

这部小说堪称风雅小说之代表作。书中三位主人公都是年轻貌美、品格高尚的理想人物。有些故事情节如骑士比武、误投信函、产生误会、吐露真情等,显然都是从传统文学作品中移植过来的。但这部小说也使用了新颖的手法,它采用缄默不语来表达感情交流,给读者留下回味思考的余地。作者还经常使用反义词和间接引语等修辞手法,这在当时也是首创。

《克莱芙王妃》一书以敏锐而形象的方式批判社会。作者不是从当时的小说和高乃依以及拉辛的戏剧中去寻找素材,而是借鉴他们,自成一格,破天荒地使法国小说具有了现实生活的气息。人们一直认为它是一本关于激情的书,但更确切地说,它写的是男女间的柔情蜜意(作者把它视为过分的、破裂的、致命的、毁灭性的情感)和个人欲望与礼仪的冲突。它第一次在小说中表现了女性的聪明才智。而在高乃依和拉辛的作品中,人类的共同困境和人为安排的历史环境融汇在一起,产生一个超越时间概念的客观现实。

文学影响

《克莱芙王妃》标志着法国小说和欧洲小说的一个新突破。小说言简意赅,明白晓畅,结构匀称。为了暴露宫廷的腐败,小说中有离题的闲笔。书中穿插了一些故事,比如第二部中关于安·博莱昂的故事,作者穿插这些故事,意在说明宫廷中轻佻成风。尽管如此，它仍然是第一部完整的心理小说。它将一位妇女置于真实的、不加修饰的环境中，从心理上细腻地加以描写。不管拉罗什富科对拉法耶特夫人产生过什么影响，小说的主要成就还是拉法耶特夫人自己取得的。正如她所说，如果说拉罗什富科给了她灵感，那么她就"改造了他的心"。

作为17世纪的法国作家，拉法耶特夫人以众多的缘由展现了她所处的时代，包括她关于爱情的观点、关于女人的看法和对历史环境的运用。其中历史背景的运用，对理解拉法耶特夫人的作品以及把她的作品与更现代的历史虚构小说相比较是很重要的。

在她的作品中，使用历史事件最显著的一面就是作品中人物的构建。她根据创作的需要把真实的历史人物加以转化。对于现代读者而言，具备历史的知识以及对作家自身的了解也是必须的。

拉法耶特夫人的作品深深地烙上了历史的印迹，尤其是她的代表作品《克莱芙王妃》。拉法耶特夫人在写给莱斯施雷纳骑士的信中，曾提到《克莱芙王妃》是对宫廷世界及其生活方式的出色模仿。但这部作品更像是回忆录。在描述亨利二世宫廷的时候，女作家参照了路易十五的宫廷。在她看来，不管是什么样的时代、什么样的宫廷、什么样的社会，其本质都是一样的：真正的君主制是宫廷君主制，而这是她所关注的。

拉法耶特夫人以理性主义和道德规范为行为准则。因此，她塑造的克莱芙王妃，是美德和贞洁的化身；是守身如玉、恪守道德规范的理想人物。克莱芙王妃初以"节"对抗爱情，继则更为珍惜和保全崇高的爱情，而拒绝当前的满足与逸乐，形成激烈的内心斗争。作者暗示"德行"应以巨大的牺牲为代价。年轻貌美的女主角于丈夫死后退隐修道院，最后悄然死去，而终于保全了"名节"。

从写作的年代上看，《克莱芙王妃》理所当然是第一部法国古典小说，但它同时也是第一部法国现代小说。因为作品的虚构性本身被它的作者否定了，理由是除了编造的一些谎言和艺术的加工与美化之外，这部小说写得过于精确。倒不是拉法耶特夫人不想把一种尽善尽美的形式赋予她的作品，而是她认为小说的美必须从属于真实。从《克莱芙王妃》问世起，文学就变成了一种精确艺术。

文学史家们认为，17世纪拉法耶特夫人的《克莱芙王妃》宣告了"法国式"小说的诞生，它以精微细腻的心理分析取胜，这在长时间内影响了后世作家，使法国文学一直注重描写"精神真实"，而这实质上就是法国感伤主义、现实主义文学的先声。

2. 范妮·伯尼 [英]

《伊夫莱娜》

作者简介

范妮·伯尼（Fanny Burney, 1752—1840），也称达布莱夫人，英国杰出的女作家，是音乐家查尔斯·伯尼的女儿。范妮的青年时代是在伦敦度过的，伯尼一家与当时的文化名流如约翰逊博士、爱德蒙·伯克、画家雷诺兹、名演员加利克以及一些知名的文人过往甚密。

范妮自幼喜爱写作，少年时写过一篇虚构故事，后来将手稿焚毁。她父亲撰写音乐史时曾得她大力协助。1778 年，范妮以匿名形式出版了她私下创作的小说《伊夫莱娜》（*Evelina*, 1778），1782 年她的小说《塞西莉亚》（*Cecilia*, 1782）问世。此后，范妮于 1786 年被任命为宫廷女官，为王后管理衣服。尽管她对王室的恩宠感激不尽，却不适应也不喜欢宫廷生活，后来终于辞职。1792 年，范妮认识了法国流亡人士达布莱将军，并于 1793 年与他结婚。达布莱夫妇婚后经济上相当困窘，因而范妮又写了《卡米拉》（*Camilla*, 1796）。《塞西莉亚》和《卡米拉》的题材与《伊夫莱娜》近似，但结构比较松散。

范妮·伯尼

1802 年至 1812 年的 10 年间，达布莱夫妇在法国被拿破仑拘留，历经艰险，范妮后来创作了《流浪者》（又名《女人的艰辛》，*The Wanderer*, 1814），以法国大革命为背景,写一位隐姓埋名逃出法国的少女在英国谋生的经历。范妮一生还写了几部剧本,这些剧作在她生前既不曾上演,也不曾出版。据一些研究者认为,她在喜剧创作上有相当的艺术成就,她的四部喜剧《才女》(*The Witlings*,1779)、《爱情与时尚》(*Love and Fashion*,1799)、《繁忙一日》(*A Busy Day*,1800—1801)和《厌恨女人者》(*The Woman-hater*,1800—1801)都人物鲜明、语言生动,富有讽刺意味。范妮还留下了大量的日记和书信,这些材料具有很高的史料价值和艺术价值。她的《早年日志:1768—1778》(*The Early Diary of Frances Burney*:1768—1778)于 1889 年问世,此后一直不断有人编辑她的日记和书信。

代表作品

范妮·伯尼的《伊夫莱娜》用时兴的书信体写成,记述了一名自幼被父亲遗弃、在乡下由人收养长大的少女,步入伦敦社交界后经历了种种尴尬境况和羞辱磨难,终于赢得一位高尚贵族青年的爱情,并得到其父亲的承认。作品还穿插了女主人公对城市商人阶级及上层社会的敏锐观察和细微刻画。全书结构严谨,语言清新生动,委婉地表现了妇女在父权社会中的艰难处境,小说出版后博得了好评。

小说开始于伊夫莱娜 16 岁那年。善良仁慈、受人尊敬的维拉斯先生是一位牧师,他一直是伊夫莱娜的监护人。伊夫莱娜一直生活在安定闭塞的小乡村,与霍华德太太全家人的交往是她和外部世界的唯一接触。尽管她是一位有钱男爵的女儿,但她父亲不愿承认这个女儿,更不愿她作为自己的继承人,这使她看起来更像一个孤儿。因为没有丰厚的嫁妆和家庭地位,伊夫莱娜的未来之路似乎不会很顺利(因为 18 世纪的妇女的命运几乎是和婚姻紧密相关的)。她所拥有的只是好心的维拉斯先生所能提供给她的一点微薄的嫁妆。

正是由于霍华德太太的促成,才使伊夫莱娜踏上了去伦敦的旅途。热心肠的霍华德太太担心乡村这种坐井观天的生活会使伊夫莱娜陷入幻想,把伦敦想象成令人心驰神往、充满魔力的超乎现实的天堂,想让伊夫莱娜去亲眼见识一下、去亲身体会一下城市生活。于是她说服了维拉斯先生,让他相信城里几个月的生活会让伊夫莱娜打破她天真的幻想,更好地适应乡村生活。于是,伊夫莱娜就在霍华德太太的女儿慕文太太以及外孙女玛利亚的陪伴下来到了伦敦。

由于伊夫莱娜一直生活在闭塞的小乡村,从来没有见过大世面,也缺乏丰富的社会经验,所以在伦敦这样的大都市,她不可避免地遭遇到了一连串不顺心的事儿。例如,在她刚到伦敦后不久,她参加了一个私人舞会。由于她美貌出众,引起了纨绔子弟拉弗尔的注意,拉弗尔邀请她跳一支舞。他油头粉面的外表和荒诞夸张的举止使伊夫莱娜又好笑又厌恶。伊夫莱娜拒绝了他的邀请,但她随即又接受了跟拉弗尔岁数差不多的长相英俊的小伙子的邀请。这位名叫奥维尔的勋爵风度翩翩、彬彬有礼,他优雅的举止和风趣的谈吐很快打动了伊夫莱娜的心。但是随后发生的混乱局面着实把她吓了一跳:原来当时有一种约定俗成的礼节,即如果一位小姐拒绝一位男士的邀请,就不能再与别的男子共舞,而伊夫莱娜哪里知晓。后来,在一次去马里波恩花园的出游途中,伊夫莱娜发现和自己做伴的竟是两个妓女,她不敢想象别人会产生怎样的误解……这些小片断不仅表现出伊夫莱娜的纯真无知和心灵的脆弱,更向读者揭露了残酷的社会现实。

发生在伊夫莱娜身上的一桩桩不顺心的事儿同时也使她和奥维尔勋爵以及克莱蒙德·威劳拜尔(对伊夫莱娜垂涎三尺的上层人士)有了很多的接触。缺乏社会经验的伊夫莱娜曾经一度被克莱蒙德假献殷勤的热烈追求所迷惑,但是,通过与社会各阶层的接触,再加上奥维尔勋爵良好的品行对她产生的潜移默化的影响,她开始走向成熟。当然,伊夫莱娜最后也赢得了奥维尔的尊敬和爱慕。通过这一点,范妮向读者昭示了女主人公的内在魅力和自身价值。

小说的次要情节讲述了杜凡尔太太——伊夫莱娜在法国的外祖母——来到英格兰试图管制伊夫莱娜的生活,并为她争取作为约翰·贝尔蒙德男爵的女儿的合法地位。于是,咄咄逼人、爱管闲事的杜凡尔太太闯进了伊夫莱娜的生活。很长一段时间,伊夫莱娜都不得不与杜凡尔太太生活在一起,忍受她愚蠢的伦敦亲戚布朗特一家。慕文船长一连串的恶作剧使杜凡尔太太难以忍受,才使得伊夫莱娜摆脱了她外祖母的管制。

小说的结尾颇富有戏剧性:伊夫莱娜偶然遇见了约翰·贝尔蒙德男爵,得到了她作为男爵女儿和继承人的合法地位和权益;她又喜获自己一位同父异母的弟弟;而且,由于她已是一位有爵位的小姐,她终于与奥维尔勋爵喜结良缘。

文学影响

《伊夫莱娜》是轰动一时的畅销书，被称为是珍妮·奥斯丁之前最成功的女性文学作品之一。这是一篇书信体小说，通篇由几位主人公在 8 个多月里的往来信件所串成，其中大多数信件都是伊夫莱娜写给维拉斯先生的。在采用书信体格式的时候，范妮模仿了《帕米拉》(Pamela,1740) 的作者、18 世纪最著名的小说家之一塞缪尔·理查森 (Samuel Richardson,1689—1761) 的写作风格；更重要的是，这种书信体格式要比传统的第一人称叙述格式更能让读者直接地探触到主人公的思想和情感。书信是一种更快捷、更贴切的形式，尤其是写给像维拉斯先生这样一位良师益友的信。因为伊夫莱娜对维拉斯先生的信任和坦诚，她在信中的叙述就更真实可信，更能引起共鸣。

和许多 18 世纪的英国小说一样，《伊夫莱娜》对英国社会给予了细致的剖析和尖锐的抨击。这里的英国社会指伦敦奢华糜烂的上层社会，范妮·伯尼用主人公伊夫莱娜的口吻，从伊夫莱娜的角度穿透整个上层社会。正是这种方式赋予小说独特的魅力和力量，使范妮这位女性作家的作品能在当时男性作家作品据主导地位的时代脱颖而出、独树一帜。被乡村牧师所抚养的伊夫莱娜从小就生活在一个封闭的环境中，面对纷繁复杂的伦敦社会，她根本就不知所措。而范妮巧妙地借助小说女主人公的纯真善良、青涩无知，用睿智讥讽的笔触，以叙述的方式揭露出伦敦社会的空洞和虚伪。

也许《伊夫莱娜》算不上是一部社会讽刺小说，但是它的确有许多讽刺的笔触，尤其是在小说的前半部，伊夫莱娜详细地描述了自己在伦敦所遭遇到的不幸。因为这些信是写给她敬爱的维拉斯先生的"私信"，她敞开心扉，畅所欲言。而对于范妮来说，作为 18 世纪的女性作家，要她公开地批判当时有着双重道德标准和行为准则的男权至上的社会，去嘲笑那些浅薄浮躁的所谓上层人士，似乎不太合适，或许还会遭到抨击。于是，范妮巧妙地借助于伊夫莱娜的笔端，畅快淋漓地宣泄自己对现实社会的不满。

范妮的讽刺艺术还在于她把女主人公毫不伪善的纯真质朴与拉弗尔、威劳拜尔爵士之流的虚伪狡诈做了鲜明的对比。有了后者的衬托，读者显然会把同情的天平倾向伊夫莱娜这边。

虽然范妮·伯尼的小说处处暗藏着讽刺的玄机，然而却不乏浪漫色彩，这使小说读起来不那么锋芒毕露。小说的情节安排和儿个主人公的遭遇都带有童话色彩。伊夫莱娜是个18世纪的灰姑娘,等待着王子的垂青和爱怜;她又是一个被邪恶的女巫施了魔法的公主,寻找着她的生父,却意外发现其父亲是一个有权势的国王。不幸的是,范妮的浪漫色彩在一定程度上削弱了她的讽刺力度。小说前半部分巧妙的讽刺被最后安排的幸福结局所冲淡,因为,最后伊夫莱娜不管在社会地位上还是情感上都摆脱不了男权社会的烙印:她还是一个男人的女儿,另一个男人的妻子。

3.安·拉德克利弗［英］

《乌道尔福的奥秘》

作者简介

安·拉德克利弗(Ann Radcliffe,1764—1823),英国女小说家。她出生在伦敦的圣·安德鲁斯教区,是威廉·华德和安·欧第斯夫妇唯一的孩子。安·拉德克利弗的孩童时期几乎没有同龄的伙伴,因而她的童年十分孤独。虽然没有资料表明她上过当地的学校,但是安·拉德克利弗仍接受过不正统但又非常良好的教育。

1788年,安·拉德克利弗在巴斯嫁给了威廉·拉德克利弗,一位英国编年史的编辑。她受到丈夫创作的影响,也开始以写作为消遣。丈夫发现了她的写作才能后,也鼓励她继续从事写作。安·拉德克利弗在她的作品中显示出了闪耀的幻想、浓郁的浪漫主义气质和对于一切美好、怪异和神秘事物的热情赞赏。

安·拉德克利弗

1789年,安·拉德克利弗出版了她的第一部作品《阿特林与邓巴恩城堡》〔The Castles of Athlin and Dunbayne(1 volume),1789〕。这本充满了浪漫、危险和拯救色彩的小说在出版后受到了极大的欢迎,也标志着安·拉德克利弗写作时代的开始。接着,她又出版了《西西里浪漫史》〔A Sicilian Romance(2 vols.),1790〕。1791年,安完成了《林中艳史》〔The Romance of the Forest(3 vols.),1791〕,这是她第一次比较成功的写作,这次成功激励她继续创作了《乌道尔福的奥秘》

〔*The Mysteries of Udolpho*(4 vols.),1794〕,这部长篇小说标志着安·拉德克利弗在哥特小说的创作方面日趋成熟,不仅在英国和美国,而且在整个欧洲都赢得了赞誉。小说讲述了发生在莱茵河畔一个封建城堡中的阴险事件,其中女主角身陷自己无法理解的痛苦之中,小说充满了恐怖的暗示以及真实而虚幻的危险。安·拉德克利弗的最后一本书《意大利人》〔*The Italian*(3 vols.),1797〕,也被认为是她的代表作之一。

1798 年,安·拉德克利弗的父亲去世。两年之后,她的母亲也去世了,于是她停止了写作。在生命的最后几年中,安·拉德克利弗患上了严重的哮喘,最终于1823 年 2 月 7 日清晨去世,享年 59 岁。

作为最知名的哥特小说家,拉德克利弗和她的作品已经成为哥特小说的代名词。① 在拉德克利弗的笔下,"好人"具有伤感的情调,而"坏人"②则没有。在人物形象塑造方面,拉德克利弗也为后来的哥特小说作家树立了榜样。

代表作品

《乌道尔福的奥秘》〔*The Mysteries of Udolpho*(4 vols.),1794〕在安·拉德克利弗当时所处的时代为她赢得了巨大的声誉,这部作品通常被认为是一部哥特小说的代表作。③尽管哥特小说后来一度失去了辉煌地位,而且珍妮·奥斯丁也曾讽刺过安·拉德克利弗的伤感情调,但是,在哥特小说的发展历程中,安·拉德克利弗无疑起到了奠基人的重要作用,并且持续地影响着后人的创作。

小说《乌道尔福的奥秘》描写的故事发生在1584 年,法国加斯科涅省的加伦河岸矗立着圣·奥贝尔先生的城堡,从城堡的窗口可以看见

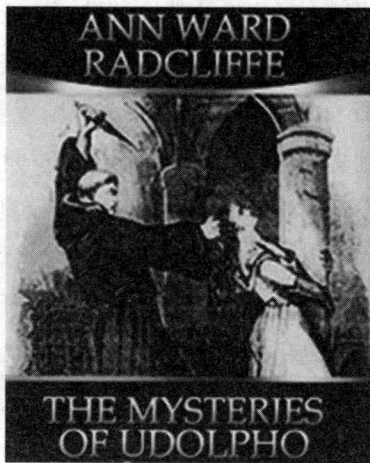

吉耶纳省和加斯科涅省美丽的田园风光,这里的景色沿着河流延伸出去,有着茂密的森林、丰产的葡萄树和大片的橄榄种植园。

---

① Janet Todd, *Dictionary of British Women Writers*, The Continuum Publishing Company, 1989, pp. 550 – 552.

② 王志远:《世界名著鉴赏大辞典》(小说卷上),中国书籍出版社 1993 年版,第 2824 页。

③ Marison Wynne-Davies, *Guide to English Literature*, Bloomsbury Publishing plc. 1995, p. 814.

　　圣·奥贝尔先生是法国贵族,他蔑视世俗的野心,从以巴黎为代表的尘世,隐居到拉瓦雷乡村的住所里。在那里,他喜欢与自然交流,喜欢漫步于自己热爱的树丛中,喜欢在微风中聆听时断时续的音乐。

　　圣·奥贝尔先生也是一个理想的丈夫、称职的父亲,他从照顾妻子和女儿中寻找快乐。他希望将他的女儿艾米莉培养成具有男子气概的女性,而艾米莉的性格——"细腻的情感、热情、仁慈"、"感性"、爱沉思、温柔,这些都被圣·奥贝尔认为是"危险的"。艾米莉在古典拉丁文、英国文学和科学知识方面得到父亲的指导,她可以说是一个植物学家、艺术家甚至是音乐家,但是她无法对危险和阴谋产生足够的警惕。

　　不久,艾米莉认识了年轻贵族瓦朗库尔,这对年轻人坠入了爱河。不久,奥贝尔先生因病去世,艾米莉不得不去投奔住在图卢兹的姑妈。临行前,艾米莉在整理父亲的遗物时发现了一张美丽女人的肖像。

　　就在艾米莉和瓦朗库尔结婚前,艾米莉的姑妈嫁给了用心险恶的意大利人蒙托尼,成了蒙托尼夫人。蒙托尼有着与生俱来的邪恶,他冷酷无情,目空一切。他之所以娶艾米莉的姑妈为妻,不仅是为了钱,也是为了给他的情妇一个名声。蒙托尼阻止了艾米莉的婚事,将她许配给莫拉诺伯爵,但后来又把她囚禁在意大利亚平宁半岛的乌道尔福城堡中。艾米莉从仆人的口中得知,死去的城堡女主人洛伦蒂妮夫人的幽灵还在城堡中游荡。

　　被囚禁的艾米莉陷入了深深的苦恼中,在这样的闭塞环境中,她无法享受伤感的情调。她自己的纯真和仁慈被曲解为一种解脱的手段,反而招致变本加厉的危害。然而,艾米莉的伤感情调有时也有助于发现隐藏的阴谋。当艾米莉躲在一旁读书、弹琴、作画的时候,她仿佛陷入了沉思之中,狂喜地凝视眼前的风景,使她有足够的时间和自由来发现奥秘。

　　一天晚上,艾米莉发现从姑妈住的塔楼上流出了鲜血,联想到蒙托尼曾强迫姑妈交出财产,艾米莉相信姑妈被杀害了。实际上,姑妈被折磨而染上重病,死后被葬在教堂墓地里。艾米莉还感觉到瓦朗库尔也被关押在城堡里,因为她听见了他的歌声;另外,一个神秘的声音也在呼喊她的名字。莫拉诺伯爵试图劫走艾米莉,但是阴谋被蒙托尼发现而未能得逞。不久,蒙托尼强迫艾米莉放弃了财产,并把她送到他处。

　　乌道尔福城堡遭到了军队的袭击,艾米莉回来后听说有一位俘虏认识她,便认为他就是瓦朗库尔。实际上这位俘虏是艾米莉父亲生前的朋友杜邦先生。

在出逃的途中,艾米莉的船遭遇暴风雨,她后来被维勒弗尔一家搭救。在附近的修道院里,艾米莉发现那里的一位修女长相与她发现的肖像极为相似。这时,瓦朗库尔重新出现,想娶艾米莉为妻。但是她拒绝了他的求婚,因为瓦朗库尔曾因赌博而债台高筑,还有人说他在巴黎过着糜烂的生活。

蒙托尼被当局制裁后,艾米莉又得到了自己的财产,恢复了贵族小姐的地位。艾米莉重返布朗城堡看望维勒弗尔一家人,得知修道院的修女正是洛伦蒂妮夫人。在经过种种不幸和恐惧之后,艾米莉得知瓦朗库尔赌博是为了谋得钱财来救助朋友,他也没有做对不起她的事情。最终,艾米莉和瓦朗库尔幸福地生活在一起。

文学影响

安·拉德克利弗在她所处的年代里是非常受欢迎的。她在写作中运用哥特式技巧,具有渲染恐怖气氛的能力,对于事件的超自然描述使读者产生好奇感,并最终用自然的手段来解释奥秘。这些手法被广泛地模仿,但却没有人能超越她。她善于创造虚构的恐怖氛围,重视超自然,这些都表现出她的浪漫主义倾向。同时,她那带有理性主义的阐述又可以追溯到讲究规则的奥古斯都时代;她的小说使同时代的读者有机会体会到奇异的、超越传统限制的小说境界,因为她描写了许多不道德的、超自然的事件和景物,同时又能最终矫正人们的思想,因为她在社会道德方面依然维护新古典主义的道德教义。

安·拉德克利弗曾经阅读过伯尔克论崇高和独特风景的著作,因此成为运用小说景色虚构的先驱。她把人物置于精心构建的"人工"环境中,并在风景中使用生动的对比和高雅的明暗配合。她学会运用"自然"的崇高作为一种戏剧,这样小说情节就被完美地编排出来,同时又增强了她对读者的一种心理控制能力。女性哥特小说通常以音乐来渲染气氛,在《乌道尔福的奥秘》中,一种奇怪、诡异甚至是有些熟悉的曲调弥漫了整个小说,就如同音乐在诗歌中所起到的点缀作用。

《乌道尔福的奥秘》中详尽的环境描写深深吸引着读者,对自然的修饰和丰富的雕琢可以与对艾米莉精神状态的描写相媲美。安·拉德克利弗善于将丰富而具体的环境描写、展现在读者面前,她先是叙述环境,接着体现出人物在环境中的定位。小说中,安·拉德克利弗在引入艾米莉之前描写悬崖、云彩和其他景色,并赋予天气以个性化的色彩,由此营造出一种混乱的自然意象,从而将变化多端的人类情感和自然在对比中建立起关联。

安·拉德克利弗的哥特小说在人物形象塑造方面为后人树立了榜样,拜伦式英雄可能就受到了她的影响。当时极受尊重的批评家托马斯·马西亚斯把安·拉德克利弗称为阿波罗的女祭司,这不仅因为她在读者心目中激发起的恐怖效果,而且因为他发现她是最佳的诗神代言人。托马斯·马西亚斯的这番评论奠定了安·拉德克利弗在文学史上的地位,只有这样,当时最受尊重的文学家才能在公开场合阅读和评论安·拉德克利弗的作品。在安·拉德克利弗的时代,只有诗歌才被当作文学,小说被认为是垃圾;而安·拉德克利弗在小说中糅合了诗歌,从而使小说得以上升为一种更高的文学形式。

在创作富有力度的诗歌意象时,浪漫主义诗人深受安·拉德克利弗的影响。200多年来,在英美,不仅通俗作家热衷于哥特作品的创作,而且许多第一流的诗人和作家,比如英国的司各特、柯勒律治、拜伦、雪莱和美国的华盛顿·欧文、爱伦·坡、霍桑,都要么直接创作脍炙人口的哥特故事,要么把哥特小说的手法大量运用于创作之中,使哥特小说从通俗小说这一文学领域的"边缘地位",得以进入文学的中心和文学发展的主流,从而在英美文学中逐渐形成了十分突出的哥特传统。

4. 斯塔尔夫人［法］

《黛尔菲娜》

作者简介

斯塔尔夫人(Madame de Staël,1766—1817),原名热尔曼娜·内克,她的全名是安娜·路易丝·热尔曼娜·内克、斯塔尔·侯赛因男爵夫人。出生于 18 世纪末的一个名门之家,一生都处于资产阶级与封建贵族争夺政治统治权的复杂斗争的阶段。她的父亲是侨居巴黎的大银行家,又是著名的政治活动家,曾经于 1777 年、1788 年两次担任路易十六的财政大臣。热尔曼娜幼年时期,正值父亲在巴黎显赫一时,母亲的沙龙是当时社会名流聚集之地,这样的家庭环境让她在政治见解、文学艺术修养上得到了熏陶。

热尔曼娜自幼聪颖好学,从少年时代起,就热衷于钻研法国百科全书派的作品,深受启蒙主义尤其是卢梭思想的影响,并在 15 岁就开始创作散文、小说和悲剧。

1786 年,热尔曼娜顺从母亲的意愿,与当时的瑞典驻法国大使斯塔尔男爵结婚,成为斯塔尔夫人(1797 年离异)。斯塔尔夫人的沙龙很快成了巴黎社交生活的中心,她以丰富的学识、机智敏锐的谈吐著称。

斯塔尔夫人

1788 年,斯塔尔夫人发表《论卢梭的著作及其书信集》(*Lettres sur les ouvrages*

et le caractère de J. -J. Rousseau，1788），高度赞扬卢梭。这本书并没有全面地介绍关于卢梭的知识，倒是包含了她本人不少的思想观点。她热情欢呼三级会议的召开，希望法国可以通过和平、理智的途径，取得其他国家经过流血斗争而获得的成果，明显带有上层资产阶级的改良主义色彩。在书中，她还把刚刚出任法国总理的父亲与卢梭联系在一起加以称颂。

1794 年"热月政变"①后，斯塔尔夫人于 1795 年重返巴黎，并在同年发表了《论小说》（*Essai sur les Fictions*，1795）。这部作品曾被歌德译成德文发表在席勒的《时辰》杂志上。第二年，她又发表了《论激情对个人与民族幸福的影响》（*De l'Influence des Passions sur le Bonheur des Individus et des Nations*，1796），这是一篇欧洲浪漫主义的重要文献。在此期间，斯塔尔夫人还发表了一些短篇小说和政治散文。

斯塔尔夫人两部轰动欧洲文坛的长篇小说《黛尔菲娜》（*Delphine*，1802）和《柯丽娜》（*Corinne*，1807），以浪漫主义的手法描写两个感情奔放的贵族女子，为追求个性自由、个人幸福与社会偏见之间的矛盾与冲突，最后都是上演了一场以死亡告终的悲剧。这两部小说描写了"个人感情同贵族资产阶级世界道德基础的冲突，具有进步意义，对乔治·桑的创作也是一个鼓舞。然而，这两部小说中代表斯塔尔夫人特点的妥协调子（主人公的死亡），又使她明显地有别于立场比较激进的乔治·桑"②。

斯塔尔夫人不仅是 19 世纪初法国第一批资产阶级浪漫主义作家的代表之一，她的文艺理论作品对浪漫主义的形成，也起了重要的推动作用。斯塔尔夫人的文艺理论主要体现在《从社会制度与文学的关系论文学》（*De la littérature Consideree dans ses Rapports avec les Institutions Sociales*，1799—1800）与《论德意志》（*De l'Allemagne*，1810/1813）这两部著作中，它们构成了她文艺史观和文艺批评思想的体系，奠定了她作为思想家、文艺理论批评家的地位，对西方文学批评理论后来的发展有着深远的影响。

代表作品

《黛尔菲娜》是受卢梭感伤小说《新爱洛伊丝》〔*Julie, or the New Heloise*（*Julie,*

---

① 热月政变（The Thermidor reaction）：法国大革命中推翻雅各宾派、罗伯斯比尔政权的政变。因发生在共和 2 年热月 9 日（1794 年 7 月 27 日），故名。

② M. 雅洪托娃，M. 契尔涅维奇，A. 史泰因著：《法国文学简史》，郭家申译，辽宁教育出版社 1986 年版，第 264 页。

ou la nouvelle Héloïse),1761〕的影响写的一部长篇书信体小说。小说的故事发生在 18 世纪末巴黎的上流社会,主人公黛尔菲娜年轻美貌,才情卓越,热情奔放,为人慷慨大度。父亲死后她嫁给了自己的监护人,但 20 岁那年,丈夫就去世了,给她留下了一大笔财产。

　　出于好心,为了促成堂妹玛蒂尔德和一个西班牙贵族雷翁斯的婚姻,黛尔菲娜把自己三分之一的财产送给她作为嫁妆。雷翁斯潇洒英俊,情感丰富,才华横溢,未婚妻玛蒂尔德是母亲替他挑选的。但两人见了面后,雷翁斯发现自己与思想守旧、缺乏热烈情感的玛蒂尔德性格不合;但与黛尔菲娜则是一见倾心,彼此相爱。

　　黛尔菲娜把自己的秘密告诉了凡尔龙夫人,即玛蒂尔德的母亲,希望她成全自己与雷翁斯。后者表面上一口允诺,但为了自己女儿的利益,暗地里从中作梗。这时,又恰好被她抓住一个机会:黛尔菲娜的好友爱尔婉夫人与情人在她家幽会时,被丈夫撞见,于是两个男人进行决斗,情人杀死了丈夫,外界以为决斗是因为黛尔菲娜争风吃醋而起,她为此受了不白之冤。

　　黛尔菲娜为了保全友人的名誉,没有向外界透露真相,只把实情告诉了凡尔龙夫人,希望她将真相转告雷翁斯。谁料凡尔龙夫人却乘机撒谎,让雷翁斯误以为黛尔菲娜要与爱尔婉的情人结婚,并一起到国外生活。一气之下,雷翁斯决定娶玛蒂尔德,尽管自己并不爱她。

　　黛尔菲娜在教堂看到自己心爱的人与别人结婚,肝肠寸断,当场晕倒。后来,雷翁斯从爱尔婉夫人的女儿那儿得知了事情的真相,凡尔龙夫人在临死前也向他忏悔自己的谎言。雷翁斯明白了自己的错误,后悔莫及,却没有勇气抛弃贵族的传统,同妻子决裂回到黛尔菲娜的身边。他们继续交往,从无越轨行为,但上流社会却戴着有色眼镜对他们侧目而视。

　　黛尔菲娜亡夫的朋友瓦罗尔布也热恋着她,为了挽回她的名誉决定娶她。黛尔菲娜虽然表明了自己不爱他,但热恋者的追求还是引起了雷翁斯的嫉恨。一次,雷翁斯在黛尔菲娜家撞见了前来躲避警察追捕的瓦罗尔布,并要求与之决斗。此

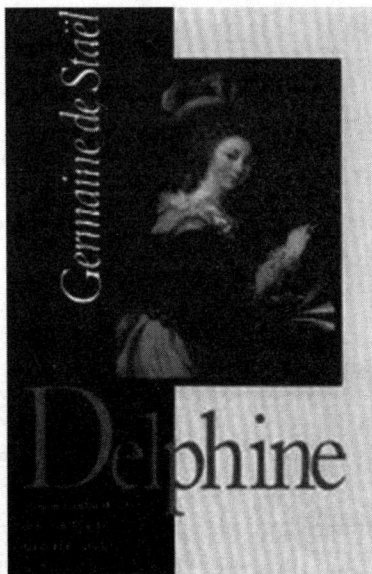

事又被传为丑闻,黛尔菲娜的名声也因此变得更糟。

朋友们劝慰黛尔菲娜,让她顶住舆论,等离婚法生效后正式和雷翁斯结婚。但黛尔菲娜不愿破坏玛蒂尔德的幸福,而玛蒂尔德则要求她与自己的丈夫断绝一切来往。

黛尔菲娜离开巴黎,来到瑞士,寄居在一家修道院中。恰好修道院的院长是雷翁斯的姨妈,雷翁斯的母亲憎恨有着新思想的黛尔菲娜,于是赶紧写信给院长,让她设法断绝黛尔菲娜与儿子之间的关系。院长抓住一个机会要挟黛尔菲娜,让她提前结束预修期,做了一名修女。

瓦罗尔布追到瑞士,看到黛尔菲娜成了修女,精神崩溃而死,临死前,他向雷翁斯说明了自己与黛尔菲娜的清白关系。雷翁斯在妻子死后也赶到瑞士,准备娶黛尔菲娜,但见到一身黑色修女服的黛尔菲娜,知道为时已晚,痛不欲生。

大革命爆发之后,修女们的宣誓全部作废,黛尔菲娜还俗回到法国。顾虑重重的雷翁斯经过内心激烈的斗争,终于决定与黛尔菲娜结婚。在回乡的旅途中,他们度过了一生中最幸福的时光。但回到雷翁斯的老家蒙德维尔,思想保守的人们纷纷指责他们,黛尔菲娜不愿给雷翁斯造成痛苦,改变了原来结婚的决定。雷翁斯后又卷入了保皇党,被革命政权逮捕后处以死刑。黛尔菲娜营救不成,绝望之下,服毒身亡。

文学影响

斯塔尔夫人把自己的亲身经历和思想感受,经过艺术加工后写进了小说《黛尔菲娜》中。从女主人公黛尔菲娜的身上,我们不难发现斯塔尔夫人自己的影子:年轻美貌,才情卓越:她的初恋由于家庭的干涉而遭到失败;与丈夫分居在名誉上受到损害;与情人贡斯当的人尽皆知但又不合法的关系遭到非议,社会传统对斯塔尔夫人个人生活的种种压抑,都被移植到黛尔菲娜的身上,黛尔菲娜的种种不幸并不起源于她自己的缺点和过失,而完全是由社会一手造成的。由此,斯塔尔夫人提出了个人与社会矛盾的问题,特别是妇女命运与社会矛盾的问题。

斯塔尔夫人将批判的矛头指向了不合理的婚姻制度。在天主教的法国,虚伪的宗教道德标准给婚姻带来了极大的弊病,婚姻并不取决于爱情。拿破仑于1801年与教皇签订协议,承认天主教是"大多数法国人的宗教",使法国教会变成国家机构,并且重新建立天主教的婚姻秩序。而随后出版的这部作品中,斯塔尔夫人借书中人物之口说出这样的话:"不幸的婚姻不准离异,会使人一辈子处于绝望悲惨的境地""人性还有不完美之处,这才使离婚成为必要"。她对现行婚姻制度的攻击冒犯了拿破仑的宗教政策,被勒令离开巴黎40公里之外。

斯塔尔夫人在《黛尔菲娜》中,大胆向社会宣战,攻击那些荒谬而不合乎理性、人道的社会习俗,借人物之口抨击疯狂、野蛮的社会制度,这种尊重人的理性、要求实现女性个性解放的观点有着明显的进步意义。尽管这部作品存在着局限性,如书中的人物都属于贵族阶级,没有涉及社会不公平的根本问题,也没有触及当时的现实斗争;但斯塔尔夫人通过对主人公内心生活的细腻描绘,向贵族阶级的传统观念提出抗议,同时也揭露了天主教会自私、凶残的丑恶面目,使这部小说具有一定的社会价值。

斯塔尔夫人受到孟德斯鸠思想的影响,认为地理、气候条件是决定民族性格、社会制度、风俗习惯以及文学艺术的主要条件,明确提出文学只有与社会条件、社会环境联系在一起,才能被人理解,才能加以研究。决定文学的不是作家的天才,而是社会、时代环境;人类社会不断地向前发展,社会制度将逐步完善,文学也将随之进步。

她还将文学依附于社会政治制度这一思想作为自己的美学基础,认为只有在比较宽容、温和、自由的社会政治气候中,文学才能得到发展,改造旧文学,让新文学脱颖而出。"她预言在取得政治自由的社会里,文学将一定繁荣。反之,政治自由遭到压制的时代,对文学不可能不发生有害的影响"[①],这一观点在当时也具有积极的意义。

---

① M.雅洪托娃,M.契尔涅维奇,A.史泰因著:《法国文学简史》,郭家申译,辽宁教育出版社1986年版,第262页。

5. 珍妮·奥斯丁［英］

《傲慢与偏见》

作者简介

珍妮·奥斯丁(Jane Austen,1775—1817)是 18 世纪末、19 世纪初的现实主义作家。她出生于英国南部汉普郡的一个中产阶级家庭,父亲乔治·奥斯丁毕业于牛津大学,兼任两个教区的主管牧师。珍妮是这个家庭 7 个孩子中的第 6 个,她所受的正规教育不多,但从小在父亲的教育和鼓励下博览群书,读过菲尔丁(Henry Fielding, 1707—1754)、斯特恩(Laurence Sterne,1713—1768)、理查逊(Samuel Richardson,1689—1761)、范妮·伯尼(Fanny Burney,1752—1840)的小说,以及司各特(Walter Scott, 1771—1832)、柯珀(William Cowper, 1731—1800)的诗歌,最喜爱的诗人当数克雷布(George Crabbe,1754—1832)。她还精通法语、学过意大利语,并熟读英国历史。

珍妮·奥斯丁

在父兄的影响和家庭环境的熏陶下,珍妮·奥斯丁 12 岁左右就开始捉笔小试,虽然大多是一些模仿之作,而且笔触夸张滑稽,但洋溢着机智、幽默的语言,令人感到光彩夺目、情趣盎然。12 岁时,她写出《少年时代的作品》(*The Juvenilia*, 1787—1793), 14 岁时创作了《爱情与友谊》(*Love and Friendship*, 1790), 15 岁时写出《英国历史》(*The History of England*, 1791)。

珍妮·奥斯丁从16岁开始,花了4年时间写出书信体小说《埃莉诺与玛丽安》(Elinor and Marianne),后改写成《理智与情感》(Sense and Sensibility,1811);21岁时,她创作了《傲慢与偏见》(Pride and Prejudice,1813),初稿书名为《最初的印象》(First Impressions),她父亲曾想请伦敦一位出版商出版此小说,并愿意自费出版,遗憾的是,当时哥特传奇小说风靡盛行,因而未能如愿。直到10多年后,珍妮·奥斯丁对小说做了修改,才以《傲慢与偏见》为书名出版。其间,她还写出另一部小说《苏珊》(Lady Susan,1794,1805),后改为《诺桑觉寺》(Northanger Abbey,1817)。珍妮·奥斯丁一生创作了6部长篇小说,上面提到的3部作品,是她在家乡斯蒂汶顿生活期间所作,属于她的前期作品。

1801年,珍妮·奥斯丁的父亲退休后,全家搬到了巴思居住,1804年前后,她动笔创作《华孙一家》(The Watsons,1801),但因为第二年父亲的故世,让她放下了笔,留给了世人一部未完稿的《华孙一家》。失去亲人的打击令她沉默了数年,没有任何作品面世。父亲去世后,全家又搬到了南汉普顿,1809年,又回到了汉普郡的乔登村。珍妮·奥斯丁的作品就是在举家迁徙、生活动荡中完成的,她的最后三部小说《曼斯菲尔德花园》(Mansfield Park,1814)、《爱玛》(Emma,1815)和《劝导》(Persuasion,1817)甚至是在乔登村他们家那人来人往、热闹非凡的客厅里写就的。

珍妮·奥斯丁一生中没有什么引人注目的大起大落,且终生未嫁。1817年,珍妮·奥斯丁因患艾迪生氏病,去温切斯特接受治疗。但几星期后,医治无效,于7月18日去世,去世时才42岁,留下了一部尚未完成的作品《桑迪顿》(Sandition)。

珍妮·奥斯丁平时接触了许多有闲阶级,这给她提供了一个观察各种各样的人物的绝好机会,为她日后的写作积累了丰富的素材。她笔触讽刺、幽默、细腻,生动真实地刻画了当时英国小镇中产阶级阶层的一幅幅生活图景,一个个乡村绅士、淑女、势利小人和趋炎附势者在她的笔下栩栩如生。小说描写的婚姻、舞会、茶会、对话等活动,是珍妮·奥斯丁长期观察的内容,因而写时驾轻就熟,游刃有余,生动逼真地反映了小镇乡绅阶层的生活、风俗习惯和社会伦理,并对当时妇女面对的问题做出了深刻探讨与描述。

虽然珍妮·奥斯丁的小说有着浓厚的幽默感,但她本人性格却宁静内敛。她写作是出于兴趣爱好,她的大部分作品都是在出版的数年之前就已完成,不过她更愿意在亲朋好友间朗读娱乐。除了在她去世后出版的《诺桑觉寺》和《劝导》外,她生前出版的四部小说,都没有署真名。她的第一部小说《理智与情感》,也是在朋友们的极力劝说鼓动之下，才答应出版的。

代表作品

《傲慢与偏见》是珍妮·奥斯丁小说中最为脍炙人口的上乘之作，被英国小说家毛姆（William Somerset Maugham，1874—1965）列入世界十大小说名著之一，与她其他五部小说一样，《傲慢与偏见》也是以男女青年的恋爱婚姻为主题，故事围绕着贝内特先生家中待字闺中的五位千金小姐的择婿问题展开。

贝内特夫妇虽然有五个女儿，却没有儿子。按当时的法律规定，一旦贝内特先生去世，全部财产就归其最近的男性亲属——远亲柯林斯先生所有。所以贝内特太太最操心的事就是为女儿们找到有钱的夫君。

年轻富有、温文尔雅的伦敦绅士宾利先生租下了贝内特家附近的一所住宅，贝内特夫人因此激动不已，觉得嫁女儿的好机会来了，在一次舞会上，贝内特先生的长女，美貌而性格善良的简博得了宾利的青睐。次女伊丽莎白在这次舞会上遇到了宾利的朋友、贵族出身的达西先生。后者傲慢自大，认为伊丽莎白不配做他的舞伴。聪慧而又倔强的伊丽莎白对此大为不悦。在以后的接触交往中，达西渐渐爱上了机智可爱、有个性的二小姐。在另一场舞会上，他主动对她表示好感，邀请她同舞，却遭到了伊丽莎白的拒绝。

宾利的妹妹卡罗琳也在追求达西，她见达西对伊丽莎白颇有好感，不禁妒火中烧。她本来就不满意哥哥与简过从甚密，这时更急于从中阻挠，达西也觉得他们俩门不当户不对，劝宾利与简疏远。伊丽莎白知道了此事，她又在无意间听到达西对她家人的非议，因此加深了对达西的偏见。随后，她又听信军官威克姆的流言，再加上种种误会，对达西的成见越来越深。

然而，经过一段时间的接触，达西克制不住自己的感情，突如其来地向伊丽莎白求婚，但口气还是那么傲慢，似乎十拿九稳伊丽莎白会答应他。但他不仅遭到断然拒绝，还被狠狠地数落了一番，伊丽莎白指责他的傲慢自负，表示决不会嫁给阻

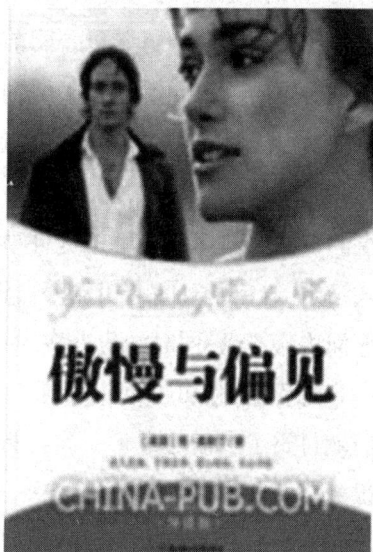

挠她姐姐婚事的人,决不会嫁给剥夺别人遗产的人。这出乎意料的打击,让达西第一次觉得自己的傲气是多么让人讨厌。

第二天,达西给伊丽莎白写了封信,针对伊丽莎白对他的两个指责做出解释。他承认自己阻止宾利和简联姻,但这么做完全是因为他从简的神态中丝毫看不出她爱宾利。至于威克姆,他生性放荡、游手好闲。伊丽莎白一开始并不相信达西的一面之词,不过当她冷静地回想了事件的前因后果后,她不得不承认他是对的,而自己心怀偏见,不近情理。

在伊丽莎白和舅父母一同前往德比郡游览途中,顺路去达西的家彭伯利庄园参观。伊丽莎白开始逐渐了解到达西待人宽厚、办事开明、受人尊敬的另一面。这时,她意外地遇到了提前回家的达西,达西表现得非常礼貌,伊丽莎白和达西之间的往来越来越愉快了,恰在此时,伊丽莎白的小妹莉迪亚和威克姆私奔了。痛苦不堪的伊丽莎白情急之下把这件事告诉了达西,达西想尽办法使莉迪亚和威克姆正式结婚,避免了丑闻。伊丽莎白知道真相后百感交集,她为自己以前对达西出言不逊而内疚不已,同时她也着实为达西高尚的行为骄傲。

之后,宾利和达西又回到了内瑟菲尔德庄园。宾利对简依然情深意厚,不久他们就订婚了。而经过了一波三折后,达西再次向伊丽莎白求婚,这次他态度诚挚,伊丽莎白欣然接受了他的请求,有情人终成眷属。从傲慢到谦卑,从偏见到理解,几经周折后,这对年轻人终于得到了自己的爱情和幸福。

文学影响

小说《傲慢与偏见》描写了四对男女青年的婚姻。简与宾利的结合并不排除经济和相貌方面的考虑,但主要还是以爱情为基础的,其间虽然稍有波折,但两人婚后情意融洽,恩爱弥笃。第二对青年是伊丽莎白的闺中好友夏洛特与贝内特先生的家产继承人柯林斯先生。夏洛特现实、精明,家中没有财产,人又长得不漂亮,她嫁给柯林斯,完全是把婚姻视为衣食之计,这种委曲求全的婚姻方式是作者所反对的。第三对青年是莉迪亚和威克姆。莉迪亚年轻貌美,轻狂放纵,一时情欲冲动便轻率地与威克姆私奔。而威克姆却是个不折不扣的浪荡子,差点让莉迪亚身败名裂。后来多亏了达西的挽救,但婚后不久就"情淡爱弛"。

小说中伊丽莎白与达西的婚姻是作者最为推崇的。他们注重对方的丽质与美德,双方的结合建立在了解与爱情之上。作者写这本书时,与伊丽莎白年龄相仿,很多评论家都认为，伊丽莎白其实就是作者一幅绝妙的自画像。作者本人也承认，她（指伊丽莎白）是一切小说中最讨人喜欢的一个人物，甚至到了"无法容忍"那些不喜欢她的人的地步。与另外三场婚姻中的女主人公相比，伊丽莎白比姐姐简有主见，曾拒绝柯林斯和达西的求婚；比夏洛特有情趣，注重的是爱情而非"归宿"和"保险箱"；她又比妹妹莉迪亚自重，军官威克姆曾一次次对她大献殷勤，她虽然有所动心，但没有贸然行事。她是作者心中完美的女性形象，但作者在刻画这个人物时，并没有简单地、单层面地把她描写成一位毫无瑕疵的完人。她也有虚荣心，她也会被表面现象蒙住双眼，也会听信别人的流言，对达西产生很深的偏见，差点因此断送了自己一生的幸福。但越是这样，人物才越是可爱、可信。

凡读过《傲慢与偏见》的人都会为作品幽默讽刺的艺术效果叫绝。这不仅表现在对贝内特太太和柯林斯牧师这两个滑稽人物的刻画上，还表现在对众多情节的处理上。达西最初对贝内特家颇有微词，却偏偏娶了伊丽莎白。伊丽莎白曾发誓不嫁给达西，却还是做了达西太太。而凯瑟琳·德布尔夫人为了阻止这段姻缘，不惜从中作梗，反倒促成了这段婚姻。书中人物的对话风格多样，具有鲜明的个性，让一个个角色变得鲜活起来。小说中对语言的驾驭、运用，对角色的刻画，以及小说所反映的主题都是该书近 200 年来经久不衰的重要原因。

珍妮·奥斯丁的一生，正是英国小说青黄不接的过渡期。18 世纪上半叶的现实主义小说大师菲尔丁、理查逊、斯特恩等已一个个离开人世，取而代之的是以范妮·伯尼为代表的感伤派小说以及以安·拉德克利弗为代表的哥特传奇小说，但这类小说文风或过于感伤，或带有明显的神奇色彩。而珍妮·奥斯丁的作品"以其理性的光芒照出了感伤，哥特小说的矫揉造作，使之失去容身之地，从而为英国 19 世纪 30 年代现实主义小说高潮的到来扫清了道路"。她将小说视为一种艺术，以周密、审慎的形式来表现生活。她要求小说应有一种古典式的精密结构，并通过具体准确的细节描述推动情节发展，她的作品带有明显的现实主义倾向，与珍妮·奥斯丁同时代的司各特对她十分推崇。英国著名思想家托马斯·麦考莱（Thomas Babington Macaulay，1800—1859）第一次明确地将她与莎士比亚相提并论，评论家刘易斯（George Henry Lewes，1817—1878）则称誉她为"散文中的莎士比亚"。美国文学评论家埃德蒙·威尔逊（Edmund Wilson，1895—1972）这样说过："一百多年来，'英国'曾发生过几次趣味上的革命，文学趣味的翻新影响了几乎所有作家的声望，唯独莎士比亚和珍妮·奥斯丁经久不衰。"

6. 玛丽·雪莱 [英]

《弗兰肯斯坦》

作者简介

玛丽·雪莱(1797—1851),出生于英国伦敦,她的父亲威廉·戈德文和母亲玛丽·沃斯脱克拉夫特,均为18世纪末英国著名政治评论家,但她的母亲在她出生十天后就去世了。玛丽的童年还算幸福,但她与继母的关系不太好,她的父亲虽然为她提供了良好的教育,却对她的情感需求漠不关心,因此她常常感到孤单,找不到家庭的归属感。

1814年春,著名的诗人雪莱携夫人造访戈德文先生,诗人与玛丽一见钟情。不久,两人就不顾众人的反对私奔了,他们先后旅居法国、瑞士、德国和荷兰,这段经历被写入他们合作完成的《六周游记》(*Journal of a Six Week's Tour*, 1814)。

1814年9月,他们一同回到了英国,但在接下来的一年中,他们的生活极其窘迫:雪莱常常要躲避债主的纠缠,玛丽的父亲不仅拒绝原谅她,还把她的行为称为"犯罪"。当时玛丽已经怀孕,雪莱却不能时刻陪在身边,她备感孤独。为了让自己"配得上"雪莱这个大诗人,她开始

玛丽·雪莱

大量阅读历史和文学著作。1815 年 2 月,玛丽早产下第一个孩子,但孩子一个月后就夭折了。

1815 年夏天,雪莱的经济状况有所好转,生活也进入一个相对平静的阶段。他们在温莎附近租了一间房子,第二年,玛丽生下了一个男孩,尽管父亲仍然不肯原谅她,她还是用父亲的名字将孩子命名为威廉。同年 5 月,玛丽和雪莱去日内瓦湖度假,同去的还有拜伦和他的私人医生波利多里。就是在那儿,玛丽开始构思她的第一部,同时也是最为著名的小说《弗兰肯斯坦》(*Frankenstein*,1818),又名《现代普罗米修斯》(*The Modem Prometheu*)。1816 年年底,雪莱的妻子哈瑞特自杀身亡,玛丽和雪莱才正式结婚。

1817 年,玛丽完成了《弗兰肯斯坦》,之后又产下一女克拉娜。1818 年 3 月,这本书以匿名形式出版,立即引起轰动。但在关于该书的评论出现之前,雪莱夫妇早已离开英国去了意大利,直到几年之后,人们才知道该书的作者当时只是一个 19 岁的年轻姑娘。

玛丽·雪莱于 1817 年开始创作她的第二篇小说《瓦尔珀伽》(*Valperga*,1823),其间她经历了孩子的死亡以及婚姻问题。他们到达意大利刚刚几个月,他们的两个孩子就相继夭折,这给雪莱夫妇的生活蒙上了阴影,也一度引起了严重的婚姻危机。1819 年 11 月,他们的第四个孩子珀西·弗洛伦斯降生,在此之前,玛丽刚刚完成了中篇小说《玛蒂尔德》(*Mathilda*)。这篇小说描写了父亲对女儿的乱伦欲望,由于主题太具有争议性,在她有生之年未能发表。

1822 年 7 月 8 日,玛丽与雪莱在意大利度假时突遇风暴,雪莱不幸溺水身亡。1823 年,玛丽携独子珀西由意大利返回英国。此后,她除小说创作之外,将主要精力投入到编辑整理雪莱的遗作中,决意确立雪莱在英国文坛的地位。经过 20 余年的努力,终于使雪莱作品全集于 1847 年问世。在此期间,她还著有小说《最后一个人》(*The Last Man*,1826)、《洛多尔》(*Lodore*,1835)、《福克纳》(*Faulkner*,1837)及游记《德国与意大利漫游》(*Rambles in Germany and Italy*,1844)。

玛丽·雪莱 1851 年 2 月于伦敦逝世,享年 54 岁。

代表作品

《弗兰肯斯坦》是玛丽·雪莱最为世人推崇的代表作。她最初开始写这部作品,只是因为与拜伦等人的约定。"1816 年夏季天气阴冷,细雨绵绵;每至傍晚,我们便围坐在熊熊燃烧的篝火旁,常以手头几本日耳曼鬼怪故事书消遣自娱。这些故事引得大家也想写一些类似的东西嬉戏一番。于是我们约定,每人根据某件神奇怪异的事情各写一篇故事。"《弗兰肯斯坦》虽然包含了很多鬼故事的基本元素,如鬼屋、坟墓、谋杀和无辜的受害者等,却远远超越了传统鬼故事的神秘怪异,正如她自己所说的那样:"我不希望这部小说被看作不可思议的神奇故事,小说中的种种描述必须依靠科学的力量去创造奇迹。"尽管《弗兰肯斯坦》问世时人们在字典中还找不到"科幻小说"这个词,玛丽·雪莱在此书中所确立的体裁和风格却已经成为现代科幻小说无可争议的鼻祖。

  故事的结构有些类似于俄罗斯套娃,层层展开。故事一开始,出现的人物是罗伯特·沃尔顿,他正在去北极探险的旅途中。他写信告诉姐姐他特别渴望能有一位志趣相投的朋友。在第四封信中,他说自己在浮冰上发现一个饥寒交迫、虚弱不堪的人,于是就把他救上了船,并把他看作是自己向往已久的朋友,这个人就是维克多·弗兰肯斯坦。

  弗兰肯斯坦向沃尔顿讲述了自己的经历。他在瑞士日内瓦长大,一直热衷于生命起源的研究。他试图征服死亡,创造一种新的生命。对于他来说,科学就是能够给予人们上帝般力量的知识的集合。他终日躲在一间斗室中进行制造生命的研究,全神贯注,废寝忘食,完全不顾自己的健康,还疏远了亲人和朋友,连他的未婚妻伊丽莎白和他最好的朋友亨利·克勒瓦尔都无法让他回心转意。

  经过多年的潜心研究,弗兰肯斯坦终于发现了创造生命的秘诀。他从住地附近的藏尸间里偷来各种死尸的肢体,并把它们组装成一具八英尺高的人体。他又通过数月夜以继日的努力,终于在一个风雨交加的夜晚使他的创造物睁开了眼睛。当他看见面目丑陋的怪物向他走过来并试着向他微笑时,他吓得魂飞魄散,一下子就逃走了。第二天,在好朋友克勒瓦尔的陪伴下,他战战兢兢地回到实验室,但怪物已经不见了。弗兰肯斯坦发起了高烧,昏睡中他仿佛觉得那怪物将他攥住,无论他怎样呼叫挣扎都无法摆脱。克勒瓦尔精心照料了他几个月,他才恢复过来。为

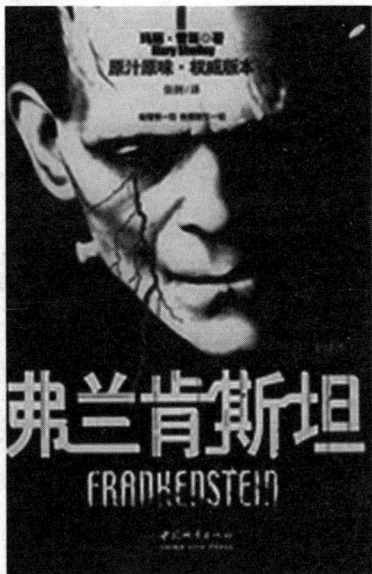

了摆脱心头的恐惧,弗兰肯斯坦决定回家。

然而家中等待着他的却是年幼的弟弟遇害的噩耗,警方已经根据现场证据逮捕了忠诚可爱的女仆贾斯汀·莫里兹。悲痛的弗兰肯斯坦在一个暴风雨的夜晚独自在勃朗峰徘徊,突然一道闪电掠过远处的一座山峰,在电光中他看到了自己制造的怪物。这时他明白了,是怪物杀死了弟弟,贾斯汀是无辜的。然而他却无法说出真相,不得不痛苦地目睹贾斯汀被定罪处决。当他与怪物又一次不期而遇时,怪物请求他听一听自己的经历,弗兰肯斯坦同意了。

怪物开始叙述自己痛苦不堪的经历。当他被弗兰肯斯坦遗弃之后,他不得不栖身森林,备受饥寒煎熬。为了寻找食物,他壮着胆子走进一个村庄。村民们都被他的怪模样吓坏了,有的落荒而逃,有的用石子砸他,将他打得遍体鳞伤,他只好躲在德拉西家屋外的棚子里。每天他都从墙缝中偷偷地观察一家人的生活,渐渐地,他不仅学会了人类的语言,更懂得了人们之间的爱与关怀。

德拉西一家生活十分艰难,"他们经常要忍受饥饿的煎熬,那两个年轻人更是如此。但他们常常将食物放到老人面前,没有给自己留下一点吃的",因此他不再偷吃村民的食物,改以野果、树根充饥。他还经常帮助德拉西一家收集柴火,偷偷地为他们做好事:在去日内瓦的路上,他救起了一个落水的女孩。但他的行动并未得到人们的同情和接纳,相反,他得到的回报永远是冷漠、鄙视和遗弃,他感到深深的孤独。因此,他请求弗兰肯斯坦为他制造一个异性同类以伴余生,并保证他们将远离人类文明,去南美荒原安家落户。

弗兰肯斯坦勉强答应了他的要求,却最终放弃了努力,因为他担心如果雌雄两个怪物繁衍出许多怪物,后果将不堪设想。在小说接下来的部分中,弗兰肯斯坦讲述了他和怪物之间一次又一次的生死斗争。怪物先是掐死了正直善良的克勒瓦尔,弗兰肯斯坦本来以为怪物的下一个目标会是自己,然而在新婚之夜他才知道怪物是想让他比死亡更加痛苦:怪物竟然在他们的婚床上杀死了他亲爱的新娘伊丽莎白。弗兰肯斯坦发誓要报仇,他一路追踪怪物到北极,直至奄奄一息,被沃尔顿发现。弗兰肯斯坦讲完之后,警告沃尔顿要吸取他的教训,然后就死去了。沃尔顿意识到他未来旅程中潜伏着的巨大危险,掉转航向,朝着南方温和的水域驶去。

文学影响

《弗兰肯斯坦》问世以来,评论家们始终对这部作品非常感兴趣,对于这篇小说的诠释更是众说纷纭。一些评论家通过分析小说的副标题"现代普罗米修斯"，认为作者是想对现代科学进行批判。在希腊神话中，普罗米修斯为人类盗取了天火，因此受到宙斯的惩罚。普罗米修斯为了给人类幸福，自己却忍受着无尽的折磨。弗兰肯斯坦因为创造了怪物也同样陷入了地狱般的痛苦：与崇高的普罗米修斯不同的是，迫害他的是他亲手制造的怪物。作者由此提出了一个值得人们深思的问题：随着产业革命的深入和科学的不断发展，本来应该造福于人类的科学技术却给人们带来了巨大的灾难。人类本来是科学发明创造的主人，但往往沦为自己发明创造的奴隶，丧失自己作为人的权利，就如同小说中怪物所说的那句话："你是我的创造者，但我是你的主人！你得服从我！"弗兰肯斯坦的毁灭正是"现代普罗米修斯"的悲剧下场。

还有一些评论家认为玛丽·雪莱笔下的弗兰肯斯坦与怪物，表现了男性浪漫派诗人的某些特征，他们都被某种不可名状的欲望所驱使，憎恶人类、傲视独立而离群索居。弗兰肯斯坦与怪物同为小说的中心人物，自始至终形影相随，他们的关系也同样是互相依存，不可分割。正如歌德笔下的浮士德与靡菲斯特，他们好比一个灵魂的两个方面，真与假、善与恶、美与丑在他们身上融为一体，浑不可分。在《弗兰肯斯坦》中，作者多次引用柯勒律治，华兹华斯、拜伦和雪莱的诗句，这些浪漫派诗人的诗句帮助她表达出弗兰肯斯坦和怪物所共有的孤独感以及命中注定的狂热的能量。

另外一些评论家通过分析作者的个人生活经历，认为这部小说再现了孕育生命的过程。玛丽·雪莱创作《弗兰肯斯坦》的前一年，她刚出生一个月的孩子夭折了；在她动笔之前半年，她生了一个儿子；她完成小说之后仅仅三个月，又一个孩子降生了。因此有充分的理由显示，在她创作《弗兰肯斯坦》的过程中，她一定经常考虑诸如生育孩子和父母责任之类的问题。但是，关于弗兰肯斯坦创造怪物与玛丽·雪莱自己的生育过程之间究竟有什么关系，评论家们有着两种截然不同的观点。有些人认为玛丽·雪莱自己的分娩过程与弗兰肯斯坦创造怪物的过程很相似，都异常痛苦和恐怖。有些人则认为玛丽·雪莱自己的分娩过程非常顺利，她是想将妇女正常的生育过程与弗兰肯斯坦造人的过程形成对比——弗兰肯斯坦的行为违背自然规律，注定要受到惩罚。还有一些人把制造怪物的过程与写书的过程联系在一起——玛丽·雪莱在此书的介绍中也曾对此有过暗示。

持女权主义观点的评论家则认为作者对怪物充满了同情。怪物如同一个偷听的学生,通过从墙缝中传出的话语艰难学习。玛丽·雪莱也曾这样描述过自己。当她的丈夫雪莱和戈登·拜伦等人在一起谈论科学和诗歌时,玛丽·雪莱总是在一旁静静地聆听。作为一个身处男性包围之中的女性作家,她在内心深处也许常常感觉自己是个"异类"。持这种观点的评论家认为小说中的怪物代表了女性作家受压抑的普遍状况,怪物的一连串谋杀行为则象征着女作家深藏在心底的愤怒的爆发。

多年来,评论家们对于《弗兰肯斯坦》不衰的兴趣进一步证明了这部小说不朽的艺术魅力。它不仅使其作者玛丽·雪莱在英国文学史上占有了一席之地,在现代流行文化的环境中也具有极强的生命力。时至今日,这部小说在英美等国仍然畅销不衰,成为再版次数最多,拥有读者最广的经典作品之一。很多风靡一时的现代科幻小说都沿用了与之类似的主题。"弗兰肯斯坦"一词也因此成为家喻户晓的名词,被收入英语词汇,专指"无法控制自己的创造物而反遭毁灭的人"。这部作品还被改编成数十部戏剧和电影,在英美等国,每逢万圣节前夕,作为传统节目,各大电视台均要播出以这部小说改编的各种恐怖电影,以渲染气氛,吸引观众,足见这部小说在西方文坛及影视圈的强劲地位。

7. 乔治·桑[法]

《康苏爱萝》

作者简介

乔治·桑(George Sand,1804—1876),原名阿尔芒迪娜·吕西·奥罗尔·杜班(Armandine Lucie Aurore Dupin),是 19 世纪法国浪漫主义女作家。她出身于一个没落的贵族家庭,父亲是拿破仑帝国的一名军官,在她 4 岁时不幸去世。而母亲不久就因与祖母不和去了巴黎,奥罗尔由住在法国北部贝里的诺昂村庄的祖母抚养。

祖母是一个文化修养很高但很专横的贵族,她极力想把奥罗尔培养成一位贵族小姐,但这些在奥罗尔的身上行不通。可是,祖母爱阅读的习惯却潜移默化地影响了她,用她自己后来的话说,"对于我,一本书是一个朋友,一个劝告,一个雄辩而平静的安慰者"。虽然祖母对她严加管束,但小奥罗尔在诺昂乡间还是呼吸到不少的自由空气,可以和农村的小伙伴们一起玩耍,在田野里、道路上和灌木丛中尽情奔跑嬉戏。

奥罗尔 13 岁时,祖母把她送到巴黎的修道院接受教育。3 年的修道院生活结束后,她又回到了诺昂。不久,祖母因病卧床不起,在照顾祖母的同时,奥罗尔如饥似渴地阅读卢梭、拜伦、伏尔泰、莎士比亚等人的作品。其中最让她着迷的是卢梭,卢梭对大自然的崇拜、对上帝的信仰、对平等的热爱以及对

乔治·桑

所谓文明社会的藐视，"仿佛预先占有了沉睡在她灵魂里的各种情感"①与她产生了强烈的共鸣，也深深地影响了她日后的写作风格。她奉卢梭为精神导师，一生都是他的忠实信徒。

祖母逝世后，她曾一度回到母亲的身边，但从母亲那儿得不到她所期望的温暖和爱。为摆脱这种状态，18 岁的她轻率地嫁给了一位男爵，但志趣平庸的丈夫无法了解她内心丰富的情感与爱幻想的天性，婚姻的安宁与恩爱只维持了三年。在那个时代，要想从不满意的婚姻中解脱出来获得自由很不容易，1831 年，她再也无法忍受丈夫的荒唐行为，愤然离家独自来到巴黎生活。1836 年，乔治·桑正式与丈夫离婚，两个孩子最后都判给了乔治·桑，她在给友人的信中写道："我终于永远平静而自由了。"

乔治·桑真正的写作生涯开始于她的独立生活。1831 年，她与恋人、青年诗人于勒·桑多合作发表小说《玫瑰色与白色》(Roseet Blanche, 1831)。这部关于两姊妹的小说获得了成功。1832 年，她独立完成了第一部小说《印第安娜》(Indiana, 1832)，揭开了她"妇女问题"小说创作的序幕，这部以乔治·桑为笔名发表的作品让她一举成名，她也从此成为职业作家，靠手中的笔来维持自己和孩子的生活。

在于勒·桑多之后，乔治·桑先后与诗人缪塞、音乐家肖邦有过著名的浪漫史，他们之间感情的纠葛与悲欢离合，在各自的文艺创作中打下了深深的烙印。乔治·桑与缪塞的爱情充满了浪漫主义狂飙式的激情，但只持续了两年便关系破裂。缪塞在 1836 年发表的自传体小说《一个世纪儿的忏悔》(The Confession of a Child of the Century)中叙述了这段经历，作为对他的回答，乔治·桑写下了著名的《她与他》(Elle Et Lui, 1859)。七月王朝时期，乔治·桑隐居诺昂八年，肖邦成了她"生活的主人"。她对这位音乐王子母亲般无微不至的关爱真切感人，在乔治·桑的小说《卢克莱卡·芙洛丽安尼》(Lucrezia Floriani, 1846)中，我们不难发现那个过分优雅又以自我为中心的加洛尔公爵身上，有着肖邦的影子。

19 世纪 30 年代，乔治·桑开始接近空想社会主义者，她对皮埃尔·勒鲁以人道主义为核心的空想社会主义推崇备至。她的小说也由此发生了深刻的变化，开始关注比"解放妇女"更为严重、迫切的"社会问题"。从 40 年代起，她发表了一系列的社会问题小说，并参加筹办空想社会主义者的机关刊物《独立评论》，为共和党左派的报纸《改革》撰写文章。她还走上街头参加了五月游行，为临时政府草拟

---

① 勃兰兑斯著：《十九世纪文学主流》(第五分册)，李宗杰译，人民文学出版社 1982 年版，第 158 页。

《共和国公报》。但在革命被摧毁和流血的六月起义之后，她便不再过问政治了。

晚年的乔治·桑隐居在诺昂，和儿孙们一起享受天伦之乐，同时考察民间的生活习惯和农民的口头文学，创作童话故事。一些年轻作家小仲马、福楼拜等常来拜访她，得到她的亲切指导，称她为"诺昂的好心太太"。1876年6月7日，乔治·桑在诺昂乡间的别墅中逝世。

乔治·桑是一位多产作家，她一生写了244部作品，100卷以上的文艺作品、20卷的回忆录《我的一生》以及大量书简和政论文章。雨果曾评价："她在我们这个时代具有独一无二的地位。特别是，其他伟人都是男子，唯独她是女性。"

代表作品

《康苏爱萝》（Consuelo，1842—1843）是乔治·桑社会小说中的代表作，丹麦著名批评家勃兰兑斯认为是她"最长、最有名的一部小说"，法国评论家阿兰更是把这部小说誉为"乔治·桑的唯一杰作"，认为乔治·桑"由于写出了《康苏爱萝》而成为不朽"。

《康苏爱萝》中女主人公的原型来自于与乔治·桑同时代的一名女歌星，但这部小说远非一部简单的传记，故事发生在18世纪中叶，康苏爱萝是一个波希米亚穷苦卖唱女的女儿，虽然她貌不出众，但有一颗纯洁、善良、高贵的心灵。从小就表现出很好的歌唱天赋，她的演唱水平远远超过了就读于音乐学校的正规女学生，著名作曲家、音乐教师波尔波拉深深喜爱这个不同于那些争强好胜、爱慕虚荣的唱诗班少女的姑娘，像慈父一样培养她，关怀她。

几年过去了，康苏爱萝长大成人，未婚夫安卓莱托是一个喜欢沽名钓誉的歌手，急于登台演出，一举成名，而她深谙一踏上舞台就等于踏上了钩心斗角的名利场，因此她流着眼泪做初次登台的准备。安卓莱托由于演唱水平有限，为了在剧院站稳脚跟，去追求头牌歌女高丽拉。康苏爱萝发现了他的背叛，愤然离开了威尼斯。带着波尔波拉的介绍信，她来到波希米亚的"巨人宫堡"，担任宫堡主人罗道斯塔伯爵侄女阿梅莉的音乐教师。阿梅莉是伯爵

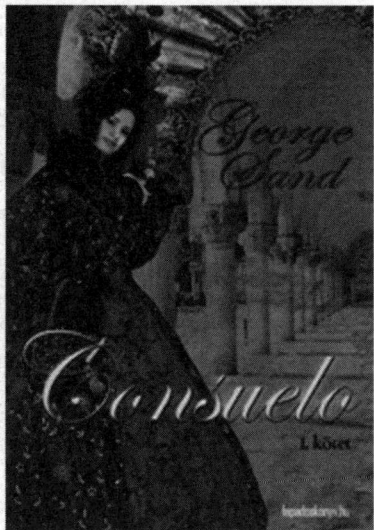

儿子阿尔贝的未婚妻,可是却遭到阿尔贝几近无礼的冷落。阿尔贝从小就同穷人的孩子在一起,深切同情穷人的命运,对人间的法律愤愤不平,憎恨教士的奢侈和神职人员的野心。实际上,阿尔贝在乔治·桑的笔下是一个具有民主主义光辉思想的人物,是封建贵族家庭的逆子,在周围亲人看来性格乖僻的他,却深得康苏爱萝的理解,他也十分尊重这位音乐教师。

有一次,康苏爱萝冒着生命危险找到了失踪的阿尔贝,并用亲切的话语让他从昏迷妄语的状态中清醒过来。把他带回宫堡后,康苏爱萝自己却累得病倒了,阿尔贝日夜守护在她的身边照料她,他们相爱了。阿尔贝的父亲看到儿子与康苏爱萝在感情和思想上息息相通,希望他们结婚。但康苏爱萝不愿意做一个伯爵夫人,而这个时候,以前的未婚夫安卓莱托来到"巨人宫堡"找她。康苏爱萝给阿尔贝留下一张纸条,又将安卓莱托引向别的地方,自己则奔赴维也纳与她的音乐教师波尔波拉会合。

维也纳也并非一块艺术净土,不久,康苏爱萝就发现它与威尼斯大同小异。在威尼斯有权贵朱斯蒂尼亚尼伯爵控制歌剧院,而这儿也有艺术的"保护人"威廉米娜。性格正直的康苏爱萝由于不愿巴结讨好威廉米娜而得不到重用。她决定离开维也纳,去柏林接受一家剧院的聘请。

康苏爱萝在布拉格附近遇到了阿尔贝的叔叔,他专程赶来带康苏爱萝回去见已病得十分严重的阿尔贝。原来,波尔波拉为了让她投身于艺术,给伯爵写了一封信,不同意阿尔贝与康苏爱萝结婚,并且说康苏爱萝自己此意更坚。阿尔贝得知后犹如晴天霹雳,立即病倒并很快病情恶化。康苏爱萝见到他时,他已经奄奄一息。为了了却他最后的愿望,康苏爱萝与他在最后的时刻举行了结婚仪式。仪式刚结束,阿尔贝就倒在康苏爱萝的怀里永远地安息了。最后,康苏爱萝拒绝接受阿尔贝留给她的遗产,毅然离开了宫堡,前往柏林。

《康苏爱萝》描绘了一幅从威尼斯到维也纳,从上流宫廷社会到下层农村的欧洲广阔的社会风俗画面,对18世纪欧洲封建制度进行了广泛而深入的揭露。威尼斯上层社会风气淫靡,维也纳专制制度横行,农民的生活极端贫苦,艺术家的命运无法自主,这些都在作品中得到深刻体现。在以朱斯蒂尼亚尼伯爵为代表的统治阶级控制下,"无论是威尼斯,还是维也纳,艺术只是统治者茶余饭后消遣娱乐的工具,既是他(或她)卖弄风雅、表示对艺术家施以恩典的工具,又是他们发泄情欲、寻求刺激的有利场所"①。小说成功地塑造了女主人公康苏爱萝的形象。她善良单纯,不爱慕荣华,热爱音乐,在龌龊卑污的社会环境里,出淤泥而不染。康苏爱萝一次又一次"出走",从威尼斯到波希米亚,到维也纳,再到柏林,每一次出走都是摆脱一种束缚,获得一种精神上的解脱。她要挣脱传统观念、封建制度的枷锁,她的思想是空想社会主义的艺术再现。在男主人公的影响下,她开阔了眼界,认识到可歌可泣的农民起义在历史上的进步作用,与阿尔贝在思想上进一步地沟通,也成了一个具有革命民主主义思想的先进人物。

这部小说情节几经起伏,但紧张的情节又与抒情的笔调相互交融,小说充满了热烈奔放的激情,同时又具有温婉亲切的风格,这正是乔治·桑的特色。

文学影响

乔治·桑有着"天生的小说家"的美誉,一生创作的作品多达 105 卷,这些作品以小说为主,还有戏剧、散文和大量的书简。从乔治·桑作品中的序言以及她与福楼拜等作家的书信中,我们可以清楚地知道她的艺术创作观点,她认为艺术要追求理想的真理,它的使命就是感情与爱情的使命。艺术家的目的是唤醒人们对艺术所表现的对象的热爱。因此,她写的小说不是记录芸芸众生和万事万物的冷酷现实,而是"人间的牧歌,人间的歌谣,人间的传奇",要把人物描绘成她所希望的那样,描绘成她相信应该如何的那样。

乔治·桑的小说创作大致可以分为四个阶段:

第一阶段的作品称之为"激情小说",其主要题材围绕着"妇女解放"的问题。由于个人爱情和婚姻的不幸,乔治·桑把与自己遭遇类似的妇女命运诉诸 30 年代的法国文坛,为妇女的恋爱和婚姻自由而呐喊,反抗以某个邪恶男人为化身歧视和压迫妇女的社会势力。其主要代表作有《印第安娜》、《瓦朗蒂娜》(*Valentine*,1832)、《莱莉亚》(*Lelia*,1833)、《雅克》(*Jacques*,1834)、《莫普拉》(*Mauprat*,1836)等。这些作品被称为"激情小说"是因为超越理性的白热化的男女激情始终都是这些小说的最大特点。小说尚未脱离法国早期浪漫主义的思想情绪和形象,但作品的基本主题却是新鲜的:维护妇女感情自由的权利,揭露资产阶级道德贪婪自私的本质。

第二阶段是"社会问题"小说,这个阶段的作品带有强烈的空想社会主义的色

---

① 郑克鲁:《法国文学论集》,漓江出版社 1982 年版,第 123 页。

彩,其代表作有《木工小史》(*The Journeyman Joiner*,1840)、《奥拉斯》(*Horace*,1841)、《康苏爱萝》(*Consuelo*,1842—1843)等。如果说乔治·桑的早期作品是符合她个人身世、经历与气质的"本色小说",那么之后创作的一系列社会问题小说,则标志着她的创作进入了更成熟的阶段。她的目光不仅仅局限在妇女的身上,而是投向了更广大的社会背景,站在对劳动人民深切同情的立场上,猛烈抨击封建制度及其残余势力,要求建立一个没有奴役、公平合理的美好社会。小说中的正面人物往往是正直、善良、勤劳、朴实的劳动人民,以及力图摆脱财产束缚的上层贵族,乔治·桑喜欢写这两者的平等结合。

1848年革命失败之后,这种不同阶层结合的理想被打破,乔治·桑也由此转入了创作的第三个阶段——以农村为背景的"田园小说"。《魔沼》(*La Mare au Diable*,1846)、《弃儿弗朗沙》(1848)、《小法岱特》(*La Petite Fadette*,1848)、《笛师》(1852)等是其代表作。乔治·桑的田园小说写得极富艺术魅力,小说中和缓、古雅、平静、诱人的田园生活,有着梦幻般的情调。其中《魔沼》是写得最为成功的一篇,讲述了勤劳正直的青年农民热尔曼和农村姑娘玛丽自由恋爱结婚的故事,热尔曼通过在魔沼中与玛丽的接触,对她产生了真挚而热烈的爱情,最后他们终于结合过上了幸福的生活。小说以抒情的笔调,描绘了绮丽恬静而又充满神秘色彩的农村风光以及古老的农村结婚风俗,具有浓郁的浪漫色彩。

第四阶段为传奇小说。乔治·桑在晚年仍然从事写作,写过几部小说,如《金色树林的漂亮先生》(*Les Beaux Messieurs de boisdore*,1858)、《祖母的故事》(*Contes d'une Grand'mere*,1875—1876)等,但没有写出重要的作品。

与乔治·桑脍炙人口的田园小说相比,她的社会小说有着更为深刻的意义,更多地反映了下层人民的生活和命运,欢乐和痛苦,打破了法国历来的文学传统只囿于上流社会的框架。乔治·桑的确不愧于恩格斯赋予她的"时代的旗帜"称号。

8. 伊丽莎白·克莱格 霍恩·盖斯凯尔［英］

《玛丽·巴登》

作者简介

盖斯凯尔（Elizabeth Gaskell,1810—1865），1810 年 9 月诞生在伦敦的切尔西。她的父亲威廉·史蒂文森来自海员家庭，在写作方面颇有才华，经常向报纸杂志投稿，伊丽莎白自幼就受到父亲文学修养的熏陶。她的母亲伊丽莎白·荷兰是自耕农的女儿，共生了 8 个孩子，却只有伊丽莎白和她的大哥约翰活了下来。

伊丽莎白出生 13 个月后，母亲就去世了，她被送到纳茨福特小镇的姨妈拉姆夫人家抚养，这座偏僻小镇的风俗人情成为她日后创作的素材。伊丽莎白在姨妈家渐渐长大，拉姆夫人教她识字读书，并常带她去教堂。宗教对少年时代的伊丽莎白影响很大。她熟读《圣经》（Bible），尤其是《新约全书》（New Testament），基督精神在她后来的创作中时有体现。

盖斯凯尔

1822 年，伊丽莎白离开纳茨福特小镇，前往一所女子寄宿学校读书，她在那里学习非常用功，博得了教师们的称赞。5 年后，她结束学校生活回到纳茨福特镇。伊丽莎白 18 岁时，她的哥哥约翰·史蒂文森在夏天远航印度,一去不返。约翰一直是伊丽莎白精神上的支柱,她和哥哥的感情深厚,因此,这件事对她打击很大。在伊丽莎白创作的几部作品里,她都再现了这幕悲剧的情景。

不久,伊丽莎白回到切尔西和父亲生活在一起,但父亲在一次严重的中风后,很快就去世了。伊丽莎白此时年届20,仪态端庄,秀外慧中,偶遇到温文尔雅的青年威廉·盖斯凯尔,两人一见钟情,并很快结为夫妻。威廉比伊丽莎白大5岁,是唯一神教堂的副牧师,文化修养很高。婚后,盖斯凯尔夫人经常配合丈夫做些慈善工作,因而有机会接触生活困难的产业工人,了解他们的生活与思想,这一切都为她创作《玛丽·巴登》(*Mary Barton*,1848)提供了帮助。

盖斯凯尔夫妇在威尔士欢度蜜月之后,便在曼彻斯特多佛街上的一幢房子里居住下来。夫妇情投意合,常常一起讨论宗教、历史和文学等方面的问题,日子过得十分愉快。婚后,盖斯凯尔夫人先后生下了女儿玛丽安娜和玛格丽特。这期间,她除了操持家务以外,对写作产生了浓厚的兴趣。

1837年1月,伊丽莎白和丈夫合作的诗歌《穷人素描》(*Sketches Among the Poor*,1837)发表在《布莱克伍德》杂志上。这是她第一次发表作品,并没有署上真名。在19世纪40年代初期,盖斯凯尔夫人写了一两篇短篇小说,虽然没有多大的成就,但创作的才能已初步显露出来。

1842年,盖斯凯尔夫妇从多佛街迁往上朗姆福特街,并在新居生下女儿弗洛伦斯,但随后出生的男孩却在10个月时不幸染上猩红热而亡。盖斯凯尔夫妇伤心万分,坚强的丈夫鼓励妻子写作,以排遣心中的不快。1845年底,盖斯凯尔夫人开始创作她的第一部长篇小说《玛丽·巴登》,经过两年的努力终于完成,但因主题不符合出版人意愿,搁置了一年后才发表。《玛丽·巴登》真实地反映了工人阶级的生活和斗争,在19世纪英国小说的发展中占据十分重要的地位。这一时期,她又生下了第四个女儿朱莉娅。

盖斯凯尔夫人共发表过6部长篇小说,其他的5部分别是:《克兰弗德》(*Cranford*,1853)、《露斯》(*Ruth*,1853)、《北与南》(*North and South*,1855)、《西尔维亚的恋人》(*Sylvia's Lovers*,1863)、《妻子与女儿》(*Wives and Daughters*,1866)。其中,《北与南》是她的另一部重要作品。她在书中再次宣扬了阶级调和的思想。盖斯凯尔夫人还创作了不少中、短篇小说,大部分是以她熟悉的小城镇生活为背景。她撰写的《夏洛蒂·勃朗特传》(*The Life of Charlotte Bronte*,1857)是一部优秀的传记作品。

1865 年 11 月 12 日,盖斯凯尔夫人突然辞世,她的最后一部小说《妻子和女儿》还剩下最后一章尚未完成。

代表作品

《玛丽·巴登》的故事发生在宪章运动第一次高潮前后的英国曼彻斯特。玛丽·巴登的姨妈艾斯特的突然失踪使玛丽的母亲非常伤心,巴登家的好友威尔逊夫妇前来安慰巴登太太,两家在一起喝茶聊天,并邀请了住在巴登家附近的威尔逊先生的妹妹艾丽斯。其时巴登太太还怀有身孕,加上恶劣的物质条件,在生下儿子汤姆后,就告别了人世。从此,玛丽和父亲相依为命。为了谋生,玛丽外出学习缝纫,她通过老艾丽斯的介绍,认识了和外祖父约伯·雷生活在一起的玛格丽特,并成为好朋友。

长大后的玛丽·巴登非常美貌。威尔逊家的大儿子杰姆比玛丽略大几岁,是一个很有才干的棒小伙,玛丽也曾在一次救火过程中目睹了杰姆的胆识和勇气。杰姆非常喜欢玛丽,想娶玛丽为妻,同时两家长辈也希望他们能结为伉俪。可玛丽则认为通过自己的外貌,她会像神秘失踪的姨妈一样,得到一个富有的丈夫,因此总是想方设法地回避杰姆。杰姆的双胞胎弟弟去世了,杰姆和家人都非常难过,玛丽前去安慰。玛丽的温柔深深地触动了杰姆爱的心弦。但玛丽的心目中已容不下杰姆的位置,因为她已得到富家子弟小卡逊的青睐。

玛丽·巴登
MARY BARTON
ELIZABETH GASKELL

玛丽的姨妈艾斯特为生活所迫,沦为无家可归的妓女,她一直暗中关心着失去母亲的玛丽。艾斯特发现了玛丽与小卡逊之间的恋情,她担心玛丽的未来会是自己现在生活的翻版。她试图告诉约翰·巴登,但巴登因为妻子的死与艾斯特有关而不能原谅她,拒绝听她的解释。其后,杰姆鼓起勇气,来到巴登家向玛丽求婚,却遭到玛丽的拒绝。杰姆离开后,玛丽才发觉自己真正爱着的人正是杰姆,从那以后,她决定和小卡逊断绝关系。可小卡逊为了赢得玛丽的欢心,声称他要请求父母同意娶玛丽为妻。不久,艾斯特又找到了杰姆,希望杰姆能够把玛丽从陷阱中救出来。小卡逊不能容忍玛丽的背叛,时常纠缠着不愿与他继续交往的玛丽。有一次,杰姆与小卡逊狭路相逢了,两人动了手,而这一幕又碰巧被一名警察看到了。

玛丽·巴登的父亲约翰·巴登是一位老工人,他为纺织厂当了几十年牛马,到头来一贫如洗。他的儿子不仅在饥饿中死去,他也目睹了自己周围的贫困和死亡。在先进工人的影响下,他参加了宪章派领导的工人运动。在1839年经济大萧条中,他被选为工人代表和请愿团一起到伦敦请愿,但由于政府站在资本家一边,请愿最终失败了,约翰也被工厂解雇了。不久,厂主进一步压低工资剥削工人,忍无可忍的工人,在工会的领导下举行罢工。

以卡逊父子为首的厂主拒不接受工人的最低要求,在谈判过程中,小卡逊给一位工人代表画的一幅漫画被发现了,工人代表们义愤填膺,决定采取报复行动。通过抓阄的形式,约翰成了报复行动的具体实施者,在暗中枪杀了小卡逊。事后,约翰离开了曼彻斯特,但他不知道玛丽、杰姆和小卡逊之间的复杂关系。

由于目睹过杰姆与小卡逊动武一幕的警察的举报,再加上凶杀现场所找到的凶器正是杰姆的,杰姆随即以情杀的嫌疑被捕。玛丽从一个偶然机会中得知父亲是真正的凶手,她想在保护父亲的同时,又能救出杰姆。经过多方了解,她得知老艾丽斯的养子威尔可以作为证人,以证明杰姆不在犯罪现场。威尔是一名海员,很快就要远航美洲,为了能追上威尔,玛丽吃尽了苦头。最后,在约伯等众多贫苦朋友的帮助之下,杰姆的嫌疑被洗刷了。而约翰在临死前对老卡逊承认了此事,并愿意接受人世间或上帝的任何惩罚。老卡逊原谅了约翰,虔诚地祈祷上帝"赦免我们的罪过"。不久,杰姆带着妻子玛丽和母亲离开了曼彻斯特,到加拿大定居,开始了幸福安宁的生活。

文学影响

盖斯凯尔夫人的生活宁静安定,她和维多利亚时期的其他几位女作家相比,既没有勃朗特姐妹在贫困颠沛中奋斗的经历,也没有乔治·爱略特在恋爱上的大胆举动。因此,她的作品和她的生活一样,作品拥有的是平凡而熟悉的人物,可信的细节和充分体现人物社会地位的语言。她的代表作《玛丽·巴登》就充分体现了这种朴实无华的创作风格。

盖斯凯尔夫人在《玛丽·巴登》的序言中写道:"在我居住的城市里,那些每天在熙熙攘攘的街道上擦肩而过的人们的生活中间,该是有着多么深刻动人的传奇材料。"于是她在自己熟悉的曼彻斯特棉纺工人中间找到了题材。曼彻斯特是那时英国纺织业的中心,贫苦的产业工人聚居的地方,工厂主为了榨取更多的剩余价值,想尽一切办法剥削压迫工人。在这种形势下,工人阶级不得不组织起来进行斗争。《玛丽·巴登》的故事就是在这样的社会大背景下发生的。

盖斯凯尔夫人是第一个以小说形式来反映宪章运动的作家,6年以后,狄更斯才发表了相似题材的《艰难时世》。因此把宪章运动这个主题引进英国文学上来的光荣,应首先归属于盖斯凯尔夫人。《玛丽·巴登》是一部屈指可数的真实描写工人阶级生活和斗争的作品,但深受基督精神影响的作家,即使在这部十分激进的作品中,也没有越出基督教说教的思想框框。在故事的结尾中,老卡逊对约翰·巴登的原谅或许出乎一些读者的预料,但基督精神在具体的现实中有了用武之地。《玛丽·巴登》出版后,出乎出版商的预料而大受欢迎,主要是基于两方面原因:新颖的题材和基督精神的宣传。宪章运动在英国的历史上持续了大概半个世纪,基督精神在英国则从7世纪开始一直存续至今。所以说《玛丽·巴登》也是一部时代精神和传统精神相结合的作品。

在传统的政治评论家看来,尽管这部作品的题目是"玛丽·巴登",实际上最重要的人物却是玛丽·巴登的父亲约翰·巴登。但进一步细读作品后,我们会发现无论是玛丽·巴登、约翰·巴登还是杰姆·威尔逊,都不能算是作品中的最重要人物。因为描写人物形象并非作家的本意,这些人物只是作家用以叙述当时社会现实的媒介,作家所强调的是一个集体的生活状态和思想,而并非某一个人的个性特征。事实上,作品最初发表时,书名为《玛丽·巴登——一个关于曼彻斯特生活的故事》,后来再版时才把书名简化为《玛丽·巴登》。故事中,贫苦的工人不仅以工会的形式团结起来,而且在私人生活中也互相帮助,互相安慰。处于剥削阶层的工厂主们也是联合起来对工人采取行动的。所以,总体来说,《玛丽·巴登》中人物关系是群与群的关系,并非某一个人物是特别的亮点,这一点说明了作家的艺术造诣和狄更斯、萨克雷等相比略逊一筹。

玛丽·巴登在整部小说中的形象虽然不鲜明,但在人物关系中的枢纽作用是不容忽视的。玛丽、杰姆和小卡逊之间的三角关系,是故事情节合理发展的重要框架。在《玛丽·巴登》中,作家虽然也描写了爱情,但都与浪漫无缘,全书最生动感人的部分,是作者描写的工人阶级的悲惨状况和工人阶级的斗争,有力地打破了关于资本主义制度的永恒性的幻想。

9.哈里特·比彻·斯陀［美］

《汤姆叔叔的小屋》

作者简介

哈里特·比彻·斯陀（Harriet Beecher Stowe,1811—1896），美国著名小说家，同时也是一位慈善家。斯陀夫人出生于康涅狄格州一个正统的卡尔文教派的牧师家庭，幼年时期即开始接受基督教教育、宗教典籍和司各特、拜伦、狄更斯等文学大家的著作，这为她以后的创作奠定了坚实的思想基础和丰厚的文学素养。

斯陀夫人处在 19 世纪美国蓄奴制猖獗、废奴运动高涨的时代。幼年时，她曾在姐姐凯瑟琳所创办的女子中学读书，在学校学习到了大量先进的理论知识。1832 年，她随家迁往与蓄奴制的肯塔基州一河之隔的辛辛那提，并在那里居住了 18 年。1836 年，斯陀嫁给父亲神学院的教授卡尔文·斯陀，他们创办了许多自己的杂志和文学俱乐部。斯陀夫人也就是在这一时期开始写作的，她的小说和随笔经常在当地的刊物上发表。

1850 年，斯陀夫人跟随丈夫搬到缅因州。在这期间，她经常接触到从南方逃亡过河的奴

哈里特·比彻·斯陀

隶，并多次到肯塔基访问，目睹了无数黑奴在奴隶主的残酷迫害和压迫下的悲惨遭遇，以及他们不堪忍受压迫而进行的斗争，使斯陀夫人对蓄奴制度的残酷性有了深切的了解和体会。

1850 年,美国国会为了缓和蓄奴制在南方引起的地区性矛盾,通过了《逃亡奴隶法案》,允许南方奴隶主到北方自由州追捕逃亡的奴隶,结果引起了北方进步人士的强烈愤慨。这时,斯陀夫人出于对黑奴命运的同情和迫害黑奴行为的义愤,决定用笔来揭露蓄奴制的落后与反动,开始创作她的巨著《汤姆叔叔的小屋》(又译为《黑奴吁天录》)。一年后,小说《汤姆叔叔的小屋》(*Uncle Tom's Cabin*,1852)终于出版,并立即引起了轰动。这部小说可以说是美国反对蓄奴制的宣言书,当时的美国总统亚伯拉罕·林肯在接见斯陀夫人时,称她为"写了一本书而酿成一场大战的小妇人"。之后,为了反驳保守势力的攻击,斯陀夫人发表了《〈汤姆叔叔的小屋〉题解》(*The Key to Uncle Tom's Cabins*,1853),引用法律、法院档案、报纸和私人信件等大量材料证明她的小说所揭露的事实。

斯陀夫人创作的其他主要著作包括《德雷德,阴暗的大沼地的故事》(*A Tale of Great Dismal Swamp*,1856),《奥尔岛上的明珠》(*The Pearl of Orr's Island*,1862),《老镇上的人们》(*Oldtown Folks*,1869),以及一些宗教诗,后收入 1867 年出版的《宗教诗选》(*Religious Poems*,1867)。她还写过一篇虚构的维护女权的论文《我妻子和我》(*My Wife and I*,1871),今天常常被女权主义者引用。

斯陀夫人晚年主要居住在佛罗里达州,在《棕榈叶》(*Palmetto Leaves*,1873)一书中描写了她在那里的宁静生活,这也是她创作的最后一部小说。斯陀夫人在她丈夫死后,停止了文学创作。1896 年 7 月 1 日,她在康涅狄格州的哈特福德去世。

代表作品

《汤姆叔叔的小屋》是斯陀夫人的一部现实主义杰作。这部小说布局独具匠心,采用穿插轮叙的方式,沿着两条平行线索描述了两个黑奴不同的遭遇,塑造了忠诚友善但逆来顺受的汤姆和勇于抗争的伊拉莎夫妇等典型形象,并通过人物和场景描绘,表现了那个时期的美国社会生活面貌。

汤姆是庄园主谢尔比家的一个黑奴,因为他为人忠实、得力,且对人友爱、乐于帮助人,因此深受庄园主一家和其他奴隶的喜爱,尤其是谢尔比的儿子乔治少爷非常喜欢他,称他为汤姆叔叔。

庄园主谢尔比先生善良、温和,对奴隶非常仁慈,但因他做投机生意亏了本,借据落到了奴隶贩子黑利手中,所以不得不接受黑利的条件,把两个黑奴卖给他。被黑利看中的两个黑奴中有一个就是诚实、能干、受人敬重的汤姆叔叔,另一个是谢尔比太太的侍女、混血女仆伊拉莎的独生子哈里。

一天半夜,伊拉莎偶然偷听到主人和夫人正争论关于买卖汤姆和哈里的事,她决定带着儿子逃走,并且来向汤姆报信。知道一切后,汤姆听得目瞪口呆,克洛伊婶婶更是悲愤万分,她劝汤姆同伊拉莎一道逃走。可是,汤姆叔叔想到,如果他一逃走,别的奴隶就会遭到被卖的命运,主人也要丧失所有的产业。他决定留下来,宁愿自己忍受一切痛苦。伊拉莎独自带着儿子走了,经历千辛万苦在好心人的帮助下,她们母子到了一个保护奴隶的村庄。

可汤姆却被奴隶贩子扣上沉重的脚镣,塞进了马车将要卖到下游的种植园去。由于汤姆的忍耐和沉静,黑利渐渐对他放了心,汤姆可以在船上走动走动了。他总是安静而乐于助人,常常给船上的工人做帮手,船上的人对他都有好感。

在船上的旅客中,有一位来自新奥尔良的年轻绅士圣克莱尔,与他同行的还有他的幼女伊娃和堂姐奥菲利亚。圣克莱尔心地善良,但他的婚姻很不幸福,妻子梅丽冷酷、自私、残忍,他这次出门就是为了散散心。

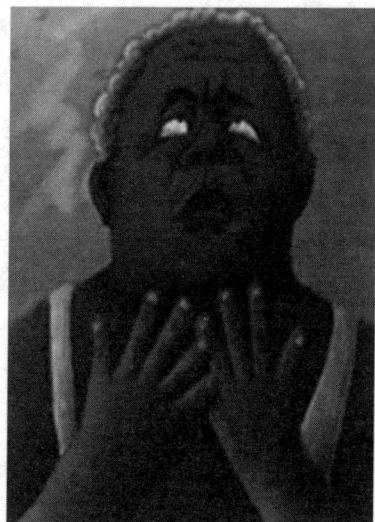

小伊娃五六岁,聪明、活泼、美丽且富有同情心。她常常带着忧愁的神色注视着船上那些戴着镣铐的黑奴,有时又捧来糖果和橘子给他们吃,很快她就和汤姆混熟了。一天,伊娃站在船栏边玩时不慎落入水中,汤姆立即跳进河里,把伊娃救了上来,这更加深了他们之间的友谊。在伊娃的要求下,圣克莱尔买下了汤姆,黑利趁势抬高价钱,大敲了一笔。

汤姆做了圣克莱尔家的马车夫,他生活得很平静,唯一使他感伤的是他和妻儿天各一方。汤姆的忠实、能干完全赢得了主人的信任,圣克莱尔渐渐地把许多重要事务都交给他办理。汤姆与小伊娃一直相处得非常融洽,他们两人的友谊与日俱增。

可好景不长,汤姆到圣克莱尔家两年后,小伊娃生病了,而且病得十分厉害。汤姆非常着急,但大家的祈祷终于没能留住这个可爱的小天使。伊娃临终前要求父亲给汤姆自由,圣克莱尔本来也讨厌罪恶的奴隶制,他在伊娃死后,着手办理给汤姆恢复自由的各种法律手续。可就在圣克莱尔告诉汤姆他即将获得自由与家人团聚的那天晚上,这位好心的主人在咖啡店为两个醉汉劝架,挨了致命的一刀,可怜的汤姆眼见着希望化为了泡影。冷酷无情的梅丽不顾丈夫和女儿的遗愿,也不听奥菲丽亚小姐的劝阻,卖掉了汤姆和其他所有的奴隶。

汤姆的新主人路格里先生,是红河岸边的一个棉花种植园主。这里的奴隶过着牛马不如的悲惨生活。一天,汤姆因为帮助一个生病的女奴而遭了一场痛打,他的伤还未愈合,就被主人逼着下地干活了。汤姆的身体在痛苦劳累中一天天垮了下来,后来汤姆又帮助两个女奴逃跑,这使路格里怒不可遏,他把汤姆摔倒在地,接着是一场惨无人道的鞭打,直打得老汤姆奄奄一息。

两天后,谢尔比先生的儿子乔治少爷专程来赎买汤姆叔叔,打算把他接回家。可是一切都晚了,但他终于见了乔治少爷一面,脸上露出了宽慰的笑容,乔治把汤姆葬在一个多沙的小丘上,他跪在汤姆叔叔的坟头说:"我向你起誓,从现在起,我愿尽我的一切力量,把可诅咒的奴隶制度从我们的国土上消灭掉。"

乔治回到自己的庄园后,召集全体黑奴,发给每人一份自由证书,他实践了对汤姆叔叔的承诺。

文学影响

斯陀夫人的《汤姆叔叔的小屋》是19世纪废奴文学的最高成就,也是战后现实主义小说运动的前驱,它深刻揭示了南部奴隶社会的黑暗与落后,揭露并谴责了蓄奴制的野蛮与反动,为唤醒民众反对蓄奴制以及推动废奴运动和南北战争起了非常重要的作用;对世界各地被压迫民族的觉醒也产生了不可估量的影响。

小说通过对主人公汤姆和其他奴隶悲惨命运的描写,愤怒地揭发和控诉了南方蓄奴制的罪恶和奴隶主的血腥暴行。正如作者所说,她写这本书的主旨是"激发人们对那些和我们生活在一起的黑人的同情心,揭露他们在奴隶制下遭遇到的种种不平和痛苦,批判这个制度的极端残暴不仁";通过这本书"发掘不平,伸张正义,抚慰贫困,把卑贱、受压迫和被遗忘的人们的际遇公诸于世"。

斯陀夫人以生动细致的笔触,饱满的激情和艺术感染力,成功地刻画了不同类型的黑奴形象,逼真地勾勒了奴隶主的丑恶嘴脸。不仅着力刻画了接受奴隶主灌输的基督教精神、逆来顺受型的黑奴汤姆,也塑造了不甘心让奴隶主决定自己生死的具有反抗精神的黑奴。并通过各种人物的遭遇,形象地再现了南部社会的面貌。这部以黑奴的非人遭遇为主要内容的小说,是一部渗透着黑奴血和泪的书,一部控诉奴隶主血腥暴行的书。

除此之外,斯陀夫人有着同时代妇女所不具备的敏锐的政治眼光。她不仅看到了当时南方种植园主对待奴隶野蛮、残暴这一表面现象,而且把目光深入到奴隶制内部的罪恶本质。与此同时,她倡议美国妇女在彻底了解奴隶制的同时,作为一位母亲、妻子、姐妹或社会的一员,以正确的方式使用她们的影响。在寻求保持自由原则不动摇的同时,作为妇女去缓和激烈的政治斗争。她倡议全美妇女记住奴隶主和奴隶同样都是我们的兄弟,上帝要求我们像爱我们自己那样去爱他们。更难能可贵的是斯陀夫人塑造了伊拉莎这一反抗形象,最后通过反抗获得了自由。这一形象为黑人反抗压迫、争取自身解放树立了良好的榜样。

《汤姆叔叔的小屋》在写作手法上,突破了在小说方面长期占据统治地位的浪漫主义传统,运用现实主义的手法和穿插轮叙的技巧,展现故事情节的发展,取得了良好的艺术效果。作为一本文学作品,尽管它在艺术及文学技巧上有不足之处,但这部作品却是举世公认最伟大的关于人道主义的文件,美国著名诗人亨利·朗费罗说它是"文学史上最伟大的胜利"。

10. 夏洛蒂·勃朗特［英］

《简·爱》

作者简介

夏洛蒂·勃朗特(Charlotte Brontë,1816—1855),是19世纪杰出的英国女小说家,著名的勃朗特三姐妹作家之一。1816年4月21日,她出生于英格兰北部一个贫穷牧师家庭,父亲帕特里克·勃朗特牧师学问渊博,曾取得剑桥大学的文学硕士学位;夏洛蒂的母亲聪慧、娴静,但在她童年时就去世了。

夏洛蒂8岁那年,她和家中3个姐妹被送到一所专收穷牧师子女的慈善学校读书。那里生活条件恶劣,她的两个姐妹相继患肺病死去。父亲只好把夏洛蒂和她妹妹艾米丽接回家里,这段悲惨的经历对她影响很大,在她后来的创作中有所体现。

夏洛蒂自小酷爱文学,深受法国浪漫主义文学的影响,她的几个弟妹也都爱好文学艺术,经常在一起编写诗歌和幻想故事,并从中得到了很大乐趣。少年夏洛蒂写了许多小说、诗歌和剧本,这对她以后成为一个著名作家是一个初步尝试。

夏洛蒂·勃朗特

夏洛蒂15岁时进罗赫德地方的一所寄宿学校,毕业后,她在这所学校教了三年书,后又做过两次家庭教师,但性格孤傲的她很快就辞职了。她在求职道路上的不愉快经历,给她的创作提供了重要的素材,并坚定了她选择文学道路的决心。

1846 年,夏洛蒂、艾米丽和安妮姐妹三人用姨妈留下的遗产,自费合出了一本诗集,但没有引起任何反响。同时,她创作的第一部小说《教师》(*The Professor*, 1846)[1]也受到了出版社的冷遇。但夏洛蒂没有灰心,她花了一年时间完成了《简·爱》(*Jane Eyre*,1847),这部作品融入了她的亲身体验,女主人公追求平等与自立的精神,鼓舞了当时的许多女性。不久,两个妹妹创作的《阿格妮丝·格雷》(*Agnes Grey*,1847)和《呼啸山庄》(*Wuthering Heights*,1847)也出版了,这三部小说为姐妹三人带来了很高的声誉。

在随后的两年中,两个妹妹和弟弟相继去世了,只留下夏洛蒂和她年迈的父亲。她怀着坚不可摧的决心和独立精神继续创作,完成了她的另一部重要作品《谢利》(*Shirley*,1849),出版后获得了很大的成功。之后,夏洛蒂前去伦敦,拜访了当时的著名作家萨克雷,并把《简·爱》第二版献给了她所敬爱的、同时也深深关怀她的这位作家。夏洛蒂在伦敦的几天中,结识了不少文学界的名流,其中包括著名的盖斯凯尔夫人,后者为她创作了一本传记,忠实而生动地记录了夏洛蒂的一生。

夏洛蒂的作品主要描写贫苦的小资产者的孤独、反抗和奋斗,属于曾被马克思称为以狄更斯为首的"出色的一派"。她的最后一部小说《维莱特》(*Villette*,1853)发表于 1853 年,它被一些评论家认为是作者最成熟的作品。

1854 年,夏洛蒂和她父亲的副牧师阿瑟·尼科尔斯结婚,度过了一段短暂的幸福生活。同时,她还创作了小说《爱玛》(*Emma*)[2]的开头几章,但未及完成,便于 1855 年 3 月离开了人间,享年 39 岁。

代表作品

《简·爱》是夏洛蒂·勃朗特的代表作,夏洛蒂自己人生旅途中的悲哀、忧愁、紧张和勇气在《简·爱》中都得到了强烈的反映。

简·爱是个姿色平平,一无所有的孤女,被舅舅里德先生收养后,来到了盖兹海德府。不久,舅舅就不幸病逝,他在临终时嘱咐妻子照顾简。但里德太太和她的

---

[1] *The Professor* was the first novel by Charlotte Brontë. It was originally written before *Jane Eyre* and rejected by many publishing houses, but was eventually published posthumously in 1857 by approval of Arthur Bell Nicholls, who accepted the task of reviewing and editing of the novel.

[2] *Emma* is the title of a manuscript by Charlotte Brontë, left incomplete when she died in 1855. It was completed by Clare Boylan and published as *Emma Brown* in 2003.

孩子对简十分粗暴,尤其是约翰·里德在她母亲的支持下不断折磨和侮辱简。面对他们的虐待,简在忍无可忍的情况下进行反抗,结果被关进"红屋子"——她的舅舅在那里病死,结果简被吓出了病。

里德太太决定把简送到慈善学校去,她叫来了布洛克尔赫斯特先生,他是一个严厉的加尔文派牧师,掌管着劳渥德学校。里德太太对他说,简是个叛逆的说谎者,必须严加管教。劳渥德学校里,生活条件极差,而且纪律严酷,简和一位温顺的小姑娘海伦·彭斯成了好友。不久,斑疹伤寒在学校流行期间,海伦病死。简则受到布洛克尔赫斯特先生的折磨,可是心地善良的教师潭波尔小姐对简很好,简在她的教育下,学业大有长进,并在劳渥德当了教师。后来,潭波尔小姐结了婚,离开了劳渥德,简便登广告谋求家庭教师的职位。

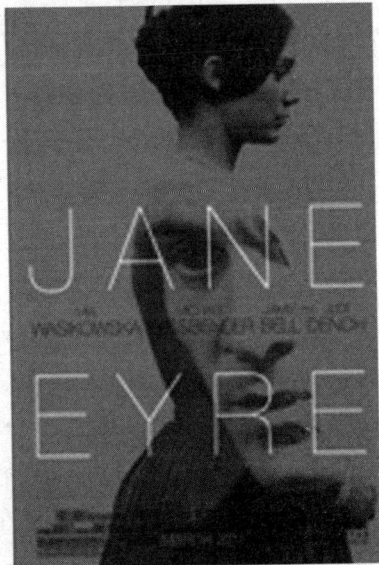

简来到了桑菲尔德府做家庭教师,主人爱德华·罗切斯特先生不在家,女管家菲尔费克斯太太接待了她,她的学生阿黛勒·瓦朗是个讲法语的小女孩——罗切斯特先生的被监护人。

一天,简外出散步时帮助了一个陌生人,当时他从马上摔了下来,不慎扭伤了脚。回到桑菲尔德府之后,简发现那陌生人就是沉默寡言、主人架势十足的罗切斯特先生。他对简镇静沉着的风度、坦率和志气以及她的聪明十分喜爱。

一天夜里,简被奇怪的笑声惊醒,发现罗切斯特先生的卧室起火,她急忙把火扑灭。罗切斯特先生说,这是女佣格莱思·普尔干的。

罗切斯特离开桑菲尔德府去拜访邻居。不久,漂亮的贵族小姐布兰奇·英格拉姆和其他客人一起来桑菲尔德府做客,大家都认为罗切斯特将和布兰奇结婚。这时简发现自己已经爱上了罗切斯特,而罗切斯特也对简表达了爱意。

简前往盖兹海德府看望病危的里德太太,并看到了她叔叔从马德拉写来的信。简在参加完里德太太的葬礼后回到了桑菲尔德府,而罗切斯特正为他俩的婚礼做准备。在举行婚礼那天,仪式被梅森先生打断。原来罗切斯特已结过婚,他的妻子是梅森先生的姐姐,就在桑菲尔德府,罗切斯特承认那个被关在桑菲尔德府的疯女人就是他的妻子。

不顾罗切斯特的恳求,简毅然离开了桑菲尔德府。在饥寒交迫、身无分文的情况下被圣约翰·里费斯牧师收留,牧师的妹妹玛丽和黛安娜细心照料她,简改名为简·爱略特。

圣约翰发现简的真实身份,并告诉她,她的叔叔已在马德拉去世,财产遗赠给了她,并且简和圣约翰兄妹是表亲。简把遗产与表兄妹平分,拒绝了圣约翰的求婚,重返桑菲尔德府。但此时的桑菲尔德府已是一片焦土废墟。疯女人半夜放火,烧掉了整个府邸,她自己也葬身火海,而罗切斯特也已双目失明,并且断了右手。他现在住在芬丁庄园。简直奔芬丁与罗切斯特团聚,从此过着幸福的生活。

文学影响

《简·爱》通过描写女主人公简·爱追寻社会地位、实现自我价值,由孤女到家庭教师,最终获得幸福的个人奋斗历程,揭露了当时的英国慈善机构实为人间地狱的社会罪恶,表现了妇女与社会抗争,追求男女平等、人格独立的强烈愿望及反叛精神。

夏洛蒂对妇女问题的看法同其文学创作一样,认为妇女的出路不仅在于自由权和爱情平等,而且在于顽强的独立劳动。她把妇女的命运与斗争和贫苦的受压迫阶级的命运紧密联系:她的女主角遭到欺凌和侮辱,首先是因为贫穷。

在简·爱的精神里有一种反对社会压迫的自发的抗议。童年时,她就公开反对富有、假仁假义的舅母以及那些暴戾、娇生惯养的表兄妹。到孤儿院以后,她和海伦·彭斯的交谈也表达了必须反抗的思想:"我们要是无缘无故挨打的时候,我们应该狠狠回击……叫他永远不敢再打这样的人。"简·爱一分钟也不舍弃这种抗议和独立精神,这种精神赋予她的形象以生动的魅力,也决定了她对真正的、平等的爱情的大胆追求。

简·爱捍卫着自己的荣誉和独立,在朴素中保持自傲,视个人的尊严为神圣不可侵犯的,渴望独立、诚实的劳动和自主的生活——这是女主角最诱人的特征之一。

小说《简·爱》表现了对当时英国贵族社会的残酷与假仁假义的批评。夏洛蒂特别塑造了布洛克尔赫斯特这样一个道貌岸然的伪君子的形象,以此强烈批判这种披着宗教外衣残害儿童的教育制度。在书中,夏洛蒂通过罗切斯特从前的悲惨经历——作为两个家庭之间卑鄙的商业契约的牺牲品,诉说了她对当时英国的家庭和婚姻的法律的不满,更表达了她对那些上流社会家庭不和睦和灭亡的金钱利益的憎恶。

渗透在简·爱和罗切斯特的语言和行动中的那种感情力量是小说《简·爱》的基本艺术价值之一,也是它的成功的保证。在这里,夏洛蒂是一个善于揭露最复杂的精神变化的细致入微的心理描写家和描写风景的卓越巨匠。她擅长以自然景物烘托人物的内心世界,预示人物的未来命运,事实上,这一艺术手法的运用贯穿小说始终,尤其是简·爱与罗切斯特间的情节、事件均伴有对自然景物的描写,以烘托气氛。最典型的例子是简·爱和罗切斯特相互表达爱意的那一章:一个仲夏的傍晚,天气晴朗,田野葱绿,太阳徐徐沉落,将自己红宝石般的光辉铺展开来。就在这一天中最甜美的时候,简·爱在伊甸园般幽静的庭院里漫步,在百花争艳、林木葱茏的花园里遇见了罗切斯特。此时的大自然呈现出一派美好、祥和的气氛,从而烘托出男、女主人公互诉衷肠、倾吐爱意的美满和幸福。然而,就在他俩相依相携、沉浸在柔情蜜意之中时,狂风骤起,雷鸣电闪,大雨倾盆而下。本章结尾部分的这一自然景物的骤变具有强烈的象征意义:首先,简·爱与罗切斯特的爱情绝非一帆风顺,这场暴风雨预示着他们日后将饱尝苦涩,经历磨难;其次,罗切斯特身为有妇之夫,却欲再娶简·爱为妻,这显然是一种罪孽,而这场暴风雨,尤其是那被雷电劈去一半的七叶树,则象征上苍对其罪孽的震怒。

夏洛蒂与华兹华斯一样,热爱自然,崇拜自然,对大自然的一景一物十分敏感。她对大自然的依恋之情使《简·爱》中的寻常人物、普通事件既真实感人,又神秘莫测,表现出浓重的浪漫主义色彩。在这里,真正的现实主义和拜伦与雪莱的浪漫主义相结合,使得《简·爱》被称为浪漫化的现实主义小说,因而具有独具魅力的艺术美。

11. 艾米丽·勃朗特［英］

《呼啸山庄》

作者简介

艾米丽·勃朗特(Emily Brontë, 1818—1848)，是勃朗特三姐妹中最具神秘色彩的一个。"比男人刚烈，比孩子单纯"，这是夏洛蒂·勃朗特对妹妹艾米丽·勃朗特的评价。虽然她心地善良，为人谦和，但性格内向、孤僻、寡言少语，极少参与朋友聚会交流，从不向别人吐露心迹，即便是自家姐妹。因而，她是姐妹中最与世隔绝和最不愿有求于人的一个，甚至连夏洛蒂都认为自己不敢肯定是否真正理解她。

离开家乡哈沃斯后最痛苦的是艾米丽，几度离家然后重返哈沃斯时最高兴的也是艾米丽。她常常独自一人在自家周围的荒野上散步、思索，并从中寻得心灵的满足。她对该区的历史、传统和传说爱得最深，对沼泽地生活了解得最透。她熟知沼泽地的详细情况，而沼泽地也给她带来很大收获——为她的小说《呼啸山庄》(*Wuthering Heights*, 1847)提供了宝贵的素材。在约克郡，"呼啸"一词用来描绘狂暴恶劣的气候，它既表明小说的基调，也表明当地的环境。

艾米丽具有超出常人的坚强毅力。她患肺病后，尽管心力交瘁，但拒绝卧床休息，每日操持家务，直至去世那天。一次，她在荒野散步时被

艾米丽·勃朗特

恶狗咬伤,伤口流血不止,为止血以防感染,她强忍剧痛,用烧红的火钳烙炙伤口。

艾米丽的刚毅令人赞叹,而她的孤僻又如那与世隔绝的荒原,给人以神秘莫测之感。值得一提的是,艾米丽对传统宗教——基督教不以为然,极少去教堂做礼拜。但是,她的文学作品,尤其是她的诗作,又表现出令人难以理解的神秘氛围。在西方,甚至有学者认为,艾米丽是芸芸众生中少数能与某种神灵沟通的人,艾米丽与常人的迥异可见一斑。

艾米丽的文学生涯始于其诗歌创作。1845 年秋,夏洛蒂偶然发现了艾米丽的一些诗歌,认定绝非平庸之作,遂坦言自己也写了一些诗,加上安妮的诗作,三姐妹 1846 年以贝尔(Bell)为笔名,联袂自费出版一本诗集。然而,她们的首次文学尝试并不成功,这本诗集仅售出两册。尽管如此,艾米丽仍不失为一位杰出的诗人。她的诗作,如《回忆》(*Remembrance*,1846)、《最后的诗行》(*The Last Lines*)①、《我的灵魂决不怯懦》(*No Coward Soul Is Mine*,1846)等都是十分优秀的作品,为后世传颂。

1847 年,艾米丽唯一的一部小说《呼啸山庄》(*Wuthering Heights*)问世了。但是,这部在当时英国文坛独树一帜的小说却很少有人问津,而少数读过这部小说的人则指责它不成熟、不道德、不现实,毫无艺术性可言。面对无情的责难,艾米丽并不气馁,继续做新的尝试,但病魔却过早地夺走了她的生命。

艾米丽本人及其《呼啸山庄》在她生前及死后的半个多世纪备受冷遇。直至 20 世纪 30 年代,《呼啸山庄》才得以重新认识和评判,艾米丽在英国文学界的地位才逐渐得以确立。

代表作品

新近成为画眉田庄房客的洛克乌德先生记述了他第一次去拜访房东、呼啸山庄的希刺克厉夫先生,他描写了自己如何受到残酷无情、结实健壮、外貌像吉卜赛人的希刺克厉夫的粗暴接待。但是,他被希刺克厉夫迷住了,他又去做第二次拜访。这次他遇见了希刺克厉夫超然高傲的媳妇小凯瑟琳和一位粗鲁邋遢的年轻人哈里顿·恩萧——希刺克厉夫对他们充满憎恨和轻蔑。洛克乌德因大雪而留宿呼啸山庄,被女管家领到一间平常不住人的卧室里。他在房间里看到许多书籍,上面写着凯瑟琳·恩萧的名字,日期是 25 年前的……洛克乌德当晚做了一个噩梦,梦中他听见一根树枝在敲击窗户。他把手伸出窗外去抓那根树枝,可是却碰着了"一

---

① "Lines" is a poem written by English writer Emily Brontë in December 1837.

个冰冷的小手的手指头",同时一个孩子的声音抽泣着说,她是一个迷路者,在沼泽地里迷路了二十年。希刺克厉夫被洛克乌德的惊叫声吵醒,当洛克乌德从梦魇中醒来后,希刺克厉夫也显得十分激动,他在窗口哭喊:"进来吧! 进来吧! ……凯蒂,来吧! 啊,我心爱的! 这回听我话吧,凯蒂,最后一次!"

洛克乌德返回画眉田庄后,女管家丁耐莉给他讲了希刺克厉夫的故事:30 年前,呼啸山庄的主人恩萧先生从利物浦带回一个弃儿,并给他取名为希刺克厉夫。恩萧先生关照他的儿子辛德雷和女儿凯蒂(凯瑟琳)必须把希刺克厉夫当作兄弟对待。凯蒂不久就迷上了这个新来者,但辛德雷对父亲如此宠爱希刺克厉夫感到嫉妒。

恩萧先生死后,辛德雷成了呼啸山庄的主人,他立即不准希刺克厉夫再和凯蒂一起去读书,并利用一切机会折磨他,把他降为仆人。可凯蒂继续和希刺克厉夫交往,尽管辛德雷严厉惩罚他们,他们仍然继续到沼泽地里长途漫游。

一次漫游时,凯蒂和希刺克厉夫来到画眉田庄,这里住着富裕而有教养的林惇夫妇。凯蒂被林惇家的狗咬伤,她被留下来养伤,而希刺克厉夫则被赶跑了。凯蒂在画眉田庄住了五个星期,重返呼啸山庄时,她已变成了一个仪态万方的贵小姐。

次年,辛德雷的妻子生了一个儿子取名哈里顿,但妻子不久就去世了,辛德雷从此染上酗酒的恶习。与此同时埃德加·林惇向凯蒂求婚,凯蒂虽然爱着希刺克厉夫,但她却答应了埃德加·林惇的求婚,因为她不想做穷人。希刺克厉夫获悉后,便从呼啸山庄失踪了,凯蒂冒着暴风雨在沼泽地里寻找他。3 年后,凯蒂终于和埃德加结婚,同年希刺克厉夫发了财后返回呼啸山庄,凯蒂重见希刺克厉夫真是喜出望外。希刺克厉夫从辛德雷手中买下了呼啸山庄,因为辛德雷急需这笔钱来酗酒和赌博。辛德雷在希刺克厉夫的怂恿下,在酗酒和债务的泥潭中越陷越深,他的儿子哈里顿被希刺克厉夫培养成一个野小子。希刺克厉夫还和埃德加的妹妹伊莎贝拉·林惇私奔,希刺克厉夫与伊莎贝拉结婚的目的是要发泄他对林惇家的仇恨。凯蒂病重,在丁耐莉的协助下,希刺克厉夫和凯蒂再次相会,他俩紧紧相拥,并谴责对方残酷无情、背信弃义。当天夜里,凯蒂生了一个女儿,取名凯瑟琳,两小时

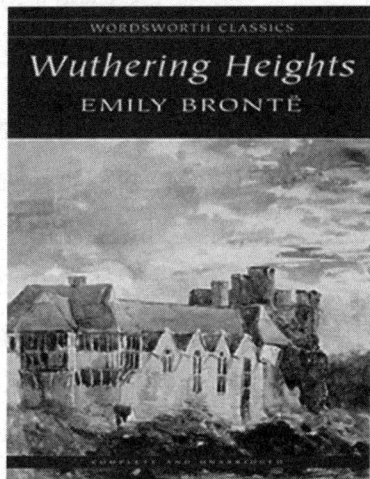

后,凯蒂便离开人世。

伊莎贝拉忍受不了希刺厉克夫的折磨而逃走,在外地产下一子取名林惇。几个月后,辛德雷一命呜呼,所有产业都落入希刺克厉夫手中,他的儿子哈里顿·恩萧只得寄人篱下,任由希刺克厉夫摆布。

转眼20年过去,伊莎贝拉临终前将体弱多病的儿子托付给哥哥埃德加,却被希刺克厉夫领回呼啸山庄。小凯瑟琳也已长成一个美貌的少女,她身上既流露出她父亲的温柔,也有她母亲的创造性和火爆脾气,希刺克厉夫逼迫她嫁给自己的儿子林惇。而埃德加·林惇死后,他的财产全部传给了他的外甥——希刺克厉夫的儿子——小林惇。小凯瑟琳在呼啸山庄精心护理多病的丈夫,希刺克厉夫不准任何人帮她或去请医生。不久小林惇病死,在临死之前,希刺克厉夫逼他写遗嘱把画眉田庄以及埃德加·林惇的其他财产全部转入自己的名下。小凯瑟琳伤心欲绝,分文不名,但仍旧桀骜不驯,她在呼啸山庄住下来,承受公公的百般虐待。

1802年,洛克乌德先生再次造访呼啸山庄。他从开着的窗子里听到小凯瑟琳教她的表哥哈里顿读书,两人显得非常亲热,他为此感到吃惊。女管家丁耐莉目睹小凯瑟琳和哈里顿之间的关系在逐渐变化,当想到希刺克厉夫对此有什么看法时,她吓得浑身打战。而此时的希刺克厉夫已改变很多,他变得出奇地心神不宁和深居简出,他仍旧发脾气,但是常常是虎头蛇尾。他想在哈里顿和小凯瑟琳身上进行报复的愿望莫名其妙地减弱了。一个原因是他们越来越使他强烈地回想起已故的凯蒂以及他们童年时在一起的时光,另一原因是他觉得越来越难以适应这个人间的世界。一天早晨,他在沼泽地里游荡了整整一夜之后回到呼啸山庄,"眼里有一种奇异的欢乐的光彩"。他相信自己终于重新见到了凯蒂,他几天不吃不喝,并关照丁耐莉,在他死后一定要把他安葬在凯蒂和她丈夫之间。他把自己锁在凯蒂原来的卧室里,第二天早上,丁耐莉发现他已经死掉了。

希刺克厉夫被如愿地埋在了凯蒂的墓旁,而小凯瑟琳和哈里顿计划办婚礼,并搬回画眉田庄。普通的、人世间的生活重新开始了,但乡里的人们相信,凯蒂和希刺克厉夫的鬼魂仍在沼泽地上游荡。

文学影响

19世纪中叶,英国文坛的其他小说与《呼啸山庄》,无论在主题、人物或创作手法上均无可比性,因此《呼啸山庄》在当时的文坛上独树一帜。但当时的英国大众无法理解这部小说,进而对它横加指责。直至半个多世纪后,这位英国文坛上最奇特的才女的杰作《呼啸山庄》才被拿出来进行重新评判。即便今日,人们对它新颖奇特的主题、人物、极富创意的艺术手法仍推崇备至,认为它是英国文学史上最杰出的小说之一。

艾米丽的小说《呼啸山庄》以奇特的想象力、引人入胜的情节、尖锐紧张的冲突和丰富明快的语言向读者展示了一个充满爱与恨、如暴风骤雨般强烈的情感世界;凯蒂与希刺克厉夫的生死恋震撼人心,而希刺克厉夫因受压迫、欺凌并最终沦为铁石心肠的复仇狂又颇令人反思人性的黑暗面。其主题的重要侧面——爱情,即凯蒂与希刺克厉夫间的爱情则纯系精神或心灵之爱,绝无情爱、性欲掺杂其中,可见这部小说主题之不同凡响。

独特的主题必然表示独特的人物。《呼啸山庄》中的男女主人公——希刺克厉夫和凯蒂这对情人与现实生活中的芸芸众生迥异,他们的人生中枢即为“情”,他们为“情”而生,因“情”复仇,为“情”而死,最终又为“情”而追寻灵魂的合一。对他们而言,日常生活只有一个“情”字,别无其他;而他们的爱情之强烈、之奇特则远远超出了平常男女间的爱情。凯蒂和希刺克厉夫这两个人物并非源于生活,他们只存在于作者的理想之中,而《呼啸山庄》则是体现作者感情、愿望、创造、思索和理想的一幅图画。维多利亚时期的小说家均不具备艾米丽这种极为独特的想象力。从这个意义上说,凯蒂和希刺克厉夫在英国文学史上是无可类比、空前绝后的两个人物。阿·查·史文朋曾评论道:“整部小说之不可比较,不仅在于它的气氛或景色的效果,而且在于它那野性的激愤的悲怆情绪的特殊情调,尤其在于它的激情的那种独特而鲜明的性质。那吞噬生命本身的恋情,以扑不灭的烈火,蹂躏着现实,摧毁着未来,它的纯洁丝毫不亚于火焰或阳光;正如作者的生活一样……”

《呼啸山庄》的创作亦别具一格。首先,艾米丽运用了散发着浪漫主义气息的形象化语言来抒发人物感情和描写景物。在描写动人情感的场面时,语言的形象性表现得格外明显。如:希刺克厉夫在将他自己和埃德加·林惇对凯蒂的感情加以比较时说:“就算是他用自己渺小的全副心神爱着她,可他一生给她的爱情还不如我一天能给她的多。凯瑟琳的心跟我的同样深浅,如同马蹄印里容不下海洋一样,她的感情也不可能归林惇所垄断。”小说中语言的多样性也同样使人惊讶:艾米丽用不同的语言来表达希刺克厉夫的热情、粗野而又不连贯的话,丁耐莉的平静而又庄严沉着的叙述以及小凯瑟琳的愉快的闲淡,和丧失了理智的老凯瑟琳的没有意识的呓语……艾米丽还受到雪莱的重大影响，自然被浪漫主义地表现为不断变化，富于崇高精神的因素，在她小说里和人们一起存在。死亡对女作家来说仅仅意味着与自然的伟大精神的汇合，她的主人公凯蒂和希刺克厉夫在人间得不到幸福且为生活所苦恼，宗教和法律用死气沉沉的权力把他们分开，而且注定要他们永远分离，但在坟墓里等候着他们的并不是天堂或地狱，而是早就向往的结合。其次，艾米丽用于描述小说中纷繁复杂的情节的叙事手法更具创意。当时的英国小说家均采用第一人称或第三人称叙事法，而艾米丽却匠心独运，采用双视角，甚至多视角的叙事法，即以房客洛克乌德做顺叙，而以女管家丁耐莉作为山庄和田庄两家事件的叙述者，并穿插一些其他人物叙述。这种多层次的框架结构营造出一个复杂的叙事系统，这在当时英国的小说创作中无疑是一个大胆的创新之举。

值得指出的是，凯蒂与希刺克厉夫间的这种纯粹的心灵交融合的、超人类的爱虽感人肺腑，但他俩的人格并非完美无缺，他们对彼此的爱也并非无懈可击。凯蒂性情孤傲、情绪多变，加之受当时英国社会森严的阶级等级制度的束缚，又抵抗不住社会地位的诱惑，最终决定与埃德加结婚，从而引发希刺克厉夫为情复仇，导致了两个家庭众多成员的不幸，尤其是凯蒂与希刺克厉夫他俩自己的悲剧。而希刺克厉夫为情复仇所用的极其残忍的、非人性的手段更是令人心寒。

《呼啸山庄》是柔与刚的结合，是艾米丽这位具有独创天才的作家性格的直接写照，堪称世界文学作品中的经典之作。

12.乔治·爱略特［英］

《弗洛斯河上的磨坊》

作者简介

　　乔治·爱略特（George Eliot,1819—1880），英国女作家。原名玛丽·安·艾文思（Mary Ann Evans），1819 年 11 月 22 日出生于英国沃里克郡的一个农场。爱略特曾在两所寄宿学校学习,掌握了法、意、德等多种语言,熟悉《圣经》和大量宗教、文学著作,并涉猎天文、地质、数学、昆虫等多类科学,这些著作大大丰富了她的思想。1836 年母亲去世后,她辍学帮父亲操持家务,并在业余时间继续自己的学业。她热衷于宗教和慈善事业,成为福音信徒。

　　爱略特是个有抱负、有理想的女性,她为在僻陋乡下不能像男人那样出去做一番事业而烦恼。1841 年,她随父亲迁居考文垂,结识了自由思想家查尔斯·布雷（Charles Buble）及布雷的姻亲查尔斯·海纳尔（也有译作汉纳尔,Charles Christian Hennell）等人。海纳尔的著作《基督教起源的调查》（*An Enquiry Concerning the Origins of Christianity*,1838）很快地转变了她的宗教信仰,1842 年初,她宣布不再信仰宗教,但她仍深切理解、同情一切虔诚的宗教感情,这也成了她作品的基调。之后,她先后翻译发表了斯特劳斯的《耶稣传》（*Das Leben Jesu Kritisch Bearbeitet*,1836），斯

乔治·爱略特

宾诺莎的《神学政治论》(*Tractatus Theologico-Politicus*, 1670)、费尔巴哈的《基督教的本质》(*Das Wesen des Christentum*, 1841)等著作,在思想界产生了很大影响。

1850 年,爱略特担任《威斯敏斯特评论》(*Westminster Review*)的副主编,这期间她有机会结交了马克思·狄更斯、霍克斯雷等哲学家和文学家,她还与哲学家赫伯特·斯宾塞结为好友,并通过他结识了著名作家、评论家和科学家乔治·刘易斯(George Henry Lewes),两人很快发展为恋人。刘易斯的妻子患精神病,但按照当时的法律和刘易斯的经济处境,不可能得到离婚证书。爱略特无视世俗偏见,毅然与刘易斯同居长达 24 年之久,表现了作家对维多利亚时代虚伪的道德规范和陈腐的法律条文的蔑视,以及自主地追求幸福的勇气。

在刘易斯的鼓励下,爱略特从 1856 年秋开始创作小说。1858 年,三部回忆早年乡村生活的中篇小说以《教区生活场景》(*Scenes of Clerical Life*, 1858)为题合集出版,并第一次以"乔治·爱略特"署名。小说以真实平凡的生活打动了读者,引起文学界的普遍重视。

爱略特共创作了 7 部长篇小说,早期的小说创作包括《亚当·比德》(*Adam Bede*, 1859)、《弗洛斯河上的磨坊》(*The Mill on the Floss*, 1860)和《织工马南传》(*Silas Marner*, 1861)。爱略特早期的创作题材几乎全部来自于她所熟悉的乡间生活,洋溢着浓郁的乡土气息。她第一次将朴实的农民作为小说主人公,使这些普通人的感情跃然纸上。道德问题和人的道德选择是爱略特早期小说的主题,道德冲突又常常笼罩着浓重的宗教情绪,但这些宗教题材是为了展现人的理想,是仁爱的情绪,是以人为本的人道主义思想,而不是鼓吹传统的宗教教义。

从 1862 年到 1876 年间创作的《罗慕拉》(*Romola*, 1863)、《弗利克斯·霍尔特》(*Felix Holt, The Radical*, 1866)、《米德尔马契》(*Middlemarch*, 1872)和《丹尼尔·狄朗达》(*Daniel Dewnda*, 1876)一般被看作是爱略特的后期小说。这些小说不再描写乡村景色和田园生活,取而代之的是历史、政治和社会题材,表现了她对现实问题的关注。爱略特长期居住在伦敦,英国的政治斗争、工人运动以及社会生活中一些极为突出的教育问题、饥饿问题、选举权问题等,引起了她的深刻思考。虽然道德问题仍是小说的主题,但后期小说里道德力量的冲突,一般都被赋予了更为广阔的背景。人的内心世界的描写也更多地与社会风俗和社会环境联系起来,个人命运也有了更广阔的社会依据。爱略特在小说中运用了细腻的心理写实和心理分析,她的写作手法影响了托马斯·哈代、亨利·詹姆斯和 D. H. 劳伦斯等许多作家。

爱略特创作的其他作品还有短篇小说、诗剧《西班牙吉卜赛》(*The Spanish Gipsy*,1868)及一些诗与散文。1878 年,刘易斯因病逝世。1880 年 5 月,爱略特与约翰·克罗斯正式结婚;1880 年 12 月 22 日,她病逝于伦敦。

代表作品

故事《弗洛斯河上的磨坊》发生在 19 世纪的英国农村。麦琪是弗洛斯河岸边圣奥格镇上一位磨坊主吐立弗的女儿,她心地纯洁宽厚,具有强烈的爱和同情心。她对邻居威根姆的驼背儿子费利浦充满了同情,在日常的交往中,两个孩子成了好朋友。但麦琪的哥哥汤姆常常忌妒她,在感情上伤害她;母亲把她视为讨厌的淘气鬼,姨母们对她素无好感。

后来,麦琪的父亲吐立弗与人打官司,对方的律师便是邻居威根姆,结果吐立弗败诉破产,不得不拍卖所有产业,威根姆买下了麦琪家的磨坊。吐立弗得知此事后,气得中风病倒,两家遂成为仇人。吐立弗破产后,两个孩子中断了学业,16 岁的儿子汤姆到镇上当了会计,吐立弗成了威根姆的雇员,为他管理磨坊,麦琪和母亲则靠做针线活贴补家用,一家人过着贫困屈辱的生活。

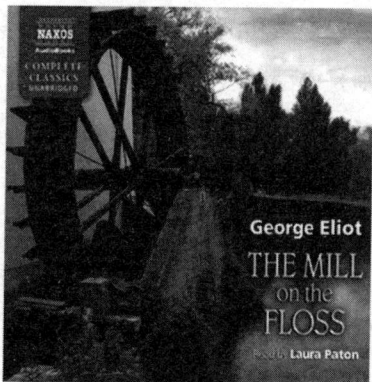

5 年之后,17 岁的麦琪重遇从国外留学回来的费利浦,两人继续来往。麦琪感情丰富,爱好文学,喜欢幻想,乐意接受费利浦的帮助,来提高自己的文化修养;而费利浦早已爱上了这个美丽、纯洁、善良的黑眼睛姑娘。但是讲究实际、固执自守的汤姆发现了两人的秘密来往,强迫麦琪起誓不再和费利浦见面。

两年后,汤姆通过做小买卖攒了一笔钱,吐立弗觉得重振家业有望,便去找威根姆挑衅,但却因过分激动再度中风而死。吐立弗死后,麦琪离开家乡去当教师。

麦琪到表妹露西家度假,在那儿遇见了出身于圣奥格镇首富之家的斯蒂芬,他是露西的男友。斯蒂芬对纯朴善良的麦琪一见钟情,麦琪也不由地被这个英姿勃勃的青年所深深吸引,双方之间产生了感情。斯蒂芬向麦琪求婚,麦琪因不愿伤害露西而拒绝了。这时,为取得汤姆的谅解,费利浦说服父亲把磨坊还给汤姆,并向麦琪提出求婚。麦琪因不愿伤害哥哥汤姆,也拒绝了他的求婚——这样麦琪使自己陷入两难的境地。

一次,麦琪偶然和斯蒂芬单独去弗洛斯河划船。在船上,斯蒂芬再三劝说麦琪出走和他结婚,但麦琪拒绝了。由于小船漂流过远,当晚已无法赶回,两人只好在一条商船上过夜。此事使麦琪清白的名誉扫地,汤姆也将她逐出家门,和她断绝了来往,她只得到镇上靠做手工维持生计。

不久,弗洛斯河水泛滥,麦琪独自驾船到被淹的磨坊去救汤姆。汤姆为她的手足之情所感动,两人在危难中和解了,但小船最终被河水覆没,两人不幸身死。

麦琪和她哥哥合葬在磨坊边上,斯蒂芬和费利浦经常在墓前徘徊,他们认为自己最大的欢乐和最大的痛苦都已被埋葬。

《弗洛斯河上的磨坊》是爱略特的一部自传体小说,它凝聚了作者深厚的感情。麦琪和汤姆的兄妹关系依据爱略特和她哥哥的生活经历,吐立弗先生的塑造则是借助了爱略特对父亲的回忆。小说通过麦琪与汤姆兄妹间关系的发展,通过对吐立弗一家荣辱兴衰的描写,表现了19世纪初社会生活的变迁、新旧价值关系的交替和人的"友爱关系"的永恒。作品把爱情、伦理、道义三者糅合在了一起,得出了严格而又带有宗教情感的价值判断,体现了作者的独到之处。

小说采用第三人称写作,体现了爱略特善于把握叙事艺术,灵活地变换视角的特点。在这里,"全知视角"给她以有利的位置,使她可以自由地出入故事的场景和"人物的灵魂",褒贬人物,发表观点。

文学影响

爱略特在她的作品中曾塑造了许多有声有色的女性形象,在实际生活中表现激进、勇于与世俗偏见和虚伪道德做斗争的爱略特,在小说创作中却表现了较多的保守倾向。在小说《弗洛斯河上的磨坊》中,女主人公麦琪被迫忍受个人痛苦,牺牲自己的感情和自己的追求,以实现更高的道德理想。爱略特通过对麦琪高尚品质的歌颂,旨在表明她后期所推崇的道德观念,即人在物质生活中仍需要相应的精神生活,而精神生活所不可缺少的是同情、理解和自我牺牲精神。

首先,小说的题目耐人寻味,它象征着人与自然的关系。古老的磨坊是早期工业的产物,磨坊与河流汇成了和谐的乐曲,但小说的发展则预示了这种和谐关系的解体。在小说结束时,我们看到古老的磨坊在兴盛了两百年后,终于在一场突如其来的洪水中倒塌。洪水过后,人们的生活又进入了一个新的时代。事实上,这也暗示了英国随着工业革命由农业国向工业国过渡的时期。

小说一开始,作者便生动幽默地刻画了不同阶层的芸芸众生相,书中那个小小的世界里弥漫着浓重的落后、保守、鄙俗的气息,人物登场都各具形态。具有小业主式的傲慢自负和愚昧固执的吐立弗先生,以格斯特小姐们为首的圣奥格镇虚伪势利和充满偏见的"上流社会",踌躇满志的迪恩先生和褊狭狠毒的威根姆律师,乃至轻浮冲动的斯蒂芬,狭隘冷酷的汤姆,凡此种种,作者都以戏谑的笔法予以简洁鲜明的勾勒和淋漓尽致的嘲讽。尤为深刻的是,作者紧扣主题揭示出时代的典型特征。在农村自然经济的古老背景下,圣奥格这个港口小镇正在形成新的经济、社会秩序。守旧的吐立弗渐渐发现这个世界越来越"莫名其妙",围绕着水资源发生的权利争夺使他深感无力对付。为了维护他心目中"水总是水"的传统原则,他不断地卷入诉讼,最终导致破产,给自己和家庭带来了不幸。多尔特科磨坊的变迁不失为时代变化的缩影,并且构成了小说主人公特定的悲剧环境。

主人公麦琪的悲剧命运是人物性格与她所处的环境相互冲突的必然结果。麦琪仿佛是尘埃中一颗熠熠闪光的明珠,和周围庸俗鄙陋的环境形成了鲜明的对照,这已经决定了她与环境之间必然会发生不可调和的矛盾。麦琪爱情上的不幸是她悲剧命运的核心。麦琪对费利浦的感情始于同情,后来因为精神的契合而滋长,可是由于两家的宿怨,遭遇到重重阻碍。后来,麦琪真正爱上斯蒂芬,但她又陷入道义和爱情的矛盾之中。她与斯蒂芬的"出走"事出偶然,她虽然是无辜的,但却为世人的流言蜚语中伤。麦琪最后丧生在泛滥的洪水里,但真正吞噬她的,却是那令人窒息的鄙俗社会中由世俗偏见和虚伪道德所汇集成的恶浪浊流。

《弗洛斯河上的磨坊》具有震撼人心的悲剧力量,它向人们启示生活的真谛,激发起对真、善、美的向往。爱略特在麦琪身上赋予了自己对美好人性的理想,她以细致入微的心理描写,展示出麦琪丰富优美的内心世界。麦琪并不是没有软弱动摇的时候,内心也不免时时陷入彷徨和痛苦,但无私的爱心和同情心,对真诚和正义原则的信仰,以及克己牺牲的意志总是一次次帮助她战胜自我。她最后冒死援救汤姆,终于感化了他那石头般冥顽不化的心,"在最后的至高无上的那一瞬间",他们终于实现了向纯真无邪的童年之爱的复归。

作为一位以强烈的道德观为特征的 19 世纪英国作家,爱略特个人的经历和成就,在妇女解放的道路上画了一个最有力的惊叹号。她超越了女性所谓的限度,预示了女性强大的潜力,为自己、也为全体女性赢得了荣誉。她被认为可与奥斯丁、詹姆斯以及劳伦斯等人齐名,体现了英国文学的"伟大传统"。

13. 安妮·勃朗特 [英]

《阿格妮斯·格雷》

作者简介

　　勃朗特三姐妹在世界文坛上可算作美谈。其中,大姐夏洛蒂与二姐艾米丽分别凭借《简·爱》(1847)与《呼啸山庄》(1847)在世界文学史上奠定了不可动摇的地位。相比之下,安妮·勃朗特(Anne Brontë,1820—1849)的名声就黯淡了很多,往往在提到三姐妹时,人们才会顺便想起这个小妹妹。两位姐姐的成就实在太大了,就像夏日夜晚皎洁的月亮掩盖了星星的光芒。但是,一旦明月躲进了云层,人们就会发现这颗星星是多么的璀璨。

　　勃朗特姐妹的父亲帕特里克·勃朗特是约克郡一个偏僻山村中的牧师。1821 年,勃朗特姐妹的母亲因肺癌去世,留下 5 个女儿和 1 个儿子。这时安妮刚刚 20 个月,是 6 个孩子中最小的一个。失去母亲是孩子们童年时最大的不幸,幸运的是,他们的父亲学识渊博,亲自指导孩子们读书看报,培养起孩子们对文学的最初的爱好。

　　由于家庭经济窘迫,4 个年龄较长的女儿被送到一所条件十分简陋的寄宿学校学习。生活环境的恶劣肮脏使最大的两个女孩,伊丽莎白和玛丽亚,先后染上肺病死亡,只有夏洛蒂与艾米

安妮·勃朗特

丽侥幸活了下来。安妮由于年龄太小,幸运地逃过一劫,没有去寄宿学校受过罪。1824年,夏洛蒂和艾米丽被接回家,其后的5年中,三姐妹与唯一的男孩布兰威尔相依为命,彼此照应,在荒凉的山区过着清苦的生活。生活中一连串的死亡、分别如影随形,使安妮的童年生活充满了苦涩,唯一的乐趣就是在幻想的文学世界中任意驰骋,只有这时她才能暂时忘却生活中的痛苦。

1835年,安妮到姐姐夏洛特任教的罗赫德学校学习,这是她一生中所受的唯一的正规教育。两年后,她因健康原因退学。为了缓解家庭的经济困难,特别是帮助酗酒、吸毒成性的兄弟布兰威尔,勃朗特姐妹先后离家做家庭教师。安妮也于1839年不顾身体的孱弱,独自外出做家庭教师,这年她只有19岁。从1839年到1845年,安妮分别在英格海姆、鲁宾逊两家当过家庭教师,备尝了家庭教师的辛酸凄凉。1845年,因为发现哥哥布兰威尔与鲁宾逊太太的暧昧关系,安妮辞去教职,回到家里与两位姐姐筹划创办她们酝酿已久的私人学校,但最终没有如愿。

勃朗特三姐妹很早就显露出文学才华,安妮7岁的时候就与9岁的姐姐艾米丽创作了小说。辞去家庭教师职务之后,安妮更是把大部分的时间用在文学创作上。她于1846年与两位姐姐联合出版一本诗集。1847年,用笔名阿克顿·贝尔出版了成名作《阿格妮斯·格雷》(Agnes Gray),随后又出版了《怀尔德菲尔府的房客》(The Tenant of Wildfell Hall,1848)。此后,她的健康状况每况愈下,于1849年5月因病逝世,年仅29岁。

安妮短促的一生是极其不幸的。她是勃朗特三姐妹中最漂亮的一个,身材修长,肤色白净,性格恬静随和,却终身未嫁。她从小就身体孱弱,患有严重的哮喘病,18岁时又染上当时的不治之症肺结核。在当家庭教师的岁月中,她更是饱尝了有钱人的冷眼歧视。但是,安妮从不抱怨命运的不公,相反总是以顽强的毅力忍受着身体与精神上的双重痛苦。她临终时说的最后一句话是:"夏洛蒂,你一定要坚强。"

代表作品

阿格妮斯的父亲是一位正直善良的牧师。阿格妮斯与父母、姐姐玛丽一起,在英格兰北部山区过着宁静舒适、与世隔绝的生活。由于父亲投资失败,阿格妮斯一家不但失去大部分的财产,而且欠下别人一大笔债务。父亲受不了这个打击,一病不起,只有母亲坚强地支撑起这个家庭,开始勤俭度日。看着妈妈与姐姐为家人奔波操劳，阿格妮斯逐渐萌发了外出做家庭教师的念头，这既可以贴补家用，又可以见见世面。开始全家人都持反对意见，但阿格妮斯终于说服了他们。经姑姑的介绍，她在商人布卢姆菲尔德家找到一个家庭教师的职位，年薪仅 25 镑，但这也足以令阿格妮斯兴奋不已了。

在阿格妮斯所教的 3 个孩子中，大少爷汤姆桀骜不驯、以折磨小动物为乐，大小姐玛丽·安任性、娇气，连年仅 4 岁的范妮也不听阿格妮斯的话。布卢姆菲尔德先生暴躁挑剔，他的太太待阿格妮斯也很冷淡。他们不允许阿格妮斯指出自己儿女的不是，但是一旦孩子们犯了错误，就全部怪罪到阿格妮斯的头上。全家似乎只有布卢姆菲尔德先生的母亲对阿格妮斯表现出一点同情，但一个偶然机会，阿格妮斯听到她在背后中伤自己是个不称职的老师，这让她充分感到这家人的虚伪。为了家人，也为了证明自己的能力，阿格妮斯还是坚持了下来。

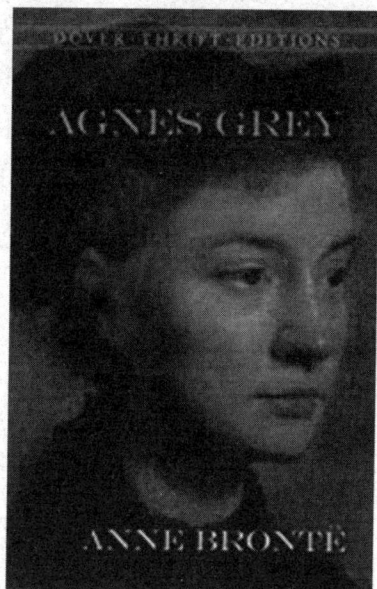

一天，汤姆兴冲冲地抱来一窝刚孵出来的小鸟，宣布要好好地"整整它们"。为了不让可怜的小鸟遭受更大的痛苦，阿格妮斯用大石头砸死了小鸟。结果布卢姆菲尔德太太竟责备阿格妮斯不该干涉汤姆少爷的娱乐活动，两人终于爆发了一场争执，阿格妮斯随即被解雇了。

在家里休息了几个月之后，阿格妮斯又在乡绅默里先生家找到了工作。这家的大女儿罗萨利已经 16 岁了，漂亮优雅，却十分爱慕虚荣，只愿意学习如钢琴、绘画这类表面的技巧；二女儿马蒂尔达是个假小子，只爱骑马、打猎，不愿意学习任何书本知识。阿格妮斯的姐姐嫁给一位牧师，参加姐姐的婚礼归来，罗萨利告诉阿格妮斯，自己已经开始进入社交界，并为拥有众多的追求者而沾沾自喜。

默里家的教区来了位新的副牧师韦斯顿先生，他虽然其貌不扬，但却十分诚恳、朴实，他富有感染力的布道深深打动了阿格妮斯。阿格妮斯经常帮助霍顿村里一位名叫南希·布朗的寡妇。从她那里，阿格妮斯听说了韦斯顿先生的慷慨无私。他为病危的教民送去取暖用的煤炭，为眼睛有毛病的布朗太太朗读《圣经》。虽然他们很少见面，阿格妮斯却感到韦斯顿先生是她在当地唯一可以倾诉的对象。一次,在阿格妮斯去看望布朗太太时,巧遇了韦斯顿先生。他因为从默里先生的手下救出布朗太太的小猫而得罪了他。因为下雨,两人都无法离开,这给了他们一个互相了解的机会。

罗萨利小姐越来越热衷于去教堂,是为了利用这个机会吸引更多人的爱慕。在陪同罗萨利小姐回家的路上,阿格妮斯常常可以与韦斯顿先生一同散步,这是她觉得最幸福的时刻。罗萨利把调情的目标对准了教区牧师哈特菲尔德。她常常借故支开阿格妮斯,独自散步,给哈特菲尔德亲近自己的机会,这使默里太太非常不满,指责阿格妮斯没有尽到家庭教师的保护责任。哈特菲尔德先生终于向罗萨利求婚了,但罗萨利只是为了满足可耻的虚荣心,因此她毫不犹豫地拒绝了牧师的求婚。

在征服了牧师之后,罗萨利又把下一个目标锁定在韦斯顿身上。她看出韦斯顿先生与阿格妮斯彼此倾心,故意用各种琐事绊住阿格妮斯,不给他们接近的机会。阿格妮斯很担心韦斯顿先生成为下一个牺牲品,也为自己的不幸暗自伤感。面对罗萨利的卖弄风情,韦斯顿先生毫不为其所动。不久,罗萨利如愿以偿地嫁给附近的一位贵族阿什比先生。阿格妮斯看出阿什比是个不学无术的花花公子,劝她三思而行,但罗萨利及其家人看中的只是阿什比豪华的庄园和庞大的家产,只有阿格妮斯真正为她的前途担忧。

阿格妮斯的父亲终于病重去世了,格雷太太拒绝了大女儿提出的照顾她晚年生活的好意,决心与阿格妮斯一起办一所女子学校,养活自己。阿格妮斯辞了职,恋恋不舍地告别了韦斯顿先生。母女俩用菲薄的积蓄开办了一所小学校。通过她们的辛勤与努力,学校逐渐走上了正轨,阿格妮斯高兴自己再也不用在别人家里忍受轻视与侮辱了,但却越来越思念韦斯顿先生。不久,她接到罗萨利的信,邀请她去自己家里做客,虽然罗萨利的生活豪华奢侈,却与丈夫同床异梦,以金钱利益为基础的婚姻生活毫无幸福可言。回到家,阿格妮斯偶遇了韦斯顿先生,原来他在附近找到一份牧师的教职,有了稳定的收入与一幢舒适的房子。在有了足够的物质基础之后,韦斯顿先生向阿格妮斯求婚,有情人终成眷属。

文学影响

《阿格妮斯·格雷》情节平平淡淡,没有《简·爱》和《呼啸山庄》那样轰轰烈烈的爱情。它的成功之处在于,通过阿格妮斯之口,作者真实地再现了家庭女教师这一特殊社会群体的甘苦。在 19 世纪中期的英国,有超过两万的女子在从事家庭女教师的工作。对大多数的家庭女教师来说,她们的地位是独特而又尴尬的。一方面,她们往往都出身于中产阶级家庭,因此才有足够的经济实力接受教育,这使她们有着知识分子的清高与自尊。另一方面,她们与主人是雇用与被雇用的关系,本质上她们与用人们是处于同一阶层的。例如,阿格妮斯就不得不每天做诸如给小姐们梳头这样用人们应做的事。她们或是遭到像默里先生这样的主人的粗暴呵斥,或是遭到像默里太太这样的主人的含沙射影的指责,或是遭到像布卢姆菲尔德老太太这样的主人在背后的恶意中伤。作为教师,她们需要对学生严加管教,既要培养他们的学识,也要培养他们的道德感。但实际上,她们对学生们的教育往往得不到家长的支持,完全丧失了教师应有的权威性。

对于这些女性来说,最痛苦的不是生活上的清贫,也不是工作上的辛苦,而是精神上的压抑。她们独处异地,寄人篱下,没有丰厚的陪嫁;她们也很少有缔结一段美满姻缘的机会,许多人甚至终身形单影只,因此她们是不属于家庭的。面对等级森严的资本主义社会,她们除了知识、清贫与自尊,一无所有。她们无法融入中上层社会,又不甘于与下层劳动人民为伍,因此她们又是不属于社会的。理想与现实的错位,高贵与低下的冲突,给她们带来的是精神上无尽的痛苦。在阿格妮斯幸福地读着家人的来信时,默里小姐却毫不在意地把信一把扔到边上,逼她听自己无聊的风流韵事;当阿格妮斯与韦斯顿先生之间刚刚有了爱情的萌芽时,又是默里小姐千方百计要把它扼杀掉,而完全不顾及阿格妮斯的感受。这种对女性情感的漠视,无疑是最大的痛苦与屈辱。

《阿格妮斯·格雷》具有很强的自传性,在阿格妮斯·格雷身上,我们可以看到安妮自己的影子。但作者让阿格妮斯实现了自己无法实现的梦想。安妮自己终身未嫁,她曾经与父亲的一位助手相爱,但恋人却在她外出做家庭教师时病逝,而安妮却是过了很久才知道这个消息。在小说中,安妮却安排阿格妮斯与韦斯顿先生获得幸福的生活。也许正因为安妮对家庭女教师的辛酸了解得太深,才希望她们都能有一个幸福的归宿。

在小说中,安妮写道:"如果一位父亲或母亲,从中获得了有益的启示,或者一个不幸的家庭教师因此而受益,我的辛苦也就得到了应有的补偿。"《阿格妮斯·格雷》极强的自传性使它真实反映了家庭女教师的生活。而《简·爱》虽然也是以家庭教师为主人公,却更多地带有浪漫主义的色彩。一个再现了现实,一个描绘了梦想,这也许就是《阿格妮斯·格雷》与《简·爱》最大的区别。

14. 鲍日娜·聂姆曹娃［捷克］

《外祖母》

作家简介

鲍日娜·聂姆曹娃（Božena Němcová，1820—1862），生于维也纳，原名芭波拉·潘克罗娃，是 19 世纪捷克现实主义作家，捷克近代散文文学奠基人。聂姆曹娃只接受过小学教育，作为私生女，她饱受亲人的歧视，只有善良的外祖母陪伴她度过了寂寞的童年。

1837 年，聂姆曹娃按照父母意愿，与一位有觉悟的爱国者、海关税务员约·聂麦茨结婚。由于丈夫民族意识较强，得不到上级赏识而频繁调动工作，她也跟着饱受辗转颠簸之苦。同时，这种经历又使她有机会接触到捷克各地社会各阶层的生活，由此增长了见识，为日后的创作积累了丰富的素材。

1842 年，聂姆曹娃迁居布拉格，积极参与爱国运动，同进步作家频频交往，从而逐渐坚定了她为民族解放事业献身的决心。在著名浪漫主义诗人赖贝斯基的鼓励下，她首先以诗歌创作踏

鲍日娜·聂姆曹娃

上了文坛，不久又开始创作童话，并在多种刊物上发表，表达了她对人民的热爱和对受压迫者的无限同情。1845 年，聂姆曹娃迁居至多马日尼采，有机会广泛地了解当地贫民的悲惨生活，进一步加深了"必须改变贫民饥饿无权地位"的信念，也为自己的文学创作汲取了丰富的营养。在此期间她继续创作童话，并为布拉格的

杂志撰写民俗学方面的文章及有关城市社会生活和农村社会状况的报道。

1848年欧洲革命爆发，聂姆曹娃以战士的姿态英勇地出现在农民中间，对他们进行宪法教育，宣传革命局势，鼓舞人民起来反抗奥匈帝国的黑暗统治。同年布拉格发生六月起义，她满怀激情地参加了战斗。起义失败后，她依然加入了当时的进步组织"捷克摩拉维亚兄弟会"，继续为实现"人类真正博爱"而斗争。1850年，她再次迁居布拉格，此后除了到匈牙利和斯洛伐克做短暂旅行外，她一直居住于此。

由于反动当局监视与迫害，聂姆曹娃的晚年生活十分困难。从19世纪50年代开始她就患有严重慢性病，而长期的贫困生活与不和睦的家庭关系，更使她的病情日益恶化。1862年1月，聂姆曹娃在贫困交加中逝世，年仅42岁。

鲍日娜·聂姆曹娃一生创作累累，著有七卷集的《民间故事和小说》(*National Fairy Tales and Legends*)，反映作者追求人类平等，除暴安良的民主主义思想；十卷集的《斯洛伐克故事和小说》(*Collection of Slovak Folk Tales*)，真实描写了斯洛伐克人民的生活、习俗及乡土人情。在参加民族解放斗争的同时，她还创作了许多"控诉和呐喊"式的作品，如《山村》(*Mountain Village*, 1856)、《野姑娘芭拉》(*Wild Girl Bera*)、《贫穷的人们》(*The Poor*)、《老师》(*Teacher*)等等，都是较为出色的中短篇小说，真实地描写了捷克农村风貌和贫苦农民的生活，揭示了当时社会的阶级矛盾和民族矛盾，通篇洋溢着作家炽热的爱国之情，并以其朴素生动的语言把读者引入真实的现实生活。

捷克著名政治家、前总统哥特瓦尔德在纪念聂姆曹娃诞辰130周年时曾说："她的著作是对我国人民及其天才的赞歌，同时也是要求急速改变人民饥饿和无权地位的控诉和呐喊。……鲍日娜·聂姆曹娃同扬·聂鲁达和阿·伊拉塞克都是捷克民族文化遗产中最伟大价值的创造者，这份遗产今天必须交还到我国人民手中。"

代表作品

聂姆曹娃文学创作的顶峰是1855年出版的长篇小说《外祖母》(*The Grand-mother*)。作家生命中的最后10年生活十分凄惨，她"为了安慰自己痛苦的心灵"于是便以"童年天堂"的回忆来安慰自己。她以自己外祖母玛·诺沃特娜为原型，通过对童年时期生活过的拉迪博日采村风光和淳朴的民风习俗的回忆，塑造了外祖母这一普通捷克农妇的光辉形象:她勤劳正直、仁慈乐观,饱经沧桑因而稳健睿智,是捷克人民最平凡也最典型的代表。外祖母在丈夫阵亡后,出于对捷克故土的思念和热爱,毅然拒绝政府的抚恤和朋友的帮助,带着子女千里迢迢地赶回家乡。

长篇小说《外祖母》约 18 万字,共分 18 章,以外祖母应女儿之邀住到老漂白场开始,外祖母的外貌装饰、给孩子们的礼物(小猫小鸡)使她在"头一个钟头里马上就赢得了外孙儿女们的心"。平时,外祖母悉心照顾孩子和家禽,以勤劳和能干赢得了乡邻们的衷心爱戴。每逢星期天,外祖母就虔诚地上教堂做弥撒,遇到每年一度的进香,还不辞劳苦和大家一起赶到远方去朝拜。她的虔诚使孩子们无形中受到捷克民族文化的熏陶,培养了对祖国民族的热爱。弥撒之后,外祖母经常带孩子们上磨坊做客,讲述她巧遇约瑟夫皇帝的传奇故事,或听猎人讲可怜的魏克杜儿卡的悲惨遭遇:美丽的农家姑娘魏克杜儿卡与士兵相恋,在被迫与爱人离别后又失去了孩子,最终孤魂野鬼般地出没于山林。

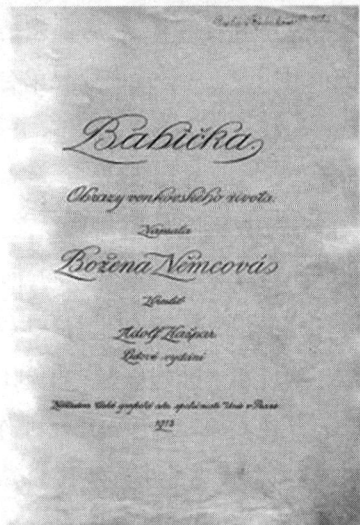

外祖母与孩子们受公爵夫人邀请到其庄园做客,外祖母的善良天性和淳朴心地,感动了高傲的公爵夫人并得到了她由衷的尊重。外祖母乐于助人,酒店老板女儿克瑞斯特娜与青年米拉相爱,却遭到了贵族管事意大利人的阻挠,出于报复还把米拉送去当兵,幸得外祖母在公爵夫人面前代为斡旋才终成眷属。公爵小姐与某一青年画家相爱但又不敢对公爵夫人言明,又是善良的外祖母帮他们得偿所愿。尽管身处偏远山区,但外祖母对祖国充满热爱,常以亲身经历来教育孩子们"应该热爱捷克土地,就像爱自己的母亲一样超过一切"。正是因为老人具有如此崇高的道德品质,所以当她去世之后,"整个小山谷都是哭声震地"。

《外祖母》艺术造诣颇高,无论语言还是结构,都充满朴素与自然的特色。似乎作家未经深思熟虑,信手拈来;但细看之下却会发现小说结构、情节非常有序。全书可分为两大线索:一为外祖母以及老漂白场生活为主的外线,在由外祖母引出一系列人物后,描写范围越来越宽,情节起伏,时而温和徐缓,时而急促紧张。另一条内线从小说第 8 章开始逐渐展开,属于自然情节的发展,即对老漂白场一年四季风景的描绘。作家一方面能详细入微地观察生活，另一方面又能高度概括地反映出生活的真实面貌；描写与抒情相结合，具有高度的思想价值。初看之下，作者笔下的山村仿佛是个充满诗意的世外桃源，在那里人们安居乐业，完全生活在和平与友爱之中，然而作者并未把生活理想化。小说通过外祖母的日常生活还重点描写了19世纪捷克乡村生活，折射出劳动人民之间的淳朴友爱关系，描绘了拉迪博日采村的四季美景、民间的风俗和节日。

捷克自17世纪初便沦于奥匈帝国哈布斯堡王朝的铁蹄之下，长期以来，统治者在捷克推行奴化教育，禁止使用捷克语，妄图灭绝捷克民族文化。聂姆曹娃的《外祖母》通过以上描写明确地向世界宣告：捷克民族没有也不可能被灭绝，它的语言、传统和风俗都完整地保存在民间，外祖母就是它们最好的保护者代表之一，她是捷克民族精神的体现者。小说发表于捷克"民族复兴时期"，无疑给捷克人民争取独立的斗争带来了希望，在富有艺术感染力的同时也不乏鲜明的现实意义。

文学影响

聂姆曹娃的一生是"殉难者"和"战士"的一生，她的全部创作"都是为捷克人民的解放斗争服务的"（伏契克语）。

聂姆曹娃一生创作颇丰，体裁各异，包括诗歌、童话、小说等等。19世纪40年代，她初涉文坛时，曾搜集、整理和创作了大量童话故事，几乎所有的捷克孩子都听过或读过她的优美童话。她的童话表达了人民的爱憎和愿望，展现了作者倾心向往的、富有诗意的美好世界。童话中的许多主人公身上能看见作者自己的影子：幼年的贫困勤劳、性格中的善良勇敢，对未来充满着无限的幻想，渴望纯真的爱情和理想世界的到来，并甘愿付出任何代价。她创作的童话还渗透着爱国的主题，字里行间流露出对祖国的深深热爱。

19世纪50年代左右，捷克民族遭到奥匈帝国最反动的巴赫政权的统治和奴役，捷克人民处于水深火热之中。作为民族权利的捍卫者和代言人，聂姆曹娃走出童话世界，创作了众多传颂一时的佳作，这些作品的主题都是她对祖国和人民深切的爱。在她看来，在捷克上层已经日耳曼化的情况下，捷克民族的根本传统和民族精神就在捷克的人民大众身上，只有人民才是捷克真正的代表，真正的主人，只有人民才是民族复兴的希望所在。因此，她的作品主人公大多是农民、工人、女仆、学徒和手艺人、士兵、马车夫等等。他们善良纯洁、勇敢朴实，他们那一颗颗"在粗布罩衣里跳动的心,比起许多裹在华丽服装里的心,不知要高贵多少倍"(《贫穷的人们》)!

聂姆曹娃在作品里常常以大段充满感情的文字,描绘祖国锦绣河山和捷克各地的民族服装,字里行间无不渗透着她炽热的爱国热情。她的语言华丽而不流于肤浅,常使人感到一种浓浓的诗意,令人似乎进入了美丽的童话世界。但是,她对童话故事又并非仅仅停留在表层的描写上,而是加以压缩或扩展,在保留原有情节的基础上,力图表现出典型环境和捷克人民的典型形象及其性格特点。

聂姆曹娃的大多数创作以大团圆而告终。无论是童话还是长篇小说,都或多或少地存在着理想化的思想倾向。这当然不是作家有意回避社会矛盾,粉饰现实,一方面是受她早期从事的童话创作影响,反映了作家对未来美好生活的向往;另一方面,这和作家认识的时代局限性也有关系。她曾受空想社会主义思想的影响,认为未来的人类社会将建立在彼此兄弟般团结友爱的基础上。因此,正如哥特瓦尔德指出的:"聂姆曹娃的努力和一生还不能胜任这一重负,因为她当时还不可能知道一种什么力量,可以改变那个不公正的社会制度,并建立人类真正的博爱。"尽管如此,可聂姆曹娃的创作依然成为世界文学宝库中一颗璀璨的明珠,她的作品已经被译成40多种文字广为流传。

15. 夏绿蒂·扬 [英]

《家里的巧姑娘》

作者简介

夏绿蒂·扬(Charlotte Yonge,1823—1901),出生于英格兰汉普郡奥特本一个富裕的教会家庭。父亲曾是一名英国军官,教她学习数学、拉丁文、法语、西班牙语、德语、意大利语、希腊语和绘画。尽管家教甚严,扬的童年生活非常幸福。她生性羞涩,只喜欢和家人在一起,很少离开家乡。奥特本环境优美,给了扬无穷的创作灵感,她15岁时就开始发表作品,一生共出版250部作品。创作之余,扬每天都在乡村学校教书,或忙于看望周边地区的穷人和病人。她终生未嫁,将一生奉献给了写作和慈善事业。

扬写作范围颇广,包括长篇小说、传记、历史、短篇小说、回忆录和宗教教义,无一不精。她为孩子们撰写的历史读物风行一时(后人很少能及)。此外,她还独自创办了一本少女杂志《每月杂谈》(*The Monthly Packet*),持续40年之久,

夏绿蒂·扬

她的许多佳作就连载在杂志上。扬的创作生涯离不开约翰·吉普尔①和她父亲,他们不仅给扬灌输了浓重的基督教教义,影响了她的写作题材和风格,更是她作品

---

① 约翰·吉普尔(1792—1866),英国牧师和诗人,牛津运动的发起人之一。

的第一读者和评判者。

自1853年起的10年间,是夏绿蒂·扬的创作顶峰时期。1853年,扬发表了她最著名的小说《莱德克里夫的继承人》,这部小说通过两兄弟迥然不同的人生态度,描写了善恶之争,生动展现了扬所处年代的生活习俗、礼节、着装习惯和家庭生活状况。扬创作的其他小说还包括《心头牵挂》(Heartsease,1854)、《雏菊花环》(The Daisy Chain,1856)、《希望与恐惧》(Hopes and Fears,1860)、《考验》(The Trial,1864)、《家里的巧姑娘》(The Clever Woman of the Family,1865)、《家族之栋梁》(Pillars of the House,1873)和《两个贫穷的公主》(Penniless Princesses,1891)等。

扬长于描写家庭生活,她作品中的主人公往往出身于中上阶层,恪守节操,受过良好的教育,笃信宗教。扬的作品真实记录了牛津运动(其理想是恢复17世纪末的高教会派)对人们生活的影响,倡导基督教的伦理道德标准,帮助扩大了该运动的影响。她的作品还有一定的文献价值,读者可从中了解到19世纪中叶的家庭和社区生活风貌。

夏绿蒂·扬于1901年去世,葬于奥特本公墓。

代表作品

《家里的巧姑娘》是扬的代表作之一,记述了女主人公雷切尔由"社会改革家"转变为贤妻良母的历程。故事发生在19世纪60年代英国的一个海边小镇埃文茅斯。当时,英国处于维多利亚中期,刚刚平息了印度暴动事件。雷切尔·柯蒂斯是镇上的"巧姑娘"。她聪明过人但又刚愎自用,试图扮演一个社会改革家的角色。在这个闭塞的小镇,25年来她智者的地位无可动摇,家人和邻居们对她既敬佩又畏惧。但是,雷切尔的表姐——温柔的范妮·谭普尔到来后,她的地位第一次发生了动摇。

刚刚失去丈夫的范妮带来七个孩子,雷切尔自告奋勇地要求当他们的家庭教师,可这些孩子并不接受她的管束,在和这些"傲慢无礼"的孩子的较量中,雷切尔逐渐认识到自身的缺陷。更可笑的是,雷切尔对曾经担任谭普尔将军的助手、深得孩子们信任的科林·基斯上校无端猜疑,后来又对将军的另一随从阿利克也同样不信任,却轻易受阿利克狡猾的妹妹蓓茜的怂恿,信任偶然认识的马多克。马多克鼓动雷切尔设立一所学校将她的社会改革由理论上升为实践,结果却是一败涂地。在阿利克和叔叔克莱尔先生的帮助下,雷切尔放弃了"理想"和阿利克结婚并生下一女,成了一个幸福的家庭主妇。

　　雷切尔的"改革"过程中穿插着科林·基斯上校和厄米尼·威廉姆斯之间曲折的爱情故事。厄米尼在一场大火中受重伤,落下终身残疾,辗转来到埃文茅斯,靠妹妹艾莉森做家庭女教师维持生活;而基斯上校远赴印度战场,参加平息印度暴动事件的战争。这对恋人失去联络 12 年后,意外在埃文茅斯相逢,历尽艰难后终成眷属。

　　这部小说文笔轻松、幽默,对白简练,人物刻画尤为细腻,可读性很强。扬擅长刻画人物形象,她笔下的人物亲切自然,宛如近邻,这可能得益于扬对家庭生活和亲族关系有着独到的观察。《家里的巧姑娘》中的人物也同属于一个大家庭,个个性格鲜明,特别是三个女性形象——雷切尔、厄米尼和蓓茜,有着各自的聪明之处。从小说的开始部分看,雷切尔似乎是标题中的巧姑娘。她有理想、有抱负,认为妇女不该局限于家庭,还应该在社会生活中占有一席之地。但她办学的社会理想最终给孩子们带来的是更大的悲剧。厄米尼是小说中的理想化人物,集人性一切美好品质于一身。她身患残疾,但她微笑着面对命运的打击,她感激爱情给她带来的甜蜜回忆,不愿意因为自己让恋人对婚姻有一丝一毫的遗憾。而蓓茜有着很强的外形魅力,但她又是邪恶的化身,聪明、自私而狡猾,是厄米尼和雷切尔的衬托。读者比雷切尔更早认识到第二女主人公厄米尼才是扬所称颂的真正的"巧姑娘",这个来自英国上层社会的女性集处女、妻子和养母等多重身份于一体,没有沾染上贵族社会的坏习气,也没有因为生活所迫而自降身份,符合扬所提倡的温顺的女性形象。男性人物在小说中处于次要地位,但他们的作用丝毫不可忽视。书中的理想化男性形象是基斯上校和阿利克。基斯上校对爱情忠贞不渝,是谭普尔将军最为信任的助手、将军孩子的"监护人",又是小亚历山大的养父,胜任男性所能承担的所有角色;阿利克宽容大度,在雷切尔最无助的时候向她伸出了援助之手,是扬为雷切尔设计的保护神。

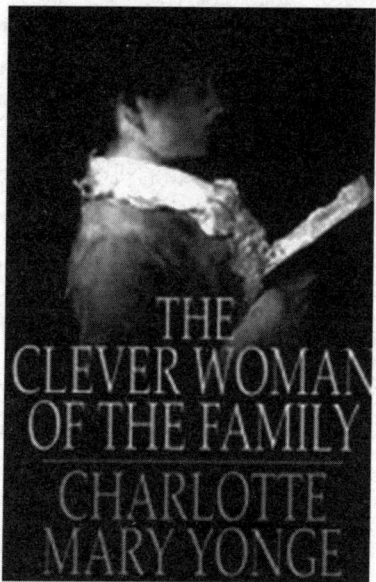

　　扬在小说中刻画的人物形象贴近生活,被读者广为认可,但她对小说某些情节的处理则似欠考虑。《家里的巧姑娘》里有一个广为争议的情节:蓓茜绊倒在槌球

铁环上产下一个健康的男婴,自己却送了命。蓓茜似乎罪有应得,她自私、狡猾,生活不检点,而且由于她的疏于照料,基斯男爵撒手人寰。然而,扬安排蓓茜突然去世并不仅仅因为她品性恶劣,蓓茜的死有一个更为重要的原因:只有在她消失后,大家才能皆大欢喜,所有的矛盾才能迎刃而解。小亚历山大一出生便无父无母,雷切尔因而有了赎罪的机会,暂时承担起抚养婴儿的义务,母性意识得以萌发。厄米尼亦从这个偶发事件获益:因为没有生育能力,她一直不愿嫁给基斯上校。蓓茜的死给基斯家族留下了香火,"圆满"地弥补了这一缺憾,厄米尼终于可以放心地和基斯上校成婚。小说主要人物的道德发展需要,蓓茜只能死。但扬如此安排情节,过于突兀,令人质疑。即便是女主人公雷切尔在小说中也受到了不公正的待遇,雷切尔在小说中受尽折磨,几近疯狂,尽管最后终成正果,但她的转变又过于突然,似乎她先前所受的苦全然不值得。可见,扬在设计故事情节方面仍欠火候,也削弱了小说的美学价值。

文学影响

《家里的巧姑娘》是扬最为保守的小说之一,宣扬了高教会派的道德伦理标准,表现了男权至上的思想。19 世纪 60 年代早期,英国女性的人数大大超过男性,不是每个女性都能找到如意郎君,实现传统的女性角色,因而引发了一场关于妇女地位与作用的大讨论。当时,不少英国女性已经开始具有朦胧的自我意识,希望能实现自己的社会理想。《家里的巧姑娘》也表现和反映了这种朦胧意识。

早期的雷切尔认定自己肩负使命,她认为妇女除了选择婚姻之路外,也可以投身于社会生活中。刚刚嫁给阿利克时,她非常不甘心,觉得那是一种沉沦。可惜的是,这种意识很快便屈服于社会压力了,雷切尔心悦诚服地过上了相夫教子的生活。生活在维多利亚时期的扬本身就是女性被严父和家教压抑的典型,深受男性是一家之主观念的影响,她作品中的女性角色虽然在温婉贤良的背后也隐约闪烁着女权主义思想,但往往只能扮演传统的角色。小说中,雷切尔的"使命"屡遭打击。她最初想充当表姐范妮的保护者这个"男性"角色,但最终发现她所适合的角色是充当阿利克的妻子和女儿尤纳的保护者。她在追求理想的过程中可谓出尽洋相:她自以为是地向厄米尼讲授如何写作,不料对方是一个职业作家;她向阿利克讲授战场上的英雄行为,不想他正是故事中的主人公。她对洛夫迪的死深感自责,在对马多克的审判后更是无地自容,一度失去了归属感。在阿利克和他叔叔克莱尔的帮助下才重新找回了"自我"。她不再自以为是,开始相信丈夫,相信上帝,接受了女性应该信任男人的智慧,女性发挥作用的地方是家庭的思想,而这正是维多利亚时期占统治地位的思想。在这部道德寓言中,扬无情地打击了雷切尔的社会理想,将她改造成具有传统意识的女性。她让她的改革失败,再通过小亚历山大和尤纳,让洛夫迪早逝的生命得以延续,以驱除雷切尔心中的阴影,并给她一个赎罪的机会。

此外,扬还在书中不遗余力地宣扬家庭教育和监护的作用。厄米尼是扬向雷切尔和读者所竭力推崇的理想女性典型,她近乎完美,和雷切尔完全不同,可为了宣扬男性在家庭中的地位和教化的作用,扬却能找出她俩的共同点。基斯上校抱怨雷切尔是过去的厄米尼的翻版,而厄米尼也表示同意,"若没有爸爸和哥哥,我会和雷切尔一模一样"。尽管小尤纳聪明异常,正如当年的蓓茜和雷切尔,但有了"父亲"和"哥哥"的监护,雷切尔相信这个聪明、早熟的"小女巫"定会走上正轨。洛夫迪出事后,阿利克没有责怪雷切尔,而是责怪自己,他还为自己作为兄长,却没有管教好蓓茜而自责,因为他潜意识里认为男性应该承担起照顾和监护女性的角色,而这正是扬所大力倡导的。扬并没有否认人的善恶天性的作用,但是她更强调家庭教育在调养人的性情方面的作用。

《家里的巧姑娘》说教色彩浓重,曾经受到女权主义者的猛烈抨击。但作为一名生活在维多利亚时期的女性,扬生活在局限的圈子内,深受家庭浓厚宗教氛围的影响,这部小说无可避免地会沾上说教色彩。尽管如此,小说丰满的人物形象和简练的对话仍然为扬赢得了众多的少女读者,得到了当时的名作家如丁尼生、金斯莱和罗塞蒂的赞许。20世纪以来,随着妇女研究和妇女文学的兴起,扬的作品再次受到关注。人们不再完全以批评的目光看待这部作品,不少妇女文学研究者开始将目光投向作品中透露出来的女性意识,重新审视这部作品。

16. 玛丽·冯·埃布纳·埃申巴赫［奥地利］

《乡村教区的孩子》

作者简介

　　玛丽·冯·埃布纳·埃申巴赫(Marie Von Ebner-Eschenbach,1830—1916)，被誉为奥地利文学史上用德语写作的最杰出的女作家。奥地利著名历史学家埃里希·策尔那在其著作《奥地利史》中宣称："本时期(19世纪中期至20世纪初期)最主要的女作家无疑是玛丽·冯·埃布纳·埃申巴赫……她的作品语言完美，叙事有力，有明显的社会感，这保证她在奥地利文学中永远享有杰出的地位。"

　　玛丽·冯·埃布纳·埃申巴赫出生于捷克摩拉维亚克雷姆西尔附近的茨迪斯拉维庄园，其父杜布斯基男爵是维也纳宫廷的侍从官，出身贵族的母亲在生下埃布纳后不久便逝世。埃布纳10岁时，父亲娶了一位富于文学鉴赏力的妻子，是她培养并挖掘了埃布纳身上潜在的文学特质和创作才能。11岁时，埃布纳便开始阅读席勒的剧作并为之痴迷，后来又进一步接触了19世纪初奥地利著名剧作家格里伯尔泽及赖德蒙的

玛丽·冯·埃布纳·埃申巴赫

作品，并且深受前者的古典主义和后者的批判现实主义创作方法的影响，立志要当

一名伟大的作家。

1848 年,18 岁的玛丽·冯小姐同贵族出身时任军校教授兼工程师的莫里茨·冯·埃布纳·埃申巴赫男爵成婚。男爵是她的表兄,才华出众,后来一直做到陆军副元帅并当选为皇家科学院院士。丈夫对她的文学创作活动非常支持,夫妇俩相敬如宾,共同生活了 50 年。1898 年,玛丽·冯·埃布纳·埃申巴赫女士荣获奥地利文学界最高荣誉"文学艺术十字勋章"。在她 72 岁诞辰之际,又荣获维也纳大学授予的荣誉博士。1916 年,这位卓越的女作家在维也纳逝世,葬于故乡茨迪拉斯维的家族墓地。

玛丽·冯·埃布纳·埃申巴赫自幼酷爱文学,自 1860 年发表第一部剧作《苏格兰的玛丽亚·斯图尔特》(*Maria Stuart in Schottland*,1860)起,直至逝世前一年发表最后一部短篇小说集,在文坛辛勤耕耘 50 多个春秋,可谓硕果累累,著作等身。作家身后出版于 1928 年的文集多至 12 卷,在德奥诸国及英美都产生了广泛的影响。1986 年,著名文学翻译家赫尔加·哈里曼(Helga H. Harriman)将女作家的 7 部中长篇小说整理、翻译成英文《七故事》(*Seven Stories*)出版,在英语文学界又一次激起了对这位 19 世纪女作家的研究热潮。

作家毕生的创作道路并非一帆风顺,从处女作《苏格兰的玛丽亚·斯图尔特》开始,无论是 1861 年发表的喜剧《紫罗兰》(*Die Veilchen*),还是 1867 年发表的悲剧《玛丽·罗兰》(*Marie Roland*),所有这些诗和剧作都未引起广泛的注意。只有 1888 年创作的独幕喜剧《没有爱情》(*Ohne Liebe*)冲破了重重阻碍,在"自由舞台"成功上演。其时,作者已凭借小说《乡村教区的孩子》(*The Municipality Child*,1887,又译 *Child of the neighborhood*)而享誉文坛了。

玛丽·冯的小说创作是在她 43 岁时才开始的,据说是受了俄罗斯著名作家屠格涅夫的影响。1876 年发表的中篇小说《博彻娜》(*Bozena*)塑造了一个勤劳善良,不乏正义感的劳动妇女形象;中篇《格珊佩兰男爵一家》(*Die Freiherren von Gemperlein*,1880)则被誉为奥地利批评讽刺作品的杰出代表。在其他的作品如《乡村与宫廷故事》(*Dorf-und Schlo figeschichten*,1883)和长篇小说《罪不可赎》(*Unsuhnbart*,1890)中,显示了女作家对普通下层民众生活的关注与同情,及对贵族专制残酷的丑恶本性的痛恨与抨击。身为贵族的女作家能够站在下层人民一边,毅然决然地向着她本阶级的阵营反戈一击,这种勇气无疑是值得钦佩和仰慕的。

代表作品

《乡村教区的孩子》是最能体现女作家创作思想和精神的长篇小说。故事发生在玛丽·冯的故乡摩拉维亚一个名为库诺维茨的教区村,制砖工马丁·霍卢普夫妇及两个孩子——13岁的男孩帕维尔和10岁的女孩米娜达从外地迁居来此。马丁整日游手好闲,常常酗酒,而家庭生计全靠他妻子和儿子维持,他们不分昼夜地苦干,这就引起了教区神甫的反感:当神甫赶来制止这一种"渎神"的举动时,与醉醺醺的马丁发生争斗。几天以后,神甫被谋杀,逃跑中的马丁夫妇被抓获而送上了法庭。庭审时马丁的妻子坚决不肯为自己辩护,被判处10年监禁,马丁本人则被执行死刑。两个孩子被乡里收养。乡长将男孩送到牧羊人维吉尔家里寄养,女孩则由当地著名的慈善家男爵夫人收养。

维吉尔夫妇将帕维尔当童工使唤。他们的女儿文丝卡是个爱慕虚荣、诡计多端的女孩子,正和乡长家的儿子彼得打得火热,时常威逼帕维尔为她卖力。帕维尔在当地学校遇见了善良的教师哈布雷希。在他坚持上了7天学以后送给他一双新靴子做奖励。夜里这件珍贵的礼物却被文丝卡偷走,帕维尔的满心希望立刻被浇灭,在维吉尔一家的唆使之下,他很快走上了偷窃、斗殴、无恶不作的邪路,闹得乡里鸡犬不宁,众人对他深恶痛绝,又恨又怕。

文丝卡让帕维尔去偷男爵夫人家孔雀身上的羽毛,帕维尔为她偷回羽毛,自己却被送到男爵夫人那里接受惩罚。由于教师哈布雷希从中调解,免除了对他的惩罚,并允诺只要他改邪归正,还让他去修道院探望已被男爵夫人送去做"圣徒"的米娜达。在修道院门口,苦苦哀求的帕维尔终于和久别的妹妹会面。临别时,米娜达拿出积攒的私房钱交给哥哥,让他回去攒钱买地盖房,等待母亲被释放后一家人的团聚。帕维尔决意重新做人,每天外出伐木打工,晚上则跟着教师识字读书。可维吉尔夫妇却让帕维尔再次堕落。乡长生病,维吉尔的老婆让帕维尔带着她自制的药物在夜深人静的时候送到乡长家,乡长服药后不久便死去。帕维尔作为投毒嫌疑犯被押往

CLASSIC PAGES

**Marie von Ebner-Eschenbach
Die schönsten Erzählungen**

法庭,一路上被众人嘲骂,但他坚守着对文丝卡的承诺,没有说出真相。尸体解剖的结果却证明乡长是病死的,与所服药物无关,帕维尔才无罪释放。可此后众人却越发远离他。他用攒下的钱买了地皮和木料,自制土砖,准备盖房。老维吉尔幡然醒悟,自愿帮助帕维尔看守房屋。文丝卡与彼得在乡长死后不久成婚,可吝啬的女婿却让文丝卡的生活很不如意。

不久传来了教师即将调离此地的消息,临行前他与帕维尔进行了一番长谈,勉励他忘掉过去的一切,做一个正直善良的乡民,等待母亲获释归来。教师离去后,帕维尔更加努力地干活,乡民们对他的印象也渐渐地有所改变。男爵夫人一次偶然经过村头,看到了帕维尔盖的新房,心里开始对自强不息走上正道的帕维尔产生了同情和怜悯。

帕维尔征得男爵夫人的同意,再一次去修道院,见到面容憔悴的米娜达,想带她回家。米娜达却说她的身体已奉献给耶稣基督,让帕维尔安心回家等待母亲归来,她每天都在上帝面前为他们的平安幸福而祈祷。从修道院回来,帕维尔请示男爵夫人减轻米娜达在修道院繁重的劳务活,男爵夫人虽然对米娜达充满慈爱,却不便干涉修道院事务。但她决定在遗嘱中将挨着帕维尔住处的一块多达三公顷的田地赠予帕维尔。

教师在去维也纳的途中与帕维尔又进行了一次长谈,并将一些书籍赠给他,教导他要培养正直无私的品行,通过自己的辛勤劳动赢得人们的尊敬。在他的鼓励帮助下,帕维尔凭自己的才干和努力彻底消除了人们对他的偏见,成了乡里深受众望的头面人物。

不久,米娜达去世,帕维尔哀痛欲绝,同样爱怜米娜达的男爵夫人也哀痛气绝。帕维尔回到家中,与获释的母亲团聚,帕维尔终于知道母亲是无辜的,她所以不为自己辩护是因为她在结婚的圣坛旁起誓,对她的丈夫永远恭顺和忠诚。满怀对母亲的敬意,帕维尔跪下来请求母亲与他住在一起,并将用自己的全部力量补偿她所忍受的一切痛苦。

文学影响

长篇小说《乡村教区的孩子》以其鲜明的主题思想和纯真细腻的感情刻画,赢得了好评,并成为奥地利文学史上的经典作品。享有国际声誉的瑞士著名的文豪戈特弗里德·凯勒对此书的评价相当高,德国著名的文学评论家保尔·弗里德兰德尔更称赞玛丽·冯·埃布纳·埃申巴赫是"一位冲破贵族藩篱,生活中充满人道主义精神的女作家"。

一开始,女作家对主人公帕维尔就充满了同情之心。这个13岁的男孩由于父亲酗酒成性而过早地挑起了家庭的重担,可父亲的死刑和母亲的入狱却让他陷入了无依无靠的境地。他渐渐沾染种种恶习。可是作者却没有让他在罪恶的歧途上越走越远,由于善良的教师,古板而不乏善心的男爵夫人,特别是纯洁的妹妹米娜达的感染和鼓励,凭着他坚强的自制力和坚忍不拔的奋斗精神,他终于克服了周围的恶劣环境,弃恶从善,赢得了乡民们的尊敬。这样的人生历程和结局,显然是作家对所谓"环境决定论""血统论"之类世俗偏见的有力反驳与挑战。在这里,作家宣扬的是人人生而平等的思想。

玛丽·冯在1905年出版的自传《我的童年时代》(Meine Kinderjahre)里说,她自小对领主向农民强制收租及虐待雇工等现象深为不满。后来受到同是出身贵族家庭、却坚决反对农奴制的屠格涅夫的巨大影响,更促使她将目光从狭隘的戏剧舞台中走出来,开始描写贵族生活的腐朽没落和他们的骄奢淫逸,猛烈抨击这种极度的社会不公正现象。从这个意义上说,不少评论家将她归为批判现实主义一派,是有一定道理的。

然而,玛丽·冯的这一种批判现实主义,又并不完全等同于巴尔扎克、狄更斯的那一种现实主义,而是一种富于浪漫主义色彩的"诗性"的现实主义。体现在小说《乡村教区的孩子》中,几乎所有一开始出现的反派人物,如劣迹斑斑的牧羊人维吉尔,爱慕虚荣、心胸狭隘的文丝卡,严酷古板的男爵夫人,最终都为帕维尔正直无私的行为而感化,纷纷给予他帮助和慰藉,甚至牧羊人之妻贪婪阴险的维吉洛娃,最后也表示了悔恨之意。这里虽然不免乌托邦的幻想和说教之嫌,但也是女作家竭力要求改变社会现状,彻底消除社会不公现象的善良意愿。

整部小说风格凝练,文字简洁,感情真挚,感人至深。如同一切伟大的文学作品一样,作者对人类处境的深切关怀和同情,使得这一部作品可以跨越时空界限,成为名垂青史的不朽杰作。也使得这位"不仅记述和描写生活中发生的一切,而且也想通过自己的著作对社会状况产生广泛影响"的女作家在奥地利文学史及世界文学史上"永远享有杰出的地位"。

17.路易莎·梅·艾可特[美]

《小妇人》

作者简介

路易莎·梅·艾可特(Louisa May Allcot, 1832—1888),生于美国宾夕法尼亚州的一个清贫之家。父亲布朗逊·艾可特是一位超验主义哲学家兼理想主义者,热衷于教育改革,但他的教育理论在美国不受欢迎,被迫关掉自己用以为生而开办的学校。母亲阿比盖尔·艾可特非常能干,她的先祖包括大法官神缪尔·斯华尔和著名的废奴主义者约瑟夫·梅上尉。由于家中子女多,生活十分艰难,养家糊口的重担就落到艾可特太太和二女儿艾可特身上。

艾可特早年受教于父亲,深受超验主义①哲学和实验主义教育思想的影响。父亲的好友拉尔夫·爱默生的私人图书馆,也让年轻的她受益不少,梭罗教过她生物方面的知识。另外,她还有诸如玛格丽特·富勒、唐姆斯·洛威尔、朱丽

路易莎·梅·艾可特

① 超验主义,或超越论(英文:Transcendentalism),也称作"新英格兰超验主义"或"美国文艺复兴",是美国的一种文学和哲学运动。它兴起于1830年的新英格兰地区,经过不断发展成为美国思想史上一次重要的思想解放运动。其领导人是美国思想家、诗人拉尔夫·沃尔多·爱默生,重要成员有美国作家、哲学家亨利·戴维·梭罗。超验主义强调人与上帝间的直接交流和人性中的神性,具有强烈的批判精神。其社会目标是建立一个道德完满、真正民主自由的社会,表现了乌托邦式的理想色彩,其精神成为美国文化中一个重要遗产。

娅·华德等富有影响力的朋友和邻居。由于自身成长的环境和所受的教育,妇女的权利、教育改革成了她后来小说中常出现的主题,她还曾积极参加戒酒及妇女选举权的运动,并成为当地第一个登记选票的女性。

随着年龄的增长,艾可特渐渐地对写作产生了浓厚兴趣,并坚信她能以此方式挣钱来缓解家庭的贫困。1851 年,她的第一首诗作《阳光》(Sunlight)以弗罗拉·菲菲尔德的笔名在杂志上发表,这次小小的成功不仅给她带来了经济上的收入,更增强了她在写作方面的信心。

艾可特的第一本著作《花的寓言》(1854)是为爱默生之女爱伦所写的故事集。1860 年,她的诗作和短篇小说陆续登载在《大西洋月刊》上,她的创作使她的家庭经济有了好转。她曾写道:"我要以自己的头脑做武器,在这艰难的尘世中闯出一条路来。"不过,她的收入主要来源于她以 A. M.巴纳特为笔名创作的惊险小说,这些故事都以意志坚强、美艳动人的女英雄为主角。但直到 20 世纪 40 年代,这些故事才被确认为艾可特的作品。

美国南北战争时期,艾可特在乔治城联合医院当护士,在那里,她度过了一段紧张而难忘的时光,并将她所写的家书结集为《医院速写》出版。不久,艾可特因为身体原因回到家中,为了谋生,她做过家教、裁缝、女佣等许多职业,并曾担任儿童杂志《快乐博物馆》的编辑。1865 年,她的第一部小说《喜怒无常》(Moods)与读者见面,这部作品并没有引起人们的注意,但之后创作的小说《小妇人》(Little Woman,1868),则为她赢得了金钱和声誉。

《小妇人》第一卷的出版使艾可特名声大噪,这部记录童年和家庭生活的小说,成为当时最受女孩喜欢的读物之一。由于广大读者对这部作品反应极其强烈,艾可特曾续写过《贤妻》一书。艾可特的其他作品还有《一个旧式的姑娘》(An Old-Fashioned Girl,1870)、《小男人》(Little Men,1871)、《乔姨的废料袋》(Aunt Jo's Scrap-Bag,1872—1982)、《八个表兄妹》(Eight Cousins or the Aunt Hill,1886)、《乔的男孩子们》(Jo's Boys,1886)、《献给女孩子们的花环》(A Garland for Girls,1888)和其他一些儿童作品,但其影响都远不如《小妇人》。

艾可特酷爱自由,与她同时期的美国女诗人狄金森(Emily Dickinson,1830—1886)及英国女诗人罗赛蒂(Christina Rossetti,1830—1894)一样,艾可特也是主张独身主义的,并且坚持认为婚姻是人生的一个陷阱,终身未嫁。1888 年,她猝死于脑膜炎,享年 56 岁。

代表作品

《小妇人》的故事发生在19世纪中叶美国的新英格兰小镇。住在这里的马奇夫妇经济不太宽裕，但四个可爱的女儿使家庭充满了欢乐。

老大梅格有些爱慕虚荣，注重穿衣打扮，向往奢华的生活，她的主要烦恼是贫穷。为了减轻家庭负担，她去金斯家做家庭教师。梅格在其富贵朋友安妮·莫法特家小住时，她的虚荣心得到了充分的体现，同时也为贤明的马奇太太提供了教育大女儿的契机。马奇家的邻居劳伦斯老先生是一位富商，他的孙子——文雅而孤独的劳里和他住在一起。劳里有位颇有学问和品行的家庭教师布鲁克先生。由于两家经常交往，梅格和布鲁克先生相爱了。梅格宁愿放弃马奇婶婶的遗产，嫁给了清贫的布鲁克。夫妻二人同甘共苦，相互理解，相互支持，使小家庭充满了幸福和祥和，梅格过上了自己理想中的生活。

老二乔是故事的叙述者。她的脾气有点粗野，不喜欢循规蹈矩，酷爱写作。她喜欢男孩子的游戏，做不成男孩使她非常失望。和大姐梅格一样，为了帮助维持家庭生计，乔出去照顾富有的马奇婶婶，可马奇婶婶觉得乔的举止不太贤淑，所以乔的工作给她带来了不少烦恼，但马奇婶婶家的藏书则给她带来了无穷的阅读乐趣。乔很有主见，善于探索，她身上散发出来的勃勃生机感染了在抑郁中生活的劳里。在乔的帮助和鼓励下，劳里成长为一位出色的男性公民，并爱上了乔。但理性的母亲认为他们的个性不太适合于组织一个幸福的家庭。乔虽然对劳里有点恋恋不舍，但她的理智同样告诉她他们不太合适，于是她毅然离开了新英格兰，去纽约的柯克太太家做家庭教师。在那里，她认识了德国人巴尔教授，在教授的帮助下，乔对写作有了深刻的认识。他们互相赏识，最后也走进了婚姻的殿堂，乔的创作也走向成熟，乔心目中的蓝图变成了现实。

老三贝思是一位天使。她酷爱音乐，会因为不能去上音乐课，家里的钢琴不太好而哭鼻子。她有些腼腆，怕见生人，总想躲在不为人知的角落里，默默地做好分内事,奉献自己的爱心。她因为能到劳伦斯先生家里弹那架音色优美的钢琴而欣喜异常,为了表达对劳伦斯先生的感激之情,她亲手缝制了一双有三色堇花图案的便鞋,送给劳伦斯老先生。随后劳伦斯先生送给她一架精致的小钢琴。在母亲去外地照料父亲的时候,贝思因照顾赫梅尔家生病的小孩不幸染上了猩红热。她这次生病有惊无险,最后奇迹般地好起来了。但打那以后,贝思总是很虚弱,在无言中忍受着疾病的折磨。19 岁那年,她在宁静中离开人世。虽然她的生命短促,但她一直按照自己的意愿生活,她的去世给家人,尤其是乔留下了无限的哀痛。

艾美最小,是家中的宠儿。她有点自私,在美术方面有些天分。她从小就很在乎自己的言行举止,希望长大后做有钱人的太太,不要为没有高楼华屋、锦衣玉食而犯愁。在贝思生病时,为艾美的健康着想,她被姐姐们送到马奇婶婶家隔离起来。经过马奇婶婶的培训和女佣的调教,艾美的一举手、一投足越来越符合淑女规范。渐渐地,马奇婶婶对艾美的喜欢超过了对二姐乔的喜欢程度。在此期间,劳里也常常来看望被家人暂时放逐的艾美。后来,艾美的良好举止为她赢得了随卡罗尔婶婶去欧洲观光的机会。在国外游历期间,她的身心迅速成长起来,开始正确认识自己的艺术天赋,理智地审视自己的情感世界。与此同时,她和被乔拒绝的劳里在欧洲相遇,结为夫妻后回到了新英格兰。艾美也得到了她想要的东西。

文学影响

《小妇人》是一本自传体小说。乔的原型是艾可特本人,梅格、贝思和艾美的原型则是她的三个姐妹。故事描述了马奇家四个性格迥异的女儿的成长过程。成长的过程是一个学习的过程,是一个生物人转化为社会人的过程。作为女性,无论是传统文明还是现代文明都希望女孩长大后的主要任务之一就是当好贤妻良母,既美丽又温柔。因此,马奇家的姐妹们必须学会忍耐、宽容,学会整理家务和修饰自己容貌仪态的一些基本技能。于是,马奇四姐妹在圣诞节得到的礼物是一本行为指导的小册子。另外,姐妹四个的个人经验也让她们学会了不少东西。家中的权威马奇太太认真履行自己的职责,言传身教,因材施教,教导女儿们幸福快乐的真正内涵。四姐妹在朴实无华的平凡生活中成长为身心健康的成熟女性。梅格克服了虚荣的毛病,乔学会了控制自己的脾气,贝思的腼腆因帮助他人有所改变,艾美开始为别人着想。除了贝思早逝外,其他三姐妹在婚后都游刃有余地扮演着贤妻良母的角色。所以,《小妇人》可归为一种成长小说。

《小妇人》是一部充分体现美国新英格兰时期精神风貌的作品。首先，艾可特多用暗示表达法来组织故事的基本情节。艾可特深受当时大思想家爱默生的影响，而暗示表达法是当时超验主义哲学家们的主要思维方式。《小妇人》开篇第一章"朝圣"就暗示此部小说描写了马奇家四姐妹的"天路历程"，即通往幸福之路的历程。其后，贝思缝制的便鞋上的三色堇花图案、艾美的腌酸橙、梅格遗失的手套、乔送给劳里的戒指等，都为故事情节的顺利发展提供了自然的铺垫。另外，演出（梅格）、写作（乔）、弹琴（贝思）和画画（艾美）等艺术技能的分配同样暗示了四姐妹的不同性格特征：梅格文雅温柔，乔思想深刻，贝思天真单纯，艾美善解人意。

第二，《小妇人》强调了个人尊严和自律自立的重要性。马奇太太对女儿的不良举止从不大声斥责，她非常重视孩子们的愿望和情感，用浅显的语言和她们平等交流，讨论有关生活目的、责任、态度及意义等问题，鼓励她们发扬长处。她从不伤害孩子的自尊，并且很理性地保护他们的自尊。但这种温暖教育并不意味着溺爱和放纵，她总是用适当的方法要求女儿们克服自己的弱点，做好她们应该做的事。

第三，《小妇人》体现了家庭团结一统的精神。故事开始时，马奇先生正在美国南北内战的战场上。艾可特虽然没有对战争进行直接描写，但读者还是能够体会到父亲受伤而母亲不得不外出照顾他所造成的四姐妹遇事没有主心骨的痛楚。她们团结一致，互相鼓励，共同克服生活中的困难，使生活之舟稳步地向"天国"驶去。当父亲归来时，他给女儿们带来的欢乐则难以用语言来形容。梅格、乔和艾美后来都有了自己的小家庭，但这只是马奇家庭的一种扩大而已。故事结尾时，他们仍然围坐在一起，庆祝马奇太太的生日，共享平淡生活中的幸福和快乐。总之，暗示思维方式，严于律己的生活态度，对团结一统精神的向往等正是新英格兰时期美国社会文化的主要组成部分。

作为女性作者，艾可特在尊重传统的同时，通过《小妇人》，就女性的能力、情感及命运等方面向读者传输了她的个人见解，即女性不是感情的奴隶，有能力处理好自己生活中的问题，把握自己的命运。故事中，马奇先生远在战场，马奇太太独自承担着家庭的全部责任。马奇先生就是回来的那天说了几句话，在大多数故事场景中，他的发言权被剥夺了，而马奇太太是家中的真正权威。梅格生活中的难题是听了母亲的忠告才得以解决；乔对自己感情世界的认识，是经过母亲的分析才进一步明朗化；艾美在"海外来鸿"中和母亲谈论自己的未来，而这一切都发生在父亲回来后的日子里。同样，艾可特没有在故事中夸大爱情的作用，梅格没有为布鲁克先生废寝忘食;乔则稳稳地抓住了她感情的缰绳;艾美对劳里的爱情也不惊心动魄。马奇家的"小妇人"成家以后,也像母亲一样,胸有成竹地操纵着自己生活的方向盘。艾可特赋予女性的品德不仅有美丽温柔,还有聪明的才智和独立的精神。

《小妇人》是一本小说化的家庭日记,一本道德劝世小说。马奇家四姐妹对自立的追求,以及她们对家庭的忠诚眷顾构成了贯穿全书的主要情节,虽不曲折,但生动感人,发人深省。《小妇人》所褒扬的至真、至善、至美,为其成为美国文学中的经典名著奠定了坚实的基础,打动着一代又一代读者的心灵,成为一部充满魅力、艺术生命经久不衰的作品。

18. 玛丽·伊丽莎白·布雷登［英］

《奥德利夫人的秘密》

作者简介

　　玛丽·伊丽莎白·布雷登(Mary Elizabeth Braddon,1835—1915)，出生在伦敦一个普通的家庭，并从父母那里继承了写作天赋。她的父亲是一个律师，经常为一家杂志写文章以补贴家用。但父母在她童年时期就离婚了，玛丽·布雷登跟着母亲过着朴素的生活，母亲设法使她接受了较好的教育。这段经历使她对当时英国的婚姻制度，以及男子在社会上、经济上主宰一切的地位，持怀疑和保留态度。

　　长大后的布雷登决意由她来维持一家的生活，她于1857年走上舞台，在当时的英国社会，这对女孩子来说并不是光彩的职业。布雷登在舞台上的成就不大，但这份舞台经验对她后来熟练地运用悬念、创作引人入胜的连载小说大有帮助。

　　布雷登是在19世纪60年代进入英国小说界的，那时严肃文学与通俗文学已形成共存共荣的局面，对小说的内容与技巧的讨论十分活跃，女作家更是人才辈出。在创作了几部不成功的小说后，她随后发表的两部长篇小说《奥德利夫人的秘密》(Lady Audley's Secret,1861)和《奥罗拉·芙洛埃德》(Aurara Floyd,1863)，为她赢得了读者的关注。

玛丽·伊丽莎白·布雷登

　　从1862年起，布雷登开始与出版商约翰·马克斯威尔同居，他的前妻长期住在疯人院里,直到 1874 年亡故后,他们才正式结婚。1866 年,马克斯威尔创办了文学刊物《贝尔格莱维亚》,由布登雷负责主持。在长达 10 年的时间里,该刊物每期至少刊登一部她的长篇连载小说。与此同时,她还常常在其他刊物上发表长篇连载小说,是当时的多产作家。布雷登在给朋友的信中写道:"如今创作长篇小说竟成了我的第二天性了;我很少为其他而活着,总是竭力沉浸在笔墨之中,把一切烦恼关在门外。"作为一个小说家,玛丽·布雷登始终关心周围的事物,她不断地采用现代题材,追随当代文学界的潮流,从外国文学艺术中汲取营养。当法国小说以其内容坦诚率真、手法高超吸引越来越多的英国读者的时候,布雷登便走在这个潮流的前面。由于她酷爱巴尔扎克的作品,她的作品也从法国吸取了新的创作理念。她改编大仲马的剧本并将其搬上英国舞台演出,她的连载小说《医生的妻子》(The Doctor's Wife),事实上是一度遭禁的《包法利夫人》(Madame Bovary)的改写本,她对当时法国文艺作品在英国的传播起了不可忽视的作用,并在客观上有一种创新或革新的意义。

布雷登的作品大多通俗易懂且情节引人入胜,其中有不少好的作品,在当时产生了轰动效应,她也被称为是继威尔斯·柯林斯(1824—1889)以来通俗小说的杰出代表,并通过不断努力和创新,将通俗小说推向了新的艺术高度。

英国杰出的作家罗伯特·斯蒂文森(1850—1894)从小就喜欢读布雷登的连载小说,后来他写信给她说:"我记得我 15 岁时读《奥德利夫人的秘密》,但愿能天天读到布雷登小姐的小说。"

20 世纪英国著名的现实主义作家阿诺德·贝内特(1867—1931)称她为英国的组成部分,而且认为虽然有些人知道哈代,但是每个人都知道布雷登小姐。

代表作品

《奥德利夫人的秘密》是一部通俗小说。年轻、漂亮的海伦嫁给了富家子弟乔治·托尔博伊斯,可乔治古板的父亲则不赞成这门亲事,切断了对乔治经济上的支持。夫妇俩去欧洲豪华旅游回来,就落入了贫困的境地。孩子刚出生时,夫妻已经吵架频繁,海伦也是对自己选择的这桩婚姻怨恨不已。

一天深夜,乔治抛下年轻的海伦和襁褓中的儿子,只留下一张纸条只身去了澳大利亚掘金,想通过自己的努力给小家庭带来美好的生活。但海伦认为乔治抛弃了她,她把孩子丢给了自己年老的父亲,打算从此摆脱贫困艰苦的旧生活,寻找她梦中的富裕的新生活。她隐瞒了过去的经历,化名露西·格雷厄姆,在外科医生道森家当上了家庭女教师。不久,附近的迈克尔·奥德利爵士看中了她的美貌,不顾一切地娶了她,海伦感到一切都让她心满意足。

三年后,在澳大利亚掘金发了财的乔治回国寻找心爱的妻子。海伦事先从报纸上看到了消息后,便安排了自己病故的假象,并在《泰晤士报》上登了讣告,她认为这样就没有人知道现在的奥德利爵士夫人就是过去的海伦·托尔博伊斯。乔治回到英国看到讣告后万分痛心,他的老同学罗伯特·奥德利陪他度过这一艰难时刻。罗伯特恰好是奥德利爵士的侄子,他在伯父母出门做客时,带乔治去奥德利府邸参观,乔治在那儿看到了奥德利夫人的画像,他的神情有点失常,但并没有告诉好友发生了什么。

第二天下午,罗伯特和乔治又去府邸附近的溪流边钓鱼,罗伯特打了个瞌睡。醒来时发觉乔治影踪全无。据说乔治上府邸找过爵士夫人,但他从此就失踪了。晚上在伯父家吃饭时,罗伯特发觉爵士夫人弹钢琴时露出手腕上的伤痕,而她对此的解释并不能使罗伯特相信。回到伦敦后,罗伯特也没找到失踪的朋友,一个个疑点在他的脑海中产生,他决心寻根究底,把奥德利夫人的秘密搞个水落石出。

罗伯特仔细地积累着证据,调查越接近事实就越让他难过,担心给贵族之家带来耻辱和灾难。在掌握大部分证据后,罗伯特警告海伦快逃之夭夭,可她却向丈夫哭诉告状,因为她料定爵士宁可相信侄子是疯子也不让她受到中伤。随后,海伦深夜赶到罗伯特所住的旅馆纵火,但第二天罗伯特又来到府邸,告诉她自己当时不在房间里。罗伯特指责海伦不仅杀了乔治,还是个纵火犯,在铁的证据面前,海伦不得不坦白了她的秘密。在知道了事情的真相后,爵士对爱情和幸福感到彻底幻灭,让罗伯特全权处理这件不宜外扬的家丑。罗伯特请来了精神病医生,将海伦易名改姓,送进比利时一个荒凉小城的精神病院里"活埋"起来。

《奥德利夫人的秘密》通过对奥德利夫人的秘密的追究,构成了小说的中心线索,情节一环紧扣一环地发展下去,每一个环节既出人意料,却又在情理之中。与一般情杀故事不同的是,奥德利夫人是传统的贤妻良母形象:她温柔美丽,对丈夫体贴入微,只是当她的生活受到威胁时,她才本能地进行反抗,毫不犹豫地动手扫除对自己的一切威胁。从女权主义文艺批评的角度来看,《奥德利夫人的秘密》推翻了19世纪文学中理想化的贤妻良母模式,通过一个极端的对照,使被压抑的妇女意识得到宣泄。

文学影响

奥德利夫人形象的塑造,是这篇小说得以成名的点睛之笔。布雷登把当时维多利亚时期小说中"家里的天使"的模式颠倒过来,按照当时的观念,家庭是神圣不可侵犯的私域,是金钱世界以外的一片净土,是充满危机感的时代里的一个安全港湾,而处在这个家庭中心的多是理想化的女性形象。小说中这个貌似天使的奥德利夫人击中了男性心理最敏感的要害,她出身卑贱又有着疯病基因,犯有重婚罪、杀人罪、纵火罪,她不仅欺骗了男人,更冒犯了以男权统治为基础的社会秩序,成了要求改变现状的不安分女人的总代表。因此,奥德利夫人的形象本身却是带有浓厚的叛逆性、颠覆色彩的。

《奥德利夫人的秘密》的引人入胜之处,还在于女主人公不可捉摸的神秘性。她从母亲那里继承了疯狂的基因,从父亲那儿继承了贫穷、屈辱和卑微;她既是乔治的妻子海伦·托尔博伊斯,又是家庭女教师露西,最后又成为奥德利庄园的女主人,这种人物身份的多重性,使得这部小说更显得扑朔迷离。

玛丽·布雷登是英国19世纪最受欢迎的女作家和杂志编辑,她一生创作的作品包括80多部长篇小说、5部戏剧、大量的诗歌以及短篇小说。虽然其中有一些属于"厨房文学"的平庸作品,而且她自己也公开"从商业观点看待一切"[①],但还是不乏力作。比较著名的有《奥罗拉·芙洛埃德》、《亨利·顿巴》(*Henry Dunbar*)、《食肉鸟》(*Birds of Prey*)、《夏洛特的遗产》(*Charlotte's Inheritance*),而《奥德利夫人的秘密》更是她年轻时的成名作,出版后在英国轰动一时,即使是极力反对通俗小说的批评家,也不得不夸口她的小说成为"客厅里心爱的读物了"。

玛丽·布雷登主张成功的小说既要把故事叙述得精彩动人,又要把人物刻画得栩栩如生,要防止情节与人物的脱节,要力图把两者糅合起来取得一致。因此,她的作品采用的是所谓"戏剧性小说"的形式,人物的素质和性格决定着情节的发

---

① 朱虹、文美惠:《外国妇女文学词典》,漓江出版社1989年版,第82页。

展,而情节的发展又显示着人物的心态、性格和素质,使人物的性格有了深度。即使是一些次要人物,虽着墨不多但轮廓分明,也为情节的发展增色不少。

由于受到了巴尔扎克的"写房屋就是写人"的艺术思维和手法的影响,布雷登为了表现故事背后的生活及其特殊情调,总是到人物所居住的地方,到街道、住宅和房间里去寻找。在她的作品中经常出现详细而周密的环境描写,这些细腻的描写往往同情节的发展直接联系起来,两者配合得相得益彰。

尽管玛丽·布雷登并不是什么思想家,也并不具有我们今天"妇女解放"的观点,但她的小说里多少存在着男子主宰一切的英国社会的投影,这就使作品突破和超越了一般的通俗小说,达到了现实主义的深刻性和丰富性。

随着现代心理学理论和女权主义理论在文艺批评中的影响,随着通俗文艺研究作为一门学科的建立,布雷登的创作吸引着越来越多的学者,并成为英国19世纪小说研究中的一个热点。虽然她作品的流行程度在她1915年去世后降低了不少,但在20世纪80年代又重新获得了声誉。1987年,牛津大学出版社又将《奥德利夫人的秘密》列入"世界古典文学丛书"冠以新序,作为古典名著推荐给今天的读者。她的其他一些小说又开始再版,2000年,一部最新的传记《玛丽·伊丽莎白·布雷登的文学生活》由杰尼弗·卡内尔完成并出版。英国杰出的小说家、文艺评论家亨利·詹姆斯(Henry James,1843—1916)称她为文学领域的伟大施予者。

19. 艾丽查·巴甫洛卡斯卡·奥若什科娃［波兰］

《涅曼河上》

作者简介

艾丽查·巴甫洛卡斯卡·奥若什科娃（Eliza Orzeszkowa,1842—1910）,19 世纪波兰著名女作家,被誉为波兰的"乔治·爱略特"或"乔治·桑"。奥若什科娃出生于立陶宛格罗德诺附近的米尔柯夫席兹那村,她的父亲是个开明地主,参加过波兰民族解放运动,但在她童年时父亲就去世了。奥若什科娃自幼就接触伏尔泰、狄德罗、卢梭和其他法国启蒙学者的著作,深受资产阶级民主主义思想影响。1852 至 1857 年间,她就读于华沙女子修道院附属寄宿学校,阅读了大量法文书籍和波兰优秀作家作品,树立了强烈的民族自豪感和平等自由观念。

1858 年,17 岁的奥若什科娃嫁给了白俄罗斯的波兰大地主彼得·奥若什科,并随丈夫去其留德维诺沃领地居住。当时,土地改革问题已日益成为社会舆论争论焦点,作家受此影响也开始

艾丽查·巴甫洛
卡斯卡·奥若什科娃

关注农民问题。随着时局动荡,作家的精神探索也日益紧张激烈,残酷的现实与幼时树立的资产阶级民主思想构成了矛盾,并对其世界观的形成具有极大的影响。

1863 年,波兰爆发了争取民族解放的"一月起义",立陶宛和白俄罗斯也爆发了群众性的农民起义。作家满怀热情地加入到这一行列,在起义部队中从事通讯工作、粮食采办等工作,甚至冒着生命危险掩护起义领导人躲避沙皇当局的追捕。起义失败后,她的丈夫由于参与起义而被流放至西伯利亚,领地也被没收,奥若什科娃被迫回到父亲的领地格罗德诺居住。此后,她一直居住在这里,直到 1910 年 5 月 18 日去世。

奥若什科娃自 19 世纪 60 年代开始文学创作,她的第一部作品是小说《荒年》(*A Picture from the Hungry Years*,1866),她早期的包括不少以妇女生活为题材的小说,表现了她们在资本主义社会中的悲惨命运,如《格拉巴先生》(*Mr Graba*,1869)和《马尔达》(*Martha*,1872)等。其中《马尔达》影响较大,作品描写了小贵族出身的妇女马尔达,在父亲和丈夫死后带着 4 岁的女孩出外谋生,遭到失败,被迫进行盗窃,为警察追捕,最后惨死在马车车轮下。

1876 到 1889 年,是奥若什科娃创作的主要阶段,她最脍炙人口的作品都产生在这一时期,包括长篇小说《梅伊尔·埃卓福维奇》(*Meir Ezofowicz*,1878)、《久尔济一家》(*The Dziurdzia Family*,1885)、《涅曼河上》(*Nad Niemnem*,1887)和《乡下佬》(*The Boor*,1888)。这些作品大多描写了俄农奴制长期统治下的立陶宛农村的愚昧落后状况,反映了贫苦农民的悲惨命运,在思想和艺术上都是奥若什科娃最成熟的作品,其中,尤以代表作《涅曼河上》最为突出。

19 世纪 90 年代以后,奥若什科娃还写过揭露资产阶级唯利是图的长篇小说《寻求金羊毛的人》(*The Argonauts*,1899)等佳作。她在晚年创作的短篇小说集《光荣属于被战胜者》(*Gloria Victis*,1910)则再现了"一月起义"的场面,并指出起义的失败是由于贵族没有依靠人民的力量。

奥若什科娃一生著作颇丰,共创作了 150 种文艺作品和论文,其中,仅小说就有 20 卷之多。"一月起义"对作家一生产生了重大影响,确定了她文学创作的特色:热爱祖国,关心人民疾苦,具有高度社会责任感和正义感。她的创作在波兰 19 世纪现实主义文学中占有重要地位,对以后的作家也有较大的影响。她的作品不追求离奇曲折的故事,情节发展自然生动,有浓厚的抒情色彩。

代表作品

奥若什科娃最成功的作品首推长篇小说《涅曼河上》。1887 年,小说在华沙

《绘图周刊》发表后被誉为"波兰现实主义小说的杰作",在波兰文学史上占有重要地位。作家以深刻的洞察力和高度的艺术概括力,描绘了一幅19世纪波兰边区农村生活生动而真实的画卷,它同时也标志着作家在主题思想和创作艺术上都达到了新的高度。

涅曼河原属波兰－立陶宛王国,18世纪后期波兰被俄、普、奥瓜分后属于俄占区。在那里的波兰人饱受亡国之苦,受尽了民族压迫,他们"成了屠宰场上的羊,得不到任何人的保护",他们不敢自由地表达内心的思想感情。

女主人公尤斯青娜自幼丧母,和父亲过着寄人篱下的生活。她舅舅别涅迪克特是一个小庄园——柯尔钦庄园的贵族,当年跟随其兄安德若依从事民族解放事业。但是在1863年的起义中,其兄不幸牺牲于涅曼河畔,给了他很大打击。为了生存,别涅迪克特被迫专心于治理日渐衰败的庄园,为全家人的温饱问题操心。由于地少人多,他只得与农民们斤斤计较,视他们为不可理喻的傻瓜、野蛮人。舅妈艾米里亚夫人却整日无病呻吟,为那些风花雪月的事而伤感以致在病榻上度日。

尤斯青娜曾经和安德若依之子济格蒙特恋爱,但后者只是个终日沉迷于所谓"纯艺术"中的精神软弱者,自以为是艺术天才,对于国家民族和他人利益漠不关心。当他到了国外后便将尤斯青娜抛弃,并与一名贵族小姐结婚,但激情过后又想重新追求尤斯青娜。母亲安德若约娃太太对济格蒙特从小寄予厚望,希望他继承父亲遗志,成为一位艺术天才,为民族解放事业做出自己应有的贡献,但最终却一无所获。

尤斯青娜善良勤劳,热爱自由独立的生活。她从事实中认清了济格蒙特的真实面目。她同时鄙弃舅母那种无所事事的空虚生活,希望自己充实地度过每一天。她偶然结识了邻庄的青年农民扬·包哈狄罗维奇,并为他们诚实辛勤的劳动所鼓舞,放下小姐的架子和他们一起收割,从中她得到了无穷的乐趣,并深深爱上了涅曼河畔醉人的风景。

扬的父亲耶瑞以前和安德若依一起参加过反抗沙俄的起义并牺牲了,扬的叔父安哲里姆侥幸得救回到家中,性情大变,成了一个孤僻易怒的老人,他与尤斯青娜的姨妈马尔达的爱情也因为根深蒂固的门第之见而告终。为了纪念为国捐躯的父辈,扬邀请尤斯青娜一起去为涅曼河畔的烈士墓群扫墓,两人的感情又得到了进一步深化。与此同时,邻近庄园贵族鲁瑞茨尽管年轻富裕,但生活极端无聊,依赖吗啡度日。他也爱上了充满活力的尤斯青娜,并试着向她求婚。但对贵族生活早就深恶痛绝的尤斯青娜,断然拒绝了这门在旁人眼里看来是非常有利的婚事。

别涅迪克特为了一小片草原的归属问题,和包哈狄罗维奇村的农夫华必安打起了官司并获得赔偿一千卢布,华必安正为女儿筹备婚事一时无钱赔偿。别涅迪克特的所作所为激起了儿子维托里德的极大不满。维托里德是个在外求学的大学生,他深受资产阶级民主主义熏陶,具有强烈的爱国热情,他认为父亲是在把自己的同胞逼上绝路,加上在对待有钱亲戚和教育妹妹等问题上的不和,父子两人起了激烈冲突。最后在儿子的质问下,别涅迪克特回忆起了当年和农民们和睦相处的情形,往事激起了他原有的民族情感,使他宣布放弃了索赔。

在华必安女儿出嫁的那天,尤斯青娜也和扬私订终身,最后获得了大家的祝福。结尾以柯尔钦庄园的别涅迪克特亲自来到包哈狄罗维奇村看望农民们而告终,象征着在涅曼河畔的波兰各阶层的民族团结。

文学影响

小说《涅曼河上》以19世纪末立陶宛格罗德诺附近的涅曼河畔农村生活为题材,奥若什科娃选择"涅曼河畔"这一地点作为小说背景是有其深刻意义的。正如她自己所说的:"小说情节的主线是1863年起义,书报检查给创作带来了困难。但是,如果不以它为主线,则一切问题都不可能解释清楚,涅曼河畔的众多烈士墓群便对这一主题做了最好的暗示。"小说从表面看来充满了明朗欢乐的气氛,但作品开始时忧郁的主人公为全书奠定了并不欢乐的叙事基调。

《涅曼河上》通过对贵族地主别涅迪克特·科尔钦斯基一家,和缺少土地的农民安哲里姆·包哈狄罗维奇和他侄子扬·包哈狄罗维奇一家,在1863年的"一月起义"①前后的变化,以及他们复杂的社会关系的描写,反映了沙俄占领下波兰农村的面貌。作者在小说中不仅提出了改革波兰社会的一系列最激进的观点,而且

---

① 1863—1864年波兰王国反对沙俄统治的起义。当时波兰在沙俄统治之下,国内有两大政治派别:代表小资产阶级和小贵族利益的"红党"和代表大资产阶级和大地主利益的"白党"。1863年1月"红党"中央民族委员会发布纲领宣布波兰独立,废除封建农奴制,把土地无偿分配给农民,并号召起义。

成功地塑造了具有爱国主义和民主思想的农民以及贵族阶级叛逆者的形象。

小说中的柯尔钦庄园和包哈狄罗维奇村，各自象征着波兰的地主贵族阶层和农民阶层，在奥若什科娃的思想中，这两者完全可以取得一致，紧密团结起来为波兰的民族解放事业共同战斗。小说栩栩如生地塑造了这两个阶层的不同人物，如斗志昂扬的维托里德、善良正直的尤斯青娜，以及勤劳能干的扬和他忧郁又爱国的叔父安哲里姆；但作品同时也描写了一些如别涅迪克特那样的地主和农民：地主为了蝇头小利不停地打官司，农民则时不时到地主领地捞点便宜。作家这样写的目的并非仅仅反映贵族或农民们的无知浅薄，而是通过这种为生存而互斗的场面，揭露出在沙俄统治下的波兰人民生活如何艰难，以致不得不自相争斗。

但作家对于贵族阶层也并非完全持赞扬态度，她在作品里也谴责了一些脱离人民乃至忘记祖国的败类，比如一心向往升官发财的多米尼克、醉生梦死的鲁瑞茨，还有只顾自己花天酒地的达若斯基，甚至背弃历史、遗忘传统的济格蒙特，等等，作家对这些自诩为"精英"的人物进行了有力的鞭笞和讽刺。

奥若什科娃一生承受过许多重大的打击和苦难，但却没有一点悲观失望的情绪，她写得最多的是人们的不幸遭遇，但作品仍然流露出令人振作的基调，以田园诗般的色调，细致地描绘了农村生活。奥若什科娃不追求曲折离奇的情节，大多停留在一些日常琐事以及河畔景色的描绘上，但这些描绘栩栩如生，充满诗情画意，具有无比的艺术吸引力。作家淋漓尽致地描绘涅曼河畔优美的自然风光：辽阔的平原，鲜花似锦，麦浪起伏，引起多少波兰人的向往和忧伤；涅曼河美丽端庄又变幻莫测，时而风平浪静，时而阴森恐怖，时而像一条凝然不动的玉带，时而又像宽阔汹涌的大海。白天河上响彻劳动的歌声，入夜闪烁着点点渔火，所有这一切都不是孤立地加以描写的，而是结合书中主人公的思想感情，真正做到了情景交融，浑然一体。

20. 萨拉·奥恩·朱厄特［美］

《尖尖的枞树之乡》

作者简介

　　萨拉·奥恩·朱厄特(Sarah Orne Jewet,1849—1909),是与马克·吐温同时代的美国著名小说家、诗人和评论家。她出生于缅因州一个古老的家庭,并在那里度过了大半生。朱厄特本人的早期生活有点像她在自己的短篇小说《乡村医生》(*A Country Doctor*,1884)里描述的那样:童年时期,她经常跟随身为医生的父亲西奥多·萨门·朱厄特出诊,接触各种各样的病人和他们的家庭成员,了解并熟悉新英格兰地区人们的性格特点和行为习惯,为日后的写作打下了良好的生活基础。父亲休息在家的日子,萨拉就靠家中丰富的藏书滋润自己的心灵,这些逐步使她走上了从事文学写作的道路。

　　1865 年,朱厄特从贝里克郡高等专科学院毕业后,她先是陆续发表了一些论文和评论。1877 年,她发表了第一篇短篇小说《深深的天堂》(*Deep Haven*)。此后,她先后发表了《玩耍之

萨拉·奥恩·朱厄特

日:为孩子们写的故事》(*Play Days:A Book of Stories for Children*,1878)、《新老朋友》(*Old Friends And New*,1879)、《沼泽岛》(*A Marsh Island*,1885)、《白鹳鸟及其他故事》(*A White Heron and Other Stories*,1886)、《新英格兰故事》(*Tales of New England*,

1890)、《尖尖的枞树之乡》(*The Country of the Pointed Firs*,1896)和《皇后的孪生子和其他故事》(*The Queen's Twin and Other Stories*,1899)等 18 篇长、短篇小说,并写下了大量的诗歌作品和评论文章。

就在她雄心壮志地准备在文坛上大展身手时,1902 年 9 月 3 日的一次意外事故断送了她的文学前途。那天,萨拉和姐姐丽贝卡一起乘马车出游,拉车的马匹绊在一块突起的岩石上,马车翻倒,萨拉和丽贝卡被掀出车外。丽贝卡很幸运,没有受伤;萨拉脑部受到强烈震荡,颈部受伤。此后的 7 年中,萨拉常常莫名其妙地头痛,头晕目眩,记忆下降,无法集中注意力思考问题,鲜有作品发表。1904 年出版的《春天的周日》(*A Spring Sunday*,1904),是她人生最后一部作品。1909 年一代才女萨拉·朱厄特去世,留给后世一笔丰富的文学遗产。

代表作品

在朱厄特的众多作品中,《尖尖的枞树之乡》是最著名的中篇小说。与其他作品一样,朱厄特在《尖尖的枞树之乡》中以生她养她的缅因州为背景,描绘了当地普通居民的日常生活。作者通过一个不知其名的叙述人"我"的口吻,讲述了"我"在缅因州东部一个叫"多耐特登陆处"的小渔村度假的故事。耐人寻味的是小说的第一章,"我"虽初来乍到,该章却被命名为"归来","我"解释了个中缘由。前几个夏天,"我"曾乘游艇路过"多耐特登陆处",被它沿岸尖尖的枞树林迷醉,陶醉于它古老而又悦人的乡村生活,这里既远离喧嚣的城市文明,又不乏应有的一切便利。6 月的一个夜晚,"我"终于来到"多耐特登陆处",在乡民好奇的围观之中、在孩子们蹦跳的陪伴之下,住进托德太太家,开始了"我"长达几个月的暑假生活。

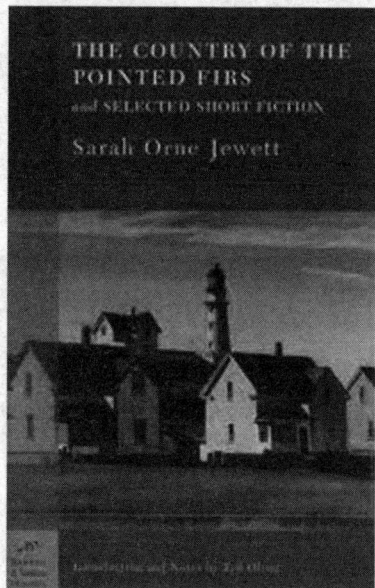

自然,"我"第一个认识的便是这个名叫奥米拉·托德的好心寡妇。这位心宽体胖的中年妇女热情好客,待人诚恳,让"我"在她家有宾至如归的感觉。托德太太还是药草的行家,在自家的花园里种了各种草药,连村里的医生都常到托德太太家向她打听草药的用法。在草药香味的"熏陶"和托德太太的好心照顾下,不知不觉到了 7 月份。

当然，"我"在托德太太家住着也有一个缺憾。每年夏天，托德太太都会在自家门口卖她自己酿造的清凉啤酒，加上托德太太天性热情，她家总是人来人往，而"我"本来是想寻清静的。于是"我"搬离她家，住到一所废置不用的学校，享受更多的自由和清静。托德太太虽然满心不情愿，还是帮"我"搬进离她家不远而又相对僻静的学校。好心的托德太太每天都来看"我"，给"我"带些吃的、用的，给"我"讲她的故事：托德太太出身平平，年轻时爱上了一个地位高贵的青年。青年的母亲想方设法阻止他们，他们不得不各自找了门当户对的人结了婚，这两对婚姻都不太幸福。多年以后，他成了鳏夫，她成了寡妇。他又跟她求婚，无奈两人还是未成眷属。如今，他出海好几年了，托德太太还一直等着他，想方设法打听他的消息……原来，开朗健谈的托德太太也有一段不如意的往事。

在托德太太的引见之下，"我"陆陆续续认识了其他的村民，其中包括托德太太的母亲和她的弟弟。托德太太的母亲虽然已经 86 岁，却依然精神矍铄，步履轻快，她能种花养草，能驾船出海。显然，托德太太乐观开朗的个性完全来自她的母亲，她识别药草、种植药草的能力也得益于其母。有趣的是，托德太太的弟弟威廉却和姐姐形成鲜明的对比：姐姐直爽开朗，弟弟内向腼腆，年近半百，还是单身；姐姐心宽体胖，威廉高瘦精干；姐姐爱好种植草药，弟弟偏爱驾一叶扁舟出没风涛浪尖……无论他们有多少差别，有一点却是共同的：他们都是纯真善良的好人，无私地爱着别人。在他们身上，"我"发现"爱"原来如此单纯。

在"多耐特登陆处"逗留的日子里，"我"还结识了博学而又孤僻的老船长利德佩兹，沉浸在丧妻之痛中的老水手梯勒，娴雅高贵的马丁太太……"我"还听说了可怜的乔安娜的不幸遭遇：乔安娜新婚在即却遭情人抛弃，绝望之中，乔安娜驾船出海，从此独自一人住在一座荒岛上，与世隔绝。善良的村民们却没忘了乔安娜，虽然他们再也没有亲眼见过她，还是不时地惦记着她，出海途中，不忘给她捎些日常用品，放在荒岛上，等他们走后，让她来取。

在宁静的多耐特乡村，夏天很快结束，天渐渐凉了，"我"不得不离开"多耐特登陆处"，回到原先居住的城市。只怕在尖尖的枞树之乡待惯了，过久了宁静淳朴的简单生活，城市于"我"倒显得陌生。临走那天，老水手梯勒驾船送"我"，船渐行渐远，直到"我"再也看不到岸边那片尖尖的枞树林及"多耐特登陆处"四周的海岸线……

文学影响

《尖尖的枞树之乡》发表以后受到许多评论家和作家同行的赞誉,其中,最忠实的拥护者是威拉·凯瑟(1947)。她在1925年发表的书评中动情地写道:"朱厄特在《尖尖的枞树之乡》中描写了生活在乡村田野、自由自在、拥有广阔天地的人们的生活,这些人和周围的环境融为一体,他们不再是故事中的角色,而是生活中活生生的人。"当然,任何事情都有其对立面,《尖尖的枞树之乡》也同样受到很多批评。评论家指出这部小说缺乏生动有趣的故事情节,没有波澜起伏的矛盾冲突,甚至没有一条主线贯穿其中,它充其量只能是新英格兰地区普通人的文学素描,不能算作小说。

表面看来,《尖尖的枞树之乡》确实缺少统一连贯、生动有趣的情节设计,整篇小说由联系不太紧密的7个小插曲构成。但实际上小说始终隐含着一条完整统一的主线,整部小说以叙述人到达"多耐特登陆处"开始,又以叙述人离开"多耐特登陆处"结束,形成一个完整的故事框架。与小说的整体结构相呼应,全文的7个插曲都从叙述人的视角延伸开去,描写了小城生活,又以"我"的若有所悟结束。小说就在一个又一个螺旋形的回旋中,表现了叙述人"我"的心路成长过程。

小说中的叙述人在其讲述中充当重要角色,叙述人的作用是通过叙述视角的改变完成的。故事的一开始,叙述人以全知全能的(omniscient)视角,通过第三人称的口吻,不动声色地说:"6月的一个夜晚,一个旅行者单身一人,登上了汽渡码头,来到这个名叫'多耐特登陆处'的小渔村。"读者除了知道她是一名作家,正在写一本罗曼蒂克的小说,来到"多耐特登陆处"想要休整一段时期,对她的其他情况读者并不了解。此后叙述人"我"便专注于讲述当地居民和他们的故事,对自己很少提及。但是随着叙述的深入,随着她对渔村居民的了解,她却逐渐改变了自己的观察视角,从一个事不关己、高高在上的全知全能的叙述人,变成了一个主观的第一人称"我",表明"我"对小村居民及其生活的熟悉、了解、认同和同化的过程。在这个过程中,"我"从当地居民、从生活本身学到了许多东西,这些是"我"人生宝贵的财富,难怪"我"在故事结束时对小渔村恋恋不舍。

为了更好地表现叙述人"我"在"多耐特"渔村的所思所得,小说作者萨拉·朱厄特给小说起了一个富有象征意义的题目——尖尖的枞树之乡。"尖尖的"(pointed)经常让人联想到另一个英文单词——食指,食指在英语中象征着"知识和洞察力"，这样，"尖尖的枞树"则不仅是海边渔村的一个普通的自然景观，更是一个隐喻，再现了叙述人"我"从生活中获得的知识，这些知识包括托德太太给"我"传授的有关草药的知识，也有老水手梯勒讲述的出海经验，还有老船长描绘的冰层那边的世界和在孤寂中求学的本领。当然，这些知识中更包含了"我"对人生的领悟和理解。

威拉·凯瑟说过："与朱厄特同时期的许多作家都曾以新英格兰为背景写过小说，许多人写得比她有趣，他们的书里也有更加动人的情节……这许多书今天看来却不耐久读。大多数的书缺少一种内在的、独特的美感。"自1896年《尖尖的枞树之乡》发表以来，100多年过去了，读者们不断地重读该书，使它成为名副其实的"经典著作"。培特曾经说过："伟大的戏剧最终都会像耳熟能详的民谣，久久地萦绕在人们的脑海中。"也许，伟大的故事也一样，只要出自作者本人自己的、独特的声音，就能久久地铭刻在读者的脑中。朱厄特在她的代表作《尖尖的枞树之乡》中，描绘了她熟悉的缅因州和当地居民的日常生活，把她在生活中积累的材料和她要讲述的故事巧妙地交织在一起，使《尖尖的枞树之乡》看起来像一首清新淡雅的小诗，如一朵临水而居的水仙，悄悄地散发着一缕清香，吸引着有心人去探访它，和书中的角色一起去领悟人生，分享平常生活的快乐。

21. 弗朗西丝·霍奇逊·伯内特［美］

《隐秘的花园》

作者简介

　　弗朗西丝·霍奇逊·伯内特（Frances Hodgson Burnett，1849—1924），美国著名儿童文学作家、剧作家、小说家。她出生于英国的曼彻斯特的中产阶级家庭，父亲埃德温·霍奇逊经营家具生意，收入丰厚。不幸的是，在弗朗西丝 4 岁时，父亲突然亡故，从此家道一落千丈。母亲伊莱札带着 5 个孩子从近郊搬进城里，与矿工们为邻，而后又变卖产业，于1865 年举家迁居美国田纳西州的纽马克特乡下，投靠她在诺克斯维尔定居的兄弟。然而情况并未有任何好转，由于少了其他亲戚的接济，家境更为窘迫。

　　在移居美国前，弗朗西丝只接受过中等教育，但她自幼酷爱读书写作，想象力尤为丰富，经常给家人或朋友绘声绘色地讲述故事。为了改善家中的经济状况，在家人的鼓励下，弗朗西丝向报纸杂志投稿，开始了她的文学生涯。1868

弗朗西丝·霍奇逊·伯内特

年，她的两篇作品首次在一家女性刊物上发表。在接下来的 3 年里，她几乎向美国所有的流行杂志投过稿。1871 年，她的作品开始被一些知名期刊杂志采用。

　　1873 年，她的第一部小说《多莉》（*Dolly*，1873）被连载，4 年后发行了单行本。1873 年，她与斯旺·伯内特医生结为伉俪，并移居华盛顿。婚后，伯内特继续她的

文学创作,不断有作品问世,其中不少作品别具女性作家的感伤和浪漫的情调。弗朗西丝早期写过不少供成人阅读的故事和小说,一类主要描写普通人的生活和爱情,反映社会现实,为英美现实主义流派的发展做出一定的贡献,如《劳里的那个情人》(*That Lass O'Lowrie's*,1877)生动地描写了英国兰开夏煤矿工人的境遇,讲述富有独立精神的女主人公,公然反抗制约她发展的家庭和社会力量,勇敢地争取自己的幸福。《通过一种管理》(*Through One Administration*,1883)源自于伯内特本人的生活经历和情感体验,记叙一位妇人在社交圈内春风得意,而私下的婚姻生活却不幸福,由此展现了华盛顿地区社交和政治生活的风貌。另一类成人故事和小说主要是为流行杂志撰写的,语调轻松欢快,情节曲折,主人公经历一番磨难后总是以大团圆的结局而大获全胜。

随着伯内特的声誉日隆,她的个人生活却充满着阴影和不幸:16岁的大儿子莱昂内尔患肺结核不幸去世,她与丈夫的关系日益紧张,并最终于1898年离异。1900年,伯内特再婚,嫁给了她的几部剧本的合作者斯蒂芬·汤森德,但两年后就分居,直至1914年汤森德亡故。所幸伯内特晚年生活安逸幸福,她定居在普南多姆的长岛,并潜心于她一生钟爱的园艺。1924年10月29日,75岁的伯内特与世长辞。

伯内特一生勤于笔耕,她的作品题材广泛,构思巧妙,文字细腻流畅。她不仅是一位才华横溢的儿童文学作家,而且是一位卓有成就的剧作家和多产的小说家,一生创作的小说、剧本多达50余部。伯内特的主要成就在于儿童文学创作,被誉为20世纪初最重要的儿童文学作家之一。她为小读者写了大量的故事、小说和剧本,其中最负盛名的是《方特勒罗伊小爵爷》(*Little Lord Fauntleroy*,1886)、《小公主》(*A Little Princess*,1905)和《隐秘的花园》(*The Secret Garden*,1911)。

代表作品

伯内特1895年回英国肯特郡访问时,住在格鲁勋爵的弗雷斯通庄园里。庄园占地很广,里面有一个玫瑰花园,置身其中,使人感到整个庄园富有传奇色彩和神秘气氛。伯内特的代表作《隐秘的花园》,就是以这里为背景写成的一部著名的儿童悬念小说。

在印度出生的"犟小姐"玛丽长相难看,身体瘦弱,脾气暴躁,性格孤僻。10岁时,霍乱夺去了她的双亲,她被送往英国的米塞尔斯怀特庄园投靠其姑父克雷文先生。

　　米塞尔斯怀特庄园坐落在一片荒野上,庄园里多半房间关门上锁,充满着神秘气氛。庄园主克雷文先生是个驼背,由于痛失爱妻而变得性情古怪,几乎过着与世隔绝的生活。女仆玛莎负责照看玛丽,告诉她可以去庄园的各个花园玩耍,但克雷文夫人生前最钟爱的玫瑰花园,自从夫人去世后就被锁上了,任何人不得入内,现在连门也找不着了,这使得玛丽对这座无人问津的神秘花园充满了好奇。

　　此后,玛丽几乎每天从早到晚都在户外活动,心情逐渐开朗起来,身体也强健多了,还和一只红胸脯的知更鸟交了朋友。知更鸟帮助玛丽悄悄溜进了那隐秘的花园,看着园子死气沉沉的荒芜情形,玛丽下定决心要拯救花园,恢复它生机勃勃的美丽面貌。

　　玛丽向玛莎的弟弟迪肯求助。迪肯是个12岁的神奇男孩,从小在大自然的怀抱中长大,大自然赋予他强健的体魄和乐观向上的性格,他不仅能和动物对话,还特别擅长园艺。两人约定保守花园秘密,并开始挖土除草,齐心协力改造花园。

　　玛丽整日在园子里忙碌,不再是原先那个面黄肌瘦、弱不禁风的女孩,身体逐渐变得强健起来。她的心灵被知更鸟、被大好春光、被日渐恢复生机的秘密花园所占据,心灵得到了净化,变成了一个对人友善、活泼可爱的小姑娘。

　　一天夜里,玛丽又一次被走廊里的哭声惊醒,她壮着胆子去探个究竟,见到了她的表兄弟也就是克雷文先生的儿子科林。科林自幼疾病缠身,身体虚弱,终日呆在昏暗的房间里不愿见人,他总觉得自己将不久于人世,逐渐变得性情古怪,暴躁任性。母亲一生下他就死了,父亲因此不愿见他。玛丽很同情他,向他透露了花园的秘密,描绘花园里各种花草树木和小动物,这激发了科林对外部世界的兴趣。以后,科林常让玛丽去陪他聊天,两人成了朋友。科林的坏脾气好了许多,也不再犯病了。

　　春天来了,花园渐渐变了样,树木抽枝发芽,鸟儿都来筑巢了。科林因为玛丽几天不来看他而大发脾气,又疑心自己背上长了包,要变成驼背而大哭大叫。这一次玛丽针锋相对,狠狠地治了他的坏脾气,并告诉他整天在房间胡思乱想,只会使

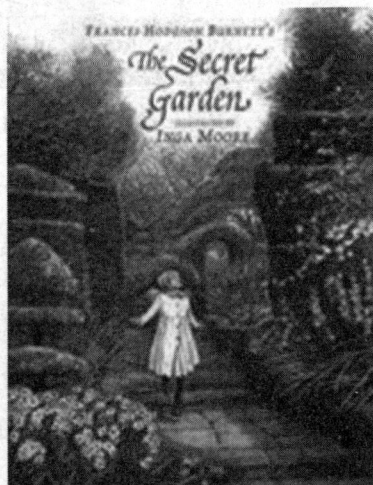

他变成一个歇斯底里的小多疑病患者,迪肯带着他的动物朋友来看望科林,使科林大开眼界,更加向往外面的世界。

几天后,科林坐着轮椅第一次和玛丽、迪肯来到了秘密花园,他看见"所有的墙上、地上,树上以及摇曳的小花枝和卷须上都蒙上了一层美丽的缀满了小嫩叶的绿色面纱……所有地方都点缀着或闪耀着金色、紫色、白色,在他头顶上面的树上还有粉红色、白色的花;小鸟的振翅声和悦耳的欢歌声以及蜜蜂的嗡嗡声不绝于耳,那浓郁的飘香令人如痴如醉……"花园里美好的一切使科林如痴如醉,欣喜若狂,一下子有了生存的勇气和希望,他大声叫道:"玛丽! 迪肯! 我会好起来的! 我要永远永远活下去!"从此,科林加入了玛丽和迪肯的队伍,也在花园里干起活来。

几个月后,秘密花园有了神奇的变化,三个孩子在玩耍、锻炼、野炊、歌唱,花园成了他们的天堂。秘密花园在起死回生,玛丽和科林也在脱胎换骨,变得生气勃勃。

与此同时,在奥地利、意大利等国游历的克雷文先生受到大自然美景的感染,渐渐摆脱了以往一直束缚他身心的忧郁和沮丧,重新振作了起来。他回到庄园,来到妻子生前最热爱的玫瑰花园,惊喜地发现那里充满了秋天的神韵,而儿子科林已长成高大健壮、乐观开朗的少年,父子俩含泪在花园团聚了。

文学影响

小说《隐秘的花园》主题明朗,意义深远,读者可以深切地感受到孩子的健康成长如何得益于大自然和爱的力量。大自然与儿童,爱与儿童也正是儿童文学的永恒主题,伯内特没有进行单一的说教,而是以形象化的描写、哲理性的对话和抒情性的议论深入浅出地逐步揭示主题,颇符合少年儿童的心理特征。并以细腻的笔法,成功地塑造了玛丽、科林、迪肯等栩栩如生、真实可信的儿童人物形象。

爱的力量同样是无穷的。少年儿童渴望父母之爱,渴望朋友间真挚的友爱。玛丽的生母纵情于社交享乐,对孩子不闻不问;科林的父亲终日沉浸在悲伤之中,并迁怒于儿子。由于缺少父母的关心和疼爱,这两个孩子都有着脾气暴躁、心胸狭隘、缺乏爱心的毛病。农家妇女、迪肯的母亲苏珊则不同,她热爱孩子,理解他们,关心他们,并尽力帮助他们,因此也得到孩子们的尊敬和热爱。玛丽、迪肯和科林结为亲如姐弟的好朋友,互帮互助,团结友爱,干成了一桩大事。

伯内特在书中还对人生做了积极有益的探讨,告诉小读者生活中没有旁观者,也不可能只有平坦的大道,但只要你不懈努力,加上人世间的爱心和真情,就能克服困难,变消极为积极,进而使自己的心灵和思想得到净化和升华。书中写道:"在你栽培玫瑰的地方,我的孩子,蓟棘就无处容身。"

此外,小说跨度达几年之久,伯内特巧妙地运用四季轮回来构架全文,使小说结构紧凑又充满寓意。玛丽在冬季的雨夜来到庄园;春季里,她和迪肯及科林在花园里翻土除草,播种施肥;夏季秘密花园复活了,孩子们也在大自然的怀抱中摆脱了病态心理,变得生气勃勃;当收获的秋季来临时,科林的父亲回到庄园,与儿子在花园幸福地团聚了。

小说叙述语言生动朴实、自然流畅。在描绘自然美景时充满诗意和色彩,营造了意境美。人物语言符合少年儿童的特点,富有个性,努力表现了人物性格的发展变化。书中的一些约克郡方言和土话增加了情趣和人物的真实感。

作为20世纪初最重要的儿童文学作家之一,伯内特深受青少年朋友的喜爱,也深刻地影响了后来的儿童文学作家。她的许多作品被翻译成多国文字,被多次搬上舞台和银幕,经久不衰。《隐秘的花园》最初发表于1911年,当时并未在读者中和评论界引起轰动,但随着时间的推移,它被称为"一本最为令人满意的儿童书"。这部小说充满童趣,悬念丛生,富有教益,可读性强,有助于培养青少年积极向上、热爱生活、热爱大自然、勤于思考、勇于探索的品质,每年都吸引着成千上万的儿童阅读和欣赏这部作品。这本熔知识性和趣味性于一炉的佳作不断再版,并被译成多种语言,成为20世纪初最重要、最有影响力的青少年文学作品之一。

22. 凯特·肖邦 [美]

《觉醒》

作者简介

凯特·肖邦(Kate Chopin, 1851—1904),原名凯瑟琳·欧芙莱柯蒂(Catherine O'Flaherty),美国19世纪著名的女作家。她1851年2月8日出生在圣路易斯的一个富裕家庭,父亲是一位出生于爱尔兰的商人,母亲是克里奥尔人贵族。肖邦从小受到良好教育,爱好弹钢琴,写诗,阅读狄更斯、莫泊桑、珍妮·奥斯丁、勃朗特三姊妹等的作品。她生性自由,曾因扯破一面美联邦国旗而被取绰号为"小叛逆者"。

1870年,美丽聪颖的凯特嫁给了出身于名门之家的奥斯卡·肖邦,并随夫迁往新奥尔良。以后的婚姻生活波折不断,但这些波折并没有消磨掉肖邦独立的天性。她喜欢独立思考,追求个性解放,蔑视社会习俗,衣着怪异,喜好抽烟。1885年,经济上已经独立的肖邦厌倦了家庭主妇式的生活,开始正式从事写作。

肖邦作品中的人物大都是路易斯安那州的克里奥尔人(早期法国和西班牙殖民者的后裔)、堪郡人(其祖先在18世纪从加拿大阿卡蒂亚迁到路易斯安那州)、黑人与混血印第安人。她最初在《大西洋月刊》《世纪》等刊物上发表作品。1889年,凯特完成了小说《咎由自取》的创

凯特·肖邦

作,这是一部以路易斯安那州的种植园为背景的传统感伤式小说,可惜并未获得成功。不久,肖邦又开始向报纸杂志投递具有地方色彩的小说。到 1898 年,她已写了 3 部长篇小说,近 100 部短篇小说。她的两部充满地方色彩的短篇小说集《贝约的乡亲》(*Bayou Folk*)和《阿卡狄亚之夜》(*A Night in Acadie*)先后于 1894 年和 1897 年发表,第三部长篇小说即她的代表作《觉醒》(*The Awakening*)于 1899 年发表。

《觉醒》的发表并未给肖邦带来好运,相反,由于书中描写了女主人公追求婚外恋情,表现了女主人公"性意识"的觉醒,因而在美国文坛上引起了轩然大波;评论界纷纷责难,斥责该书为"一个性感的女人甘于堕落的故事",一本"应列为毒品"的下流书。这部小说被禁止收入图书馆,肖邦本人也遭到了封杀。

尽管当时肖邦自己的文学沙龙非常出名,吸引了许多来自全国各地的杰出艺术家和作家,但是她本人却被拒绝进入圣路易斯美术俱乐部。一向对批评非常敏感的肖邦就这样被舆论吞噬,她被迫停止了写作。1904 年,肖邦在郁闷中死去,她的作品也随之湮没无闻,直到 20 世纪 50 年代,评论界才重新认识和评价她的作品,对肖邦在突破女性小说传统,大胆揭示种族问题,描写美满爱情幻灭后的心灵痛楚方面所表现出的非凡能力大加赞赏。

代表作品

《觉醒》是一部爱情悲剧,描写一个女人自我意识的觉醒和对自己命运的把握,女主人公艾德娜是新奥尔良富商雷昂斯·庞蒂里耶的妻子,她年轻貌美,举止优雅,目光深邃,有着迷人的魅力。她有两个活泼可爱的小男孩,丈夫对她体贴入微,别人眼里,这是一个非常美满的家庭。可是,艾德娜是一个感情炽烈的女性,她并不满足于优裕的物质生活,不愿做丈夫的附属品,她要追求真正的爱情和独立的生活。

在少女时代,艾德娜就对爱情充满了幻想。她曾对一个前来探访她父亲的骑兵军官产生过强烈的感情,也曾被一位订了婚的年轻绅士所吸引,还偷偷爱上了一个悲剧演员。正当艾德娜陷入秘密而热烈的单相思时,她遇见了庞蒂里耶先生。庞蒂里耶对艾德娜一见钟情,并迫不及待地向她求婚。他的忠心终于赢得了艾德娜的欢心,她误以为他们有共同的思想和趣味,都爱好文学,喜欢音乐和绘画。但庞蒂里耶却爱财如命、虚伪庸俗、性格古板、精神空虚。他把妻子当成自己的私有财产,忽视艾德娜的兴趣爱好,两人从来没有什么思想交流,这种充满隔阂的生活使艾德娜感到一种难以忍受的压抑。

夏季的时候,庞蒂里耶一家来到哥兰德岛上度假,艾德娜遇见了罗伯特·莱布朗。他大学刚刚毕业,年轻英俊、为人热情,具有典型的克里奥尔人传统。他教艾德娜游泳,给她读小说,陪她散步,罗伯特的热情渐渐打破了艾德娜克制自我的屏障,共同的兴趣与思想使他们之间产生了爱慕之情。可是,罗伯特面对爱情选择了逃避,他突然离开哥兰德岛去了墨西哥。

罗伯特的离去使艾德娜非常痛苦,她被埋葬了多年的自我开始苏醒,她再也不能忍受压抑和一成不变的家庭生活了。回到新奥尔良豪华舒适的家中后,艾德娜一反常态,专心致志地绘画,只做她喜欢做的事。没有拘束的生活使艾德娜的精神变得自由,她的言谈热烈有力,目光和举止中已没有了畏缩和压抑,成为一个充满活力的人。对罗伯特的爱情也始终萦绕在艾德娜的心头,使她经常陷入对爱情那令人神往却又痛苦压抑的幻想之中。

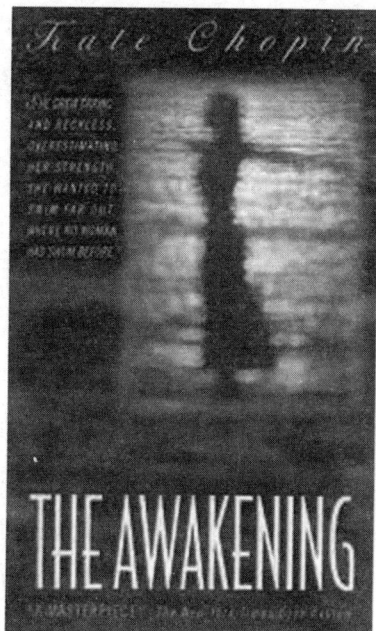

庞蒂里耶先生去了纽约,孩子们也被奶奶接走了,家中只剩下艾德娜一人。艾德娜开始有计划地读书、绘画,随心所欲地安排自己想做的事。在一次赛马场上,艾德娜结识了上流社会中的风流青年阿尔奇·阿罗宾。阿罗宾被艾德娜的美貌和气质所吸引,他那胆大妄为的行为唤起了艾德娜正在觉醒的自我。但是,艾德娜渴望的是纯真热烈的爱情,而不是同男人调情,很快,一种负疚和遗憾的感觉压倒了她,她似乎透过丈夫为她生活提供的各种物品看到了丈夫愤怒的目光,听到了罗伯特责备的声音。

为了获得心灵上更多的自由,艾德娜决定搬离自己牢笼般的家,营造了一个完全属于自己的家,家中所有的东西都是用她自己挣的钱买的,她用自己的收入支撑起简单、拮据的生活,独居的生活令艾德娜心满意足,阿罗宾的陪伴也使她陷入一种迷醉的情欲中。但在艾德娜的内心深处,对罗伯特的爱情却始终挥之不去。一天,艾德娜意外地和已经回到新奥尔良两天的罗伯特重逢了。虽然,这重逢是两个人盼望已久的事,但他们都压抑起自己的感情,只是简单地相互问候。

在罗伯特走后的几天里,艾德娜陷入对爱情的憧憬中。在郊外的一个公园里,艾德娜大胆地向罗伯特表达了自己炽烈的感情,而罗伯特也无法抑制住一直埋藏在自己内心深处的爱情。可是,罗伯特性情软弱,缺乏艾德娜所具有的那种无畏精神。当他发现庞蒂里耶不会给艾德娜自由的时候,就又一次退缩了,他的行为使艾德娜的希望破灭了。

艾德娜回到哥兰德岛,回到了她自我觉醒的地方,她不愿自己的灵魂重新被拉回到受奴役的状态中去。艾德娜意识到所有的东西在自我面前都不重要了,罗伯特、阿罗宾、庞蒂里耶甚至是孩子们,他们再也别想继续占有她了,不管是她的身躯还是她的灵魂。只有大海的涛声是永远具有诱惑力的,它不停地向艾德娜孤独的灵魂发出召唤,指引它走出孤寂的深渊。正是为了坚持这种强烈的自我,达到一种永久的和谐,艾德娜来到那片她学会了游泳的海边,脱去所有的衣服,像个新生的婴儿,游向大海的深处,没有任何羁绊,以最大限度的身心自由同桎梏般的人生永别,她用生命换取了一直追求的自我独立。

文学影响

小说《觉醒》主要表现了女性"自我意识"的觉醒以及自我发现、实现自我的主题,揭示了女性"自我意识"与社会传统之间的冲突。艾德娜的觉醒包括身体和精神两方面,它们具有不同的原因和结果,却又相互影响。肖邦在整个小说中始终以艾德娜的视点来描写这种觉醒,作者运用大量象征手法来暗示女主人公的内心变化。

作者并不打算去探究小说中其他人物的思想和动机,而是自由地进入艾德娜的内心去详细描写艾德娜的思想情感变化。艾德娜在自己的生活圈子里找不到能够真正理解她的人。因此,她通过交谈来与人探讨自己思想情感变化的可能性就受到极大限制。小说中其他人都沉湎在根深蒂固的传统生活之中,很少表达自己真实的思想情感,这也许是因为他们根本就不理解自己,抑或是他们不愿在这压抑的社会中表达自己的真实思想;而艾德娜是小说中唯一真正对生活的谵妄觉醒的人。

肖邦最喜爱的作家是莫泊桑(1850—1893),她曾经发表过莫泊桑一些短篇小说的译作。给她印象最深的是莫泊桑的小说《孤独》,实际上,《觉醒》原来的标题就叫《一个孤独的灵魂》，艾德娜正是意识到人生在本质上的孤独，才游入大海走向自杀的。小说《觉醒》正是由于揭示了女性"性意识"的觉醒，和妇女追求自由选择爱情之权利这一主题，才成为女性文学的经典作品的。女权主义者认为对妇女性意识的压抑，是对女性政治压迫和经济剥削的必要前提，只有妇女真正支配了自己的身体，她们才有希望主宰自己的命运。艾德娜正是这样一个勇敢地与社会性别偏见相抗争，大胆地争取女性自我解放的女性形象。

小说文字优美，语言简洁流畅。作者采用自然主义和象征主义的手法，渲染环境，烘托气氛，映射人物心理变化。小说中许多事物都具有象征意义，如小鸟、房子、月亮、大海、学游泳、绘画等。其中，大海这一意象贯穿整部小说，与艾德娜的觉醒过程紧密联系在一起。夜深人静，大海永不止息的涛声，象征艾德娜内心自我意识的悸动，大海富有诱惑力的声音时刻召唤着孤独灵魂的觉醒；艾德娜学会游泳，象征着大海给予了艾德娜无穷的力量和勇气去战胜世俗，赢得自我独立；最后，艾德娜融入大海，在大海中获取了自我的新生。

《觉醒》是肖邦展示女性"自我意识"觉醒的一部扛鼎之作，已被译成法文、日文等多种文字，并出现了不同的版本。对这部小说的重新认识，也唤起了人们对肖邦其他作品的兴趣，有关肖邦的传记和评论研究著述开始涌现。肖邦也成为美国女性文学的先驱作家，小说《觉醒》已经成为女性研究和文学课的必读作品，更被推崇为"美国有史以来关于女性生活的最重要的作品，是女权主义文学的经典作品之一"。

23. 塞尔玛·拉格勒夫 [瑞典]

《骑鹅旅行记》

作者简介

塞尔玛·拉格勒夫（Selma Lagerlöf，1858—1940），世界著名的童话故事作家之一，曾于 1909 年获诺贝尔文学奖，是第一位获此殊荣的女作家。塞尔玛出生于瑞典中部韦姆兰省的莫尔巴卡，这里的高地和峡谷布满了茂密的森林和清澈的湖泊，到 17 世纪初才有少数开垦者来到这里。封闭的环境和神秘的大自然给这里孕育出许多神话传说。塞尔玛的父亲曾当过陆军中尉，母亲是一个出身于艺术世家的贵族女子，塞尔玛是他们众多孩子中的一个。

塞尔玛 3 岁时，由于髋骨关节变形而左脚残废，从此走路不便。她经常靠祖母、奶妈和其他许多人给她讲故事打发时间，这对她以后的创作有很大的影响。在她童年时，读书成了她生活的主要内容，塞斯·纽内贝尔、托贝纽斯、安徒生的作品使她迷醉，并立志当一个作家。她曾写过很多诗歌，成为家乡有名的乡土诗人。

之后，她离家到斯德哥尔摩求学，于 1882 年考入皇家女子师范学院，学习文学、哲学、语言，也学习物理学、解剖学和神学。同时有机会出入各个剧场，受到歌德的《浮士德》（*FawW*）、莎士比亚的《哈姆雷特》（*Hamlet*）及易卜生的《玩偶

塞尔玛·拉格勒夫

之家》(A Doll's House)等名剧的熏陶。但是,她并没有忘记有着丰富民间传说的家乡,她开始计划写一本关于韦姆兰骑士的传奇故事。

塞尔玛27岁时,从皇家女子师范学院毕业,被分配到瑞典南部一个海滨村庄,当了10年女子小学教师。她的教学十分出色,极受学生的欢迎。她还积极投身社会活动,参加政治集会、宣传妇女解放,并到职业培训学校给妇女讲课。同时,她利用业余时间写作,她的长篇处女作《古斯泰·贝林的故事》(The Story of Gosta Berling)就是在这期间写成的。这部作品的创作历时10年,并于1891年正式出版。接着,塞尔玛又创作了短篇小说集《看不见的伤口》(Invisible Links,1894),其中优秀的篇章曾被改编成舞台剧上演,经久不衰。

1895年,塞尔玛与另一位瑞典女作家苏菲·艾夫人结伴前往意大利,写出了小说《假基督的奇迹》(Miracles of Antichrist,1897)。该作品以象征手法描写一个乔装的基督受到人们盲目崇拜的故事。1899年出版的《地主之家的故事》(Tales of a Manor),则是一个充满传奇色彩的爱情故事,这些都是她早期的优秀作品。

1897年,塞尔玛在瑞典中部的法隆市定居下来,她对在宗教影响下迁居耶路撒冷的达拉省农民产生了兴趣。在瑞典政府的帮助下,她曾前往埃及和巴勒斯坦,从而创作了小说《耶路撒冷》(Jerusalem,1902)、《阿民牧师的宝物》(Herr Arne's Hood,1904)和《基督的故事》(Christ Legends,1904)。

还在塞尔玛构思《耶路撒冷》的时候,她就开始为写《骑鹅旅行记》(The Wonderful Adventures of Nils)收集资料和实地考察,并最终在1907年完成了这部代表作。这部作品使拉格勒夫饮誉瑞典国内文坛,也奠定了她在世界文坛上的地位。

之后,塞尔玛回到了故乡韦姆兰,过着半是作家半是农妇的生活,并在这一阶段先后完成了《利纽克罗纳的家》(Liljecronas Hem,1911)、《死神的车夫》(Thy Soul Shall Witness,1912)、《葡萄牙的皇帝》(The Emperor of Portugalia,1914)、《罪犯们》(The Outcast,1918)和《安娜·斯维尔特》(Anna Sward,1928)等作品。在她晚期的作品中,依然沿用以往的题材,写一些具有神秘色彩的农村故事。但作品对现实的批判更加强烈了,在小说《罪犯们》中,她通过一些令人毛骨悚然的悲剧直接表达了她的反战思想,把战争发动者视为全人类的罪人。

1932年,塞尔玛完成了10年前动笔并陆续发表的《回忆录》(Memoirs),包括《莫尔巴卡》(Marbacka,1922)、《孩子的回忆》(Memories of My Childhood,1930)和《莫尔巴卡日记》(The Diary of Selma Lagerlof,1932)三部分。1940年3月16日,塞

尔玛·拉格勒夫在故乡去世,享年82岁。

代表作品

童话《骑鹅旅行记》描写的是一个名叫豪尔耶松·尼尔斯的 14 岁男孩,居住在瑞典南部的一个乡村里。他的父母都是善良、勤劳而又十分贫困的农民,但尼尔斯性格孤僻,对读书毫无兴趣,四门功课不及格。他总喜欢搞恶作剧,给父母造成了很大苦恼,家中的鸡猫狗兔也经常遭到他的欺负。

一个初春,尼尔斯的父母上教堂去了,尼尔斯在家里捉弄一个小狐仙并冒犯了它,结果,小狐仙在尼尔斯身上施了妖术,让他也变成了小狐仙般的小人儿——能听懂禽兽的话语,但只有拇指那么大。那些曾经被他欺负的小动物们,觉得他总算遭到了报应。这时,他再怎么哭喊、恳求和许愿也毫无用处。

在公牛的指点下,尼尔斯知道必须找到小狐仙才能恢复原形。尼尔斯来到水渠边,看见群群大雁在天空高飞,他家里一只年轻的雄鹅深受感染,试飞了数次,尼尔斯见家里的雄鹅要飞走,怕父母回来伤心,就用双臂抱住雄鹅的脖子,哪知就在这一次,它试飞成功,于是尼尔斯骑着家中的雄鹅,跟随着大雁们,踏上了寻找小狐仙的漫长旅程。

这群大雁的雁群头领阿卡已有 100 多岁,但阿卡和它的雁群非常鄙视家鹅,雄鹅也不甘示弱,傍晚,当雁群降落时,鹅也跟着降落,却已累得一动不动了。过去,尼尔斯对所有动物都很残酷,对这只雄鹅也不例外,可是现在,他觉得雄鹅成了他的唯一依靠,他们得共同抵御寒冷、饥饿和狐狸的袭击。

尼尔斯和雄鹅跟随大雁一路上经历了种种险境,也饱览了祖国瑞典的奇峰异川、旖旎风光,学习了祖国的地理历史。同时,尼尔斯也开始慢慢明白自己以前做错的事情,他从旅伴和其他动物身上学到不少优点,逐渐改正了自己淘气调皮的缺点。在动物世界,他多次出生入死,与动物结为好友。

尼尔斯随白雄鹅、大雁继续南飞,途中,乌鸦巴塔基给尼尔斯讲了海尔叶达伦民间故事,并且告诉尼尔斯:在各种困境中,出路是有的,只是靠自己去找。

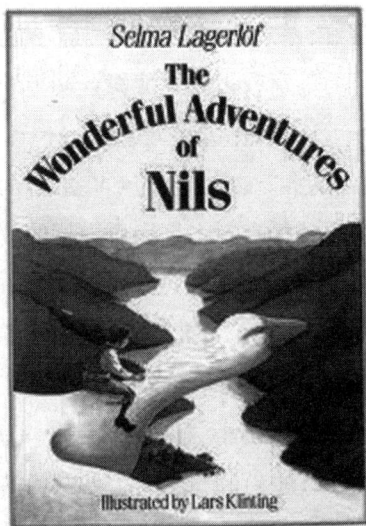

一天半夜,头雁阿卡叫醒尼尔斯,带他到一个小岛上,送给他大雁们的礼物——石岛上的金币:在西耶特兰省,尼尔斯听到了一位女教师讲的神奇故事,以及她和她的学生们唱给生命垂危的老校长的歌……

大雁们越过哈兰德斯戈耐省、威门荷格,从南方一直飞到最北部的拉普兰省,历时8个月,终于在11月8日回到了豪尔耶松·尼尔斯的家,尼尔斯为救雄鹅、免其被宰而放弃变回人的行为,感动了小狐仙,它让尼尔斯重新变成了人,又回到了父母的身边。

第二天,尼尔斯与大雁们依依惜别。他与大雁们一起生活了近8个月,周游了瑞典,也经历了许多艰险。漫长的旅途,其实也是尼尔斯成长的历程,他逐渐地长大懂事了,知道了什么是善恶,学会了同情和爱,并最终用行动证明了自己改过的决心,成长为一个性格温柔、勇敢、忠诚而富有责任感的孩子。

大雁们又飞走了,它们排列对称,队形整齐,翅膀挥动得强健有力,飞翔得非常快。尼尔斯深情脉脉地目送着他们远去,心里无限惆怅,似乎在盼望能够再一次变成像大拇指儿的小人儿,再跟随着雁群飞过陆地和海洋,遨游各地。

文学影响

本书原名为《尼尔斯·豪格尔森周游瑞典的奇妙旅行》。作者塞尔玛·拉格勒夫的好友、师范学院院长达林,请作者创作一部以孩子为读者对象的通俗读物,作为9至13岁孩子的历史和地理教科书。此书要求写得亲切、平易,将瑞典历史和地貌自然地融汇在一起,使作品成为趣味性和知识性高度统一的读物。为了完成好友的委托,塞尔玛认真地收集了瑞典动植物的资料,研究了鸟兽的生活规律。她不顾腿疾,到全国各地进行实地考察,寻找候鸟回飞的地点,调查当地的风俗习惯,收集民间传说,先后用5年时间成功地完成了这部作品。

在书中,塞尔玛把丰富的想象和现实结合起来,用新颖、灵活的手法为孩子们描绘了祖国山河一幅幅气象万千的美丽图画,并通过引人入胜的故事情节,对瑞典的地理和地

貌、动物和植物、文化古迹、内地居民和少数民族地区的人民生活和风俗习惯,进行了真实的记录。书中有关方面的情况描述都不是作者的虚构,都有建立在深入研究基础上的科学依据。因此,这部书不仅在瑞典被喻为"历史和地理的教科书",是瑞典文学作品中发行量最大的作品之一,同时也受到全世界少年儿童的喜爱,是世界儿童文学宝库中一颗璀璨夺目的明珠。

《骑鹅旅行记》不是一部简单的童话故事,而是一本文艺性、趣味性、知识性、科学性和教育性很强的书。作品中有许多令人着迷的幻想、传说和神话故事,也有许多对人生的忠告。这部作品热情地歌颂了当时瑞典民族的进步、工农业生产的发展、林业管理的改进和劳动的愉快,同时也充满作者对劳苦人民的深厚同情。为了培养孩子们的爱国主义思想、互助友爱的精神和同情劳动人民的感情,这位具有丰富教学经验的女作家,认真研究了儿童心理,阅读了大量外国童话作品,从而创作出自己独特的文风和手法。

作家所运用的语言是叙述式的白话文,纯正平易、优美、想象力丰富,她的笔调幽默而生动;她的手法是把丰富的想象和真实情况密切结合起来。文章既有有机的联系,又可以自成一体。这在当时语言呆板的自然主义笼罩文坛的时代,无疑是一次成功的冒险。

在19世纪末20世纪初的北欧文学界,塞尔玛·拉格勒夫并不是一位具有天分的作家,但是她的诚挚、勤勉和女性的慈爱之心,使她专注于能够启迪人们美好心灵的事物,用美丽的童话比照丑恶的现实,用丰富的想象充实人们的精神世界,使人们由对她作品的热爱而产生对她本人的敬仰,1914年,瑞典文学院选举她为院士,使她成为这个古老学术机构中的第一位女性成员。

塞尔玛是瑞典民族的骄傲,她的灵魂深深地扎根在瑞典这块土地上,她了解瑞典人心灵的底蕴,从瑞典的神话、历史和童话中汲取丰富的营养。北欧的大自然有其特有的神秘性,可以让人体验阴翳昏暗而且超自然的韵昧。在她所有的作品中,都可看到这种大自然的情调。此外,她还成功地表现了人的心灵光明的一面,这使她的名字和作品远传国外。1907年,塞尔玛被乌普萨拉大学授予名誉博士学位;1909年,由于她作品中特有的崇高的理想主义、丰富的想象力、通俗而优美的风格而获得诺贝尔文学奖。

24. 夏洛蒂·帕金斯·吉尔曼[美]

《黄色壁纸》

作者简介

夏洛蒂·帕金斯·吉尔曼(Charlotte Perkins Gilman,1860—1935),美国小说家、散文家、自传作家,出生于美国康涅狄格州首府哈特福德。父亲弗里德利克·比切尔·帕金斯是著名的图书馆馆长和杂志编辑,指导了吉尔曼的早期教育,特别强调学习科学和历史的重要性。吉尔曼经常和母亲的亲戚生活在一起,这使她有机会接触了具有独立和革新意识的姨婆:废奴主义者、《汤姆叔叔的小屋》(1852)的作者哈里特·比彻·斯陀;杰出的"家庭女权主义"拥护者凯瑟琳·比彻尔;妇女参政选举权的积极支持者伊莎贝拉·比彻尔·胡克。在她们及母亲的影响下,吉尔曼形成了女权主义思想和社会改革的理想。

吉尔曼在少女时期就表现出高度的自主,曾经声明终身不婚,但她却在 24 岁那年嫁给一位年轻的画家。随着女儿的出世,她变得越来越消沉,产生了强烈的产后忧郁症。为此,她咨询了

夏洛蒂·帕金斯·吉尔曼

费城著名的心理医生 S. 威尔·米歇尔。医生为她开了著名的"休息疗法"处方:即完全卧床休息,限制脑力劳动。吉尔曼认为这种疗法几乎使她到了精神崩溃的边缘,于是她放弃该疗法,离开丈夫,带着女儿移居美国的西海岸加利福尼亚,以讲演

和写作为生。

1892 年,吉尔曼创作了《黄色壁纸》(*The Yellow Wallpaper*,1892),这篇自传式小说,几乎就是作者本身的写照,作品对当时妇女所受的畸形社会压力和痛苦遭遇进行了强烈的控诉。由于是她首创女性书写先例,从此就被认定为女性主义的鼻祖。

在加利福尼亚生活期间,吉尔曼帮助编辑了女权主义的出版物,参加了 1894 年和 1895 年的加利福尼亚妇女议会,为妇女和平党的成立助了一臂之力。在接下来的几年里,她辗转英美各地,以妇女权利和劳动改革为主题做演讲。她于 1900 年再婚,婚后继续从事各种工作。

1915 年,吉尔曼创作了《她乡》(*Herland*),这本书以寓言题材为主,来叙述女性乌托邦式的情结,说明三名男性误闯全是女性所组成的女儿国——她乡所发生的故事,这部小说同样是女性主义的典型作品,它试图扭转以男性为主的价值观。吉尔曼一生共出版了 18 部作品,包括诗歌、散文、自传等。除了《黄色壁纸》以外,其他的重要作品包括:散文《妇女与经济》、《关于孩子》(*Concerning Children*,1900)、《人类作品》(*Human Work*,1904)和《男性世界》(*The Man-Made World*,1911)。但吉尔曼另一个最重要的成就是创办了月刊《先驱者》(1909—1916),并使该刊成为宣传进步社会思想的工具。因此《先驱者》被称为吉尔曼"个人的最高成就"。

1935 年,吉尔曼得知自己患有癌症时,她以自杀结束了纷纷扰扰的一生,享年 75 岁,在最后的留言中,她写道:"当一个人被明确告知死亡即将到来且不可避免,她有权选择简便易行的死亡方式,而不是在漫长的等待中痛苦地死去。"

代表作品

《黄色壁纸》是吉尔曼公认的代表作,小说以日记形式写成,以第一人称妻子的口吻,叙述其夏天避居一宅邸由产后休养到精神崩溃的过程。但这部作品和作者一起被埋没了 50 年,直到 20 世纪 70 年代妇女运动兴起,吉尔曼和《黄色壁纸》才被重新挖掘出来。由于《黄色壁纸》中精彩的心理和戏剧性描写,威廉姆.J.豪威尔斯在 1920 年称之为一部"让我们血液冻结"的小说。

文中的女主人公因患神经衰弱症而被丈夫带到乡村治疗,遵照医生的"休息疗法",她被丈夫安置在大宅子的阁楼里,要求什么也不做,什么也不想。但她极力想告诉每个人,她非常希望去工作,去写作。她本来希望住在楼下的房间里,但是在1890 年,用维吉尼亚·伍尔夫的话说,妇女是没有权利选择"一间自己的屋子"的,因此,她被迫接受阁楼上的房间。尽管这个房间宽大明亮而且通风,但窗户用横木封死了,墙里似乎还有某些东西在活动。

在某种程度上,叙述者的房间反映了她在家庭中的地位。她被撇在楼上远离家庭活动,她被安置在孩子的卧室和活动室,正好反映了她在婚姻中孩子般的身份,这一房间和整栋宅子的关系也反映了她的精神状态:她被封锁在大脑的"阁楼"里,与主要活动区域隔开。她希望写作,依靠神秘的无意识冲动,通过与周围的人建立联系而保持活力,但是阁楼囚禁使她遭到精神屠杀,使一切都成为不可能。

在孤独与疲劳中,她开始注意房间的壁纸。那黄色的壁纸在日光照射下,壁纸上的图案甚至还会变动,开始呈现混乱的景象。她每天都盯着黄色壁纸瞧,她幻想的情境越清晰,她的精神状态就越糟糕,对黄色壁纸着迷的程度也逐渐加深。"在疯狂与清醒"之中,女主人公已经看到了妇女的处境。她想勒死壁纸后的妇女——因为这个妇女是社会的悲剧性产物,当然也代表了女主人公自己——由此可以释放另一个妇女,即隐藏在她身上的渴望自由的妇女。但唯一可行的方式是自杀,因此她只好发疯,发疯是她唯一的自由。

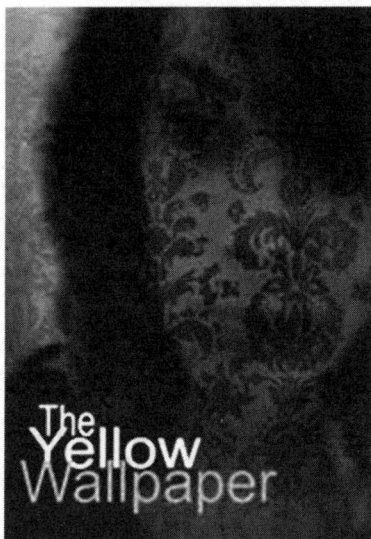

《黄色壁纸》的结尾模棱两可、令人费解,因为女主人公最后的声音,既是胜利的欢呼又是恐怖的喊叫。"发疯"在故事中既有肯定意义又有否定意义:一方面"发疯"反叛现实挑战父权,女主人公置"暂时性的神经衰弱"这一诊断于不顾,对发疯有自己的逻辑、理解和计划。发疯是一种超凡的精神健全,和黄色壁纸共同构成了禁止的工作——写作。但是另一方面,"发疯"导致的必然结果是强度更大的药物治疗,也许她将被送到丈夫提及的可怕的威尔·米歇尔医生那儿去治疗。男权统治只是暂时地投降,毕竟她的丈夫只是晕倒而不会死去,他醒来后无疑会加强对她的控制。

在《黄色壁纸》中,吉尔曼不露声色地设计了壁纸的象征意义,除了对它详尽的描写,壁纸一直是一个神秘、不确定和视觉模糊的形象。19世纪的读者把女主人公当作一个悲惨的神经衰弱病例来看待,也有人认为女主人公的发疯是个人心理作用的结果;女权主义的阅读者则强调妇女的社会和经济地位使女主人公陷入发疯的境地。因此,黄色壁纸代表了叙述者自己的思想状态,她的无意识以及妇女因其社会经济的依附地位而沦为家庭奴隶的社会现实,壁纸也就成为父权的象征。壁纸里的女人则代表发了疯的女主人公,她的无意识以及全体受压迫的妇女。从女性话语角度来分析,黄色壁纸还可以看作是女性写作和女性话语的象征,壁纸后的女人则是那些获得了言说权利而存在的妇女。

《黄色壁纸》的女主人公竭尽全力与丈夫、兄弟、医生,甚至与女性伙伴(例如她丈夫的妹妹),与那个时代的社会和医学法规抗争,以保持自己的精神正常和个性独立,但是她势单力薄,精疲力竭,最终以疯狂为逃离父权之唯一方法。在整篇文章的治疗过程叙事当中,其实要强调的并不是休息治疗,而是父权主义对于女性的压迫控诉,读者可以在小说中看见一个充满潜力的女性在不被认同的过程当中被要求放弃阅读与写作,甚至被剥夺了想象空间,才导致叙述者移情至房里的黄色壁纸上。

《黄色壁纸》叙事简洁,每段往往只有一至两句,表现出叙述者处于紧张发狂的精神状态。

文学影响

《黄色壁纸》在吉尔曼诸多作品中独树一帜,她的其他短篇小说和诗歌都不如这部作品的表达直接有力,想象真实可信。故事开始时,女主人公曾用牙咬噬房间里那张钉死的床,这是她极为痛苦的被囚禁感的明证。妇女是囚徒、孩子或瘫子……这些形象充满了吉尔曼的小说。这些形象表现了男性对女性的看法,同时也是女性对自身的观点。

除了《黄色壁纸》的艺术成就,作为美国早期的女权主义作品之一,该故事是少有的几部由19世纪的女性创作、直接揭示夫妻关系中性别政治的作品。在那个时代,鲜有作家愿意涉及性别政治的话题,即使有也没有吉尔曼这样坦率。《黄色壁纸》的出版好比一石激起千层浪,有人警告吉尔曼说这样的故事是"危险的东西",这其中的暗示不言而喻:妇女应该待在她该待的地方,除了保持沉默,隐匿问题,什么也不用做。而对于那些认为作品描绘细致的人,也只是从医学的角度把它当成最"详尽的早期精神错乱记录"。似乎没有人把精神错乱和主人公的性别角色联系起来,也没有人去发掘小说暗示的 19 世纪男女性别关系问题。

在《黄色壁纸》中,吉尔曼进一步阐述了她的经济观点:妇女对男性的长期经济依附(作为生活来源)在两性之间形成了错误的关系,导致了两性之间有别于其他动物的夸大而有害的区别。由于男性主宰分配权,形成了一种扭曲的人际关系和地位,妇女由于在相当长的时期内对男性的经济依附,已经过度性别化了。所以当她们能自给自足时,她们就会领导人类回归到简朴的生活和简单的人际关系中去。"不是性别关系而是两性的经济关系搅乱了人类生活",新的秩序就是建立"一种整个世界渴望已久但未实现的两性联合"。在书中的一些章节里,作者给出了改进生活的详细建议,包括取消私人厨房。在她的其他散文作品中,吉尔曼建议妇女应该外出工作,为社会和自己充分发挥聪明才智。她提出取消家庭中煮饭、洗衣、带孩子之类的事务,而在社区里由专业人员从事这类家务。

吉尔曼关于女性和经济的一些观点,其灵感来自于她对达尔文进化论和莱斯特·富兰克·沃德作品的研读。从对动物和人类的行为类比,吉尔曼认为人类是动物世界的一部分。事实上她的所有论点都是建立在生物进化论的基础之上,妇女的新角色是社会进化的自然结果。沃德认为:"妇女即种族,只有妇女被提升了整个种族才会提升。"真正的科学教导我们,妇女地位的提高是人类进步的唯一正确道路。她认为妇女在社会中的从属地位,特别是在经济上对男性的依附,不是因为其生物学上的低人一等,而是文化强制的结果。在有关两性之间是否存在基本的能力差异的问题上,吉尔曼并没有提出新的观点。但是,正如卡尔.N.德格勒所说:"在那个时代,没有人像她那样对这一问题给予如此敏锐的关注和如此清晰有力的表述。"

随着第一次世界大战后美国社会的变化,吉尔曼的经济理论显得不再激进,受到的关注也越来越少。但是随着妇女社会地位的提高,她的社会研究、非传统的家务和孩子管理方式得到了社会的认可。很多现代女权主义散文作品都反映了吉尔曼思想的影响,读者们也重新发现了吉尔曼思想中许多与当代社会问题相关的理论。

25. 伊迪丝·华顿［美］

《欢乐之家》

作者简介

伊迪丝·华顿（Edith Wharton, 1862—1937），出生于纽约一个富裕而有名望的贵族家庭，她从小受到良好的私人教育，童年大部分时间在欧洲度过，受欧洲文化影响颇深。1885 年，华顿回到美国后，她与波士顿著名银行家爱德华·华顿结婚，他们的婚姻并不如意，两人都出现了精神崩溃迹象。20 多年后，华顿夫人因丈夫愈发严重的精神病，以及他多次公开的不忠行为提出离婚，随后独自旅居欧洲。

华顿夫人年轻时，曾因精神紧张而选择写作作为治疗方法，她出版了许多小说和故事集，但影响不大。1905 年《欢乐之家》(*The House of Mirth*)的问世，为她赢得了广泛读者群，也证明她选择写作这一职业是正确的。在这之后的 3 年是华顿夫人创作的高峰时期，但这期间的作品艺术成就并不显著，直到 1911 年《伊坦·弗洛美》(*Ethan Frome*)的发表，她才重温了《欢乐之家》带给她的辉煌。这部中篇小说以美国北部新英格兰贫瘠的山区为背景，叙述了发生在马萨诸塞州一个农场的悲剧故事。这部小说以写实主义的笔触，描绘了人和人之间的隔膜，人的孤立，精神绝望以及心智的贫乏，成为华顿夫人最出色

伊迪丝·华顿

的作品之一。

第一次世界大战爆发后,华顿夫人把大部分时间和精力投入到人道主义活动中,她为难民分发物资、筹集捐款,为老人儿童建立避难所,组织人员为患病的士兵治疗。

1920年,华顿夫人出版了《纯真年代》(*The Age of Innocence*),这是她结构安排最精巧的小说,以年轻有为的律师阿彻为中心,通过他的视角观察事件的发展。小说的主题耐人寻味,无情地嘲讽了她自小熟悉的上流社会及其可笑的道德观念。这个阶层惧怕丑闻胜过惧怕疾病,习惯于把妇女囚禁在道德与纯真的牢笼里,从不让她们参与重要的事情。任何人如若做出挑战社会传统道德的行为,他必将付出极大的代价,而这个代价是他或大多数人无力偿付的。这部优秀作品,为华顿夫人赢得了普利策文学奖。

华顿夫人后来的几部作品,如《月亮概览》(*Glimpses of the Moon*,1922)、《前线的儿子》(*A Son at the Front*,1923)、《朦胧入睡》(*Twilight Sleep*,1927)、《孩子们》(*The Children*,1928)等,均不如《纯真年代》那么有力。《前线的儿子》是一部战争题材的小说,歌颂了美国人的爱国主义精神和勇气。《朦胧入睡》、《孩子们》表达了相似的主题:令人毁灭的物质主义,对享乐不负责任的追求,对妇女的压迫以及离异父母对孩子的忽视等。《夹在中间的哈得孙河》(*Hudson River Bracketed*,1929)和《诸神降临》(*The Gods Arrive*,1932)是她最后两部完整的小说,两部书因塑造了同一个重要的中心人物范斯·威斯顿而引起注意,他其实是华顿夫人作为艺术家的自我肖像,通过这个人物,华顿夫人表达了自己在小说写作中逐渐形成的创作理论。

1927年,华顿夫人获得诺贝尔文学奖的提名,虽然最终未能如愿,但也反映了她的作品在世界文坛的影响。1937年,华顿夫人在巴黎去世。她一生创作的作品,包括小说、诗歌、评论及杂记等总计40多部。

代表作品

《欢乐之家》是华顿夫人的成名作。华顿夫人曾说过,由于撰写《欢乐之家》,她"从一个没有固定目标的业余作家,转变成职业作家"。本书是一部社会风俗小说,描写19世纪末美国纽约的社会百态。华顿夫人就是在这个社会中长大的,在这部书里,她对当时被商人所控制的纽约社会进行了无情的攻击,也对女主人公的命运表现了深切的同情。

故事女主人公莉莉·巴提聪明美丽,父母破产亡故后,美貌成了她唯一的财富。她住到姑母家,过着舒适体面的生活。她频频出入上流社交界,迷恋着奢侈豪华的生活,渴望找一个有钱的丈夫。犹太金融家罗斯坦尔想进入上流社会,愿意娶她为妻,但莉莉左挑右选,想嫁给格里斯。当格里斯准备向她求婚时,她又迷上了塞顿。塞顿虽非阔佬,但两人气味相投。

一次偶然的机会,莉莉获得了伯莎·陶色特写给塞顿的一封信。原来,伯莎曾与塞顿相爱,却最终嫁给了富豪陶色特,但她在婚后仍然给塞顿写信。

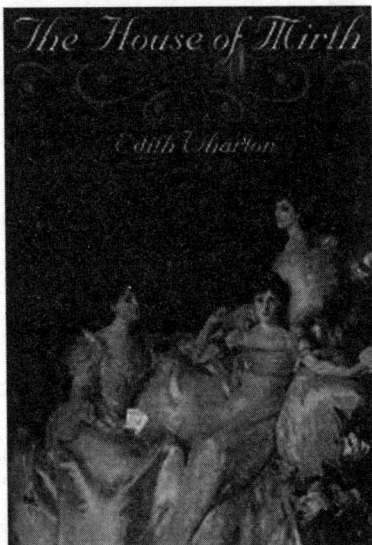

莉莉和塞顿经常到特伦诺夫妇家做客,特伦诺垂涎莉莉的美貌,假意帮助她投资,总共转手给她约九千元,说是投资的赢利。这样,莉莉的开销有了来源,而特伦诺也步步进逼,要求莉莉回报他的恩情。一天,他施计把莉莉骗到自己家里,逼她就范,莉莉不肯就范,特伦诺恼羞成怒,把莉莉赶出了门。

莉莉向姑母袒露实情,恳求姑母帮她还清这笔钱,遭到拒绝后,莉莉觉得现在唯一的出路是接受罗斯坦尔的求婚,正在她准备给罗斯坦尔写信之时,陶色特邀请她乘游艇航游地中海,这事就暂时耽搁了下来。

莉莉回到纽约后,她的姑母去世,留给她一万元遗产。只是由于法律手续的关系,这笔钱一时还拿不到手,莉莉仍然无法偿还欠特伦诺的债。而这时她在社交界已声名狼藉,被说成"接受一个男人津贴"和"勾引有妇之夫"。为了生活下去,她最后沦落为制帽厂的女工。她主动要求嫁给罗斯坦尔,但罗斯坦尔见她已被上流社会逐出,也不肯娶她。这时,莉莉的唯一抉择是从伯莎手中夺取陶色特,或者用伯莎写给塞顿的信件逼迫伯莎收容她。

莉莉迫不得已带着那些信件朝陶色特家走去,途经塞顿家,她情不自禁地进去看望塞顿。她发现塞顿依旧爱着她,于是打消了去陶色特家的计划,偷偷地将那些信件投入火炉。

回到家里,她喜出望外地收到了姑母遗产的一万元支票,她当即开好一张付清特伦诺债务的支票。这时,她感到精力耗尽,极度疲乏。但她躺下后,却怎么也睡不着,只得求助安眠药,她往常服用安眠药总是最高剂量,这次又冒险增加了一点,盼望能睡个好觉。不幸的是,这一觉睡下去后,她永远也没能醒来。

《欢乐之家》的故事以美国南北战争后的纽约上流社会为背景,通过女主人公莉莉·巴提的人生历程对当时的社会进行了无情的揭露。华顿夫人在书中运用了独特的讽刺手法,她站在社会的外围,却对圈内的一动一静了如指掌,随时可以找到讽刺的目标,并且尽情发挥却不牵扯在内。华顿夫人在书中暗示人们:男权和金钱是社会的主宰,这在内战前后没有任何变化。她指出:身处这种金钱至上的社会里的人,对于自身感情的问题,一定要像冷静的投机商一样,能够精打细算,见机行事。一个分文不名的女人,如果不懂得这套诀窍,就会被社会吞没。

文学影响

华顿夫人被认为是西方女性意识觉醒最早的作家之一。《欢乐之家》中的莉莉已经具有了初步的女性意识和反叛精神,但华顿夫人进一步阐明:光有女性自我意识和反叛精神是远远不够的,还需要自强、自立的能力,否则,莉莉毁灭的悲剧如同"娜娜出走"后的担忧一样是不可避免的。

在小说《欢乐之家》中,莉莉被塑造成一个所谓的旧式美国人,认为成人和孩童一样,也有对爱和同情的需求。而莉莉自身的真实意义,她的艺术才华、理想追求以及内心世界是没有人关注到的,最终她走上了毁灭之途。用"毁灭之途"来形容莉莉的结局,并不过分。她丧失了在上流社会立足的机会,虽然她曾用尽办法要回到这个"欢乐之家"去,但机会来时,她又为了道德高尚和人格上的完美放弃了。

莉莉是高尚的。她被陶色特太太诬陷赶下游艇后,陶色特曾几次向她表示,只要她愿意,他可以马上离婚娶她,但莉莉认为这样做有损自己的人格,和卑鄙无耻的陶色特太太没什么两样而拒绝了。她为了保全塞顿,烧毁了可以使自己重返"欢乐之家"的信件。为了保持自己的清白,她用姑妈留给自己的钱偿清了特伦诺的债务。

莉莉是矛盾的。她一方面渴望进入"欢乐之家"过衣食无忧的贵族生活,另一方面又无法放弃对理想、爱情的追求。理智上,莉莉深知自己应该嫁一个富人;而感情上,她又更希望得到理想的爱情。理智与情感的矛盾使她无法做出符合现实要求的抉择。然而,在男性为中心的"欢乐之家",莉莉的选择只是被选择——被富人选择。莉莉放弃了进入上流社会的选择,最终爱上并不富有的塞顿,但她并没有获得理想中的爱情,因为塞顿对她一直是高高在上的、嬉戏和超然的、以自我为中心的,他对莉莉没有最起码的信任:对有关莉莉的谣传信以为真;莉莉需要他时,他从不站出来给予保护……

莉莉是无奈的。她早已看清自己可贫可富的命运,虽然,她最后在贫穷的女工内蒂那里领悟到不同于"欢乐之家"的生活真谛——靠自己的双手养活自己,但长期养尊处优的生活,使她完全不具备独立生活的能力,最终没能冲出男权和金钱的樊篱。莉莉的自杀,是一个美丽鲜活的生命被无情社会吞没的结果。

华顿夫人一生不仅著作甚丰,其作品体裁之宽也令人称奇。除了大量反映各种主题的中长篇小说和故事集之外,她还著有游记、自传、文学批评甚至园艺、建筑史和室内装修方面的书。华顿夫人认为,她写作的理想楷模,只有在英国文学和欧洲的伟大小说家中才能找到,像巴尔扎克、屠格涅夫和福楼拜都是她写作的好榜样。她和霍桑一样探索了人类复杂的内心体验,和亨利·詹姆斯一样试图把美国和欧洲生活的价值与模式相比较。当然,她也像许多作家那样对她所处的时代和社会的价值做出了卓越的评价。虽然她一生中的大部分时间都生活在欧洲,但她在作品中最关心的依然是她的美国同胞和他们的生活。尽管她认为詹姆斯是那个时代"唯一根据自己艺术理论基础创作的作家",但詹姆斯对华顿夫人作品的影响,并没有一般人所想的那么深。在某些作品的表现方法上,与其说和詹姆斯的相近,倒不如说与英国女小说家珍妮·奥斯丁及乔治·爱略特更为神似。伊迪丝·华顿在讽刺方面的成就,显然为辛克莱·刘易斯奠定了基础,因此刘易斯将他的《大街》(*Main Street*,1920)题献给她。

26. 艾婕尔·丽莲·伏尼契 [爱尔兰]

《牛虻》

作者简介

艾婕尔·丽莲·伏尼契（Ethel Lilian Voynich, 1864—1960），原名丽丽·布尔，出生于爱尔兰港口城市科克。她的父亲乔治·布尔在运用代数方法研究逻辑问题方面颇有成就，并建立了一套完整的代数系统——逻辑代数系统。丽丽的母亲也是数学方面的专家，并在丈夫去世后发展了他的逻辑代数学。布尔夫妇育有 5 个女儿，长女、次女嫁给两位著名的数学家，三女、四女分别是著名的物理学家和化学家，只有最小的女儿丽丽成为卓有成就的文学家。

丽丽出生不到一年，父亲就因病去世，全家人不得不移居伦敦，仅靠母亲教书的微薄收入生活。因此，虽然丽丽从小就在音乐方面展现了不凡的天赋，却一直无法得到系统的指导，直到 1882 年，依靠一位亲属的遗赠，18 岁的丽丽才有机会前往德国柏林学习，分别在柏林音乐学院和柏林大学获得钢琴专业和斯拉夫语专业的学位，并于 1885 年回到祖国。

丽丽十分关注俄国和意大利的人民解放运动，在俄国革命家斯捷普尼亚克的鼓励下，1887 年，她前往俄罗斯亲身感受那里的革命气氛，并和彼得堡的革命团体有过联系。两年后她回到

艾婕尔·丽莲·伏尼契

英国,开始创作自己的第一部作品《牛虻》(*The Gadfly*),同时在斯捷普尼亚克主编的《自由俄罗斯》杂志担任编辑。在这期间,她结识了无产阶级导师恩格斯、著名的革命者普列汉诺夫和札苏里奇,以及具有革命思想的著名作家萧伯纳和王尔德等人。1892 年,她与流亡英国的波兰职业革命家米哈伊尔·伏尼契相爱结婚,从此正式改名为艾婕尔·丽莲·伏尼契。

1895 年,在经过 6 年呕心沥血的创作后,《牛虻》终于正式完稿。但由于其中洋溢着强烈的革命英雄主义,直到 1897 年该书才获准正式出版。之后,伏尼契逐渐中断了和欧洲革命运动的联系,专门从事文学创作,先后出版了描写一位孤儿与邪恶势力进行不屈不挠斗争的《杰克·雷蒙德》(*Jack Raymond*,1901),带有自传性质的小说《奥利芙·雷瑟姆》(*Olive Latham*,1904),以及描写牛虻 13 年流亡生活的作品《中断的友谊》(*An Interrupted Friendship*,1910)。

1920 年,56 岁的伏尼契随丈夫迁居美国纽约,过起隐居的生活,并开始从事音乐创作,先后完成了几部交响乐作品。1944 年,伏尼契曾经打算写一部描写牛虻祖先经历的作品,但终因年事已高未能如愿,伏尼契晚年在美国的生活十分贫困,仅靠以前的女秘书资助她一点生活费用。1956 年,中国青年出版社曾给她汇去五千美元的稿费,表示对这位革命作家的敬意和慰问,而伏尼契也回复了一封感谢信,把得知自己的作品在中国拥有众多读者的消息称为"自己晚年中听到的最令人惊喜的消息之一",但婉拒了为《牛虻》写一篇序言的请求。1960 年 7 月 27 日,伏尼契在纽约寓所去世,享年 96 岁。

代表作品

《牛虻》以 19 世纪意大利人民反抗奥地利殖民统治的斗争为背景,塑造了牛虻这一为了自由与真理,不惜牺牲亲情、爱情甚至生命的光辉的革命者的形象。

牛虻本名亚瑟·勃尔顿,是侨居意大利的英国富商的儿子。他自幼丧父,由母亲在两位异母兄长的歧视冷落中带大。牛虻非常崇拜比萨神学院院长蒙太尼里神甫的渊博学识,像"信任上帝一样信任他",并从他那里得到父亲般的关爱。在母亲去世后,亚瑟更是把神甫当作唯一的亲人。

当时的意大利正处在奥地利的奴役下,亚瑟虽然不是意大利人,却毅然参加了青年意大利党争取民族独立的斗争,在秘密活动中与从小青梅竹马的女友琼玛重逢,并悄悄爱上了她。琼玛与另一位革命青年波拉颇为投缘,这使亚瑟深感嫉妒。

他发现在神甫的书房里有一本但丁的《帝制论》,天真地以为蒙太尼里和自己一样有着革命思想,向他透露了自己的革命活动。神甫对此感到不安,想方设法加以劝阻,却不能动摇亚瑟投身革命的决心。

这时,蒙太尼里神甫调到罗马任主教,接替他的卡尔狄神甫实际是军方的密探。在一次忏悔中,亚瑟承认了自己对波拉的妒忌,却无意中泄露了同志们正在酝酿的起义计划。很快,正在度假的亚瑟与波拉等战友一起被捕入狱。在监狱中,亚瑟抵挡住了警察的威逼利诱,最终被释放出狱。很快,亚瑟发现琼玛和其他革命同志都认为自己是出卖战友的叛徒,琼玛更是在盛怒中打了亚瑟一耳光。回到家里,亚瑟又惊悉原来自己竟是母亲与蒙太尼里神甫的私生子。琼玛的误解,神甫和母亲的欺骗,使亚瑟感到生活的支柱在顷刻间坍塌了,万念俱灰的亚瑟打破了耶稣蒙难神像,并伪造了投河自尽的现场,偷渡离开了意大利。

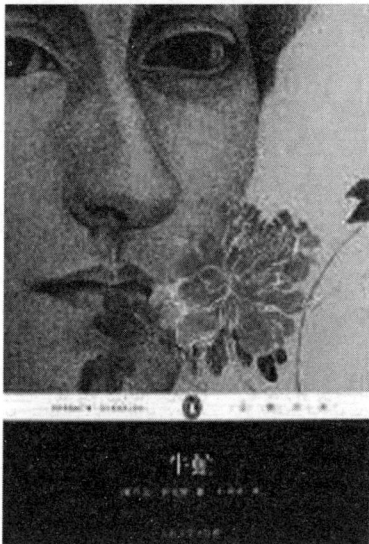

13年后,意大利境内出现了一位具有传奇色彩的革命者。他绰号牛虻,尽管右脚、左臂和左手均有残疾,又有严重的口吃,但他幽默诙谐的谈吐,犀利泼辣的杂文,却像一团永不熄灭的烈火,鼓舞着人们的革命热情。这时的琼玛仍然在从事着反抗奥地利侵略的斗争,而蒙太尼里神甫已经升任红衣大主教。

在一次社交聚会上,寡居的琼玛认识了牛虻,但后者异乎寻常的傲慢与尖刻却给她留下了很不好的印象。在共同的事业中,琼玛逐渐发现牛虻身上的许多优点。他意志坚定,心地善良;对革命有着坚定的信念,对于教会和宗教,特别是蒙太尼里神甫更是有着刻骨的仇恨,尖锐地指出以主教蒙太尼里为首的自由派实际上仍是教廷的忠实走狗。同时,琼玛也发现牛虻许多下意识的动作使她产生似曾相识的感觉。

两人的距离逐渐拉近后,牛虻也终于向琼玛透露了自己的经历。他从家里逃到南美过着流浪的生活,他做过各种各样的苦力,甚至在马戏团里扮演驼背的小丑,任观众向他身上扔垃圾取乐。琼玛越来越肯定当年的亚瑟并没有自杀,他就是今天的牛虻,却苦于无法得到牛虻的正面答复。这时,牛虻决定冒着危险,前往边境组织偷运军火,准备起义。他向琼玛许诺,在重逢的时候一定把一切都告诉她。

在布列西盖拉城的集市上,牛虻突然被武装的宪兵包围,他掩护战友们撤退,眼看着突围在望,不料蒙太尼里挡住了他的枪口。牛虻一下失去了抵抗的力量,不幸被捕。在狱中,敌人用尽了一切威逼利诱的手段,想迫使他招供,却一无所得,反而常常被牛虻犀利的言辞质问得哑口无言。警卫队想处死牛虻,但这必须经过蒙太尼里的同意。标榜为开明、仁慈的蒙太尼里拒绝成立军事法庭审判牛虻,并为他解除了身上的镣铐。

琼玛和战友设计帮助牛虻逃狱,秘密给他送去一把锉子。深夜,牛虻锉断铁栏杆从牢房中逃出来,却在关键时刻旧病发作,昏倒在院子里,失去了获得自由的机会。得知牛虻越狱失败后,蒙太尼里到监狱中探望牛虻,牛虻向蒙太尼里坦白自己就是当年的亚瑟,惊讶与兴奋之余,蒙太尼里试图以父子之情和放弃主教职务为条件劝他投降,而牛虻则坚定地提出他只能在上帝与儿子之间做出抉择,这实际是要求他在宗教与革命之间做出选择。蒙太尼里终于再次背叛了亲情,亲笔签署了儿子的死刑判决书。

清晨,牛虻被押到院子,执行死刑的士兵都被牛虻的正气所感动,故意把子弹往旁边发射。最后还是牛虻喊着口令,指挥士兵向自己瞄准,为自己的生命抹上最后一笔光芒。得知牛虻死讯后,在良心的折磨下,蒙太尼里终于在教徒集会上忏悔了自己出卖儿子的卑鄙行为,发疯而死。10 天后,琼玛收到牛虻在狱中写的绝笔信。在信中,他承认自己就是当年的亚瑟,第一次倾诉了自己多年以来对琼玛真挚的爱情,表达了自己面对死亡时的坦荡和勇气。在信的结尾,写着他们小时候共同读过的一首小诗:"不论我活着,或是我死掉,我都是一只快乐的飞虻。"

《牛虻》这部洋溢着革命英雄主义的优秀作品,它的魅力在于真实记述并刻画了一位普通青年由单纯幼稚成长为坚定的革命者的传奇历程,实现了情感意志和人生价值的升华。故事生动感人,具有很强的启发性和鼓舞性。

"牛虻"一词出自希腊神话,宙斯爱上了少女安娥,这使天后赫拉十分嫉妒。她放出牛虻,日夜追逐已经变成牛的安娥,使她痛苦万分。希腊哲学家苏格拉底就常常自比为"牛虻"专门刺激人们麻木的神经,逼着他们睁开眼睛面对现实。伏尼契给自己的主人公取这样的名字,正是象征着他是一位意志坚强、与社会的丑恶现实斗争到底的英雄。

但是英雄的造就不是一蹴而就的。在通往信仰的历程中,每个人都会经过狂热崇拜——不疑否定——理性抉择的过程,牛虻也毫不例外。刚出场时的亚瑟就已经是一位具有一定革命热情与革命觉悟的热血青年了,他虽然连意大利国籍都没有,却投身意大利人民反抗奥匈帝国侵略的洪流中去。他满怀激情,要与琼玛一起为这项事业奋斗到死。所以在意识到自己对波拉的嫉妒时,他才会羞愧万分;在被关进惩罚牢里,任凭毒虫、老鼠在身上乱爬时才能坚持自己的信念,保护同志。但是他又是如此的单纯幼稚,"身上的每一部分都显得过于精致,轮廓过分鲜明"。看见蒙太尼里书房里的《帝制论》,就天真地以为他与自己有着同样的革命觉悟;在与琼玛辩论时,他天真地以为只要用爱就能解决意大利的问题;在遭到同志的误解与蒙太尼里的欺骗时,他才会想到以死亡来逃避。

13年后,在忍受了凤凰涅槃般的痛苦后,他终于获得新生。在这13年间,牛虻曾在肮脏的妓院里洗过碗碟,给那些比畜生还恶毒的农场主做过马夫,在走江湖的杂耍班里做过小丑,把自己的脖子送给别人踢——痛苦越深,牛虻对侵略者的仇恨就越深,他的意志就越坚强。幼稚单纯的亚瑟终于成为坚强成熟、将社会的罪恶现实咬住不放的牛虻。他目光锐利,一针见血地看出蒙太尼里这个所谓的开明派人士与其他教士是一丘之貉,"手段阴险,是个异乎寻常的老奸巨猾"。他义无反顾,在明知暗探们都认识他的情况下冒着生命危险去组织偷运军火。他意志坚强,在敌人用酷刑折磨他时毫不退缩,在蒙太尼里妄图用亲情软化他时义正词严地加以拒绝。

优秀的文学作品除了需要有深刻的思想性打动读者,启发读者思考之外,也需要有完美的艺术形式来表现其主题。牛虻虽然是一位伟大的英雄,但是作者并没有刻意把他刻画成一个完人。他向琼玛坦露过自己的软弱:我害怕黑暗,有时我是不敢单独过夜的,而他在琼玛面前表现的冲动、口吃与强作镇定,似乎有着一种自虐与虐人的意味。对蒙太尼里,即使在生命的最后关头,牛虻也抱有幻想,竟要求他在自己与教会之间进行选择。

小说创作的另一个特点是穿插全书的悬念。当牛虻第一次出场时,读者已经意识到他就是当年的亚瑟。但是亚瑟是怎么变成牛虻的,在这13年中他究竟经历了什么,究竟牛虻是不是亚瑟……这些都紧紧地抓住了读者们的好奇心,吸引着他们一口气读下去。一直到小说的倒数第二章,牛虻主动向蒙太尼里揭露了真相,读者们也才终于舒了一口气。

在《钢铁是怎样炼成的》中,奥斯特洛夫斯基曾对牛虻做过高度的评价,称赞他：能够忍受巨大的痛苦而不在任何人面前流露。1953 年《牛虻》被译成中文，在中国读者特别是青年读者中引起巨大的反响，先后发行了 100 多万册，牛虻那种为理想信念献身的精神使他成为一代又一代青年的偶像。

27. 梅·辛克莱尔［英］

《三姐妹》

作者简介

梅·辛克莱尔(May Sinclair, 1865—1946)，英国小说家、散文家、传记作家、诗人和评论家。她出生于英国切舍尔郡的洛克菲里，幼年时一直接受家庭教育，直至进入切尔特汉姆女子学院，在一位教师鼓励下开始从事写作。

出于对诗歌的兴趣，1886年，辛克莱尔匿名出版了一本诗集，在接下来的几年中，她对心理学的发展十分关注。10年之后，她的第一部小说《奥德利·克拉文》(*Audrey Craven*, 1879)问世，但并未引起什么反响。1904年，她的小说《圣火》在美国出版并大获好评，她还应邀赴白宫会见一位崇拜者——西奥多·罗斯福总统，才引起了国内读者和评论界的注意。

在写作事业获得成功的同时，辛克莱尔还积极参与当时英国的女权运动，极力主张英国妇女参与政权，并与其他作家一起为使妇女获得选举权而斗争。1907年至1913年期间，辛克莱尔陆续出版了《助手》(*The Helpmate*, 1907)、《夏娃的

梅·辛克莱尔

抉择》(*The Judgement of Eve*, 1907)、《创造者》(*The Creator: A Comedy*, 1910)以及传记《勃朗特三姐妹》(*The Three Brontes*, 1912)等作品，并随后出版了她一生中最重要的作品之一《三姐妹》(*The Three Sisters*, 1914)。

第一次世界大战期间,辛克莱尔加入了比利时前线的一个救护队,这段战争经历为她的小说《天堂之树》(*The Tree of Heaven*,1917)和《浪漫》(*The Romantic*,1920)提供了素材。她还出版了一些散文,包括《论意象主义》(*On Imagism*,1917)和一篇有关 T. S. 艾略特作品的评论《论弗洛克及其他》(*Prufrock:and Other Observations*,1917)。

1918 年,在一篇评论多萝西·理查森的文章中,辛克莱尔首次将威廉·詹姆斯提出的"意识流"作为一种文学方法来加以评论,而在她以前,这一说法仅仅被法国、英国和美国的一些哲学家使用过。辛克莱尔在她自己的作品中也大量运用了意识流的手法,这一点在半自传体小说《玛丽·奥利弗:一个女人的一生》(*Mary Oliver:A Life*,1919)中表现得尤为突出。该书深受多萝西·理查森和詹姆斯·乔伊斯的影响,被很多评论家认为是辛克莱尔最为杰出的作品。E. M. 福斯特曾在一篇评论中提道:"任何爱好文学的人都应该读一读《玛丽·奥利弗:一个女人的一生》。"①其后,辛克莱尔又创作了《哈瑞特·福瑞恩的生和死》(*The Life and Death of Harriet Frean*,1920)、《安·瑟佛恩与菲尔丁一家》(*Anne Severn and the Fieldings*,1922)等几部阐释心理学概念的小说。同时,她也创作了一些以男性为主人公的幽默小说,如《温廷顿先生》(*Mr Waddington of Wyck*,1921)和《心灵的药方》(*A Cure of Souls*,1924)等。辛克莱尔在这些作品中对男主人公的虚伪进行了辛辣的讽刺,这也在一定程度上反映出辛克莱尔的女权主义倾向。

辛克莱尔的后期作品包括《阿诺德·沃特鲁》(*Arnold Waterlow*,1924)、《黑夜》(*The Dark Night*,1924)、《远端》(*Far End*,1926)、《阿林汉姆一家》(*The Allinghams*,1927)等,这些作品注重情节,相对来说比较传统,因此,研究现代主义的学者对它们兴趣不大。但是对于女权主义学者来说,这些作品却很有价值,因为它们真实地描绘了 20 世纪初期妇女在社会中的状况。

辛克莱尔的写作生涯终结于 20 世纪 30 年代早期,由于帕金森病限制了她活动的自由,使她无法继续写作。在白金汉郡度过了她生命中的最后几年后,辛克莱尔于 1946 年去世。

代表作品

《三姐妹》是辛克莱尔在其文学创作的巅峰时期的代表作之一,在这部作品

---

① Zegger,Hrisey:May Sinclair,Boston:G. K. Hall,1976,p. 293.

中，辛克莱尔成功地塑造了卡特里特三姐妹的形象，三姐妹性格各异，分别代表着不同的心理类型，但她们都爱上了年轻的斯蒂文·罗克里夫大夫。她们的父亲是个专制的教区牧师，总是喜欢干涉她们的个人生活。牧师对婚姻十分痛恨，因为他的前两个妻子都去世了，而第三个妻子又无情地抛弃了他，让他不得不做一个孤苦伶仃的鳏夫。在这种灰心丧气的状态下，他像个暴君一样严格地控制着三个女儿，总是怀疑她们的性欲太强，并对她们所爱的任何男人都心怀嫉妒和仇恨。该小说精妙地剖析了女性内心深处的压抑与欲望，在当时可以称得上是一部"现代"作品。

《三姐妹》的情节发展有些类似于一出阴错阳差的讽刺喜剧。小说刚刚开场，辛克莱尔就成功地营造出一种笼罩整个小说的慵懒又隐含着急切的氛围，同时又逐一介绍了所有人物。在教区牧师卡特里特家的客厅里，玛丽、格温达和爱丽丝三姐妹正等待着每晚 10 点由父亲主持的祈祷仪式，以结束极其无聊的一天。年轻的女仆艾西特别擅长歌唱和祈祷，通常充当这一仪式的助手。格温达竭尽全力想表现得积极而快乐——尽管她当天已经和罗克里夫大夫在荒野上步行

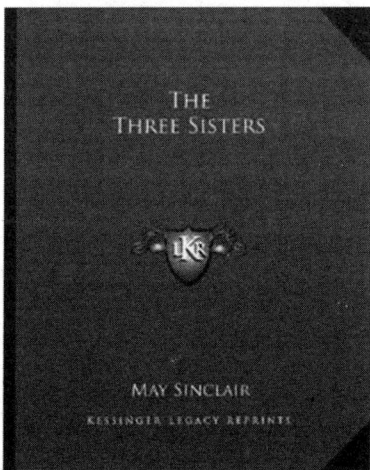

了 15 英里，早已筋疲力尽。从她们当时的心理活动中，读者了解到她们家之所以要搬到这样一个偏僻穷困的郊区，完全是为了躲避小妹爱丽丝的风流韵事导致的流言蜚语。

祈祷仪式之后，她们听到罗克里夫大夫骑马经过门前，她们猜测医生是要到年轻的农夫吉姆·格瑞特雷克斯家去诊治吉姆快死的父亲。三姐妹都把罗克里夫大夫看作是村子里唯一可以以身相许的单身汉。她们都在绞尽脑汁想各种办法接近罗克里夫大夫。爱丽丝甚至冒着严寒站在窗前眺望荒野，只求染上肺炎，好让罗克里夫大夫来为她治病。她还故意不吃饭，饿得半死，几天之后，她果然病倒了。罗克里夫大夫认为她患上了由性挫折引起的神经官能症——当他得知牧师和他的女儿们背井离乡，就是因为爱丽丝和一个男人的私奔事件之后，他更是对此深信不疑。罗克里夫大夫反复强调自我绝食的潜在危险，并催促她的两个姐姐帮助她早日结婚。

格温达与罗克里夫大夫当时已经相爱。爱丽丝得病之后，格温达却刻意回避

自己深爱的人，偷偷溜到伦敦和她的继母待在一起——根据她自己天真的想法，这样爱丽丝就能和罗克里夫大夫结婚以挽救生命。格温达临行之前只把她去伦敦的原因告诉了玛丽一个人，玛丽却故意策划了一场"误会"，欺骗罗克里夫大夫说格温达去伦敦是为了见其他的男人。玛丽就这样靠阴谋诡计赢得了罗克里夫大夫。与此同时，爱丽丝认定自己更加喜欢农夫格瑞特雷克斯粗野的男子汉气概，在怀了他的孩子之后就嫁给了他。卡特里特牧师因为爱丽丝的婚事大发雷霆，导致中风，一病不起。格温达回家时正赶上父亲中风，她又一次牺牲了自己，变成了照顾病人的护士。

既然辛克莱尔的主题是对自我牺牲式的爱情价值提出质疑，格温达的行为就成为其小说发展的中心。通过离开与自己相爱的人，她不仅没有给予爱丽丝任何的帮助，反而为自己和罗克里夫大夫带来了无尽的痛苦：罗克里夫大夫得知自己受骗之后，甚至企图通过强奸来达到和格温达结婚的目的。后来，格温达意识到罗克里夫大夫的存在，会让她在照料父亲时感觉不那么孤单，她就请他不要带着玛丽和孩子们搬到利物浦去。罗克里夫大夫同意了她的要求，为她做出了自我牺牲。但这一本意高尚的行为让他失去了继续进行医学研究的雄心壮志，而越来越沉湎于玛丽为他精心营造的舒适生活。

在全书的最后，格温达意识到罗克里夫大夫继续待在她身边，已经让他荒废了自己的事业，她让他不要去顾及曾经的诺言，出去继续深造。而此时的罗克里夫大夫已经完全没有了事业心，只要玛丽将他的生活安排得舒适而安逸，他在哪儿生活都无所谓。

格温达备受屈辱，因为罗克里夫大夫对自己已经完全失去了兴趣。在小说的最后几页，格温达已经变得和书中其他人物一样绝望和倦怠。她唯一的希望在于一句暗示：任何时候当她听到风声，她沉睡的心将会复活，她还会对荆棘开花的美丽做出回应，尽管她现在觉得大自然充满了敌意，将会带给她更多的痛苦而非欢乐。

在小说开场三姐妹等待祈祷仪式的场景中，辛克莱尔达到了她艺术的最高峰。她所营造出的慵懒气氛是如此厚重，仿佛三姐妹都服用了麻醉药。在昏黄的灯光下，她们像是三尊不同姿态的雕塑，一动不动。她们盯着空间中某个想象的物体，却什么也看不见。她们的手低垂着——仿佛重得抬不起来。在小说的最后两页，辛克莱尔再一次展现了这一段等待晚祷的难熬时光。格温达、半瘫痪的牧师和喋喋不休的年轻母亲艾西（她是格瑞特雷克斯的旧日情人，并已经生下了他的孩子）又在等待大钟敲响 10 下。这一次，格温达已经意识到罗克里夫大夫早已不再想她，因此，她也就失去了先前的自然与活力。她仿佛已经变得和其他人没什么区别，安静的绝望、彻底的慵懒。小说的结尾也就得以和开头遥相呼应，共同构成一个完整的框架结构。

文学影响

辛克莱尔是最早将现代心理学理论运用到小说创作中的作家之一。在《三姐妹》中，她使用了弗洛伊德的心理分析方法来探究人物复杂而微妙的内心世界，这在当时极大地拓展了女性作家的创作范围。小说中独立的场景十分强烈，变化多端；作者对于小说中人物，尤其是女性人物的心理分析，微妙、准确；小说对于家庭生活令人不快的描写，在很大程度上纠正了维多利亚小说对于家庭生活的理想化描写；小说还对性问题进行了直白的讨论，不仅显示出作者对于妇女心理深刻的洞察力，令人耳目一新，还对宗教虚伪以及维多利亚时期的社会价值观和性价值观提出了挑战。

由于辛克莱尔精通现代心理学思想，她的小说特别关注潜意识中的欲望和这些欲望受到压抑后的结果，同时也特别关注鄙视肉体需求而片面提升精神理想的危害。她的很多作品，包括著名的《三姐妹》和《玛丽·奥利弗：一个女人的一生》等，都通过表现受过教育的中产阶级单身女性黯淡的生活和被压抑的个性，探讨了一个共同的主题：看似神圣其实基础不牢的自我牺牲式的爱情，这种爱情在她看来只会对人们产生负面的影响。在《创造者》、《远端》以及另外几部作品中，辛克莱尔探寻了艺术家的生活以及社会对于创造力的影响。作为一个执着的唯心主义者，辛克莱尔也写了一些关于心理现象的短篇小说，探究了超自然和心理之间的关系。她随意而孤独的生活方式也反映到了她小说的主题当中，约瑟夫·克朗士曾说："辛克莱尔与其说是在生活，倒不如说是在观察生活。"

辛克莱尔的小说创作一向以严肃地反映现实生活而著称，有些评论家认为她的作品因为太过于关注心理问题而显得累赘。而另外一些评论家则认为她的作品在严肃的表面之下，具有一种控制得很好的幽默和讽刺。布朗就曾说过，辛克莱尔的《温廷顿先生》"也许是文学史上对于夸夸其谈者最为精妙的研究"。辛克莱尔在创作对话、创造人物和叙事方面的技巧也获得了高度的赞扬。还有一些学者认为辛克莱尔通过将艺术与心理学结合在一起,深深地影响了她的一位当时还很年轻的美国朋友——爱略特。近代的评论家则将辛克莱尔列入先锋派女性作家的行列,因为她的作品不仅关注深受传统桎梏束缚的妇女(以及男人)的令人窒息的生活,还真实地反映了酗酒、通奸以及其他一些女性作家未曾涉足的领域。

辛克莱尔的作品在她在世时被广泛阅读,时至今日,她的名声虽不显赫,但在现代文学发展史上还是占有重要的位置。20世纪70年代早期女权运动的发展,以及公众对于意识流小说长盛不衰的兴趣,都促进了其作品的再版和评论界对其作品进行重新评价。

28. 葛莱西雅·黛莱达 [意大利]

《母亲》

作者简介

葛莱西雅·黛莱达(Grazia Deledda,1871—1936),意大利最杰出的女作家。出生于意大利撒丁岛的纽奥洛镇,1926 年因《母亲》(Mother,1920)获当年诺贝尔文学奖,是意大利文学史上第一位获得诺贝尔文学奖殊荣的女作家。

撒丁岛的纽奥洛镇经济、文化非常落后,基本没受到意大利本土的影响。在近乎封闭的状态下,人们性格古朴、粗犷。小镇流传着丰富的民间传说和歌谣,这些成了黛莱达后来文学创作的出发点和核心。小镇的封建宗法观念根深蒂固,异常轻视妇女。黛莱达写道:"我们女孩子,除了去做弥撒或去乡间散一会儿步,是从来不准迈出家门的。"黛莱达直到 10 岁才上了当地的小学,但只上了 4 年,这是她受过的唯一的正统教育。

黛莱达对书籍兴趣极其浓厚,受到海涅、大仲马、雨果、巴尔扎克等许多著名作家不同程度

葛莱西雅·黛莱达

的影响。在意大利文老师的引导下,她 13 岁开始写诗歌并尝试发表。黛莱达写作作风大胆,当地人极为看不惯,这里的女性很少分心于家务以外的事情。尽管如此,黛莱达对写作依然表现出了强烈的爱好,一发而不可收。1892 年,她出版了第一部长篇小说《撒丁尼亚之花》(*Flower of Sardinia*,1892);之后,她又发表了成名作

《邪恶之路》(*The Evil Way*, 1896)和《山中老人》(*The Old Man of the Mountain*, 1900)。

　　1900年,黛莱达在撒丁尼亚的首府卡利亚里,遇见了马德桑尼并与之结婚,婚后,他们迁居罗马,开始了她写作兼家庭主妇的生涯。在罗马,她广泛接触文艺界人士,了解欧洲和意大利文学的发展趋势,文化层次得以迅猛提高,以更加开阔的视野审视与研究撒丁岛的历史与现状。这一时期的代表作包括:《埃里亚斯·波尔托卢》(*Elias Portolu*, 1903)、《灰烬》(*Ashes*, 1904)、《常春藤》(*L'edera*, 1908)、《一定的限度》(*Up to the Limit*, 1910)、《我们的主人》(*Our Master*, 1910)、《沙漠中》(*In the Desert*, 1911)、《鸽子与老鹰》(*Doves and Falcons*, 1912)、《风中芦苇》(*Canes in the Wind*, 1913)和《母亲》(*Mother*, 1920)等。

　　进入20世纪20年代以后,黛莱达陆续发表了几部长篇小说,包括《孤独者的秘密》(*Secret of the Solitary Man*, 1921)、《生者的上帝》(*The God of the Living*, 1922)、《飞往埃及》(*The Flight into Egypt*, 1926)、《安娜林娜·毕尔西尼》(1927)等作品,这些作品的地方色彩越来越淡薄,旨在阐释人生经验,揭示更广泛的人生哲理。

　　一位最著名的意大利评论家这样评论黛莱达:她属于叙事体大师的风格,所有的伟大小说家都具此特色。今天在意大利,所有写小说的人没有一位像葛莱西雅·黛莱达这样,即使她晚期的作品如《母亲》(1920)与《孤独者的秘密》(1921),也具有风格上的活力、技巧上的功夫、结构与社会上的关联。她的作品深受19、20世纪之交意大利文学中占主导地位的真实主义的影响,同时又有着抒情心理小说的风格。

代表作品

　　获奖小说《母亲》是黛莱达晚期的代表作品。瑞典文学院将诺贝尔文学奖颁给她时,称誉道:"为了表扬她那为理想所激发的创作,以浑厚温柔的笔调描绘了她所生长的海岛上的生活;在反映人类的普遍问题时,也表现出相当的深度和同情心。"

　　小说描写了一位母亲为了自己的儿子,甘愿几十年如一日,在一个偏僻的小村镇做仆人,为了儿子牺牲了很多人生的乐趣、抵制了各种各样的诱惑,只为有朝一日将儿子保罗培养成一个牧师,受人尊重。当这一目标成为现实后,母亲非常满足。可保罗却在一次葬礼弥撒后爱上了年轻、健康、富有而又漂亮的寡妇,并沉迷其中而不能自拔。母亲发现儿子变得爱照镜子了,尽管神父是不准照镜子的,并几次撞见保罗修剪指甲,把留得很长的头发梳到脑后似乎想遮盖表明圣职的秃头。他还涂香水,用带香味的牙粉刷牙,甚至还刷眉毛,这一切勾起了她强烈的不安。

当她预感到儿子晚上要外出时,她竭力想阻止他,但一股比她意志力更强的力量使她无法动弹。直到保罗出了门,她才能站起身来艰难地点亮一盏小油灯。"她要去击败魔鬼","她看到他像被鬼追着一般,朝山脊下的那座老宅子奔了过去。然而山脊下那幢老宅子什么人也没有,除了一个年轻、健康而孤独的女人……"母亲一路追到老宅子,却因某种原因并未追进去,而是满怀不安与悲愤地回家坐等。母亲决心用自己的方法——即上帝的方法劝阻儿子,她不能眼见自己一生的希望、儿子一生的名声与幸福毁在这样一件在她看来不体面的甚至是"邪恶"的事情上。虽然教区以前的一位牧师,曾劝母亲让儿子去追随他自己的命运,允许保罗与那个女子来住,但母亲一边想这牧师是魔鬼派来的,得提防他;可她又情不自禁地在听他说话,而且发现自己几乎同意他所说的了。于是母亲本能地在心里立即为保罗找些借口了:上帝是送我们到尘世来受苦的还是享乐的? 在这个问题上,母亲有些犹豫……

作品《母亲》仍以作者最熟悉的、几乎与世隔绝的小村镇为背景,描述了主人公保罗强烈的宗教信仰、现实生活的种种诱惑,以哀怨的心情刻画了他的复杂心理、矛盾性格。通过教堂与母亲两个方面的描绘,突现了人生的本能带来的理性与道德、宗教信仰与现实生活的冲撞,丰满的精神世界和行为、心理与外界环境的关系,带给我们视觉、感觉与心理上的强烈艺术冲击,富于感染力。小说在一种浓郁的宗教意味,庄严肃穆的意境中,通过大量的心理描写,树立了叙事风格抒情心理小说的典型。同时,作者运用真实主义的艺术力量,哀怨的、颓唐的真实主义手法,表现了爱情、道德与宗教的冲突,从而预示了新的经济、文明、道德带来的偏僻小村镇正在发生、终将发生的变化。

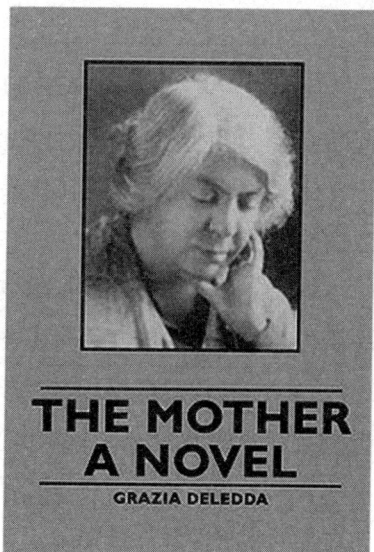

黛莱达在小说中把自己最擅长的人物心境描写与自然物境描写结合起来描绘,把社会道德的冲突与人物内心世界的冲突结合起来,加以委婉、纤柔的刻画,充分显示了她独特的艺术才华。文中多次提到母亲对儿子的爱,对上帝的虔诚,对世俗情感、诱惑的惶恐与困惑,在宗教情感与现实之间激烈的心理斗争。作品一面描述母亲为儿子做出一些有违牧师的行为而担心的各种心理活动,生动形象地勾画出一位虔诚的母亲形象,同时宗教与道德的冲突也显现出来。

文学影响

和意大利文学地方主义派的杰出代表维尔加描绘了西西里,佛家萨洛素描绘了隆巴度－范尼图地区一样,黛莱达则完成了一项伟大的发现——发现了撒丁尼亚,他们都在描述地方风情和农村生活方面见长。18 世纪中叶,作家们寻求新的文学形式,很快引起一场欧洲文学新潮流,并与卢梭崇尚的人类自然美的主张相结合。葛莱西雅·黛莱达的作品充分体现了浪漫派晚期的丰盛战果,她对人和自然的观念始终具有撒丁尼亚特点。

作家早期的小说以罪过与悔改为主题,用真实主义的手法描绘家乡古老的文明。之后,作品从反映社会生活转向人物内心的刻画,真实主义中渗透了抒情心理主义与神秘主义。她的创作大致可分成以下三个阶段:

第一个阶段:1892 年至 1900 年。这一阶段作品中的人物都来自撒丁社会,他们勤劳、淳朴,传统的道德、行为准则是他们唯一的法律、道德规范,他们顽强地抵抗着外来文明的侵犯。她在作品中把自然与人充分地结合成一个整体,具有宗教宿命论的色彩。

第二个阶段:1900 年到 1920 年。黛莱达的写实主义的手法走向成熟,她的作品始终富有浓郁的地方色彩,文中的背景和人物带有典型的撒丁尼亚特色。黛莱达对题材的处理越来越老到,尤其善于表现强烈的宗教与现实之间发生的猛烈撞击,她还在自己的作品中对城市文明与乡村文明的对立与冲突给予了充分的描述。由于资本主义关系的侵袭,现实生活中村民们经济上破产、精神上受到创伤,从而使古老的宗法关系逐步瓦解。

第三阶段:1920 年以后。这一阶段,黛莱达的作品不仅仅局限于撒丁岛的地域界限,并且,作品虚构成分明显增多,叙事成分减少,写作手法也更简洁,多用色彩和对比强调事物的本质,从而创造一种独立的诗的境界。

　　黛莱达创作的基本原则是尽量避免社会上的一切争论：对当代政治、社会与文学方面的纷争，也决不偏向任何一边。尽管对理论缺乏兴趣，但她对人类生活的各个方面都很感兴趣，她认为自己与过去不可分，与自己的家乡人民不可分，知道如何面对现实以及如何对现实生活进行反映。她曾在一封信中写道："最大的痛苦是缓慢的死亡。正因为如此，我们应该尽量将人生的步调缓和下来，充实它，尽可能使它具有最丰富的内容。我们必须像大海上的白云一样，过着超越自己人生的生活。"她在另一封信中写道："命运注定我生活在撒丁尼亚寂寞的心田里，但即使我生活在罗马或斯德哥尔摩，也不会有什么不同。我始终是一个对人生问题有着狂热的灵魂、透彻地认识人类的本质的人。我仍然深信人类应该更完美，但人终归是人，无法实现上帝统御的大同的世界。到处是仇恨、血腥与痛苦，但也许有一天，这一切都可以用爱心与善意去征服。我们可以清楚地看出她对人生的憧憬，她对善良的力量在人生的搏斗中会取得最后的胜利的信心。虽然略感哀伤，却并不悲观。"

29.艾伦·格拉斯哥［美］

《荒芜的土地》

作者简介

艾伦·格拉斯哥(Enderson Gholson Glasgow,1873—1945),美国小说家、散文家、自传作家。出生于弗吉尼亚州里士满一个富有的家庭,她的父母亲来自两个对比鲜明的门第,母系可以追溯到在弗吉尼亚定居的贵族殖民者,父系则是在弗吉尼亚大峡谷定居、兼有苏格兰和爱尔兰血统的殖民者。父母所体现的两派冲突——清教徒和骑士、伦理的和唯美的、希伯来的和古希腊的——不仅决定了她自己,也决定了她小说中人物的气质和人生态度。格拉斯哥继承了母亲仁慈、庄重和优雅的特点,但拒绝接受父亲所信仰的正统长老会教义。

格拉斯哥从小体质虚弱,敏感冲动,青少年时代一直过着与世隔绝的生活。由于不能适应社区学校的生活,她只好在家接受教育,因此有机会阅读大量名著:柏拉图、休谟、菲尔丁、托尔斯泰、哈代等,哈代的命定论和社会决定论极大地影响了她的作品。

格拉斯哥匿名出版的第一部小说《后裔》(*The Descendant : A Novel*,1897),写于母亲去世之后,直到《人民的声音》(*The Voice of the People*,1900)完成,她的主题和风格才日臻完善。1913 年,一部充满讽刺的历史小说《弗吉尼亚》

艾伦·格拉斯哥

（Virginia），使她获得了文学界的认可，小说《荒芜的土地》（Barren Ground，1925）的出版，为她赢得了评论界的广泛称赞。

格拉斯哥的文学创作可分为三个阶段：第一阶段以小说《后裔》为代表，属于后来被她批评的那种派别，但是我们可以从这些"剑和披肩"的浪漫中，看出年轻作家对南方浪漫传统的抨击。第一次世界大战之后的几年是格拉斯哥创作的第二阶段，也是她最重要的阶段，这一时期，她的作品开始日趋成熟，代表作有《荒芜的土地》和礼貌的喜剧系列《浪漫的滑稽演员》（The Romantic Comedian，1926），在这些作品中，作者讽刺了弗吉尼亚人的礼貌。到了第三阶段，格拉斯哥的创作风格转为保守，代表作包括《钢筋铁骨》（Vein of Iron，1935）和《我们这一辈子》（In This Our Life，1941），其中后者获得了 1942 年的普利策文学奖。

格拉斯哥在世时，作品不仅受到读者的欢迎，而且受到评论家的重视。对她的评论一般分为两派：在南方，她因对南方的反面描写而受到猛烈的抨击；在北方，她被称为南方现实主义第一人、讽刺的高手，正如亨利·西德尔·肯比所说，她是"我们这个时代的一位重要的历史学家。她几乎是在孤立无援的情况下，把南方文学从缅怀过去好时光的危险的故作多情中拯救出来"。

1945 年 11 月 21 日，艾伦·格拉斯哥在里士满的家中去世。

代表作品

《荒芜的土地》是格拉斯哥的第 14 部小说，作品描写一个中下层女人与自己、与环境、与土地搏斗的故事，体现了英国作家哈代对作者的影响。作者对乡村背景既作为现实又作为象征的哈代式的处理，把一个女人为生存而进行的长期斗争推入了诗的境界。这部作品被许多评论家认为是格拉斯哥的最大成就，也是唯一一部体现了妇女在逆境中为自由和个体进行奋斗的力作。小说女主人公多琳达·奥克利经常被比作格拉斯哥自己，她是格拉斯哥心中的模范女性：不因自己被人抛弃而感到羞耻；相反，她充分发挥自己的聪明才智，从荒芜的土地上收获成功。

多琳达·奥克利是弗吉尼亚州一位农场主的女儿，个子很高，算不上漂亮，但有一双深邃迷人的蓝眼睛。20 岁时，她到内森·佩德拉的商店里做店员。内森虽然相貌丑陋，但心地善良，他的妻子罗丝·艾米丽曾是多琳达的老师，两人成了好朋友。罗丝虽然卧病在床，时日不多，但拥有一颗宽厚从容的心。

乡村老医生贾森·格雷洛克回到家乡，照看因喝酒而整天醉生梦死的父亲。

贾森希望通过向农民传授先进的农业生产方式和观念,来改变他们靠天吃饭的生活状况。但是尝试失败了,加上父亲糟糕的精神状态使他失去了信心。所幸,还有多琳达给他希望,两人由相爱发展到谈婚论嫁。

然而,甜蜜的爱情往往使人迷失,甚至看不到幸福的潜在危险。贾森在两人结婚前去了一趟纽约,两个星期杳无音讯,多琳达心急如焚,出去打听消息未果。返回的途中遇到暴风雨,只好到贾森家的农场五橡树避雨。贾森的醉鬼父亲告诉多琳达,贾森已与昔日的未婚妻结婚。多琳达难以置信,狂奔出去,正好见到刚从纽约回来的贾森和新婚妻子。贾森解释自己完全为人所逼,把所有的过错推给了别人。

多琳达认清了贾森懦弱虚伪的本质,心灵受到极大的伤害,绝望之余只身来到纽约,饱受穷困的折磨。当她想尽办法找工作时,不幸在车祸中受伤。幸亏开车经过的法拉第医生伸手援救,他不仅照顾她恢复了健康,还雇她做了保姆。

多琳达拒绝了医生诊所里一位年轻医生的求爱,因为她打算"在生活中发现一些别的东西"。她阅读了很多农业书籍,参加大学的讲座。她思念家乡又怕面对伤心往事,父亲病危的来信最终促使她下定决心离开生活了两年的纽约,回到家乡。

父亲去世后,由于母亲体弱多病,弟弟懒惰自私,多琳达只能一人挑起家庭的重担。她利用法拉第夫妇借给她的资金,引进先进的生产方式,经过十年的辛勤劳作,还清了所有的债务,把昔日的不毛之地变成了一个丰饶的乳牛场。

小有积蓄之后,多琳达打算购买贾森家荒废的农场。内森(罗丝已去世多年)提出与她结婚以便在经济上援助她,尽管多琳达并不爱他,但为使孩子们拥有一个家便答应了。婚后,内森照看老农场,多琳达独自经营五橡树,不久便呈现出欣欣向荣的景象。她还购进电动的农业设备,解决了战后农场上劳动力缺乏的困难。

多琳达越来越发现相貌丑陋的内森的聪明,富有远见和宽容的品质,对他产生了精神上的依恋,夫妻二人的关系日益密切。不幸的是,内森进城拔牙,火车遭遇暴风雪,他为救人而丧生。随着年岁的增长,多琳达悟到:年轻的时候她把幸福建

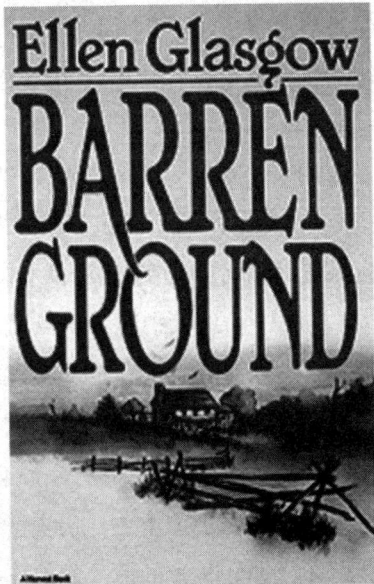

立在爱情上,结果使自己更不幸福;50 岁时,她把幸福建立在自己和土地上,因此更加幸福。内森去世后,她收留了因酗酒而一文不名、体弱多病的贾森。当有人建议多琳达再婚时,她带着嘲讽的微笑回答道:"我已经完成这一切……我为完成这一切而感到欣慰。"

文学影响

《荒芜的土地》记录了多琳达·奥克利经过身心的重整,在祖辈的土地上实现世代梦想的田园风光的故事。从诗人维吉尔开始,田园风光就是理想国的象征,是幻想者在喧嚣浮华的尘世中对失去的和谐、朴实、稳定和美好的向往。它是一个诗意的比喻,艺术家们经常用它来描绘想象中的世界,满足对现实世界的重建。

格拉斯哥曾给内战后老南方的衰落下过诊断:"尽管它(老南方)曾为事业而献身,但是它需要主观的想象,和创造的冲动一起,在艺术的宁静中重塑悲剧的命运。"在小说中,格拉斯哥赋予女主人公"主观的想象"和"创造的冲动"来重建堕落的世界,这给了多琳达突破遗传和环境限制的力量。年轻时的多琳达期望在爱情中寻找满足,从中吸收创造力,满足支配生活的天性。当她最终认清贾森的性格弱点和爱情的虚假时,她把自己整个地投入对土地的热爱,希望在长满芦苇的荒地上建立起牧歌似的田园,重建老农场和五橡树,为了实现心中的梦想,经过巨大的自我牺牲,她把农场建成了年轻时梦想的田园,并重建了它潜在的农业价值:诚实和繁荣。因此,从某种程度上来看,小说《荒芜的土地》可以作为多琳达在田园生活的幻想中寻找人生意义的一部编年史。

《荒芜的土地》兼有史诗和悲剧的特征,它拥有和史诗文学相近的英雄式情节和性格发展,场景、人物、活动都高于生活,但格拉斯哥并没有让这种史诗的可能超越真实生活的界限。小说的主题是"性格决定命运",这虽然是一个古老的主题,但作者仍加入了进化观以及她对遗传及环境的兴趣,并认为,人的命运最终是由每个人的性格因素决定的。

《荒芜的土地》中特别值得一提的是象征意象的运用。小说的三个部分各有一象征:芦苇、松树、常青树。芦苇是和土地及多琳达的背叛联系在一起的;松树暗示着力量、美、成长的信念和成就的希望;常青树则意味着物质成就的美和经历困苦、失望获得的生活。

这部小说的风格既不晦涩压抑,也不高雅脱俗或措辞尖刻。叙事与戏剧化的场景相结合,缓急有致。尽管小说中的语言表达仍遵循传统套路,但作者在小说中实验性地采用了意识流写法,把传统的叙事和对话形式所不能表达的意思传达出来,在格拉斯哥以后所写的小说中,她仍然继续在风格上不断尝试。

30. 威拉·凯瑟 [美]

《我的安东妮亚》

作者简介

威拉·凯瑟(Willa Cather,1873—1947),生于美国弗吉尼亚州,是家中 7 个孩子的老大。在凯瑟的童年生活中,有两位女性起过相当重要的作用:一位是她的外婆里查·勃克,她是一个自我独立的典范,38 岁时守寡,独立抚养 5 个孩子长大成人,并帮着带大凯瑟;另一位是玛丽·安·安德森,她是一位山地妇女,经常到凯瑟家串门聊天,她的那些关于边远地区兰脊山的传说,常常令凯瑟心驰神往。

1883 年,凯瑟一家迁居美国中西部的内布拉斯加州。当时,那里还是一片有待开垦的荒漠,从欧洲来的移民与荒凉辽阔的大草原为伴,同恶劣的环境作斗争,创建自己的家园。他们的艰苦生活,他们的开拓精神,都成了凯瑟创作的主要素材。她的几部以西部为背景创作的小说,奠定了她在美国文坛上的地位。

凯瑟曾从事过记者、编辑和教师等职业,她一生作品颇丰,但主要以小说闻名。她的主要作品有诗集《四月的黄昏》(*April Twiligths*,1903)、短篇小说集《青春和美丽的美杜莎》(*Youth and the Bright Medusa*,1920),小说《亚历山大的桥》

威拉·凯瑟

(*Alexander's Bridge*,1912)、《啊,拓荒者》(*O,Pioneers*,1913)、《云雀之歌》(*The Song of the Lark*,1915)、《我的安东妮亚》(*My Antonia*,1918)、《我们中的一个》(*One of Ours*,

1922)、《迷途的女人》(*A Lost Lady*,1923)、《教授的房子》(*The Professor's House*,1925)、《我致命的敌人》(*My Mortal Enemy*,1926)和《露西·盖伊哈特》(*Lucy Gay-heart*,1935)。另外,她还创作了大量的书信、评论和散文。

在凯瑟的一生中,还有两位女性对她影响重大:一位是伊莎贝尔·麦克伦,她们之间保持了终生的友谊;另一位是伊迪丝·刘易斯,作为作家的忠实伙伴、朋友和助手,她们共同生活了近 40 年,这也许是有些评论家认为凯瑟是个女同性恋作家的原因。凯瑟一生未嫁,潜心写作,为读者留下了一部部难以忘怀的作品。1947年 4 月 24 日,她因脑溢血逝世。

凯瑟在美国现代文学史上占有特殊的地位。1931 年,普林斯顿大学打破 184年的传统,授予她文学博士学位,她是第一个获此殊荣的女性。另外,内布拉斯加大学、耶鲁大学、加州大学、史密斯学院、密歇根大学、哥伦比亚大学等也都先后授予她同样学位。凯瑟于 1923 年获普利策文学奖,1930 年获美国文学院威廉·豪威尔斯奖,1933 年获美国杰出妇女奖,1944 年获美国艺术文学院金奖。此外,她还是杜克大学出版的《十六位美国现代作家》一书中,唯一的女性作表作家。

代表作品

《我的安东妮亚》是凯瑟最著名的小说,于 1918 年发表后就获得了广泛认同。小说以吉姆·伯丹对往事的回忆串连起来的。吉姆是一家大铁路公司的法律顾问,但他一直回想起童年的欢乐及友情,对大草原有着深深的眷恋之情。

吉姆 10 岁的时候,因父母先后去世而被送到内布拉斯加州的祖父母家。在同行的火车上,恰好有一家北欧来的移民也去黑鹰镇,而且成了吉姆祖父的邻居。这家移民中有个比吉姆略大几岁的小姑娘叫安东妮亚。火车到达黑鹰镇已是夜半时分了,吉姆他们又坐了 20 英里的马车,才到达他祖父的农场。祖母是个身强力壮、非常能吃苦耐劳的人。小吉姆很快就适应了新的环境和生活,并喜欢上了大草原。

一个周末,吉姆一家去访问新来的邻居,他们带上许多吃的东西作为礼品。由于他们的新邻居是这个地区唯一的波希米亚人,语言不通,举目无亲,买的土地又花了冤枉钱,因此吉姆一家的来访送来了问候、关怀和友情,吉姆和漂亮的安东妮亚立刻就成了好朋友。

吉姆经常骑着小马同安东妮亚一起在大草原上游玩、探险,他们有时去南边拜访他们的德国邻居,或去北边大土拨鼠集中的地方看黄昏,或到大草原上轰吓野兔、追赶鹌鹑。

安东妮亚一家的生活非常艰难,12 月初下了第一场大雪后,安东妮亚一家人还穿着棉布单衣;装粮食的两只大桶里,一只装着一些冻坏腐烂的马铃薯,另一只里只有一小堆面粉。祖母又准备了一大篮子的食物,给安东妮亚一家送去。不久,一场 10 年不遇的大风雪降临了,安东妮亚的父亲却因思乡情切和绝望,饮弹自杀以求解脱,他的死使安东妮亚一家的生活雪上加霜。严寒的冬天过去了,春天又来了。在乡邻的帮助下,安东妮亚一家住进了新建的木头房子,并赊款购买了一座新的风车,有了一个鸡棚,买了奶牛,一切又呈现生机勃勃的样子。

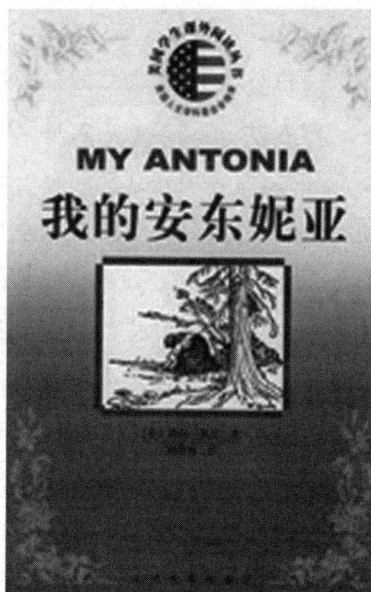

安东妮亚现在已成了一个身强力壮的大姑娘,她整天把袖子高高卷起,两臂和脖子像水手似的晒得黑黑的,能像个男子汉那样干活了,她要帮忙把这块土地变成一个好农场。七月来了,它那使人透不过气来的炎热,使堪萨斯和内布拉斯加两州成为世界上最好的玉米产地,男人们在田里拼命工作,在整个收获季节,安东妮亚都是愉快地像男人一样劳动着。

吉姆在祖父家住了将近 3 年之后,随祖父家搬到了黑鹰镇,并在那里上学。不久,安东妮亚和其他许多乡下姑娘也陆续到镇上做帮佣打工。安东妮亚也先后在几家做帮工,深得房东的赏识,在吉姆的眼中,安东妮亚像童话故事里的白雪公主,依然是姑娘们当中最出色的。在黑鹰镇的舞会上,安东妮亚遇见了自己的意中人拉里,他是一位客车上的列车员。

不久吉姆中学毕业了,并到外地上大学。他与安东妮亚之间也因通信不便而失去了联系。只是在上学期间,从其他朋友的口中或从家书中零星得知一点安东妮亚的消息,但他仍时常回想起那美好的大草原。安东妮亚的生活并不尽如人意:她原先的意中人拉里并没像许诺的那样娶她,而是弃她远去。安东妮亚只有带着羞愧悄然回到乡下家中,不久产下一个女儿。

那年夏天的假期中,吉姆从学校返回家乡黑鹰镇,听说了安东妮亚的近况,忍不住去探望少时的朋友。安东妮亚仍然在农场像个男帮工那样干活,收割完又打场,还帮家中放牛。她遭了那样的打击,还是那么不声不响。当安东妮亚与吉姆相会时,她泣涕涟涟,哽咽无语。不过吉姆看出她面容的庄重中有一种新的力量,从她的脸色看起来,她仍然健康和热情。

两人分手之后,一别就是 20 年。这期间他们各自成家,吉姆已是一个成功的铁路律师,时常出差在外。有一次,吉姆专门去看望了老朋友安东妮亚,她已嫁给了一位朴实的农民,婚姻美满幸福,儿女成群。当吉姆再次见到安东妮亚时,她已是一个皮肤晒得黑黑的女人,胸部扁平,褐色的鬈发有点花白了。可是吉姆知道,很多妇女保留了她所失去的一切,可是她们内心的光彩消逝了。安东妮亚则不管失去了什么,她生命之火没有失去,她是一个丰富的生命矿藏。

第二天,吉姆带着几份怀旧的感伤、几分无奈的满足,告别了安东妮亚。

女性的作用、女性的最终意义是小说《我的安东妮亚》的主题。强有力的女性人物贯穿着整个小说,男性则显得温顺、冷淡、不起眼。书中的妇女能够冲破旧习,离开象征着迟钝守旧的黑鹰镇,去大都市创建自己的事业,尽管她们的生活比那些受制于黑鹰镇的妇女们要好得多,但她们似乎更加艰苦、孤独、不被人理解。通过对这些女性形象的塑造,凯瑟大声疾呼妇女应得到她们盼望的生活方式,并能和男人一样平等地竞争。

在写这本书的时候,凯瑟作为一个职业作家住在东部都市,她羡慕那些回到土地上去的拓荒姑娘们。正是这些妇女,即凯瑟在《我的安东妮亚》中塑造出的妇女形象,她们最能发掘自己的潜力,养育成群的儿女,支撑自己的农场,创建自己的家园。她们被证明是最好的典范,最完美的女人,而安东妮亚正是她们当中的杰出代表和象征,凯瑟赋予她神话般的形象。在小说的结尾,她是一个新的、强壮的民族的母亲,是生命的缔造者;她也代表了大地的善良和多产,安东妮亚变成了大地母神的文学原型。

文学影响

威拉·凯瑟的青少年时代几乎是在内布拉斯加的大草原上度过的,《我的安东妮亚》的大部分内容即取材于这段时间的生活。她所熟悉的一个波希米亚姑娘,就是安东妮亚的原型。书中的许多人物和事件也都取自于她的生活,从某种程度上来说,这本小说不仅是关于历史的记载,而且大部分是作家本人的自传。凯瑟不仅通过事实,而且通过浓郁的思乡情怀揭示了这一点。然而《我的安东妮亚》首先是一部小说,凯瑟将自己的过去变成了一个具有浪漫色彩的故事,将经历发展成具有更深意义的小说。

在《我的安东妮亚》中,凯瑟赋予土地极其重要的意义,这部小说描写了大草原,描写了辽阔的天地正等着人们去探寻开垦。虽然大草原有时是严酷的,危险的,尤其是在冬季。但凯瑟却通过吉姆的视角,回忆出仁慈的大地在生长季节中的美丽,那具有伊甸园般的色彩,尤其是当它被开垦之后那壮观的景象,是耕种使它崇高。这是一个古老的主题,一个田园风光般的故事,土地像花园,耕种是理想的生活。凯瑟通过作为一个开拓者同时又是大地母神的安东妮亚,塑造了一个崭新的、开垦大地的女性形象。

安东妮亚和她的女性朋友们都是移民,这一安排设计显然具有重要意义。凯瑟的创作处于一个特殊时期:许多出生在美国的美国人要求移民应该顺从美国的文化,否则的话就要被排除出这个国家。但是,凯瑟却相信,移民的文化传统非常重要,他们给美国、给像黑鹰镇一样的社会带来活力和生气,并使之丰富,充满生机。安东妮亚和其他移民们,在开垦新的边疆的同时给古老的国土带来了新的生机。

虽然在小说结尾处安东妮亚生活美满,但移民的下一代正不可避免地变得美国化,而失去了其特殊的品质。凯瑟也深知1918年时已没有边疆需要开垦,家庭农业也可能到了终结的边缘,她认为安东妮亚的内布拉斯加正和安东妮亚一起在逐渐消失。

凯瑟以不寻常的方式构建这部小说。人物在故事中出现并消失一段时间之后,又重新出现,看起来次要的小角色常常比那些大角色具有更重要的意义。叙述也常常因插叙而中止,有些插曲与情节有关,而有些则毫不相干,但最终汇集到一起,使得这些故事变得极有张力。当小说变得太伤感的时候,凯瑟便接上一小段具有暴力色彩的传说,其中有些极令人恐惧:如一个流浪汉跳入打谷机,一个家庭内谋杀般的自杀,一起未遂的强奸……这些插曲使读者迅速返回到现实世界当中。当事件变得残酷时,较柔和的事件或抒情的环境描写又出现,重建更加浪漫的情调。凯瑟使用原型、真实的细节、隐喻和象征等手法,有时平铺直叙,有时弯曲迂回,极富变化。

小说以吉姆的回忆为线索,任人感到岁月的易逝、生活的艰辛。当他回到阔别20年的家乡去看望故友时,就如同去寻找一个逝去的乐园,带着几分怀旧感伤的眷恋和对现实生活无奈的感慨。

在小说中,威拉·凯瑟有意识地将东西部的文化、价值、生存观进行对比。她本人反对现代文明带来的物质化现象,认为现代城市充满着堕落、颓废和混乱,是现代文明对人精神侵袭的象征。她崇尚纯朴自然的生活,强调平凡世界中富于人性的一面,认为人的欲望、激情、生存的基本因素才构成真正的生活,艺术只有表现这一切才能获得生命力,达到永恒。但凯瑟又无法解决本能与理智、自然与文化之间的矛盾。她既渴望在西部获得人类原始的美德,又难以割舍在东部得到的精神与文化生活。《我的安东妮亚》中的吉姆和安东妮亚实际上象征凯瑟的两个自我。吉姆在东部事业有成,当他回到西部看望安东妮亚时,更多地带有一种凭吊往昔、追忆过去的情怀。虽然感叹,却无意再恢复当初的生活。

《我的安东妮亚》是凯瑟对美国妇女小说最重要的贡献,它出现于维多利亚式的生活方式和道德标准正被打破,有关妇女的权利和尊严正被激烈争辩的时期。凯瑟表明妇女有权自由选择生活方式,她也明确提出妇女优于男性。凯瑟因她所创建的强壮的有支配作用的妇女形象而成为著名的女权主义者,但神话般的安东妮亚代表了凯瑟最完美、最卓越的女性形象。

31.茜多妮·加布丽埃尔·柯莱特[法]

《亲爱的》

作者简介

　　茜多妮·加布丽埃尔·柯莱特(Sidonie Gabrielle Colette,1813—1954),法国20世纪上半叶最受欢迎的女作家。她出生在法国北方勃艮第一个名叫圣·索弗尔·昂·比邑寨的小山村,并在那里度过了童年和少年时期。柯莱特的父母为人纯朴善良,家庭十分和睦,她和姐姐、两个哥哥在父母身边度过了幸福的童年。父母让孩子们自由行动,大家对"发芽、开花或展翅飞翔的一切东西"都感兴趣,她的母亲尤其热爱生活和大自然,具有敏锐的观察力,柯莱特受母亲的影响很大。

　　20岁那年,柯莱特嫁给了亨利·戈第耶·维拉——一个比她大15岁的作家,他经常雇用一些"代笔人"为自己写稿,并以笔名"维利"发表。婚后,柯莱特将自己学生时代的记忆写下来,她的丈夫偶然读到这些作品后,便极力向出版商推荐,这位优秀的新作家才被人们发现。她的丈夫很清楚,柯莱特的写作就像人们呼

茜多妮·加布丽埃尔·柯莱特

吸那样自然,并且以热情、风趣和诗一般的语言叙述最琐碎细小的事务。她可能会给当时正处于过分追求声誉和最粗俗的自然主义之间的那种摇摆不定的文学带来新的东西。于是,维拉就强迫柯莱特从早到晚不断地写作,而他只是在作品上签个

名。著名的自传体系列小说《克洛蒂娜》(*La Serie des Claudine*)四部曲,就是这样问世的。

小说叙述了一位名叫克洛蒂娜的少女的生活和她婚后爱情的幻灭,其中的《克洛蒂娜在学校里》(*Claudine a l'Ecole*,1900)讲述了她怎样在奥赛尔通过小学毕业考试;续篇《克洛蒂娜在巴黎》(*Claudine a Paris*,1901)向我们描述了她是如何离开乡村的;《已婚的克洛蒂娜》(*Claudine en Menag*,1902)叙述了她是如何结婚的;《克洛蒂娜出走》(*Claudine S've Va*,1903)讲述了她是如何发现社会的。小说的内容清新脱俗,文笔自然流畅,向读者展示了一个纯情少女目光中的亮丽世界。作品出版后,立刻被改编成剧本,并在巴黎出现了疯狂的"克洛蒂娜热"。

柯莱特发现丈夫"盗窃"自己的作品后,于1910年正式离婚。为了维持生活,柯莱特当过演员和哑剧演员,这时期她一方面过着自由不羁的生活,一方面又渴望安宁幸福的家庭。这种矛盾表现在《流浪的女人》(*The Vagabond*,1910)和《束缚》(*L'Entrave*,1913)这两部小说中。柯莱特的婚姻几经波折,1935年她和作家古德凯结婚,从此过上了愉快的生活。

第一次世界大战后,柯莱特的创作进入成熟时期,作品题材也更加广泛,重要作品有《亲爱的》(现译《谢利》)(*Cheri*,1920)、《茜多》(*Sido*,1929)、《母猫》(*La Chatte*,1933)、《二重唱》(*Duo*,1934)等。这一时期,她除了文学创作以外,还将自己的庄园改做医院,并亲自护理伤员。战后,她被封为法国荣誉军团的骑士军官。

柯莱特的后期创作偏重短篇小说,包括著名的《琪琪》(*Gigi*,1943)等作品,晚年的柯莱特患骨疾,深居寓所,潜心写作,创作了两部小说《长庚星》(*L'Etoile Vesper*,1947)和《蓝色信号灯》(*Le Fanal bleu*,1949),表现了作者宁静欢愉的晚境。

1944年,柯莱特当选为龚古尔文学院院士,5年后被选为该院院长,这也是法国文学史上第一位女作家获得这样的荣誉。晚年的柯莱特还荣获政府颁发给她的二级荣誉勋位。1954年8月3日,柯莱特逝世以后,法国政府为她举行了隆重的国葬。

柯莱特的创作生涯长达50多年,一生共发表了40多部作品。她写过不少爱情小说,她在这些作品中描写了一种特有的、复杂的、总是不愉快的爱情。她还擅长描绘大自然,著有《动物对话》(*Dialogues de Betes*,1904)、《葡萄卷须》(*La Vrille de la Vigne*,1908)等。她把田野、树林、鸟、猫描绘得栩栩如生,动物在她笔下也具有各种思想感情。她的作品既有浓郁的泥土气息,又富于诗意。

代表作品

柯莱特最主要的作品是小说《亲爱的》,故事中的女主人公勒亚·德·隆瓦尔是个年近50的女人,但她并不显老,比这个年龄的一般女人显得年轻妩媚。她生活在上流社会,有许多"体面"的朋友,佩鲁克斯太太就是其中之一。

佩鲁克斯太太有个儿子,叫弗莱德,外号是"亲爱的"。"亲爱的"从小娇生惯养,生活在娇奢的氛围中,养成了许多坏毛病,喜欢听奉承话,为人虚伪;甚至还养成了一些病态的怪癖,如喜欢女人的首饰。许多逢场作戏的女人拼命地追求他,认为他"是一个真正为爱情而生的人",加上他长得一表人才,更令女人们如痴如醉。

勒亚这个孤独的,可以做"亲爱的"妈妈的女人坠入了情网,爱上了"亲爱的"且不能自拔。"亲爱的"对女人的爱是来者不拒的,他和勒亚厮混,但却不像勒亚那样一心一意,而只是逢场作戏而已。勒亚在发狂般爱着"亲爱的"的同时,又感到无限的痛苦和忧伤,因为她明白,对"亲爱的"的爱,是她最后的爱情生命了。她现在是"藏在最后一个避难所"里,等待着衰老的来临。

作为勒亚的朋友,"亲爱的"的母亲早已觉察勒亚与"亲爱的"的关系,但她没有声张,更没有公开加以干涉,因为她太了解自己的儿子了。她为儿子选了一位"贤淑而又充满魅力"的姑娘——爱德梅小姐,"亲爱的"果然立刻把爱转向爱德梅,而不顾爱欲不断增长的勒亚的痛苦,很快便和爱德梅小姐结婚并外出度蜜月。

勒亚一个人孤零零的待在巴黎,在孤独中更加感到衰老离她越来越近了;她企图寻找其他的消遣方式,如环法旅行,找朋友们聊天等,但这些办法非但无济于事,反而令她更加痛苦,因为一接触旧友,便勾起她对许多过去时日的辛酸回忆。

"亲爱的"并没有完全忘记勒亚,度蜜月归来后,他又去找勒亚。勒亚惊喜万分,她对"亲爱的"的爱更加炽热,甚至到了病态的地步。她疯狂地、变着法儿去爱"亲爱的"。"亲爱的"深感疲惫不堪,决心彻底离开勒亚,离开这个"曾经在相当长时间里对他来说是一个真正的女人"的女人。最后一次约会后,他完全放弃了和勒亚幽会的房子,"重新回到了年轻人的世界"。勒亚对于"亲爱的"来说,是"属于过去的女人,因为她老了,老得还近情理"。

1926年,柯莱特又发表了《亲爱的》的续集《亲爱者的结局》(*La Fin de Cheri*,1926),小说中的"亲爱的"已经30岁了,然而他仍然脑子空空,成天花天酒地、拈花惹草。他后来应征入伍,参加了第一次世界大战,但他总是会做一些荒唐的事,他的妻子实在不堪忍受而离开了他。"亲爱的"这才彻底清醒,他感到勒亚才是"他真正的女人",她老了,但是"她是自然的衰老"。他陷入了一种"特别的心理状态"之中,最后以自杀结束人生。

文学影响

柯莱特经常被评论界称为"隐藏起来的女人"。她非常善于在暴露自己的同时隐藏自己,在《亲爱的》中的勒亚身上,就存在着作者本人的影子。小说中的主人公是个年近50的老女人,她以自己的全部身心投入对"亲爱的"的爱之中,可是得到的却是"亲爱的"的欺骗和抛弃。这里重要的并不是半老徐娘害怕青春即将逝去,而是勒亚这样真正的以心去爱的女人的真诚性,正如"亲爱的"在自杀前所感到的那样:勒亚的女性美蜕化是自然的蜕化,她才是真正的女人;而有的女人则不是真正的女人,她们的女性特征的蜕化是精神上的,是生理以外的原因所致。

《亲爱的》是柯莱特创作的一部表现妇女心态的杰出小说,正如她自己所说的那样,"这是我一生中第一次真正感到自己写了一部不让我脸红的小说"。

柯莱特是法国文学史上少数几位最杰出的妇女精英之一,又被视为典型的"女作家",因为她选择的题材是女人的内心世界。在她创作的大部分小说中,都有一个很重要的共同主题,那就是女人对男人狂热的爱和男人对女人的欺骗或者玩弄。这是柯莱特从亲身经历中得出的结论。她的小说常常具有自传性质,在这些作品中,柯莱特既不掩盖自己的真面目,也不隐藏自己的感情。

柯莱特创作《克洛蒂娜》四部曲时,还保持着中学生般的天真情怀。当她从一个活泼可爱的乡村野女孩,逐渐成长为著名的作家,并用手中的笔敲开了巴黎的大门时,她又创作了《流浪的女人》,这是柯莱特从男性至上观念转化到妇女解放论的决定性、象征性后的第一部作品,也是一部自传性的作品,它反映了从"玩偶之家"出走后的"娜拉"在社会上站稳脚跟、自食其力的奋斗经历,它是"娜拉"从一种由来已久的古老的女性状态,走向崭新的女性状态后初期阶段心境的结晶。不论柯莱特写这部作品时是否完全自觉地意识到了她所跨出的这一步、她所处理的这一小说题材的象征性意义,总之,她把自己对那男性至上主义的性状态的对立观点、反感情绪、报复心理以及对于独立自由生活的珍视与热爱,赋予了自己作品中的主人公。

柯莱特的作品浸透了土地的液汁,充满了对人类,甚至对动物、沙石和树木花草的热爱。在她 1929 年写成的小说《茜多》里,描写了自己心爱的母亲。柯莱特笔下的母亲形象不是传统文学作品中那些慈祥伟大的母亲,她完全是现实生活中的一位普通的母亲,一位没有经过任何升华、并不伟大,但却给孩子们留下了不可磨灭印象的母亲,她有着自己的个性特点,极其真实,尽管这种个性有时似乎不近情理。

柯莱特作品深受法国人民的喜爱,她的作品内容丰富,涉及面极为广泛:从偏僻的乡村到繁华的都市,从贫民奴仆到达官名流。一位评论家曾说:"要认识 20 世纪的法国,柯莱特的小说是法国现代社会的百科全书。"她揭露了西方社会的黑暗,对广大受剥削、受压迫的人们,特别是对妇女寄予了深切的同情。但是她在对千疮百孔的西方社会进行暴露的同时,情绪却是乐观的,她笔下的人物也常常像她本人一样,在逆境中总是执着、顽强地生活着。她认为:"在这追求本身中就有着为之生活的理由。"

柯莱特文笔自然流畅,且善于在平实中显露瑰丽,明快里暗藏含蓄。她能写出自然界活生生的形象和音响节律,她无论写花草果木,还是写鸟兽人丁,都能使你觉得亲临其境,如见其状,如闻其声,"欢快、生动、纯洁,使她成为当代法语大师之一"。

32. 多萝茜·理查逊［英］

《人生历程》

作者简介

多萝茜·理查逊(Dorothy M. Richardson,1873—1957),出生在维多利亚时代后期一个中产阶级的家庭。她的父母亲有着不同的性情与生活背景:父亲严厉、忧郁而好内省,一心想摆脱祖辈们从商的影响,过上悠闲自在的绅士生活;母亲则温柔随和,认为生活理应是快乐无忧的。理查逊和妹妹曾在一所贵族学校就读,在那里她接受了现代心理学、文学以及音乐的熏陶,为以后的文学创作打下了良好的基础。后来,由于家庭经济拮据,她们离开了那所学校。为了给家里分忧解难,17 岁的理查逊鼓起勇气,大胆应聘德国一所小学教师的职位。她在那里任职6 个月后,又回到伦敦继续教书,此时的理查逊已决心在生活中自我奋斗。

1895 年,理查逊的父亲破产,所有家产都被拍卖,母亲不堪沉重打击以及疾病的纠缠,自杀身亡。此后,理查逊一直在伦敦生活。在那里,

多萝茜·理查逊

她参加了新女性组织并且结识了各种朋友,包括医生、编辑、记者、心理学家以及一些妇女激进分子。其中,影响她最深的是作家赫伯特·乔治·威尔斯(Herbert George Wells,1866—1946)。1895 年,年仅 30 岁的威尔斯发表了第一本科幻小说《时间机器》(The Time Machine,1895)并且获得了巨大的成功。在赫伯特·乔

治·威尔斯的帮助和影响下,理查逊开始以女性特有的敏锐与细腻观察周围的一切,注意人们日常表达方式与文学叙述方法的区别。同时,她博览群书,内容涉及美国的文学、德国的哲学以及英国的政治经济学,并且逐渐形成了自身的认识和看法。

1906 年,理查逊开始为一本较为激进的杂志撰写一些散文和文艺评论。两年后,她离开伦敦,在一位贵格会教徒家的农场居住了 3 年。《贵格会教徒的过去与现在》(*The Quakers Past and Present*,1914)一书记载了这一时期她的所见所闻。在书中,她肯定了贵格会教徒积极乐观的生活态度以及他们对妇女个性精神的认可。理查逊离开农场后便一直与一些作家和艺术家朋友们生活在英格兰西南海岸偏僻、安静、人烟稀少的村舍。正是这无人干扰,远离喧哗的生活激起了理查逊创作小说《人生历程》(*Pilgrimage*)的热情。而她对新的写作技巧的尝试是受到詹姆斯《专使》(*The Ambassadors*,1903)的影响,她认为作品中对斯特雷切尔的意识所采用的叙述手法是"小说最为理想的创作方式"。

理查逊是 20 世纪早期英国文坛从事意识流创作的第一人。尽管意识流的概念首先是由美国心理学家威廉·詹姆斯提出,但是,将这一概念首次运用于文学批评当中却是在 1915 年。当时,理查逊已完成《人生历程》的首卷《尖房顶》的创作,批评家梅·辛克莱尔在评论这部作品时,首先使用了"意识之流"这个词。《尖房顶》的出版,虽然引起了很大的争论,但除了辛克莱之外,评论界称赞者寥寥无几。一些评论者认为,小说没有艺术感,没有技巧,更谈不上任何组织形式。在他们眼中,小说必须得有正式的开头与结尾。然而,理查逊正是要打破这种传统小说写实的创作方法,进行一种崭新的艺术创造。

此后,理查逊继续完成了《人生历程》的后面 11 卷,尽管理查逊还想续写此书,却因健康状况而未能如愿。1957 年,她逝世于伦敦一所疗养院。由于其一生很少接受媒体采访,因此,直到她去世之后,人们才从她的来往信件中了解到一些《人生历程》的创作背景。

代表作品

《人生历程》由 12 卷故事组成,取材于作者自身的生活经历,作品再现了女主人公米丽安·亨特森在漫长岁月中的内心生活。批评家梅·辛克莱认为:"在这个系列之中,没有戏剧性的效果,没有情景,没有固定的场面。什么也没发生,只是生命不断延续,米丽安·亨特森的意识之流不断延续,而两者都没有任何可察觉得出的开端、过程和结尾。"

米丽安先是在德国当女教师,后又返回英国教书。接着她在一家时髦的旅店中当管理员,后又到一家牙医诊所工作,并帮助那里的牙医脱离困境。米丽安爱上了一个俄国犹太人,却又不想嫁给他。后来,她成了一位作家的情妇,而这个作家却是她旧时同学的丈夫。她去瑞士旅行了几个星期,回来后,来到丁普尔山的一所农舍休养定居。小说没有通常意义上的故事情节,读者所能读到的就是米丽安每日的、流动不已、纷繁复杂的经验感情,以及对其周围环境与人物变幻莫测的感觉和反应。

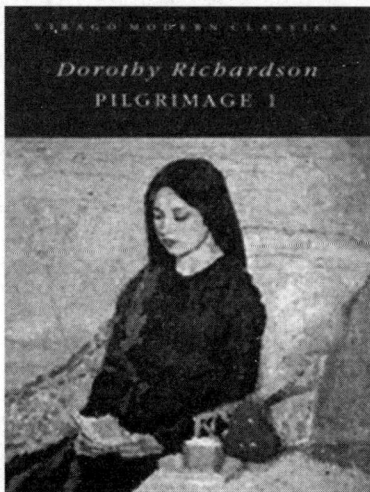

《人生历程》的首卷《尖房顶》(*Pointed Roofs*)于 1915 年出版后,理查逊曾因经费不足,从她居住的村庄来到伦敦,希望得到更多的资助完成后面几卷的撰写。《尖房顶》主要记叙了 17 岁的米丽安在德国当女教师的经历。它的出版虽然引起了轰动,但大多数读者持不赞同态度,他们不能接受理查逊在小说技巧上的改革与实验。但也有一些人认为这是一本独特新颖、魅力无穷的作品。有位评论者认为作品似乎并没有考虑到读者的存在,他的意思是尽管小说没有使用传统作家惯用的叙述角度为读者解释说明情节发展的过程,但这并没有使文章晦涩难懂,妨碍读者对作品的理解与欣赏。

当第二卷《回流》(*Backwater*)于 1916 年问世时,多萝茜·理查逊的名字已传遍整个文艺界,她的小说成为艺术家和作家在沙龙聚会中谈论的主要话题。阿兰·欧德便是其中一位。他是插图画家,非常欣赏理查逊的小说,两人相爱后,于 1917 年结婚。

1917 年,第三卷《蜂房》(*Honeycomb*)的出版引起了意象派诗人的极大兴趣。他们认为作者在文中使用了大量的象征、意象、比喻等诗歌创作中常见的手法,生动、具体地展现人物内心的意识活动。很明显,《蜂房》是理查逊意识流技巧运用最成功的一卷。

第四卷《间歇》(*Interim*)及第五卷《隧道》(*The Tunnel*)于 1919 年出版,女主角米丽安在母亲去世后,离开家乡,开始了伦敦的独立生活。而此时,欧德患肺结核身体衰弱,于是作家夫妇回到海边村舍调养休息。在此期间,理查逊笔耕不辍,《僵局》(*Deadlock*,1921)、《旋转的灯》(*Revolving Lights*,1923)、《陷阱》(*The Trap*,1925)、《奥本兰得》(*Oberland*,1927)四卷相继面世。由于经济收入不多,欧德夫妻过着节俭的生活,每到夏天他们去乡村时,便将伦敦的房子出租以补贴家用。在朋友的帮助下,他们去瑞士旅行了一次。当然,此时理查逊的作品已受到更多的评论家的关注。美国诗人艾肯在读完《人生历程》第九卷之后做出了高度评价。他认为这部作品将使理查逊"在文学界历史上永享盛誉",他还指出作品所流露的女性主义意识的萌芽。

《多恩的左手》(*Down's Left hand*,1931)、《清晰的地平线》(*Clear Horizon*,1935)以及《丁普尔山》(*Dimple Hill*,1938)构成了全书的最后部分。

文学影响

毫无疑问,多萝茜·理查逊对传统的现实主义小说从内容到技巧上进行了一次彻底的颠覆。传统小说主要是通过对外部具体事物的描摹,比如自然环境、事件发展、人物的对话和行动等来表现主题,反映社会现实。小说的作者作为控制情节发展的观察者,其位置始终显而易见。但是,这种单线条发展的叙事结构,已无法表现现代生活和现代人内心世界的复杂性。于是理查逊突破传统艺术方法的束缚,找到了意识流这一恰当的文学表现形式。

理查逊以人物的全部意识领域为题材创作小说,作品《人生历程》没有任何具体的情节,没有人物活动有序的进展。主人公米丽安是具有控制力的观察者,她代替作者的想象,阻止作者的干预。作者自己的个人风格只为人物的沉思冥想服务,在其他方面,我们感觉不到她的存在。小说中,作者使用意识流手法,注重心理结构,把过去、现在、未来,幻想、现实、梦境,通过自由联想交叉、糅合在一起。她把一切都归结于米丽安的意识,任何事物,只要不在米丽安心中出现,便不允许在小说中出现。米丽安是意识中心,其他角色的意识中都渗透着她的意识,她的意识中也包含着其他人物和事件的映象。作者还突出了意识和潜意识的交织,米丽安的外部活动和内心活动的相互关系,强调了她和外界以及自我的相互矛盾,并把时间发展的序列在其内心中重新加以组织,使作品出现了复杂的层次、立体的经验结构和叙述结构。

理查逊表现意识流的技巧是多种多样的,常见的有内心独白、自由联想、蒙太奇、重复出现的形象、平行与对比以及梦魇等。

理查逊热爱诗一般的不和谐音,对印象主义有强烈的感情。小说中她经常有意识地运用诗歌成分,而且内省越强烈就越依赖于对诗歌和其他艺术的借鉴。她常常使用省略或截断的句子以及若干重复出现的形象、象征或词组短语,将不同部分联成一体,它们所直接表现的活动都压缩在一段很短的时间内,在极其狭窄的框架里布置结构紧密的图画。米丽安的思维受各种偶然联想的支配,其运动的流动状态和不受限制的印象主义说明,从米丽安的意识一瞬间经过的材料是多种多样的。段落实际由一组形象构成,通过联想,一个意象引出另一意象,相互融合叠加,给人一种诗的感觉。赫伯特·乔治·威尔斯曾对她的这一技巧做过论述:她的故事对强烈的表面印象进行一系列的轻描淡写,她的女主人公并非一种精神,而是一面镜子。她游移于事实之上,正如那些为水的表面张力所支撑,而在水面浮游的昆虫一样。

作品中,理查逊还把借鉴音乐作为其技能的一个重要方面。作品中有些篇章使用了文学借用中常见的奏鸣曲式。文中的黎明、上午、中午和黄昏四部分,与四个乐章中春夏秋冬的场景是转换的平行物。她还运用音乐的主导旋律,在最初几页里暗示一个主题,然后一次又一次回到这个主题,直到作品线型展开的感觉被破坏。

多萝茜·理查逊在20世纪英国文学中的地位是毋庸置疑的。她大胆改变了人们所熟知的文学形式,她的意识流手法是对传统的写实主义的挑战和反叛,对世界与人的理解和表现上进行了新的试验。《人生历程》在叙述技巧、语言文字、文体风格、语气、声调、形式、结构等诸方面都给人以崭新的感觉。正如梅·弗里德曼所说:"即使多萝茜·理查逊除了此书再也未写一字,她也应在文学史上占一席之地。"

33. 露西·毛德·蒙哥马利[加拿大]

《绿山墙的安妮》

作者简介

露西·毛德·蒙哥马利(Lucy Maud Montgomery,1874—1942),出生在加拿大爱德华太子岛省的克利夫顿,母亲在她两岁时因肺结核去世,她的父亲很快续弦并搬走,蒙哥马利由卡文迪许村的外祖母抚养长大,一直到少女时代都住在果园环绕的一所农舍里,对大自然的热爱贯穿了她一生,也反映在她的作品中。

童年时代的蒙哥马利并不快乐,由于家规甚严,小小的错误都会给自己带来严重的惩罚。蒙哥马利9岁开始写诗,15岁时写的一篇文章在全国作文竞赛中获三等奖。1890年,她辍学来到父亲再婚后的新家照看幼小的弟妹。不到16岁的她创作了一首长诗,投稿后被一家报纸头版以整版登出;不久,她的短篇小说又在蒙特利尔得奖。1891年,父亲把她送回故乡。此后父女很少见面,幼年丧母和缺乏父爱,使她作品中经常出现孤儿形象与孤儿意识。

露西·毛德·蒙哥马利

1895年,蒙哥马利在夏洛特敦的普林斯威尔斯大学取得教师资格证书,并开始执教。在卡文迪许村照顾外祖母期间,蒙哥马利以一篇短篇小说为基础,开始创作《绿山墙的安妮》。作品问世后,很快就成为一本畅销书,连续加印5次仍供不应求。同时,出版社又建议蒙哥马利继续创作"安妮系列小说",其结果是以安妮与其子女为主人

公的 7 部续集,这些作品虽然在文学造诣和影响上都比不上《绿山墙的安妮》,但仍然让读者爱不释手。

"安妮系列小说"除了《绿山墙的安妮》写童年生活的安妮,还有《阿冯利的安妮》(*Anne of Avolea*,1909),描写小学教师时的安妮;《海岛上的安妮》(*Anne of the Island*,1915)写学院里的安妮;《风扬村的安妮》(*Anne of Windy Popular*,1936)描写恋爱中的校长安妮;《安妮的梦巢》描写成为妻子和母亲的安妮;《英格尔赛的安妮》(*Anne of Ingleside*,1939),叙述安妮与她的孩子们;《虹谷》(*Rainbow Valley*,1919),描写孩子们长大的情景;《英格尔赛的里拉》(*Rilla of Ingleside*,1921)描写了安妮的女儿。

"安妮系列小说"的成功,使蒙哥马利获得了"大英帝国勋章""英国皇家文学艺术协会会员""法兰西文学艺术学院银质奖章"等种种荣誉,并受到加拿大总督、英国皇族要员(后来的英王爱德华八世和乔治六世)的接见。但蒙哥马利曾向朋友抱怨说,自己很像东方故事里的魔术师,把"精怪"从瓶子里释放出来之后反倒成了它的奴隶,一部接一部地创作。

蒙哥马利还创作了多部长篇小说、短篇小说集、诗歌等作品,其中较有影响的是自传性很强的"埃米莉"三部曲:《新月村的埃米莉》(*Emily of New Moon*,1923)、《埃米莉登攀》(*Emily Climbs*,1925)和《埃米莉的追求》(*Emily s Quest*,1921)。

1911 年,蒙哥马利与一位教会主席结婚,搬迁到安大略湖附近的乡村居住,婚后他们搬过好几次家。1942 年 4 月 24 日,蒙哥马利在多伦多逝世,她的丈夫和两个儿子将其遗体送回卡文迪许村的公墓,墓碑与如今已成为"蒙哥马利博物馆"的"绿山墙农舍"遥遥相望。她逝世时留下了 10 卷未发表的私人日记(1889—1942)、大量诗歌、短篇小说和书信等,20 世纪 80 年代,她的后代将她从未发表过的信件和日记整理发表,这些作品再度引起了评论界新的兴趣。

代表作品

《绿山墙的安妮》(*Anne of Green Gables*)讲述了孤女安妮·雪莉从 11 岁到 17 岁的经历,安妮尚在襁褓之中,父母便双双染病去世。她先后被两户人家收养,照看幼小的孩子、干家务活,被当成下女使唤。后来主人突然死亡,主妇连养活自己众多的子女都有困难,安妮便只好进了孤儿院。

11 岁时,长着一头红发、满脸雀斑的安妮,被爱德华太子岛省阿冯利村的卡斯伯特姐弟玛丽拉和马修收养。这对未婚姐弟相依为命，住在绿山墙农庄，眼见自己一天天走向衰老，他们本想领养一个几年后能帮马修干农活的男孩，老了好有个扶持，然而阴差阳错，孤儿院却送来了这个骨瘦如柴的小姑娘。

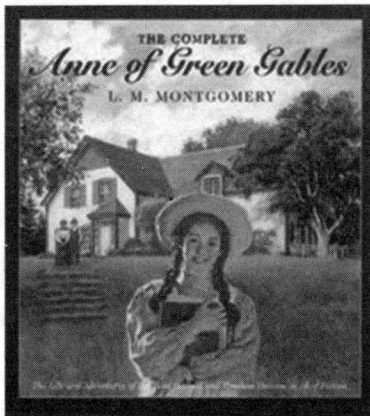

还未到达绿山墙农庄时，小安妮就因沿途童话般的美景激动不已，赞不绝口：花园的地上长满了青葱茂密的三叶草，顺着斜坡蔓延到山谷；山谷里小溪潺潺，许多修长的白杨树拔地而起，树下的低矮丛林里是一些羊齿草、苔藓和木质植物，使人联想起可能发生的愉快事儿；山谷那边是个山丘，上面长着云杉和冷杉，树叶碧绿轻柔……左边远处是几座宽敞的谷仓，越过那边山坡低处翠绿的田地，隐约可见发出闪光的蔚蓝的大海。

这个心到口到、饶舌多话的小姑娘，一下子就抓住了寡言害羞的马修的心：尽管安妮进农舍就因邻居林德太太说她"皮包骨头"而与她发生冲突，使玛丽拉难堪……但最终安妮有了一个家，并被送进阿冯利村的学校读书。

安妮想象力丰富，满脑子梦幻和渴望，时常言行出格；她热情敏感又容易激动，因此不时惹祸，常令人忍俊不禁；她还因性格直率、不肯让步与粗心大意吃了不少苦。上学第一天，男同学吉尔伯特因她的红头发而叫她"胡萝卜"，安妮勃然大怒，将习字石板敲碎在他头上，受到老师的惩罚。

安妮聪明要强，学习勤奋，暗暗在学习上与吉尔伯特较劲。通过刻苦努力，安妮在学校崭露头角，脱颖而出，与吉尔伯特同时争得去省城夏洛特敦市女皇专科学校学习和获取教师任职资格证书的机会；一年后，她又以第一名的考试成绩赢得了全爱德华太子岛省唯一的攻读学士学位的全额奖学金，使马修和玛丽拉为她而感到骄傲。

然而天有不测风云，家庭全部积蓄存于其间的银行突然倒闭，马修受刺激心脏病发作去世，玛丽拉又被医生诊断为有很快失明的危险，绿山墙农庄因经济困难而面临被卖的前景……面对命运所给予的突如其来的打击，安妮知恩图报，毅然放弃艰苦赢得的上大学的机会，以便陪伴和照顾日渐衰弱的玛丽拉。吉尔伯特主动将阿冯利学校的教职让给安妮，自己去较远的学校教书，安妮得以就近教书和照顾玛丽拉,同时也缓解了经济困难。

安妮为此心存感激,主动修复了与吉尔伯特多年来的对抗关系,与他发展出一种浪漫的友谊,预示了续集中的"幸福婚姻"。

文学影响

世界文学中一直有着丰富的"孤儿故事"传统。《绿山墙的安妮》也继承了这一传统,成功地刻画了孤儿安妮·雪莉的感人形象。《绿山墙的安妮》之所以有经久不衰的魅力,主要在于作者较高的艺术造诣,她的人物塑造,特别是对儿童、少女形象的刻画尤见功底;同时,她对爱德华太子岛自然美景的诗意描写,对乡村淳朴生活的刻画,以及优美而充满幽默的文笔,也是作品的魅力之源。

安妮·雪莉曾孤苦伶仃地在社会底层挣扎,她与西方文学经典中的不少"准孤儿们"更令人同情:不仅无父无母,也没有其他亲戚。她在世上完全无依无靠,不得不自己闯出一条路来,学会去和毫无血缘关系的人相处。然而,身处逆境的安妮却自尊自强,敢于实践自己的各种想法;她对生活始终抱有信心、充满热情,从不失去希望和纯真的情怀,总是乐观向上,相信别人的善意、相信世界的美好,以自己丰富的想象力和愉快的天性感染了周围的人,以自己的热情、坚定和执着克服种种困难,最后取得了成功。正是安妮真诚热情的个性魅力,乐于助人的精神,早年在艰难困苦中锻炼出来的应付危机的急智,知恩图报、自我牺牲的优秀品质等人格力量,不仅为她赢得了养父母的同情和喜爱,给了她一直渴望拥有的温暖的家,也消除了林德太太等邻居的偏见和误解,赢得了她们真心诚意的喜爱和容纳。小说不是靠说教而是通过幽默动人的故事,为读者展示了一种积极的思维方法和生活态度。

此外,在蒙哥马利诗意的笔触下,绿山墙农舍、阿冯利村和爱德华太子岛是一个充满阳光、森林、鲜花、小鸟,洋溢着脉脉温情的世界,这仿佛是一幅田园风光的油画,清纯自然得令人流连忘返。而生活其间的人物,除了从满面雀斑的"丑小鸭"渐渐变成亭亭玉立的"白天鹅"的安妮,还有憨厚勤劳的马修、不苟言笑却内心善良的玛丽拉、美丽纯朴和忠于友谊的邻家小姑娘黛安娜,爱管闲事又心直口快的邻居林德太太……在蒙哥马利笔下的这个 19 世纪末 20 世纪初的"世外桃源"中,尽管人人都有自己独特的个性和缺点,但这些人物大都温和、善良,乐于助人,家庭关系和谐稳定,邻里之间互亲互助。小说描绘的这个人与人、人与自然的和谐世界,及其中流露的自然美和人性美,成了读者心中向往的一片净土、一种崇高的境界。

蒙哥马利的"安妮系列小说",特别是《绿山墙的安妮》之所以经久不衰,正如安妮自己所说:"我身体里存在着许多不同的安妮。"正是这"许多不同的安妮"的多种魅力,倾倒了各个阶层、各种年龄的读者,满足了不同读者群的各种阅读期望,就连两位英国首相斯·鲍德温与拉·麦克唐纳都承认自己是安妮迷。马克·吐温曾在写给蒙哥马利的信中,把《绿山墙的安妮》同世界儿童文学的经典之作《爱丽丝漫游奇境记》相提并论,称她创造了一位"继不朽的爱丽丝之后,最令人感动和最可爱的儿童形象"。

《绿山墙的安妮》还被译成30多种文字,并多次被改编成电影、歌剧以及电视剧,引发经久不衰的"安妮热"。从1965年以来,加拿大爱德华太子岛一年一度的艺术节都要上演该故事改编的轻歌剧;岛上还成立了"绿山墙农庄纪念馆",1974年还发行了一套纪念该书的邮票。现在,爱德华太子岛大学还设有专门的研究机构——"露西·毛德·蒙哥马利学院"。与此同时,小说还为爱德华太子岛的旅游业带来丰厚收入,不少世界各地的游客是冲着"安妮的岛屿"和"安妮的绿山墙农庄"而来的。

34.格特鲁德·斯坦因[美]

《艾丽丝·B.托克拉斯自传》

作者简介

格特鲁德·斯坦因(Gertrude Stein,1874—1946),出生于美国宾夕法尼亚州的一户富裕的德裔犹太人家庭。身为家中的幼女,斯坦因自小便受到父母、兄弟的宠爱,衣食无忧,生活快乐。因为父亲的一句话"要把孩子们带去欧洲好让他们受益于欧洲",使得幼年时期的斯坦因曾经随家人侨居欧洲,在维也纳住到3岁左右又迁居巴黎。格特鲁德童年时期侨居巴黎的经历给她留下了极其美好的印象,终其一生,她都深爱着巴黎,甚至在德军占领法国期间,有犹太血统的斯坦因也没有离开那里。

1893年,斯坦因就读于哈佛大学拉德克利夫女子学院。学习期间,斯坦因曾经进行心理学方面的研究,并在美国心理学家雨果·蒙斯特伯格的指导下,进行一系列无意识写作方面的实验。斯坦因将自己的实验结果,在《哈佛心理学评论》上刊载。这篇名为"*Normal Motor Automaticism*"(《无意识主义的常规动力》)的文章,成为

格特鲁德·斯坦因

斯坦因正式发表的第一个作品,却也导致了她以后文学创作的缺陷——文学评论家如爱狄斯·斯德威尔等人指责她风格奇特的文学创作类似于毫无目的的自动写作。

　　1897 年,斯坦因本科毕业,在老师威廉·詹姆斯的建议之下,考进约翰·霍普金斯学院就读医学专业的研究生。但在医学院的最后两年中,她发现自己对病理心理学越来越不感兴趣,对人脑解剖学越来越厌烦,最终于 1902 年放弃了在约翰·霍普金斯学院的学业,前往欧洲,和哥哥利奥一起住在巴黎,从此开始了她生命中的华彩乐章。

　　斯坦因的哥哥利奥是一位艺术爱好者,他酷爱绘画,尤其喜欢东方绘画和日本版画。在利奥的影响下,斯坦因和哥哥一起出入巴黎的各家画廊,购买了许多当时尚不为人认可的现代派绘画作品,成为毕加索、马蒂斯、布拉克等现代派画家的赞助人,并与他们结下了不解之缘。很快,斯坦因和哥哥居住的花园大街 27 号高朋满座,成了现代艺术的中心,也成了激发艺术家创作灵感的"圣地"。

　　在与现代派画家交往的过程中,斯坦因有意识地把绘画技巧应用到她的文学创作之中。继两部默默无闻的作品《情况如此》(Things as They Are,1902)和《美国人的成长》(The Making of American,1908 年完成,1925 年出版)之后,1909 年,斯坦因发表了小说《三个女人的生平》(Three Lives),并获得很大反响。其时,斯坦因正在翻译福楼拜的《三故事》作为文学练笔,因此,《三个女人的生平》带有明显的福楼拜的风格——语言简明、朴实准确。

　　继《三个女人的生平》的成功之后,斯坦因再接再厉,继续把观赏绘画的心得应用到文学创作之中,先后完成了颇具立体主义绘画风格的文学素描《毕加索》(Picasso,1938)等三篇散文,又完成了具有明显立体主义色彩的《软纽扣》,因而被称为文学中的立体主义。后来,斯坦因又写了歌剧《三幕剧中四圣人》(Four Saints in ThreeActs,1929)、《美国的地理历史》(The Geographical History of America,1936)、自传体小说《艾丽丝·B.托克拉斯自传》(Autobiography of Alice B. Toklas,1933)、纪实文学《我所经历的战争》(Wars I Have Seen,1945)以及文学论著《如何写作》(How to Write,1927—1931)、《在美国的讲座》(Lectures in America,1934)和《什么是杰作》(What Is Remembered,1922—1936)等类别各异、风格独特的大量作品。

　　斯坦因生活在风云多变的 20 世纪上半叶,身处各种文艺流派的发源地巴黎,集时代风气于一身,却又超然于一切流派之上,独树一帜,成为 20 世纪的文学大师之一,她以个人魅力与文学成就,使文艺的各个领域均产生了程度不同的影响,无论是在现代派文艺还是后现代派文艺的思潮中,都留有她的印迹,她也被评论界誉为"被广泛承认的现代主义文学运动的巨人之一"。

代表作品

《艾丽丝·B.托克拉斯自传》是斯坦因借用女秘书、终身伴侣艾丽丝的真名而写的自传体小说,涵盖了作者和托克拉斯小姐在巴黎30多年的生活经历。全书共分7个章节。

第一章"我到巴黎之前",概述了"我"——艾丽丝·托克拉斯小姐的生活简历。"我"出生在加利福尼亚的旧金山,家境富裕,"我"的童年和青年时代过的是"我"这个阶层和"我"这类人过的那种极有教养的生活。"我"生活中朋友多,文娱活动多,兴趣也多,生活充实得合理适度,"我"喜欢这种生活,但却不大热衷于这种生活。直到斯坦因的哥哥与嫂子来到旧金山,并带"我"来到了巴黎,介绍"我"认识了斯坦因,"我"的生活从此改变了。

在第二章"我到巴黎"中,托克拉斯小姐交代了与斯坦因的相识过程:1907年,托克拉斯小姐被聘为斯坦因的秘书,帮助校对斯坦因自费出版的《三个女人的生平》的校样,以此为契机,托克拉斯小姐与斯坦因结下了30多年的情谊。

第三章"格特鲁德·斯坦因在巴黎1903—1907",回忆了斯坦因初到巴黎意气风发的流金岁月。讲述了斯坦因在巴黎的住所是如何成为众星会聚的中心,描绘了毕加索、马蒂斯、阿波利奈尔、海明威、庞德和艾略特等一大批名人形象。书中对马蒂斯的描写充满了同情,对毕加索充满了亲切,对阿波利奈尔充满了赞赏,而对海明威则充满了善意的讽刺,对大诗人庞德和艾略特的描写,则是冷静而无奈的,因为他们对创作和语言的认识太不一致,可是在世人的眼里,他们是同属一类的现代派艺术家。

随后的章节"格特鲁德·斯坦因来巴黎之前"则简单交代了斯坦因来巴黎之前的生活。其中,对斯坦因大学生活的描写非常有趣:"她享受生活之乐,也过得非常愉快,她是哲学社的干事,跟各种各样的人接触觉得非常有意思。"

第五章"1907—1914"是第三章的续篇,接着叙述斯坦因和托克拉斯小姐1907

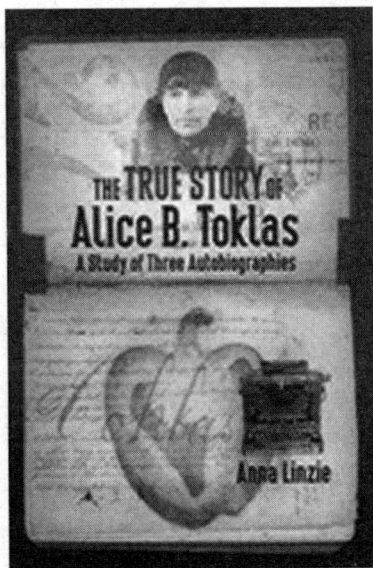

年至 1914 年在巴黎的生活。第六章没有标题,主要讲述了发生在欧洲的第一次世界大战,如何干扰了斯坦因等人的正常生活。最后一章"战后"描写了 1919 年到 1932 期间斯坦因等人的生活。

　　总体而言,《艾丽丝·B.托克拉斯自传》是一部富有启发性而又颇具魅力的小说,其中描绘欧洲爆发战争之前的那些篇章,也许是书中最有趣的部分,集中体现了巴黎在 20 世纪初期那多姿多彩、令人向往的艺术生活。斯坦因回忆了她是如何发现塞尚、马蒂斯和毕加索,追忆了这几位画家在成名以前的生活,记述了作者与他们之间的友谊、谈话甚至是争执,阐发了作者自己关于文学实验的想法。但该书的后半部分则不太有趣,这也许与欧洲当时战事欲发、前途黯淡的现实生活有关。

　　《艾丽丝·B.托克拉斯自传》平易晓畅,语言生动准确,远比斯坦因其他具有明显主观色彩的作品容易阅读。因此,《艾丽丝·B.托克拉斯自传》通常被视为"进入斯坦因的文字世界的一把入门钥匙。它会使读者对斯坦因其人产生具体而实在的理解,而后再去读她的其他作品,自会容易得多"。当然,热衷于文学实验的斯坦因还是采用了一些实验手法,其中较为明显的是被斯坦因本人称作"绵延的现在时"的手法,强调表现对象的心理体验在时间轴上某一点的延续,而不是在流动的意识中呈现为线性的一段时间。作者在叙述故事时有意淡化事件的时空背景,使叙述显得十分随意;在句子的写作过程中,斯坦因尽可能多地采用进行时态,力图表现在过去的时间背景下当时正在发生的瞬间动作。这样,她的句子又蕴涵着未来可能的发展趋势,一个普通的句子则既包含着过去的种种,又蕴蓄着未来的种种,充分表现了"绵延的现在"(the continuous present)或"延长的现在"(the prolonged present)。

文学影响

　　斯坦因除了自己创作大量的文学作品之外,还悉心指点、提携了一批青年作家,其中就有舍伍德·安得森、费茨杰拉尔德和海明威。"斯坦因深谙创作的基准,因而她的忠告和批评对她的所有朋友都很宝贵。"她曾经告诫许多年轻作家说:观察和构想造就想象力。她也曾忠告海明威:评论不是文学,并建议海明威进行小说创作时要浓缩、要言简意赅。只可惜,年轻人把能了解的都了解了之后,常常责备她过于傲慢"。海明威也许在这方面表现得最为明显:他在成名以后断然否认斯坦因对他的影响,并对斯坦因文学创作中经常使用的重复手法加以戏谑的嘲讽。但同样曾经受惠于她的舍伍德·安得森却非常坦率地承认:"斯坦因是伟大的,因为她释放了自己的才能。她也是一个探路者,对其他作者极具影响,因为她敢于面对嘲弄和误解,敢于唤醒我们所有为求新意而写词的人,她做到了。"

与同行们对斯坦因所持的态度相类似,评论家们对她的评价也是褒贬不一。早期的评论家们面对她一反传统、奇异独特的文学风格惊诧不已,不理解之余只能嘲弄她的创作实验,否定她崭新的文学式样。例如,斯德威尔(Edith Sitwell)和斯嵌纳(B. F. Skinner)曾分别在 1923 年和 1934 年的论文中,称斯坦因的创作是不可理喻的操作。威尔逊(Edmimd Wilson)则是第一个肯定斯坦因创作手法的评论家,他在 1933 年的论文中把《艾丽丝·B. 托克拉斯自传》称为"颇具魅力的小说",并称斯坦因为"她那一时代的杰出女性之一。即使不是在英语文学中唯一的一位,起码也是最富创造性的一位"。

身为一个特立独行的奇女子,斯坦因对评论家和同行们褒贬不一的评价毫不在意。她十分自信地认为:"爱因斯坦是当代富有创见的哲学大师,我则一直是当代富有创见的文学大师。"她相信 20 世纪只有 3 位天才,他们是毕加索、阿弗雷德·特海和斯坦因本人。甚至在她临终之际,斯坦因也显得不同凡人。据传斯坦因在临终前曾向守候在她周围的人问道:"答案是什么?"见无人应答,她又紧接着问道:"问题是什么?"真不愧是"达达①之母"②。72 岁的斯坦因甚至在生命的最后一刻也不愿墨守成规,而是一如既往,打破传统的逻辑结构,以先提答案、后提问题的方式完成了对生命的最后诘问。

斯坦因生前曾经断言:"真正创作现代作品的人自然只有在他们已尽天年以后才具重要意义。从 1946 年斯坦因去世至今,半个多世纪过去了,斯坦因的作品从受人嘲笑、遭人曲解、被人遗忘的境况逐渐地被人理解,为更多的人所接受。尤其

---

① 关于"达达"一词的由来,历来众说纷纭。有些人认为这是一个没有实际意义的词,有一些人则认为它来自罗马尼亚艺术家查拉和詹可频繁使用的口头语"da, da",在罗马尼亚语中意为"是的,是的"。最流行的一种说法是,1916 年,一群艺术家在苏黎世集会,准备为他们的组织取个名字。他们随便翻开一本法德词典,任意选择了一个词,就是"dada"。在法语中,"达达"一词意为儿童玩耍用的摇木马。因此,这场运动就被命名为"达达主义",以昭显其随意性,而非一场一般意义上的"文艺运动"。
"达达主义"(Dada 或 Dadaism)是一场兴起于第一次世界大战时期的苏黎世,涉及视觉艺术、文学(主要是诗歌)、戏剧和美术设计等领域的文艺运动。达达主义是 20 世纪西方文艺发展历程中的一个重要流派,是第一次世界大战颠覆、摧毁旧有欧洲社会和文化秩序的产物。达达主义作为一场文艺运动持续的时间并不长,波及范围却很广,对 20 世纪的一切现代主义文艺流派都产生了影响。
② 被西方评论界称作"作家的作家"的美国女作家格特鲁·斯坦因以极强的"先锋意识"著称,她的创作表现出一反传统的、奇异独特的文学风格,如把现代派绘画技巧应用到文学创作之中。小说《三个女人的生平》就是斯坦因受到塞尚的一幅女子肖像画的启迪而写出的;她的另一部小说《软纽扣》则被称为文学中的立体主义,斯坦因本人也因此被称作"达达之母"。

是从 20 世纪 70 年代以来，美国学者们在经过了现代语言学的洗礼，经受了解构主义大潮的冲刷之后，渐渐意识到并开始欣赏斯坦因创作中流露出的极强的"先锋意识"和超前意识。进入 90 年代以来，美国学者则愈发为斯坦因对传统语言观念的冲击和"她对世界思想所做的贡献而肃然起敬"（格兰恩语）。1999 年 12 月 29 日，在斯坦因诞辰 125 周年之际，美国现代语言协会在芝加哥还专门举办了斯坦因及其作品研讨会，讨论的范围涉及斯坦因作品中的现代主义、后现代主义、种族主义、女性主义以及女同性恋等诸多因素。可以预见，"这位女先师的魅力和影响还将在相当重要的层次上继续下去"。

35. 多萝茜·堪菲尔德·费希尔［美］

《大家了解的贝奇》

作者简介

多萝茜·堪菲尔德·费希尔(Dorothy Canfield Fisher,1879—1958),美国女作家,原名多萝茜·弗朗西斯·堪菲尔德(Dorothy Frances Canfield),出生于堪萨斯州劳伦斯一个有名望的知识分子家庭,父亲是位经济学教授,母亲是位艺术家。

费希尔从小受到良好的教育,1904 年,她在哥伦比亚大学获得博士学位,如此高的学历使她在同时代的女性中显得出类拔萃。1906 年,费希尔与乔治·R.卡蓬特合作撰写的教材《基础写作》(Elementary Composition)出版,费希尔已显露出她的文学才华。第二年,费希尔与约翰·雷德伍德·费希尔结婚。同年,她发表了第一部小说《甘希尔》(Gunhild),这一年还她继承了曾祖父在佛蒙特州阿灵顿的农场。1912 年,费希尔在意大利与教育家马丽·蒙特索利结识,并对其

多萝茜·堪菲尔德·费希尔

教育理论产生了兴趣,在随后的 3 年中,费希尔写了有关家庭教育的三部集,探讨了母亲与孩子的关系,并主张应将孩子视为一个独立个体。

费希尔出版的第二部小说《松鼠笼》(Squirrel-Cage,1912),又译作《乏味的生活》,通过一对普通美国夫妇的婚姻生活,描述了 20 世纪初已婚女性被束缚的感受。1915 年出版的《压弯的嫩枝》(The Bent Twig,1915),讲述了发生在一个教授家庭中的故事,具有一定的自传性。同年,费希尔与诗人朋友萨拉·N.克莱霍恩

合作了一本短篇小说集《希丝博罗的人们》（*Hillsboro People*，1915），书中描绘了生活在佛蒙特州阿灵顿的人们。小说《满满的杯子》（*The Brimming Cup*，1921），表达了费希尔关于女性在婚姻中应保持独立主见的观点。随后的两部小说《主妇》（*The Home-Maker*，1924）和《她儿子的妻子》（*Her Son's Wife*，1926）颇受评论家的好评。1930年出版的半自传体小说《深沉的水流》（*The Deepening Stream*，1930），描绘了一位在法国的年轻女性迈向成熟的心路历程。后期的两部小说《篝火》（*Bonfire*，1933）和《成熟的音色》（*Seasoned Timber*，1939）则再次回归到佛蒙特州的背景中。费希尔通过作品传达了她对个人活动和发展完全自由的赞同，体现出对自由主义的推崇。

多萝茜·费希尔的创作范围涉及较广，除了长篇小说和短篇小说以外，她的作品还包括翻译、儿童文学和教育理论研究。1940年，费希尔获得了欧·亨利短篇小说奖的二等奖。同时，费希尔也积极从事有关妇女权利、种族平等以及终身教育等方面的活动，1951年，她获得德国妇女联合会颁发的康斯坦次·林赛·斯金纳奖（Constance Lindsay Skinner Award）。

费希尔对佛蒙特州的阿灵顿始终怀有深厚的感情，她不仅参与佛蒙特州儿童援助组织的工作，而且建立了阿灵顿的社区中心和图书馆。精力充沛的她自1926年起一直担任"本月读物俱乐部"（Book-Of-the-Month Club）的主编，每月均有大量的书籍需要阅读。另外，费希尔四处讲学，并将学习外语视为一种娱乐。在20世纪四五十年代，她为儿童读者创作了大量优秀的历史故事，例如，讲述美国独立战争时期的爱国者里维尔银匠的《保罗·里维尔和微小的人们》（*Paul Revere and Minute Men*，1950）。美国总统罗斯福的夫人艾利诺·罗斯福（Elneaor Roosevelt）称费希尔为美国10位最具影响力的女性之一。

当费希尔的最后两部作品《佛蒙特的传统》（*Vermont Tradition*，1953）和《对佛蒙特州阿灵顿的回忆》（*Memories of Arlington, Vermont*，1957）出版发行时，费希尔已年过70。1958年11月，费希尔在阿灵顿逝世。佛蒙特州组织（Vermont Organizations）为了纪念她，设立了费希尔奖，每年颁发给一部优秀儿童文学作品的作者。

代表作品

深受各个年龄阶段读者欢迎的《大家了解的贝奇》（*Understood Betsy*），是费希尔1917年出版的一部小说。故事发生在1916年的美国，主人公伊丽莎白·安是一个瘦弱敏感的 9 岁女孩，由于自幼父母双亡，善良的姨奶奶哈瑞特收养了她。姨妈弗朗西斯瘦小并富有爱心，她对伊丽莎白充满了怜惜之情，全身心投入地照顾她。弗朗西斯姨妈温柔耐心的倾听，事无巨细的呵护，及形影不离的陪伴几乎是伊丽莎白生活的全部。然而，姨奶奶哈瑞特染上了严重的支气管疾病，医生要求弗朗西斯带母亲离开美国中部，去气候温和的地区疗养，体质纤弱的伊丽莎白则必须隔离。依依不舍的弗朗西斯姨妈将伤心不已的伊丽莎白托付给另一家亲戚，可他们怀疑她染有猩红热，将她推给了远在佛蒙特州的普特尼一家。

伊丽莎白独自乘火车来到遥远的佛蒙特，接站的舅爷爷亨利虽然没有嘘寒问暖的话语，却为她准备了温暖的大披风。他在路上竟把缰绳交给伊丽莎白，惊恐中的伊丽莎白独自摸索出驾驭马车的要领，她第一次感到亲自发现和体会成功的兴奋。回到位于乡间的家中，伊丽莎白见到了与姨奶奶哈瑞特年龄相仿的舅奶奶艾毕盖尔，和与弗朗西斯姨妈年龄相仿的安姨妈，全家人都用伊丽莎白的昵称"贝奇"称呼她。

普特尼一家脸色红润，身体强壮，虽没有用语言特意表示对贝奇的热烈欢迎，但已做好热腾腾的晚饭，并送给她一只小猫，这个期待已久的礼物止住了贝奇难过的眼泪。由于贝奇的卧室尚未准备好，第一个晚上，由舅奶奶艾毕盖尔陪贝奇睡，贝奇感受到舅奶奶带来的温暖，并为她一句欢迎的话流下了开心的泪水。第二天早上，习惯由弗朗西斯姨妈照顾的贝奇得独自起床穿衣，她又感到被忽视，但初次尝试梳辫子又让她很激动，安姨妈让贝奇自己取想吃的早餐，并及时洗净餐具。贝奇对这位讲话简洁的安姨妈有些敬畏，第一次学会把自己的碗碟洗净放好。贝奇在舅爷爷的鼓励下，渐渐不再惧怕家中的大狗，并与它成为好朋友。中饭时，贝奇被告之下午该去上学了，出乎她意料的是，老师根据她的实际水平分别让她上二年级的数学课、三年级的拼写课和七年级的阅读课。弗朗西斯姨妈曾给贝奇借阅过众多书籍，贝奇优异的阅读水平使她成为这里的"小助教"，帮助辅导一年级的优等生莫利。在与老师和同学的游戏玩耍中，贝奇起初的生疏感很快消失了。

一个月后，贝奇已经适应了快乐的学校生活，但在一次突然的验收考试中，贝奇的"考试恐惧症"使她发挥失常。安姨妈了解原因后，只对沮丧不已的她说，知道自己学会了什么更重要，而且一次考试的失败并不影响生活的继续。当贝奇发现因母亲住院的莫利不受亲戚欢迎时,决定帮助保护她。贝奇带莫利回舅爷爷家的路上,莫利失足落入一个大雪坑,贝奇试问自己沉着的安姨妈会如何解决,她机智地利用粗树枝救出了莫利。事后得知的安姨妈露出欣慰的笑容,贝奇也不再惧怕她了。

转眼已到秋季,贝奇已长高许多,脸色也变得红润,她逐渐学会做许多不曾接触的事,并成为厨房里和农场上的得力帮手。贝奇的 10 岁生日时,邻居一家带着贝奇和莫利来到了八英里外的闹市。贝奇和莫利被各种新奇事物吸引,未能及时赶到与邻居事先约定的会合处。贝奇再次想到安姨妈,镇定了情绪后,她明白必须想办法带莫利回家。在这遥远而又陌生的地方,经过询问贝奇得知两人可乘火车回去,但需要 30 美分。但两人身上只有 10 美分,勇敢的贝奇决定帮一个卖炸面圈的姑娘看摊位和洗碗碟,挣到了宝贵的 25 美分。此时的普特尼一家正为"失踪"的两个小姑娘心急如焚,沿路寻找的舅爷爷接到刚下火车的她俩时喜出望外,焦急的舅奶奶和安姨妈也显得格外激动。了解了她俩的归家经历后,全家人为贝奇的机智能干、遇事不慌备感骄傲。安姨妈的大声称赞使贝奇觉得这个生日更非同寻常。

十月份对于贝奇而言,有两件大事发生:她的猫做了妈妈;弗朗西斯姨妈来信称将接走贝奇。离别的愁绪笼罩了普特尼全家,不忍让弗朗西斯姨妈伤心的贝奇也处于两难境地。但弗朗西斯姨妈又带来了另一则新闻,她将结婚并随丈夫四处工作。经过与贝奇的一番坦诚交流,弗朗西斯姨妈终于明白,原来的伊丽莎白已经变成一个健康、快乐、懂事的贝奇了,而且已成为普特尼家不可缺少的一员。弗朗西斯姨妈放心地离开了佛蒙特,贝奇则继续与莫利兴致盎然地照顾猫宝宝。夜晚,普特尼一家围坐在火炉旁,贝奇望着一张张安详的脸庞,感到这就是幸福。

文学影响

费希尔在这部作品中,用亲切的口吻讲述了一个 9 岁女孩的成长故事,借助主人公贝奇的视角,生动地展示出孩子的内心世界。在佛蒙特的舅爷爷家,贝奇经历了第一次学驾马车、第一次自己梳辫子、第一次做家务活、第一次独自上学等等平凡小事的成功,使这个原先习惯享受弗朗西斯姨妈宠爱的小姑娘体会到独立自主的快乐。不善言辞的普特尼一家,用真诚和朴实的方式让贝奇懂得了劳动的快乐、学习的快乐、交友的快乐、助人的快乐,以及亲自解决困难的快乐。最重要的是贝奇在佛蒙特渐渐培养了自信心。当贝奇考试失败后,安姨妈对她讲的一番话,虽然不同于以往弗朗西斯姨妈的同情和安慰,却包含了一则人生哲理:学习上的一次失败并不意味着人生的失败。在几次困境中,贝奇能够勇敢地面对并且机智地解决,读者也会与安姨妈一样替贝奇的成熟感到欣慰。

作品中,费希尔的细腻笔触和流畅叙述,使读者似乎能感受到佛蒙特的清新空气和那里每个人的亲切笑容。充满慈爱之情的作者,让贝奇渐渐明白了自我,也成功地让读者渐渐读懂了贝奇。另外,费希尔主张的教育理论随着情节的发展得到了进一步的体现,即学习应该是一种主动的行为,亲自体验是最佳方式,而在教育孩子的过程中,潜移默化和鼓励信任尤其重要。弗朗西斯姨妈与安姨妈的两种教育方法,对贝奇的影响显然不同。弗朗西斯姨妈的小心呵护使贝奇更加敏感、胆怯、依赖性强;而安姨妈以及普特尼一家人的言传身教,培养出一个坚强、自信、自立和富有同情心的"新贝奇"。费希尔并未在作品中用说教的方式传达她所赞同的教育理念,而是通过贝奇经历的每一件事以及贝奇内心的逐渐转变,使读者领悟到教育的真正本质:对孩子的激励、唤醒和鼓舞。

费希尔的小说大多围绕家庭的主题,既有涉及夫妻关系的,又有涉及父母与孩子关系的。与当时战后激进派作家的作品相比,费希尔的侧重面显得比较保守,特别当她的作品触及男女情感时,几乎没有任何有关性的描述。然而,费希尔在作品中对孩子的至高重要性则投入较多思考,同时也强调了女性作为妻子和母亲的责任。当许多女性试图重新定义女性角色时,费希尔对美好婚姻和伟大母爱的话题依然保留着传统的观点。她对于融洽的夫妻关系和母子关系的重视,与她幸福的婚后家庭生活有一定的联系。

费希尔与大学校友的丈夫育有两个孩子,因工作原因一家人时常搬迁,但丝毫没有影响她的创作。她与丈夫在事业上也有愉快的合作,1918 年,费希尔夫妇合作出版了《法国的家庭之火》(Home Fire in France)。另外,费希尔自幼受到的家庭教育对她价值观的形成也产生了重要的影响。在她的小说《压弯的嫩枝》中,女主人公萨尔维亚·玛邵与费希尔本人有颇多相似之处,书香门第出身的萨尔维亚,父母寄予她厚望,她在容貌、学识、社会地位等方面均努力做到尽善尽美。但与自己笔下的女主人公相比,费希尔则更加勇敢和充满活力,她丰富多彩的人生经历,充分显示出她面对生活的积极乐观的态度。在创作中,费希尔将自己对独立自主的女性的看法融入不同的人物,通过这些女性的喜怒哀乐,表达出一位女性作家对女性个体的关注。

　　费希尔一生共创作了50余部以儿童为主题的作品,早期的《大家了解的贝奇》不仅故事情节引人入胜,展示了美国人特有的幽默感,而且其中传达的教育方式更给读者带来了启发与思考。1917年,该书第一次出版发行,受到了美国广大儿童读者及家长的欢迎,而许多小读者长大后仍对它津津乐道。不难理解《大家了解的贝奇》为何成为不同年龄读者推崇备至的经典读物,因为无论对于贝奇或是读者而言,自我价值发现的重要性,始终值得关注。

36.拉德克利夫·霍尔［英］

《孤寂深渊》

作者简介

拉德克利夫·霍尔(Radcliffe Hall, 1880—1943),本名玛格丽特·拉德克利夫·霍尔(Marguerite Radcliffe Hall),出生于英格兰南部的汉普郡沿海西克利夫附近。她的祖父是当时的名医和结核病专家,她的父亲则是典型的花花公子。由于婚后父母感情不和,玛格丽特出生才几个月父母便宣告离异,霍尔跟随其母迁至伦敦。

霍尔的生父去世后,留下遗嘱,使她成为遗产的主要继承人。21 岁时,霍尔依法正式继承了全部应得的财产,成为经济上的"自由人",开始独自居住,陪伴她的唯有自从孩提时代就一直照料她、抚养她的外祖母。

从 20 岁开始,秉承了父亲文艺方面天赋的霍尔开始走上了文学之路,陆续发表了 5 部诗歌集,包括《尘世与星空之间》(*Twixt Earth and Stars*, 1906)、《诗札》(*A Sheaf of Verses*, 1908)、《今昔之诗》(*Poems of Past & Present*, 1910)、《三郡之歌及其他》(*Poems of Three Counties and Other Poems*, 1913)以及《遗忘之岛》(*The Forgotten Island*, 1915)。她的诗歌往往以爱情为题材,抒

拉德克利夫·霍尔

发作者对美好爱情的向往与渴望,以及在爱情尚未来临之际所面临的那一种孤独、困惑与忧伤。作品感情真挚,音韵流畅,意象优美,很多还被谱成歌曲,广为流传。

霍尔在发表诗歌的时候,使用的是本名玛格丽特,可创作小说时改成了颇具男性化的拉德克利夫。在日常生活中,霍尔喜爱骑马运动,不仅参加了当地的狩猎俱乐部,还要求旁人以地道的男性用名"约翰"称呼她。由于她的长相原本酷似其生父,更加上后来挽起秀发、穿着男装、昂首阔步,所以很像是一位翩翩美少年,她自己更公开承认是天生的性倒错者。

随着霍尔在文艺圈的崭露头角,她很快就结识比她年长 23 岁的社交名媛蕾蒂。两人一见钟情,不顾旁人反对,很快就开始了长达近 10 年之久的同居关系。蕾蒂的艺术鉴赏及生活情趣,弥补了霍尔早年家庭教育之不足。之后,霍尔的生活中又闯入了女雕刻家尤娜,在蕾蒂去世后不久,尤娜便与丈夫正式离婚,转而与霍尔同居,从此成为她终生的伴侣,并成为她文学事业上的最佳支持者与助手。

自 20 世纪 20 年代以后,霍尔就停止了诗歌的写作转而创作小说,继续创作了《未燃之灯》(*The Anlit Lamp*,1924)、《锻炼》(*The Forge*,1924)、《周六生活》(*Saturday Life*,1925)、《亚当的后代》(*Adam's Breed*,1926)、《孤寂深渊》(*The Well of Loneliness*,1928)、《房屋的主人》(*The Master of the House*,1932)、《第六福祉》(*The Sixth Beatitude*,1936)以及一部短篇小说集《奥格威小姐找到了自我》(*Miss Ogilvy Finds Herself*,1934)。霍尔的小说既秉承了奥斯丁一贯的现实主义传统,又吸收了当时文坛以伍尔夫为代表的心理分析的手法,重在刻画人物心理,反映家庭"社会伦理道德及孤独个体之间的心灵碰撞,往往富于哲理和浓厚的宗教色彩"。其中,1926 年出版的《亚当的后代》同时获得了"妇女幸福生活奖"和"布莱克纪念奖"。

小说《孤寂深渊》在英国本土遭禁,反使霍尔在国际上的名声大噪。此时,霍尔结识了当时著名的女作家如梅·辛克莱尔、丽贝卡·韦斯特、埃维·康普顿·伯内特和法国的著名女作家茜多妮·柯莱特等,并成为英国笔会会员。

1944 年,霍尔发现自己已身患癌症,不久便逝世,她留下遗嘱将价值 10 万镑的遗产及版权全部留给尤娜。1966 年,尤娜去世后,又将这笔财产全部捐献给教会的慈善机构。1975 年,传记作家洛维特·狄更森受尤娜生前之托,撰写了霍尔的第一部传记《拉德克利夫·霍尔在孤寂深渊》(*The Well of Loneliness*,1928)。

代表作品

英格兰乡村的莫顿庄园,主人是典型的英国绅士菲力浦·戈登爵士,与貌美优雅的安娜小姐成婚后生活平静而幸福。夫妇俩一直盼望着能拥有一个男性的继承人,并给"他"取名为"斯蒂芬"。然而生下来的却是长相酷似其父的女儿,她生来就表现出了异乎寻常的男性化倾向,母女之间也生出了一种相互排斥的感觉。7岁的时候,斯蒂芬便对女仆柯林斯产生了莫名其妙的眷恋之情,当她得知柯林斯与家中一位男仆发生恋情时,她怒不可遏,马上抓起破花盆向他砸去,结果两个仆人都被逐出了莫顿庄园。

在孤寂之中,斯蒂芬拼命练习马术,参加了当地的马术比赛并获得众人的夸奖。她应邀去邻家做客,因为不堪忍受邻家男孩罗杰的凌辱而奋起抗争,从此留下了性别歧视的仇恨。菲力浦爵士想把女儿培养成知书达礼、学问渊博的人,为她请来了法国的家庭女教师迪福小姐。迪福小姐天性善良,对斯蒂芬放纵多于管束,此时的斯蒂芬除了法语日益精进外,骑马和击剑也取得了相当的成绩,父亲送她的小马拉夫特里也成了她心爱的好朋友。

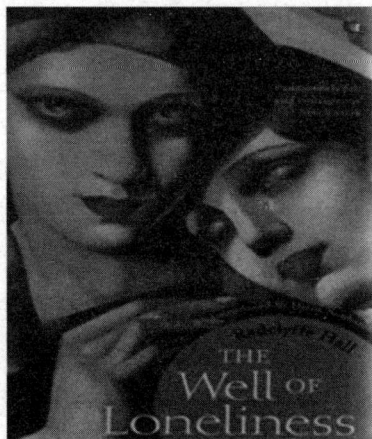

菲力浦爵士不满足女儿在法语学习方面取得的成绩,又为她请了希腊拉丁文女教师帕德小姐。帕德小姐学识丰富,要求也相当严格,在她的管束和引导下,斯蒂芬对文学艺术的趣味和鉴赏力也日益提高,加上先天遗传的禀赋,这些都为日后她在文学领域大展身手打下了良好的基础。

在乡村聚会上,斯蒂芬结识了从加拿大来的青年马丁。他对她身上表露出的男性化的气质非常倾慕,并很快堕入了情网。但马丁鼓足勇气向斯蒂芬求爱时,却遭到了毫无原由的拒绝,马丁黯然离去,母亲安娜气急败坏地与丈夫大吵一场。宁静的莫顿庄园由此失去了往日的平静与安宁。在一次意外事故中,菲力浦爵士被倒下的雪松树砸死,失去了一贯理解自己,甚至袒护自己的父亲,斯蒂芬悲恸欲绝,她与母亲的裂痕也在悄无声息中日益加大。

庄园附近搬来了商人拉尔夫和安吉拉一家,在外出的路上,斯蒂芬邂逅安吉拉并与她成了好朋友。安吉拉本为大都会名伶,结婚后来此隐居,婚后的安吉拉颇多不满,与斯蒂芬的相识暂时排解了她的愤懑与失望。随着两人感情的急遽升华,斯蒂芬不顾家人与亲友的规劝,花费大量钱财为安吉拉购置礼品。斯蒂芬甚至想要向她的丈夫拉尔夫摊牌,可懦弱而自私的安吉拉却坚执不允。安吉拉与斯蒂芬幼年的"仇敌"罗杰偷情,她和斯蒂芬的关系日益疏远,斯蒂芬冲动之下连夜闯进了安吉拉家中,却绝望地看到了她与罗杰的隐情。安吉拉害怕斯蒂芬向其夫告密,抢先一步将斯蒂芬写给她的信件交给拉尔夫,声言自己是迫不得已,后者更将此信交给安娜,这导致了母女二人的彻底决裂。

斯蒂芬在家庭教师——忠心耿耿的帕德小姐的陪伴下,来到伦敦。旧日的恋情已在她心底死亡,她剪了短发,抽起了香烟,开始没日没夜地从事写作,以此来疗治心灵的创痛。心爱的老马病重,斯蒂芬狠心将它枪杀,从此莫顿庄园便成了她心底永恒的回忆。在同是性倒错者的天才剧作家布罗克特劝说下,她前往巴黎,结识了那里的风头人物瓦莱里夫人,并得到了后者的热心帮助,她的文学创作此时也取得了极大的成功。

第一次世界大战爆发,斯蒂芬返回英国参加了救护队,由于表现勇敢并受伤而获军功奖章。救护队的另一名年轻女子玛丽对她敬佩不已,两人逐渐生出恋情。随后两人一道重返巴黎公开同居,斯蒂芬继续写作,并希冀凭借文学上的成就换来人们对玛丽的接纳与认同。可在她埋首写作之时,玛丽的百无聊赖、孤独寂寞又使她心生愧疚。这时候,她昔日的朋友马丁突然造访,玛丽与之一见倾心。发现这一真相后斯蒂芬痛苦异常,在经历了内心激烈的争斗以后,她终于决定做出自我牺牲,将玛丽让给马丁,自己决心继续在孤寂的深渊里苦苦挣扎,直到那个她一直信奉不疑的上帝"在全世界面前承认我们。也把我们生存的权利给我们"。

文学影响

英国文学史上描写女同性恋的两部小说——拉德克利夫·霍尔的《孤寂深渊》、维吉尼亚·伍尔夫的《奥兰多》(*Orlando*,1928)——几乎是同时出版的,前后仅仅相距数月,而霍尔的这一部更以其恢弘悲壮的气势,给普通读者的心灵带来强烈的震撼。长期受此问题困扰的女同性恋者受书中人物鼓舞,纷纷袒露心胸公开身份,过上了正常生活。从这个意义上说,这一惊世骇俗的小说长期以来被奉为女同性恋者的《圣经》,是一点也不过分的。

时至今日,性倒错者先天使然而非后天人力所为的科学结论,仍不能为大多数人所接受。当初这一结论,正是霍尔理直气壮地拟定《孤寂深渊》主题时的理论依据。而此前唯美派作家、诗人奥斯卡·王尔德以"诽谤罪"(实为"有伤风化罪")被控并被判两年监禁的遭遇,可能也正是导致女作家写作这部为同性恋者呐喊疾呼、争取平等权利的小说的创作灵感。

《孤寂深渊》长达40万字,作为一部自传性很强的小说,它在主题思想、人物形象、艺术构思及创作手法各方面都有所突破,可以说是集中表露了女作家创作思想和才情的一部代表作。它的主题思想,正如作家在小说结尾所宣言的那样,无疑是为了争取获得社会正常人所拥有的生存权、自由权与平等权。在斯蒂芬最后的幻境中,她仿佛听到了他们受苦受难的哭喊:"我们来了,斯蒂芬——我们还要不断地来,而我们的名字是军团,你不敢不和我们认同!"他们徒然地叫嚷着争取他们获救的权利,他们首先转向上帝,再转向世人,痛苦地哀号:"我们一直要求着面包,你们会给我们一块石头吗?"在人物形象塑造方面,小说也取得了极大的成功。这里不仅有热情奔放、敢作敢为的女主人公斯蒂芬,也有学识渊博、人情通达、目光深邃的菲力浦爵士,以及浅薄冷酷、愚顽自私、几乎不近人情的安娜夫人。其他如迪福小姐的善良平和,帕德小姐的忠心耿耿,布罗克特的谈吐机锋以及侍女阿德尔的纯情天真,都刻画得栩栩如生,使得这部作品感人至深。

在小说的谋篇布局方面,作者采用了传统小说以时间、地点转换而推动故事进展的手法。将主人公生活、成长的五个重要阶段,由出生到离家独立,由流落巴黎到奔赴战场,最后重返巴黎,安排得错落有致,波澜起伏,显示了作家高超的驾驭题材的能力。可以说,除了第四章节描摹战争场景稍显粗略而外,其余各章无论写人状物,摹景抒情或议论说理,都显示了女作家非凡的创作天才和极富感染性的表现力。

这部小说虽然采用传统的叙事手法,可霍尔本人对当时所谓先锋派的小说惯用的意识流、内心独白以及电影的蒙太奇手法都有所借鉴。甚至小说中的重要组成部分拉夫特里(马)、大卫(狗)也都有自己的思想,能够与主人公进行情感的对话与交流,这不能不说是小说家天才的想象力和创造力的表现。

女作家对莎士比亚、济慈等名人著作内容的引用,以及大量对于希腊罗马神话传说和《圣经》故事的援引,也充分表现了女作家的学识与才华。文中屡屡出现的象征、拟人、排比和警句使得这一部气势宏大、底蕴深沉的现代小说具有了某种"史诗"一般的气度和魅力。没有全身心地投入,显然不能够成就这样的史诗。

从这个意义上说,《孤寂深渊》这部书正如古今的所有伟大作品一样,也是女作家用全部心血铸造出来的。

37. 海伦·凯勒［美］

《生活的故事》

作者简介

　　1880 年,一名女婴因发高烧差点丧命。她虽幸免于难,但高热给她留下了后遗症——她再也看不见、听不见,并因为听不见,她想讲话也变得很困难。她就是美国著名盲聋作家海伦·凯勒(Helen Keller,1880—1968)。在海伦快到 7 岁生日时,家里替她请了一名家庭教师——安妮·沙利文。安妮悉心地教授海伦,特别是她感兴趣的东西,这样海伦很快学会了用布莱叶盲文朗读和写作。靠用手指接触说话人的嘴唇去感受运动和振动,她又学会触唇意识。这种方法被称作泰德马,是一种很少有人掌握的技能。她还学会讲话,这对失聪的人来说是个巨大的成就。

　　海伦证明了自己是个出色的学者,1904 年她以优异的成绩从拉德克利夫学院毕业。她有惊人的注意力和记忆力,同时她还具有不达目的誓不罢休的毅力。上大学时她就写了《生活的故事》(The Story of My Life,1903),这使她取得了巨大的成功,从而有能力为自己购买一套住房。在海伦的一生中,她始终没有放下手中的笔,先后完成 14 部著作《乐观》(Optimism,1903)、《我生活的世界》(The World I Lived In,1908)、《石墙之歌》(The Song of the Stone Wall,1910)、《走出黑暗》(Out of Dark,1913)等,都产生了世界范围

海伦·凯勒

的影响。

海伦的最后一部作品是《老师》(*Teacher*, 1955)，她曾为这本书搜集了 20 年的笔记和信件，而这一切和四分之三的文稿却都在一场火灾中烧毁，连同它们一起被烧掉的还有布莱叶文图书室，各国赠送的精巧工艺礼品。换一位作家也许会灰心丧气，可海伦却更加坚定了完成它的决心，她不声不响地坐到了打字机前，开始了又一次艰难的跋涉。10 年之后，海伦完成了书稿。她很欣慰，因为这是一部很好的作品，也是一部让安妮为之骄傲的书。

海伦把自己的一生献给了盲人福利和教育事业，为了使更多的盲、聋儿童受到教育，海伦和其他人创办了凯勒盲人教育基金会。她周游全国，不断地举行讲座，赢得了世界舆论的赞扬，并曾应邀出国接受外国大学和国王授予的荣誉。1932 年，她成为英国皇家国立盲人学院的副校长。海伦是美国盲人基金会的组织者之一，她经常会见各国来访的有关人士，发展友谊，促进盲、聋事业的发展。

1968 年 6 月 1 日，海伦·凯勒——这位谱写出人类文明史上辉煌生命赞歌的盲聋学者，在鲜花包围中告别了人世。然而，她那不屈不挠的奋斗精神，她那带有传奇色彩的一生，却永远载入了史册，正如著名作家马克·吐温所说：19 世纪出现了两个了不起的人物，一个是拿破仑，一个就是海伦·凯勒。

她去世后，建立了一个以她的名字命名的组织"国际海伦·凯勒"，该组织旨在与发展中国家存在的失明缺陷做斗争，如今这所机构是向盲人提供帮助的最大国际组织之一。

代表作品

1880 年 6 月 27 日，海伦·凯勒出生在美国亚拉巴马州。正当这个可爱的小生命睁圆眼睛开始咿呀学语、观察奇妙的世界时，不幸被一场高烧夺去了宝贵的视觉和听觉。从此，幼小的海伦就在黑暗与寂寞中过着几乎与世隔绝的童年。家庭的爱怜和娇惯养成了海伦暴躁任性的性格。她常毁坏东西，稍不如意就躺在地上哭闹。为了教育海伦，她的父母从波士顿的柏金斯盲童学校聘请了一位家庭教师——安妮·沙利文。21 岁的安妮非常同情小海伦，她决心通过教育打开海伦闭塞的心灵之窗，把她引向新的生活。

春天，风和日丽，百花吐艳。安妮带着海伦在草坪上玩耍，到树林里散步。无论走到哪里，安妮都用手指在海伦的一只手上写字。起初，海伦并不明白这是在学习文字,她只是出于好奇而模仿着安妮写字。海伦非常聪明,没有多久她就学会用这种办法表达简单的要求了。饿了她能写"蛋糕",渴了她会拼"牛奶"。但这时的海伦还并不懂得用手指写字的真正意义。

一天,安妮拉着海伦在压水机旁喝水。当海伦的手触到清凉的水时,安妮就马上在她的一只手上写"水"字。水,水……海伦反复写着,突然她呆住了,接着脸上便浮现出一种从未有过的兴奋表情,她顿时明白了:水,就是自己手正触到的清凉东西的名称。噢,原来……海伦灵机一动,转过身指指安妮,安妮正激动地注视着发生在海伦身上的这一切变化,她赶紧俯身在海伦的手上写出"老师",海伦默写了几遍,笑着点点头。然后她又指着自己,安妮明白她的意思,慢慢拼写"海伦·凯勒"。海伦激动地跳着,这是她第一次知道了自己的名字呀!这是海伦一生的转折点:是水把海伦的生命从寂寞中唤醒,赐予新生;是安妮把海伦的灵魂从愚昧中救出,赐予智慧。

从此,海伦一天比一天渴求了解世界,她整天摸这动那,缠着要安妮写出它们的名称。她就像吞吃小甜饼一样贪婪地吞着知识;她在向前奔跑,以最快的速度弥补过去的损失。秋天,海伦开始学习盲文。安妮在海伦所能摸到的东西上都贴上盲文,她们边游戏边学习。在安妮的循循善诱下,海伦的智慧之花含苞待放了。

海伦8岁时进入柏金斯盲童学校。日日增添的新知识营养滋润着她的智慧之花,她尽情地吸吮着。只用手指写字的交际方式已使海伦感到太受束缚了,她强烈地向往着一个美好的目标——学会讲话。在海伦的多次要求下,校长派来了专门的老师。在课堂上,海伦把手轻轻放在老师脸上,体会老师的口形和发声时的气流,模仿老师发音。课下,安妮辅导她练习。这是何等艰苦的学习啊!每发准一个音,都要经过千百次的练习。成功寓于不懈的努力之中。几年后的一天,海伦终于说出了第一句话,第一句别人听懂了的话:"天气很热。"尽管话还只是由断断续续的单音连成,但它毕竟是人类的语言呀!这就足以使海伦欣喜若狂了。后来海伦又进一步学会把手放在别人嘴上"听"话。

理想的风帆在海伦胸中升起,她那颗年轻的心向往着一个更美好的目标——

上大学。她在作家马克·吐温的热情资助下进了大学的预科学校,这是海伦生平第一次与健全人一道听课,困难之多可以想象,但她下决心要和同学们竞赛。第一学年终海伦参加了大学初试,八门功课全部及格,其中英语和德文成绩优良,受到了奖励。海伦的好成绩不仅使老师和同学们惊叹,更使她增添了信心。然而前进的道路是曲折的,第二年增设了代数、几何等理科课程,这给海伦的学习带来了难以想象的困难。课本没有盲文的,图形无法用打字机打出。同学们不参照复杂的几何图形都难以证题,更何况从小就盲聋的海伦呢? 以往的多少困难都被坚强的海伦克服了,但现在"可恶"的几何却使她几乎失去了继续学习的勇气,她失望到了极点。是安妮耐心鼓励海伦,并用铁丝制成几何图形帮助海伦理解。

理想的航船迎风破浪,终于把勇士载到了成功的彼岸。1899 年,海伦通过最后一次考试,实现了她几年来为之奋斗的愿望:她被录取到拉德克利夫学院。拉德克利夫学院是哈佛大学的附属女子学院,它的盛名有哪一位女孩子不仰慕? 可又有多少姑娘能最终荣幸地成为那里的学生呢? 大学的新鲜生活使海伦觉得她仿佛置身在一个智慧的天地中,那些教授就是智慧的代表。英文写作是海伦最喜欢的课程。她的作文字句通畅,独具一格,有好几篇还被当作范文。海伦的刻苦精神获得了大家的尊敬,同学们把她选为副班主席。

1904 年,海伦大学毕业了。她无比感激安妮,是安妮的无私帮助使她从愚昧无知的盲聋儿童成长为通晓人类文明的大学毕业生。她要把安妮交给她的"金钥匙"传给更多的盲人聋人,同时也以亲身经历告诉健全人对盲聋儿童实施特殊教育是多么重要。因此,她选定了写作和讲演的职业。她到处演讲,募捐,不遗余力地奔波忙碌,为了使更多的盲人、聋人有机会工作,成为人类一个有用的组成部分。

文学影响

《生活的故事》是海伦·凯勒的自传。在这本书里,她通过细致的心理描写向读者展示了一个一岁半时就丧失了视觉和听觉的人成长为大学生的心路历程。书中关于她和安妮老师师生情谊的描述也给读者留下深刻的印象。

沙利文小姐曾一度差点成为盲人,她想方设法教海伦能像别人一样生活。她教海伦怎样用手作为说话的工具;她带海伦到树林中探索大自然;她们还去马戏团、剧院,甚至去工厂。沙利文小姐用她俩使用的语言给海伦讲解各种事物,她们之间的语言就是用手和手指触摸的语言。海伦还学会了骑马、游泳、划船,甚至爬树。

沙利文小姐和海伦相处了多年。她教会了海伦怎样读书、怎样写字、怎样说话。海伦非常想做别人能做的事，而且同别人做得一样好。她帮助海伦上学，后来，海伦还上了大学，而且以优异的成绩完成了学业。但是，其中的辛苦是很难想象的。她的书中没有几本有盲文版，因此很多书都要靠沙利文小姐或别人把内容写在她手上。几何和物理特别难学，海伦只能用金属丝来学习正方形、三角形和其他的几何图形。她要反复感觉这些金属丝的形状，直到能在自己脑子里看到它们为止。

海伦·凯勒所有的知识都是通过触觉、嗅觉和感觉获取的。要了解一朵花，就要去摸、去闻、去感受。随着她年龄的增长，她的触觉功能得到了高度开发。有一次她说，手几乎和嘴一样可以说话。她说，有些人的手让她摸起来产生恐惧，当她触到这种人的冰冷的手指时，他们好像没有欢乐，她好像是在和暴风雨握手。而她发现另外一种人的手充满了阳光和温暖。令人奇怪的是，海伦·凯勒学会了喜欢她听不到的东西，比如音乐。她做到这一点靠的是触觉——当音乐的节拍使空气产生的波动触及到她时，她能感觉到。有时她把手放在唱歌的人的喉咙上；钢琴演奏时，她常常用手抚摸着钢琴站上几个小时。有一次她听风琴演奏，风琴奏出的有力的歌曲声使她按着音乐的节拍晃起了身体。她还喜欢去博物馆，她认为，她对雕塑的理解和别人没有两样。她的手指能告诉她物体的大小和质地。

海伦·凯勒高个头儿，很强壮。她讲话时，脸上生气勃勃，这样可加强她语言的表达力。当她和好朋友谈话想了解他们的情感时，她往往能感觉到他们面部表情的变化。她和沙利文小姐都以具有幽默感而闻名，他们总是喜欢开玩笑和逗乐儿。海伦·凯勒大学毕业后，必须努力工作来养活自己。她到全国各地给许多人演讲、写作，还制作了一部以她的生活为原型的电影，她的主要目的就是让公众注意到残疾人的困难。

海伦·凯勒和沙利文小姐的事迹被写成书籍，多年来一直被人称颂。她们的成功表明了人能征服苦难。1936 年安妮·沙利文去世，在沙利文小姐去世前，海伦·凯勒多次谈到许多有关沙利文小姐对她的慈爱："正是老师的天才、同情心、情爱使我早年得到美好的教育。我的老师太亲近我了，以至让我觉得我是她身上不可分开的一部分。我所具有的最好的东西都属于她，我的一切都是她爱的抚摸唤醒的。"

　　海伦·凯勒1968年6月1日逝世,享年87岁。她留给后人的是勇往直前、追求希望的精神。《生活的故事》及海伦·凯勒一生不以缺陷自弃,不向困难折服、勤奋学习、顽强奋斗的精神,永远为后人所称颂。

38.玛丽·韦布[英]

《珍贵的祸害》

作者简介

　　玛丽·韦布(Mary Webb,1881—1927)是20世纪早期英国文学史上出现的具有浓郁地方色彩的乡村女作家。她对文化艺术的许多领域,如长、短篇小说,诗歌、散文、戏剧、文艺批评等方面都有所涉猎。正如托马斯·哈代曾以其一生定居的英国南部多塞特郡地区的社会风貌和自然景物为背景,创作了一系列"威塞克斯小说"一样,韦布则以其长期居住的什罗普郡乡村为创作背景。她在作品中出色地描绘了什罗普郡的田野风光和乡村生活,记叙了人们的相互关系以及一些世代相传的古老传统与风俗习气。

　　韦布的父亲是什罗普郡当地一所学校的校长,她是家中6个孩子中的老大。幼年时,韦布曾在一所私立女子学校就读了两年,此后便一直在家接受教育。童年时期,父亲经常带着她在田野乡间骑马散步,她从父亲那里了解了很多当地的风俗习惯及传奇故事。

　　1895年,韦布的母亲因骑马摔伤而丧失劳动能力,年仅14岁的韦布便承担了大部分的家务劳动。后来全家搬至较为偏僻的斯坦顿居住,家庭教师洛丽小姐一直鼓励玛丽从事写作,并成为她的终生朋友。20岁时,韦布因患甲状腺疾病导致身体虚弱,

玛丽·韦布

卧床多年,她对自己因病而改变的容颜非常在意,几乎到了敏感的地步。评论家们认为,韦布作品中那些心地善良但相貌有些缺陷的女主角正是她自身形象的叠影。韦布在病愈后变得不喜交际,转而将大部分时间用于诗歌散文的创作,当健康状况逐步改善时,她开始参加一些教堂活动,并不断在教区杂志上发表诗歌。

1912 年,韦布与一位教师结婚。1916 年,她的第一部小说《金箭》(*The Golden Arrow*,1916)问世,书中讲述了三对年轻人的爱情以及婚姻故事,反映了现代思想如何侵入一个几乎与世隔绝的村庄。通过人物个性的对比刻画,表现了只有与大自然统一和谐的人才能找到真正的幸福这一主题。韦布另一部颇有影响的小说《陶木林中的小屋》(*The House in Dormer Forest*,1920)发表于 1920 年,小说以宣扬个人意识觉醒为主题。然而,使玛丽·韦布享有盛誉的是其最后一部完整的小说《珍贵的祸害》(*Precious Bane*,1924)。作品记叙了 19 世纪英国乡村一个农户的变迁,其中有很多是作者年轻时候的经历和见闻。小说受到当时英国首相鲍德温的称赞,成为风行一时的畅销书。

韦布在 1916 年到 1924 年间,共发表了 5 篇小说和一些诗集。她创作的其他作品还包括:《回归土地》(*Gone to Earth*,1917)、《七个秘密》(*Seven for a Secret*,1922)和《春天的喜悦》(*The Spring of Joy*,1917)。1927 年,玛丽·韦布因恶性贫血而逝世。

玛丽·韦布一生中的大部分时间在什罗普郡乡村度过,她熟悉那里的林木花草、风俗民谣,对那里的大自然充满了热爱。她深入地观察自然、探索自然,并试图从自然的变化中寻找出生活的真谛。她对自然、文明、人性、人在世界上的地位和命运,以及爱情的意义,都有自己的理解和感受。其作品有许多共同的特征,它们大都以什罗普郡乡村为背景,那儿也是人物活动的大舞台。她在创作中借鉴了不少哈代的关于地方小说的写作手法,作品中详尽描绘了什罗普郡独特的地理环境、风俗习气、传奇故事、民谣民歌以及当地的方言土语,风景画与风俗画相交织,使小说带有浓郁的地方色彩。评论家约翰·巴肯认为,在作品中"玛丽·韦布试图用语言文字表达大自然的灵魂,她并不比同时代的任何一位作家逊色"。

代表作品

玛丽·韦布用了近 3 个月的时间完成了《珍贵的祸害》一书。据其家人回忆,她首先起草的是小说的最后一章,由此可见她对整个故事情节的发展安排早已胸有成竹,书名取自于英国诗人弥尔顿的作品《失乐园》(*Paradise Lost*,1667)。

故事发生在滑铁卢战争后期,英格兰什罗普郡北部湖区乡村,那儿只有古老的城堡以及黑白相间的木屋,但对于在此出生成长的富于幻想的孩子们来说,这里却是"一个丰富多彩的世界"。女主人公布洛质朴善良,性情温和,但却长了一个兔唇。一次偶然的机会,她爱上了织工凯斯特,但她却羞于启齿。

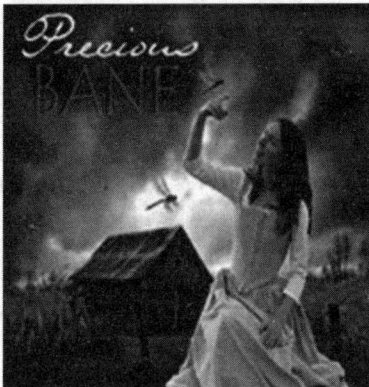

布洛的兄弟吉迪恩爱财如命,不择手段地聚敛财富,并非法占有了亡父的农庄。为了改善经济状况,满足自己的欲望,他像驱使牛马一样役使他的母亲和妹妹。在多年辛苦的劳作和节俭之后,他的院子里堆满了稻谷和各种农作物。同时,他和幼时的朋友、漂亮的金发姑娘简丝坠入了爱河。吉迪恩答应了简丝,如果收成好的话,就在一星期后迎娶她。他看着金色的谷物满怀期待,等着估价人的到来。

然而,婚礼前吉迪恩引诱简丝发生了关系。简丝的父亲愤怒无比,他在吉迪恩院子里堆着的谷物上放了一把火。一夜之间,大火将吉迪恩所有的收成和梦想都化为灰烬,"他的灵魂似乎也随之而死了"。从此以后,他变得更加苛刻暴虐,他开始讨厌并憎恨简丝,完全抛弃了她。在阴郁的冬天,吉迪恩毒死了自己年迈的母亲,因为她已身躯老迈无法为他辛勤劳作。他拒绝接受简丝和他们的孩子,简丝带着孩子投湖自尽了。

从此,吉迪恩总是被母亲、简丝和孩子的幽灵纠缠不休,最终他也投湖自杀了。在一连串的事件之后,布洛计划离开农庄。可愚昧的村民抓住她,将所有不幸归咎于她,并视其为会耍巫术的女巫。村民将布洛捆绑在浸水的木桶里,几乎使她溺死,幸亏凯斯特及时赶到,救了他心中一直爱慕的姑娘,并带着她离开了村庄,过上了和平、安宁的生活。

文学影响

《珍贵的祸害》情节跌宕起伏,错落有致,语言流畅优美,无论从内容还是风格上都反映了韦布成熟时期的非凡成就。小说中布洛的祸害是其自身的生理缺陷——兔唇。她为此而自卑痛苦,但其美好善良的心灵却使她赢得了梦中情人凯斯特的爱慕,带给了她不可思议的幸福。吉迪恩的祸害是他对黄金财富贪婪无止的欲望,最终丧失了自己的理智与生命。小说通过两对年轻人不同遭遇的描述,歌颂了真善美这一永恒不变的精神价值观;并在善与恶的对立中,以讽喻寓言的方式表现宗教和道德主题。

玛丽·韦布以小说《珍贵的祸害》确立了她在英国文坛乃至世界文坛上的地位,其艺术上的独创获得普遍的赞誉。

首先,在《珍贵的祸害》一书中,韦布采用了第一人称的叙述手法,使作者和叙述者统一,产生了一种新的艺术效果。作者很容易将文中的"我"和自身归于统一,从而直抒胸臆,侃侃而谈,好像是自身在讲述故事,所叙之事也仿佛历历在目,可闻可见,从而增强了作品的真实感;而作者自身也容易发挥语言方面的个性与特点,使行文更为活泼自然。故事在布洛打开记忆的闸门时自然展开,情节的发展,场面的转换始终由布洛清醒的意识所控制。她在故事中穿针引线,把叙述、描绘与抒情、议论糅合起来,同时又将顺叙、倒叙、插叙、补叙巧妙穿插,熔于一炉。

其次,作品中环境与人物之间的双向同构也颇为新颖。作者笔下的环境,完全是其自身以及故事人物主体对象化、主观化了的环境。什罗普郡乡村的自然环境通过小说主要人物的审美意象的浸润,变得富有灵气和诗情画意。作者以女性特有的敏锐,细致入微地观察大自然,把情感注入其中,使它与人们一道喜怒哀乐。在她看来,什罗普郡地区的历史文化、伦理道德、宗教迷信、地域观念、风土人情等有种潜移默化的巨大力量,它对人物的灵魂有渗透作用,使大自然充满一种神秘的力量。作者自身也仿佛对这一贯注在大自然和人心灵中的神秘力量着魔,而这种将大自然心灵化、情态化、主观化、审美化的写作方法成为这篇小说的一大艺术特色。

在作品中,韦布运用丰富的想象,将具体描写与象征、夸张等手法结合在一起,创造出一种奇特的气氛,使作品富于浓郁的浪漫主义色彩。她对什罗普郡乡村的描写,既是现实的、逼真的、鲜明如画的,又是象征的、哲理的、如梦如幻的,使读者仿佛看到浮雕一样凸出的视觉形象。此外,文中有关兔唇、巫术、白嘴鸟、湖中妖怪、幽灵马车和七位吹哨者的传说以及代死者受罪、手执迷迭香进行晚间葬礼的宗教迷信,无不是用象征、幻想、夸张、拟人等多种浪漫主义常用手法,把真实与梦幻、生与死、爱与恨、天使般的人物和恶魔浑成一气,他们都按照自己内在的逻辑结成了一个彼此协调、前后一致的整体,构成了一个具有独立生命,又和实际生活不同的现实,使得什罗普郡乡村虽是可触摸的现实,却又保持着一种神秘的距离。这种动荡不安的情绪和神秘意蕴的各种奇特现象的描写,烘托了整个故事的浪漫悲情色彩,别有一种扣人心弦的力量。

和韦布的其他作品一样,小说《珍贵的祸害》再次体现了作者诗化的语言风格。作品语言流畅优美,富于韵律,作者明显使用了诗歌的风格进行创作。韦布对《圣经》以及17世纪的散文似乎非常熟悉,文中一段对稻田景色的描写就是模拟了《圣经》中的语调韵律。作品语言方面的特色还表现在方言土语的运用处理上,韦布谙熟什罗普郡地区人们的方言习语,因此,文中使用了丰富的口语语体,从而使得人物语言和对话真实可信、真切可感。他们各有各的口音,各有各的性情,不是模糊一片、相互混淆。文中个性化、生活化的对话很能打动读者的心弦。当然,这些都离不开作家平时丰厚的生活积累。

由此可见,《珍贵的祸害》的确全面反映了作者在创作旺盛时期的艺术才华。在这本关于善与恶、爱与恨的小说中,宗教的神秘、浪漫的色彩与生活的真实交错穿插,诗歌的韵致与忧郁的气氛融为一体,是20世纪英国文学中不可多得的佳作。

39. 维吉尼亚·伍尔夫［英］

《到灯塔去》

作者简介

维吉尼亚·伍尔夫（Virginia Woolf, 1882—1941），英国现代著名作家、文学理论家、批评家和随笔作家，也是西方女权主义和女性主义思潮的一位先驱者。

维吉尼亚·伍尔夫出生于伦敦肯辛顿区的一个文学世家，父亲莱斯利·斯蒂芬（Leslie, 1832—1904）是著名文学评论家和传记作家，曾主编《英国名人传记辞典》和《康希尔杂志》。她虽然没有同兄弟一起就读于著名的剑桥大学，但从家中丰富藏书中获得了广博的学识，并受到父亲的潜心教诲和家庭文化氛围的熏陶，因此在少女时代即开始了文学习作。

1904 年，父亲去世后，兄妹们迁至伦敦布卢姆斯伯里区。剑桥大学一批才华卓绝、具有自由思想的青年知识分子常到她家聚会，形成了现代英国思想史上著名的"布卢姆斯伯里团体"①。这一团体不仅倡导新的文化思想和现代文学艺

维吉尼亚·伍尔夫

---

① "布卢姆斯伯里团体"Bloomsbury，这是当时英国知识分子的一个小团体，成员不多，但对英国的文化却有着很大的影响力，经济学家凯恩斯和他的夫人；著名的文学家、数学家罗素；写过《007》小说的作家弗莱明；世界级雕塑大师亨利摩尔等都是这个沙龙的成员。

术观,而且对维多利亚时代保守的意识形态和社会政治体制进行全面批判,成为20世纪英国进步思想的重要策源地。由于这一团体强调交流,使伍尔夫的思想表达畅通无阻,进而逐渐成为中心人物。

维吉尼亚·伍尔夫从1904年便开始在《卫报》《泰晤士报文学副刊》上发表书评,并开始长篇小说的写作。1912年,她与"布卢姆斯伯里团体"成员莱昂纳德·伍尔夫结婚,婚后两人保持着相互尊重与理解,给予双方精神上的支持与鼓励。在这期间,他们合办了霍加斯出版社,出版了当时具有影响力的作家如福斯特、爱略特与曼斯菲尔德等人的作品,当然也包括维吉尼亚自己的一些创作。

1915年,维吉尼亚·伍尔夫第一部小说《出航》(*The Voyage Out*,1915)的出版,使她经历了一场情感危机,并试图自杀,后在丈夫的帮助下她恢复了理智,并出版了《夜与日》(*Night and Day*,1919)。此后她尝试新的创作风格,写出了《雅各的房间》(*Jacob's Room*,1922)、《达洛威夫人》(*Mrs. Dalloway*,1925)、《到灯塔去》(*To the Lighthouse*,1927)和《海浪》(*The Waves*,1931)等实验性小说。当时,一些前卫作家如詹姆斯·乔伊斯(James Joyce)和马赛尔·普鲁斯特(Marcel Proust)等受威廉·詹姆斯(William James)发表的《心理学原理》(*Principles of Psychology*,1890)的影响,开始尝试"意识流"的创作方法,试图通过跟随人物的主观意识进行记叙,人物所处的环境的客观性也被人物对外界的映象所代替。维吉尼亚的作品中景观描写主观化,以及强调多重意识的存在等,是现代主义流派的代表作,并对后人的创作有着深远的影响。但与此同时,她的求新意图使每部作品的创作都令她心瘁力竭。

1928年,维吉尼亚以女友作家兼诗人维塔·萨克维尔·怀斯特(Vita Sackville-West)为原型,写出了喜剧性的幻想体传记小说《奥兰多》(*Orlando*)。小说的主人公奥兰多及其化身跨越3个世纪,先为男性,后来逐渐转为女性,显示作家对男女性别的固定提出了挑战。小说中的很多情节都是以维塔的经历为素材构筑的,被称为"文学史上最长最迷人的情书"。

维吉尼亚·伍尔夫不仅是20世纪意识流小说的主要代表,也是位极富特色的评论家。她的评论不事分析,评判专写对作家、作品的感受,并经常采用简短、更具挑衅性的形式,使她的文学批评具有一种自发的风格。她的主要评论著作包括:《普通读者》(*The Common Reader*,1925)和《飞蛾之死》(*The Death of the Moth*,1942)。她对后人最具影响力的是她的理论著作《自己的房间》(*A Room of One's*

Own,1929)与《三个基尼》(*Three Guineas*,1938)。

维吉尼亚·伍尔夫在1895年母亲去世后,曾陷于抑郁症和精神崩溃,此后数度发作,终生受到精神疾病的困扰和折磨。1937年,维吉尼亚·伍尔夫完成了小说《岁月》(*The Years*,1937),这部小说再次使她走向了情感危机。1941年,她试图尝试新的风格创作《幕间》(*Between the Acts*,1941),遇到极大困难,并再次感受到精神分裂的前兆,遂于3月8日,在萨克斯郡罗德梅尔乡间寓所附近的乌斯河投河自尽。

代表作品

小说《到灯塔去》描写了拉姆齐一家和几个亲密朋友,在苏格兰西北沿海岛屿度夏的一段生活。全书由三章组成,在第一章"窗"中,小说所有主要人物都在这一章中出现,通过相互交往表明了身份和个性。第二章是"岁月流逝",第三章"灯塔"描写十年前计划的灯塔之游得以实现。

拉姆齐太太答应7岁的小儿子詹姆士,如果第二天天气好,就带他去参观灯塔。他们家在斯开岛上,从别墅的窗子可以望到这座灯塔。詹姆士是拉姆齐太太8个儿女中最小的,也是她最宠爱的一个。这个孩子非常敏感,出于儿童的好奇心,他迫切地想到灯塔去,母亲理解他的心理,父亲却偏偏说扫兴的话,刺痛了詹姆士的心。拉姆齐先生是一个哲学教授,他的学生认为他是20世纪初最有名的玄学家,但是,他的儿女(尤其是最小的儿子)并不喜欢他,因为他喜欢讽刺人。

当时有好几个朋友在拉姆齐家做客。年轻的塔斯莱先生是拉姆齐先生的学生,他也不受孩子们欢迎,因为当他们被父亲批评时,他总有些幸灾乐祸。塔斯莱非常爱慕拉姆齐太太,尽管她已有55岁,而且是8个孩子的母亲,他还是觉得她很美丽可亲。另一个朋友是女画家莉丽·布里斯科,她也很喜欢拉姆齐太太,她正在画一幅油画,画的是一座小茅舍,前面站着拉姆齐太太和她心爱的小儿子。还有卡尔米奇先生,孩子们觉得他的胡子很有趣。另外,还有班克斯先生,他正在追求拉姆齐家最美的

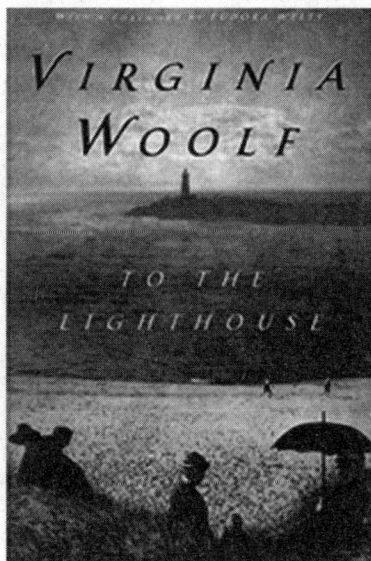

女儿。

晚饭吃得很慢，整整一个晚上，拉姆齐先生看书，拉姆齐太太为灯塔看守人的儿子织一双毛袜。在上床之前，风雨大作，他们一致认为第二天的旅行不得不改期了。

那年夏天去灯塔的旅行始终未能实现，拉姆齐家好几年没有到别墅来。其间，拉姆齐太太在睡眠中安静地死去，普鲁结婚后（不是同班克斯先生）死于难产。第一次世界大战爆发，拉姆齐家的儿子安德烈应征入伍，在法国被炸死。

战争终于结束，看守房屋的麦克纳布太太收到电报，要求她把房子打扫好。拉姆齐一家人，女画家莉丽·布里斯科、成名的诗人卡尔米奇先生都要来度假。

一天早晨，拉姆齐先生带着两个最小的儿女到灯塔去。这本是詹姆士盼望多年的事，但是，时过境迁，母亲久已去世，童年的好奇心也已消逝，到灯塔去这件事已不像过去那么吸引人了，结果詹姆士和他的父亲、姐姐那天早晨都起晚了。莉丽目送他们走了以后，支起画架，再继续画那幅茅舍的画。线条看清楚了，她画上了关键性的一笔。经过战火年代的考验，她变得成熟得多，终于完成了她的杰作，这画本是为她所敬爱的拉姆齐太太而作，但她早已与世长辞，没能看到它的完成。

在这部自传性的小说中，维吉尼亚·伍尔夫刻画了她父母的全部性格和自己幼年的生活，以及生与死等问题。小说没有什么故事情节，作者表现主题是通过人物多层次的思想来进行的。拉姆齐夫人是小说的中心人物，作者对她倾注了强烈而真挚的爱与敬，使她成为人类美德的化身。作为贤妻良母、热情好客的主妇与生活中和谐统一的创造者，她以自己的品质和作用向人们展示了从混乱烦恼中求得安宁快活的可能性。拉姆齐先生的塑造是以作者的父亲为原型的。他孤独而乖戾，对孩子冷漠、严厉，在社会生活中，他想以理性和逻辑从混沌中建立秩序，异想天开地要创造一个理性主义世界，但现实带给他的是困惑和苦恼。

十年沧桑，拉姆齐夫人和两个孩子先后死去了，荒凉的小岛别墅萦绕着死神的阴影，表现了战争的可怕、环境的黑暗与人生的痛苦。最终，家人和朋友又回来了，拉姆齐先生与孩子们言归于好，到达灯塔，完成妻子生前的宿愿。同时，画家莉丽终于完成她的画，绘出了拉姆齐夫人在生活中创造的友谊、信任和团结。这两个"完成"迎来了拉姆齐夫人精神的新生。有了她的精神力量，人们就有了创造新的和谐生活的希望。

文学影响

维吉尼亚·伍尔夫的《到灯塔去》创作于她思想和艺术的成熟时期,是她的代表作,书中意识流技巧的运用几乎达到完美的地步。批评家给这部小说很高的评价,说它是"一幅画""一章乐曲""一首心理诗"和"一件关于艺术的艺术品"。

《到灯塔去》之所以被称为艺术品,主要因为它具有完美的艺术形式,饱含艺术魅力,表现出精湛的艺术技巧。首先,书中的故事只是轻薄的外壳,内在的实质才是无穷的宝藏。关于到灯塔去的断续的谈话,其作用相当于扔进水池里的石头,广为扩散的东西是它们激起的波纹,是人物的意识之流、自由联想。比如第一章第五节,描写外部客观事物只用了两句话,其余七八页几乎全是拉姆齐夫人的意识流动。又如画家莉丽,她善于用视觉形象进行思考。她临海作画时,记忆中闪现出许多生动的画面。从她思想的窗口,我们看到她与拉姆齐夫人抚膝相慰的情景,画架下的草坪和海上远去的帆船。

其次,作者以大量的象征和意象代替现实的叙述,寓意丰富而深邃。第一,灯塔是小说中反复出现的形象,但它并不象征"文明之光""知识火炬"等老生常谈的东西,其意象是光明与黑暗的混合。它还代表拉姆齐夫人,代表一种理想标准,人们到灯塔去,是要探索它代表的价值。拉姆齐先生和孩子们最后抵达灯塔,莉丽为之高兴,九泉之下的拉姆齐夫人为之欢喜,在这种意义上,灯塔又象征着和谐、统一与完美。第二,小说的结构象征灯塔照耀的过程和节奏,书中前三章分别代表灯塔长的闪光、两次闪光间黑暗的间隔和较短的闪光。它的明暗变化暗示人生的悲欢交替,甚至象征人的生与死。第三,拉姆齐夫人的品格是人类美德的象征,贯穿全篇。这种品格就是力量,就是直觉真理。它能解开生活之谜,在人与人之间创造谅解、和谐与幸福,有了它,人生的光明就有希望战胜黑暗。

最后,在时间观念上,作者又做了新的探索与实验,不是简单地改变时间顺序,而是根据需要自如地处理客观时间和心理时间,在意识上扩展或压缩时间。作者能够把傍晚几小时的活动扩展成 180 页文字,而把 10 年的风风雨雨压缩在一夜之间。

纵观维吉尼亚·伍尔夫的一生,作为一名独立的女性,宽松的生活圈子和志同道合的朋友们的支持,令她可以不受约束,文思驰骋。她的成就对当时普遍持有的"女人不会写作"的观点提出了有力的反驳,而她自身的经历也是妇女足以与男子抗衡的有力证明。

　　维吉尼亚·伍尔夫于 20 世纪 20 年代提出的女性应该争取自己权利的观点，使她成为 20 世纪女权运动的思想先锋。她大胆地质疑男尊女卑的传统，认为社会剥夺了妇女的教育权，强迫她们操持家务，并把一系列诸如婚姻与家庭等义务套在她们身上，从而阻碍了她们的身心发展。因此，妇女应夺回这些被剥夺与被否定的但本应属于她们的"空间"。维吉尼亚·伍尔夫的这些女权主张，在她的作品中都有所反映。她从女性的境遇、题材和独特问题着手，完成一部又一部精彩的作品，奠定了她成为 20 世纪最卓越、极富创新能力的意识流小说家的基础。

40. 希格丽德·温茜特 [丹麦]

《克里斯汀·拉夫朗的一生》

作者简介

"她的笔触是广泛的,有力的,时而是滞重的。整部小说如巨河般地滚滚向前,不断地吸收两岸的支流……从来不会有人嫌河道太长,因为这河底与河岸所包涵的东西太奇妙、太丰富了。"这是 1928 年"诺贝尔文学奖"评委会对挪威女作家希格丽德·温茜特(Sigrid Undset,1882—1949)的评价。

温茜特出生于丹麦西兰岛的卡隆伯尔格小镇,她的父亲尹格瓦德是当时著名的考古学家,致力于斯堪的纳维亚半岛居民史前生活的研究。她的母亲安娜·盖茨是苏格兰名门后裔,学识广博。温茜特是家中长女,在她两岁的时候,由于父亲受聘于克里斯丁亚那(今奥斯陆)大学附属的一家博物馆,举家搬迁至挪威安居。1888 年起,她在奥斯陆的私人学校接受教育。1893 年,由于父亲不幸英年早逝,温茜特失去了上大学的机会。从高等商业学校毕业后,她在一家私人公司当秘书,以微薄的薪水供养母亲和两个妹妹,业余时间坚持阅读与写作。

希格丽德·温茜特

1907 年,温茜特的处女作《玛莎·欧利夫人》(*Fru Marta Oulie*,1907)终于发表,由于小说大胆探讨了两性关系而掀起轩然大波。两年后,她的第二部摹仿冰岛英雄传奇题材的小说《刚娜的女儿》(*Gunnar's*

Daughter, 1909）出版,获得广泛好评,并使她获得了政府的津贴,她开始专心致力于文学创作。同年,温茜特在国外邂逅了挪威的天才画家 A. C. 瓦斯塔德,3 年后两人结为夫妇。

温茜特早期创作的作品还包括引起轰动的小说《珍妮》（Jenny, 1911）,作品所展示的人物心理刻画及叙事技巧进一步奠定了她在文坛的与日俱增的声望与地位。之后相继问世的有《春天》（Spring, 1914）、《镜中的影像》（Images in a Mirror, 1917）等小说,也广受欢迎。

随后,温茜特在不到 10 年的时间里,连续创作出两部顶尖级水准的史诗般的巨著《克里斯汀·拉夫朗的一生》（Kristin Lavransdatter, 1920—1922）和《奥尔逊》（Audunsson, 1925—1927）。前者多达 1400 余页,包括《新娘花冠》（The Bridal-Wreath）、《胡萨贝的女主人》（The Mistress of Husby）和《十字架》（The Cross）。后者篇幅为 1200 页,包括《欧里夫·奥尔逊》（Olav Audunsson）和续集《奥尔逊与他的孩子们》（Audunsson and His Children）,其英文版为四卷本（The Axe, The Sanke Pit, In the Wilderness, The Son Avenger）。这部作品在技巧与境界上,同样显示出圆融而成熟的风格。这两部巨著为她赢得了 1928 年的诺贝尔文学奖。

1924 年,温茜特与瓦斯塔德离婚,并在同年改宗归化为罗马天主教徒,这在当时引起了轰动。此后她一直写作不辍,创作了《野兰花》（The Wild Orchid, 1929）及其续篇《燃烧的丛林》（The Burning Bush, 1930）以及《艾达·伊利莎白》（Ida Elisaber, 1932）与《贞洁的妻子》（The Faithfu Wife, 1936）。在这些后期作品中,显示了她改宗后日渐浓厚的宗教情结。

1939 年,温茜特的母亲与女儿相继去世,使她经受沉重的打击。1940 年,德国纳粹入侵挪威后,温茜特转道来到了美国。她撰文抨击纳粹暴行,这为她在美国赢得了巨大的声誉。

在经历了长达 5 年的流亡生活之后,希格丽德·温茜特于 1945 年 8 月重返故乡,并于 1947 年荣获挪威国王颁发的"欧拉夫大十字"奖章,成为该国有史以来第一位获此殊荣的平民女子。1949 年 6 月 10 日,由于癫痫性中风发作,希格丽德·温茜特病逝于她的故乡——利尔哈莫。身后留下的作品卷帙繁浩,仅小说创作的数量便达到 36 部之巨。

希格丽德·温茜特另有戏剧、短篇故事及演讲论文集和传记等大量文学作品传世。其中以《男人、女人和位子》（Men, Women and Places, 1939）和《欢乐岁月在挪威》(*Happy Times in Norway*,1947)影响最大。另外,她对乔叟、莎士比亚、勃朗特姐妹和奥斯丁等英国作家也有深入研究,她身后出版的《圣徒凯撒琳传记》(*Catherine of Siena*,1951)也堪称传记文学中的杰作。

代表作品

《克里斯汀·拉夫朗的一生》三部曲的第一部分《新娘花冠》,讲述了女主人公克里斯汀从出生到长大成人的全部过程。

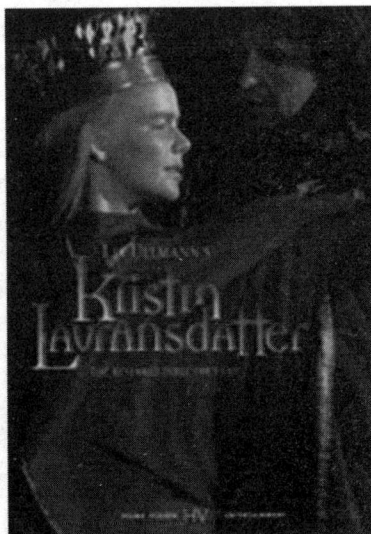

富庶的庄园主劳伦斯与当地的一位富家女蕾根福莉结婚,生下了女儿克里斯汀与兰波。兰波自幼残疾,克里斯汀便成了家里的掌上明珠。劳伦斯为人平和正直,生活简朴,勤俭持家,与妻子一道是当地的楷模,他时常到庄园附近的牧场去视察,克里斯汀也喜欢和父亲外出开开眼界。克里斯汀15岁那年,在乡村的议会上遇到了贵族的儿子西蒙并订下婚约,双方父母都很满意。克里斯汀与另一位青年亚涅的幽会被奸人诬陷,致使亚涅遇害,她本人也背上了不好的名声,被家人送进修道院修习一年,打算一年后再与西蒙完婚。

在修道院,她结识了另一位见习修女英歌伯柔。两人在外出购物时遇到歹徒,青年尔郎挺身相救,与她一见钟情并私定终身。尔郎因与寡妇爱琳有染被逐出教会,一贫如洗。但克里斯汀却疯狂地爱上了他,两人在幽会时恰逢西蒙赶到,发生争斗。克里斯汀要求与西蒙解除婚约,西蒙要求尔郎发誓一定要娶她为妻。爱琳闻说两人成婚的消息,赶来质询,与西蒙争吵以后饮药自尽,她的惨死在克里斯汀心上留下了挥之不去的阴影。历经坎坷,尔郎的求婚终于获得劳伦斯同意。西蒙在婚约解除以后黯然离去。在盛大的婚礼宴会后,克里斯汀跟尔郎来到他新近继承的产业——胡萨贝山庄,成了山庄的女主人。

三部曲的第二部分《胡萨贝山庄的女主人》,主要讲述了克里斯汀与尔郎婚后的生活与遭遇。

克里斯汀凭她的聪明才干,很快将山庄管理得井井有条。夫妇两人恩恩爱爱,先后生育了 8 个孩子,生活得幸福宁静。当初结婚的那一抹阴影,也在尔郎之弟、冈诺夫神父的开导之下渐渐消除。然而平静的生活很快便被打破。见习修女英歌伯柔已嫁给了瑞典艾瑞克公爵,所生儿子马格奈斯了瑞典、挪威两国的国王。身为太后的英歌伯柔弄权误国,导致俄国入侵,她本人也遭到贵族和乡绅的反对。在他们的聚会上,尔郎被推为首领抗击俄军。尔郎以战功卓越升任为总管,在战争结束后荣归故里。同时传来了西蒙与克里斯汀之妹兰波喜结良缘的消息。

尔郎志向远大,与一帮贵族合谋打算另立新君,克里斯汀不满丈夫的举动,又无力制止,内心觉得苦闷异常,只有与西蒙的交谈才能稍稍有所慰藉。劳伦斯病死以后,其妻也病故。在葬礼之后,西蒙与尔郎由于误会发生了争执,尔郎拂袖而去。由于情妇的出卖,尔郎以叛国罪遭拘捕,克里斯汀四处奔走营救,后来西蒙亲自去见国王,国王终于将尔郎赦免。他落魄地回到家中,昔日的雄心壮志已消磨殆尽。

三部曲的第三部《十字架》讲述了克里斯汀与尔郎的婚姻和他们生命的结束。尔郎回到家中黯然神伤,将全部希望寄托在 3 个儿子纳克、布柔哥夫和高特身上,克里斯汀却不希望 3 个孩子走父亲的老路。西蒙之子安德列斯患病,克里斯汀将他救活。不久西蒙与人争斗将对方误杀而陷入重围,尔郎出手相救,两人尽释前嫌。尔郎夫妇因孩子问题发生争吵,尔郎一怒之下离家出走。西蒙在病危之际向克里斯汀吐露了长达 20 年的暗恋之情,并劝她与尔郎重归于好。克里斯汀找到尔郎,恳求和解,尔郎却执意不回。克里斯汀的新生儿病死,乡人谣传是奸情败露所致,尔郎赶回乞求克里斯汀宽恕,并怒斥乡人,在争执中砍倒对方,同时也被刺。临终告诫孩子要热爱母亲,因为"你娘爱你们胜过自己的生命"。

尔郎死后,孩子们也都先后长大成人,克里斯汀抚今追昔,感慨万千,进了一家修道院以度余生。一场黑死病袭来,她亦未能幸免,在安魂弥撒以后,她终于闭上了双眼。

文学影响

希格丽德·温茜特的代表作品,大抵可分为两类:一类是以 13、14 世纪为历史背景,反映当时贵族生活及民生疾苦的"史诗";另一类则是反映 20 世纪初期至 30 年代挪威社会生活的一些小说和评论文章。受到父亲的熏陶,她自幼便对历史产生了浓厚的兴趣。在后来的作品中,更试图以现实主义的手法,栩栩如生地刻画和再现当日历史的本来面目,希望人们能够从中取得一些有益的经验和教训。她在写作三部曲之前,曾花数年时间查阅档案,收集文物资料,并亲赴当地考察,还多次就有关细节向历史学家求教。可以说,这些作品的成功,一方面固然如评论家所言,"天才的叙事技巧"与雄奇的"浪漫主义风格"所致,但另一方面恐怕更是作家长期勤勉不懈、孜孜以求的结果。

在这部被称为 13 世纪"家庭史诗"的巨著中,作者以雄厚悲壮的笔力和精细入微的描摹,刻画了一幅波澜壮阔的历史画卷。以女主人公克里斯汀一生的行踪遭遇为线,作者对中世纪挪威的政治、经济制度及宗教思想、文化艺术等都有不同程度的介绍和描写。气势恢弘,内容庞杂。她的获奖辞"主要是由于她对中世纪北国生活之有力描绘"中的"有力"二字,最能体现女作家的风格与气度。

克里斯汀一生际遇坎坷,历经磨难,但正如她本人自言,这都是她自由选择的结果,体现了一位 13 世纪的普通妇女不平凡的勇气和才智。在困难面前,她没有选择退让,也从不轻言放弃,而是以极大的热忱和无私的奉献精神,在逆境中恪尽操守,顽强搏斗,这也体现了女作家一以贯之的道德理想,即身为女性,无论处在什么年代,都必须尽到自己为人妻、为人母的最高职责。作家满怀同情,在克里斯汀这一人物身上寄寓了自己的生活主张和基督教伦理思想,也正是本部作品能够打动人心、感人至深的主要原因。

在艺术手法方面,小说所采用的历史事实与心理分析相结合的创作手法也颇引人注目。作家对于小说中故事场景的刻画几乎完全再现了当年的历史面貌,甚至人物的服饰、器具与语言也无不与历史相符,说明了女作家在这一方面渊博的学识与过人的才情。与纯粹"意识流"的心理分析不同,温茜特在小说中往往将人物的心理活动,与特定的场景和事件有机地结合起来。这种来自于现实生活具体事件的感悟,虽然不似"意识流"那般开合自如,使人浮想联翩,但笔墨更为集中,引发的感情也更为强烈。

作者的高明之处,还在于她对重大历史题材的驾驭,也许是由于其父是个优秀的历史学家,使她自幼便浸润在历史传说与民间故事之中的缘故;也许更由于作者本人沉静的天性、严谨的态度与历史素材更为吻合。几百年前的历史人物和事件,在她的笔下仿佛都活灵活现地从历史的尘埃里跳出来。这一支生花妙笔,将从前那些渺不可及、湮没无闻的史实真相与生活细节"复制",呈现到读者的面前。

这一种"复制"的成功,除了作者渊博的学识,悲悯的情怀,更要加上丰富的想象力和出色的语言天赋。所有这些因素加在一起,才使得这一段浩瀚的历史之河深广雄浑,气势磅礴,使人为之目眩神迷。正如同诺贝尔文学奖授奖辞所言:"有时,读者甚至可以在这片浩瀚而平静的水面上窥见无边无际的倒影,从而体悟到人类的伟大。最后,女主角克里斯汀为她的生命奋斗到底,河流也就汇入大海了。"这,也许就是文学永恒的魅力之所在罢。

41. 伊萨克·迪内森［丹麦］

《走出非洲》

作者简介

伊萨克·迪内森(Isak Dinesen,1885—1962),丹麦杰出的女作家,原名凯伦·布里克森(Karen Blixen)。1885年4月17日出生于丹麦西兰岛龙斯特兹一个贵族家庭。龙斯特兹庄园地处海滨,文化氛围浓厚,丹麦最伟大的诗人约翰尼斯·爱沃德就曾在这里工作生活过。迪内森的父亲威廉也是一个文学爱好者,母亲出生于富商、官僚和大臣之家,受过良好的教育,她内心热情奔放,却从不放纵自我:她就是循着这独特的维多利亚时代的行为准则来教育、培养他们的5个孩子的。

伊萨克·迪内森在家中排行第二,从小深受父亲喜爱。父亲常带她到丹麦的高山远足,让她了解大自然,并给她讲许多有关印第安人的故事。1902年,迪内森决定寻找一个从事艺术的职业,她在丹麦艺术学院学习了4年,之后,又赴巴黎和罗马学习绘画。1914年,与巴若·梵·布利克森·芬纳克男爵结婚,婚后一起到英属殖民地肯尼亚经营咖啡种植园。1921年,两人离异后,迪内森独自经营农场达10年之久,最终因咖啡市场萧条而破产。

迪内森于1931年返回丹麦,并开始从事文

伊萨克·迪内森

学创作,在她刚跨入文坛时,曾得到丹麦著名文学评论家勃兰兑斯的提携。在她长达30余年的写作生涯中,创作了众多优秀作品。她的第一部短篇小说集《七个哥特的故事》(*Seven Gothic Tales*,1934),以伊萨克·迪内森的笔名首先在英美发表,作品提出了作者对生活和世界的精辟和总结性的看法,并使她一举成名。1937年,她的第二部作品自传体小说《走出非洲》(*Out of Africa*①,1937)出版,这奠定了迪内森在世界文坛的地位,这部作品后来被搬上银幕,并获得七项奥斯卡奖。

迪内森1942年出版了短篇小说集《冬天的故事》(*Winter's Tales*,1942)。第二次世界大战期间,丹麦被纳粹德国占领,迪内森用皮勒·安德勒塞尔的笔名创作了小说《天使的复仇》(*The Angelic Avengers*,1944),对法西斯侵略者进行嘲讽。晚年,迪内森遭受疾病折磨,但仍坚持写作,在战后出版了短篇小说集《最后的故事》(*Last Tales*,1957)、《命运轶事》(*Anecdotes of Destiny*,1958)和《草地绿荫》(*Shadows on the Grass*,1960)。

1962年9月7日,伊萨克·迪内森在丹麦哥本哈根附近的伦斯特伦德逝世。长篇小说《埃伦加德》(*Ehrengard*,1963)、《论文集》(*Essays*,1965)和短篇小说集《狂欢》(*Carnival*:*Entertainments and Posthumous Tales*,1977)均在她去世后问世。

迪内森的作品朴素清新,富于幻想,英国评论家约翰·达文波特赞扬道:"在我们这个时代,很少有作家像她那样写得少而精。"作为20世纪丹麦最优秀的作家之一,她的作品曾两次获得诺贝尔文学奖提名。1954年,当海明威接受诺贝尔奖时,曾说过这个奖应该授予"那位美丽的丹麦女作家伊萨克·迪内森"。1957年,她被选为美国科学院荣誉院士。1960年,她被选为丹麦学院院士。《走出非洲》仍是她的顶峰之作,为她赢得了永世不衰的国际声誉。

代表作品

《走出非洲》是迪内森蜚声世界文坛的力作,是一部风格新颖的散文格调的传记小说,熔自传、人类学、诗歌和论文为一炉。迪内森以流畅、隽永、饱含痴情的笔墨,书写了自己在非洲的17载生活经历,作品曾被评论界誉为"也许是写关于非洲的最好的一本书"。

主人公"我"在非洲的农场,坐落在肯尼亚恩贡山脉的山脚、海拔6 000英尺的高原上。赤道在农场以北100英里处横贯高原,独特的地理位置使这里的景致盖

---

① Out of Africa(1937 in Denmark and England,1938 in USA)

世绝伦。

农场里种植着咖啡,生活着土著居民及各种野生动物。当地有一个土著男孩卡迈特,儿时从大腿到脚跟都长满了脓疮,后经"我"的医治,并在苏格兰教会医院治了3个月,病好后在"我"家当仆人。"我"还收留了一个白人,名叫努森,他年迈且双目失明。

一天晚上,农场发生了枪击事件,共有4人受伤,1人死亡。这个悲剧使"我"的心情郁闷、沉重。于是,一方面"我"参加长老会议,讨论这起悲剧的事后处理,另一方面思考着自己必须引进新的力量帮着把整个案子了结,这个"新的力量"便是基南朱伊———一位吉库尤大酋长。此人精明、风度翩翩,统治着十多万吉库尤人,各种年龄的老婆成群,有55个身为武士的儿子!经基南朱伊处理后,整个案子竟戏剧性地结束了。

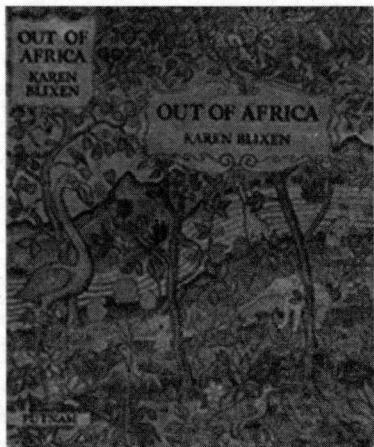

农场有很多来客,朋友来访是"我"生活中的乐事,农场里的人们都晓得这一点。这些朋友中,最亲密的当然是丹尼斯·芬奇·哈顿,除此之外,还有内罗毕土地公署的休·马丁、挪威人古斯塔夫·莫尔,以及同样经营农场的瑞典军官的妻子英格里德·林斯特朗等。

丹尼斯除了"我"的农场,再也没有什么家:他喜欢听人讲故事,于是趁他不在的时候,"我"就编好许多故事等他回来;他还送给"我"一部留声机,让幽雅动听的欧洲音乐飘荡在这块神奇的土地上……丹尼斯和"我"还经常一起打猎射击狮子、驾驶飞机俯瞰大地,度过许多惊险、美好的时光。

"我"在非洲农场度过了许多艰难岁月,农场种咖啡地势有点高,加上干旱、蝗虫、咖啡价格暴跌、火灾……"我"在农场上几乎没有获利。"我"于是决定把农场卖了。

就在这一年,基南朱伊酋长死了,吉库尤人破例同意其土葬。同年,丹尼斯驾驶飞机时失事,机毁人亡,"我"痛苦万分。土著人比白人更了解丹尼斯,他的死对他们来说如丧亲人。根据丹尼斯生前所愿,"我"将他葬在恩贡山野生动物保护区第一条山脉的群峦间,这是一块使"我"决心生在非洲、死在非洲并当作墓地的地方。"我"曾频繁地去过丹尼斯的墓地,离开非洲后,依然牵挂在心。后来有人写信告诉我:多次在丹尼斯的墓地看见过狮子,于是当地人在坟墓周围平整出一块很大的台地,为狮子提供了一个理想的场所,让它们经常与丹尼斯相伴……

离开非洲前,"我"赠送了好多东西给当地人,并以很低的价格变卖了一些东西,帮助佃农们安排了今后的生活,在朋友和当地人的无限依恋中,"我"走出了非洲……

《走出非洲》全书共分五部分,每部分独自成章,但又浑然一体。各部分包含数个小标题,每个小标题着墨于一个中心,或人,或事,或景,或引发哲理。小说以"我"在肯尼亚经营咖啡种植园为主线,将众多的人、事、景、物融于一体,淋漓尽致地呈现于读者眼前。此外,作者还借一位移民的笔,以笔记的形式,向读者展现了与非洲有关的丰富多彩的生动画面:萤火虫、生活之路、解救野生动物、蜥蜴、白人和黑人的关系、月食、土著人和诗、千禧年、非洲鸟、土著人和历史、地震、凯基科……全书描写了气势磅礴的非洲舞台:雄奇的山、迤逦的水、清爽的空气、斑斓的色彩,在这一背景里原先生息活动的是肤色黝黑,具有独特风俗习惯、道德法律观念和崇拜偶像的土著人,"我们"这些人的到来,打破了非洲自远古以来的宁静和人们的心态平衡,也在非洲舞台上演绎了一个又一个耐人寻味的故事。

文学影响

迪内森在非洲大陆的 17 年里,既有事业上成功的喜悦,也有失败的苦恼;既有陶醉于非洲大自然的惬意,也有与当地人偶尔发生争执时的不快。《走出非洲》之所以撼动亿万读者的心扉,正是因为作者的这段峥嵘岁月和多姿多彩的生活跃动于纸面,而且字里行间倾注着作者对非洲这块热土和人民的纯真感情,并且从多个角度给人以深刻的启示。

首先,从内容画面来看,《走出非洲》是一幅关于自然风景、动物和人的完美图画。由于作者早年曾学过艺术,经她描绘,使我们确信非洲恩贡山一带是世界上最美的地方。其次,书中人物与众不同。书中的"我"受过良好的教育,既有男子汉创业的魄力和冒险精神,又有女子的软心肠和经得起挫折的韧劲。这种亦刚亦柔的性格使她在事业上勇于进取、不畏磨难,在生活中又多人情味、重友谊,因此她与土著人相处得很融洽。她尽力接近他们,了解他们,并竭尽全力改变他们的境遇,赢得了他们发自内心的尊敬和热爱。和睦相处使她得以窥见土著人的内心世界,洞悉他们的喜怒哀乐,因此,书中的非洲众生有血有肉,活灵活现。作者以同情的笔触描写了他们愚昧、落后的一面,但更赞扬了他们吃苦耐劳、质朴真诚、勇敢助人的一面。与此相对应,作者也真实地描写了欧洲移民在非洲这一特殊环境里的生活和微妙的心理。

一提到白人与土著人的关系,人们往往就会想到剥削与被剥削、奴役与被奴役的关系。然而书中情形却并非如此,书中的"我"无论与丈夫共同经营种植园,还是独立经营,都未赢利,相反,却几乎花光了所有从家里带去的钱(主要是"我"娘家资助的)。为土著人治病、举行盛大舞会、款待各种各样的朋友、变卖东西、赠送东西,"我"都没有想到太多的经济因素。相反,贯穿书之始终的是那种浓浓的情:尽管肤色不同、风俗习惯不同、许多观念也不一样,乃至语言不通,然而,许多时候,他们与土著人相处却是那么融洽和谐、彼此理解、息息相通,所以在"我"决定走时,半夜里房屋四周就坐满了前来挽留的土著人;临别时,更是恋恋不舍。在流浪白人贵族丹尼斯机毁人亡时,土著人更是悲痛万分,如丧亲人。

最后,从文化角度看,《走出非洲》亦有其独特的现代意义。在经济发展差距比较大的国家和地区之间,往往要通过战争来解决一系列问题,从而达到文化消解、掠夺、奴役的目的。而今,和平与发展已成为当今世界的主题,如何达到和平共处、共存,文化的平等交流、多元共生至关重要。由于历史的因素,古老的非洲原始、落后,有些土著人对白人还怀有偏见,有谁愿意离开比较文明的环境去那儿受苦?《走出非洲》中的"我"、丹尼斯、伯克利·科尔等仿佛是文明的使者,出现在土著人面前,并没有以强者自居,而是深深地扎根并融入那样的环境,敢于为"弱势话语"大声疾呼。他们为无数追求平等对话、平等文化交流的人拉开序幕,展示了一道亮丽的风景线,他们的行为必将启示着一代又一代人,思考如何更好地经营地球——我们共同的家园!

42. 凯瑟琳·曼斯菲尔德［新西兰］

《园会》

作者简介

凯瑟琳·曼斯菲尔德(Katherine Mansfield,1888—1923),新西兰现代短篇小说作家、诗人,新西兰文学的奠基人,被誉为100多年来新西兰最有影响的作家之一。原名凯思琳·曼斯菲尔德·博治姆(Kathleen Mansfield Beauchamp),出生于新西兰的惠灵顿。她的祖父能将拜伦的诗断断续续"背诵一个半小时",她的父亲是新西兰的银行家。曼斯菲尔德天资聪颖,年仅9岁的她就发表小说;1903年,15岁的曼斯菲尔德就读于伦敦女王学院,并开始为学院文学刊物撰写随笔散记之类小品;3年后,她回到新西兰学习大提琴。

1908年,20岁的曼斯菲尔德终于说服家人,只身来到伦敦生活和写作。在她到达伦敦的最初几年里,文学创作收效甚微。从1910年起,她开始在《新时代》上发表讽刺性短篇小说;第二年,她的第一部小说集《在德国公寓》(*In a German Pension*,1911)问世,评论界对这部作品反应较好。

1912年,曼斯菲尔德与编辑、评论家约翰·默里相恋,并结成伴侣。在此期间,曼斯菲尔德常在默里主编的杂志上发表小说,同时也为《威斯敏斯特报》写文学评论。她与S.S.柯特连斯基(Koteliansky)合作翻译的契诃夫书信选,最初就

凯瑟琳·曼斯菲尔德

是在《文学俱乐部》上连载的。她的第二部小说集是《我不会讲法语》(*Je Ne Parle Pas Francais*,1918)。而接下来的两部小说集《幸福》(*Bliss and Other Stories*,1920) 和《园会》(*The Garden Party and Other Stories*,1922),则奠定了她作为新西兰最杰出的短篇小说家的地位。

小说集《园会》是曼斯菲尔德创作后期的代表作。这部作品集收录了作家最优秀的一批小说,如《园会》、《已故上校的女儿们》(*The Daughters of the Late Colonel*,1922)、《帕克大妈的一生》(*Life of Ma Parker*,1921)、《布里尔小姐》(*Miss Brill*,1920)、《航行》(*The Voyage*,1921)、《第一次舞会》(*Her First Ball*,1921)等。其中作为书名的《园会》一篇,也许是曼斯菲尔德小说中最具有代表性、最脍炙人口的名作。《园会》集刚出版就在美国连续再版7次,可见作品受读者喜爱的程度。

可惜正当曼斯菲尔德的才华日益成熟之际,她的健康状态却趋于恶化,1923年1月9日,她因患肺结核逝世于法国枫丹白露(Fontainebleau),年仅35岁。

曼斯菲尔德逝世后,默里怀着对亡妻的哀思,整理、编辑出版了她的遗稿、书信和日记。小说集有《鸽巢》(*The Dove's Nest*,1923)、《小女孩》(*Something Childish and Other Stories*,1924),还有《诗歌集》(*Poems*,1923)、《曼斯菲尔德日记选》(*The Journal of Katherine Mansfield*,1927),文评集《小说和小说家》(*Novels and Novelist*,1930)、笔记选《剪贴簿》(*The Scrapbook of Katherine Mansfield*,1939)、《书信集》(*The Letters of Katherine Mansfield*,1922),中篇单行本小说《芦荟》(*The Aloe*,1930),另有一些她与柯特连斯基翻译的高尔基的作品。

代表作品

《园会》(也有译作《花园茶会》)以谢立丹家要开花园茶会为背景,小说故事线条十分简单,时间跨度只在一天之内。讲述了少女劳拉在准备一次花园茶会时,偶然得知邻居因车祸丧生而产生的惶惑不安的心情。小说以儿童的视角观察成年人世界,但在充满稚气的叙述背后,作者深入探讨了社会各阶级之间、梦想和现实之间、人生与死亡之间等一系列重大问题。

富有的谢立丹家举办园会,谢立丹太太将一切布置工作都交给了孩子们。早餐还没吃完,搭帐篷的工人就来了。梅格和乔丝都推荐妹妹劳拉出面操办园会的准备工作,因为她富有艺术眼光。

小劳拉第一次作为家庭的代表进入社会。她走进搭帐篷的工人中,"企图装出一本正经的样子"，但儿童纯真的心灵又使她本能地讨厌装腔作势，她"脸上泛起了红晕"。工人们随和的微笑，热爱生活、热爱自然的态度，使劳拉很快恢复了小女孩的本性，她心里说："那些工人多可爱。"

有宴会真是件美好的事！劳拉高兴极了，整个房子都充满了生气。花店送来大盆大盆的百合花，糕点店也送来宴会必备的 15 种奶油松饼。

但是，就在劳拉以自己的目光审视纯朴、自然的美与家庭地位、偏见而重获新知时，生活以它惯有的步伐向前迈进。糕点店的伙计带来了可怕的消息，住在谢立丹家不远处贫民区的一个车夫，当天早上从马上摔下来死了，留下他可怜的老婆和 5 个孩子。

THE GARDEN PARTY
AND OTHER STORIES
KATHERINE MANSFIELD

劳拉决定立刻取消花园茶会，她认为那可怜的女人若知道有人在开宴会该多伤心。姐姐和母亲对她的想法觉得又惊讶又好笑，因为那些人住在大路对面的胡同里，那里肮脏贫困的景象令人厌恶，停止园会也不能解决问题。劳拉对于这种冷酷感到震惊、愤怒和茫然，更对固有的价值观产生怀疑。

下午，花园茶会圆满成功，谢立丹太太为安抚劳拉，并向她表明什么是真正的慷慨，便让劳拉把园会吃剩的食品给死者家属送去。于是劳拉孤身一人从快乐、幸福的园会走进阴暗的胡同，恍如进入另一个世界，看到另一种人生。

此时，一种神秘的气氛突然将她团团围住。是恐惧？是哀伤？是超脱？是升华？劳拉不得而知。可是劳拉觉得一切都显得那么不对劲，她的脑袋给园会塞得满满的，那些亲吻、笑语、杯盘丁当的声音，她很肯定这次园会是成功的。可现在，胡同里烟熏火燎，又黑又暗，她的衣服多耀眼，还有那漂亮的帽子，她觉得似乎不该来，可她已来不及后退。

一个年轻人躺在屋里，正在酣睡——睡得这样熟，这样深，这样遥远，这样宁静，仿佛在梦乡里。园会、糕点、花边衣服，一切似乎都与他没有关系。劳拉莫名地哭了。

回家路上，她含着泪结结巴巴地对哥哥说："人生难道……"可究竟是什么，她无法用语言表达。她似乎明白许多，却又很不确定，这正是曼斯菲尔德期望的结局。说结局,其实没有结局,一切尽在不言之中。

在《园会》中,曼斯菲尔德充分展示她独树一帜的小说叙述艺术。她除了运用内心独白、表现视角转移等创新技术以外,还将小说内容拆散打碎,在平淡的叙述中自见深意。作品一开始,一切都那么美好,可是"一个工人脸色苍白,形容憔悴",那结着一串串黄色果实的卡拉卡树就要被帐篷挡住了。乔丝为园会试唱歌曲,却选择了一首关于希望破灭的抒情歌,预示着悲剧就发生在身边。在描写园会的盛况时,曼斯菲尔德写道:

"一会儿,客人川流不息地来了。……到处可以看到双双对对的人在漫步,俯身赏玩花朵,互相问候,走过草坪。他们像是欢乐的鸟儿,半路上飞到谢家花园来栖息一个下午,它们本是要飞到——飞到哪里呢?"

究竟飞到哪里? 不用说,自然是飞到宇宙间生灵共同栖息身心的地方。曼斯菲尔德在有限的场景里极自然地推出生活"最深刻的真实"。就这样,不惊不乍、不偏不倚,毫无故弄玄虚和矫揉造作之态,却极自然地孕育出创作主题。作者似乎将记忆中的素材信手拈来,读者却可以感受到震撼心灵的力量。这恰恰反映了作者对语言的运用已由"极炼"到达"如不炼"的境界。清朝学者刘熙载①在《词曲概》②中说:"描头画角,是词之低品。"那就是,精品如天然,劣品露斧凿。以《园会》为代表的曼斯菲尔德晚期作品,展示了作家创作已历经锤炼而臻于极致。作品尽去雕饰,朴素无华,犹如浑然天成一般。

《园会》创作后,曼斯菲尔德在给友人的信中写道:"这就是我在《园会》中竭力表现的:生活的多样化,我们如何试图适应这一切,包括死亡。劳拉觉得事情应该分别发生。先一件事,然后再一件事,但是生活并不如此,我们没有井然有序的生活。劳拉说:'但是所有这些事不要同时发生。'而生活回答:'为什么不呢? 怎么把它们分开呢?'而且各类事确实同时发生了,这是必然的,这必然中包含着美。"(1922 年 3 月 13 日致威廉·格哈的信) 从某种意义上讲,园会本身象征着人生——生与死之间短促的快乐时光。在面对死亡的瞬间,劳拉从以园会为代表的绅士阶级梦一般的生活中醒来。她似乎明白了什么是人生,原来这个世界从来就是不完美的,"不该发生"的事一起发生了。乐与悲,美与丑,生与死常同存于生活

---

① 刘熙载(1813—1881),清代文学家。字伯简,号融斋,晚号寤崖子,江苏兴化人。
② 《艺概》是晚清著名学者刘熙载所撰写的一部文艺理论批评著作,分《文概》《诗概》《赋概》《词曲概》《书概》《经义概》六个部分。

之中。

文学影响

凯瑟琳·曼斯菲尔德在短短的 35 年中创作了 88 篇短篇小说、大量的文学评论、日记、书信、传记和一些别具风格的诗。她生前与同时代的作家 D. H. 劳伦斯、维吉尼亚·伍尔夫等交往甚密,代表作之一《序曲》(*Prelude*,1918)的初版,也是由伍尔夫夫妇的霍加斯出版公司所印制。在新西兰文学史上,她被喻为"最璀璨的一颗明星"。

凯瑟琳·曼斯菲尔德的小说具有她独特的个人风格:在题材上,她抛弃了英国传统短篇小说讲故事说教的传统,通过刻画内心揭示现代世界;在艺术手法上,她发展了一种与众不同的、洋溢着诗意的散文风格,与印象派绘画有异曲同工之妙。她与同时代的约瑟夫·康拉德、詹姆斯·乔伊斯和维吉尼亚·伍尔夫等大师一起,为小说新潮推波助澜,为现代小说奠定了基础。正如伊恩·A·戈顿所评价:"曼斯菲尔德对短篇小说的影响,犹如乔伊斯对长篇小说的影响。在乔伊斯和曼斯菲尔德之后,长篇小说和短篇小说再也不能保持原样了。他们开拓了一条通向更高境界的道路,为其他人展示出更广阔的道路。"

曼斯菲尔德的 88 篇短篇小说大致可分为两部分:欧洲小说和新西兰小说。她早期写了许多以德国、英国和法国等为背景的作品,简称欧洲小说。其中小说集《在德国公寓》以德国为背景,故事以作家在巴伐利亚的生活经历为基础。此外,《帕克大妈的一生》、《没脾气的男人》(*The Man Without a Temperament*,1921)、《我不会讲法语》、《小保姆》(*The Little Governess*,1915)、《幸福》等都不失为精品。作品中的人物生活在一个没有爱和温暖的世界中,正是作家本人十余年孤身漂泊欧洲的真实写照。

总体来说,曼斯菲尔德的欧洲小说较她后来的新西兰小说稍有逊色。在她的作品中,共有 60 多部小说以故乡新西兰为背景,这些"新西兰小说"不仅数量多,而且质量高,是撑起女作家声誉的坚实支柱。

从以欧洲小说为主的前期创作,到以新西兰小说为主的后期创作的转折点在 1915 年,当时正值第一次世界大战,曼斯菲尔德的弟弟莱斯利在军队的训练中身亡。弟弟的死一方面使她陷入对童年生活的追忆:姐弟朝夕相处的家庭生活,父母、亲友、邻居,故乡的山山水水。她渐渐明白,离弃的故国正是自己的真正归属。

另一方面,弟弟的死又促使她深刻地思考人生。当时她已身染重病,健康每况愈下,死亡对于她已是很现实的问题。她感到人生的短暂。于是,弟弟的死亡成为一种象征,象征着战争带来的灾难,象征着作家本人面对死亡时对人生获得的新知,也象征着新西兰的呼唤。她在日记中写下:"我要把我对祖国的回忆写下来。对,我要写自己的国家,直到储存在我心中的记忆完全枯竭。这不仅是因为我和弟弟都出生在那里,而且还因为那是我梦牵魂萦的地方。我渴望用我的笔,赋予它新的生命。"

43. 阿加莎·克里斯蒂［英］

《尼罗河上的惨案》

作者简介

阿加莎·克里斯蒂（Agatha Christie, 1890—1976），英国小说家、剧作家和诗人，被誉为"侦探小说女王"。她一生共创作了 80 多部侦探小说，100 多个短篇，17 部剧作。她的侦探小说被译成 100 多种文字，在西方，她的侦探小说重印达数百次，销售量仅次于莎士比亚的作品和《圣经》。她的小说还不断地被搬上舞台和银屏，我国观众比较熟悉的有《东方快车谋杀案》（*Murder on the Orient Express*, 1934）、《尼罗河上的惨案》（*Death on the Nile*, 1937）和《阳光下的罪恶》（*Evil Under the Sun*, 1941）等影片。

阿加莎·克里斯蒂生于英国德文郡托尔奎，原名阿加莎·玛丽·克拉丽莎·米勒（Agatha Mary Clarissa Miller）。童年时代的阿加莎在一个幸福、和睦的家庭中成长，父亲是一个开朗随和的绅士，母亲对子女的教育有着独到的见解。阿加莎一生虽未受过正式的学校教育，但从小就在家学习音乐和外语，母亲还经常给她讲故事、朗读文学名著，她所获得的文学素养完全来源于母亲的教育。

阿加莎·克里斯蒂

阿加莎·克里斯蒂 16 岁时到巴黎学习声乐，但对文学的爱好使她最终放弃了走歌唱家的道路。在母亲和姐姐的鼓励下,早年对文学的兴趣再一次燃起,而对侦探小说创作的兴趣,则得益于姐姐对她的影响。阿加莎后来回忆:"在我很小的时候,麦琪就给我讲述了夏洛克·福尔摩斯的故事,将我引入侦探小说王国的大门。从此,我跟随她在侦探小说王国中游历。"姐姐曾抱怨当时的侦探小说大多拙劣不堪,读了开头就能让人猜出结局。这一抱怨竟被阿加莎看作是一种挑战,她决定要写出情节曲折、扣人心弦、出人意料的侦探小说。

1914 年,阿加莎与阿奇博尔德·克里斯蒂上校结婚。第一次世界大战期间,她参加了英国红十字志愿队,从事救护工作,从而有机会接触并认识各种毒药的药性,阿加莎开始构思以投毒案为题材的第一部侦探小说,名为《斯泰尔斯庄园疑案》(The Mysterious Affair at Styles,1920)。

有侦探小说就需要有侦探,为了避免与福尔摩斯雷同,阿加莎决定塑造一个比利时侦探:他做过检察官,略通犯罪知识,依靠心理分析的方法破案,是一个精明、利落的矮子。这个留着大胡子、足智多谋、思路敏捷又有些怪癖的比利时侦探被定名为埃居尔·波洛。大侦探波洛首次在《斯泰尔斯庄园疑案》中登场,在阿加莎第六部作品《罗杰·艾克罗伊德凶杀案》(The Murder of Roger Ackroyd,1926)中一举成名,他为阿加莎确立了侦探小说作家的地位。波洛在阿加莎的 30 部侦探小说中出现,成为继福尔摩斯之后第二个世界级的大侦探。1975 年,波洛在阿加莎的小说《幕》(Curtain:Hercule Poirot's Last Case,1975)中死去。为此,《纽约时报》还在头版头条发表文章悼念这位大侦探。

1930 年,阿加莎在《牧师家的谋杀案》(Murder at the Vicarage,1930)中起用新的侦探形象——来自英国乡村的女侦探玛普尔小姐。她好奇心十足,没有她不知道的事,是一个地地道道的侦探。与波洛不同的是,她常在乡间茶余饭后的闲谈中发现线索,并凭着直觉找出罪犯。其他有关玛普尔小姐的小说有《藏书室女尸之谜》(The Body in the Library,1942)、《谋杀启事》(A Murder Is Announced,1950)、《镜子横裂纹》(The Mirror Crack'd from Side to Side,1962)等。

1930 年,阿加莎在第一次婚姻失败后,嫁给考古学家马克斯·埃德加·马洛温,她陪伴丈夫经常到中东考察古迹,这为她写出异国情调的侦探小说提供了大量的素材。这第二次婚姻非常美满,使阿加莎得以将整个身心投入到写作之中。不久,她就写出了轰动世界文坛的《东方快车谋杀案》(Muder on the Orient Express,1934)、《ABC 谋杀案》(The ABC Murders,1936)、《牌中牌》(Cards on the Table,

1936）、《尼罗河上的惨案》（*Death on the Nile*,1937）等作品,这些作品中的主要人物仍是以波洛为主。

1947 年,为庆祝英女王 85 岁生日,阿加莎创作了一部三幕惊险剧,名为《捕鼠器》（*The Mouse Trap*,1947）,该剧在英国舞台连演几十年至今不衰,成为英国戏剧史上上演时间最长的一部作品。

阿加莎·克里斯蒂一生因此获得无数荣耀。在她 66 岁那年,她荣获"不列颠帝国勋章"和埃克塞特大学名誉文学博士学位,1971 年,她又荣获女爵士封号。她因创作侦探小说的成就,被吸收为英国皇家文学会的会员,后被英国女王授予"侦探女王"的桂冠。

1975 年,阿加莎·克里斯蒂写下她最后一部小说《幕》。翌年 1 月 12 日,她在英国沃林福特平静地与世长辞,享年 85 岁。在她去世的当天,《捕鼠器》已演出了9 611场,伦敦所有的剧场都熄灯以悼念这位杰出的侦探小说女作家。

代表作品

以埃及为舞台的《尼罗河上的惨案》写于 1937 年,后于 1978 年改编为电影。年轻、漂亮的林内特·里奇韦小姐是英国最富有的女人,不料这位千金一夜间嫁给身无分文的穷小子——赛蒙·多伊尔,接着旋风般地飞往埃及,在尼罗河畔开始了他们的蜜月旅行。

赛蒙从前的未婚妻,林内特的好朋友杰奎琳·德·贝尔福特也跟随这对新婚夫妇来到埃及。她不甘心自己在情场上的失败,一路上,无论多伊尔夫妇走到哪里,杰奎琳就跟到哪儿,使多伊尔夫妇游兴索然。在卡纳克号游轮上她喝醉了酒,死死缠住赛蒙,声言要报复。突然间一声枪响,杰奎琳开枪打伤了赛蒙的腿,深红色的血慢慢浸透了他膝盖下的裤脚。当天夜里 11 点半人们突然发现林内特被杀死在床上,太阳穴中弹。周围的气氛顿时紧张。

大侦探波洛也正好乘坐卡纳克号游轮度假。凶手究竟是谁呢? 似乎不可能是赛蒙和杰奎琳。因为在林内特被杀的这一段时间里,有充分的事实证明他们均不

在现场:赛蒙膝盖受伤,无法行走,杰奎琳则由人看管。第二天,林内特的女仆和一位女作家相继被害,案情变得更加扑朔迷离。

然而波洛镇定自若,他仔细地审问了所有怀疑对象,又重新分析了案情。最后他从林内特房间里的一个空的指甲油瓶子里发现了疑点。为什么瓶子里剩下的液体不是指甲油而是红墨水? 又从这空的红墨水瓶子想到杰奎琳开枪后,赛蒙嚷着要人们走开是为什么? 最后,他得出了惊人的结论:林内特不是死在赛蒙受伤之后,而是之先,杀害林内特的凶手不是别人,正是杰奎琳和赛蒙。为了夺取林内特的百万家产,两人精心设计了这场谋杀案。首先赛蒙让杰奎琳朝地面开一枪,接着便在膝盖上洒上红墨水,以造成瘸脚不能作案的假象。他跑进林内特的舱房向熟睡的林内特头上开了一枪,然后又立刻回到原地。这时他才朝自己的膝盖抠动了扳机……

在《尼罗河上的惨案》中,阿加莎借用爱伦·坡在《一封被盗的信》(*The Purloined Letter*,1845)中的技巧:最不可能的地方正是藏信的地方,最不可能的人就是真正的凶手。作品中,凶杀案一经发生,赛蒙和杰奎琳第一个被排除作案的可能。因为,第一,两人都有不在场的证据;第二,在杰奎琳误伤恋人和赛蒙在一夜间既身负重伤、又失去爱妻的处境下,人们不但没有怀疑他们,反而十分同情他俩。随着情节的发展,事件显得更加复杂。作案用的手枪神秘失踪,林内特常戴的一串珍珠项链也不见了,她的女仆和女作家奥特伯恩夫人被杀,同船的还有林内特的经济代理人、她从前的一个仇人和一名危险的政治逃犯。究竟是情杀还是仇杀? 是经济犯罪还是政治犯罪? 作品中悬念一环扣一环,环环相扣,一个案子有几条线索,几个怀疑对象,他们一起出现并在侦探的攻势下获得一次性破解。侦探波洛首先发现了几个疑点:为什么用指甲油的瓶子装红墨水? 为什么杰奎琳打伤赛蒙后,赛蒙坚持支开在场的人? 手枪为什么不见了? 经过层层推理,他终于查出事实真相。原来红墨水是用来制造被杰奎琳打伤腿的假象,然后赛蒙利用人们离开的间隙作案,并立刻回到原位开枪打伤腿,最后将手枪扔进尼罗河。

苏联侦探小说家阿达莫夫说:"侦探小说的魅力在于情节中的秘密,渴望识破生活道路上所遇到的一切不可理解的神秘的东西。而秘密越大越危险,或者越重要越想揭开它的愿望也就越强烈。"就《尼罗河上的惨案》这部侦探小说的文本结构来看,除了隐藏于案件背后的种种未知因素能引发读者的探秘欲望以外,侦探们通过何种手段同样激起读者的好奇心。正是在这种心理期待的支配下,阅读过程往往会变成一种不自觉的参与侦破过程,读者常常与侦探一道寻找线索、分析案情、推断嫌疑人。

在《尼罗河上的惨案》里,推理从一瓶空的红墨水瓶开始,书中既没有福尔摩斯式的对伦敦地区土壤的细微区分,也没有繁琐的火车时刻表,专业化的法庭辩论术语……读者最后发出一声感叹:这一点他也注意到了,这样的推理他也能做到。然而这就是阿加莎·克里斯蒂侦探小说的魅力——介于悬念和亲和力之间。

文学影响

西方传统的侦探小说从爱伦·坡(Edgar Allan Poe,1809—1849)的《毛格街血案》(*The Murdrs in the Rue Morgue*,1841)开始,后来又有柯林斯(William Wilkie Collins,1824—1889)的《月亮宝石》(*The Moonstone*,1868)、柯南道尔(Arthur Conan Doyle,1859—1930)的《福尔摩斯探案集》①(*The Adventures of Sherlock Holmes*,1892)等名篇。到阿加莎·克里斯蒂的作品问世,西方古典派侦探小说到达了鼎盛的"黄金时代"。

阿加莎·克里斯蒂的作品之所以受到欢迎,是因为她的作品描写的都是英国中产阶级的日常生活,没有惊人的感官刺激场面,题材也不触及社会的重大事件,对英国读者来说就如同读珍妮·奥斯丁的作品一样熟悉、亲切。其次她的作品中没有长篇累牍的专业化分析、生僻枯燥的术语,读者不必为这些不相干的知识而烦恼,侦探们运用心理分析的方法破案。另外,她的作品篇幅长短适中,无论描写或是对话都很自然,符合人物的身份、地位,语言洗练、幽默、通俗、易懂。科学大师爱因斯坦认为阅读侦探小说是一种"很好的休息"。英国女皇非常喜欢阿加莎的侦探小说,每看完一部,她便会问:"下一个罪犯是谁?"

阿加莎·克里斯蒂的侦探小说章法一般比较严谨,擅长用多层次叙述手法设置悬念,穿插故事,复杂多变,并以叙述人物内心世界的手法分析犯罪心理。她的作品在布局与情节上很有特点,作品一开卷就疑云密布,奇事迭出,让读者产生了迷惑与好奇心,用扑朔迷离的情节把读者吸引过去,从而陷入作者设下的一个又一个陷阱之中。小说的结尾又往往出人意料。如在她的成名作《罗杰·艾克罗伊德凶杀案》(*The Murder of Roger Ackroyd*,1926)中,叙述者正是罪犯本人;《东方快车

---

① 此乃福尔摩斯系列的首本短篇小说集,最初于1891年7月至1892年6月间于Strand Magazine上连载,其后于1892年由George Newnes结集成书。

谋杀案》中的 12 个嫌疑犯都与被害人雷切特有关。一次,阿加莎在谈到她成功的秘诀时说:一部成功的侦探小说首先要让每一个角色都显露犯罪的嫌疑,再逐一展示每个人都没有作案的可能,直到故事的最后一秒,一切真相大白。阿加莎在创作中始终恪守这一创作原则。

阿加莎·克里斯蒂还是一个心理学大师,她的每部侦探小说都是心理学在文学上的巧妙运用。她笔下的波洛侦探和玛普尔小姐都是心理学家,擅长从对方的服饰、举止、爱好、经历和某些细节来窥视其内心的秘密,然后进行逻辑推理,充分显示心理推理在侦探小说中的魅力。阿加莎的文字精巧优美,语言流畅自然,明显地受到狄更斯小说的影响。她能驾驭众多人物与复杂情节,擅长用多侧面的表现手法来反映社会现实,并在每一桩凶杀案的背后插入时代背景与风俗人情的描写。如在《尼罗河上的惨案》中用优美的文笔描绘水上风情和名胜古迹,在《群鸽里的猫》(*Cat Among the Pigeons*,1959)一书中,则对中东的地理环境与当地风俗进行描写,富有浓厚的生活气息。这些描写和叙述,都加强了侦探小说的文学性。

阿加莎不单单是为了写谋杀而炮制侦探小说,而是借侦探小说这种题材来展示她的文学才华,并把侦探小说的艺术性提高到一个新的高度,她不仅为侦探小说争得了巨大的荣誉,而且还为通俗小说走入文学殿堂做出了可贵的成绩。

44. 吉恩·瑞斯［英］

《茫茫藻海》

作者简介

吉恩·瑞斯（Jean Rhys, 1890—1979），英国著名小说家，原名爱拉·格温德琳·里斯·威廉斯，出生于地处西印度群岛的多米尼加的罗索岛上。她的父亲是一位医生，威尔士人，母亲则来自苏格兰的一个望族。他们居住在多米尼加多年，并且在 1834 年废奴法令颁布以前，一直拥有大批奴隶。1907 年，瑞斯 17 岁时离开岛国来到英格兰，打算学习舞台艺术。

瑞斯先在一所戏剧学院学习，不久加入一个名为"我们的吉布斯小姐"的合唱团，四处巡回演出，并在此过程中结识了她生命中的第一个情人——莱斯利·史密斯。恋情只维系了短短 18 个月，在瑞斯的心里却留下了难以磨灭的恒久印记，这段经历在她后来创作的多部小说中都有所涉及。

第一次世界大战结束后，吉恩·瑞斯去了巴黎，并在那里和荷兰记者吉恩·兰莱结婚。婚后，夫妇两人偕行，开始在欧洲大陆游历。在此期间，瑞斯结识了当时的著名作家福德，福德从她的处女作《左岸：狂放艺术家们的今日之巴黎》（*The Left Bank and Other Stories*, 1927）当中，看出了瑞斯的"创作天才和技巧"。从此，福德对她的作品青睐有加，并陆续在他主编的《跨洋评论》杂志上给予发表。

吉恩·瑞斯

吉恩·瑞斯的早期作品还包括《姿态》(*Postures*, 1928)、《离开麦肯齐先生之后》(*After Leaving Mr. Mackenzie*, 1930) 和《黑暗的旅程》(*Voyage in the Dark*, 1934) 等。

《姿态》在美国出版时改名为《巴黎四重奏》(*Quartet*, 1929),描写一位名叫玛雅的青年女子的故事。瑞斯以简洁明快的笔调,不蔓不枝,娓娓道来,这也成为此后她主要作品的共同的创作特色。

后来,瑞斯陷入了一连串的不幸中:丈夫因金融犯罪而入狱,母亲也去世了。这时她又遇到了莱斯利·史密斯,并在 1934 年与之结婚。婚后,吉恩·瑞斯的文学创作日趋成熟,她的主要作品《早安,午夜》(*Good Morning, Midnight*, 1939) 就在这一时期完成。1945 年,丈夫莱斯利·史密斯去世后,瑞斯本人也悄然隐退,默默无闻地居住在英国西部的偏僻地区。

一个偶然的机缘,英国一家广播公司想购买小说《早安,午夜》的版权,便出广告寻找小说作者,瑞斯重新走入了公众视野之中,评论家弗朗西斯·温德海姆以出版社的名义向她约稿。7 年以后,经过瑞斯本人的反复推敲和修改,《茫茫藻海》(*The Wild Sargasso Sea*, 1966) 终于问世,并获得评论家和读者的一致好评。而这时距她上一部小说的出版,时间已过去了整整 27 年。

小说的出版为瑞斯赢得了巨大的声誉,她先后获得了"皇家文学会奖"(The Royal Society of Literature Award) 和"史密斯文学奖①"(WH Smith Award),并确保了在此后经济方面的稳定收入,尽管它们在小说家本人看来"已然太迟"。为了纠正关于她本人的若干传闻,瑞斯后来又开始了自传《请微笑》(*Smile Please*, 1979) 的写作,该书由于作者的健康原因未能完稿。

1979 年 5 月 14 日,吉恩·瑞斯以 89 岁高龄,病逝于英格兰的德文郡。

代表作品

故事发生在加勒比海地区的牙买加一个名为西班牙小镇的地方,女主人公安托内特和她的母亲及弟弟皮埃尔生活在一起,她母亲的祖先是英国人,在此居住多年并拥有田庄和大批黑人奴隶。父亲病死以后,母亲带着两个孩子改嫁给了从英国来的梅森先生,梅森很快成了这一片产业的新主人。

轰轰烈烈的废奴运动兴起之后,安托内特的家庭日益败落,她自幼在充满种族

---

① 1959 年建立于英国,建立者是 WH·史密斯公司,基本上为英语写作的得奖者。

压迫和种族仇恨的环境中过着孤独、恐惧的生活，饱尝了白人邻里的冷眼敌视和周围黑人的恶意骚扰。母亲不堪重压，屡屡要求梅森带着全家人避居他处，可梅森贪恋这一片家产，总是不以为然，与梅森对待安托内特母子冷漠无情的态度不同，安托内特的婶婶考拉和黑人女仆克里斯托芬对她却关怀备至，使得她幼小的心灵稍稍得到了一些慰藉。

一个夜晚，当地黑人纵火烧毁了安托内特一家所在的庄园。年幼多病的弟弟皮埃尔在大火中受伤，一家人在克里斯托芬等人的帮助下仓皇出逃。皮埃尔在到达库利布里后不久便死去，母亲受了这样的刺激和打击，精神有些失常，时常责怪是梅森先生对他们的安全毫不在意导致了这样的恶果。气急败坏的梅森终于下令将她关进了一所孤寂的房子，并下令任何人不准接近她。在这样的状态下，她最终真的发了疯，连安托内特偷偷去医院看她，也被她吓得逃了回来。

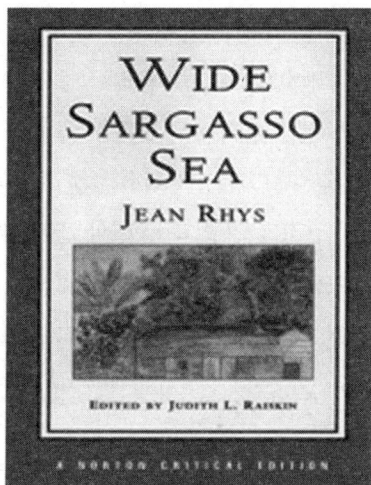

不久，梅森先生病死，由他和前妻所生的儿子理查继承了大部分家产，其余则由安托内特继承。理查急于将安托内特赶出家门，于是不顾她婶婶考拉的强烈反对，轻率地决定将安托内特嫁给从英国来到这里的罗切斯特先生。罗切斯特是家中的次子，按照英国的法律无法享有继承权，在他的家人和理查的合谋下，终于成就了这桩建立在贪欲基础上毫无爱情可言的婚姻。在两人结婚前夕，考拉婶婶与理查发生了激烈的争吵，她在给安托内特留下几件首饰以备不时之需后，愤然离去。

起先，罗切斯特对安托内特的美貌贪恋不已，安托内特对他也是言听计从，百依百顺。但不久，罗切斯特狂傲自负、猜疑嫉妒的本性便渐渐暴露出来。恶棍但尼尔（安托内特生父的私生子）写来一封诽谤信，他在信中声称安托内特家族有精神病史，她的母亲、弟弟及祖先都曾染此疾，另外，她还曾经和当地一位奴隶主的儿子过从甚密。不顾安托内特的辩解和说明，罗切斯特对她日益疏远，并开始公然与一名女仆美莉偷情。克里斯托芬对罗切斯特卑劣无耻的行径气愤不过，与之争吵，最终也被专断的罗切斯特赶出了家门，在附近山区找了间房子安顿下来。

罗切斯特对安托内特的凌辱日益加剧，安托内特被限制了行动的自由，每日只得以朗姆酒排遣孤寂忧愁。在孤独绝望中,她偷偷跑去向克里斯托芬求助,希望她能够施展"巫术",重新召回罗切斯特当初对她的爱恋。克里斯托芬禁不住她的一再哀求,终于答应给了她一种药剂,虽然知道这不会有什么效果。

当天夜里,满心喜悦的安托内特让罗切斯特饮下了事先调制好的朗姆酒。可奇迹并没有出现,半夜罗切斯特觉得头昏脑涨,生性多疑的他猜到安托内特在酒里下了毒药,他派人找来了克里斯托芬,以行使"巫术"为名将她责骂一顿,并且威胁要将她交给当地的警察。对于安托内特,他则越发厌恶憎恨。

在精神肉体的双重折磨下,安托内特终于也和她可怜的母亲一样,在罗切斯特回到英国以后,被当作"疯子"关在一间阁楼上。唯一陪伴着她的是女仆格蕾丝·普尔。在故事结尾处,理查假惺惺地过来看望安托内特,不料后者却拿起斧头向他穷追猛砍,吓得他落荒而逃。在恍惚迷离的幻梦之中,安托内特梦见自己手持蜡烛,满怀仇恨,想把这一间禁锢她肉体和精神的阁楼化为灰烬……

文学影响

20 世纪 20 年代,正是西方女权主义运动风起云涌的年代,以霍尔①、伍尔夫、韦斯特②为代表的一批知识女性勇敢地站出来,揭露女性长期被压迫、被奴役的事实,并号召广大妇女为争取平等自由权利而斗争。在这样的背景下,吉恩·瑞斯选择了 19 世纪文学经典《简·爱》为突破口,抓住原著中罗切斯特与"疯女人"伯莎之间一段暧昧关系的"破绽",以全新的女性主义视角,对这部名著进行了深入的挖掘和解构。

原著中的疯女人伯莎是一个疯癫失常、令人厌恶的形象,是罗切斯特与简·爱美满姻缘的绊脚石。可在《茫茫藻海》中,我们看到的却是安托内特这样一个凄婉、柔弱、饱受欺凌折磨的令人同情的女性形象。她的生父荒淫无耻,与黑人女奴苟合生下了若干孩子,加上所从事的罪恶勾当,使得他们一家饱受白人的冷眼和黑人的仇视。继父梅森先生看中的只是他们家族的财产,对他们毫无同情怜悯之心。自私、固执、猜忌阴冷的罗切斯特也纯粹为了金钱权欲而与安托内特结合,在听信

---

① 瑞克里芙·霍尔,本名玛格莉特·瑞克里芙-霍尔(Marguerite Radclyffe-Hall),英国诗人、作家,以女同性恋小说名著《寂寞之井》闻名。

② 丽贝卡·韦斯特(Dame Rebecca West,1892—1983),英国作家、记者、文学评论家及游记作家。她是位多产的作家,作品几乎涵盖所有的文学类型。韦斯特还致力于女权和自由派运动,是 20 世纪首位公共知识分子。

了别人的谣传以后对安托内特横加凌辱,逼着她和母亲一样走上了同样的"发疯"的道路。这也反映了 20 世纪以前没有人身自由、经济无法独立的广大妇女的共同命运——她们要么甘当"男主人"的奴隶(包括性奴隶),要么被逼发疯。

与原著中由简·爱的视角和口吻一路叙述到底的方法不同,在本书中,瑞斯采用了多角度的叙述手法,同一件事情,如安托内特母亲的发疯,由但尼尔、克里斯托芬和安托内特本人做出了不同的解释和说明,交叉影响,互为补充,至于谁更切实可信,则唯有读者用心去仔细体味,才有可能发现答案。小说的第一部分由童年安托内特的视角展开,交代了她的家庭背景及主要人物的性格特征,第二部分改由罗切斯特的口吻进行叙述,通过罗切斯特与他人的谈话,及其他试图查询"事情真相的种种努力",将过去发生的事件换一个角度重新描述一遍。第三部分较短,改由安托内特以内心独白的方式进行叙说,细致刻画了她在遭囚禁直至发疯整个过程的心理活动,使得整部小说结构错落有致,笔墨浓淡适宜,具有极强的艺术感染力。

当然,小说最大的成功,还在于作家那一种简洁流畅的语言风格,对整个事件进行了从容不迫、客观冷静的描述。特别是对加勒比海地区异国情调的风景刻画,着墨不多,而感人尤深。这种寓情于景的方式,不仅使得整部小说自始至终充溢着一种评论家所言的"加勒比的哥特式"的瑰奇色彩,也使得人物形象相形之下越发鲜明突出。

吉恩·瑞斯在《茫茫藻海》中,运用高超的笔法和凝练的文笔,不仅揭示了殖民主义给广大黑人和普通白人带来的痛苦、愤恨和人格的扭曲,更控诉了资本主义婚姻关系和道德伦理对广大妇女的摧残。因此,这部小说被称为 20 世纪女性主义文学作品的经典之作是当之无愧的。

45. 凯瑟琳·安·波特[美]

《开花的犹大树》

作者简介

凯瑟琳·安·波特(Katherine Anne Porter,1890—1980),是美国当代著名的女作家,其短篇小说尤为著名。凯瑟琳出生于得克萨斯州迈阿密一个衰败的名门家族,她的祖辈是著名的拓荒英雄,母亲与美国短篇小说家欧·亨利有亲缘关系,但到她出生时已家道中落。

两岁丧母的波特从小由祖母带大,她曾在一所私立学校上学,后又去一所修道院读书,但生性叛逆的她抛弃了宗教信仰,16岁时逃离修道院,与她的第一个丈夫结婚,但这段婚姻只维持了3年。21岁时,波特只身来到芝加哥,在一家报馆当记者,3年后,她又回到得克萨斯州,以演唱苏格兰民谣为生,并撰写一些书评和评论。1917年进入《评论家》周刊编辑部工作,次年又转至《落基山新闻》当记者和艺术评论员,但不久就因患肺病而辞职。

20世纪20年代初期,波特去墨西哥研究那里的印地安人艺术装饰,并参与了那里的左翼政治活动,这段经历在她的第一部短篇小说集《开花的犹大树》(*Flowering Judas*,1930)中有所反映。这部小说集为她赢得了1931年度的古根海姆奖学金,使她重游墨西哥。1932年波特从墨西哥去欧洲,先后在瑞士、法国和德国居住,直到1937

凯瑟琳·安·波特

年才回到美国。

在随后的十几年中，波特经历了两次失败的婚姻。对此，她曾经坦率地说："他们没法跟我一起生活，因为我是一个作家，而且当时跟现在一样，写作第一。"1980年，90岁高龄的波特在美国马里兰州的一家小疗养院中去世。

波特的作品虽然数量不多，却是篇篇精品。她一生中共发表了一部长篇小说《愚人船》(*A Ship of Fools*, 1962)，三部中短篇小说集《开花的犹大树》、《灰白马，灰白骑手》(*Pale Horse*, Pale Rider, 1939)和《斜塔》(*The Leaning Tower*, 1944)。这三部小说集中的作品连同另外四篇收集在她的《波特小说集》(*Collected Stories of Katherine Anne Porter*, 1965)中，该书的出版为波特赢得了1966年普利策奖和全美图书奖。

1977年，波特发表了回忆录《千古奇冤》(*Never Ending Wrong*, 1977)，书中她抗议20世纪20年代美国当局处决两个无辜意大利移民，显示出她是一位具有强烈正义感的作家。1970年，80岁高寿的波特出版了《散文和随兴漫谈集》(*The Occasional Writings of Katherine Anne Porter*, 1970)，其中收集了她50年来所写的约40万字的随笔、文艺批评、创作谈、诗歌和一部传记小说的片段。

代表作品

《开花的犹大树》是波特的第一部短篇小说集，也是其公认的代表作之一。

同名短篇小说描述了一位背离天主教的美国姑娘劳拉去墨西哥学校教书，卷入了当时的一场政治革命，同时结识了一位权势很大的革命领导人布拉焦尼。整整一个月中，布拉焦尼总在黄昏时刻到劳拉的住所拨弄六弦琴，用浑浊、沮丧的声音对着劳拉歌唱，但劳拉从不为之动容。

充满浪漫的劳拉认为："一个革命者既然有崇高的信仰，就应该长得瘦削、生气勃勃，是一切抽象的美德的化身。"而布拉焦尼却是个贪吃的大胖子，尽管他的形象"已经变成她许多幻灭的象征"，但劳拉对于布拉焦尼的举动或者回避，"尽可能晚地回到自己的住房来"(但不管多晚

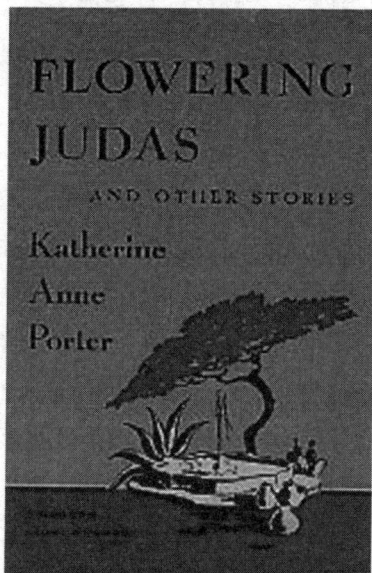

都能见到一直等待在那里的布拉焦尼);或者采取漠然的态度,"冷冷地、毕恭毕敬地听布拉焦尼歌唱,她不敢讥笑他糟透了的演奏"。没有人敢讥笑他,因为他残忍无情、自以为是,又是一个"在光荣的战斗中被刺穿过的"手段高明的革命者。他拥有很多权力,"这种权力使他能毫无过错地占有许多东西",并且劳拉和"其他许多人一样全靠他才有舒适的职位和工资"。所以没有人敢冒犯他。

布拉焦尼常常跟劳拉大谈革命和爱情之间的关系,在他看来,必须彻底摧毁现存的世界才能重新建立更好的新秩序。劳拉天天教那些孩子,尽管"他们对她来说始终是陌生人";她还常常给布拉焦尼和他的追随者们传递信息:在闲暇时去参加工会那些毫无结果的会议,听那些热闹而神气的声音,为策略、方法和国内的政治吵吵嚷嚷。她到牢房里去探望那些信仰相同的囚犯,为他们带去食品、烟卷和一点钱,也递进一些用双关语遮瞒的密函。当年轻的追随者欧亨尼奥因为对革命丧失了信心,而吞服了劳拉偷运给他的安眠药自杀时,布拉焦尼却还在对着劳拉没完没了地唱情歌。对于欧亨尼奥的死,布拉焦尼非但未流露丝毫的悲伤,还责骂他是个蠢货,庆幸从此可以摆脱他。

在旅馆躲藏了一个月后,布拉焦尼又回到家中与妻子团聚。午夜,孤独的劳拉在沉思中昏然入睡,梦见死去的欧亨尼奥来到她的床前,邀她去看一个新的国家,劳拉执意不肯,他就从那棵犹大树上摘下"暖乎乎、淌着鲜血似的汁水的花,递到她的嘴旁"。当劳拉"贪婪地吃着花朵,因为它们既消饥又解渴"时,欧亨尼奥大叫道:"杀人犯!……又是吃人肉的!这是我的肉体和鲜血!"劳拉嚷叫着"不",被自己的叫声惊醒后再不敢入睡。

故事中的主要人物布拉焦尼和劳拉是两个意味深长的形象。布拉焦尼是革命队伍中的腐败分子,他生活奢华,追求享乐,纵情于"小奢侈品"的爱好。他很自爱,也很自负,"他对自己爱得一往情深,体贴入微,而且对自己永远宽大为怀";他的爱始于自爱,并由此蔓延到与他有联系的人身上。他是一个职业的革命家,利用他的追随者为他卖命,"跟他们的关系比跟他的亲兄弟更密切",因为"没有他们,他什么也干不成"。而当他得知年轻的追随者欧亨尼奥在狱中自杀时,他却表现得非常冷漠。可以说布拉焦尼背叛了他所追求的革命理想,是一个投机革命的职业政客。

劳拉给读者的最初印象是一个清纯、规矩、懂事的好姑娘。故事开头布拉焦尼的死皮赖脸与劳拉的谦让、忍耐形成鲜明的对照。但随着故事的发展,呈现在读者面前的劳拉变得不再如此完美。她用"不"拒绝与任何人的熟悉和亲近,用革命理想来隐瞒自己的性冷淡;她将安眠药带到狱中,本想给狱中的同志带去安慰,却致使欧亨尼奥自杀身亡;她害怕被人看到去教堂,却又不由自主地悄悄溜进去。所有的这一切表明劳拉也是一个背叛者,是更加复杂层面上的背叛者。她同情革命又难以与自己的过去告别,她与这个世界格格不入,她对所有的人,包括她的学生和同志都有陌生感。事实上她是被道德原则异化了的非我,最终她背叛的是她自己,是精神的背叛者。

《开花的犹大树》的故事本身极具反讽意味,虽然表面上看布拉焦尼是一个令人厌恶的腐败的革命者,背叛了革命理想,背叛了他的同志,也背叛了他的妻子和劳拉;而劳拉是一个纯洁的姑娘,但她实际上与布拉焦尼一样犯有背叛的罪行,在小说的结尾劳拉吃犹大花的行为,清楚地表明了她也是一个背叛者。对此,有些评论家认为小说揭示了现代政治人物靠革命投机发迹的丑恶面目,小说的真正主题就是"自我背叛"。

文学影响

波特的作品多取材于她的亲生经历或所见所闻,她所熟悉的美国南方背景和她在墨西哥的游历均在小说中有所体现。《开花的犹大树》中卷入墨西哥左翼政治运动的劳拉使人自然地联想到作家本人在墨西哥的经历,据波特说,劳拉的原型是她在墨西哥一个当教师的朋友玛丽。在1965年的一次访谈中,波特就此介绍说:"当时有一个男人……对玛丽表露出一点关注……但你知道她对他没有把握;所以有一天她叫我过去和她坐在一起,因为某某那天晚上会过来唱唱歌、聊聊天,她独自一人住在那间公寓里。我所描写的地方就是那样,那儿有一个小的圆形喷泉,我们所说的犹大树正怒放着鲜花。当我从窗口走过时,我看到那女孩像这样坐着,一个男人在那边唱歌。"

但读者仍然能从劳拉的身上看到作家本人的影子:天主教背景、在墨西哥当教师的经历、当时政治活动的参与以及对美的敏感,都让人对小说的理解不自觉地建立在作家本人的生活经历上。但人们不该忽略的是,波特将她人生经历的素材转化成小说的形式,而不是传记。

波特的作品虽然数量不多,涉及的范围也不广,但她所关注的正是许多现代作家所关心的主题和感受:现实与理想的碰撞、人性的异化和对自我的追寻、辜负与内疚等。尤多拉·韦尔蒂在评价波特的作品时指出:"她写的小说全都是具有道德意义的爱和恨的故事,那种恨正是爱的孪生,爱的冒名顶替者、敌人和死亡。背叛、遗弃和盗窃这类不良品质就像它们在人世间游荡那样,在她的故事篇章中徘徊不散。"《开花的犹大树》与她的其他作品一样,它揭示了投机发迹的职业革命家的丑恶面目,同时也启发人们对理想与人性本身之间关系的思考。

波特在其漫长的一生中始终对创作采取十分严肃的态度,对作品刻意求工,精益求精,从而在当代美国文学界享有很高的声誉。美国著名作家和评论家罗伯特·潘·华伦就将她与乔伊斯、海明威、凯瑟琳·曼斯菲尔德和舍伍德·安德森并列为西方少数几个在短篇小说形式的创建上具有独特性的作家。

波特先后两次获得古根海姆奖学金(1931、1938)、两次福特助学金(1960、1961)、欧·亨利奖(1961)、全美图书奖(1966)和普利策奖(1966)。1967 年,她又荣获美国文学艺术院颁发的金质奖章。

46.左拉·尼尔勒·赫斯顿［美］

《他们眼望上苍》

作者简介

　　左拉·尼尔勒·赫斯顿(Zola Neale Hurston,1891—1960)，美国作家兼民俗学家,出生于佛罗里达州的伊顿维尔。孩提时代的赫斯顿充满着好奇心和想象力,她曾在自传中回忆道:"小时候我常常爬到家门口的一棵树顶上去看外面的世界……我看到的最有趣的事情就是远处的地平线,那时我就萌发了这样的念头:我应该走到地平线那边去看看世界的边缘是什么样的。"这种个性使她的小说始终充满了生命力和朝气。

　　1904 年,赫斯顿的母亲去世,她的生活一直处在困境中,为了继续学业,她曾做过各种零工。赫斯顿早先就读于巴尔的摩的摩根学院,1919年至 1924 年间进入霍华德大学读书,并在学校的文学期刊上发表了各式的短篇小说和戏剧。毕业后,她在巴纳德学院进修,师从于知名的人类学家弗朗兹·博厄斯,从此,赫斯顿边潜心民俗学方面的研究,边开始了正式的写作生涯。

　　1925 年,赫斯顿辗转来到纽约,这对她来说无疑是一次转机。当时"哈莱姆文艺复兴"(The Harlem Renaissance)这一兴起于 20 世纪 20 年代的黑人文学运动正方兴未艾,许多知名黑人作家如杜·波伊斯、朗斯顿·休斯都汇集纽约,以"表

左拉·尼尔勒·赫斯顿

达他们个体的黑皮肤的自我"。当时,查里斯·约翰逊正创办一个反映黑人生活的杂志《机遇》,他需要一些展示"新黑人"形象的文章,而赫斯顿的作品正好与之合拍,这一杂志的问世为赫斯顿的创作提供了广阔的天地,她成为新黑人复兴文学运动的热情撰稿人。

从 20 世纪 30 年代开始,赫斯顿的文学创作逐渐进入黄金时期,她先后出版了许多小说和戏剧,不凡的佳绩使她蜚声文坛,成为美国最杰出的民俗学家和黑人女作家。当时为了促进种族关系的改善,社会环境要求黑人与白人文化的同化,在这样的社会背景下,赫斯顿仍然不妥协地坚持个性和自我,她的许多作品都是对自我和黑人的肯定以及对黑人传统的赞颂和弘扬。赫斯顿的第一部小说《约纳的葫芦藤》(*Jonah's Gourd Vine*,1934)发表于 1934 年。小说一经问世就产生了一定的影响力,评论家们盛赞其丰富的语言,及"令人难以置信的美感和深沉的激情"。

1935 年,赫斯顿的"故事书"《骡子与人》(*Mules and Men*,1935)出版,这是一部极具人类学和民俗学价值的作品。《镀金的六个硬币》(*The Gilded Six-Bits*,1933)是赫斯顿短篇小说中最优秀的一篇,着重探讨了婚姻关系和随之产生的各种矛盾困惑。《山人摩西》(*Moses Man of the Mountain*,1939)是集小说、民俗、宗教和喜剧于一身的作品,海明威曾称之为 20 世纪 30 年代后期赫斯顿最好的作品之一。其他有名的作品还包括《告诉我的马》(*Tell My Horse*,1937)、《伟大的一日》(*The Great Day*,1932)等等。

《他们眼望上苍》(*Their Eyes Were Watching God*,1937)出版于 1937 年。小说刚出版时曾遭到许多黑人作家的抨击,认为它亵渎了黑人文化与传统,致使赫斯顿承受很大的精神压力。1959 年,赫斯顿因中风被迫住进了福利院。1960 年 1 月 28日,她因心脏病而去逝,被埋在佛罗里达的一个不为人知的坟茔里。

从此,这位颇具才华的作家被文学界遗忘了,直到 20 世纪 70 年代初,著名的黑人女作家艾丽斯·沃克着手寻找赫斯顿的坟茔并为她立碑,她才再度引起文学界的关注,如今赫斯顿已成为美国文学批评界的焦点作家之一。

代表作品

小说《他们眼望上苍》的主人公是一位名叫贾尼·斯塔克斯的黑人女性,故事发生在 1920 年至 1935 年间的佛罗里达,围绕着女主人公的三次婚姻而展开,揭示了主人公的自我探索、自我发现的心路历程。小说采用倒叙的手法,一开始就交代贾尼结束了一年半自我探索的旅程,回到了故乡。她的回归引起了镇上人们极大的好奇心,他们议论纷纷,但贾尼对此置若罔闻。好友菲比前来探望,贾尼娓娓向她讲述自己的经历。

贾尼从小不知道父母是谁,被外婆抚养成人。在她16岁时,开始对婚姻充满浪漫的幻想,但幻想很快被现实冲垮。当她到了谈婚论嫁的年龄时,外婆打算把她嫁给洛根·基利克,因为此人有60英亩的田地,当时只有白人拥有土地。贾尼觉得洛根很丑陋,拒绝嫁给他,但外婆执意认为贾尼必须嫁给一个能保护她、给她安全感的男人。

婚后,贾尼始终无法爱上洛根,而洛根像对待骡马一样对待她,贾尼的第一次婚姻的梦破灭了。这时,一个着装入时的外乡小伙子乔·斯塔克斯来到贾尼家和她搭讪,他听说附近刚兴建了一个小城伊顿威尔,他打算去那里买块地。乔使贾尼认识到她和洛根在一起所受到的不公正待遇,并向她展现了一个更为辽阔的天地,很快他们就私奔了。

乔弥补了贾尼过去生活中的许多缺憾,使贾尼意识到自己的美。他是个有抱负的人,贾尼也是一个有梦想并渴望实现梦想的人,尽管乔启发了贾尼的梦想,但贾尼也意识到乔并不能完全满足她的需要和渴望。

贾尼和乔乘火车来到一个新兴的小镇,乔用积攒的钱建成了当地第一所邮局和第一家商店。很快,商店就成了镇上人们聚会的场所,乔也在小镇上树立起威信,被选为第一位市长。随着权力的增加,乔以自己的威慑力压服着镇上的人们,并限制贾尼的许多自由。他们的关系越来越糟,他不仅在精神上而且在肉体上处处折磨她,贾尼寄托在他身上的希望彻底地破碎了。她心灰意冷,深深地感到自己像地里干活的骡子,失去了爱和营养并慢慢地死去。

11年过去了,贾尼已经懒得再去抗争,有时她会产生离家出走的念头,但很快又放弃了这种念头。乔的脾气越来越差,他的身体状况也日益恶化,严重的肾衰竭使得他卧床不起。但他不允许贾尼靠近他,甚至害怕贾尼在他的饭里下毒。乔在

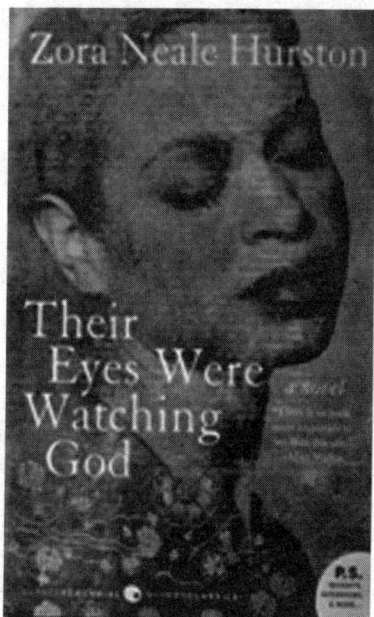

痛苦中死去了,他的葬礼盛大而隆重,虽然贾尼在表面上应付着这一悲哀的局面,而内心深处她却感到一种释然与轻松。

很偶然的机会,贾尼认识了年轻英俊的外地人伍兹,伍兹激发了贾尼身上压抑了多年的激情和活力,与伍兹的交往使贾尼体会到了什么是爱,品味了因爱而生出恐惧、猜疑、诚意和牺牲的滋味。贾尼决定不顾镇上人的闲言碎语嫁给伍兹,去追求自己的梦想和真爱。贾尼和伍兹搬到了艾瓦圪雷德,在那里他们和其他的黑人同胞一道辛勤劳作、快乐生活、共建家园。很快灾难降临了,在救助贾尼的时候,伍兹的脸不小心被一条疯狗咬伤。一个月后,狂犬病开始在他的体内发作,他藏了一支上膛的手枪,以便随时杀死贾尼。为了保护自己,贾尼不得已向伍兹开了枪。镇上人都认为伍兹的死是贾尼的错,应该把她关进监狱,最后医生西蒙斯向陪审团说明了内情,贾尼无罪释放。

贾尼决定离开小镇,因为这里带给她的是无尽的思念和忧伤,她在结束了一年半自我探寻的路程后回到了家乡(即小说的开始),她觉得家乡并不像原先那样的空空荡荡,至少她有了那么多的见识和想法。贾尼请朋友菲比把她的故事讲给镇上人听,也许人们从她的经历中能体会出什么是爱。伍兹没有死,他仍然活在贾尼的记忆中,贾尼从中找到了内心的平静。

文学影响

《他们眼望上苍》是黑人文学中的经典之作,它为黑人女性争取自由和自我的历史增添了新的篇章。主人公贾尼一生中的大部分时光是在循规蹈矩中度过的。然而,就像《哈克贝利·费恩历险记》中的哈克,或者说就像作家赫斯顿本人那样,当她发现这样的生活有悖于她的内心且并不能给她带来真正的幸福时,她有走出限制,去寻找另一个世界的勇气和品质。

贾尼的前两次婚姻从某种意义上说更符合传统意义上关于婚姻的价值观念:即丈夫比妻子年长,拥有财产,能为妻子提供物质保障和安全感。在外婆和上辈人眼中,贾尼是应该满足和幸福的。然而,贾尼却在一个年纪比她小、身无分文的伍兹身上实现了她儿时在梨树下生成的对未来和婚姻的梦想。在贾尼眼中有几亩田地并不重要,而在贾尼认为重要的事情上伍兹显得聪颖而成熟。他给贾尼的是充分享受生命的自由和空间。伍兹就是贾尼一直渴望找到的那个天外的美好世界。为了投入这美好的新世界,贾尼抛弃了一切束缚在女性身上的枷锁,甚至是她所生存的社会。

尽管贾尼和伍兹的婚姻非常短暂，但这一年半的婚姻生活却让贾尼感到了生活的多彩与充实。因此，虽然贾尼的余生将在绵延的回忆中度过，但她并没有感到过多的遗憾："如果你能在拂晓时分看到光芒，那么即使在黄昏时刻死去也无太大遗憾，还有那么多的人从来都没有看到过光明，而我一直在找寻，上帝终于为我打开了门。"

贾尼的生活经历也是作家赫斯顿不妥协的个性的写照和对生命的积极肯定与赞颂。她曾在自传中写道："尽管我的生命还没有走到尽头，但我感到我已经真真切切地活过了。我体味过了真挚友情的辛酸和快乐。我为别人做了许多，别人也为我做了许多。我曾经树敌，但并不为此而感到耻辱。我曾经毫无信仰，以后又曾为坚守信仰而流血。我曾无私地倾注了所有的热情爱过，也曾痛快淋漓地恨过，将会有一个什么样的未来在等着我，对此我一无所知，也无从想象，但至少我已经触到了苍穹的四个边角，在苦苦的探索中我悟到了生命就是由眼泪和欢笑、爱和恨组成的……"

赫斯顿通过描写贾尼的自我发现的心里历程，旨在阐述这样一种信念：即自由是一种内在的东西，人必须自己解放自己。人们要想实现自我、成就自我，首先要发现自我、解放自我。赫斯顿向读者传达了这样一个信息：只有真实的、自我的、自然的才是美而持久的。对于黑人来说，他们的美与力量首先来自对自己"黑色"的接受，伍兹在小说中的重要地位就在于他帮助贾尼认识到自身的价值，发现"黑色"的自我。

《他们眼望上苍》为黑人和黑人文学提供了一种"种族的健康"，因为它把黑人看作是完整、复杂而未衰败的群体，它用黑人自己的语言模式和符号，肯定并赞颂了黑人的文化传统和遗产。

47. 赛珍珠［美］

《大地》

作者简介

赛珍珠（Pearl S. Buck，1892—1973），出生于美国西弗吉尼亚州的希尔斯伯勒。还在襁褓的时候，她就随身为美国基督教长老会传教士的父母远涉重洋，来到中国，在这个被她称为"父国"的国度生活、工作了 30 多年，深受中国文化的熏陶。

1917 年，赛珍珠与美国农学专家约翰·布克结婚。随后，她便与丈夫同去安徽宿县（南徐州），就此进入了一个中国农民的天地。其间，赛珍珠到过许多地方，结交了很多农民朋友。她"走进白人不曾到过的家庭，访问千百年来一直住在僻远城镇的名门望族，坐在女人堆里，从她们的聊天中熟悉她们的生活。"赛珍珠在那里的时间越长，她就越了解中国农民真实的生活情况。她深切地感到："穷人们承受着生活的重压，钱挣得最少，活干得最多。他们活得最真实，最接近土地，最接近生和死，最接近欢笑和泪水。"最后，赛珍珠把走访农家视为她寻求生活真实的途径，她感觉自己找到了人类最纯真的感情。

赛珍珠

1921 年，母亲的去世成为赛珍珠开始文学创作的契机，赛珍珠撰写了怀念母亲的传记《流放》（The Exile，1936）。同年，她创作了第一部长篇小说《东风、西风》（East Wind，West Wind，1930）。之后，赛珍珠随丈夫赴南京，在金陵大学教授英语语言文学。

赛珍珠最早的一些关于中国题材的随笔,发表在当时的美国杂志上。1930年,《东风、西风》出版后,被美国《星期日纽约论坛》誉为"第一部成功地用英语写中国的小说"。1931 年,《大地》三部曲的首部《大地》(The Good Earth,1931)问世,立即成为当年的畅销书之一,并于次年获得普利策文学奖。续篇《儿子们》(Sons,1932)和《分家》(A House Divided,1935)也相继出版。在此期间,赛珍珠发表了《母亲》(The Mother,1934),这部作品旨在塑造带有普遍意义的母亲的不朽形象。赛珍珠关于她父母的两部传记《战斗的天使》(The Fighting Angel,1936)和《流放》则在1936 年问世。

赛珍珠的作品在美国普通人中备受青睐,《大地》三部曲更是成为他们了解中国的基础读物。1938 年,赛珍珠由于"对中国农民生活所作的真切而取材丰富的史诗般的描述,以及她传记方面的杰作"而获得诺贝尔文学奖这一世界级殊荣。

此后,赛珍珠同时创作中国题材小说和有关美国生活的作品,包括《这颗骄傲的心》(This Proud Heart,1938)、《爱国者》(The Patriot,1939)、《诺言》(The Promise,1943)等小说。1941 年,赛珍珠创立"东西方文化协会",致力于东西方文化之间的交流和沟通工作。此前,她翻译了中国四大名著之一的《水浒传》,译名为《四海之内皆兄弟》(All Men Are Brothers),并于 1933 年出版。

新中国成立后,中美两国处于冷战状态,出于对新中国的隔膜和恐惧,赛珍珠写过诸如《梁太太的三个女儿》(Three Daughter of Madame Liang,1969)等作品,暴露出她对新中国的敌意。20 世纪 50 年代,美国麦卡锡主义横行,赛珍珠被迫发表过"反对共产主义"的声明,但她也营救过在美国的进步人士谢和赓、王莹夫妇,并希望制止那种疯狂的反共浪潮。1972 年,赛珍珠不顾八旬高龄,决定主持美国国家广播公司的专题节目《重新看中国》,准备随尼克松总统访华,可惜申请未被批准。赛珍珠精神上受到强烈的刺激,结果一病不起,于翌年去世。尼克松总统在悼词中称她为"一座沟通东西方文明的人桥""一位伟大的艺术家,一位敏感而富于同情心的人"。

赛珍珠是一位多产的作家,一生作品八十余部,最具影响的代表作是《大地》三部曲、《母亲》、《战斗的天使》(Fighting Angel,1936)和《流放》,其中《大地》在世界各国广为流传,影响最大。这正如海伦·斯诺(Helen Foster Snow,1907—1997)所说的那样,"赛珍珠在《大地》上开辟了新的田地,在从未有人涉足的土地上留下了深深的犁沟"。

代表作品

《大地》以中国安徽和江苏南京为背景,描写了中国农民的生活。故事叙述的是普通农民王龙为获得土地这个使自己幸福的命根子,辛勤劳作,终于从农民变为地主的过程。王龙出身贫贱,老实巴交,但十分朴实勤快。他从黄姓地主家娶了厨房丫头阿兰为妻,阿兰虽然不漂亮,但她勤劳而善良,孝顺公公,操持家务,与王龙一同起早贪黑,家里田头辛勤劳作,一家人节衣缩食,攒下每一个铜板购置田地。

黄家由于经营不善,渐渐败落下来。王龙便买进他家的一块好地,他们一家人的生活进入了新的阶段。可时运不佳,适逢旱灾荒年,王龙只得扶老携幼、一路艰辛逃荒至南方城市(南京)。一家人在城墙边搭了个棚子,王龙拉黄包车,阿兰和孩子们乞讨,全家勉强糊口。兵荒马乱中,他们意外地卷入了一场抢大户的暴动,夫妻俩得到了许多洋钱、珠宝首饰,发了笔横财,一家人返回故里。阿兰只留下两颗珍珠,把其他所有的珠宝换了大宗田地,雇了长工,王龙做起了财主。

家境发达后,王龙变得游手好闲、讲究饮食、注重穿着,继而嫖妓纳妾,整天与小妾荷花厮守在一起,疏远了他曾视为命根子的田地。而阿兰辛辛苦苦为王龙操劳了一辈子,生儿育女,任劳任怨,与王龙共苦,王龙却未能与之同甘。这时,她人老珠黄、心力交瘁,身患重病,不久于人世。虽然这时王龙已认识到自己的错,对阿兰怀有深深的负疚感,愿意倾其所有治好阿兰的病,可惜为时已晚。阿兰在亲眼看到长子成亲后,离开了这个并没有带给她多少欢乐的世界。这时,王龙才幡然醒悟,重新意识到阿兰和土地对他的重要。阿兰死后,王龙带领子女搬进了黄家大院。他的三个儿子都已长大成人,各有前程。老大读书做官,老二成了商人,老三则从军。兄弟仨都想保住家业,但是,他们都不像王龙那样视土地为生命,都不具有王龙那样充沛的精力和韧性。

垂暮的王龙又爱上了荷花的使女梨花,但两人间更多的是父女般相互间的关

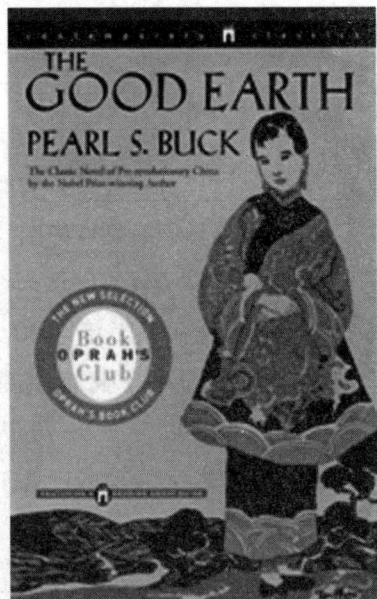

爱与陪伴,而非他与荷花间的那种男欢女爱。此时的王龙还留着一种情结,他始终离不开田地,每年春天一到,他就要来到地间田头,他觉得他的根在田里,他要感觉一下根的存在。所以,王龙临死前仍一再告诫儿子,田地是一家人的血肉,万万卖不得。

赛珍珠创作的《大地》三部曲是一部史诗,这部史诗作为一部家世小说,记录了王家几代人的沉浮,展示出一个家族在走向财富和影响力的道路上的发展。在这部包括《大地》、《儿子们》和《分家》的80万字的长篇巨著中,"描绘了王龙从普通农民变成地主、其儿子王虎从绿林枭雄变成草莽司令、孙子王源从留洋学生变成眷恋故土的知识分子的曲折过程,反映了王氏家族三代人的生活沉浮,对待人生、爱情、家庭的不同态度,揭示了悠久中国文化熏陶出来的各种人物形形色色的心态历程。"(中译本简介)

赛珍珠不仅以形象而生动的文笔,描写了她所见到的以及她所理解的中国农民形象,她还抓住了中国农民与土地之间须臾不可离的关系,成功地描写了中国农民独特的性格和命运。

土地是中国封建社会的支柱之一,对中国农民来说,土地有着一种非常特殊的意义。文学作品中所写的"日出而作,日落而息"的农民形象,与其说是一种艺术创造,毋宁说是中国农民生活的一个真实写照。王龙和阿兰勤劳、善良,他们有着朴实的农本思想和执着的土地意识。在王龙眼里,土地是一家人的命根子,即使是在旱灾危及生命的时候,王龙还硬是坚持不变卖土地,而宁可背井离乡,在南方城市靠卖苦力和乞讨为生。在城里,王龙对土地的眷念之情时时涌上心头,抢到一笔意外之财后,他赶紧带家人回到家乡,买进一块块好田,终于做起地主来。王龙对土地的热爱,在他变成地主之后仍然有增无减,尽管他年事已高,却依然要回到田头去劳作和察看。小说写到他与小妾荷花吵架后,突然想到要去田里干活时,赛珍珠有这么一段议论:这样干活,纯粹是为了其中的乐趣,因为这并不是他非干不可的事。他累了的时候,就躺在土地上睡一觉。土壤的养分渗透到他的肌肤里,使他的创伤得到愈合。王龙对土地的挚爱于此可见一斑。

王龙虽然不是一个完美的人物,但却是极为可信的。赛珍珠对这一形象的成功刻画,有赖于作者对王龙性格上的多层次与追求上的矛盾性的开掘。乍一看,王龙是个头脑简单的乡巴佬,但细瞧一下,人们看到的是一个富有生命力的、正常的、真实的人物。保罗·A·多伊尔认为:"尽管他始终被对土地强烈的热爱所支配,然而他首先是人,是一个具有幻想、感情、怪癖、反复无常和自相矛盾的心态的人。"

文学影响

赛珍珠生在美国,却长在中国,她用英文进行文学创作,却依靠中国题材的小说创作而荣获诺贝尔文学奖。大体说来,赛珍珠通过《大地》的创作,是希望向西方人说明,我们在对某人、某物或某种文化做出判断和阐释之前,至少应当先了解对方;而要真实地表现中国人,展示中国,人们就更要小心谨慎。原因很简单,作为一个国家,中国幅员辽阔,民族众多,风俗各异。赛珍珠说下面这段话的时候,心里很可能就是考虑到这层因素了:

"问题是没有一个人对什么东西的阐释是充分的,或者是完全正确的,甚至一群人的阐释也一样。达到准确的唯一可行的方法,就是把所有的阐释都汇拢到一起,努力寻找出共同的观点,并讨论差异的意义所在。"

赛珍珠对跨文化阐释中存在的巨大的、不同的困难有非常清醒的认识,所以,她自己特别小心。赛珍珠被认为是继马可·波罗以来,描写中国的最有影响的西方作家。但是,她本人非常讨厌人们称她为中国阐释者,这既有趣,也颇发人深省。赛珍珠认为:"阐释与理解是异名同义,在我们向任何其他民族阐释另外一个民族之前,我们首先必须理解和欣赏所有民族所具有的基本人性。"也许赛珍珠不自觉地在暗示,像她这样在中国生活了这么多年的人都难以解释中国,何况其他人。就异质文化相处而言,做到互相宽容、互相接受是一件说起来容易做起来难的事情。因此,赛珍珠更是一个不同凡响的特例。

这不是赛珍珠专横或者霸道,在中国问题上,也并非只有她才有发言权。她所强调的是,了解和理解一个国家和人民是任何阐释和评价的必要前提。她本人所描写的像王龙及其邻居秦这样的中国农民形象之所以可信,原因就在于她非常了解这样的人物,同时,她又是以一种饱含同情的笔调把她的这种了解表达出来。

对于赛珍珠来讲,中国农民世界是一个富有人性的世界。这里的人们善良坚毅,他们倾尽全力与天灾人祸抗争着。也许,他们的生活态度是原始的、保守的和落后的,但是,他们照样努力寻求生存、幸福和自由的机会。赛珍珠感兴趣的是作为人类共同成员的普通的中国人,她没有像此前那么多西方作家那样蔑视中国农民,相反,她只想写下自己对他们的爱戴和敬重。

在《大地》三部曲以及其他中国题材的作品中,赛珍珠对其笔下人物表现出极大的同情心。她的杰出的作品使人类的同情心克服了种族的、文化的距离而表达了一个基本意愿,即西方人应该用更深的人性洞察力去了解一个陌生而遥远的世界:中国。

48.玛·金·罗琳斯[美]

《一岁的小鹿》

作者简介

    玛·金·罗琳斯（Marjorie Kinnan Rawlings,1896—1953）,美国女作家,出生于华盛顿特区。1918 年,她从威斯康辛大学毕业,一年以后与作家查尔斯·罗琳斯结婚,两人移居到纽约州罗切斯特,为《路易斯维尔信使报》《罗切斯特杂志》等报刊杂志撰稿。当时很少有女性专门从事新闻报道或者为报纸杂志写作,所以罗琳斯也成为女性在这一领域的先行者之一,这段经历为她以后的创作打下了基础。

    1928 年,罗琳斯与丈夫第一次来到佛罗里达州的横溪,这块远离尘嚣的丛林地区立刻以其原始的荒野景色、简单的生活方式令玛·金·罗琳斯深深着迷,她感到这就是她安享人生的家园,于是他们在横溪购买了 72 英亩的橘林,定居在这里。她像当地的人们一样喂养牲畜,种植作物,生活简朴、平静而满足。后来在《横溪》一书中她写道:"我们这些生活在横溪的人只需要很简单的东西,而且也找到了我们所需要的东西。我想我们最为需要的是在一定程度上远离都市喧嚣迷茫的生活,尽管在其他地方也能过上这种生活,但横溪的生活如此美好优雅,以至于我们一旦住在这里,就不可能搬到其他任何地方了,

玛·金·罗琳斯

正如爱上一个人以后，其他人不可能带来心爱的人那样的安慰。

玛·金·罗琳斯热爱横溪的一草一木，移居横溪不仅改变了罗琳斯的个人生活，更重要的是影响了她此后的创作生涯，罗琳斯转而以一个作家而非记者的身份，开始了自己新的创作生涯。此后，她主要从事小说和短篇故事的创作，而她的大部分作品都以自己在横溪的生活和所见所闻为基础，这也使她的作品富有浓厚的地方特色。

1933 年，玛·金·罗琳斯发表了第一部小说《南方的月亮下》（*South Moon Under*，1933），小说细致生动地描写了横溪及其周围地区的生活。同年，她与丈夫离婚，但她并没有离开横溪，因为她深深地迷恋于这片自然、淳朴、未经开垦的土地。1935 年，她的第二部小说《金色苹果》（*Golden Apples*，1935）出版，她的第三部小说，也是她最有名的作品《一岁的小鹿》（*The Yearling*，1939）发表于 1939 年，故事的背景是现已成为奥卡拉国家森林公园的丛林地带。1942 年，她出版了自传《横溪》（*Cross Creek*，1942），讲述了自己对佛罗里达州这片土地的迷恋之情。1953 年，罗琳斯在世时的最后一部作品《寄居者》（*The Sojourner*，1953）出版，同年 12 月她因脑溢血而去世。1955 年，她生前写成的《隐秘之河》（*The Secret River*，1955）出版。

除了长篇小说外，玛·金·罗琳斯还创作了不少短篇故事、散文和诗歌。短篇故事包括《贫民查德林》（*Cracker Childlings*，1931）、《雅各的梯子》（*Jacob's Ladder*，1931）、《少女厄恩》（*Gal Young Un*，1932）、《漂流的风信子》（*Hyacinth Drift*，1933）、《公鸡要打鸣》（*Cocks Must Crow*，1939）等等，其中，《少女厄恩》还为她赢得了"欧·亨利短篇小说奖"。

就所表现的主题而言，玛·金·罗琳斯的作品富有典型的地方性特色。她的小说和故事所描写的大多是佛罗里达内陆朴实的乡村生活，主人公大都是贫苦的白人农民，生活艰难，但具有坚韧不拔、乐观勇敢的内在力量，能克服自然和社会环境中的种种困难而顽强地生存下来。因此，尽管她的作品取材于佛罗里达简单淳朴的乡村生活，但主题却具有普遍的意义，为广大读者所喜爱。玛·金·罗琳斯作品的另一特色是她对自然界细致生动的描写，她本身就是一个崇尚自然的人，珍视自然万物，渴望人与自然能和谐相处；尽管她也知道人类必须从自然界中索取生存的原料，但她反对对自然、自然界中的动物不加节制地肆意破坏和掠夺，在她的作品中这种思想也随处流露，常常通过主人公的言行表达出来。

1953 年玛·金·罗琳斯去世后，根据她的遗嘱，她的所有书籍、作品都捐献给了佛罗里达大学。佛罗里达大学成立了"玛·金·罗琳斯研究学会"(Marjorie Kinnan Rawlings Society),在对玛·金·罗琳斯的研究上取得了丰富的成果。玛·金·罗琳斯留给后人丰富的文学遗产,她也成为少数引人注目的美国女性文学作家之一。

代表作品

玛·金·罗琳斯对佛罗里达州内陆丛林地带的生活有着深刻的体验,在她的作品中对这一带的生活做了形象的描述。她的代表作《一岁的小鹿》也是以此为背景的。

《一岁的小鹿》的故事发生于 19 世纪中后期拓荒时代的美国佛罗里达北部内陆地区,讲述了一个 12 岁的男孩裘弟和一只幼鹿之间的故事。裘弟是个顽皮又孤独的小男孩,深爱着自己的父亲贝尼。贝尼厌倦了小镇上、乡村里和农场经营区人们的争吵、矛盾和彼此戒备,从福列斯特一家远离人烟的丛林中买了一块地,过着半猎半耕的生活。

由于生活艰难,贝尼与妻子已经失去了两个孩子,不愿唯一的儿子裘弟也夭折。生活的艰辛使裘弟的母亲脾气暴躁。她也深爱着裘弟,但她似乎不能理解裘弟的思想和情感。在繁忙的劳作之余,裘弟喜欢观察丛林中的各种动物,并且希望能收养一只宠物,但这就意味着家里的食物开支要加大,所以母亲坚决不允许。

有一天,裘弟和父亲贝尼到镇上去,在路上,贝尼被有巨毒的响尾蛇咬中,危急之中贝尼猎杀了刚生下一只幼鹿的母鹿,用母鹿的肝脏敷在父亲的伤口上以缓解肿胀、消除毒性,同时裘弟去向福列斯特一家求助。终于在邻居福列斯特兄弟和医生的帮助下,贝尼度过了危险。裘弟心里牵挂着那只失去母鹿的幼鹿,请求父亲让他收养幼鹿。贝尼深深理解儿子的孤独,而且自己也对幼鹿心怀怜悯,于是说服妻子同意裘弟收养幼鹿作为宠物,但他同时告诉裘弟,总有一天,幼鹿必须离开。幼鹿小旗成为裘弟最好的朋友,给他孤寂的生活带来了极大的安慰和快乐,伴随着他一起成长。而裘弟觉得自己永远也无法离开幼鹿,他宁愿拿自己本已很少的那份

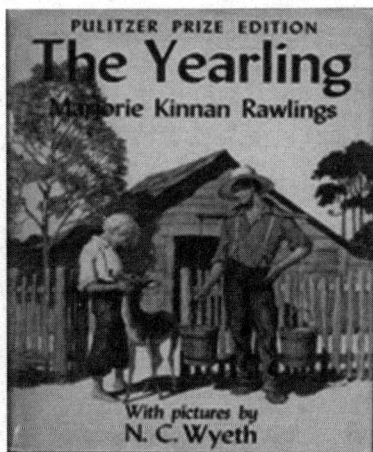

食物来喂养幼鹿,也不愿意把它赶走。

冬去春来,幼鹿快要长到一岁大了,裘弟与它的感情与日俱增。但是,幼鹿的天性使它逐渐开始危及到裘弟一家的生存:它一再地吃掉裘弟一家种下的玉米苗,而玉米是他们赖以生存的主要食物,裘弟发现父母终于不得已射杀了幼鹿。裘弟既伤心又愤怒,一气之下离家出走。然而离开了父母,在这个世界上他是多么弱小! 3 天没有进食,他饱受饥饿之苦,真正体验到了饥饿的含义。流浪中的饥饿生活终于使裘弟意识到生存的艰难和家的温暖,并且他也理解了父母的爱,理解了自己作为一个男子汉要承担的责任。"巴克斯特岛地像磁石般吸引着他,除了垦地,没有一样东西是实在的。"于是,裘弟终于踏上了回家的路,他将把对小旗的怀念藏在心中,并开始勇敢地面对生活的艰难,接替父亲的位置,勇敢地担起了养家的重担。

文学影响

《一岁的小鹿》1938 年出版后,立刻成为美国当年的畅销书,并在第二年获得了"普利策文学奖"。这部作品还被选入美国中小学的教材,以其优美的艺术特色和积极向上的道德教诲,哺育了一代又一代美国儿童,是儿童文学也是美国文学的经典之作。在主题思想和叙事艺术等方面,这部作品都有其独特之处,给人印象深刻。

就主题而言,《一岁的小鹿》首先展现的是一个男孩从无忧无虑的童年时代,到勇敢承担生活责任的成年时代的成长过程。主人公裘弟是一个 12 岁的男孩,与贫穷的父母在佛罗里达州内陆尚未开垦的丛林地带生活。小说开头,裘弟还是一个童心未泯、充满好奇心的孩子,仅仅开始有了一种朦胧的责任感。成长的轨迹由此逐步延伸。裘弟在跟随父亲捕猎残杀家畜的黑熊的过程中,体验到生活的艰难和无奈;在对自然万物的观察中,领悟到人与自然、人与动物应该和谐相处;在与福列斯特兄弟以及奥利佛等人的恩怨纠葛中,体察着人性的善与恶、友谊与敌视;在与父母的交流中,感受着爱与被爱、隔阂的苦恼和理解的欣慰。

给裘弟影响最大的是那只刚出生不久的小鹿,孩童的天性以及生活的孤寂,使他不顾妈妈的反对,收养了失去母亲的小旗作为自己的宠物,从自己不多的口粮中匀出一份来喂养它,但小旗快要到一岁时,动物的天性使它吃掉了裘弟家地里的玉米苗,裘弟的父母只好将它杀死。愤怒而痛苦的裘弟怀着对父母的怨恨离家出走。

出走使他真正领会到生存的艰难,从而感受到家庭的温暖,理解了父母的决定,并最终回到了家中。

《一岁的小鹿》可以称为一部"成长小说",尽管小说叙述的时间跨度只有一年,但是在这短短一个春夏秋冬的轮回中,裘弟从天真烂漫的孩子到勇敢地代替父亲挑起养家的重担。美国的一些书评认为这一人物形象可与马克·吐温笔下的汤姆·索耶与哈克贝利·费恩媲美,这一评价是符合实际的。

作者在《一岁的小鹿》的情节结构方面设置了养鹿和猎熊两条线索,每条线索各有其高潮与顶点,串起小说中的人物与情节,并循此线索展开对主题的探讨。

此外,《一岁的小鹿》还包含一种螺旋式的首尾呼应结构。小说开始时,正是四月的暖春。这时的主人公裘弟是个寂寞、贪玩、童心未泯的孩童,他离开田地,偷偷跑到野外的小溪边为自己做了一个小水车,在小水车的旋转中体验着无穷的乐趣。小说结尾,是第二年的四月,裘弟在离家出走最终又回家的路上来到小溪边,想知道自己一年前做的小水车是否还在那里。"在他看来,如果能找到那小水车,也就能找到和水车一起消失了的其他美好事物。(可是)扑扑转动的小水车已没有了。这时,他倔强地想道:我要替自己再造一架。但造好之后,他却发现自己已无法在小水车的扑扑旋转中找到曾经有过的乐趣了"。同样的季节,同样的地点,同样的活动,表面看来,裘弟似乎沿着一个圆形的轨迹,从起点又回到了起点;实际上,这种轨迹或许是圆形的,但却不是在一个平面上,而是呈螺旋式的轨迹在上升。裘弟可以看到这条轨迹的起点,却再也不可能回到起点了。当他再度玩小水车,感觉其魅力已完全消失时,他的金色童年也已经结束了,他已经知道"做一个男人意味着什么"。

49. 玛格丽特·米切尔[美]

《飘》

作者简介

　　玛格丽特·米切尔(Margaret Mitcheu,1900—1949),20 世纪美国著名女作家,她不仅语言基本功扎实,而且善于刻画人物的心理,具有非凡的艺术才华。米切尔短暂的一生并未留下太多的作品,但只一部《飘》(Gone with the Wind,英译名为《随风而逝》)足以奠定她在世界文学史中不可动摇的地位。

　　1900 年 11 月 8 日,米切尔出生在美国佐治亚州亚特兰大市的一个律师家庭,她的父亲曾任亚特兰大市的历史学会主席,母亲则是一个女权主义者。在童年时,她就喜欢听大人讲美国南北战争时期的故事。她 15 岁时在日记中写道:"要是我是一个男孩,,我将会献身于西点军校,如果这个心愿能够达成,我将会成为一名优秀的军人,这些想法都让我为之震撼!"

　　1918 年,米切尔从地方的华盛顿神学院进入马萨诸塞州的斯密斯学院学医,后因母亲去世而退学,回家料理家务。1922 年,她担任《亚特兰大新闻报》的记者兼专栏作家,撰写文章和一些杂志书评。1925 年,经历过一次失败婚姻的米切尔嫁给了一位优秀的广告人约翰·马什,但

玛格丽特·米切尔

她并没有从夫姓,这让守旧的亚特兰大社交界大吃一惊。婚后第二年,米切尔因腿部负伤,辞去了报社的工作,在丈夫的鼓励下,开始文学创作。

南北战争期间,亚特兰大曾落入北方军将领舒尔曼之手。这段经历成为当地居民热衷的话题。自孩提时起,米切尔就时常听到她的父亲与朋友邻居们谈论南北战争,她对这段历史也产生了浓厚兴趣,并开始研究美国内战和内战后"重建时期"南方的社会生活。因此,当她决定创作一部有关南北战争历史的小说时,亚特兰大自然成了小说的背景。

米切尔一生中只发表了《飘》这部长篇巨著,这部以欧内斯特·道森的一句诗作为书名的名著,从成稿到几经修改,前后历时 10 年。1936 年,作品正式出版后,其销售情况即打破美国出版界的多项纪录,并获得"普利策文学奖"和美国"出版商协会奖"。米切尔也变成了美国文坛的名人,成了亚特兰大人皆知的"女英雄"。根据小说改编而成的电影《乱世佳人》,一举夺得 10 项奥斯卡大奖,成为电影史上的经典名片。半个多世纪以来,这部描写美国内战时期的爱情小说,一直位居美国畅销书的前列,并被译成几十种文字,在世界各地畅销不衰。

1949 年 8 月 6 日,玛格丽特·米切尔在一起交通事故中不幸身亡,英年早逝。她留下了大量书信,后结集出版,题名为《玛格丽特·米切尔的飘、书信集》(*Margaret Mitchell's "Gone with the Wind" Letters*,1976)。

代表作品

《飘》是一部历史题材的小说,具有较强的浪漫主义色彩。小说通过主人公郝思嘉与卫希礼、白瑞德、查理和弗兰克等人的感情纠纷,描绘了一幅南方社会在重要历史时期的生活画面。

1861 年 4 月,美国南北战争前夕,佐治亚州种植园主的社交圈子里,人们都在议论这场无法避免的战争,只有迷人的郝思嘉小姐不关心这些,她心里想的除了舞会、郊游之外,还有自己的美貌和能吸引多少男人的目光。当她听说意中人卫希礼将宣布与梅兰妮订婚时,备受打击,决心在第二天卫希礼家的宴会上大展身手,说服卫希礼和她私奔。不料碰了钉子,恼羞成怒的她狠狠打了卫希礼一个耳光,却不想被声名狼藉的浪子白瑞德看在眼里。郝思嘉一气之下草率地与梅兰妮的弟弟查理结婚。两个月后,查理病死在前线,郝思嘉不得不过沉闷的寡妇生活。在一次为南方军队举行的义卖会上,白瑞德把她重新带入了丰富多彩的社交生活中。白瑞德对她的殷勤使她重新成为令人羡慕的对象。

圣诞节前夕,卫希礼请假回家。郝思嘉乘机再次向他表白爱情,但经过战争磨难的卫希礼已丧失了激情,并恳求郝思嘉照顾已有身孕的梅兰妮,郝思嘉答应了。不久,卫希礼在战斗中被俘。郝思嘉在战乱中为梅兰妮接生,白瑞德护送她们赶往陶乐后上前线参战,在家乡郝思嘉发现家里被洗劫一空,支离破碎,开始重整家园。

战争以北军胜利结束,卫希礼返回家中。新政府命令陶乐限期交纳 300 美元的新附加税,否则就要拍卖庄园。郝思嘉觉得不堪重负,再次恳求卫希礼与她私奔,又遭到拒绝。郝思嘉决心无论如何也要保住庄园,她只身前往亚特兰大,以出卖自己为代价向狱中的白瑞德借钱,但白瑞德表示他目前无能为力。绝望中的郝思嘉巧遇妹妹的未婚夫弗兰克,获悉他尚有一些资产,郝思嘉略施巧计,诱引弗兰克向她求婚,从而保住了陶乐。白瑞德出狱后告诉郝思嘉他是巨富,后悔不已的郝思嘉便向他借钱,开始经营有利可图的木材厂。战后的南方社会动荡不安,郝思嘉在前往工厂途中遭黑人抢劫。弗兰克、卫希礼等三 K 党人组织对黑人的报复,北军派兵镇压,多亏白瑞德带他们转移才脱身,弗兰克在冲突中死去。

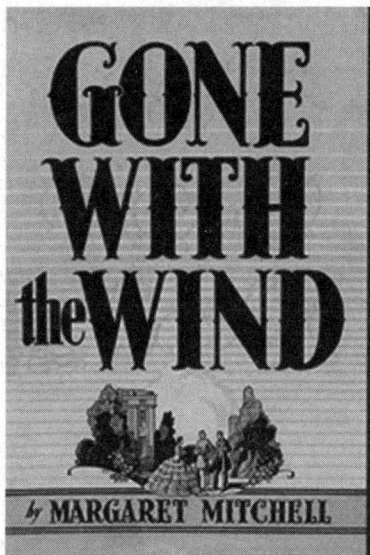

几个月之后,郝思嘉不顾亲友的劝阻,和白瑞德结婚,婚后两人的生活奢侈豪华,但郝思嘉仍对卫希礼念念不忘。不久,他们的女儿美蓝出生,郝思嘉便与白瑞德分居。

梅兰妮在家中为丈夫举行生日会,请郝思嘉去叫上班的卫希礼回家,两人在工厂缅怀往事,感慨万千,不禁相拥而泣,恰巧被人撞见,一时流言四起。郝思嘉窘得躲在家中不肯出门,白瑞德却坚决要求她参加生日会,生日会后,白瑞德带着女儿不辞而别。

3 个月后,白瑞德回到家中,加入了民主党,他是希望自己的女儿能在友好的环境中成长。而美蓝却在骑马中意外身亡,夫妇俩异常悲伤。

梅兰妮不听医生的劝告又一次怀孕,结果身体迅速恶化,临终前,她把照顾卫希礼的重担交给了郝思嘉,并告诉她白瑞德一直深爱着她。郝思嘉突然意识到,自己真正爱的是白瑞德。梅兰妮死了,郝思嘉去找白瑞德表示悔恨,希望一切重新开始,但白瑞德已心灰意冷,执意离她而去。

郝思嘉此时才28岁,她认为一切都还不晚,她要先回到陶乐故园,在那儿修复自己疲惫不堪的身心,她相信希望就在明天。

文学影响

作为第一部从南方女性角度来叙述美国南北战争的小说,米切尔以她女性的细腻成功塑造了郝思嘉这一极富吸引力的艺术形象,而小说极富浪漫情调的构思、细腻生动的人物和场景描写以及优美生动的语言、个性化的对白都使整部作品极具魅力。

郝思嘉从16岁时粉墨登场,到28岁孤单一人。在这12年间,她先后嫁过3个丈夫,两度守寡,生过3个孩子,成为那一时代美国的"乱世佳人"。米切尔在刻画这一女性形象时,将她投放到美国南北战争和战后重建时期的广阔社会背景上,展示出她那曲折多变的心路历程和精神世界,给人们塑造了一个直面人生、不甘平庸、执着追求自我存在的女性形象,她身上显现出的强烈的女权意识,使之成为一个不朽的文学形象。

小说中其他三个主要人物也都个性十足。卫希礼是一个优秀的贵族青年,他出身名门,接受了传统的上等教育,有高尚的道德品质。但在面对战后重建的新秩序时,他显得难以适应。他的形象不仅表现了美国南方文化精神的某些本质因素,也反映了美国社会的某些文化精神,他是美国文学中典型的"逃避者"形象。白瑞德与卫希礼几乎完全相反:他声名狼藉、玩世不恭、不恪守道德规范、大发战争横财,但适应环境的能力特别强。在他身上体现了19世纪资本主义投机家的共同特征。梅兰妮是美德的化身,也集博爱、宽容、柔韧、坚强于一身,是一个非常伟大的、具有高尚品质的女性。在小说中,随着故事情节的展开,作者用明暗有致、欲扬先抑的方法,在相互对照中展示了郝思嘉与梅兰妮丰富立体的性格世界,使两者的形象逐渐丰厚,相得益彰。

小说中,作者着重在人物的内在关系上精心策划、雕琢,使人物之间产生复杂、有趣的纠葛。郝思嘉和卫希礼表面上是朋友、亲戚,实际是一对不能如愿以偿的情人;郝思嘉与梅兰妮看似姑嫂,内在却是情敌;郝思嘉、白瑞德相互戒备,但内在白瑞德迷恋郝思嘉,而郝思嘉痴情于卫希礼。这种人物关系,在矛盾中相互交融,使得小说扑朔迷离,引人入胜。通过人物的内在关系,反映了人物外部的矛盾因素,有力地推动了小说情节向前发展。

人物语言的高度个性化是小说《飘》又一引人注目的特色。四个主要人物的性格差异十分明显,他们使用的语言各具特色。郝思嘉缺乏教育,性情刚烈,说起话来直来直去,还夹杂一些粗俗的字眼;卫希礼总是文质彬彬;梅兰妮说话温柔;白瑞德每次在嘲讽自己和他人的时候,讲的却是赤裸裸的真情话……这充分展示了米切尔的语言功底。

实践表明,文学作品对人物内心世界、情感领域的隐秘揭示得越充分、越细腻,它的艺术感染力就越强烈、越深刻,也就越容易使人产生共鸣,小说《飘》在这方面堪称美国文学史上的一座丰碑。虽然一些学术界人士认为,米切尔抱着狂热的地方主义色彩的偏见,歪曲了南北战争的事实,讴歌和美化了南方奴隶制庄园。但恩格斯曾说:"现实主义的意思是,除细节的真实外,还要真实地再现典型环境中的典型人物。"《飘》作为一部现实主义的文学作品,把思想性和艺术性完美结合,真实地表现了人类的实际生活状况和愿望,因此《飘》具有永恒的价值和持久的魅力,是一部研究美国历史的优秀教材。

50. 娜塔丽·萨洛特［法］

《行星仪》

作者简介

娜塔丽·萨洛特（Nathalie Sarraute，1900—1999），原名娜塔丽·切尔尼亚克（Nathalie Tchermiak），法国女小说家、散文家、戏剧家，"新小说派"的先驱人物和主要理论家，也被称为"新小说之母"。萨洛特出生于莫斯科附近的伊万诺沃－沃兹涅先斯克的一个犹太知识分子家庭，父亲伊尔亚是个化学家、科学博士，母亲也很有文化修养。她两岁时父母离异，因此，她经常往返于父母所在的法国与俄国之间。直到 1909 年，萨洛特才结束了奔波的生活，在巴黎定居下来，和再婚的父亲生活在一起。

萨洛特从小就表现出很高的语言天分，加上受变换的生活环境的影响，她通晓法、俄、英、德等多种语言，这为她后来创作时对语言的革新奠定了基础。萨洛特在巴黎费纳龙中学毕业后，就读于巴黎大学，于 1920 年获得英语学士学位。第二年，她赴英国牛津大学学习历史，并获历史学学士学位。之后她到柏林进修文学和社会学。

娜塔丽·萨洛特

1923 年，她再次到巴黎大学攻读法律，两年后获法学学士学位。1925 年，她与学法律的同学雷蒙·萨洛特结婚，并育有 3 个女儿。萨洛特曾与丈夫一起从事律师工作，她曾是法国律师团的成员。但她对于律师工作并没有投入多少热情，倒是对普

鲁斯特、伍尔夫、纪德、陀思妥耶夫斯基和卡夫卡很感兴趣，开始穿梭于各文学圈，而雷蒙对于妻子后来的创作给予了极大的支持。在丈夫的鼓励下，萨洛特开始了最初的文学创作。

1939 年，萨洛特发表了第一部作品《向性》(*Tropismes*, 1939)，自此她放弃了律师工作而专事写作。1940 年，法国律师团以她是犹太人为名而将她除名。第二次世界大战期间，她也因为犹太人的身份而处境艰难，她不得不改名换姓，一直到法国解放。战后，萨洛特把写作作为自己毕生的事业，她除了去一些国家进行短暂教学之外，一直潜心于创作。1999 年 10 月 19 日，娜塔丽·萨洛特在巴黎的寓所去世，享年 99 岁。

萨洛特一生笔耕不辍，共出版了 13 部小说、6 个剧本和 3 卷评论集。她的主要作品还包括小说《无名氏的肖像画》(*Portrait d'un Inconnu*, 1948)、《马尔特洛》(*Martereau*, 1953)、《行星仪》(*Le Planetarium*, 1959)、《金果》(*Les Fruits D'or*, 1963)、《生死之间》(*Entre la Vie et la Mort*, 1968)、《你不喜欢自己》(*Tu Ne T'aimes Pas*, 1989)、《这里》(*Ici*, 1995)、《打开》(*Ouvres*, 1997)；戏剧《沉默》(*Le Silence*, 1967)、《谎言》(*Le Mensonge*, 1967)，《伊斯玛》(*Isma*, 1970)、《这真美》(*C'est Beau*, 1973)、《她在这里》(*Elle Est La*, 1978)以及论文集《怀疑的年代》(*l'Ère du soupçon*, 1956)，其中收入了《从陀思妥耶夫斯基到卡夫卡》、《怀疑的年代》、《对话与潜对话》、《鸟瞰》等四篇著名的论文；她的另一著作《童年》(*L'Enfance*, 1983)则是一部介于散文与小说之间的自传性作品。

娜塔丽·萨洛特是"新小说"的先驱作家。新小说没有传统小说创作的时间、地点、人物、情节四要素，反其道而行之，打破了传统的阅读习惯；萨洛特的作品又是意识流的产物，强调的是对内心世界的微观的探求；她的创作方法是对传统小说的一种反叛，萨特在为她写的一篇序言中就用了"反小说"一词来形容她的作品。萨洛特的作品把表象的东西减少到了极点，不再有具体人物，有的只是模糊的影像，她更多注重的是精神世界的细微变化，并通过能引起读者同感的形象使读者理解其中的内容。

代表作品

《行星仪》(也译作《天象仪》)是萨洛特的第三部长篇小说，是她创作的后期、也是她的创作思想成熟时期最主要的代表作。"这是一部奇书。不仅在法国当代文学中甚为奇特,而且在整个 20 世纪西方文学中亦甚为奇特","被法国文学界公认为是法国当代一个强大的新派文学的一部重要代表作"。

小说中的主要人物是阿兰、吉赛尔夫妇,贝尔特姑妈和女作家热曼娜·勒梅尔夫人。小说自始至终都是不同人物的内心独白。通过复杂、散乱又断断续续的内心独白,我们可以看出小说中发生的事情,以及主人公之间的各种关系。

贝尔特是阿兰的姑妈,她的丈夫已经去世,她一个人住在一所有五个房间的公寓里。她的公寓要重新装修,窗帘的质地、墙面的颜色、门的式样都是按她自己的意愿选择设计的,她非常满意,但是门把手却让她非常恼火,为此她和装修工人闹得很不愉快,但她也不得不接受既成的事实。

贝尔特性格古怪,但她非常宠爱她的侄子阿兰。阿兰正在攻读文学博士学位,学位论文还没完成,家人希望他能完成学业,找一份稳定的工作;但他对此不屑一顾,他想当一名艺术家。他希望在他的圈子里得到别人的赞同、奉承,为此他不惜丑化自己,经常在他的"朋友"面前以可笑的姿态出现,并以夸张的言辞拿他的亲人做笑料以逗乐,比如疼爱他的姑妈。

阿兰已和吉赛尔结婚,吉赛尔在家很受父母的宠爱,她性格懦弱,对于丈夫的粗暴和盛气凌人一味地忍让,他们婚后的生活并不幸福。阿兰和吉赛尔的住房非常狭小,"没有一个真正的办公室";贝尔特姑妈来看他们时,无意中说可以把她的大房子换给他们,阿兰的岳母也唆使他们换一个大房子,阿兰夫妇心动之下开始行动。吉赛尔求阿兰的父亲去劝说他的姐姐换房子,阿兰最后则威胁姑妈说要让房东赶她出去。贝尔特姑妈很生气,甚至要把阿兰告上法庭,但最后她还是让了步,让阿兰夫妇搬了进来。

小说的另一主要事件是阿兰极力想讨好一位女作家勒梅尔夫人。他在勒梅尔夫人面前卑躬屈膝,俯首帖耳,把她当女王般看待。勒梅尔夫人身边围着很多仰慕、崇拜她的人,而事实上她是个虚荣、做作、以自我为中心的人,而且她的作品也是模仿别人写成的;但她对此却不以为然,小说就在勒梅尔夫人的这种不以为然和阿兰感到受骗后的失望、痛苦中结束。

小说中的人物因为情感或利害关系而相互吸引又相互排斥，相互讨好又相互冲突，就像空中的行星不停地运转。小说中没有完整的故事情节、现实画面和人物性格，时间顺序被彻底打乱了，人物对话也令人难以捉摸。文中充满了省略号，内容断断续续，给人一种凌乱不堪的感觉，而主人公的名字在这种情况下也就失去了任何意义。萨洛特后来也说明："《行星仪》这个题目本身就是对读者的暗示，即他在书中看到的人物和情节，就像通过行星仪看到的行星那样只是表象，关键在于应该看到行星内部的真相。"

文学影响

娜塔丽·萨洛特被评论界看作是当代最富有创新性的作家之一，她从一开始写作就刻意追求创新。她曾说："我一直相信，小说就像福楼拜所说的那样，总是应该带来新形式和新内容。"在她看来，写小说可以用传统手法之外的"另外的手法"，"不一定写出一个完整的故事，不一定按时间过程的顺序去写，也不必严格拘泥于编年史的概念，人物也不一定要写得很完整，非得要有历史、有身份、有形貌不可，对话也不一定要连贯有系统"。按照她的想法，"倒是可以集中只写很短暂的片段时间里的那种复杂的心理活动"。所以，她的作品没有人物，没有情节，几乎通篇都是主人公的内心独白。

没有了人物和情节，而要使读者能理解作品的内容，就只有依靠语言。萨洛特认为语言是文学作品中最重要的因素，她一生都在对语言进行不倦的探索和征服，评论界称她为"词语的驯服者"，她的词语在作品中扮演叙述者的角色，把读者带入主人公的内心世界。她的语言也异常灵活，能够恰到好处地表达出人物的意识流动性以及转瞬即逝的心理变化。她喜欢使用短句，甚至无人称句，有时甚至一个单词就构成一句，看似简单的字句实际上蕴含了丰富的内容。她还特别喜欢使用省略号，在《童年》中甚至每句话后面都跟着省略号。当语言无法表达那些十分细微的感觉时，她便使用省略号以保证意识的连贯性。

萨洛特的作品中没有具体人物，她一般只以"我""他""他们"等人称代词来指代主人公，使读者分辨不出人物的特征。她作品的另一大特点是其中的旁叙，它与传统小说中的真正旁叙完全不同，作者看似采取了旁叙立场，事实上她还是深藏在人物的内心之中，与主人公内部思想的波动保持一致，这一点在《行星仪》中有很突出的表现。

　　而娜塔丽·萨洛特最擅长的，则是在心理描写方面，她曾说巴尔扎克、司汤达"已经把外部世界社会现实写得非常杰出了，几乎所有描写现实的方法都被他们用到了顶点"，她不愿意重复他们的老路，于是她发现了自己的"小小的天地"，也就是"对人的内心世界的描写"。在这方面，萨洛特并不只是循着前辈的足迹前进，她还创造了一种叫作"潜对白"的描写方式，这也是她最大的创新。所谓的"潜对白"，就是内心独白的前奏，即内心独白前一瞬间所产生的那种细微而又复杂的心理反应。用萨洛特自己的话说，那是一种"几乎难觉察的、微妙的、转瞬即逝的、前后矛盾的、逐渐消失的内心活动，勉强显露的心灵的呼唤或退缩，掠过心头的淡淡的虚无缥缈的念头"。

　　萨洛特一直被公认为是普鲁斯特式的作家，而且是真正的、唯一的最具有普鲁斯特风格的小说家，评论家们还认为她是继普鲁斯特之后，唯一能给法国文学心理描写方面带来最新东西的作家。萨洛特很早就读了普鲁斯特、伍尔夫和乔伊斯的作品，她承认他们对自己有很大的影响，特别是普鲁斯特，使她找到了"自己的道路"。但是，萨洛特的心理描写与他们又很不相同，她认为普鲁斯特表现的是一种静止的形式，乔伊斯表现的是一种运动的形式，伍尔夫表现的则是人对现实的一瞬间的感受，"他们写的都是内心独白"，而她则不只写内心独白，她写的还有"潜对白"。

　　萨洛特的作品并不能吸引广大的读者，她甚至被认为是晦涩难懂的作家。但是，萨洛特并不在乎，因为她不是为了让读者看懂才写作的，她要写的只是自己的感觉。1995年，萨洛特的全集出版了，她的作品全集也被收入法国文学宝典"七星文库"，她是在有生之年作品就被收入"七星文库"的第11位法国作家，并被认为是法国20世纪第一流的大作家。娜塔丽·萨洛特以她的独特性和创新性在法国文学史上留下了光辉的一页。

51. 克里斯蒂娜·斯特德［澳大利亚］

《热爱孩子的男人》

作者简介

克里斯蒂娜·斯特德（Christina Stead，1902—1983），澳大利亚著名小说家。斯特德出生于澳大利亚新南威尔士州，在家中排行老大。在她两岁时，她的母亲便去世了。父亲很快就再婚，因而，她幼年生活是在缺少母爱的大家庭中度过的。斯特德的父亲是一个理性主义者、费边派社会主义者、政府渔业部的博物学家，这一切都对斯特德后来的文学创作产生了一定的影响。生活在这样的氛围下，她从小就热衷于有关鱼类、博物史、斯宾塞、达尔文、赫胥黎知识的摄取。同时，她还广泛阅读薄伽丘、莎士比亚、弥尔顿、雨果、莫泊桑、巴尔扎克等作家的作品。

斯特德在少年时代就显示了创作的天赋，只要时间允许，她就会给弟妹们讲故事，有些是格林童话和安徒生童话，而另外一些则是她自己编出来的。

斯特德的文学生涯开始于 1934 年在伦敦发表的处女作《悉尼七穷人》（*Seven Poor Men of Sydney*，1934），当时她体弱多病，以为不久就要离开人世，希望"给后人留下点东西"。出版商对此作品表示满意，并恳请她继续创作，于是她便写了短篇小说集《萨尔堡故事集》（*The Salzburg Tales*，1934）。

克里斯蒂娜·斯特德

斯特德一生笔耕不辍,共创作了16部长篇小说,著名的有《悉尼七穷人》、《万国之家》(*House of All Nations*,1938)、《热爱孩子的男人》(*The Man Who Loved Children*,1940)、《只为爱情》(*For Love Alone*,1944)、《乐蒂·法克斯的运气》(*Letty Fox:Her Luck*,1946)、《喝点茶,聊会儿天》(*A Little Tea*,A Little Chat,1948)以及《带狗的人》(*The People with the Dogs*,1948)。除了小说创作,斯特德在短篇小说领域也卓有建树。

对于大多数中国读者来说,克里斯蒂娜·斯特德还是个陌生的名字。但在澳大利亚甚至国际文坛,她都占有重要地位。她曾获第一届怀特文学奖(1974),并被认为是"用英语写作的最出色的作家之一"。还有人认为,她完全有实力问鼎诺贝尔文学奖,只是由于该奖项的授予掺入了诸多非文学因素,她才没能获此殊荣。

代表作品

《热爱孩子的男人》是斯特德一部具有强烈自传性质的代表作,为了避免读者将故事情节与真人真事——对应,斯特德将整个故事发生的背景和环境全部搬到了美国的华盛顿市,为此她还亲自与丈夫做了半年的考察。这部小说无论从构思、人物性格塑造、细节描写还是心理刻画等方面都是澳大利亚文学的上乘,也是世界文学长河中不可多得的经典。兰道尔·贾勒尔称这部小说是"英语小说中少有的,写得如此美丽的经典之作"。

《热爱孩子的男人》是一部有国际影响的作品,小说成功地描写了美国华盛顿市一个混乱而充满矛盾的美国中产阶级家庭从兴盛到衰落的过程。这是一个病态的家庭,家庭关系的不睦和家境的衰落互相交错,造成一种近乎歇斯底里的气氛。

一家之长萨姆在政府的资源保护部就职,整日喜欢高谈阔论、夸夸其谈。他自称热爱世界,热爱人类,却整天只顾与子女们打闹嬉戏,不愿同妻子亨妮埃塔分担繁重家务。亨妮出生于百万富翁之家,偏偏生不逢时地嫁给了这个出身贫贱、靠着她父亲权势往上爬的小公务员。于是这

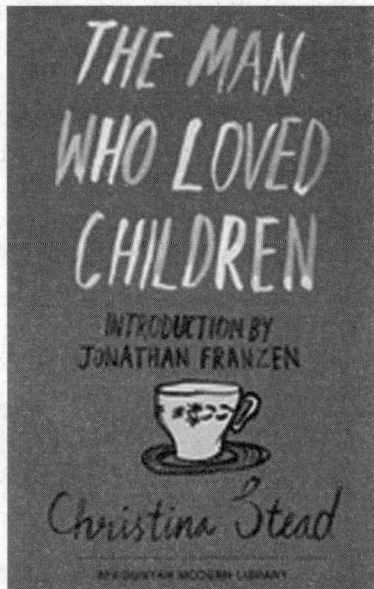

个能做一手好针线活、能画水彩画、能弹钢琴的姑娘走下了圣坛,走进了肮脏的婚姻生活和生养抚育孩子的生活中。

亨妮生性懒惰、邋遢,常因家务所累而怨气冲天。萨姆则是个外表伟岸、内心极端自私霸道、却又幼稚无能的男人。他曾倚仗着岳父的影响在政府机关谋得一官半职,岳父生意破产,欠债去世后,他的政治前途一夜之间化为乌有,还差点成了无业游民。从此全家被迫从华盛顿中心的别墅,搬到了梅兰德一个穷乡僻壤的一座乡舍中。

萨姆和亨妮夫妻俩由于性格不和而经常争吵,甚至发展到互不理睬,需要第三者(孩子们)用纸条传递相处的程度。丢了饭碗的萨姆归隐家中,专心充当"孩子王",自称"为未来培养优秀的工作者"。可是他从来不尽养家糊口之职,他认为这种责任有点过于世俗。在家境不如从前的情况下,亨妮并没有改变生活习惯,依然花钱如水,因而债台高筑、入不敷出,夫妻间的纠纷越演越烈,直至大打出手,亨妮甚至扬言要把一家人连同她自己都杀掉。

父母的斗争大大伤害了6个孩子的幼小心灵。大女儿露易莎更是父母争斗的直接受害者,她是家中的长女,因从小就失去了生母,并且大量阅读文学作品,使她显得早熟。她清楚地感受到了父母结合的恶果,但因为对文学的热爱,憧憬着长大后成为作家,才使她熬过了这种鸡犬不宁的日子。她竭力让自己生活在想象的世界里,以忘却现实生活中的烦恼。但是她毕竟还是个孩子,她的忍耐是有限度的。所以到了忍无可忍的地步时,她决定把父母二人都毒死,以结束这无穷无尽的痛苦。她认为这不仅仅是父母的解脱,更是他们全家的解脱。

女儿露易莎的这一用意被亨妮知道了,于是她故意喝掉下了毒的茶而悲惨地死去。事后,露易莎把事实真相告诉了萨姆,但萨姆全然不信,认为经他教育的女儿决不会如此心狠手辣,他宁愿相信妻子的死纯属自杀。直至小说的最后,萨姆仍然未接受教训,依然一意孤行,露易莎最终离家出走了。

《热爱孩子的男人》充满了压抑的气氛和平静生活表面下剑拔弩张的冲突,这出悲剧深刻地反映了现代社会中婚姻、家庭所面临的危机和土崩瓦解的命运。小说中的人物丰富而复杂,很难用一般的道德标准简单地来判断褒贬。他们都是普通人的代表,各自有着鲜明的个性。在他们身上显露出的某些特征都是人们所熟知的,甚至可以从他们的身上窥见自己的影子,他们是自己所生活的那个社会中的不同典型。可以说,这部小说写出了千万个家庭都可能会有的共同特点。

斯特德把极端的故事和直接可信的自然主义结合在一起,使故事更加接近日常现实。冲突使所有的故事走向了极端。从结构主义的角度来看,《热爱孩子的男人》一书完美地模仿了生活中的表象,更重要的是,斯特德能辨认这个表象之下的某些结构,并使用这些结构来组织事件。同时,书中还充满了随意构置的结构,韵律作为结构,气氛也作为结构,整部小说的构成就是由发生在萨姆家的一系列戏剧化的场景组成。

从叙事学的角度来看,这部小说采用的是第三人称的叙述方式。作者放弃自己的眼光而转用故事中主要人物的眼光来叙事,以此让人物自己来表达他们的观点。

《热爱孩子的男人》是一部具有后现代意味和强烈女性主义色彩的小说,女权主义文艺批评家对这部小说十分推崇,认为它是表现妇女意识的杰作。作品因其艺术上的精湛,又被誉为"澳大利亚的《尤利西斯》"。

斯特德的政治观点比较左倾,但在其作品中却没有明显的社会信仰和文艺观的流露。她的小说在澳大利亚文学创作中是最不囿于狭隘的"澳大利亚化"和"民族主义"的,是最"国际化"的作品,因而深受世界范围内的广大读者的喜爱。大多数评论家对她的评价很高,认为她是20世纪世界最优秀的小说家之一。她作品风格的卓尔不群之处在于结构多变,韵律自然优雅,着眼点是感情和内心世界,是潜意识和非理性而不是理性的外部世界。难怪著名女作家丽贝卡·韦斯特在《纽约书评周刊》发表文章说斯特德是"一次大战以来少有的独创性作家之一"。

斯特德的小说主要有以下几点艺术特色:第一,她的作品几乎都没有情节,结构上比较松散,使故事向前推进的因素往往分散到多个人物身上,而不是组织在一个统一的框架之中。第二,她善于运用大量的细节描写,特别善于用简单的细节来反映人物的特点和变化。这些细小的、活生生的、典型的、有时是奇怪或古怪的细节,使人感到吃惊,又使人信服。当然,有时这种描写不免过分,招致批评家的指责,认为有冗长枯燥的毛病。细节描写可能既是她的优点又是她的缺点。第三,注重人物性格的刻画,她特别注重通过对话和细微的描写来刻画人物。斯特德自己曾说过,"小说的目的是塑造人物",并严格遵守性格的逻辑发展原则。她说:"我的戏剧是人物的戏剧,故事的开端就像爱情,你无法解释。我等待着戏剧的发展。我注视着人物和情景的变化,而不进行干预。我躲着,等待着戏剧自己展示出来。"第四,斯特德注意发掘人物的内心世界,揭示出平凡表面下的深层意义,所以她称自己是个"心理作家"。评论家们也指出其作品与意识流小说大师詹姆斯·乔伊斯和维吉尼亚·伍尔夫有相似之处。第五,斯特德是驾驭语言的能手,在她的笔下一切都显得那么真实,多姿多彩,富有吸引力,她作品的语言富有诗的意象和丰富的内涵。因此,小说中的对话往往成为刻画人物的重要手段和点睛之笔,勾勒出人物的性格,特别是其丰富的内心世界。第六,大量的意象和象征手法的使用,也增加了小说的内涵。最后,她的小说一个突出的主题是人的失败和迷惘,反映的社会面很广,塑造了各个阶层的人物。她的小说是复杂的现代城市生活的缩影。

斯特德的作品开创了澳大利亚现代派小说的先河,为澳大利亚现代派小说的建立做出了重要贡献。斯特德国际声誉的建立是一个相对漫长的过程,20 世纪 60 年代中期,美国著名作家、诗人兼评论家兰道尔·贾勒尔为她的代表作《热爱孩子的男人》再版作序,并且隆重推荐她和这部作品,使她名声大震、经久不衰。澳洲政府为了纪念她对澳洲文学的贡献,从 1988 年开始正式颁发一年一度的克里斯蒂娜·斯特德奖;1993 年一部关于她的长篇传记出版。

52. 玛格丽特·尤尔瑟纳尔［法］

《熔炼》

作者简介

玛格丽特·尤尔瑟纳尔(Marguerite Yourcenar,1903—1987)是法国当代著名的女作家、翻译家、评论家、哲学家、历史学家。1980 年 3 月,她成为素有"男性俱乐部"之称的法兰西学院的第一位女院士,打破了 345 年来该院为男子所垄断的局面,成为 40 位"不朽者"中的第一位"女不朽者"。

尤尔瑟纳尔的真名是玛格丽特·德·克雷扬库尔(Marguerite de Crayencour),生在比利时布鲁塞尔的一个名门之家,母亲在她出生 10 天后便去世了。尤尔瑟纳尔由父亲抚养成人,其父对她的一生有很大的影响。尤尔瑟纳尔的父亲米歇尔·德·克雷扬库尔,出身于法国北部弗兰德的一个富裕的贵族家庭,他生性开朗,放荡不羁,喜欢做自己想做的事。他的独立、随性、乐天、豪迈的性情在潜移默化中影响着女儿。米歇

玛格丽特·尤尔瑟纳尔

尔很有文化修养,对古希腊、罗马的文化有较深的研究,尤尔瑟纳尔曾跟随父亲游遍了整个欧洲,饱览了异国风情和名胜古迹,对意大利、希腊的古代艺术和文化非常感兴趣。米歇尔还酷爱文学,使得尤尔瑟纳尔也从小就养成了读书的习惯。在父亲的指导下,尤尔瑟纳尔自幼就培养了较好的文学欣赏能力,在博览群书的同时她还致力于绘画研究,并学习了拉丁文、希腊文、英文和德文等。

和大多数作家一样,尤尔瑟纳尔的创作生涯是从诗歌创作开始的。1919 年,

16 岁的尤尔瑟纳尔以希腊神话中的伊卡洛斯的故事为素材,仿照雨果的韵律停顿,写了一首长诗《幻想园地》(*Les Sonaes*,1919)。年近花甲的泰戈尔读了她寄来的诗作后,大加赞赏。也就是在她的这部处女作问世之机,她开始使用尤尔瑟纳尔这个笔名。

丰厚的艺术修养和广泛的社会经历,为尤尔瑟纳尔的创作奠定了坚实的基础。据她本人所说,她的大部分作品都是在 20 岁左右构思的,而此后几年,随着阅历的增长,思想的成熟,她的作品也臻于完善。玛格丽特·尤尔瑟纳尔的主要作品有小说《阿莱克西或论徒劳的搏斗》(*Alexis ou le Traite du Vain Combat*,1929)、《新欧里迪斯》(*La Nouvelle Eurydice*,1931)、《东方奇观》(*Nouvelles Orientales*,1938)、《梦的代价》(*Le Dernier du Reve*,1938)、《致命的一击》(*Le Coup de Grace*,1939)、《哈德里安回忆录》(*Les Memoires d' Hadrien*,1951)、《熔炼》(*L'Oeuvre au Noir*,1968)、《世界的迷宫》(*Le Labyrinthe du Monde*,1974—1984)和《像水一样流》(*Comme l'Eau Qui Coule*,1982)。她还创作了诗歌《神灵未死》(*Les Dieux Ne Sont Pas Morts*,1924)、《火》(*Feux*,1935),以及戏剧《埃莱克特尔或面具的跌落》(*Electre ou la Chute des Masques*,1954)、《阿尔赛斯特的秘密》(*Le Mystere d'Alceste*,1963)等。

尤尔瑟纳尔不仅是个才华横溢的多产作家,同时也是个出色的翻译家,她翻译的许多希腊、英国的小说和美国黑人圣歌,曾在她那个时代掀起翻译的风潮。

尤尔瑟纳尔是一名成功的作家,曾获得过多项荣誉:她于 1970 年作为外籍人士被选为比利时皇家学院法语语言文学院士,1972 年她的全部作品获摩纳哥文学大奖,1974 年获得法国全国文学大奖,1977 年获得法兰西学院文学大奖,1982 年她当选为美国艺术与文学科学院院士。玛格丽特·尤尔瑟纳尔一直居住在荒山岛上,即使在被接纳为法兰西学院院士后,她仍愿意回到这个清静的寓所进行创作。1987 年 12 月 18 日,玛格丽特·尤尔瑟纳尔在荒山岛的家中与世长辞。

代表作品

《熔炼》是尤尔瑟纳尔的第二部历史小说,也是她最主要的代表作。作品先后被译成多种文字出版,并获得了 1968 年度的费米纳文学奖和 1972 年的摩纳哥文学大奖,也正是这部小说最终确立了尤尔瑟纳尔在文坛上的地位。

故事描写的是 16 世纪文艺复兴时期一位炼金术士兼哲学家、医生泽农虚构的一生。泽农是一个私生子,他的父亲阿伯利哥是一个高级教士,前途光明。阿伯利哥在他的代理人朱斯特·利格尔的家里和朱斯特的妹妹希尔宗德一见钟情,但在希尔宗德怀孕的时候,阿伯利哥要离开了。希尔宗德没把怀孕的事告诉他,也不想阻拦他去实现自己的雄心壮志。

几个月后泽农出世了,但阿伯利哥离开之后就音信全无,后来他成为机枢主教,在纵乐时被人杀害了。被抛弃了的希尔宗德把怨恨发在了儿子泽农身上,她对儿子的成长不闻不问,后来她嫁给了大她很多的西蒙·阿得里安。泽农与继父相处得并不融洽,他经常从家里逃跑。最后,舅舅亨利·朱斯特把泽农托付给了自己的内弟。在那里,泽农学习了拉丁文、希腊文、炼金术和自然科学。由于自幼遭受虐待和欺凌,泽农逐渐养成了冷漠的反叛性格。他喜欢沉浸在大自然的怀抱中,厌恶周围豪华的环境,他甚至羡慕不受约束的乞丐。

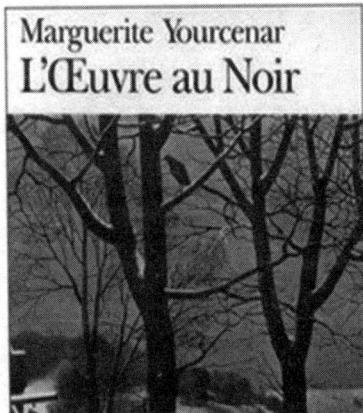

泽农最终离开了家乡布鲁日,他没有理会和他一起长大的姑娘维维尼对他的爱,开始了游历的生活。关于他此后的经历,人们有很多传闻。事实上,泽农毕生以行医为业,他治愈了很多垂死的病人,获得了魔法般的声誉;他还曾写过一本论述心脏构造和功能的小册子;他医术高明,处于当时医学的最前沿。同时他还热衷于炼金术,炼金术士懂得一定的自然科学,泽农曾观察过北极光;他甚至还发明过织布机,结果却由于造成工人失业,招致抗议。泽农对哲学也很感兴趣,对世界有一套自己的看法,泽农还报考了一所神学院,并且凭着他的才智和学识获得了很高的威望。尽管如此,他却是个无神论者,而且对基督教的虚妄教义表示怀疑;他反对宗教信条,结果受到教会的迫害与追捕,逃亡到波兰、瑞典、德国,后来又回到了家乡布鲁日,在那里过着隐姓埋名的生活。

泽农住在昔日的师傅和朋友约翰·米埃斯的家里,约翰的女仆喜欢上了他并把约翰毒死,泽农没有揭发她,但他把约翰留给他的遗产捐给了一个济贫院,把约翰的房子改造成一个收容所,在那里为衣衫褴褛的穷苦人看病,并把病历记录下来,准备整理成书。

泽农在布鲁日终日忙于治病、采药、研究人体,他和修道院的院长成了朋友,院长病后他又成了院长的医生。这期间,泽农还挽救了一个破坏圣像的反叛者哈尼的生命,并把他送到了安全的地方。在院长生病之后,修道院的修士们胡作妄为,他们和两个姑娘在一个秘密的地方花天酒地,泽农的助手西普里安也卷入其中,而他把泽农当成知己,甚至是同谋,这使得泽农的处境更加危险。

院长去世后,泽农悄悄地离开了布鲁日,但他又半途而回。最后,修士纵欲事件被揭穿了,参与其中的修士都被抓了起来,泽农遭到了助手西普里安的陷害,被诬陷为修士们的密友和同谋,也被抓进了监狱,;他的真实身份也随之被揭穿,各项罪名接踵而来。而约翰的女仆此时也出来声称是受泽农指使把约翰毒死的,哈尼的事也被抖露了出来,泽农最后被判处火刑。面对这个判决,泽农始终保持不妥协的态度,最后在监狱中因绝望而自杀身亡。

文学影响

《熔炼》的故事发生在一个社会大变动时期,当时封建君主政权逐步巩固,资本主义开始萌芽。泽农是这个时期知识分子的代表,他身上融合了那个时代具有革命思想的哲学家和自然科学家的各种经历,作品深刻剖析了当时的社会,揭露了伴随早期资本主义而出现的大银行家的垄断、资本家的剥削、工人失业、物价飞涨、社会动荡不安、百姓生活困苦等现象,批判了资本主义的法律和秩序的虚伪性。

尤尔瑟纳尔花了近半个世纪的时间才完成这部作品,其中也体现了她自身的思想发展历程。泽农是个虚构的历史人物,为了反映历史的真实性,尤尔瑟纳尔查阅了大量的历史文献。她与这个伴她度过大半生的主人公已融为一体,泽农成了尤尔瑟纳尔的代言人,因为她在创作这部作品时,第二次世界大战刚结束不久,世界局势很不安稳,西方资本主义社会正经历着剧烈的动荡。这一切令西方知识分子很不安,他们感到思想混乱,精神空虚,所以泽农对他那个时代的认识,对当时的社会思想和制度的批判与焦虑,实际上也反映了作者对现代西方社会的看法。小说的题名《熔炼》是一个炼金术语,指"物质在一定条件下发生分解和重新组合的过程",尤尔瑟纳尔借用这个术语,"意在象征思想在摆脱习俗与偏见的斗争中所经受的考验"。

相对于现在,尤尔瑟纳尔更喜欢过去,因为对她而言,"过去"是一份能让她展露才华、挖掘潜力的奇特礼物,所以她的作品一般都是历史小说,并且最有成就的也是历史小说。评论家认为她是一个颇有创造性的历史小说家,因为她与当时的其他历史小说家不同,他们往往以虚构为主,但尤尔瑟纳尔却偏重史实,她作品中的一些主人公或在历史上确有其人,或者虽然是虚构的历史人物,尤尔瑟纳尔却把他放到了"一个特定的、由时间和地点所决定的真实环境"中,并通过描写这些特定时期和典型人物来反映当代西方的社会状况,这在其代表作《熔炼》中已有所反映。而她的家族史则完全是写真人真事,如《世界的迷宫》,通过自己的家族历史演变来表现历史进程,而且是与众不同的以第一人称写的。

尤尔瑟纳尔的作品涉及的范围很广,文笔明晰、严谨、流畅,善于用冰冷的语言描写广阔的场面和刻画人物的复杂心理,她被认为是一个属于新古典主义派的作家。

53. 南希·米特福德［英］

《爱的追求》

作者简介

南希·米特福德(Nancy Mitoford,1904—1973)，出生在英国伦敦牛津郡一个传奇般的家庭。她的父亲弗里曼·米特福德·里兹代尔男爵，出身于没落的贵族家庭，和阿道夫·希特勒私交甚好。他没有受过正规教育，他的 6 个女儿 1 个儿子中，除了儿子汤姆外，都是在家接受教育的。

米特福德是家中的长女，她的三妹尤尼蒂和四妹戴安娜是狂热的法西斯分子。尤尼蒂因崇拜希特勒而声名狼藉，第二次世界大战爆发后开枪自杀未遂；戴安娜嫁给了英国法西斯主义者同盟主席莫斯利爵士。排行最小的弟弟汤姆也是法西斯主义的同情者。五妹杰西卡则走上了文学创作之路。她在 19 岁时和丘吉尔的侄子私奔，后来成了揭露美国社会丑闻的著名左翼记者和作家。怀着对艺术、历史和文学的极大好奇和兴趣，米特福德成功地进行了自我教育。在回忆自己这段经历时，她曾说过："我在无知中长大，后来去了伦敦，参加了很多舞会。我在伦敦遇到

南希·米特福德

的人可一点儿也不无知……我自己教育自己，阅读了很多书籍，还写了几本无关痛痒的小说。"

米特福德于 1933 年和彼特·罗德结婚，自始至终罗德就对爱情不忠诚，这场

没有感情维系的婚姻于 1958 年走到了尽头。其间,南希遇上了风流成性的法国上校加斯·佩尔维斯奇,为他疯狂了 32 年,直到生命的终结。尽管家庭有着特殊的背景,米特福德却非常讨厌独裁政治,她曾在西班牙内战中为共和党人工作。第二次世界大战结束后,她一直定居法国。

米特福德的文学创作生涯始于 20 世纪 30 年代初期,她的第一部小说《苏格兰高地舞》(*Highland Fling*,1931)于 1931 年出版。其早期作品称得上轻松幽默,但内容琐碎、陈旧。移居法国后,她完成了以其家庭生活为背景的自叙性长篇传记小说《爱的追求》(*The Pursuit of Love*,1945)及其姊妹篇《寒冷季节的爱情》(*Love in a Cold Climate*,1949)。之后,她又创作了《幸事》(*The Blessing*,1951)和《不要告诉阿尔弗雷德》(*Don't Tell Alfred*,1960)等长篇小说,这一系列作品仍然带有自传性质,反映了当时英国上流社会的风貌。

此外,她还撰写了诸多关于法国著名历史人物的小说体历史传记作品,集中表现了她的亲法感情,包括《德·蓬帕杜尔夫人》(*Madame De Pompadour*,1954)、《伏尔泰坠入情网》(*Voltaire in Love*,1957)和研究路易十四的《太阳王》(*The Sun King*,1966)。她流传最广的作品则是《位高则任重:对英国贵族可识别特征进行的一次调查》(*Noblesse Oblige*,1956),这部论文集在英国引起了很大争论,使人们注意到上流社会和非上流社会在语言惯用法上的区别。

代表作品

《爱的追求》是米特福德最为成功的一部作品。小说以 20 世纪三四十年代的伦敦和巴黎的上流社会为背景,讲述了拉德利特一家的生活与拉德利特姐妹寻找伴侣的过程。

性情古怪、暴戾的父亲"马修大叔"(艾尔肯雷男爵)和善良的母亲塞迪鄙视正规教育,采取了自己教育孩子的方法。拉德利特七姐妹个个与众不同,其中小说女主人公琳达漂亮而富有浪漫气息,是个不可救药的完美主义者,但她同时又是生活上的低能儿,连铺床和拴马等生活小事都无法自理。范妮(小说中的"我")自小遭父母遗弃,幸而有姑母塞迪和爱米莉的照顾。她和琳达年纪相仿,也最为要好。拉德利特姐妹和范妮的生活百无聊赖,身份决定了她们生活中的头等大事是婚姻,但封闭的家庭生活使她们只能躲在壁橱里偷偷摸摸谈论爱情和性。她们盼望快快长大,生活能变得有趣些。后来,她们通过参加上流社会的舞会初次进入社交圈,开始为追求完美的爱情而疲于奔命。

但是，找一位如意郎君非常困难。琳达先是嫁给了富有但没有情趣的上流社会的保守党人托尼，继而又和英俊但毫无幽默感的共产党狂热者克里斯琴结了婚。最后，她身无分文，孤身一人绝望地徘徊在巴黎火车站，泪眼朦胧中意外地遇到了自己的真爱——法布里斯。法布里斯将她安置在一所公寓里，让她过着奢华的生活，直到第二次世界大战爆发。这段玫瑰色的浪漫爱情正是琳达所梦寐以求的，然而，这只不过是另外一场悲剧。最终，琳达差点死于难产，而法布里斯死在盖世太保手下。

相反，小说的叙述者范妮·洛根生活平静、婚姻美满，和琳达的遭遇形成了鲜明对照。米特福德在这部小说中坦诚而不失幽默地和读者一起探讨了爱情中永恒的主题：是该穷尽一生去寻找终生挚爱呢，还是找一个合适的结婚对象，享受平稳的家庭生活呢？

不难看出，《爱的追求》是一部自传体的小说，拉德利特一家的生活是米特福德一家斯巴达式的生活方式的缩影。米特福德在给瓦渥（伊夫林·瓦渥和米特福德是密友，米特福德是他晚年的主要通信对象）的信中写道："我在写一本书，它写的是我的家庭……我是那么迫切地要将它付诸笔端。"小说中父亲"马修大叔"的原型是米特福德的父亲里兹代尔男爵，他与"马修大叔"一样性格古怪，脾气暴躁。不过，现实生活中的"马修大叔"不乏幽默，对自己的戏剧化颇为得意。拉德利特姐妹是米特福德姐妹及朋友的合成和夸张，她们的成长历程和心态是米特福德姐妹的翻版。

琳达和她的法国恋人法布里斯历经艰辛的浪漫爱情故事，则是米特福德和佩尔维斯奇悲惨爱情故事的写照。佩尔维斯奇是戴高乐将军手下的一名上校，他矮小、其貌不扬，但性感而迷人。南希为他着迷，可佩尔维斯奇常常因为工作和其他女人忽略了她。尽管这样，南希仍为他魂牵梦绕。为了离他更近点，她用写小说的收入移居到法国，虽然她知道他永远也不会娶她。为了他，她崇尚一切和法国有关的东西，鄙视任何和英国有关的东西。小说选择了法布里斯的死为结尾，表明米特

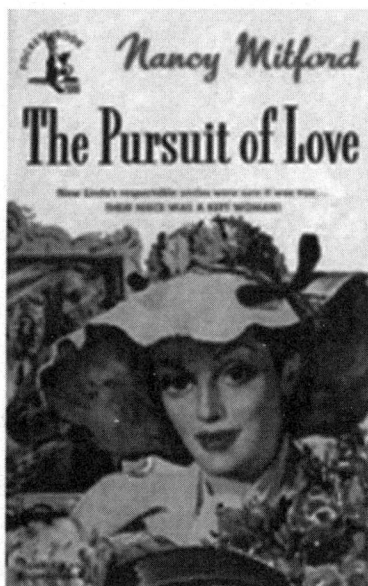

福德已然感觉到死亡是任何伟大爱情所不可避免的苦涩结尾。

苦难是灵感和创造的源泉,米特福德的爱情磨难孕育和激发了她的文学天分,并赋予她源源不断的创作素材,她和佩尔维斯奇的感情纠缠开始后,她的写作生涯中最为成功的阶段也就开始了。"创造性的想象不是南希的强项,她最好的小说近乎于自传体。和她的生活经历越接近,她就写得越好。"(《二十世纪文学批评》杂志)

文学影响

没有受过正规教育始终是米特福德的遗憾,也给她的小说留下了不少硬伤。她对标点符号和文法都不是很精通,初读《爱的追求》的读者可能会觉得不太适应。此外,米特福德并不是一位设计故事情节的高手,但她所塑造的丰满的人物形象弥补了这一切遗憾。米特福德笔下的人物形象独特,都带有自己家庭成员的影子,这对于对其家族感兴趣的读者来说是一种诱惑,也是她这部小说得以成功的重要原因。

小说中琳达是拉德利特这个英国上流社会家庭最引人注目的人物,她尖酸刻薄,很难讨人喜欢。晚宴上,她自己穿着臃肿的苏格兰粗花呢衣服,却挑剔在场的每一个人的服饰。她讽刺姐姐的未婚夫,对自己啼哭不止的孩子,她也是冷酷无情,但她两次不幸的婚姻也令读者不胜欷歔:范妮那么容易做到的事,对于琳达竟是那么痛苦和艰难。父亲艾尔肯雷男爵是小说中的另一重要人物,他的怪异和坏脾气给读者留下了深刻的印象。在追捕不到狐狸的时候,他常常用猎狗追捕自己的孩子;他把那个曾经用来打死8个德国人的挖壕沟的工具放在家中的显著地位,以恐吓家人;他言语激烈,反复无常。此外,书中的其他人物如胆怯的范妮、范妮那周旋于许多男人之间的妈妈,琳达聪慧早熟的妹妹杰西等形象也都仍然栩栩如生。

米特福德有着过人的喜剧才能,她的小说诙谐幽默。《爱的追求》尽管有着悲剧性的结尾,但整部小说笔调轻松幽默,令人忍俊不禁。米特福德无可比拟的讽刺技巧使得小说在当时男性作家主宰的畅销书中占有一席之地。米特福德本人和她小说中的人物一样戏剧化,失败的爱情生活以及复杂的家庭和朋友圈给了她戏谑的源泉,经过她善于观察的目光捕捉和艺术化的处理,便有了书中独特的人物形象和精彩幽默的对白。《爱的追求》中的许多幽默讽刺就来自于她对上流社会生活的嘲讽和对其家庭生活的风趣刻画。米特福德诙谐幽默的风格得益于瓦渥,但她在《爱的追求》中所运用的讽刺手段在某种意义上甚至比瓦渥更为高明。

《爱的追求》采用了独特的贵族社会视角。在第二次世界大战结束后阴暗晦涩的英国，人们有着强烈的阅读愿望，他们从这部小说里找到了自己所希望读到的东西：浪漫的爱情故事、童年生活和上流社会风貌。这部小说展现的是一个有着神奇魔力却行将衰亡的世界，是对当时社会状况的绝妙注解，被誉为英国文学史上贵族题材复活的开始。南希作为英国上流社会生活的圈内人和见证者，熟谙他们的心理状态和生活方式，写起来自然得心应手。有趣的是，上流社会的言行举止是南希辛辣讽刺的对象，但她又无时无刻不在提醒读者注意她的贵族身份和封闭的成长环境，一再捍卫她的贵族背景：尖锐的讽刺并不能掩饰她对其家庭成员的喜爱，毕竟那是一个从中世纪就开始延伸的家族。因而，她常常让读者捉摸不透她究竟站在哪个阶级一边：她把势利小人作为讽刺对象，但她自己明明就是一个势利小人；她似乎无辜得很，但又心怀恶意。

可惜的是，米特福德并没有像美国作家多萝西·巴克尔那样负有盛名。两位女作家都是高明的讽刺大师，她们讥讽嘲弄自己所处世界的缺点，但又都对其恋恋不舍。与同时代的赫胥黎和瓦渥等相比，米特福德并没有受到太多的重视。她那部区分上流社会和非上流社会语言特征的文集似乎较她的小说和传记作品更为出名，这多少让米特福德有点尴尬。她更希望被称为小说家或传记作家，而不是研究上流社会礼节的专家。

"今天，英国人发现世界冷清了。没有那般热闹了。"《纽约时报》如是评价她的去世，"她生来就带着星辉"。的确，米特福德传奇般的身世和坎坷的爱情生活给这个世界留下过不少欢笑、快乐和争论，她的一生就是对《爱的追求》最好的注解。

54. 薇拉·费奥多罗夫娜· 潘诺娃[苏联]

《一年四季》

作者简介

薇拉·费奥多罗夫娜·潘诺娃(Vera V Panova,1905—1973),苏联著名作家、剧作家,出生于俄罗斯南部顿河罗斯托夫市。她幼年丧父,小学两年级时便被迫退学,干各种杂役来维持生计。主要依靠父亲的藏书自学成才,整个少年时代她阅读了大量俄罗斯经典作品,如普希金、果戈理和屠格涅夫等人的著作。8 岁时便开始练习写作,10 岁时曾在儿童刊物上发表处女作。

1922 年,潘诺娃开始在《劳动的顿河报》(*Trudovoi Don*)编辑部工作,因工作需要她经常到工厂车间去组织工人大会,报道工人生活,写了大量的评论、特写和通讯,从而培养了感受生活、积极反映生活的能力。1926—1927 年间她在《苏维埃南方报》专事小品文写作。她的文章嬉笑怒骂,对落后事物鞭挞抨击之中又不失幽默风趣,对她今后文学作品风格具有一定影响。当时的苏联文坛较有生气,各种创作团体纷纷涌现,各种新的艺术手法也在探索之中。大作家如高尔基、叶赛宁、马雅可夫斯基等也曾先后到罗斯托夫市做访问或演讲,从而大大活跃了该市的

薇拉·费奥多罗夫娜·潘诺娃

文学创作氛围。潘诺娃在此激励下萌发了创作的冲动,开始踏上文坛并且创作了一些颇具影响的剧本。

作家在小说方面的成名作是 1946 年发表的《旅伴》(*Sputniki*,1946),小说根据她到 312 军用救护列车上两个月的实地采访而创作,反映了卫国战争期间来自全国的一些医疗工作者,为了打败德国法西斯这个共同目标而凝结成一个坚强的战斗群体,歌颂了普通苏联人的爱国主义热情和英雄主义精神。小说受到社会高度评价,获得 1947 年的斯大林文学奖。作家在此激励下连续创作了长篇小说《克鲁日利哈》(*Kruzhilikha*,1947,获 1948 年斯大林文学奖)和中篇小说《光明的河岸》(*The Bright Shore*,1949)。这两部作品在某种程度上反映了战后经济恢复时期的一些困难,在主人公形象的塑造上也具有一定的真实性。但对于矛盾的解决以及主人公自身缺点的克服等方面,则受"无冲突论"的影响而流于肤浅、表面化。

战后苏联文艺界开始了对"无冲突论"的批判,提倡"写真实""积极干预生活"等口号,这直接影响了潘诺娃的创作,她在 1953 年发表的《一年四季》(*Four Seasons in a Year*,1953)中很好地把握了这一转变,在思想主旨和艺术手法上都作出了新的探索。在斯大林去世之后,潘诺娃在长篇小说《感伤的罗曼史》(*Sentimentalnyi Roman*,1958)里以自传体的形式回顾了人民和个人的历史,对斯大林时期的社会提出了自己的思考。作家后期的创作如中篇《谢廖沙》(*Serazha*,1955),短篇《瓦丽雅》(*Valia*,1959)、《瓦洛佳》(*Volodia*,1959)等,分别取材于战时和战后初期艰难岁月中的儿童青少年生活,极其细致地刻画了孩子踏入社会前的复杂心理过程,在社会上颇受好评。

潘诺娃结过 3 次婚。1967 年因中风而半身不遂,但她仍坚持创作。1973 年 3 月在列宁格勒去世,留下了一本自传,记录了她勤于探索、丰富多彩的一生。在名家辈出的 20 世纪苏联文坛上,潘诺娃可能称不上经典大师,她的创作经历与战后苏联文学的发展历程相合拍,但是她在小说题材和手法上进行了创新。她的名字与战后苏联文学日常生活题材的开拓和发展是分不开的,她以其质朴清新的文笔,深刻探讨了社会各阶层的道德风貌问题,在苏联文学史上独树一帜。

代表作品

潘诺娃较有代表性的作品是《一年四季》。小说通过两个革命老干部家庭和一个普通家庭一年里所出现的种种问题,揭示了当代苏联社会的某些阴暗消极面,提出了在和平年代加快经济建设的同时人们应当怎样加强自身道德建设的问题。全书共分三部,大致以春、夏、秋三季来划分。在新年来临之际,恩斯克市执委会副主席多罗菲娅家里甚是热闹,女儿尤丽卡、儿媳妇拉丽莎以及一帮女友正在为迎接新年而忙碌。但热闹只是表面的,多罗菲娅内心有无尽的烦恼。儿子甘纳吉不学无术,游手好闲,和妻子拉丽莎早已貌合神离,在外与寡妇柳比莫娃同居,并与寡妇的儿子萨沙不和。过年时他私自把领导专车开回家,又任意旷工,被单位开除。甘纳吉的纨绔子弟习性主要来源于母亲多罗菲娅从小的溺爱。

多罗菲娅出身穷苦,年轻时和火车司机库普里扬诺夫私奔到城里进了工厂,积极参加各种集体活动。她为人热情大方,敢于为群众说话,又肯努力学习,因此逐渐得到提升,成为党的中层管理干部。她在工作中对人要求严格,为了分配房屋的事情与市执委会主席丘尔金当面争执。然而在家中对自己的儿子却十分骄纵,在思想上也忽视了应有的教育,以致甘纳吉成了人人唾弃的寄生虫。他玩弄拉丽莎的感情之后又想将之抛弃,但遭到了家人的反对,自己反被赶出家门,混迹社会,与不法分子、商品供应站站长齐察尔金交往甚密,并不知不觉中拿了后者的许多赃款挥霍。

齐察尔金贪污事情败露,便要求甘纳吉顶罪入狱,遭到拒绝后派人砍伤了他。后者从血的事实中开始逐渐清醒,对以往的劣行有所认识。与此同时,市商业局局长鲍尔塔舍维奇也陷入了极大的惊恐之中。他原是个兢兢业业的老干部,为恩斯克市的经济做出了很大贡献。但在他新婚妻子的要求和手下总会计师的引诱下,开始贪污公款以满足妻子和自己的贪欲。在公众和家人面前他风度翩翩、和蔼可亲,自己也觉得似乎“确实是一个优秀的共产党员,一个有益于社会的成员,一个出色的爱家的人”。他甚至在处理贪污干部的会议上慷慨陈词,鼓吹要追究贪污者在道德上对社会风气的腐蚀,博得了众人的尊重。而背地里他却无时无刻不在为自己的未来担心,甚至有朝不保夕之感,东窗事发后他畏罪自杀。

小说还塑造了另外几个人物的肖像。一是市执委会主席丘尔金,他是鲍尔塔舍维奇的老战友,平时相交甚密,并对后者的豪华优裕的生活颇感羡慕。在工作上他对群众呼声视而不见,更多地考虑一些名流显要的利益。当鲍尔塔舍维奇案发后他一方面异常震惊,另一方面也对自己的过错陷入了深深的反思之中。另一人物是机床厂厂长阿金吉诺夫。他虽然一心忙于单位事务,但所着眼之处仅是自己单位的利益,从不为整个城市规划考虑,使机床厂未能在城市建设中发挥应有的作用。他还利用自己个人权威压迫同志,造成了一定的消极影响。在因调任他职与朋友同事告别时,他也若有所思。

与老一辈相比,新的一代也在努力选择自己今后的道路。多罗菲娅的女儿尤丽卡勤劳朴素,正直善良,她与年轻的机床厂工人安德烈相恋,并鼓励他多学技术提高自己。他们一起奋斗,在纷繁复杂的社会中找到了属于自己的幸福。寡妇的儿子萨沙自从父亲在前线牺牲后就成熟起来,开始担负起家庭重担。他在专业技术上发愤学习,很快被提升为建筑队队长。在一次偶遇中他认识了鲍尔塔舍维奇的儿子谢廖沙,从而他结识并爱上了谢廖沙的姐姐卡佳,但又因地位悬殊而不敢启齿。卡佳是个热情向上的大学生,平时过着衣食无忧的生活。在她生日那天,父亲在家中畏罪自杀,原本慈祥清廉的父亲竟然是个大贪污犯,这给她单纯的心灵沉重的打击。萨沙在卡佳家庭遭遇变故后热情帮助失落的姐弟俩,鼓励姐弟二人走出父亲自杀的阴影,勇敢面对生活,最终也赢得了卡佳的爱情。小说最后恰好又逢新年,在热情洋溢的祝福声中结尾:"让我们为萨沙和尤丽卡的幸福干杯! 为恩斯克市的繁荣昌盛干杯! 祝愿一切为永无止境、永远年轻、永远更新的生活而诚实工作的人们,取得更大的成就!"

文学影响

《一年四季》创作于 1952 年,发表于 1953 年末。小说构思与写作的时间,恰恰处于苏联社会生活发生重大变化的前后,可以说跨越了两个时代,这既是对社会转型期的反映,也是作家自己创作的转型之作。苏联社会的巨变,十分明显地反映在这部作品里,旧的事物面临历史的考验,新的事物正在萌芽成长,传统的生活概念正面临挑战,新的价值观念尚未形成,整个社会都处于动荡之中。人们都在激烈的矛盾中生活,这种转型期的气氛笼罩了全书。小说构思于 1950 年,作为一个工农出身的作家,潘诺娃起初只是想描绘政府干部如何为人们服务,勾画一个祥和安逸的世界。

她在小说第一章就极力描写新年的热闹气氛,并试图将这种欢快气氛延续全书。但随着主题逐渐深入,作家的敏感使她意识到生活不是她原先设想的那般美好,人是复杂的动物。小说的创作无论是情节还是人物的塑造,都不可能再按照原先的构思继续下去了。作家陷入了从未有过的危机之中。斯大林去世前后的巨大变化给了作家思想极大的震撼,从中她捕捉到了时代的精神,认为苏联社会要发展就必须冲破种种阴暗面,必须对以前大加掩饰、回避不谈的消极因素加以揭露和批判。在此基础上她深化了原有的主题,加强了作品中的批判因素和分析因素,并使小说戏剧冲突更为尖锐,光明与黑暗的对比更加强烈。小说揭开了日常生活的表层,深挖了内在的冲突,提出了时代的矛盾,指出了社会发展的障碍,这表明作家已经摆脱了斯大林时期"无冲突论"的影响,开始从更深刻的角度来理解生活。

小说对人物的塑造也较为成功,摈弃了以往那种"好人全好,坏人全坏"的脸谱化手法。从内在的角度去理解人物,塑造人物。例如,对多罗菲娅,作家一方面强调了她不辞劳苦为市民奔忙的作风,还根据她艰难的成长经历剖析了她独立的思想个性和踏实的工作作风;但另一方面又描绘了她对自己儿子的溺爱,刻画了一个母亲的真实心理。潘诺娃从人的命运和生活道德这样的角度去塑造人物,寻求生活发展的内在规律,无疑使作品具有了极大的真实性。她没有把多罗菲娅写成一个高大完美的人,而是写出了人物的多面性、复杂性。这是符合文学创造的规律的,同时也表明作家对生活敏锐的感受力。

对于鲍尔塔舍维奇这个大贪污犯,小说也没有将之简单化,而是重点说明了他在思想道德上的蜕化堕落过程。小说描写他从"一个纯朴的小伙子"和一个"大家都喜欢"的"出色的组织者"到自以为"理所当然地据有富丽堂皇的办公室和华美秀丽的女秘书"这样一个自高自大的官僚,乃至因物质需求而沦为国家财产的盗窃犯,指出这其中的许多因素是值得人们深思的。在末日来临之际,作家对他愧疚而恐惧的心理进行了细致的描写,将这个道貌岸然的伪君子刻画得十分逼真。小说还尝试运用了复调小说的结构,几条线索同时展开并交汇穿插。三个家庭的不同人物几乎各有各的烦恼,在作者笔下都独立地自成一个小故事,全篇小说也没有一个贯穿头尾的主人公。全书更像是不同人物一生中几个日常生活片段的剪辑,却都充满内在的戏剧性。作品语言冷静客观,平淡中寓有极大表现力,洋溢着生活气息。所有这一切使这部小说成为预报苏联文学解冻时期到来的一只春雁,在文学史上具有重要意义。

苏联研究者们认为潘诺娃的作品常常让人联系起契诃夫的小说,这位苏联当代女作家致力于通过平凡的日常生活来揭示时代精神面貌,追求生活中的美。事实上这正是她在新的历史条件下对 19 世纪末语言艺术大师契诃夫风格的继承和发扬。

55. 蕾切尔·卡逊 [美]

《寂静的春天》

作者简介

蕾切尔·卡逊（Rachel Carson，1907—1964）的传记作家林达·利尔在研究这位生态运动的女杰时，也采用了生态批评的理念。作为环境史学家，林达·利尔深知地理的支撑点往往成为人精神的支撑点，也就是说地域对一个人观念的形成非常重要。所以，她在追溯卡逊的童年时说："要了解一个人的生活，就要了解他居住的环境。"

蕾切尔·卡逊出生在美国宾夕法尼亚州的泉溪镇，那是一个有优美的田园风光但也正缓慢地受到工业污染的社区。卡逊的父亲拥有大片地产，虽然没有什么丰富的农产品，但景色却很宜人。卡逊太太热爱自然。从卡逊一岁开始，母亲就越来越多地带她到野外去，在树林和果园里散步，寻找泉水，给花鸟和昆虫起名。母亲的自然观对她的灌注是非常明显的。我国的生态文艺学家鲁枢元说，在一个文学艺术家的个体发育中，在其童年生活环境中，"往往有两个因素在发挥着重大作用，一是自然，一是女性"。这一观点用于解释卡逊的成长是十分有效的。

蕾切尔·卡逊

卡逊在童年时期阅读的刊物，也使她更加认识到与大自然和平共处的美德。她终日沉浸在书籍、农场的动物、她的狗以及户外活动中。同时，卡逊也显露了出色的文学才华,11 岁时便发表了短篇小说,在其稚嫩的作品中表现了对人与自然的热爱。当她 18 岁考入宾夕法尼亚女子学院时,她在第一篇作文中写道:"我爱大自然的一切美好的事物,野生动物是我的朋友。"在大学里,卡逊不仅继续写作,还对生物学发生了浓厚的兴趣,生物课为她揭示了另一条热爱大自然的途径。

卡逊后来主修的就是生物学,她的专业知识、她对自然界的感情使她很自然地形成了先进的生态思想。她的恩师斯金克也是有敏锐观察力的自然科学工作者,卡逊的传记作家写道:"对于野花、鸟类和动物已经深有理解的蕾切尔,对斯金克保护自然资源的热情极有同感。斯金克无需唤醒蕾切尔的生态保护意识,她只需加深她的这一意识。"

1938 年,她开始关注野生生物资源保护的问题,这些问题成为她日后写作的主旋律。她说:"我们忙于抽干沼泽、砍伐林木、翻犁覆盖茫茫大草原的草被。自然平衡横遭破坏,野生生物正面临灭顶之灾。但是,野生生物的家园也正是我们的家园呀。"蕾切尔·卡逊在创作其早期的畅销书《海风之下》(*Under the Sea-Wind*,1941)时,就决定回避大多数有关海洋的"人类的偏见",意识到海洋本身应该是中心角色,这无疑是我们今天生态哲学对人类中心主义的反拨的先声。之后,她又创作了《我们周围的海》(*The Sea Around Us*,1951)等几部生物生态学的畅销书。但是,她最重要的成就是为世人留下了这部《寂静的春天》(*Silent Spring*,1962)。

卡逊在 1964 年 4 月,一个寂静的春天里,将她所有的生命力耗尽在写作与探索真理上后,溘然长逝。具有讽刺意味的是,卡逊正是死于乳腺癌,而研究证明这种病与有毒化学品的暴露有着必然联系。所以,美国前副总统戈尔在《寂静的春天》的前言写道:"从某种意义上说,卡逊确确实实是在为她的生命而写作。"

代表作品

蕾切尔·卡逊在阐述其创作《寂静的春天》时曾说过:"我写这本书,是因为我认为我们的下一代也许没有机会知道什么是真正的大自然了,这是很危险的——如果我们不保护大自然,所造成的毁坏将是无法弥补的。"

在《寂静的春天》中,卡逊以悲天悯人的情怀控诉了"DDT"等农药,对各种生灵进行海陆空全方位毒杀,把一个有声有色的春天变成了荒凉死寂的人间地狱。西方人在认识了核武器的威力后,又一次领教到科学的恐怖和丑恶。

这部长篇报告文学对现实的尖锐揭露一开始使很多人都无法接受,不少人尤其是经济利益受到重创的化学科技公司,甚至恶毒地诋毁该书和卡逊本人。我们今天对有毒农药的危害都有所了解,可 20 世纪 60 年代的人们,还沉浸在人类征服自然的喜悦之中,还为虫子终究逃不过人的掌握而扬扬得意。"DDT"的发明者还因此获得了诺贝尔奖。

了解了这些背景,就知道卡逊当年是在什么样的环境下,顶着多么大的压力仗义执言的。这是一本关于人毫无准备地、自以为是地与自然作战的书,因为人是无法游离出自然的,所以这也是一个人类戕害自己的悲剧。

随着时间的推移,《寂静的春天》越来越焕发出强大的魅力,引起越来越多的人的共鸣。《寂静的春天》引起的轰动,终于促使关于剧毒农药使用的白宫听证会的举行。当时的参议员阿伯拉罕·利比科夫(Abraham Robicof),模仿100 年前亚伯拉罕·林肯(Abraham Lincoln)对《汤姆叔叔的小屋》的作者说的话对卡逊讲道:"你就是起始这一切的女士。""DDT"等剧毒农药因此而寿终正寝。

在文学界,《寂静的春天》还成为西方当代生态文学的发轫之作。卡逊把如此复杂的题材运用科学的理解与文学技巧完美地融合在一起。该书的第一章《明天的寓言》还以其优美的语言、真挚的情感和发人深省的警告,而被选入了中国大学英语专业的教科书。

综观《寂静的春天》,似乎卡逊没有对科学显示出任何好感,她甚至写道:"我们长期以来一直行驶的这条道路,使人容易错认为是一条舒适的、平坦的超级公路。我们能在上面高速前进。实际上,在这条路的终点却有灾难等着。"她在书中反复指出的是貌似强大的化学技术,始终不能把人从虫害与污染的轮番侵害的怪圈中解救出来。

不过另一方面,我们又看到,卡逊不仅是作家,也是经过严格训练的科学家。她在著名的约翰·霍普金斯大学系统学习了解剖学、遗传学和生态学。在大学时代,她在写作和生物学上的兴趣就是并进的。科学的训练和人文的情怀造就了她宽广的跨学科视野。事实上,《寂静的春天》的叙述是在极为严密而扎实的科学研

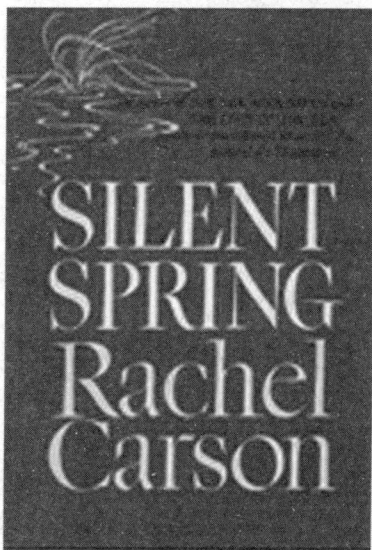

究和深入的实地调查基础上进行的。读者为她掌握的大量统计数字、案例所折服。不仅如此,她给我们的启示是:科学是人的工具,科学本身没有破坏自然的意向。批评科学,首先应该批评人的文化,是人放纵了科技,使之超越了人的认识水平。

文学影响

和许多环保运动的先驱,如亨利·梭罗(Henry David Thoreau,1817—1862)、玛丽·奥斯丁(MaryAustin,1868—1934)一样,蕾切尔·卡逊在去世之后才逐渐获得越来越多的尊敬;她留下的文学作品在她生前遭到众多的诋毁,更不要说进入经典的行列了。然而我们很难说卡逊是含恨离开的,因为她全身心地爱过这个世界,是她促使了一系列环保法律的诞生。她还留下了意义深远的《寂静的春天》。更重要的是,她给我们留下跨越时代、国界和学科的精神遗产。今天,我们说她是可以和伽利略、达尔文比肩的人物并不算过分——他们都是在人类文明处于转折路口时,点燃了火炬的引路人。

随着写作的日益成熟,蕾切尔·卡逊越来越展现出自己独特的风格:"集科学的精确性和富有诗意的洞悉力和想象力于一身。令人信服地捕捉大自然的循环、韵律和关系。"她批评将科学和文学截然分割的观点,认为自然科学的物质就是生活本身的物质。自然科学是现实生活的一部分,它回答我们生活经验中所有的"是什么、怎么样和为什么"的问题。对人的理解不可能离开对人的生活环境及塑造人的精神和躯体的自然力的理解。换句话说,卡逊把文学和自然科学都视为发现和解说真理的方法,二者殊途同归。如果文学关心对人的理解的话,那么卡逊把人的考察置入了人所栖息的生态圈中,而不是沿袭以往的文明、自然二元对立的模式。用科学阐释文学、用人文精神引领科学,这反映的不仅是她宽阔的跨学科视域,还有先进的生态哲学思想。

蕾切尔·卡逊和所有在生态写作领域里的女作家一样,以富于感情的笔触展现了自身作为自然的呵护者的形象。童年生活的艰辛和母亲的教育,使她很早就认识到知识和自我尊重远比物质占有或社会认同更为重要,这一观念的树立,为她把自己塑造成一个学识与勇气过人、敢于和社会抗争的杰出女性提供了力量的源泉。女性和自然是有着天然联盟的——她们都受着男权中心的压迫,也都顽强地表现着感性力量、非线性思维的优越和魅力。卡逊在主要由男子统治的领域里获得了成功,并用诗人的感性目光、科学家的精确头脑和女人的直觉向世界提出疑问。卡逊的形象，是足以体现女性与自然的交相辉映的。

美国艺术及文学协会在她去世前吸收她为会员，当时该会只有 50 名会员，卡逊入会时女会员仅有 3 名。协会理事长在赞扬卡逊的道德领导作用和科学研究成果时说："卡逊是位文学风格和伽利略、布丰相似的科学家。她用科学的眼光和道义的感情唤醒了我们对自然环境的意识。并提醒我们，眼光短浅的技术性征服有可能破坏我们赖以生存的自然资源。"

最后，不妨再引用卡逊的一段优雅而富有哲理的文字，它体现了作者在自然面前特有的谦逊以及对自然和生命的敬畏：

"站在大海生成的一片新的领地上，我不由得感动万分。尽管我们的学识不准我们有这样的想法，我还是相信我们对地球形成和生命进化的深层态度，是在无限久远之前发生的一种感觉。现在，我理解了这种感觉。……水、风和沙是建造者，只有海鸥和我在这里亲眼目睹了这一造物的行为。"

56. 达芬妮·杜穆里埃 [英]

《吕蓓卡》

作者简介

达芬妮·杜穆里埃（Daphne du Maurier,1907—1989）,英国当代著名小说家、剧作家,其祖父乔其·杜穆里埃（George du Maurier）是一位歌唱家,同时也是一位通俗小说作家,他创作的《特里比式毡帽》（*Trilby*,1894）曾风靡一时；其父亲杰拉尔德·杜穆里埃是位出色的演员经纪人。生长在这样一个艺术氛围浓郁的家庭,杜穆里埃自然对艺术有着超凡的感悟力。

她幼时在巴黎接受私人教育,很小就对写作表现出极大的兴趣。回到英国以后,她长期居住在远离都市的康沃尔郡,因此,她的不少作品都以康沃尔郡的社会习俗和风土人情为主题或背景,康沃尔海滩荒凉的景色和神秘的气氛,更是常常出现在她的作品中,因此她的作品有"康沃尔小说"之称。达芬妮·杜穆里埃因她的"康沃尔小说"而名扬四海,"康沃尔"也因达芬妮·杜穆里埃而闻名遐迩。

1925 年,她的第一部作品短篇小说集《苹果树》（*The Apple Tree*,1925）问世。而她的长篇小说处女作则是 1931 年出版的《钟爱》（*The Loving Spirit*,1931）。在该书中,杜穆里埃已经充分显

达芬妮·杜穆里埃

示出其作品的哥特式小说风格，充满了浓郁的浪漫色彩与神秘气息。1936年《牙买加旅店》（*Jamaica Inn*，1936）的问世，使杜穆里埃的声名大噪，该小说以走私者的冒险生活为题材，不久又被改编为同名电影，轰动一时。

两年后，杜穆里埃又推出了《吕蓓卡》（*Rebecca*，1938），小说集哥特式小说的神秘恐怖与言情小说的缠绵悱恻于一体，具有非凡的感染力，并以巧妙的构思和优美的文笔，成为杜穆里埃最优秀的作品。作品深受广大读者的青睐，首次发售就销出45 000册，重印40次之多，并被翻译成20多种文字广为流传。由这部小说改编的同名电影也久演不衰，著名英国电影导演希区柯克凭借这部电影成功地进军好莱坞。《吕蓓卡》中文版通常译作《蝴蝶梦》，这一优美的译名充分体现了小说酣畅舒怀、荡气回肠的魅力。

继《吕蓓卡》之后，杜穆里埃又创作了一系列情节诡秘、恐怖凄凉的小说，如《国王的将军》（*The King's General*，1946）、《我的表妹雷切尔》（*My Cousin Rachel*，1951）、《替罪羊》（*The Scapegoat*，1957）、《吹玻璃工》（*The Glass Blowers*，1962）、《海滨住宅》（*The House on the Strand*，1969）等。除了小说创作之外，杜穆里埃还创作了剧本《时隔六年》（*The Six Years Between*，1944）、《九月潮》（*September Tide*，1948），以及为她父亲所写的传记《杰拉尔德的写照》（*Gerald：A Portrait*，1934）。

1952年，杜穆里埃被接纳为英国皇家文学会会员；1969年，她又被授予英国女爵士勋位；1977年，她荣获美国神秘小说作家大师奖。

1989年4月19日，杜穆里埃在康沃尔逝世，享年82岁。

代表作品

小说《吕蓓卡》以第一人称展开，伴随着曼陀丽庄园的诡异之谜被一步步揭开，叙述了一个曲折传奇的爱情故事。小说开篇的第一句话经常被人引用："昨晚，我梦见自己又回到了曼陀丽庄园。"这句话不仅确立了该小说第一人称的叙述角度，而且暗示接下来的故事将是对悲惨往事的回忆。然而，故事的叙述者并不急于讲述过去的事情，而是描写虽然"我"和丈夫不得不远离家乡在外生活，感情却非常融洽，同时"我"还通过数次提及标题人物吕蓓卡以及丹弗斯太太，以进一步激发起读者的好奇心，然后才从容地展开故事。

尽管小说按时间顺序发展，叙述者还是经常使用类似的手法来暗示即将发生的事件，从而使读者始终保持一种高度的悬念。比如在第三章中，"我"曾想到：

"如果范·霍珀夫人不是个势利鬼,我真不知道今天我的生活会是什么样子。"很快读者就了解到,正是因为这个在蒙特卡洛度假的有钱的美国女人想结交一些社会名流,才使得身为侍女的"我"与贵族迈克西姆相识进而相爱。当范·霍珀夫人决定立即动身去纽约时,刚刚丧妻的迈克西姆不愿失去他年轻的伙伴,向"我"求婚,他的这一举动大大出乎范·霍珀夫人的预料。

在这个简短的开头之后,小说的场景移到了曼陀丽庄园——那座位于海边的著名大宅子。"我"一见到曼陀丽庄园,就有一种不安全感,因为庄园中四处弥漫着迈克西姆前妻吕蓓卡的影子。作为一个害羞又缺乏社交经验的女孩,"我"十分不适应英国上流社会的生活,总是担心自己达不到已故女主人吕蓓卡的标准,在"我"的想象中,吕蓓卡不仅精明强干,善于交际,还拥有惊人的美貌。女管家丹弗斯太太十分崇拜吕蓓卡,总是处心积虑地强化"我"的这种自卑感,利用一切机会来让新任女主人感到自己是一位不受欢迎的入侵者。

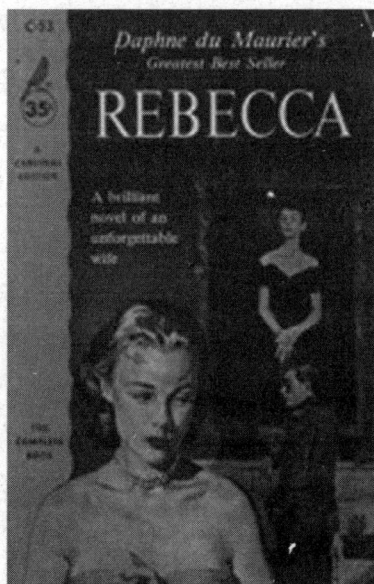

迈克西姆虽然深爱着我,却不大过问"我"的忧虑,更拒绝和"我"谈论吕蓓卡。"我"备感孤单,只能从迈克西姆善良的姐姐比阿特丽斯,以及庄园总管弗兰克·克劳利那儿得到一点温暖。没有人告诉"我"任何真相,"我"只能盲目地前进,不知道怎样才能让丈夫迈克西姆高兴,又唯恐做错什么事惹他生气。当"我"打碎了一件珍贵的饰品时,丹弗斯太太大大惊小怪,迈克西姆却认为这是一件不值得一提的小事。但他不让"我"去吕蓓卡用过的船库,当他得知吕蓓卡的表兄杰克·费弗尔曾在曼陀丽露面之后,他大发雷霆。但是,直到那次化装舞会"我"才算是真正经历了迈克西姆的愤怒。

当迈克西姆看到"我"穿上了丹弗斯建议"我"穿的那件白色礼服时,勃然大怒。他并没有向"我"做出任何解释,只是命令"我"立即换下礼服,然后整个晚上都对"我"非常冷淡,甚至没有回卧室过夜。丹弗斯夫人利用"我"和迈克西姆之间的隔阂,用尖刻的语言把"我"折磨得心力交瘁,精神恍惚,差点投海自杀。幸运的是,标志着航行事故的信号弹恰在此刻响起,骤然间"我"重又恢复了理智。

虽然这次偶发事件最终促成了"我"和迈克西姆之间的真正团圆,其直接后果却是迈克西姆不得不为自己的谋杀嫌疑进行辩护。当迈克西姆得知潜水者已经在沉船上找到了吕蓓卡的尸体,他终于向"我"吐露了真情。在他与吕蓓卡的整个婚姻生活中,吕蓓卡始终花天酒地、胡作非为;当她告诉迈克西姆她已经怀上了别人的孩子,并打算让这个孩子继承曼陀丽庄园,迈克西姆开枪打死了她,将她的尸体装入一艘船,一并沉入水中。迈克西姆绝望地说,吕蓓卡赢了。"我"告诉迈克西姆"我"并没有打算离开他,很显然最后真正获得胜利的不是吕蓓卡,而是真挚的爱情。

全书的最后一部分描述了案件的调查及审理结果。尽管杰克·费弗尔和丹弗斯太太极力控告,迈克西姆还是被官方排除了谋杀嫌疑。法官朱利安上校虽然已经看出了真相,但是出于对迈克西姆遭遇的同情和对费弗尔讹诈企图的反感,他还是将此案定为自杀。在从伦敦取证回家的路上,迈克西姆和"我"看见了天空中的火光,丹弗斯太太和杰克·费弗尔已经放火烧毁了曼陀丽庄园。庄园中曾经扑朔迷离的一切最终都被浓烟烈火吞没了。

文学影响

从总体风格上看,《吕蓓卡》带有明显的 19 世纪哥特小说影响的痕迹,情节惊险曲折成为其作品的主要特色。故事以"虚""实"相间的手法,围绕着两位女性的生活,展示了充满神秘色彩的故事情节。"虚"的人物是吕蓓卡,她在小说开篇即已死去,只是在追述和回忆中隐隐约约地出现。然而,她却时时处处音容宛在,冥冥之中操纵着曼陀丽庄园的一切,直至将整个庄园烧毁。"实"的人物即小说的叙述者"我",虽是喜怒哀乐俱全的活人,实际却起着烘托吕蓓卡的作用。读者跟随着"我"将吕蓓卡的神秘面纱一层一层地撩开,直至真相大白。随着情节的展开,吕蓓卡由一个漂亮威严的女主人慢慢暴露出她生活放荡、性格乖僻的另一面,而"我"则由一个单纯的女孩慢慢成熟起来,找到了自己在生活和婚姻中的位置,最终驱走了吕蓓卡萦绕着她的阴影。作者这种以"实有"陪衬"虚无"的手法颇为新颖别致。

《吕蓓卡》反映了一个经典文学作品中经常出现的"失乐园"的主题。当小说主人公在第一章中提到她的悲哀时,其焦点并不是曼陀丽本身,而是那片被称作幸福谷的地方,只有幸福谷才被他们视为真正的乐园。当迈克西姆把"我"带到这儿时,"我"看出了他的开心,同时发现自己也从这个庄园带给"我"的压抑感中解脱出来。即使在迈克西姆和"我"不得不被逐出曼陀丽,而远离幸福谷这个乐园时,"我们"在流亡的过程中还是能够感受到在幸福谷所获得的幸福与爱意。幸福谷在庄园被烧毁之后依然存在,这一事实进一步表现了该小说的主题:善良最终能够战胜邪恶。

和《吕蓓卡》"失乐园"主题紧密相关的另一主题是天真的丧失。杜穆里埃选择一个从天真逐渐走向成熟的女性形象作为小说的主人公,这沿袭了哥特式小说的一贯传统。但是,通过让叙述人在讲故事时仍然扮演她早期天真的角色,杜穆里埃显示了天真有可能导致致命的错误。从表面上看,"我"的几近崩溃是由丹弗斯太太引起的;而实际上,真正将"我"一步步推向危险境地的是"我"自己偏执的幻想。自从"我"入住曼陀丽以后,"我"总觉得自己在任何方面都无法与吕蓓卡相比,直到迈克西姆向"我"坦白了一切之后,"我"才明白曾经的一切想象都十分荒谬。杜穆里埃借此想表现另一个经典主题,即在现实世界,天真有可能是危险甚至致命的,唯有经验和知识才能使人生存下来。

杜穆里埃把自己优美的文笔与大自然的美妙风光结合起来,加之对人物心理的细腻刻画,其作品在惊险恐怖之外又带有言情小说那种抒情和浪漫色彩。实际上,作者正是通过这种情景交融的手法成功地渲染了两种气氛:一方面是缠绵悱恻的怀乡忆旧,另一方面是阴森压抑的绝望恐怖。两种气氛互相交叠渗透,在优美的文笔和环境中叙述阴森恐怖的故事,在冷漠绝望的人群中展开缠绵悱恻的爱情故事,从而使得整个故事悬念迭起,引人入胜,犹如一瓶味浓性烈的酒,在品尝中给人以强烈的刺激。

57. 西蒙·波娃［法］

《第二性》

作者简介

西蒙·波娃（Simone de Beauvoir, 1908—1986），又译西蒙娜·德·波伏瓦，20世纪法国最具影响力的女权主义者，享誉世界的存在主义学者、作家。她的名字在20世纪法国甚至全世界文化界，都具有明显的象征意义。因为谈到她，人们就不能不联想起20世纪对人类思想产生过重大影响的两大思想运动——存在主义和女权主义运动。她的存在主义的女权理论对当时及后世的西方思想和社会习俗都产生了巨大影响。

波娃出生在巴黎一个律师家庭，她从小性格倔强，聪颖好学，意志坚强，具有旺盛的生命力和强烈的好奇心。19岁时，波娃发表了一项个人"独立宣言"，宣称"我决不让我的生命屈从于他人的意志"。波娃在她还是个名不见经传的穷教师时就开始发愤写作，决心成为一位名作家，并因此终身不懈地努力。21岁时，她和法国著名哲学大师、存在主义创始人之一萨特结识，这是她一生中重要的转折点。在萨特存在主义思想的熏染和启发下，她最终成为存在主义的代表性人物、女权主义运动的先驱。她与萨特在一起生活了50年，是萨特的终身伴侣，但她拒绝婚姻，

西蒙·波娃

并认为"按照我们的信念行事,认可这种非正式的婚姻状态,是合乎道德的"。

西蒙·波娃一生写了许多作品,包括小说、戏剧、游记与学术著作等。1943年,波娃发表了第一部有影响的长篇小说《女宾》(L'Invitee);1945年,她发表了以反法西斯战争为主题的小说《他人的血》(The Blood of Others),引起巨大轰动。她还与萨特合作了《关于暧昧的道德》(The Ethics of Ambiguity,1947)一书,并出版了《西蒙·波娃的美国纪行》(America Day by Day,1948)。1954年,波娃以《名士风流》(Le Mandarins,1954)一举夺得该年的法国最高文学奖——龚古尔文学奖,从此奠定了她在法国文坛的地位。《名士风流》是一部描写知识分子命运的巨著。作者以遒劲有力的笔触,深刻地展现了第二次世界大战后法国知识分子苦闷彷徨、求索奋进的众生相。这里有历经磨难而坚守生活信念的作家,有鄙视功名而始终不甘寂寞的精神分析专家,也有锐意进取而终于落拓的哲学家等。作者以其敏锐的观察力和洞察力,深刻描写了他们的追求与幻灭、希望与失望、沉沦与奋起的心路历程,使本书成为研究那一时代知识分子心态与命运的一面镜子。1968年,波娃出版了《堕落的女人》(The Woman Destroyed,1968)等三部短篇小说。之后,她开始关注起社会的另一问题——老人问题,并在作品《老年》(Old Age,1972)一书进行探讨,再度引领世界思想潮流。

虽然在文学创作上,波娃已取得了举世瞩目的成就,但真正具有划时代意义的还是她的女权主义理论经典《第二性》(The Second Sex,1949)。第二次世界大战结束后,波娃开始潜心研究妇女问题,并历时3年创作了这部作品。《第二性》在法国出版后,便立即在整个西方世界引起轰动,成为西方妇女的必读之书。它以涵盖哲学、历史、文学、生物学、古代神话和风俗的文化内容为背景,全面思考女性议题,纵论从原始社会到现代社会的历史演变中,妇女的处境、地位和权利的实际情况,探讨了女性个体发展史所显示的性别差异。《第二性》可以称得上是一部俯瞰整个女性世界的百科全书,揭开了妇女文化运动向历史久远的性别歧视开战的序幕。

波娃于1986年4月在巴黎病逝,享年78岁。法国前总统密特朗盛赞她是"法国和全世界的最杰出作家";法国前总统希拉克则在一次演讲中说:"她介入文学,代表了某种思想运动,在一个时期标志着我们社会的特点。她的无可置疑的才华,使她成为一个在法国文学史上最有地位的作家。"

代表作品

《第二性》分上下两卷,第一卷为《事实与神话》,包括三个部分:命运、历史、神话。该卷思想丰富、理论艰深，内容涵盖面广。作者主要以女性群体为着眼点，分别从生物学、哲学、历史和神话等多个角度，详细阐述关于妇女的各种观点，探讨妇女问题。

作者首先从生物学的角度力图破解"雄性决定论"的论调，在对单细胞动物一直到复杂的哺乳动物雌雄两性交媾、繁殖的分析中，揭示了动物界中出现的雌雄分体、雌雄同体、雌雄嵌体的有趣现象，详细论述了生物界存在着单性生殖和有性生殖的现象。而这一切对生命的延续起着同等重要的作用，驳斥了将女性等同于"子宫"或"卵巢"的错误观点。并认为，即使在高级动物的有性生殖中，"两种配子在根本上起着同等的作用；它们共同创造了生命体。而在生命体中它们都既丧失又超越了自身"。

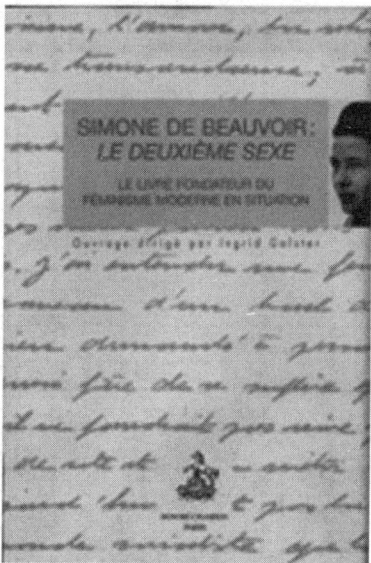

之后，波娃转向了哲学和历史的角度。她首先对弗洛伊德精神分析学的妇女观提出质疑，并尖锐地指出，弗洛伊德的精神分析学完全以男人为中心，整个建立在男性模式上；他的妇女观只是把女性的生理、心理和处境归结为"性"的"性一元论"；而所谓"恋父情结"也是他根据以男性模式得出的"恋母情结"的简单炮制，缺乏理论依据。在她看来，历史唯物主义理论在妇女问题上揭示出一些十分重要的真理，她肯定马克思主义的妇女观是对妇女理论发展的重大贡献，尤其是私有制或世袭财产私有制的出现是妇女受压迫的根本性原因的观点。也就是说，妇女经济上受压迫的地位决定了她们在社会中处于被征服者的地位，而被征服者的地位转而形成了妇女在经济上永远得不到解放的局面。波娃认为，从经济的角度研究妇女问题是历史的一大进步，社会主义制度终将消灭男女不平等现象。但她同时又指出，"经济一元论"的观点也有它的局限性，因为从哲学的角度上看，弗洛伊德的观点只是在于正视生存者的身体。而马克思、恩格斯的观点在于正视身体在历史环境中的重要性。由此，波娃试图建构一种令人信服的关于女性的存在主义观点，这也是她创作《第二性》的初衷。她认为："身体、性生活以及技术资源，只有从人的生存全方位去认识，对他才是具体存在的。"萨特的存在主义哲学观在女性问题上又一次得以体现。

接着，作者又从神话的角度讨论妇女的地位与权利。指出对处女的崇拜是私有制出现后的产物，是男性为了确保世袭的财产能沿袭父系的血统继承下去而确立的，而妇女因此逐渐沦为生产继承人的工具。而在私有制出现以前的远古时期，人们反而认为处女是"邪恶的""不吉利的"。作者还以蒙泰朗（Henry Millon de Montherlant，1896—1972）、D. H. 劳伦斯（David Herbert Lawrence，1885—1930）、司汤达（Stendhal，1783—1842）等 5 位作家笔下的女性人物形象为例，着重探讨西方文学对妇女的态度。在他们的笔下，女人都无一例外地处于"被限制的存在"中，"通过被动性布施获得和谐"，若她拒绝担任这种角色，她就被视为"女妖"和"祸水"。

第二卷以《当代女性》为题，分成四个部分：女性形成、处境、生存之辩和走向解放。作者首先详细地叙述了女婴得以长成少女乃至结婚为人母的全过程。在该卷开篇，她就提出了一个惊世骇俗的观点："女人不是生就的，而宁可说是逐渐形成的。在生理、心理或经济上，没有任何命运能决定女性在人类社会的表现形象。"并认为女性的"阴柔特质"是社会文化的产物。波娃还指出，女孩的性别意识是随着身体的成熟，在特定的心理环境和社会环境中逐渐加深的。女人从来就没有构成封闭而独立的社会，她们不像"工人阶级"犹太人或黑人等，她们遍布在社会的各个角落，承担着各种家庭与社会责任。她还竭尽全力地为女人正名：说女人墨守成规，是因为在当今社会配置下，"时间并没有给她们带来任何新鲜的成分"；说女人脆弱，是因为她们不具有可以表明自己是超越时间延续的自由的主体；说女人"平庸、懒散、轻浮和奴性"，是因为她们一直被男人禁锢在一个小圈子里，她们对现实世界不够信任。

随后，作者又以现实生活中形形色色的妇女为对象，其中包括女同性恋者、妓女、恋爱中的女人或情妇、神秘主义的女人或修女、独立的女人或职业妇女，探讨女性的个体发展史。尤其探讨了各类女性在不同的年龄段生理、心理及处境的变化，并得出结论：女人要想做真正的女人，成为两性当中平等的一极，就只有行动起来，向历史挑战，跳出历史所确定的所谓"永恒的真理"。

在卷尾的《结论》里，她意味深长地引用了马克思的一段话："人与人之间的直接的、自然的、必然的关系是男女之间的关系……从这种关系的性质就可以看出，人在何种程度上成为并把自己理解为人类存在物；男女之间的关系是人和人之间最自然的关系。因此，这种关系表明了人的自然的行为在何种程度上成了人的行为，或人的本质在何种程度上对他来说成了自然。"她因此认为，女人要想获得解放，取得最大的胜利，就必须正视自己同男性的自然差异，同男人建立起手足关系。

文学影响

西蒙·波娃作为一个独立、自由、智慧的女性，为全世界妇女和西方女权主义运动写下的这部闻名世界的宏篇巨著《第二性》，无疑是她为当代以及后世做出的最大贡献。虽然《第二性》在问世之初，法国及西方评论界对此褒贬不一，甚至还有尖锐的批评和攻击。有人说她老调重弹，拾人牙慧；有人说她提倡女权已无必要，男女早已平等；还有人说她只是在遵循她的男人（萨特）的道德和哲学；甚至还有人攻击她是"花痴""性饥渴"。然而，无论贬也好，褒也好，有一点是肯定的，那就是没有人不由衷地叹服她的"诚实、勇气和博学"。因此，1952年，当《第二性》的英译本在美国出版时，再次轰动了西方，成为当时最畅销的书，并被誉为"有史以来讨论妇女的最健全、最理智、最充满智慧的一本书"，甚至被尊为西方女权运动的《圣经》。

纵观波娃的女权思想，其实是与她的人权思想密不可分的，也是建立在她的伦理意识基础之上的。即通过行动去创建一个消灭了不平等的世界。她一直把自由当作最根本的东西，她认为自由以外的其余问题都是次要的。《第二性》的精辟见解，挑战了传统的各种哲学偏见以及本质论的女权主义，被视为女权主义运动的理论资源。西蒙·波娃仿佛就是自由女神降生，她所倡导的女权主义思想成了一种信仰、改革与世界观，为千千万万女性提供了自我觉醒、自我解放的勇气和力量。而波娃本人既是女性的楷模，又令她们感到困惑不解，特别是她与萨特的关系，不结婚、不生育的宣言更让女人惊诧。让男人恐惧，却相当程度地变成新性感典范和女性主义者的样板。

在《第二性》中，波娃指出了社会造成的男女差别是妇女处于从属地位的主要原因；男女之间被认为是合乎自然和情理的差别，都是有史以来对女性加以束缚和奴役的结果。她因而提出了"第二性"的概念，指出在父权制度下女性处于次等人的地位，是有别于男人的根本不同的第二性。这无疑是对近代以来的女权主义运动和理论的一个总结。她积极倡导男女平等，并寄希望于社会主义可以为妇女争得正义与平等。她相信"妇女只有在社会主义制度下才能获得与男人平等的权利，但这远远不够，一些陈规旧俗依然束缚着妇女。世代相传的男女之间的不平等，使女性具有卑下情结，而男人则有着高贵的优势、良好的感觉。尽管在社会主义国家，也需要很长一段时间才能取得长足的进步"。后来，她又认识到要真正使妇女获得解放，直接地实现妇女的平等权利，必须通过不懈的斗争，这是她思想深刻、果敢睿智的又一体现。

　　无论从思想内容还是从表现形式上来看，《第二性》都是一部传世佳作。身为作家的西蒙·波娃，其文体风格一向为人所称道。全书洋洋洒洒数十万言，文笔清新自然、真切流畅，让人读来总是兴味盎然，不觉疲倦。书中旁征博引，例证精彩，妙语连篇，令人信服。虽然我们或许可以责怪波娃思想的局限性，说她过于遵从萨特的道德和哲学，但我们绝对不可以忽视波娃作为风格独特小说家和散文家在法国文坛的地位，以及她作为女性先驱为现代女权主义运动所做出的巨大贡献。

58. 奥丽维亚·曼宁［英］

《巴尔干三部曲》

作者简介

奥丽维亚·曼宁（Olivia Manning,1911—1980），出生于英国朴茨茅斯的一个海军军官家庭,青年时代主要在爱尔兰度过。第二次世界大战爆发前夕,曼宁与时任英国议会演讲人的 R.D. 史密斯成婚。婚后,史密斯被派往罗马尼亚的布加勒斯特教书,曼宁陪伴丈夫前往。德军侵占罗马尼亚后,夫妇俩转移到了雅典。当德军逼近雅典时,他们又先后撤往埃及和巴勒斯坦。其间,曼宁曾担任美国驻开罗使馆的出版官员、驻耶路撒冷的公众信息办公室的出版助理,同时也为英国议会工作。1946 年曼宁返回伦敦居住,直至 1980 年去世。

曼宁的第一部小说《风向变了》（*The Wind Changes*,1937）出版于 1937 年。之后《失踪者中的艺术家》（*Artist Among the Missing*,1949）和《爱之教育》（*School for Love*,1951）相继问世,这些作品描述战乱年代里人与人之间的关系,引起评论界关注。然而真正为她赢得声誉的是作品《巴尔干三部曲》（*The Balkan Trilogy*,1960—1965）和《黎凡特三部曲》（*Levant Trilogy*,1978—1980）,这两部史诗风格的宏篇巨作,是她在第二次世界大战期间真实经历的产物。《纽约时报书评》评价曼宁的这两个三部曲"是描述二战时的巴尔干半岛和中东地区的最好作品"。

奥丽维亚·曼宁

《巴尔干三部曲》是曼宁最著名的作品,包括《巨大的财富》(*The Great Fortune*,1960)、《被劫掠的城市》(*The Spoilt City*,1962)和《朋友们和英雄们》(*Friends and Heroes*,1965)三部小说,是战后英国文学的重大成就之一。小说以第二次世界大战为背景,向人们展示了在世事动荡、风云变幻的年代和环境下,男女主人公之间充满怀疑、痛苦、探索和困惑的心灵之战。曼宁以富于变化的叙述视角和庖丁解牛般的笔触为我们塑造了一对真实丰满、令人难忘的男女主人公形象。作品在展现人生悖论的同时也昭示着某种生命的永恒,体现出与英国小说传统一脉相承的人文关怀力量。小说中的男主人公盖伊·普林格尔被称为是现代小说中最成功的人物形象之一。《巴尔干三部曲》后来还被改编成电视作品。

曼宁的其他主要作品包括小说《不同的面孔》(*A Difference Face*,1953)、《维纳斯的鸽子》(*The Doves of Venus*,1955)、《雨林》(*The Rain Forest*,1974),短篇小说集《成长》(*Growth*,1948)和《一个浪漫的英雄》(*Romantic Hero*,1967)。曼宁还为众多刊物撰写文章,如《星期日泰晤士报》《旁观者》等。

代表作品

《巴尔干三部曲》置个人命运于第二次世界大战的宏大背景中来描绘,讲述一对英国青年夫妇在第二次世界大战期间辗转于巴尔干半岛的起伏经历,表现他们在特定的政治年代中激荡的情感生活与心灵纠葛。

小说中的前两部《巨大的财富》和《被劫掠的城市》以布加勒斯特为故事背景。1939年,新婚的普林格尔夫妇来到布加勒斯特。此时的布加勒斯特局势险恶,笼罩在日益浓厚的纳粹入侵的阴影下。男主人公盖伊·普林格尔在布加勒斯特大学讲授英国文学,他性格外向、为人热忱、怀有崇高的救世理想;妻子哈丽特性情内敛、理智,善于思索,政治保守。盖伊忘我地投入工作,排演莎士比亚的著名悲剧《特罗勒斯与克丽雪达》(*Troilus and Criseyde*,1602),期望借此剧唤醒罗马尼亚人民的忧患意识,号召民众同仇敌忾救国家民族于危亡之中。哈丽特却对此举极为不屑,一直冷眼旁观。盖伊的良苦

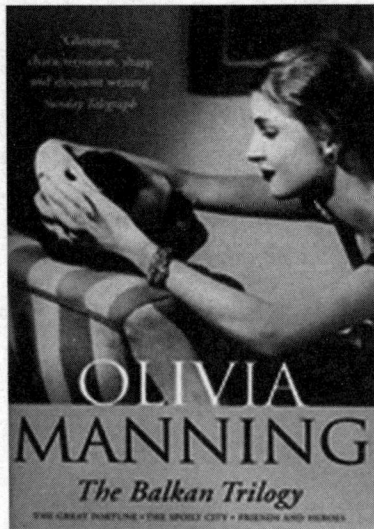

用心收效甚微,演员们只是沉浸在演出成功的兴奋之中,却对巴黎沦陷的消息和危如累卵的国家民族命运麻木不仁。演员们的这种心态隐喻罗马尼亚民众普遍执迷不悟,缺乏斗志。舞台上古代特洛亚的亡国命运即将在现实生活中的罗马尼亚上演。盖伊为其改造世界的美好理想而忙碌奔走,以致疏远了新婚妻子。初婚的他们彼此并非很了解,处于孤独、失望中的哈丽特努力适应婚后生活,试图理解自己的新婚丈夫,却很难弄明白盖伊看来简单实则复杂的性格。盖伊的同事克莱伦斯·劳森非常崇拜盖伊,称其为"圣人",同时对哈丽特怀有好感。克莱伦斯认为缺乏政治热情的哈丽特期望以中产阶级生活观来影响丈夫,破坏了他的完美。哈丽特在盖伊拯救世界的行动中扮演着旁观者的角色,冷静地观察、分析、评判丈夫的所作所为,同时也观察、思考着天下大势。她认识到,罗马尼亚民众于国难当头之际不图自强,其"巨大的财富"并不能挽救国家民族于危亡,只有高扬的强烈的民族生命意识才能带来生存的希望。

在第二部《被劫掠的城市》中,罗马尼亚的政治形势不断恶化,山雨欲来,人心惶惶,盖伊收留了走投无路的俄国贵族亚基莫夫王子和犹太青年萨沙,他把时间和精力几乎都奉献给了工作、朋友、政治讨论,却对妻子少有关心。哈丽特难以认同丈夫堂吉诃德式的理想主义和徒劳无益的侠行义举,为他旋风般的性格而困惑。哈丽特追求的是永恒,认为盖伊旋风般的积极奔走过不了几日就会被人忘却,不会留下深刻的印记。哈丽特无法理解丈夫的工作热情,而缺乏关怀的婚姻生活又让她感到茫然,于是把情感寄托在了软弱被动的萨沙身上。与萨沙的接触逐渐改变了她的英国道德观和社会优越感。萨沙在一次大搜捕中被抓获,而从银行家父亲那儿继承的大笔财产让他免遭法西斯杀害。萨沙就此以金钱至上为人生信条,听信法西斯的蛊惑,反将盖伊和哈丽特视为仇敌。具有一半英国血统的亚基莫夫王子自命风雅,哈丽特一开始对其反感不已,后渐生同情。而亚基莫夫王子却恩将仇报,在法西斯威胁下供出了藏在盖伊房内的绝密情报,并出卖了盖伊和萨沙等人。德军的铁蹄即将踏上罗马尼亚的疆土,盖伊将哈丽特送往希腊。

第三部《朋友们和英雄们》的场景转换到了雅典。盖伊和哈丽特在希腊重聚。发现这块"未遭劫掠"的土地上洋溢着与罗马尼亚形成强烈反差的生命价值意识。战时的雅典酒馆无人寻欢作乐。根据希腊的民俗,当亲人、朋友在前方作战时,人们禁绝唱歌跳舞等种种娱乐。教堂的钟声也不再敲响。然而有一天,教堂的钟声响彻全城,那是因为传来了意大利军队被迫后撤的消息。人们纷纷涌向广场、街头、酒馆,跳起欢快的舞蹈,唱起久违的歌曲。人人欢呼雀跃,热血沸腾。此情此景让哈丽特兴奋不已,她感受到了罗马尼亚人所缺失的高昂的民族力量与英雄气概。盖伊谋得一份教职,克服种种困难全身心地投入工作。即便在受到诬陷而失业的境况下,依旧四处奔走,宣扬共产主义救世主张,和左翼青年聚会,并组织演出轻歌剧《玛丽亚·马丁》慰问英勇作战的希腊军队。被冷落的哈丽特仍旧是一个孤独的旁观者。这时英国青年军官查尔斯·沃登少尉出现在她的生活中。哈丽特把长相酷似拜伦的查尔斯看作富有诗意的浪漫的战争英雄,很快喜欢上了他,同时依然关心着盖伊。后来哈丽特发现查尔斯原来是个贪婪、自私、狭隘的小人,只有盖伊让她在对一切产生幻灭的时刻感受到了慰藉和真实,感受到了他身上永恒的忠诚与美德。战火很快就要烧到希腊,夫妇两人决定撤往埃及,登上了驶往开罗的船只。他们的故事将在《黎凡特三部曲》中继续。

文学影响

曼宁的《巴尔干三部曲》将纷扰的战争背景与人物个体的命运变迁熔为一炉,人物的情感纠葛与政治、军事力量的冲突相交织,展现人生探索的重大意蕴与道德关怀,揭示人生永恒的悖论,使其在众多以第二次世界大战为题材的文学作品中备受瞩目。除了战争对边境居民的冲击外,作品没有针对战事本身进行正面描绘,而是把笔墨重点放在主人公的日常生活上。作品对男女主人公盖伊和哈丽特两人情感关系的发展变化进行了细致入微的描绘。

盖伊正直真诚,具有高涨的政治热情与高尚的社会理想,在任何时候都不放弃拯救世界的信念。他是一个具有英雄性格的非英雄人物,当芸芸众生为苟活于世不惜扭曲人性、牺牲他人时,他始终无私无畏,忠心耿耿,表现出难能可贵的自我牺牲精神。但颇具讽刺意味的是,他的侠肠义举往往收效甚微甚至被人利用,他如同现代的堂吉诃德,积极行动,热情奔走,换来的却是荒唐、无谓的结果。另一方面,盖伊对他人满腔热忱,却对自己的妻子缺少关心和帮助。他意识不到妻子需要克服失业、孤独、战乱等种种困难,认识不到在婚姻生活中妻子也需要保持自己的独立个性和完整人格,简单、片面地认为妻子是以自我为中心的利己主义者。他没能像帮助他人那样与妻子沟通交流,他身上这种自私的利他主义造成两人之间冲突不断,感情裂痕越来越大。他的自我牺牲精神让他们的爱情成了殉葬品,两人之间的情感纠葛和心灵之战始终找不着出路。

妻子哈丽特聪慧敏锐、思想独立、为人正直、憎恶法西斯、同情被压迫民众，却对盖伊的救世理想和侠行义举无法认同。在她看来，苏联在奉行极权主义上和法西斯毫无二致。盖伊的四处奔忙并不具有任何现实意义。哈丽特渴望心灵交流，希望在飘摇不定、变幻无常的生命中寻找永恒，然而这个冷漠麻木的世界只会让她感到格格不入。如果说盖伊是个"行动者"，哈丽特则扮演着"旁观者"的角色。她非常善于思索，体察人心，角度独到，她深刻的洞察力让她有时不免显得尖刻，但她始终关心、维护着丈夫。她意识到盖伊身上永恒不变的美德正是她所孜孜以求的，只有盖伊是她生命中真实而永恒的支点。虽然在三部曲的结尾，他们依旧没有走出感情的困境，依旧承受着心灵创痛，但他们拥有生命的财富，拥有激情和忠诚。他们将相扶相持，继续漂泊，共同面对凶险未卜的未来。

作品对其他人物的塑造也同样有力、鲜明。他们以喜剧或半喜剧形象出现，点缀、反衬着男女主人公的生活。曼宁以或辛辣、或含蓄的讽刺手法除去他们身上形形色色的伪装和面具，勾勒出荒谬悲凉的世象百态，客观地揭示出战争不仅使生命贬值，更使道德沦丧、人性扭曲。这就凸显出男女主人公难能可贵的正直勇敢、真诚善良、嫉恶如仇的品质。因此，作品总体来说还是肯定正义、信念、道德的伟大力量及永恒的生命价值。

59. 艾尔莎·莫兰泰[意大利]

《历史》

作者简介

艾尔莎·莫兰泰(Elsa Morante,1918—1985),意大利当代最著名的女作家,集小说家、诗人、翻译家、儿童作家于一身。莫兰泰出生在罗马一个小知识分子家庭,父母都是学校教员,家境贫寒,从小饱尝贫穷滋味,在18岁时,因经济拮据而中途辍学。

1941年,莫兰泰与杰出的意大利作家、反法西斯主义者莫拉维亚结为夫妻。婚后,由于纳粹统治者对反法西斯分子不断施加压力,莫兰泰和丈夫逃离罗马,在乔契阿里亚山区生活了几个月。这一时间,莫兰泰不仅与参加反法西斯抵抗运动的游击队员们有过广泛的接触,还亲眼目睹了墨索里尼政权的反动行径、普通群众备受战乱和饥馑折磨,以及犹太人遭受的种族主义迫害,这一切都成为她日后创作素材的主要来源,并在

艾尔莎·莫兰泰

她创作的小说中占有核心地位。直到战争结束,莫兰泰才定居罗马。

莫兰泰最初从事记者工作(1935—1940),常为一些文化杂志撰写质量很高的新闻报道。1941年,她发表了一部短篇小说集《秘密的游戏》(*The Secret Game*,1941)和一部童话小说《梳小辫的卡泰丽绝妙历险记》(*La Bellisme Avventure Di Cateri Dalla Trecciolina*,1941),从此开始了她的文学创作生涯。1948年,莫兰泰发表了小说《谎言与占卜》(*Menzogna E Sortilegio*,1948),这部作品是她的成名作,获得

了当年的维亚雷焦文学奖(Viareggio Prize)。之后出版的小说《亚瑟之岛》(*Arturo's Island*,1957)和《安达鲁西亚的披巾》(*The Andalusian Shawl*,1963),则进一步确立了她在文坛的地位,其中《亚瑟之岛》荣获了1966年斯特雷加文学奖(Strega Prize)。1968年,莫兰泰发表短篇小说集《孩子们拯救的世界》(*The World Saved by Little Children*,1968),这部作品标志着莫兰泰文学创作的一个转折点,它采用不同种类的文学表达形式,在结构上应用新先锋派的实验做法。

莫兰泰的作品主要反映小人物的精神面貌和生活现实,在这些作品中,她对社会底层人物悲惨凄凉的遭遇寄予了深切的同情,对墨索里尼政权的对内巧取豪夺、对外穷兵黩武进行了猛烈的抨击。这一点在她影响最大的长篇小说《历史》中得到了充分的体现。长篇小说《历史》(*History:A Novel*,1974)的发表,使她一跃成为意大利当代文坛上一位重要作家。1982年,莫兰泰又发表了长篇小说《安娜格艾莉》(*Aracoeli*,1982),并因这本书而获得1985年的麦第奇斯奖(Prix Medicis Etranger)。

莫兰泰笔下的主人公常常患有某种可怕的疾病:幻觉、癫痫、脑肿瘤等,不幸的是,在作者活着的最后几年中,也受着可怕疾病的折磨,与她最后一部作品《安娜格艾莉》的女主人公安娜格艾莉患的脑肿瘤不同,她患的是脑积水,这种病情在1983年她企图自杀后才被发现。疾病迫使她在罗马过着一种隐士般的生活,两年后,她因心脏病发作而离开人间。

莫兰泰曾被卢卡契誉为"继托马斯·曼之后欧洲最伟大的小说家"。她的逝世在意大利引起了巨大的反响,当时的总统科西加、总理克拉克西、意共总书记纳塔分别在唁电中对莫兰泰给予高度的评价。纳塔说:"莫兰泰的逝世使意大利文化界失去了一位呼声很高的作家。莫兰泰不仅用她的作品使自己成为意大利文学史上的伟大作家,而且还积极认真地参加国内事务和促进人类发展的斗争。"

代表作品

《历史》通过叙述一个小学教员的不幸遭遇,反映了1941到1947年期间,意大利和整个世界的战争历史。主人公伊达是有着一半犹太血统的小学教员的女儿,她的祖父是农民。伊达的丈夫名叫曼古索,后死于癌症,他们有个儿子名叫尼诺。

1941年1月的一天,伊达不幸被一个年轻的德国士兵贡特尔强奸,几天后贡特尔阵亡。但由于伊达不知道这个消息,整天在害怕再次受强暴的恐怖中度日如年。

当这种恐怖渐渐淡化时,伊达却又发现自己有了身孕,但她没有想过堕胎,只想尽可能地不让别人知道,以免丢丑。

战乱使得许多生活必需品相当缺乏,伊达一家的生活更加艰难。腹中婴儿未足月时,便早早来到人间,婴儿的个儿很小,是个男孩,取名乌塞佩。为了养活早产的乌塞佩,又不愿别人知道他的存在,伊达历尽辛苦。乌塞佩天真无邪,长得像天使,尼诺虽然知道乌塞佩是私生子,对他仍然很好,不仅弄了一条取名叫布里茨的狗逗他开心,而且还常带他外出游玩。

1943 年,尼诺加入墨索里尼黑衫党,随军去北方参战。墨索里尼下台,尼诺又参加了反德国法西斯的游击队。尼诺走后,罗马遭到飞机轰炸,伊达的住宅被炸毁,她只好带乌塞佩去难民收容所安身,那里的生活虽然极其艰苦,但对幼小的乌塞佩而言,却是很好的地方。

1944 年,德国占领了意大利,开始疯狂屠杀平民,尤其是犹太人。难民收容所的人越来越多,伊达决定搬到别处居住。新居离伊达以前的学校很近,她又重新在学校任教。由于生活越来越艰苦,伊达不得不常常靠野菜和清水充饥,身体更加虚弱。有几次,为了不让瘦小可怜的乌塞佩挨饿,她甚至违背自己一贯做人的原则,不顾名声去偷取食物。

1945 年,墨索里尼被游击队员处死,希特勒自杀,日本也无条件投降了,第二次世界大战终于结束。但由于战争的破坏,国内通货膨胀,失业情况严重,人民生活很艰难,各地也频繁发生罢工、起义、冲突和杀戮。尼诺不愿意为他人卖命,就从事走私生意,最后死于车祸,年仅 20 岁。

伊达曾迷信地认为儿子尼诺是刀枪不入的,因此,尼诺的死对她的打击极为沉重;在尼诺出车祸前,乌塞佩忽然大病一场,他表情呆滞,发出恐怖绝望的叫声。后来又因为无法适应幼儿园的环境而被撵出幼儿园。不久,乌塞佩突然发病死亡,他的死使伊达更加孤独。伊达因为悲恸欲绝而神经失常,被送到精神病医院,再也没出来,最终在医院去世。

《历史》是一部关于小人物在战争年代的小说:沉重、压抑、焦虑、悲观。书中

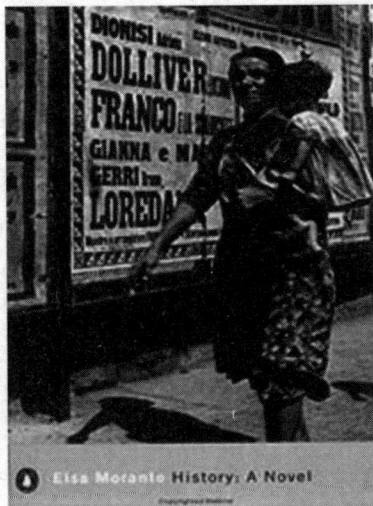

整个情节,只有开头倒叙部分以及小孩和狗置身于大自然的部分稍显平静与祥和,其余绝大部分情节皆转向灾祸与悲惨。在小说的结尾,主人公伊达以及她周围的人相继离开人世,不仅反映了个人的悲剧,也是战争的悲剧。而书中的人物,无论是男女老少、大人小孩,乃至小狗,还是希特勒、墨索里尼等,无不是以悲惨的死去而被扫进了历史的"垃圾堆"。正如作者笔下的人物所说的那样:历史似乎是一个"延续万年的丑闻",是一个"可笑的疯疯癫癫的泥足巨人,一个垃圾堆"。

小说多用孩童般的言语描写琐碎的事情,十分冗长,伊达智商也显得很低,这是不少评论家不认可的。但是作者借用秘鲁著名诗人赛萨尔·巴列霍(1892—1938)诗作中的一句"我为文盲而写作"作为开头献词表明了意图:她希望不同文化程度的人都能看懂,并为一定程度的思索提供了可能。

文学影响

不少评论家认为,《历史》这本书反映了意大利当代文学的创作动向,是"从外界转到内心""从现实升华到想象"的典型。莫兰泰创作的基础是写实,但是在很多场合,她的"语言不再用来揭示现实,而是用来描述幻境""她采用虚构和想象的手法,使眼前的和真实的东西在时间和空间中遁去"。西方世界十分流行的弗洛伊德的潜意识学说、萨特等人的存在主义、卡夫卡的神秘主义创作方法、荒诞派的不合情理和违反逻辑,作为"焦虑的时代"的特征的悲观主义,在《历史》这本书中都能找到其痕迹。此外,意识流的表现手法、出其不意的思维跃进、非理性发展、象征主义与自然主义的奇异混合等,在这部作品中也有不少例子。因此,莫兰泰的《历史》可以帮助我们了解第二次世界大战前后的意大利社会现实,研究意大利当代文学的动向。

莫兰泰通过这部小说告诉人们:人没有能力让政治变得具有人性,悲剧的结尾是不可避免的。这不仅是作者莫兰泰眼中的历史,也许整个20世纪战争的历史都是如此。但她作品的伟大之处在于,虽然让读者接受了这不可避免的结尾,但也让读者从中汲取了更多的东西,以防悲剧的再次发生。

然而,《历史》这部悲剧的意义又不仅仅在此,正如评论家罗曼诺曾概括:"我们已经忘了一部艺术作品给予我们的心灵以怎样的震撼,而《历史》带有最好的艺术作品的特征:提升生活原有的意义。"透过那一幕幕恐怖的悲剧场面,我们不难从中领悟亚里士多德关于悲剧的"净化说","心灵由于恐惧和怜悯的感情冲动而得到净化"(亚里士多德术语),这就达到了悲剧的审美结果;而《历史》这部悲剧主要的道德作用,决不仅仅是情绪的净化,而是通过尖锐的斗争场面,让人认识到人生世态的深刻方面。

　　莫兰泰被认为是战后意大利杰出的小说家之一。她在作品中不断地揭示着幻境与现实的冲突,将幻想与逼真的现实融合在一起,她的文风得益于超现实主义,且与"魔幻现实主义"相结合,用明白清晰的言语陈述了创作的事件,加强了想象的效果。莫兰泰作品的中心主题主要包括:孤芳自赏、强烈排外、精神分裂的心理疾病隐患、普通人反对社会安定机构和社会观念的斗争、人与外部世界的关系以及现实对梦想和记忆的破坏。她时常以年轻的主人翁为中心,以家庭这一基本人类社会的结构为重点,对社会的弱者深表同情。虽然一些批评家挑剔她对过分简单的主题倾注了太多的笔墨,但更多的批评家赞扬她生动、流畅的文笔,并且认为她是具有国际地位的重要作家,而《历史》更是一部具有世界性影响的小说。

60. 蒂丽·奥尔森［美］

《约南提奥》

作者简介

蒂丽·奥尔森（Tillie Olsen，1912—　），本名为蒂丽·莱纳，出生于美国内布拉斯加州的奥马哈市。她的父母塞缪尔和伊达都是俄国犹太人，1905 年革命后，为了躲避沙皇政权的压迫到美国寻求政治避难。莱纳自小聪明过人，只是由于经济拮据，她未读完中学就被迫辍学了，但她一直没有放弃学习，不管到哪里，她都是当地图书馆的常客。莱纳希望通过政治道路来改善人们的生活。她加入了当地的共产主义青年团。在堪萨斯城，她曾因组织食品加工厂的包装工人成立工会而被捕入狱。事后，她写了《一千美元流浪者》（*Thousand-Dollar Vagrant*，1934）和《罢工》（*The Strike*，1934）两篇散文记述该段经历。1936 年，她与杰克·奥尔森结婚，从此更名蒂丽·奥尔森。

蒂丽·奥尔森

19 岁时，莱纳开始创作她一生中唯一的一部小说《约南提奥》（*Yonnondio*①，1931）。该小说与约翰·斯坦贝克（John Steinbeck）表现 20 世纪 30 年代下层工人生活的作品《愤怒的葡萄》（*The Grapes of Wrath*，1939）主题类似。在接下来的 7 年里，她完成了前四章。该小说最终没有完

---

① From the Thirties is a novel by American author Tillie Olsen which was published in 1974 but written in the 1930s.

成,虽然她一直打算继续创作,但苦于无法挤出时间。1934 年,她将第一章的部分内容作为一个短篇故事《铁喉》(*The Iron Throat*,1934)发表在《游击者评论》(*The Partisan Review*)上,引起了出版商的注意,他们想方设法与她联系,而讽刺的是她此时却被关在狱中。最终兰登书屋找到了她,与她签订了一份合同,希望她能接着发表其余的部分。为此她把才出生的女儿托付给亲戚,只身前往洛杉矶进行创作。不幸的是没有女儿陪伴的日子里,她无法承受生活的重压,不得不在 1937 年放弃了这一计划。

直到 1953 年,在她长女的建议之下,奥尔森才重新走上了创作道路。1955 年和 1956 年,她连续两年获得了斯坦福大学的斯泰格纳奖学金。在这几年间,她创作了四篇短篇小说,后来被收入小说集《给我猜一个谜语》(*Tell Me a Riddle*,1961)中,其中的《给我猜一个谜语》及《我站在这里烫衣服》(*I Stand Here Ironing*,1961)两部作品影响最为深远,被频频收入其他文学选集之中。该小说集使奥尔森名声鹊起,她荣获了欧·亨利最佳小说奖,也赢得了包括古根海姆研究基金等许多捐助资金和五个荣誉学位。

之后,奥尔森促成出版商于 1972 年出版了《铸铁厂的生活》(*Life in the Iron Mills*,1972)一书,并写了一篇后记。在这篇后记中,她感人肺腑地阐述了她对劳工问题以及女权主义价值观所承担的使命感。1974 年发表了《约南提奥》(*Yonnondio*,1974);1978 年,她出版了散文集《沉默》(*Silences*,1978),在书中她审视了阻碍人们尤其是女性进行文学创作的因素。奥尔森现今居住在加利福尼亚的伯克利。

奥尔森并不是一个丰产作家,但她对其他作家,特别是女性作家的影响是非常巨大的。她是最早把劳工和普通百姓的艰辛作为文学主题进行表现的美国作家之一,她也是最早意识到女性问题的美国作家之一,被认为是女性运动的代言人。奥尔森介绍了大量被人们遗忘的女性作家作品,她开出的阅读书单被女性研究课程广泛采用,她还呼吁重新评价女性作家在文学史和社会中的地位,她认为女性的声音由于时间、空间及资源的限制而受到了压制。

加拿大著名女作家玛格丽特·阿特伍德曾这样评价奥尔森:"在美国女作家中,她的声音是独一无二的。"几乎没有作家能像她一样,以如此稀少的作品受到如此广泛的关注。她说对奥尔森如果仅仅是"尊重"的话,显得太苍白无力,"景仰"一词才更真切中肯。确实,奥尔森的创作道路因维持家庭的生计而被迫中断了近20 年,但她的努力最终得到了世人的承认。因此对奥尔森的喝彩不仅仅是发自于对其艺术成就的肯定,而且是对她充满坎坷的人生和艺术道路的认同——"在这场疲惫的障碍赛中,生存下来本身就是一个惊人的壮举"。

代表作品

《约南提奥》被认为是 20 世纪 30 年代描写美国劳工阶层生活的最好的小说。这个题目来自于沃特·惠特曼的一首诗,意思是"对逝水流年的哀悼"。奥尔森通过对霍尔布鲁克一家从矿场到农场到城市流浪生活的描绘,向读者展示了那些由于阶级、性别、种族的差异而被剥夺了话语权利、剥夺了个人发展的机会,被社会排斥、摈弃的边缘人物的痛苦。

霍尔布鲁克一家住在一个矿区小镇上,生活贫穷。杰米在矿上工作。每天早上,他 6 岁的女儿玛琪儿就会被矿场开工的哨声吵醒,这是催促矿工起床上班的信号。如果哪一天,哨声一直响个不停,那就意味着又有矿工不幸丧命。

杰米酗酒成性,整日殴打妻子和孩子,妻子安娜有时也拿孩子撒气,再加上收支经常捉襟见肘,一家人关系极其紧张。一天晚上,玛琪儿跟着父亲进城,却差点儿酿成灾难。一个叫希尼·迈克伊佛的矿工企图把玛琪儿扔到矿井里,幸亏被守夜人及时制止,而玛琪儿因此大病一场,在床上躺了好几天。

杰米打算春天的时候举家东迁,改行务农,为此几个月来他们一直省吃俭用,积攒盘缠。但是,镇上居民一直担心的事情终于发生了,由于新头头的麻痹大意,11 月的一天煤矿发生了爆炸。杰米失踪了,5 天之后,他虽然安然无恙地回来了,但情绪极其不稳定,已处于崩溃的边缘。

他们的行程一再推迟,4 月一家人终于上路了。旅途是一段愉悦的时光,当他们到达生活的农庄时,完全被那里美丽的景色和恬静的氛围征服。与矿区的生活相比,在农庄的日子舒适多了。虽然邻居警告过他们租种农田并不安定,但至少他们一时衣食无忧,而且孩子们也很健康。玛琪儿和威尔还生平第一次跨进了学堂。

当杰米意识到租佃的残酷现实时,农庄生活也开始蒙上了阴影。辛勤劳作一年却还欠着农场主的钱,家庭关系一度又变得紧张起来。寒冷的冬天来临了,一家人只好整日蜷缩在厨房的火炉边。安娜又怀孕了,整日好像在梦游,既不做家务,也不照顾孩子。

来年3月,贝斯平安出生后,一家人又踏上了乔迁之路。他们在屠宰场附近的一个贫民窟中再次安家,来自屠宰场的臭气充斥着这里的一切。玛琪儿和威尔重新回到了学校,但是新学校管理混乱,对新学生十分冷淡。杰米在一家污水管道公司找了份工作,工作艰辛,而且基本上找不到客户。同时,霍尔布鲁克一家还经受着精神的折磨。

一天,杰米喝得醉醺醺地回家,强奸了安娜,致使安娜流产。她躺在病床上数天未动,而其他人不得不想办法料理家务、婴儿和他们自己。安娜身体恢复之后,不顾杰米的反对,到洗衣店做工接济家中的生活。7月,杰米在屠宰场找到了一份新工作,这意味着薪水有所增加。看起来事情有些好转。但孩子们变得越来越难以管束,他们根本就不听安娜的建议,从不去图书馆看书。

这年的夏天,热浪滚滚,屠宰场里的工作环境极其糟糕,工作不允许松懈,许多人都昏倒了。有的工人心脏病发作,工厂却削减了他的工资,还让他付急救费用甚至把他除名。家里的情况也好不到那里,孩子们病了,而玛琪儿夜里老做噩梦。附近的居民都受着热浪的煎熬。杰米经常回家后,一句话都不说,直接到水桶旁一遍遍地冲洗,然后上床睡觉。一天晚上,贝斯学会了在桌边砸开水果罐头,安娜和其他孩子们看到后都大笑起来。

文学影响

《约南提奥》的写作过程颇为曲折,可惜最终还是未能完成。多年之后,奥尔森说她感到这是一大遗憾,她本打算再续写一些章节。虽然霍尔布鲁克一家的苦难似乎还远没有到尽头,但是奥尔森在最后一部分描写的场景,即贝斯学会了在桌棱上开水果罐头,也许预示着她对人类克服所有的艰难充满着信心。

《约南提奥》其实讲述的是一个很传统的故事,但情节在这部小说中所起的作用已完全被淡化了。这不仅仅是因为该小说并未完成,也因为叙述本身被奥尔森所创造出的整体叙事效果所遮掩,奥尔森也被认为是一位运用语言的高手。小说从开篇起就充满了种种死亡的意象,把20世纪30年代美国经济危机时期下层人民所能经历到的苦难一览无余地展现在读者面前。奥尔森用形象、犀利甚至有些残忍的笔触描绘了书中人物生活中的困苦、阴霾和绝望,使读者的神经从一开始就无法得到放松喘息的机会。正如某些评论家所说的那样,《约南提奥》从毁灭中创造出美丽,从腐朽中升华出崇高,是一部文笔优美、令人痛苦的挽歌。

奥尔森在为《铸铁厂的生活》一书所写的后记中提到,《铸铁厂的生活》和《约南提奥》这两部小说都直接正视美国社会的政治和经济问题,关注两者给人类的物质与精神生活所带来的影响。在奥尔森看来,这些贫苦百姓受到社会的鄙夷,但从他们的生活中完全可以产生出伟大的文学作品。《约南提奥》描写的就是这样一个被社会忽略、鄙视、抛弃的群体,是对劳工阶级苦难的写照:沉重的家庭负担、没有受教育的机会、居无定所、失业和死亡的威胁、家人的冷漠……所有这些像空气一样弥漫在霍尔布鲁克一家无助的生活之中。

小说还表现了另一个重要的主题:女性的痛苦,而且她们所承受的苦难得不到社会、朋友甚至家人的理解,她们面对的是黑夜一般无边的沉默,只有独自默默承受。虽然小说并没有回避杰米的困境,但是赢得读者同情的是他的妻子安娜。安娜生活在一片虚空之中。没有人愿意倾听她的心声,这种无言的痛苦也无法向任何人倾诉。小说希望唤醒人们对社会最底层、生活最为无奈的贫苦劳动女性的关注,她们的声音完全被湮没在男性的强势话语之中。

小说涉及了劳工阶层中的男性所面临的种种非人道的待遇,对于他们对自己妻子、家人的折磨和暴行也进行了更深刻的鞭挞。杰米·霍尔布鲁克把家庭尤其是安娜作为出气筒。他心情不好的时候,家中便整日惴惴不安,拳头是他唯一可以显示其强权地位的武器。安娜则没有宣泄的权利,甚至口头上的不满也被扼杀了。杰米的工作确实苦,而安娜身上同时承担着三份责任:一个麻木不仁的丈夫的妻子,前途和她一样渺茫的孩子的母亲,还有兼职洗衣工。她是一位失败者,因为安娜和其他奥尔森笔下的女性人物一样,把自己的独立、尊严、个性以及所有的一切都奉献出来满足男性社会的需要。女性在男性话语的社会体系中堕落成为发泄性欲和生育机器,安娜的流产以及后来的意外怀孕生产所带来的只是心理与生理上的恶化,而安娜的多产与家庭所面临的渺茫的希望形成了鲜明的对比。

显然,和奥尔森大多数作品一样,劳工生活与妇女困境是《约南提奥》所要表现的两大主题,但是如果我们仅仅将它局限于20世纪30年代那个特定的时期,就不免有些失之偏颇。奥尔森丰富多变的文风、对人物深刻的刻画,以及字里行间流露出来的对人性的关怀与同情,远远超越了时空的界限。她把自己的经历和声音融入那些被剥夺了一切的劳工大众,尤其是底层女性的痛苦之中,成为他们的代言人,发出震撼人心的呐喊,这才是《约南提奥》能成为经典的原因所在。

61.巴巴拉·皮姆［英］

《卓越的女人》

作者简介

　　欧美现代派文学大师卡夫卡曾说过:在对一个人的评价上,后世之人往往比他同时代的人更正确,因为人已经作古,只有死后,在与世隔绝的状态下,一个人才显露其本色。因此,20世纪80年代初,在英国文坛上曾被冷落十几年的女作家巴巴拉·皮姆(Barbara Pym,1913—1980)在其去世后不久,又重新受到推崇,也是理所当然的。

　　巴巴拉·皮姆1913年出生于英国夏诺普郡的奥斯维特里,她是家中长女,父亲弗德利克·克兰姆普顿是位律师,母亲艾娜·托马斯·皮姆在教堂里弹奏风琴。由于家中经常有牧师朋友来做客,因此,在皮姆的很多小说里,英国教堂起着很重要的作用,这与她儿时成长的社会环境是分不开的。

　　1934年夏天,皮姆就着手创作了第一部小说《驯服的瞪羚》(*Some Tame Gazelle*,1934)。第二次世界大战期间,她曾为英国皇家海军妇女服务队工作。从1946年到1974年,她长期在伦敦国际非洲问题研究所担任《非洲》杂志及"非洲

巴巴拉·皮姆

人种和语言调查"系列丛书的助理编辑。皮姆对非洲问题研究本身并无多大兴趣,但是,那些去非洲考察的人类学家激发了她的灵感与想象,被她写进了小说。

1950 年,凯普出版公司出版了她的处女作《驯服的瞪羚》,此后,她接连出版了5 部长篇小说,分别是:《卓越的女人》(*Excellent Women*,1952)、《简和普鲁登斯》(*Jane and Prudence*,1953)、《比天使略逊一筹》(*Less Than Angles*,1955)、《一杯祝福》(*A Glass of Blessing*,1958)和《没有得到回报的爱情》(*No Fond Return of Love*,1961)。

回顾当代英国小说发展史,现代主义与实验主义始终并存,在"严肃的 50 年代"现实主义明显占据了上风,较有成就的现实主义作品大致有三类:一类是"愤怒青年"派作品,一类是聚焦于中产阶级和伦敦都市生活的小说,另一类是以海外与殖民地为主题的小说。其中最有影响力的现实主义群,就是被称为"愤怒"派的作家们,而巴巴拉·皮姆属于第二类。到了"动荡的 60 年代",实验主义又逐渐增强,因此,皮姆创作的《一种不合适的依恋》(*An Unsuitable Attachment*,1963)曾数次遭到出版商的拒绝,然而她更顽强地用自己的风格坚持写作,并于他死后的 1982年才出版。

1961 年以来,皮姆与英国诗人菲力浦·拉金一直保持着联系,而他也一直极力推荐她的作品。1977 年,《泰晤士报文学副刊》邀请一些著名作家、批评家就"在过去的 75 年中,哪些作家曾被过高或过低地评价"发表见解,只有巴巴拉·皮姆被提到了两次,诗人菲力浦·拉金和牛津大学教授、作家塞西尔一致认为皮姆是 20世纪最被低估的作家之一,于是评论界的喝彩重新转向了她的作品,不仅新作有了出路,而且曾遭拒绝的旧作和她不曾打算出版的作品,甚至她的日记都得以出版,一销而空。这些作品包括:《秋天的四重奏》(*Quartet in Autumn*,1977)、《温柔的鸽子死了》(*The Sweet Dove Died*,1978)、《几片绿树叶》(*A Few Green Leaves*,1980),其中《秋天的四重奏》是 1977 年布克奖的决赛作品(布克奖是用英文写作的最高文学奖);《几片绿树叶》在 1980 年被评为美国图书协会名作,可惜,该书问世的那年,皮姆便因患癌症去世,年轻时恋爱的失败使她孤独地过了一辈子,终生未婚。

1982 年,曾数次遭到拒绝的《一种不合适的依恋》得以出版;1984 年,皮姆以日记和书信写成的自传《个人隐曲》(*Very Private Eye:An Autobiography in Diaries*,*Letters*)也得以出版,这是由她的妹妹希拉里·皮姆和她的生前好友、评论家海柔·霍尔特共同编辑的。1985 年和 1986 年又分别出版了《克兰普顿·霍德莱特》(*Crampton Hodnet*)、《一个学术性的问题》(*An Academic Question*),1988 年又出版了由海柔·霍尔特编辑的小说集(她生前写过 30 多个短篇小说,其中只有一篇在她

生前发表过）。后来,海柔·霍尔特又撰写了一本关于皮姆的传记:《许多要问的》
(*A Lot to Ask*,1990）。

代表作品

在皮姆的诸多作品中,《卓越的女人》是她的代表作。《卓越的女人》是指20
世纪40年代,英国农村教区中那些帮助教会工作的老处女,女主人公缪德莉便是
其中之一。故事情节主要集中在不摆架子的30多岁的处女缪德莉身上,人们夸她
沉着冷静通情达理,她也确实如此,不管在什么场合发生了事故,她都能应付自如,
甚至于一些人生的大事,比如出生、嫁娶、死亡以及成功的义卖会,或者被暴风雨破
坏了的游园会,她也能应付。她过着一种有教养的生活,有一间卧室、一间客厅、一
间多余的房间可以让客人小住几日。她认为过这样清静的生活是一种乐趣,但有
时她也会伤感:未婚,没有任何亲属,仿佛一个多余的人,甚至死了也不会有谁真为
自己伤心,尤其是当她想到自己不仅失去了结婚的经验,甚至连被爱而又被抛弃的
那种更为"伟大"而"高尚"的体验都没有时,就感到无比凄凉。

但缪德莉平淡无味的生活突然起了波澜,新来的邻居——海伦娜和罗克汉
姆·落基·内皮尔夫妻不和把她卷了进去,丈夫内皮尔有点儿喜欢厮混在女人中
间,而妻子海伦娜是一位人类学家,缪德莉待他们两个都如朋友一般,通过她的关
心与调解,最后内皮尔夫妇总算破镜重圆;牧师朱利安·马洛礼和他的未婚姐姐温
妮费蕾德·马洛礼是小说中另外两个比较重要的人物,朱利安和温妮费蕾德都是
她非常重要的朋友,尽管如此,她仍对他们的一些行为报以讥讽性的话语。

小说里,缪德莉讲述着她与内皮尔夫妇和马洛礼姐弟的关系。但更重要的是,
读者从中可发现更多关于缪德莉自己的情况,并能知道她所认为的有关"卓越的女
人"的一些观念。在这部小说中,巴巴拉·皮姆着墨不多,但却揭示了缪德莉是一
个具有魅力的女子:她既使人愉快又显得暗自忧伤。皮姆是一位喜剧作家,具有敏
锐的双眼,她用非常深刻明晰的词句描绘了"卓越的女人"的世界;同时,她也描绘
了一个孤寂禁欲的世界,这里的阴郁之气又被一种对美好未来的强烈的希望所冲
淡,因此,作者就把女主人公平淡无奇的生活写成了机智的喜剧。难怪美国当代小
说家厄普代克读完这部小说后,不得不认为孤寂也可成为小说的主题,围绕它也能
写出生动的故事!

"卓越的女人"是个关键词,它将圣·玛丽教区的缪德莉和其他女子勾勒出

来。她们由于自己的选择或不受她们控制的环境所迫而未婚。正是由于皮姆含蓄的文学技巧、轻描淡写的陈述和对一些社会问题看法的保留,形成了自己关于"卓越的女人"的主题,即"缪德莉是如何适应这样的生活的",这个问题给读者提供了一个反思的机会。书中对婚姻的现状、婚姻的前景以及对男人一般品德的关注形成了小说的基本框架。

例如,当缪德莉与多拉参加一所学校的聚会时,她们的谈话内容也是猜测谁已经结婚,或那位丈夫属于什么社会类型,猜测是机智诙谐的,但是,忧郁的成分同样存在。这种介于喜与悲的矛盾状态允许皮姆通过她的女主人公告诉读者这样一种状况:不是"卓越的女人"结了婚,而是像那些缝纫不精的爱蕾歌拉、衣碗不洗的海伦娜等人结了婚。缪德莉因为未婚受到忽视而心情不好,她对自己在生活中的位置时常带着喜忧参半的想法,但她依旧勇敢地生活下去。

皮姆使用了"卓越的女人"这个术语也有宗教因素,例如牧师马洛礼宣布和格雷夫人订婚也要到缪德莉面前,因为缪德莉是牧师的女儿,而且活跃在圣·玛丽教堂的事务中,文中显然暗示着缪德莉和其他非凡的女子事实上几乎都是修女!然而,缪德莉有一股强烈的社会意识和知识促使她成为一名"卓越的女人"。

皮姆一般只写一个小范围内的社会阶层和类型,但是她在作品中所表现的高超写作技能和深刻的洞察力,则为我们揭示了一个宽广的世界,《卓越的女人》可称为这样的典型作品。书中的女主人公缪德莉观察社会形势的变化,随时做出判断,当有求助时便提供解决问题的办法(即使有时没有求助时,也主动如此),结果,读者可从中判断一个人的基本人道精神,而在现实生活中,他们也许会与我们擦肩而过,我们却从未注意过他们。

《卓越的女人》是一部关于英国中产阶级的小说。其中情节既不强烈暴力,也不复杂麻烦,但那平静的语调却掩饰不了缪德莉的深深伤感。她的叙述与她所受的教育和生活经历相当,有着完美的道义标准和水晶般清晰的辨别能力,从缪德莉的角度,读者可感知到生活中潜在的孤独、无意的自哀自怜,对人与人之间关系的小心谨慎以及一个人在生活中稍微的无可责备的放松。缪德莉具有丰富的心理洞察力,她有能力理解人们的弱点并宽恕他们——因为她是正直诚实的,不管是她的思想还是她的行为。

有两个场景可说明这部小说的格调与质量。第一个场景是缪德莉和朋友多拉的哥哥一起参加一年一度的午餐会。午餐会的构想起源于:多拉,但也许是威廉认为通过午餐会,某些事情可能会有些进展。尽管如此,缪德莉却说:"随着时间的流逝,我们的关系变得愉快而无趣了。"于是话题便转向了朋友、婚姻和一般的生活,接着缪德莉却在内心抛弃了她也许会与圣·玛丽教堂的牧师朱利安结婚的想法,这样缪德莉自如地从描绘一种社会状态,迅速转向了她内心的感受。

文学影响

巴巴拉·皮姆以表现中产阶级的生活和情感著称,她的作品表现了介于劳工阶层和贵族阶层之间的中产阶级的喜怒哀乐。皮姆在 50 年代末及 60 年代初创作的小说在风格和主题上都极为相似,"它们多以中产阶级的生活和情感为中心,以女性特有的细腻笔触来描写人物的一举一动及所见所闻,并细致地剖析人物的心理状态"。她的作品深讨人类永恒的主题:"爱",它们展示了爱的两面性以及人类面对这种既"善"又"恶"的爱时的两难窘境。在风格上,结合了讽刺笔法,使作品具有一定的喜剧效果:这些作品讽刺伦敦郊区的有教养的独身女子、教会的牧师和人类学家,写得机智幽默,给她带来了"20 世纪的珍妮·奥斯丁"的声誉,甚至《纽约时报》上曾有这样的评价:"珍妮·奥斯丁的作品可供消遣,但是……巴巴拉·皮姆更风趣。"

皮姆的创作背景和珍妮·奥斯丁一样,范围虽小,但却深刻且具有穿透力。她的主题是男人和女人以及他们彼此之间的经历,时常是男人反应迟钝,呆头呆脑,对他们行为的后果也是模糊不清。皮姆原谅他们,也原谅与他们有关的女人,着重强调共同的人性,并且着力表现人的生活环境中喜剧的一面,她探究普通人的生活经历,可进一步细看却不普通。由于自我的选择或环境因素,皮姆的作品并没有涉及在英美国家反响很大的妇女解放运动带来的思想上的斗争,而是营造了一个特定的气氛,创作了一系列引人注目的小说,比如《卓越的女人》和许多令人难忘的人,比如缪德莉,一个非凡的女人。正如奥斯丁一样,皮姆代表的也是一个逝去的世界,就像皮姆的好友菲力浦·拉金在《去了,去了》诗中所写:

> 英国的这一切都将过去,
>
> 树荫、草坪、小路,
>
> 会馆、雕刻在教堂上的唱诗班。
>
> 将要留下的是书;它将在各种画廊里
>
> 流连;但现在为我们所留下的

将是混凝土和轮胎。

是的,这过去了的一切,都将成为永久的怀念。英国青年作家 A. N. 威尔逊评论皮姆的自传时说:"她是一种安慰人的声音,在现已昔日不再的英国,使人们回想到过去较为安定的世界,那时人们还是可以对生活中见到的种种人的小小怪癖感到有意,也可以从精读名诗或去安立甘教会做礼拜而获得力量,'勇往直前地去迎接生活中的斗争'。"《卓越的女人》所反映的一切也正是如此,无论从文学作品本身来看,还是从正在兴起的生态文学批评角度来看,都有其特有的魅力。

皮姆的作品无论在描绘外在场景、人物行为方面,还是在揭示人物心理状态方面都极为成功。她的每部作品都有完整的结构和富有感染力的中心人物,细节描写与人物对话也极为细腻、准确。皮姆堪称一位严谨的现实主义作家,她的名作《卓越的女人》也使她成了文学界真正"卓越的女人"。

62.玛格丽特·杜拉斯［法］

《情人》

作者简介

在法国当代文学中,玛格丽特·杜拉斯(Maguerite Duras,1914—1996)不仅是著名的女作家、戏剧家,还是一位出色的电影艺术家,原名玛格丽特·多纳迪厄,出生于越南嘉定。杜拉斯的父母都是法国小学教师,因轻信当时政府的宣传,背井离乡来到法属印度支那殖民地,希望能在那儿发财。但不幸的是,父亲在玛格丽特年幼时就因病告别了人世,留下母亲玛丽·多纳迪厄一人靠微薄的薪金抚养3个孩子,家境非常贫寒。

1931年,17岁的杜拉斯在印度支那读完高中后,回到故乡卢瓦尔省,次年定居巴黎。她在巴黎大学攻读数学、法学和政治学。获法学学士和政治学学士学位。1935年至1941年间,杜拉斯在法国殖民地署任职,并于1939年与作家罗贝尔·昂泰尔姆结婚,但后因感情不和而离婚。第二次世界大战爆发后,杜拉斯参加了反法西斯抵抗运动,当时罗贝尔被关进集中营,遭受非人的折磨。杜拉斯一边在图书馆工作,一边进行艰难的营救。1942年,她结识了《共产主义》一书

玛格丽特·杜拉斯

的作者迪奥尼·马斯特罗,与之共结连理,两人保持了15年的婚姻关系,生育一子让·马斯特罗。杜拉斯曾于1944年加入法国共产党,但10年后,因为对当时国际运动中某些事情持不同看法,脱离法共。

杜拉斯的文学生涯开始于 1943 年发表的处女作《厚颜无耻之辈》(*Les Impru-dents*)，初期作品还包括《宁静的生活》(*La Vie Tranquille*, 1944)、《抵挡太平洋的堤坝》(*Un Barrage Contre le Pacifique*, 1950)、《直布罗陀水手》(*Le Afarin de Gibraltar*, 1952)、《塔基尼亚的小马群》(*Les Petits Chevaux de Tarquinia*, 1953)、《街心花园》(*Le Square*, 1955)和《琴声如诉》(*Moderato Cantabile*, 1958)等。她 60 年代的主要作品有《副领事》(*Le Vice Consul*, 1965)、《洛尔·维·斯坦的沉醉》(*Le Ravissement de Lola V. Stein*, 1964)等。

除了小说创作，杜拉斯在戏剧和电影领域也卓有建树。她一生创作和改编了不少优秀的戏剧作品。1983 年，她获得法兰西学院戏剧大奖。她的电影剧本《广岛之恋》(*Hiroshima Mon Amour*, 1960)，被法国"新浪潮"著名导演阿兰·雷乃拍成电影，轰动了当时的国际影坛。另一著名剧本《长别离》(*Les Papiers d'Aspern*, 1961)则在亨利·詹姆斯的执导下再获成功，获戛纳国际电影节金棕榈奖和法国的路易·德吕克奖。从 1965 年起，杜拉斯开始亲自执导影片，拍出了《她说毁灭》(1969)、《印度之歌》(1975)、《卡车》(1977)等具有强烈的先锋性和独特的个人风格的影片，成为法国电影界"左岸派"的杰出代表之一。

晚年的杜拉斯为疾病所苦，但仍创作不辍。1984 年发表的小说《情人》(*L'Amant*)，在文坛上引起了强烈的反响，并获得了当年的龚古尔文学奖。并根据同样的题材创作了小说《来自中国北方的情人》(*L'Amant de la Chine du Nord*, 1992)。这段时间中，杜拉斯多次昏迷瘫痪，在经历了几次传奇般的死里逃生之后，于 1996 年 3 月 3 日去世。法国的《费加罗报》、《世界报》、《新观察家》杂志等均发表纪念文章，称她为"文学的女魔术师""不同寻常的人物"，给她的创作以极高的评价。

杜拉斯一生共创作了 70 多部作品，在法国文坛以多产多才著称，她的许多作品被翻译成多国文字在世界范围内广为流传。这些作品中最重要也真正为她带来世界声誉的，无疑是她在 70 岁高龄时发表的自传体小说《情人》。

代表作品

《情人》是玛格丽特的一部得意之作，带有很强的自传色彩。小说描写一个法国少女和一个中国青年，在印度支那一年半秘密的热恋生活。法国少女窘迫的家境使她过早地成熟，中国男子的关心和爱护终于唤醒她的情欲，两人如痴如醉地坠入爱河,品味着爱的欢乐与深沉。最终,这一段如泣如诉的爱情,又为家族和血缘的传统观念所否定。

这本书是杜拉斯对自己少女时初恋的追忆,由于当年她所恋的对象是一位中国青年,因此,这个异国之恋的爱情故事更具神秘和不同凡响之处。杜拉斯在书中真实详尽地描述了发生在 20 世纪 30 年代法属殖民地越南那一幕有血有肉的爱情悲剧。

一日,在越南湄公河的渡轮上,一位 15 岁的法国少女与一位华侨富家子弟邂逅:前者是父亲早亡,家境贫寒的白人少女,后者是当地首富的华侨巨贾之子;一个少年老成,渴望得到很多爱,一个游手好闲,风流倜傥。正如二人后来忆及他们的初遇时所说的那样:彼此在双方目光的第一次相撞中都有一种奇特的感受,领悟到其中所包含的令人心醉的成分。经简短的交往,得知男青年刚从法国留学归来,少女平时则在技术学校住读。在后来的第一次约会时,他们双双坠入爱河,陶醉在巨大的爱的欢乐中。

人是社会的人,都具有社会性,因此爱情不仅仅局限于男女双方的情感交流,更重要的是它折射出各自所处的国家、家庭、社会背景下那不同的文化、传统、思想、价值观念和生活习俗。虽然双方都深知这份感情的分量,但作为那个时代的一名中国青年,他无力逾越家庭、传统的约束而自由恋爱。他的父亲虽然留过洋,但却想方设法,甚至不惜以生命、以取消继承权相威胁,阻止儿子与白人少女继续交往。而青年本身也早就由父母做主,在年幼时与一个中国大家闺秀定下了媒妁之约。

法国少女的母亲是一位历经坎坷、对殖民地生活厌倦了的小学教师,期待着永远离开这片令她心碎的土地。少女则是一位心气颇高的女孩,早就萌发了写书的念头。为了实现这一抱负,她必须回法国继续学业,因此他们的别离就成了命中注定的事实。

正是由于这已成千古恨的分离,当时两人所经历的男欢女爱,为这份爱饱尝的痛苦与挥洒的热泪,落后的殖民地生活的艰辛、灾难、亚热带高温、暴雨、城市的喧

嚣、送别时的离愁别绪,归国途中一白人青年的投海自尽,等等,所有这一切,都定格在作者的脑海里,变成永不褪色的记忆。

曾经在艺术创新上走得很远的杜拉斯,在文坛苦心经营40余年,却没有得过什么大奖,晚年她创作的小说《情人》,使她第一次获得法国享誉最高的龚古尔奖,再一次奠定杜拉斯重要作家的地位。这本薄薄的几万字小说能够获得如此成功,不仅仅是因为作者写了自己少女初恋的故事,更重要的是杜拉斯具有卢梭式的坦率和独特的艺术风格。

杜拉斯毫无保留地剖析了书中少女复杂的心态。初恋是充满诗意的,但也必然是悲剧式的结局:在湄公河的渡船上,15岁半的白人少女邂逅一位华侨富翁的儿子,一段缠绵、充满爱欲的恋情由此而生,然而由于种族不同、门户不当,他们的恋情只能以悲剧告终,少女挥泪告别初恋,踏上回法国的路程。杜拉斯回忆她少女时的私情表现出惊人的坦率,她敢于写冷漠野蛮的家庭关系,敢于承认少女时代偶尔的同性恋冲动,以及某种风骚的性格,她详细地描述自己失去处女身的过程,毫不避嫌地承认少女时代的她热衷情欲的本性。杜拉斯用自己的坦率勾勒出一个早熟聪慧、性格不羁的少女形象。

文学影响

杜拉斯初期作品完全以传统形式写成,《厚颜无耻之辈》《宁静的生活》《抵挡太平洋的堤坝》和《直布罗陀水手》都体现了海明威和斯坦贝克式的新现实主义风格,以描写现实生活为主,情节线索明确。在她那本出色的成名之作《抵挡太平洋的堤坝》中,她的灵感来自于对印度支那的回忆,她的母亲在痛苦和绝望中与海水搏斗的形象,被杜拉斯写进了小说。书中叙述了一个老妇英勇顽强、坚持不懈地与淹没她土地的洪水所做的徒劳斗争,她的所作所为、言行举止没有丝毫的英雄气概,但她的热情、执着有着强大的感染力。

同样深刻的主题——描写人的顽强斗争,但终归枉然——又出现在《直布罗陀水手》中,故事叙述一个无名的男人艰难地中断一种既无热情又无兴致的爱情关系。生活中的细微变化,人们整天围绕着的一些琐事,对某件事情不断期待的感觉,人们感到这件事情已经冒头,但又把握不住,这些就是杜拉斯初期作品的主题和材料。

从1953年发表《塔基尼亚的小马群》开始,杜拉斯的写作风格有了很大的转变。她开始打破传统的叙事模式,淡化了小说的情节和主题,而重视文体的诗意与音乐性,试图用令人回味无穷的精彩对话,更客观、更直接地发掘人物的心理活动和内在感受,显示了一种新的风格。在她后期的小说中,情节故事在小说中并不占主导地位,小说绝大部分篇幅都用于描写两个人的对话,从最平常的词语中我们可以揣摩到人物内心的活动。

由于杜拉斯追求一种平淡无奇的风格,采用多角度的叙述形式,她的艺术探索和新小说的大胆革新不谋而合,她因此被看作是新小说派作家,而且是最强大的作家。只是她始终都没有加入这个流派。杜拉斯的这种反传统的风格,在她后期的创作中进一步发展。

晚期的代表作《情人》,集中体现了杜拉斯新小说派的特征。作者有意打破传统传记小说按时间顺序排列故事和格局的做法,用散文诗式的段落不完整的、跳跃的方式记叙事件,表达了瞬间的感受和心绪,段落之间缺乏时间、逻辑联系,正如她自己表白的那样:"我是一节一节,一个时间一个时间地写出来的,从不考虑它们之间在时间上有多少联系。可以说我是不知不觉使它们之间有所联系。"这种断续零散的结构更深刻地揭示了本质的真实性,从而使作品具有强烈感染力。此外,抒情诗的风格和蒙太奇式的镜头转换,给人一种既清晰又朦胧、既具体又抽象的凝重的艺术魅力,传达出一种深厚博大的情感。

杜拉斯是一名享有世界声誉的大作家,她的风格素以简略著称,且画面感极强,然而,在表面平淡无奇的叙述下,却往往透出一股荡气回肠的力量,令人手不释卷。

63. 琼·丝塔夫德 [美]

《波士顿历险记》

作者简介

琼·丝塔夫德（Jean Stafford, 1915—1979），美国当代杰出的女作家，出生于美国加利福尼亚的可里纳。在她出生后不久，丝塔夫德全家搬到了科罗拉多，在那里，丝塔夫德度过了她童年的时光。丝塔夫德的父亲约翰·理查德·丝塔夫德曾当过记者，在他的职业生涯里，写过不少有关西部的文章。在父亲的影响下，丝塔夫德6岁的时候就开始了"写作"，她创作了一些诗歌和小故事。

丝塔夫德曾在科罗拉多博尔德的州立预科学校学习。1936年，她获得了科罗拉多州立大学文学硕士学位。第二年，她在德国海德堡继续求学。从欧洲回到美国后，丝塔夫德执教于哥伦比亚的斯蒂芬斯学院。随后，她又来到了田纳西州，在《南方评论》（The Southern Review）效力了一年。这几年，可以说是丝塔夫德走上创作道路的见习期，她更多地接触了社会生活，也开始了与文字打交道的工作。

丝塔夫德一生居无定所，乔迁对于她来说是家常便饭。马萨诸塞、密苏里、路易斯安那、田纳西、纽约、康涅狄格、缅因等州都留下过她的足迹。她一生结过三次婚。第一任丈夫罗伯

琼·丝塔夫德

特·洛威尔是一位颇有才华的诗人,还曾获得过普利策奖;第二位丈夫奥立弗·奥美罗德·詹森曾是《生活》杂志的摄影师,当过画册的编辑;第三任丈夫 A. J. 李比林与丝塔夫德一样,也是位作家,曾在《纽约人》(The New Yorker)开有专栏。

丝塔夫德并不是一位多产作家,但创作态度严肃认真。《波士顿历险记》(Boston Adventure,1944)是她的第一部长篇小说,也是代表作之一。这部小说的创作过程中,丝塔夫德数易其稿,最终才把这部精品带到了读者面前。评论家认为丝塔夫德承袭了英国小说家的衣钵,她作品丰富的文体、流畅的表达和敏锐的洞察力尤其为人称道,甚至有评论家认为她是一位引人注目的天才。1944 年,丝塔夫德因为这部作品而获得女性杂志(Mademoiselle)学院小说荣誉奖,1945 年,她又获得古根海姆奖学金,美国艺术文学学会颁发给她 1000 美元奖金。

此后,丝塔夫德又出版了两部长篇小说——《山狮》(The Mountain Lion,1947)和《凯瑟琳之轮》(The Catherine Wheel,1952),在当时都引起很大的反响。《山狮》是一部构思巧妙、意味深长的小说,它的文字晓畅、谐趣横生,更为重要的是,这部小说不只是对青少年问题的文学形式的探索,甚至是对这一社会问题的专门研究。《凯瑟琳之轮》同样引得了评论家的如潮好评,有人说这是一部给读者插上想象的翅膀,开发心智的小说,它在人们心中激起最隐秘、最感性的同情和恐惧。

丝塔夫德还创作了一些短篇小说集,包括《恼人的星期天》(Children Are Bored on Sundays,1953)、《狮子、木匠和天方夜潭》(The Lion and the Carpenter and Other Tales from the Arabian Nights Retold,1962)和《琼·丝塔夫德短篇小说集》(The Collected Stories of Jean Stafford,1969)等。《恼人的星期天》中收有她的 10 篇短篇,《时代》杂志称这 10 篇小说为轻悲剧的十个里程碑。她的这些作品反映了对异化和无知的同情,但最终的态度却是严肃冷峻的。

1976 年,丝塔夫德患上失语症,并从此留下后遗症,1979 年 3 月她在纽约逝世。

代表作品

在丝塔夫德所有的长篇和许多短篇里,都强调了这种见解:我们之所以会有错误的价值观,是因为我们情感的不成熟,没能成为真正意义上的成人。所以,丝塔夫德经常从儿童和青少年的角度来展开情节,叙述这些孩子与阻碍他们个性发展的家庭、社会的压力抗争,这一特点在《波士顿历险记》中表现得尤为明显。

《波士顿历险记》的主人翁名叫索妮娅·马尔堡,她是一个旅馆女招待的女儿。雇主普赖德小姐将她带到了波士顿。故事讲的是索妮娅走进波士顿寻求自我的遭遇。小说里的故事主要在两个"舞台"上演:"巴士图旅馆",是波士顿一个叫切切斯特的贫穷小渔村里,上了年纪的人常去的地方;"匹克尼街道",是索妮娅的雇主普赖德小姐在波士顿居住的地方。索妮娅作为这部小说的中心人物,把这两个原本没有多大联系的"舞台"串在了一起,担当起沟通这两个世界的桥梁作用。

索妮娅的母亲苏拉长得非常漂亮,她曾在一家俄国旅馆当招待,但后来却精神失常了。父亲荷曼是个罪行累累、饱受精神折磨的德国鞋匠。索妮娅的"历险"有别于传统意义上的"历险",她从小生活在切切斯特小渔村里,在她还是一个孩子的时候,梦想的不是童话故事里千篇一律的"女儿梦"般美满的婚姻,而是能走进她的心中偶像——漂亮的"霍普威尔·玛瑟"(普赖德小姐的侄女)的世界中。

统领小说的一对矛盾是索妮娅的妈妈与普赖德小姐对索妮娅精神控制的争夺,这两个女人都要求索妮娅牺牲自己的青春和个性,绝对地服从。小说中索妮娅所爱的男性角色,包括她的父亲、兄弟、反传统的学生和社区医生,对于她的寻梦来说,都是次要角色。索妮娅对他们的态度直接受苏拉与普赖德之间争夺战的影响。

普赖德小姐是一个守旧的老太太,受她的禁欲主义的影响,索妮娅牺牲了自己的性欲和真正的自我。而索妮娅童年的偶像霍普威尔·玛瑟却是个"性情中人",为了与哈利·摩根的鱼水之欢,不惜丢掉了她的社会地位和她的生命。即使与菲利普结婚、怀孕也不能让她收敛本性,直至因此而死。索妮娅对自己身体的本能感到恐惧,对霍普威尔的性行为感到厌恶。她放弃了自我的寻求,而是依偎在了普赖德小姐金钱的保护下。她同意一辈子伺候普赖德小姐,条件是她母亲能永远待在一家私人医院里。

到小说的最后,索妮娅终于融入了波士顿,虽然这是一个乏味、死气沉沉的没落城市。她意识到不管像母亲苏拉那样精神错乱,还是像霍普威尔那样死去,自己无论如何也无法逃脱命运的安排。

丝塔夫德的小说中,最引人注目的是对青春期意识的深刻描绘,并与她对成人世界的势利、虚伪的无情揭露形成强烈对比。在小说中,丝塔夫德用年轻人的眼睛

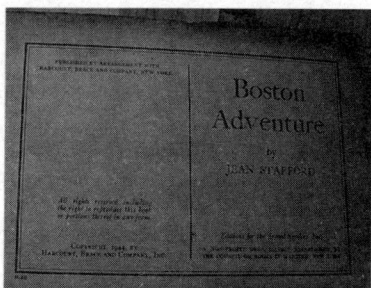

来透视成人世界的荒谬,进而对人生的各个阶段做出诠释。这部小说从表面上看刻画的是"社会"上的虚伪、精神上的空虚和不人道的行为,更深层次上探讨的是人类情感的发展和道德成熟的过程。索妮娅小时候十分崇尚金钱、权力和地位,成年后抛弃了孩提时期的想法。丝塔夫德的道德尺度逐渐明了:虚伪和势利不止是道德的堕落,还代表了情感的幼稚。

在小说《波士顿历险记》中,许多成人的角色表现得很孩子气,借此丝塔夫德暗示只有很少一部分的成年人是真正地度过了孩提时的幻想期而形成一套成年人的价值观的。丝塔夫德运用对比、象征和宗教式的比喻等多种手法来叙述人类不成熟的表现,"解剖"人类幼稚的原因。值得佩服的是,丝塔夫德的批评不是"手电筒"——只照别人,不照自己,她的作品文字里入木三分的犀利批评既是嘲弄人,也是自嘲。刀刀见血,而又不显得傲慢,这使得她的小说没有说教的感觉。

文学影响

在第二次世界大战前后那个文化融合、推崇盲目暴力、排斥个性的时期,丝塔夫德的这部代表作《波士顿历险记》对压抑个性发展的文化模式无情的揭示,是对当时社会现实主义的客观反映。她表现的主题是主人翁在一种异族的、通常是敌意的文化中为寻求自我苦苦挣扎的经历,他们为了生存,为了取得一点点自由和知识,付出了极大的代价,有时甚至是生命。

丝塔夫德的小说常塑造出两个"社会"来表现心灵的追求和文化的融合。《波士顿历险记》是这样,《山狮》也是这样。《山狮》的主人公是莫莉和她的哥哥拉尔夫,两人从小情谊深厚,后来,拉尔夫顺利地"长大"了,完成了心灵和文化的整合。但孤独的莫莉却无法做到这一点,她整天写一些没人能理解的诗歌和故事,只能生活在自己虚构的世界里。令拉尔夫苦恼的是,他想尽了一切办法都不能让莫莉"长大"。故事的结束是在一个山谷里,那是莫莉曾躲起来写东西的地方。拉尔夫把莫莉当成是躲在那里的一头山狮,开枪误杀了她。莫莉不愿对她的内心世界有丝毫背叛,哪怕是为了拉尔夫。除了死,她别无选择。莫莉最终也没能弄明白毁掉她的社会和自然的力量,到底是什么。

与一般小说不同的是,丝塔夫德的小说并不靠情节取胜,她对社会问题和人类心灵的探究、作品的文字和风格魅力更加吸引人。《山狮》是丝塔夫德小说中最有美感的一部作品。在这部小说里,丝塔夫德致力于素材和风格的精雕细琢,而把情节放在了次要的地位。小说中丝塔夫德常用象征来表达作者的意图,如用山狮来象征自由、美丽、力量。有时,作者甚至尝试用象征的事物来代替故事的情节。《山狮》里丝塔夫德的文笔在莫莉和拉尔夫的意识之间跳来跳去,这种复杂的叙事手法也别具一格。同时,因为小说中对自然的描写大量地赋予了人性化,加上精练的结构、精致的风景描写、犀利的语言,使《山狮》在美国小说里赢得了重要的地位。

丝塔夫德创作的许多短篇也同样出色,她的短篇小说继承了契诃夫和詹姆士式的传统风格。逼真的背景,呼之欲出的人物和对话,调侃而又犀利的笔法,颇有前辈大师的遗风。不少评论家认为与长篇比起来,她更适合用短篇这种形式创作。丝塔夫德还善于运用象征性的事物来反映人物的变化和故事的发展,她的短篇读起来常能让人有顿悟的感觉。因为在短篇小说创作上的成就,丝塔夫德获得了一系列的荣誉:1955年,丝塔夫德获年度最佳短篇小说欧·亨利纪念奖;1970年,《琼·丝塔夫德短篇小说集》捧得了普利策文学奖。

丝塔夫德本身是一位女性作家,她的作品中女性角色占了大部分,可她不是一位女权主义者。虽有评论家恭维她是一位"引人注目的女天才",客观地说,丝塔夫德也不是一位"开山鼻祖"式的女天才。但无法抹煞的是,大家公认她是一位在真实情景中描绘女性的杰出作家。因而,丝塔夫德在美国文学史上占有她应得的一席之地。

64.卡森·麦卡勒斯［美］

《婚礼出席者》

作者简介

卡森·麦卡勒斯（Carson McCuller, 1917—1967），原名露拉·卡森·史密斯（Lula Carson Smith），是一位与威廉·福克纳同时代的杰出的女性小说家、戏剧家和诗人，"南方文学"代表女作家，以擅长写孤独者的内心生活著称。麦卡勒斯出生于美国南方佐治亚州哥伦布市，父亲是一位有着法国血统的钟表商。她曾就读于哥伦比亚大学和纽约大学，后因学费不足而开始工作。

1937年，麦卡勒斯和一位失意作家瑞佛·麦卡勒斯（Reeves Mc Culler）结婚，但两人只在一起生活了两年，其间，麦卡勒斯完成了处女作《心灵是孤独的猎手》（*The Heart Is a Lonely Hunted*, 1940），这本书一经问世就在文学界引起轰动。1941年，她出版了《金色眼睛中的映像》（*Reflections in a Golden Eye*），该书讲述了军事背景下的一个心理恐怖故事，更使她声名大震。

卡森·麦卡勒斯

1946年，麦卡勒斯的另一部代表作《婚礼出席者》（*The Member of the Wedding*）出版，小说描述了青春期的辛酸和孤独，以及美国南方黑人与白人之间奇怪的联系。这部作品出版后好评如潮，并奠定了她在文学界的稳固地位。而根据小说改编的戏剧，使麦卡勒斯获得了唐纳德森奖和纽约戏剧批评奖，"剧院俱乐部"授予她一枚金质奖章，奖励这位年度最佳剧作家。麦卡勒斯曾把这早期的三部小说分别称为俄国式

卡森·麦卡勒斯［美］

（陀思妥耶夫斯基风格）、法国式（福楼拜风格）与英国式（维吉尼亚·伍尔夫风格）的小说。

麦卡勒斯的作品风格独特，主题鲜明，主要涉及受创伤的青春期、婚姻中的孤独和美国南方生活中的悲喜剧。书中人物并不总是讨人喜欢，他们通常举止怪异、受尽苦难，如《伤心咖啡馆之歌》(*The Ballad of the Sad Cafe*)中的驼背和《心灵是孤独的猎手》中的哑巴。但这些人物不管有多么古怪，却总有一个目的，那就是教会我们一些关于人性的真理。"她那支魔术般的笔能把可怕的存在的幻象描述得有如真实一般，她带着我们经历一次又一次支离破碎的旅行，深刻地预示了人类在精神上的孤立处境。"无疑，这位对人间世态观察细致入微的女作家，对当今西方世界的精神苦闷和危机是有着高度的敏感和前瞻性的。

在《伤心咖啡馆之歌》中，作者借用了 18 世纪哥特式小说的外壳。小说中有怪人、有三角恋爱、有决斗，也有怪诞、恐怖的背景氛围。作者追求的效果并非恐怖与怪诞，而是通过生活中某些特异的经历，来考查"人性"中某种特异的成分。作者的结论是：人的心灵是不能沟通的，人类只能生活在精神孤立的境况中；感情的波澜起伏是一种痛苦的经验，只能给人带来不幸。在艺术手法上，作者糅合了哥特式小说与民间传说（小说标题的"歌"即是"歌谣""歌曲"的意思）的风格，亦庄亦谐，是悲剧但也有喜剧、闹剧的因素，虽夸张但又无不在情理之中。《伤心咖啡馆之歌》后来由美国著名剧作家爱德华·阿尔比(Edward Albee)改编为舞台剧上演。

麦卡勒斯的健康状况一直不理想，她在很年轻的时候就半身瘫痪，一直缠绵病榻，1948 年她曾试图自杀。1967 年，她因脑溢血在纽约去世。她生前出版的最后一部小说是《没有指针的钟》(*Clocks Without Hands*, 1961)。

代表作品

《婚礼出席者》的女主人公弗兰基·亚当斯，是居住于美国南方某小镇的一位小姑娘。小说开场白是："故事发生在一个绿色而疯狂的夏天，这时弗兰基 12 岁。"弗兰基·亚当斯自小失去了母亲，家里只有父亲和黑人女仆贝伦尼斯·布朗。

弗兰基生得又高又大，一般 12 岁女孩玩的东西她都玩不起来，而大一些的女孩又排斥她。她平时只能和贝伦尼斯及 6 岁的表弟约翰·亨利一起玩耍，借以打发寂寞的时光。对于弗兰基那忧伤和孤独的青春期来讲，这个夏天是重要的过渡期，她觉得自己长得太高了，并且丑陋粗笨，没有女孩的妩媚。她用修甲小剪刀把头发剪了,看上去像个男孩;她穿着一条黑短裤和一件男式汗衫,整天没精打采、懒懒散散。事实上,弗兰基对自己的性别很困惑,她不仅渴望具有女性特征,而且渴望具有成人气质。

哥哥贾维斯这个星期天要结婚了,并邀请他这个小妹妹当小傧相。弗兰基的心情非常复杂,既担忧未来的嫂子从自己身边夺走哥哥,又满心期待婚礼早些到来,好跟哥嫂一起过幸福的生活。可是婚礼进行得并不愉快,弗兰基发现找不到时间跟哥嫂谈谈未来的计划。她和最亲密的人的沟通似乎被无形的墙阻挡了。

弗兰基的确是个让人难以捉摸,而其叛逆的举止又让人着迷的姑娘。她不断地躲开贝伦尼斯和约翰对她的关爱,装出一副独立的样子,而把希望和梦想寄托在哥哥和嫂子身上。在当地一家酒吧里,弗兰基遇到了一位喝醉酒的"红发士兵",他们相约深夜见面。她跟随他经过一个充满亚麻味的过道进了他的房间,面对他的冒犯,弗兰基用玻璃壶猛砸他的头。这件事使她微微意识到自己的幼稚和缺少经验。

弗兰基一直渴望出去旅行、探险,在她看来,哥哥贾维斯的婚礼以及随后的蜜月正好可以满足她的这种需求。她幻想着他们三个能够一起闯世界,永远不分开。她甚至告诉贝伦尼斯和约翰说她参加完婚礼后就再也不回来了。可是,当哥嫂准备出发去度蜜月,尽管弗兰基尖叫着"带我去,带我去",但还是被大家从汽车上拽了下来。弗兰基在愤怒失望中回家了,那天晚上,弗兰基决定乘北上的列车离家出走,后来被人在一家咖啡馆里找到送了回来。后来,表弟约翰死于脊膜炎,贝伦尼斯因为再婚离开了弗兰基家。弗兰基度过了黎明前的黑暗,最终摆脱了思想上的痛苦,与同龄人玛丽·里特尔约翰结下了莫逆之交。

小说的大部分情节都是弗兰基、贝伦尼斯和约翰坐在厨房里漫无目的地谈话。厨房的布景很怪诞,墙上满是约翰信手涂鸦的画画——飞机、花朵、奇怪的圣诞树和畸形的士兵。小说从头到尾没有或几乎没有发生什么,然而你每翻过一页都会感觉有什么事已经发生了,或正在发生,或将要发生,这就是故事的奇特之处,也是它的魅力所在。

麦卡勒斯通常选择一些边缘人物,如并非处于家庭生活中心的少女作为作品中的主角,透过这些人物的眼睛看世界,让他们发表自己的意见。弗兰基有着过人的想象力,她对贝伦尼斯这样说道:"听着,我想说的是:难道你对我是我,你是你不觉得奇怪吗? 我是弗兰基·贾斯敏·亚当斯,你是贝伦尼斯·塞迪·布朗。我们看着对方，触摸着对方，年复一年地待在这间相同的屋子里。然而我总是我，你总是你。我只能是我，你也只能是你。你想过没有？你不觉得奇怪吗？"这是从一个儿童的视角看待主客区分、人情疏离的无奈。弗兰基一直在寻求"我的我们（the we of me）"，即一个由成人、家庭以及整个世界组成的社群。她希望成为某个集体的一员，希望有一群朋友，大家一起过着富有刺激的生活。在个人主义至上的世界里，这样的声音和渴求的确不同寻常。

文学影响

评论家们一致认为《婚礼出席者》是麦卡勒斯最出色的一部小说，罗伯特·F·科南（Robert F. Kiernan）认为："该小说和她早期的作品不一样，人物的心理完全受到作者的控制，而通常破坏她散文美的那些不连贯的抽象叙述在这里也消失殆尽了。"

在小说《婚礼出席者》中，麦卡勒斯表明了弗兰基的孤独和受排斥的感觉。但读者很快就会认识到作者描写的是一种更深层次的疏远和痛苦。弗兰基觉得她不属于任何地方——既不属于和她同龄的姑娘，也无法和贝伦尼斯及约翰·亨利打成一片。因为，贝伦尼斯比弗兰基更睿智，经验更丰富。作为一个成熟的对性、种族歧视、社会阶级以及金钱有独立意识的黑人女性，贝伦尼斯与弗兰基在背景和个性方面有不同之处，并且她能以智慧的眼光看待年轻人的烦恼。相反，约翰·亨利与弗兰基性别不同，年龄也相差好几岁。他的需求充满了孩子气，而弗兰基的要求却模糊、急切、令人不安。这个周末宣告了弗兰基纯真年代的结束，她开始进入复杂的成人世界，这个世界充满了陈规陋俗，而她的孤独感也注定了会与日俱增。

小说中的大多数情节发生在一个闷热的8月的周末，而弗兰基·亚当斯的生活在此时出现了危机，我们可以看到季节和弗兰基的情绪之间的联系。但天气并不是揭示弗兰基迷茫感的唯一因素和背景烘托。麦卡勒斯对她外表的描写表明了她的困惑和失意。厨房里那块"扭曲变形"的镜子就像她的世界，镜子反射出的影

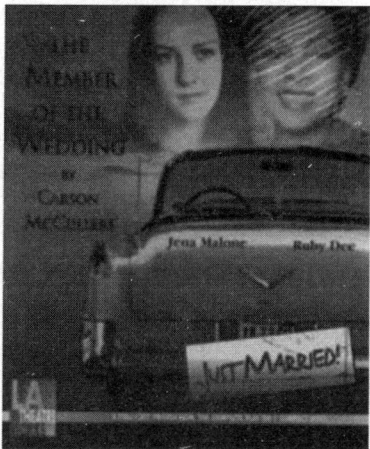

像将弗兰基内心的混乱摆在读者的面前。而弗兰基的身材,代表了整个故事的寓言性,而对寓言的象征意味的阐释又是多样的:精神与物质不能够得到同步的发育而导致的文化畸形;渴求超越诗意的栖居与现实的碰壁;等等。阐释的多元性也成就了魅力所在。

和麦卡勒斯的其他小说一样,《婚礼出席者》反映了作者的某些人生观。麦卡勒斯曾在自己的作品中这样写道:"我变成了自己笔下的人物。"尽管她的作品被称为"南方哥特派小说",但它们绝大多数都是她离开南方之后写的。她是以憎恶的心情回顾南方和孩提时代的环境的,她作品中的人物通常对北方充满了渴望,那儿的欢快氛围和节奏可以提供不同于死水一潭的南方的刺激和冒险。正如弗兰基所说:"我认为贾维斯去阿拉斯加工作以及他挑选的新娘米自温特希尔是个奇怪的巧合。"她又紧闭双眼,慢慢地重复着"温特希尔",这个词和她对阿拉斯加及冰雪世界的梦想交融在了一起。麦卡勒斯以她独特的感性来感觉、观察和书写这种情感。

和大多数南方作家一样,麦卡勒斯的小说都植根于足下的土地,有着浓重的乡土气息,它们为读者展开了一个奇异的世界。和许多大作家一样,地理上的支撑点成为她精神上的支撑点。麦卡勒斯以一颗充满同情的心深刻地描写了人类的孤独、无法实现的爱和人心的脆弱。她曾在和同行闲聊时说过:"对我来说,写作就是寻找上帝。"虽然她留下的作品不多,但这些宝贵的遗产,特别是《婚礼出席者》足以使她在现代文学经典中占有一席之地。

65.缪里尔·斯帕克［英］

《圣灵》

作者简介

缪里尔·斯帕克(Muriel Spark,1918—),英国当代最著名的女小说家之一,出生于苏格兰爱丁堡的一个犹太人家庭,受业于当地的吉莱斯皮女校和赫里特瓦特学院。斯帕克自小就展露出卓越的文学天赋,9岁时便决定要当一个诗人,并开始"修改"勃朗宁的作品;12岁就获得了沃尔特·斯科特爵士奖。第二次世界大战期间,她曾为政府从事情报工作。

1951年,斯帕克出版了玛丽·雪莱的评传《光的孩子》(*Child of Light*)。同年,她赢得了一项小说写作大赛奖,并受到鼓舞,逐步走上了小说写作的道路。1954年,斯帕克改信罗马天主教,改教的经历为她创作的第一部小说《圣灵》(*The Comforters*,1957)提供了丰富的素材。小说《圣灵》充分反映了斯帕克机智、平和、颇具原创性的风格。此书一问世就在评论界引起强烈反响,特别是得到了著名作家依伏林·沃(Evelyn Waugh)和格雷厄姆·格林(Graham Greene)的赞扬,他们当时便认为斯帕克是值得关注的小说家。

缪里尔·斯帕克

斯帕克的文学创作长达近半个世纪。这位多产作家迄今共写了20多部小说,还有不少短篇小说、评论和诗。她最有名的作品还包括《琼·布罗迪小姐的盛年》(*The Prime of Miss Jean Brodie*,1961)、《囊中羞涩的姑娘们》(*The Girls of Slender Means*,

1963）、《曼德尔波姆大门》（*Mandelbaum Gate*，1965）、《驾驶座》（*The Driver's Seat*，1970）、《故意游荡》（*Loitering with Intent*，1981）、《来自肯辛顿的遥远呼唤》（*A Far Cry from Kensington*，1988），这些代表作大都已被搬上了银幕、荧屏及舞台。

斯帕克曾周游世界，从她小说多种多样的故事背景便可看出其丰富的阅历为其创作积累了大量材料。她的小说把读者带上了穿行于各种城市、时代、场景的讽刺之旅；她通过锐利的观察技巧逼迫我们的心灵直面生活上的古怪、痛苦和困惑。斯帕克的小说是黑色喜剧，她展现出的阴暗与邪恶不仅是可怕的，也是滑稽的。她笔下的人物来自三教九流，不管是英勇的还是怯懦的，无论是邪恶的还是纯洁的，他们都以鲜明生动的形象长驻于读者的记忆中。

斯帕克充满想象力的小说极具她个人的鲜明特征。她的著作通常篇幅不长，行文冷静、晦涩而不乏机智；她以或幽默，或诡异，或荒诞的笔调将自身所关注的道德乃至玄学上的问题表现出来。在斯帕克的想象世界中，恶与善常以超自然的方式表现出来。她自己有没有类似的体验呢？在接受访谈时她曾说道："我不曾亲历什么真实的心理体验，只是有过一种心灵感应，它告诉我有什么事发生了。我对精灵的世界十分敏感，对之也有清晰的意识，尽管我并没有任何完全无法解释的体验。不过我喜欢把它们写下来。"斯帕克的小说，正是心灵的跳跃与现实的存在交相辉映的产物。

皈依天主教是斯帕克创作生涯中的一件有深刻意义的事情。她对此解释道："我认为成为一个天主教徒使我感到更加有信心，因为它帮助我打理好了许多问题……它是我出发的起点，是北方，是规范，我能够依照那个点四处周游。"对于她而言，世界毕竟存在着"绝对的真理"。作为一个作家，斯帕克的信仰既给了她力量，又给她留下了缺陷：她可以在一个确定的道德框架和哲学体系下从容地写，然而却也流露出其个人的虚荣和傲慢以及作为一个智力和精神上都很高超的叙述者的优越感。不过，这些都掩盖不住她作品的光芒和她作为一个作家的杰出才华。她1993年荣获英国女爵士的封号。2002年获得欧洲薄伽丘文学奖。年逾古稀的她现居住在意大利的托斯卡纳，并仍在文坛上驰骋。

代表作品

斯帕克的处女作《圣灵》是一部真正的经典小说，一部关于写小说的小说。她用平易、亲切又不乏奇异的笔调照亮了世间最黑暗的东西：敲诈、精神崩溃以及人之邪恶。这部小说叙述了一群精神失常的人终日为幻觉和幻听所折磨，作者从皈依天主教的角度探讨人与神建立直接关系的可能性。

小说从女主人公卡罗琳·罗丝的朋友劳伦斯的奇遇写起。劳伦斯是个好奇心很强的电台体育记者，总是管不住自己的嘴，总喜欢打探别人的隐私，并把哪怕是难以启齿的家丑说出来，而大家对他的耸人听闻总是反应冷淡。

劳伦斯的祖母路易萨·杰普是个走私团伙的头领。老谋深算的她十分清楚孙子的脾气，知道他总有一天要将她的秘密抖落出来，于是决定保全自己的唯一办法是向劳伦斯和盘托出，这样反而会使他摸不着头脑。当劳伦斯四处散播这个惊人的发现时，得到的反应一如以往。他那尊贵的家族听惯了他的小道消息，并不以为意；他的朋友们也认为他是信口开河，说他的神经出了毛病。

他的女友们，包括卡罗琳，也似乎被传染了——她老是听见有口授给一台看不见的打字机的声音，那台机器正在打一部小说，她和她的亲友都成为故事中的人物。我们不时可以从有些神经质的卡罗琳·罗丝身上找到作者自己的影子：卡罗琳刚刚皈依天主教，酷爱读《约伯全书》（斯帕克的许多作品都有对该典籍的引用）；她到过非洲；她正在写自己的第一本关于小说的小说，却在幻觉中发现自己和自己的人物存在于另一个人写的第一部小说中。

卡罗琳跟斯帕克一样，因改信宗教而把生活和艺术融合起来。其他人，如天主教皈依者、叛教者都有各自的幻觉：她的旧情人劳伦斯·曼德斯在一堆面包中发现了钻石，而斯托克男爵则在追踪英国最邪恶的撒旦崇拜者。

小说中的人物，如令人生厌、爱管闲事的乔治娜·霍格、会施魔法的书商、走私团伙及控制他们的狡黠又有威严的祖母，都刻画得极其生动。最令人难忘的人物往往是反面角色，这些坏家伙喜欢控制和重塑别人，把自己的意志强加给他（她）们，这些反角儿正扮演着万能的上帝的形象，不能不说是个讽刺。

小说中另一点引人注目的是，这些醉心于操纵别人的厉害角色往往是女人。"我觉得女人最有趣，真的，"斯帕克曾坦言道，"特别是女强人，喜欢颐指气使的女子。"斯帕克对人物的描写常迸发出与平常思维相左、又像格言般隽永的妙语,如:"在应付生活时父母能在孩子身上获益匪浅。父母的人格完全有可能被他们的孩子所败坏或提升。"

文学影响

《圣灵》的主题思想和写作手法赢得了读者热烈的欢迎,直至今日仍让人在其奇特的世界中流连不已。受其启发,好莱坞著名导演彼德·威尔执导了有争议的影片《图门的故事》(The Truman Show),讲述了主人公渐渐发觉从出生的那一刻起,自己的整个存在就由电视昼夜不停地向全世界直播,也就是说他的一生都是由人导演和安排好了的。这非但不好笑,而且很可怕。这显然和《圣灵》中卡罗琳的感受如出一辙。和斯帕克的小说一样,彼德·威尔的这部片子运用自我幻想的概念来探索存在的可怖和什么是真实性的问题,只是把故事背景搬到了由技术高度控制的电视世界而不再是小说世界中,但两者都表达了现代人的担忧:我们是不是无时无刻不被人观看着,在现代的、纠合在各种有形的和无形的网络里的生活空间里,我们还有没有属于自己的自由?

斯帕克一开始写小说就带着强烈的实验愿望,她好像喜欢不停地询问和诱惑读者:真实与虚构间的界限是否已经取消了?在《圣灵》中,看似生硬的对流畅情节的割裂提醒我们:我们的生活正依赖和取决于那种广袤的无形的存在。具有元小说性质(metafictional)"文学手法"的突入是很奇妙的,这决不是写作上玩的小花招,而是严肃的文字游戏,起到了摒除悬念、增强离间的效果,降低了读者对其真实性的关注。

作品中一个古怪的循环是:斯帕克在写自己第一本小说,其女主人公也在写自己的第一本小说。女主人公发现了自己的处境,那斯帕克呢?我们读者呢?作者的语言仿佛已经溢出了文本,流淌进读者的生活里。难怪斯帕克在自己最新的作品,也是她的第20部小说《现实与梦想》(Reality and Dreams,1996)中借主人公之口发出这样的疑问:"我们是否都是上帝一个梦中的角色?"我们的生活是否受着另一个存在空间里的某个作家的操纵?这样的思考,是普通小说所无法激发起来的。因此,英国学者安德鲁·桑德斯(Andrew Sanders)在一部英国文学史中写道,斯帕克"同默多克和戈尔丁一样,对道德问题及其与小说形式的关系有着切实的关注","一直热心于具有自我意识的文学文本所提出的叙述问题,就像她一直着迷于关于邪恶的神学问题一样"。在《圣灵》中,卡罗琳对劳伦斯说:"声音说咱们是开车去的,那好。咱们必须坐火车去。你明白为什么吗,劳伦斯？ 这关系到咱们的自由问题。"

《圣灵》的元小说、超文本性质在作者以后的作品中得到了进一步的发挥。比如在《驾驶座》里,当故事讲到女主人公与死神幽会时,"作者十分客观地记述了女主人公那令人不可理解的所作所为,因而叙述者与人物之间达到了某种恶意的默契"。连同斯帕克以后的小说,以及约翰·福尔斯(John Fowles)的《法国中尉的女人》(*French Lieutenant's Woman*,1969)、安瑟尼·伯吉斯(Anthony Burgess)的《发条橙》(*A Clock work Orange*,1962)等作品,推动了英国小说从现代主义向后现代主义的过渡。斯帕克的杰出不仅在于对文本叙述方式的革新,正如她1992年出版的自传《简历》(*Curriculum Vitae*)开头所说,她同样决心探索光明驱散黑暗,照亮万物、思想、动机和居于黑暗之中罪恶的潜在力量。因而,无论从手法创新还是思想深刻程度上来说,斯帕克和《圣灵》在英国现代小说史上都具有承上启下的里程碑式的意义的。

66. 艾丽丝·默多克［英］

《在网下》

作者简介

艾丽丝·默多克（Iris Murdoch,1919—1999），当代英国杰出的多产作家和哲学家,在文学和哲学两方面著述颇丰。默多克出生于爱尔兰的都柏林市,20世纪30年代就读于牛津大学的萨默维尔学院并加入了英国共产党,后退出。第二次世界大战期间,她曾就职于英国财政部,并在联合国参加了比利时和奥地利的难民援助工作。

1945年,默多克结识了法国存在主义作家萨特,后致力于萨特和存在主义的研究,并于1953年出版了她的第一部作品《萨特:浪漫的理性主义者》（*Sartre, Rationlist*）。在书中,她论述了萨特对意识的深刻阐述,存在主义哲学与英国哲学的关系和小说作为探索人类状况方式的重要性。第二次世界大战结束后,本想去美国学习哲学的她,因曾经参加过英共而未获准签证。于是她去剑桥大学纽纳姆学院进修哲学,1948年,她受聘为牛津大学圣安妮学院讲师。1956年,她与牛津大学著名英国文学教授约翰·贝雷结婚,未育儿女。

艾丽丝·默多克

哲学对默多克的思想转变起了决定性的作用。她早期的思想和创作深受存在主义哲学的影响,作品关注人的位置和基本状态,善与恶,神圣与亵渎,自由和性等概念的本质与内涵,特别强调人际之爱,"认为世间一切事物中最重要的是热爱人们"。从其创作意图来看,默多克还明显受到爱尔兰著名荒诞派作家贝克特的影响。她的处女作《在网下》(Under the Net,1953)就是一部哲理小说,基本阐述了作者本人对存在主义哲学观点的看法和对自由与意志的认识,默多克也因之一举成名。其后的《逃离巫师》(The Flight from the Enchanter,1956)、《沙堡》(The Sandcastle,1957)、《大钟》(The Bell,1958)也在很大程度上反映了萨特存在主义哲学对她的影响。

到 1987 年的《作品与兄弟情谊》(The Book and the Brotherhood)出版为止,默多克一共有 23 部小说问世,其中《黑王子》(The Black Prince,1973)获詹姆斯·泰特·布拉克纪念奖,《神圣的与亵渎的爱情机器》(The Sacred and Profane Love Machine,1974)获惠特布雷德文学奖。《大海、大海》(The Sea,The Sea,1978)获得了布克文学奖。

1992 年,默多克将自己在 1982 年作为爱丁堡大学的吉福特系列哲学演讲增补扩充后出版,《作为道德指南的形而上学》(Metaphysics as a Guide to Morals)是她的主要哲学著作,既总结性地回顾了西方哲学史,又系统地表述了她本人崇尚的善德的思想。1997 年,她的有关文学和哲学的文集《存在主义者和神秘主义者》(Existentialists and Mystics)由英国的查多和温德斯书局出版,默多克在哲学界又一次得到广泛关注。

1999 年 2 月 8 日,默多克在牛津因阿尔茨海默病去世,享年 79 岁。一直陪伴在她身边的丈夫在《献给艾丽丝的挽歌》(Elegy for Iris,1999)中深情地写道:"她不是向黑暗航行,而在阿尔茨海默氏的陪同下结束了航程,到达了某处。"我们无法知晓默多克到达的地方,但我们可以确定的是,她在英国文学史上有着举足轻重的地位,她的文学作品与她哲学思想的关系,值得文学研究者更加深入地探究。

代表作品

《在网下》以主人公杰克·唐纳格为叙述者,他以第一人称从头至尾叙述故事。这是一个为人捉刀过活的人,靠翻译法国二流作家让·皮埃尔·布里托的作品挣钱。偶尔写点自己的东西,经常住在朋友的房子里过着寄居的生活,总是不知道下一站去哪里。

故事的开头,他拎着满是法国书籍的箱子从法国归来。看到远房兄弟芬恩正在街角等他,并被告知他的女朋友麦杰已抛弃了他,要将他们俩赶出住处。杰克回到住所,发现麦杰有了新的男友——富有的赌徒山姆·斯塔菲尔德。自尊心受到伤害的杰克此时已无家可归。他拎起皮箱来到一个卖报纸的婷克太太的店里,思考着哪个朋友可以免费收留他们。最后他决定去他的老朋友、哲学家大卫那里。大卫并没有收留他,而是建议他去找他认识的女人。

芬恩提起杰克以前的情人——歌手和演员安娜。于是他又踏上了寻找安娜之路。他们见面后发觉已物是人非,安娜此时经营一个滑稽模仿剧剧院,她又把他推给了她的妹妹萨蒂。萨蒂现在是一个电影明星,正需要一个看房子的人,久别重逢的萨蒂看到杰克惊喜万分,欣然同意由他来看管房子并兼做保镖。在交谈中,萨蒂提到雨果的名字,勾起了杰克对老友雨果的回忆。他俩在一次治疗感冒的医学试验中相识。他们曾就艺术、政治、文学、宗教、历史、科学、社会和性等各个方面交换过看法。雨果对语言有十分精彩而独特的见解,他认为人们无法用语言达到真正的沟通,语言说出时就变成了谎言,而行动本身也许不会说谎,是真理。

试验结束以后,杰克曾以他们的谈话为蓝本,编辑出版了第一部自己创作的书——《沉默者》。为此,杰克一直觉得对雨果有歉疚感,没有将此事告诉雨果,觉得此举是对他们友谊的亵渎,并因此与雨果断绝了联系。然而在给萨蒂看管房子时,他偶尔发现书架上有自己的那本书。后来,他发现这本书其实属于安娜,这又让杰克回想起安娜在剧场里说的话,原来是出自书中雨果之语,是对他的滑稽模仿。杰克推测一定是雨果出资为安娜建了滑稽模仿剧院。雨果曾做过很多工作,包括军火制造业,后在电影方面投资取得很大成功。杰克有一种强烈的要寻找雨果的冲动。经过一番周折,最后杰克在雨果的工作室找到了他。更富有讽刺意味的是,当杰克终于有机会将发生的一切告诉雨果时,雨果并未生气,他甚至发现那本记载了他俩谈话的书无法理解。这表明他们之间并没有相互了解,并不存在杰克自己想象的那种亲密关系。雨果也没有如他所推测的那样,参与为安娜建造剧院。

　　杰克发现自己的翻译书稿丢了,通过偶尔听到的山姆和萨蒂的谈话,他猜测是山姆利用了麦杰取到书稿,于是杰克决定去山姆的住所寻找书稿。他叫来了芬恩帮忙,他们在山姆家中发现了一只关在笼子里的狗,并认出那是明星狗"火星先生"。杰克决定绑架"火星先生"充当"人质",让山姆用书稿来换"火星先生"。然而出于不致让杰克因绑架罪被警察拘留的考虑,大卫和芬恩早已通知了山姆是杰克带走了"火星先生"。杰克收到山姆的支票,并附有山姆的声明,要求杰克把"火星先生"归还给他,否则支票将作废。经过大卫的一番分析劝说,杰克意识到自己想法的天真,决定让大卫复信,答应有条件地交换"火星先生"。

　　在这个过程中他接到麦杰的电报,让他火速赶往巴黎。出于好奇,杰克乘当晚的夜船赶赴巴黎,但他却不像开始那么急于见麦杰。出乎意料的是,他发现他所翻译的小说作者布里托,竟然成了今年的龚古尔大奖获得者。原来麦杰想让他翻译这部龚古尔奖的新作,并成为以它为蓝本制作的影片的编剧,以此来把他留在身边。杰克拒绝了她的好意。布里托的成功激励杰克尝试创作自己的小说。他放弃了一次又一次的发财机会,失去了一次又一次的爱情,杰克最终回到大卫的住所,他带着"火星先生"离开了大卫的住所。

　　在杰克的反思中,他觉得"所有的工作所有的爱,对财富和名誉的追求,对真理的追求都是由一个个片刻组成,最终成为虚无"。故事的结尾他又回到第一章中曾经去过的婷克太太的店里,他和当初离开她之前一样,没什么钱,没地方住。但他最终决定去附近的医院找一份零工,自己找房子住,尽管他仍然对世界有很多不解。

文学影响

　　小说《在网下》的书名,源于维特根斯坦在《哲学研究》中的一句话:"当我们仔细观察作为游戏汇集在一起的各种不同的具体活动时,便能发现一张由相互重叠又相互交叉的相似点构成的复杂的网,有时是总体上的相似,有时是细节上的相似。"

　　这是一部存在主义主题的实验作品。默多克同意萨特对人的概念,认为人是一个独立的个体,有绝对的自由,杰克就是这种概念的体现。杰克一直是无根,没有联系的,当他从法国归来被麦杰赶出住处时,没有提到他有任何的家人或亲戚可以帮助他,他的朋友因为可以提供免费的住宿或性而有价值,但他离开他唯一有求婚欲望的女友安娜，就是因为他想获得他的独立性。雨果是一个精神伙伴，可以探讨哲学，他也没能与他保持联系。芬恩——杰克最"亲近"的朋友——曾经对他忠心耿耿，有一天竟也突然失踪了。后来才发现得到一笔资助后，他回爱尔兰圆了他一个多年的梦想。

《在网下》形象地描绘了幻想中的生活与常规生活之间不可分割的联系。杰克不停地寻找过去的朋友，试图重新建立起与他们的联系。当他像流浪汉一样独自旅行时，他不停地反思他过去与朋友的关系以及其中的意义。而另一方面，一旦杰克真的与他们重新见面后，他们却表露出对他的冷漠和忽略，事实表明他与那些朋友之间并不存在理解与友谊。他凭借自己的幻想错误地组建事件和人物，把实在的东西当作幻影。雨果并没对杰克私自出版他们的对话而不安。杰克以为麦杰抛弃他后，从山姆那里找到了真爱，结果他吃惊地听到麦杰对他表示爱意，并打算拓展他的事业，从而可以赢得他的欢心。他误解人事，混淆事实与他的想象，因此失去最好的朋友和两位对他有好感的姑娘。

杰克虽然是小说的叙述者，但同时又是各种事件的"局外人"，他并不了解事情的真相，而是不断被意外撞击。所有的事情都被他想象的棱镜透视、折射、上色。杰克说："我很痛苦，当我把世界纳入一定的秩序并使它按部就班运行时，秩序会突然被打破，而世界又回复到原来支离破碎的状态。"小说最终以讽刺的态度嘲笑了所有杰克设计的结局，因为它们是按照杰克的意愿而非生活的本来面目设计的。

《在网下》还表现了一种难以名状的怪癖，和蠕动在网下的人们企图摆脱网的纠缠时的无能为力。在这部带有荒诞色彩的喜剧小说中，表面的诙谐流露出苦涩。正如杰克所说："我的快乐长着一副悲伤的面孔。"在写作方法上，默多克把心理描绘和流浪汉传奇相结合。作品虽然是她的处女作，却已非常成熟而精致，成为她后期作品的基础。

67. 多丽斯·莱辛［英］

《金色笔记》

作者简介

多丽斯·莱辛（Doris Lessing，1919—2013），英国当代最著名的女作家。出生于波斯（今伊朗）的一个英国家庭，5岁时，她随家人迁往南罗德西亚（今津巴布韦）的农场生活，并在那里度过了童年时光。莱辛14岁就结束了正规教育，但她继续通过大量的阅读来进行自我教育。她喜欢狄更斯、吉卜林、劳伦斯、司汤达、托尔斯泰和陀思妥耶夫斯基的作品，这些书籍深刻影响了她后来的现实主义创作观。

莱辛曾在当地的电话公司工作，学会了打字和速记，先后担任法律秘书和罗德西亚国会议员秘书等职务。1939年，莱辛与弗兰克·维斯德姆结婚，育有两个孩子，但是他们的婚姻于1943年破裂。在第二次世界大战期间，莱辛积极参加左翼政治活动，并结识了德国犹太逃亡者高特弗里德·莱辛，他们于1945年结婚，这次婚姻于1949年结束。之后，莱辛没有再婚。

1949年，莱辛来到伦敦定居。第二年，她的处女作《青草在歌唱》（*The Grass Is Singing*，1950）获得了巨大的成功，她的国际声誉由此建

多丽斯·莱辛

立，从而开始了她长达近50年的创作生涯。莱辛的早期作品有很强的自传性，主要取材于她早年的生活经历，包括发表于1952年至1969年的五部曲《暴力的儿女们》（*Children of Violence*）和《金色笔记》（*The Golden Notebook*）。

20 世纪 60 年代以后,莱辛被认为是当时女权运动的主要代言人。《金色笔记》发表于 1962 年,当时正值女权运动的第二次浪潮,小说与西蒙·波娃的《第二性》和贝蒂·弗里丹的《女性的奥秘》(Feminine Mystique)一起成为女权主义的必读书。

莱辛一直十分推崇欧洲现实主义传统,但她也受到 20 世纪重大思潮的影响,例如弗洛伊德和荣格的心理分析、马克思主义、存在主义、神秘哲学和莱恩的精神病理论。莱恩是英国当代精神病专家,他认为表面上疯狂的精神病症状,实际上是病人为保持人格统一与完整的必要措施,疯狂状态是人的自我医治,是走向人格完整的必要过程。莱辛对该理论产生了极大的兴趣,她的《引我下地狱》(Briefing for a Descent into Hell,1971)成为了莱恩精神分裂理论的具体诠释。

从《金色笔记》开始,莱辛就开始了创作手法的实验活动。《暴力的儿女们》第四部《被陆地包围》(Landlocked,1965)是她正式开始实验的第一步,她放弃了全知全能的叙事手法,大量使用了日记、剪报、片段拼贴等技巧。到第五部《四门城》(Four Gated City,1969)时,莱辛用预言、神话和科幻形式来全面取代写实手法。但是,莱辛的实验性主要体现在叙事结构与叙事视角上,主题依然表现现实的人类问题。这一阶段,她同时也创作传统写实小说,如她的实验小说《引我下地狱》、《幸存者的回忆》(The Memoirs of a Survivor,1974)以及她称之为"外层空间小说"的五部曲《南船座的老人星:档案》(Canopus in Argos:Archives,1979—1983)就是与写实小说《黑暗前的夏天》和《好恐怖分子》(The Good Terrorist,1985)齐头并进的。

莱辛的写实性和实验性是紧密相连的。在经历了实验性的创作后,莱辛为现实主义的表现手法增加了新的内容,极大地丰富了传统的创作原则,因此,在她后期的小说中她依然能保持旺盛的创作活力。1998 年,她以一部想象力丰富、寓意深远的作品《玛拉和丹恩———一次探险》(Mara and Dann—An Adventure),创造了写作生涯中的又一次辉煌。

莱辛创作的作品十分丰富,计有数十部长篇小说,70 多部短篇小说,两部剧本,一本诗集,多本论文集和回忆录。莱辛在创作中关注的焦点问题总是不断变化的,很多批评界人士试图将莱辛归结为某一类作家,如给她贴上马克思主义、女权主义或神秘主义的标签,但是莱辛变换的主题和不断演进的创作手法清楚地表明,她不愿意被简单地归入某一狭隘的创作类别。

莱辛的另一个特色是她总走在时代的前面,不论是种族隔离的问题,女性的问题,还是梦、疯狂、无意识的问题,以至核武器、地球的命运,等等,她的作品远在人们热烈地讨论这些问题之前就早已反映了问题的种种。因此,有评论者认为,她作品中预言的口吻是她最具创意的特质。

代表作品

《金色笔记》被认为是多丽斯·莱辛最知名的一部作品。《金色笔记》的故事主要发生在20世纪50年代末的伦敦。小说由一个名为《自由女性》(*Free Woman*)的故事和五本笔记构成。《自由女性》讲述了一个相对完整而连贯的故事,但是它被黑、红、黄、蓝四部笔记切割成五个部分。在最后一部分《自由女性》的故事之前,出现了本书的点题之作《金色笔记》。

《自由女性》描述了两位女性好友在伦敦的生活。女作家安娜婚姻破裂,和小女儿珍妮生活在一起。她曾和男友迈克尔保持了5年的关系,但最终被他抛弃。安娜的女友莫莉也是一位离异的女性,有一个18岁的儿子汤米。这两位女性都曾加入过共产党,都因为精神疾病接受过同一位精神分析师的治疗。

安娜写了四本不同颜色的笔记,以便记录个人经历的各个阶段和各种感受。在《自由女性》的叙事过程中,安娜与同住在一套公寓里的一对同性恋夫妇发生争吵,要他们离开自己的公寓。在她女儿自己的要求下,女儿被送往了一所女子寄宿学校。现在,安娜独自一人,她的心理开始崩溃,整个人都变得疯狂起来。她和一位美国人索尔·格林产生了恋情,后来心理疾病康复,最终投身福利事业,成为了一位婚姻顾问。最后,莫莉也再婚了。在《金色笔记》的结尾处,我们才得知安娜写作《自由女性》的素材来自她的日记中所记录的个人生活。单独看《自由女性》,读者会觉得它略显枯燥而乏味,但是它在《金色笔记》中起到了主线的作用。正是因为《自由女性》,五篇不同颜色的笔记才构成了一个整体。

黑色笔记分成两部分,一部分题为"根源",另一部分题为"金钱"。在黑色笔记中,安娜论及了她用来创作一部畅销书的素材,这本书的题目是《战争的前沿》。

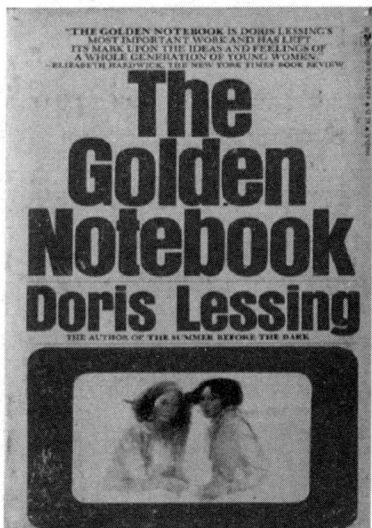

她还写到了自己后来在文学创作中取得的成功。我们可以读到一个充满代理人、电视改编和电影版权的世界，同时，莱辛还加入了一些非常好笑的戏仿成分。当安娜遇到创作障碍的时候，黑色笔记就变成了关于非洲暴力现象的剪报档案。

红色笔记主要记录了安娜从 1950 到 1957 年参加英国共产党的经历。后来她逐渐对该组织产生不满之情，并最终脱离了组织。和黑色笔记一样，红色笔记也充满了关于暴力的剪报内容。

黄色笔记开始于安娜正在创作的一部小说《第三者的阴影》，然后她评论了自己的创作过程。这部小说是她本人生活经历的小说翻版。该小说和《自由女性》并置在一起，这就使读者发现，安娜为了写小说的需要而选择、塑造并重构了这些素材。黄色笔记包含了短篇小说、戏仿和讽刺杂烩等成分，而讽刺杂烩的出现则体现了安娜作为作家所遇到的创作障碍。

蓝色笔记可以说是安娜的日记。她故意不把所有事情都写成小说，但是她试图真实地记录自己生活中所发生的一切。在蓝色笔记中，她记录了自己的创作障碍、接受心理治疗的过程、与迈克尔恋爱关系的结束、在共产党组织中的工作以及与莫莉和自己女儿的关系。最重要的是，她详细描述了自己心理的崩溃以及她与美国人索尔·格林的恋爱关系。这些日记内容有时是简短并记述事实的，有时又是篇幅较长而且充满思考的。蓝色笔记最为详细地记述了安娜的生活，事实上，这也是读者为了了解安娜而必须依赖的内容。

最后，在金色笔记中，安娜综合了散见在其他笔记中的各种经历，因此，它们几乎形成了一幅完整的图景。因为安娜有了这种整体感，所以她可以重新开始写作。当安娜有能力抛弃那些分散的笔记时，金色笔记就变成了记录她思想的唯一媒介。因为安娜允许自己心理崩溃并允许发生混乱的情况，所以她才可以获得最终的心理整合。

文学影响

《金色笔记》这部小说的主题非常广泛，包括现代社会里的政治信仰丧失和心理崩溃、语言表征的危机以及女性的性别代码等。小说通过四种不同颜色的笔记代表人生不同的内容，黑色代表创作生活，红色代表政治，黄色代表爱情，蓝色代表精神。莱辛的小说就是要通过这种形式上的分裂来表现社会和意识的分裂，并且在此基础上重新寻求人格的完整。她崇尚的小说就应该是"具有强大的思想及道德力量,因此能创造秩序、创造一种新的世界观"。

作为一部由女性书写的关于女性的作品,《金色笔记》深刻思考了女性在现代和后现代社会里的性别代码。工业社会的机械性和物质性已经彻底破坏了正常的男女关系,贤妻良母型的女性实际上也无法获得传统的地位。安娜曾自诩为"自由女性",但是她也意识到摆脱男性的约束是一项艰难的任务。而女性的性别代码是通过男性的态度来确定的,正如安娜所说:"他们仍然通过与男人的关系来看我们,即使最好的男人也是这样看。"在《金色笔记》中,不同的女性形象都从不同的侧面反映了女性的困境,但莱辛并未像激进的女权主义者那样要求彻底摆脱男权而形成自治。相反,在安娜最终与索尔·格林的爱情中,莱辛暗示了男女之间相互依赖的正常关系,从而在经历分裂之后重新找到了完整的性别代码。

当然,莱辛在《金色笔记》中试图涉及的范围远远超出了以上几个主题。她的视野延展到了整个 20 世纪 50 年代的社会现实,其中包括意识形态的变迁、种族矛盾、性别冲突以及人的生存状态。在经历了心理上的崩溃和混乱之后,莱辛借安娜之口道出了人类的生活意义,那就是当一群人将一块圆石推向山顶时,尽管石头不断地倒退,但是人类还是不停地往上推,无限接近希望和理想的顶点。

在小说的叙事特征方面,《金色笔记》体现了莱辛高超的实验性和创新性。莱辛本人曾这样论述《金色笔记》的叙事形式:"一次突破形式的尝试,一次突破某些意识观念并予以超越的尝试。"这部小说不具备传统意义上的情节和人物刻画,甚至有些读者还因为该书语言的平实而认为它很平庸,并因为该书情节的凌乱而认为作者故弄玄虚。但是,实际上,这种由一部《自由女性》加上黑、红、黄、蓝、金五种笔记而构成的混乱结构,恰恰体现了当时外部世界的混乱和主人公内心崩溃的混乱。因此,莱辛的实验性是和小说主题紧密相连的,两者构成了有机的整体。

在《金色笔记》第二版序言中,莱辛说:"我的主要目的就是要让本书的结构自己作评,是一种无言的表述,通过它的结构方式来说话。"这本书中,分裂的笔记象征着安娜分裂的内心世界。而最后的金色笔记又体现了安娜最终走向完整的趋势,这种结构上的安排与体现人类生存意义的主题构成了珠联璧合的统一体。在小说不同部分的叙事风格上,莱辛也做了不同的安排。《自由女性》采取了较为传统的叙事风格,例如较为完整的情节、历时的叙述、平实的语言。单独看《自由女性》这部小说,似乎并没有什么创新的特色。但是,莱辛的小说是一个有机的整体。正是这种较为传统的叙事特征才能突显出小说其他部分的反传统和反规则。黑、红、黄、蓝四种笔记的写作手法与《自由女性》构成了鲜明的对比:凌乱的心理描写、跳跃性的时空变换、新闻报道与生活记录的糅合。这种写法增强了小说的混乱感和层次感,从而增强了主人公历经崩溃,最终走向有序状态的震撼力。

《金色笔记》标志着莱辛创作的重要转折。在此之前,莱辛注重19世纪现实主义的创作手法,她的小说多采用全知叙述和历时叙事。随着她对无意识和苏非教派的兴趣,莱辛开始质疑传统现实主义的写作技巧。她意识到,要传达小说人物多层次的心理意义需要不同的表现手法,特别是在表现人的心理崩溃状态和心理失常状态时,更需要有反传统的写作技巧。莱辛的小说从来都不是为了形式而标新立异,相反,她深刻地表现了形式所代表的内容,因此,莱辛的《金色笔记》为后现代关于小说性质的讨论做出了重大贡献。

68. 贝蒂·弗里丹［美］

《女性的奥秘》

作者简介

贝蒂·弗里丹（BettyFriedan，1921—2006），美国当代著名学者、社会学家、心理学家、历史学家、社会改革家和女权运动活动家。出生于美国伊利诺伊州皮奥里亚的一个犹太移民家庭，1942年毕业于史密斯女子学院。自1957年起，身为三个孩子母亲的弗里丹，出于对自己曾因婚姻而放弃事业的反思和个人生活方式的质疑，开始关注起美国社会的妇女问题，并致力于美国的女权运动。

1960年9月，弗里丹第一次在《家政》杂志上发表了一篇有关美国女性问题的文章，受到社会的广泛关注，尤其是受到了美国各地女性的热情支持与赞许。此后，在强烈的社会责任感的驱使下，她花费了大量的时间对她大学时的校友以及社会各阶层人士进行了广泛的调查，其中有医生、律师、学者、专家、编辑、家庭主妇等。在深入调查研究和大量考证文献资料的基础上，弗里丹于1963年出版了她的第一部女权主义的经典之

贝蒂·弗里丹

作《女性的奥秘》（*The Feminine Mystique*）。在这部作品中，她揭示了第二次世界大战结束后的15年间，妇女问题已经成为美国一个严重的社会问题。

1966年，弗里丹创立了"全国妇女组织"（NOW）并任主席。1970年，她又协助组织了"全国妇女政治会议"（NWPC）。自1971年起，她在《麦考尔》杂志社担任特约编辑，并在《哈泼斯》《大西洋》等刊物发表多篇文章，多角度阐释妇女运动问题。

1976 年,她又出版了《女性白皮书》(*It Changed My Life: Writings on the Women's Movement*),《女性白皮书》常常被看作是《女性的奥秘》的姊妹篇,同为美国女权运动的经典著作。本书栩栩如生地再现了美国妇女组织的创立,妇女第一次要求在政治、经济、社会各领域争取平等的斗争。弗里丹以她女性的敏感和理性的思维,描述了当代美国妇女运动的现状与前景,告诫女性打破性别角度的两极对立,建立平等和谐的男女两性关系。

1981 年,她又出版了《第二阶段》(*The Second Stage*)。书中探讨了妇女解放运动的发展过程,主张妇女解放必须超越各种有害的极端和偏见,使之成为人类解放运动的一个组成部分;书中还主张男女平等,最终实现真正的共管共享。贝蒂·弗里丹的第四部作品《生命之源喷涌》(*The Fountain of Age*, 1993)是一部关于老年社会问题的作品,表现了作家对另一社会问题的关注。她最新的作品还包括散文集《超越性》(*Beyond Gender*, 1997)和《回忆录:迄今为止的生活》(*Life So Far: A Memoir*, 2000)。

贝蒂·弗里丹在她近乎所有的作品中,都以坦诚朴素的语言向女人讲述了一个简单的道理,那就是女人的幸福要靠女人自己去创造,决不能依赖任何人。女人只有真正地独立,精神世界才能充实,也才能拥有真正的幸福。弗里丹的作品大大地促进了女权运动的发展,影响了几代美国妇女,而今,这位老人在兼任教学和著述的同时,仍然致力于女权运动。1995 年,74 岁高龄的弗里丹还来北京出席了第四届世界妇女大会。

代表作品

《女性的奥秘》共有 14 章,大致可以分为 4 个部分:问题的提出、历史的回顾、偏见的批驳、前景的展望。每个部分各有重点,又互有联系。作品以《无名的问题》开篇,旨在一开始就点明问题的根源,指出这"无名的问题"就是美国妇女在 20 世纪中叶所经历的奇怪的躁动、不满足感和精神上的空虚与渴求。

据统计,当时近 70% 的女性在 24 岁前建立了家庭。"嫁一个好丈夫,拥有一座郊区别墅,再生几个健康聪明的孩子",就成了"幸福的家庭主妇"所拥有的一切。"幸福的家庭主妇"成了典型的美国妇女形象和千百万女性追求和仿效的样板,而当她们真的成为主妇、陷于无穷无尽的家务之中时,又苦于看不到前途,生活没有意义,因而感到极度空虚和苦闷。弗里丹在书中用"纳粹集中营"来比喻她们所处的窘境。1960年,美国新闻界开始披露妇女问题,但未对妇女不满的根源进行深究。还有些社会学家、心理学家、医生、作家试图去探究这个"女性的奥秘",但都未做出令人满意的正确解释,更不能提出恰当的解决方法,使得这种问题在变态的美国社会中显得更为严重。

弗里丹曾有过从大学生到家庭主妇的亲身经历,在对许多深受无名问题困扰的妇女进行了大量的走访、调查、分析和研究之后,最终看到了问题的本质,并一针见血地强调指出:"把她们束缚在陷阱里的锁链,正是她们自己心灵和精神上的锁链。这是由错误的思想、未被正确解释的事实、不完全的真理和不真实的选择构成的锁链。弗里丹还强烈地呼吁苦闷、痛苦的美国妇女们一定要看清这些锁链,勇敢地走出家门,摆脱家庭的羁绊,积极投身于社会事业中去,真正实现自身的价值。

作者在横向展开问题后,纵向地从历史的角度回顾了美国妇女运动曲折的发展史。作者先回顾了英国殖民统治时期、美国建国初期和西部开拓时期妇女所起的作用,然后回顾了一百多年来美国妇女运动的发展历程,热情赞扬了不同历史时期女权运动领袖们为争取妇女平等权利所进行的艰苦斗争,并指出美国女权运动的兴起与发展是跟奴隶解放、争取平等自由的斗争密切相连的。

作者在书中引用大量历史资料和翔实的调查数据,尖锐地批驳了美国社会对妇女的歧视与偏见,如"男女生而不平等""女人生理上的缺陷注定她们不可能在事业上取得成就"等等。书中还列举了许多人物的具体事例,论证了女人完全可以和男人做得一样好,女人和男人的地位应完全平等。弗里丹还将矛头直指促成"奥秘论"氛围形成的美国社会的各个方面,即美国妇女的生存环境:弗洛伊德的性理论、米德的功能主义化的人类学学说、教育界的性偏见以及媒体、商界的强大攻势。弗里丹在书中从不盲从理论权威,在深入调查研究的基础上,敢于向权威者理论的局限性进行挑战,从新的高度批驳了社会对妇女的种种偏见和"女性奥秘论"的理论基础。

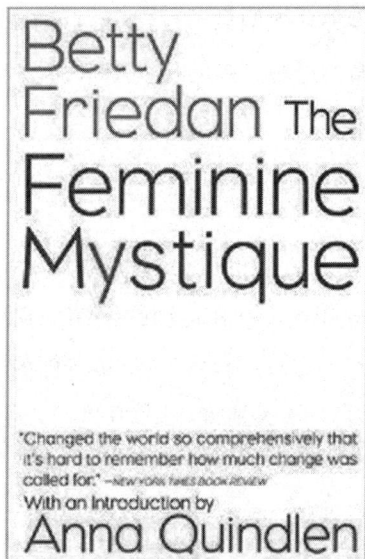

作者在探讨美国"女性的新生"（最后一章）和女权运动的前景时，明确指出导致美国妇女精神痛苦的主要根源就是约束和压抑她们的根深蒂固的性别意识，强烈呼吁美国千百万家庭主妇只有担负起自己的责任，充分发挥自己的聪明才智，才能走出困惑，找到真正属于自己的生活出路。美国妇女必须摒弃"女性奥秘论"和各种歧视偏见，坚持从事自己喜爱的创造性的工作，使自己获得"新生"。虽然前面的道路可能漫长而艰辛，但妇女能按自己的内心愿望而努力的时代已经不再遥远了。

文学影响

《女性的奥秘》可以称得上是一部美国当代女权运动里程碑式的作品，20 世纪 60 年代新女权运动的纲领。它就像一声嘹亮的号角唤醒了为奥秘论所困扰的美国妇女，特别对那些空虚苦闷的美国中产阶级妇女来说，更具有振聋发聩的巨大作用，也极大地推动了 20 世纪六七十年代美国妇女解放运动的发展。它为 1966 年美国"全国妇女组织"的成立和 1970 年美国"全国妇女政治会议"的召开奠定了理论基础。在此之后，许多有关女权运动的理论著作在美国相继问世，如凯特·米利特（Kate Millett）的《性政治》（*Sexual Politics*，1970）、费尔斯通（Shulamith Firestone）的《性辩证法》（*Dialectic of Sex*，1970）、罗宾·摩根（Robin Morgan）的《姐妹联合有力量》（*Sisterhood Is Powerful*，1970）等。

该书一问世，即在美国中产阶级妇女中引起强烈的共鸣，几乎成了美国妇女的必读书籍。该书还被视为美国女权运动的号角和社会宣言。被西方誉为女性的《圣经》。丹尼尔·霍夫曼曾这样评论道："西蒙·波娃的《第二性》在美国已被广泛阅读，它至今仍然是激发理智的源泉，但没有产生像弗里丹对美国中产阶级妇女所受挫折的报告引起的那种强烈反应。"这里所说的"报告"就是指弗里丹所著的《女性的奥秘》。

在这部作品中，弗里丹以她卓越的才华，从社会学、心理学、历史学、哲学、人类学、生物学等多个角度对妇女问题进行理论上的探讨与剖析。同时，她还在认真调查研究的基础上，引用了大量历史资料和翔实的调查数据，因此，作品的广度与深度是罕见的，无疑具有较高的史料价值和学术价值。在这部书中，除了可以体现弗里丹学识的渊博外，还可以体现作者严谨求实的治学精神。她出于强烈的社会责任感，深入调查、亲自采访、悉心整理，以事实为依据，把理论置于社会现实的广阔层面上,并用自己的亲身经历和感受与读者直接对话,感情真挚、语气自然、发自内心,有较强的说服力和感染力。弗里丹的这种非学究式的平易近人的文风是非常值得称道的。

诚然,《女性的奥秘》一书也有它的不足之处。正是由于它论述问题时立足的角度过多,一个观点反复加以论述,致使本书有些章节显得过于冗长,结构松散。而且由于书中引文过多,有些地方颇有重复累赘之嫌。此外,作为一名美国白人中产阶级妇女,弗里丹在书中所提出的"职业疗法"绝非解决各阶层妇女问题的灵丹妙药。

然而,瑕不掩瑜,《女性的奥秘》作为一部唤醒千百万妇女并表达她们心声的名著,所蕴涵的情感力量是毋庸置疑的。它的问世足以鼓舞一代或几代美国甚至整个西方世界的妇女,为进一步实现女性的平等权利而奋斗。正如丹尼尔·霍夫曼所言:"贝蒂·弗里丹的著作之所以重要,在于它是一种社会宣言,而不是它的文学性内容。它的愤怒和热情引起了读者越来越广泛的反响,已经使它成为女权运动的经典性著作。"本书对于读者了解西方女权运动,了解美国社会,尤其是了解第二次世界大战以后的美国社会与文化都是十分有益的。

69. 珍尼特·弗莱姆 [新西兰]

《共桌天使》

作者简介

珍尼特·弗莱姆(Janet Frame,1924——),1924 年 8 月 28 日出生于新西兰的港口城市达尼丁,她的父亲乔治·弗莱姆是一名铁路工人,全家因此频繁迁徙。弗莱姆的母亲洛蒂是一名虔诚的基督教徒,婚前曾在新西兰著名作家和诗人凯瑟琳·曼斯菲尔德家做用人。作家家庭的文学氛围对她一生都产生了巨大影响,她写出了许多诗作。文学评论家发现在弗莱姆的作品中,留有她母亲的深刻影响。

弗莱姆的童年是在贫困和流离中度过的,在重重的债务、疾病和灾难中,母亲坚定的信仰成为家庭强有力的支撑。弗莱姆很早就沉迷于文字,嗜书成癖,最难能可贵的是全家分享着这同样的兴趣爱好,并且,贫困和家庭漂泊都无法动摇这个家庭的亲情纽带。弗莱姆的第一部短篇小说《进入大学》(*University Entrance*)于 1946 年发表,但在第二年,她被误诊为精神分裂症住进了医院。在随后长达 8 年的时间里,她接受了 200 多次的电击治疗,这段经历被写进了她的第二部小说《水中的脸》(*Faces in the Water*,1961)。

珍尼特·弗莱姆

住院期间,弗莱姆一直没有中断短篇小说的创作,其中 20 多篇小说之后结集出版,并以主要作品《泻湖》(*The Lagoon*)命名为《泻湖故事》(*The Lagoon Stories*,1951)。从风格上看,这些故事颇类似曼斯菲尔德的一些童年生活片段的描述,但已显现了作者早期小说所具有的独特个性:一种内在和外在世界的不相兼容,引向无法规避的二元对立(珍品与废品、光与暗、怪异与正常、真与假、幻想与现实等)。她的许多故事都从孩童或是畸态人群(精神病人、弱智者等)的角度着笔,带领读者走进循规蹈矩的成人无法触及的幻想世界。

1954 年,弗莱姆终于走出了精神病院,并开始创作她的第一部长篇小说《猫头鹰的哀鸣》(*Owls Do Cry*,1957)。1956 年,弗莱姆得到国家文学基金的准许出国旅行,首先访问了伊比沙岛和安道尔,然后前往伦敦,其间,经精神病专家小组会诊,正式排除了精神分裂症的诊断。居住在伦敦及近郊的 7 年时间,是弗莱姆创作上的多产时期,相继发表了《猫头鹰的哀鸣》等,《水中的脸》和《字母表边缘》(*The Edge of the Alphabet*,1962)被有些评论家看作是松散的二部曲,《盲人香苑》(*Scented Gardens for the Blind*)发于 1963 年,被改编成电影后深受好评。同年还出版了故事集《蓄水池:小说与梗概》(*The Reservoir: Stories and Sketches*)和不甚成功的《雪人,雪人:寓言和幻想》(*Snowman, Snowman: Fables and Fantasies*),很显然,后者的标题表明作者已开始有意识地从先前的现实内容向寓言转变。

弗莱姆 1963 年底回到新西兰,先后完成了《适应者》(*The Adaptable Man*,1965)、《雨信鸟》(*The Rainbirds*,1968)和《围城》(*A State of Siege*,1966)。这些小说与先前的 4 部作品有着细微但却重要的差别:弗莱姆继续利用并修正她所特有的隐喻手法,但重心已从内心的理想主义倾向朝着探究社会现状方面转化。

随后几年,弗莱姆数度长留美国,并定期回到达尼丁。她唯一的诗集《袖珍镜子》(*The Pocket Mirror*,1967)为她赢得 1969 年文学基金成就奖;而她唯一的儿童读本《小小莫娜和阳光的味道》(*Mona Minim and the Smell of the Sun*)也于同年出版;然后是《重症护理》(*Intensive Care*,1970)和《小母牛》(*Daughter Buffalo*,1972),这两部小说语言较轻快,大量的叙述技巧和隐喻、讽喻的运用,更突出了写作本身。

1972 年,弗莱姆迁居至奥克兰以北的万加帕拉半岛。1974 年,她获得凯瑟琳·曼斯菲尔德纪念奖。并在 7 年沉寂后,发表了作品《生活在玛尼托》(*Living in the Maniototo*,1979),其后就是自传体三部曲和短篇小说集《你正进入人心》(*You Are Now Entering the Human Heart*,1983)。

弗莱姆后期的自传三部曲包括:《前往真实之地》(*To the Island*,1982)、《共桌天使》(*An Angel at My Table*,1984)以及《镜城来使》(*Envoy from Mirror City*,1985)。自传被拍成电影后,在第 47 届威尼斯电影节上以忠实传达了原著"极富同情心地描摹人性的精神而荣获评委会特别大奖",说明了弗莱姆作品的深刻内涵和强烈的感染力。

代表作品

弗莱姆的代表作《共桌天使》最能体现其创作思想。故事开始于战前的新西兰——一个芳草如茵、景色秀美的国度。

珍尼特的父亲在铁路上工作,珍尼特在贫困和颠沛中享受着天伦之乐。她是一个长相丑陋的女孩,但却富有诗人的幻想。父亲送给她做生日礼物的诗集对她影响很大,她写作诗歌时对自己的遣词造句非常自信,谁也无法劝服她稍作删改。

珍尼特慢慢长大。没有约会,也没有什么社交生活,在学校里只和那些孤僻不群的人交往,同时却也免不了对那些受欢迎的女孩以及她们的男朋友心生妒忌。在大学里,她同样是一个孤独、羞怯、自闭的女孩,把一切想法都倾诉到日记中去。

大学毕业后珍尼特开始了第一份正式工作,成为一名教师。可是由于不知如何与同事交谈,她只能避开他们单独进餐。一天督导员来课堂巡视,吓得珍尼特紧张僵硬地说不出话来,因此丢掉了她的第一份工作。

其实珍尼特只是患有恐慌而已,可是一个非官方的愚蠢诊断却把她送进了精神病院,从此开始了8年无法言表的恐怖历程。在那里她被施以数百次电击治疗,甚至在未查明实际症状之前就要施行前脑叶白质切除术,而该手术一旦施行,珍尼特将永远失去思维和自由。她的书使她保住了自己的大脑,也为她赢来了自由。她那被所谓医学权威吓怕了的父亲发誓再也不会让她回到精神病院去。

珍尼特在30岁以后终于开始了真正的生活,尽管她仍是那么弱小孤僻,而且束缚在自我私密的藩篱中,却逐步开始了自如惬意的生活。

弗莱姆的这部自传发表于20世纪80年代。第一部《通往真实之地》讲述了作者的早年生活。她把母亲描述成为记忆力极佳而健谈的人,仅仅因为违背家人意愿的婚姻而被家庭所不容;她的父亲则是过于循规蹈矩,甚至都吝于幻想回忆;而家中的5个子女包括她自己在内,都被寄予同样的理解和同情,其中唯一的男孩患

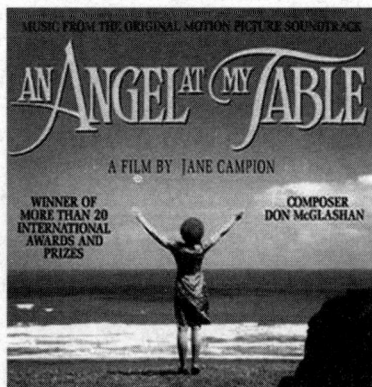

有严重的癫痫,给家庭蒙上了阴影。由于家中的两个姐妹相继在游泳时淹死,这给她的心灵刻下了无法抚平的创痛,也让她愈加亲近幸存的妹妹。弗莱姆虽然学业成绩出色并屡屡获奖,但性情却十分孤僻,她一直将自己视作孤寂的忍者,在沉默中独自承受。弗莱姆的文笔非常细腻且富于个性,令读者很容易沉浸到作品中去,仿佛成为其家庭中的一员。

第二部《共桌天使》主要叙述了在达尼丁教师进修学院的经历,以及后来所经受的精神和身体折磨。在大学里弗莱姆感到无比孤独,因而进一步退缩到自己的文学世界。成为教师以后也未能在性格上有什么改变,终于永远地离开了教师讲台。经历了一次自杀未遂,弗莱姆先后住进了西克利夫精神病院和另一家医院,她了解到了以前无法想象的一个世界,那里是她了解精神错乱与恐怖的课堂。如果不是她的一部作品赢取一项声望颇高的大奖,她或许早已被送去接受可怕的前脑叶白质切除手术,永远生活在混沌之中,获准暂时出院以后,她的散文和诗歌被刊行,她也获准出国旅行。在这部自传中,作者细腻的笔触再次将读者完全俘获,一起去感慨那段难堪的往事,感慨造化的弄人。

第三部《镜城来使》具有相当神秘的色彩。主要叙述了她在英国、西班牙以及后来回到新西兰的作家生活。她将镜城描写成一个拯救作家的世界,一个可以给人自由思想和幻想的空间。在她的精神分裂症被确认为误诊以后,凭借不同寻常的个人经历和明智的精神治疗,作家记述了真实震撼的生活。

文学影响

珍尼特·弗莱姆是当代新西兰最杰出的作家和诗人,她的诸多荣誉和头衔毫无争议地确立了她在新西兰及世界文坛的地位:诺贝尔文学奖被提名人、新西兰作家协会名誉主席、美国文学艺术学会外籍会员、新西兰文学奖、三度荣获雅度(Yaddo)基金的奖、特诺斯基杰出文学成就奖、渥塔哥大学的伯恩思奖等等。

在她最初10年的小说创作中,二元关注手法非常明显。弗莱姆的浪漫梦幻者包括疯子、癫痫患者和其他怪人,他们承受着庸俗刻板的社会压抑,不断在社会正统和自我之间挣扎。由于她的作品中充斥着死亡、自杀和疯狂,读者往往批评其对于这些负面阴暗因素理想化的倾向。小说的语言是典型的现代主义,需要关照其中的双重意义。

"后现代主义"一词常被用来评论弗莱姆的后期作品,而且这些作品中确实使用了许多后现代主义的叙述手法,作者已不再将自身描述成为无法与人交流的孤独者,而是能够处于各种情境、善于进入不同的文化和个人世界。

澳大利亚著名作家、诺贝尔奖得主帕特里克·怀特曾将弗莱姆誉为当代新西兰"最重要的作家",她非常善于刻画社会下层普通人和病态的"边缘"人群的生活,并能准确地描摹他们在贫困与痛苦之中,凭借坚强的信念苦苦挣扎以求幸福的故事,尤其是她的自传体代表作《共桌天使》,改变了新西兰文学界对自传文学这一体裁的认识。许多评论者将这部自传与莎士比亚名剧《暴风雨》相提并论,认为其中包含的光怪陆离的童话与幻想、浪漫与现实的完满结合,使得它成为文学自传体裁中的一个经典范例。

除了西方现代或后现代艺术手法在她小说中的使用,弗莱姆对语言的把握和运用也到了炉火纯青的地步。她以幽默、轻快的语言叙述童年生活,以愤怒、绝望的口吻控诉在精神病院的非人间生活。最后,又转而以活泼欢快、怡然自得而不乏深沉的笔调描绘欧洲大陆诸国及返回新西兰乡间蛰居写作的宁静生活,文笔流畅,给人以极大的审美感受。

"我的写作拯救了我",在步出精神病院的那一刹,弗莱姆感慨万千,她感慨的是她幸运地选择了文学创作来战胜生活中的困难,这是她的幸运,或者可以说,更是当代新西兰文学的幸运。

70. 聂华苓 [美]

《桑青与桃红》

作者简介

聂华苓(Hualing Nie,1925—),美国著名华人女作家。出生于湖北省应山县,童年和少年在武汉度过。1948 年,聂华苓毕业于当时的南京国立中央大学外文系,后在台湾任《自由中国》半月刊的编委和文艺主编,直到 1960 年该刊被国民党当局查封。1962 年,她应台湾大学中文系主任台静农之聘,任文学创作教员,同年受聘于东海大学,教授创作课。

1964 年,聂华苓应邀为美国艾奥瓦大学"作家工作坊"访问作家。后来,她与美国诗人保罗·安格尔(Paul Engle)一同创办并主持艾奥瓦大学"国际写作计划"(IMP),每年邀请世界各地的二三十位有名的作家,到艾奥瓦写作、讨论和旅行几个月。1971 年,她和保罗·安格尔结婚。两人共同主持"国际写作计划"21 年后,于 1988年退休,专门从事写作。

聂华苓的创作生涯早在读大学时就开始了,短篇小说《变形虫》是她的处女作,主题是讽刺当时投机者。到台湾后,她以一系列的小说创作,确立其作为一位优秀作家的地位。陆续发表

聂华苓

了中篇小说《葛藤》(1953)、短篇小说集《翡翠猫》(1959)和《一朵小白花》(1963),这些作品后选集为小说集《台湾轶事》(1980)。这些作品大多描写从大陆流落到

台湾的小市民的灰色人生,以及他们的思乡情怀。1960年出版长篇小说《失去的金铃子》,奠定聂华苓在台湾文坛的地位,当时,她工作的《自由中国》杂志被查封,她不仅失业,而且遭到审查,她自己说是为了排除恐惧和寂寞而写了这部小说。

到美国后,聂华苓创作的第一部重要的作品是长篇小说《桑青与桃红》(*Two Women of China—Mulberry and Peach*,1970),由于借鉴和学习了西方现代作品的叙事技巧,小说在内容和形式上都给人以耳目一新之感。这部小说也给聂华苓带来了国际声誉,1990年,该作品的英译本获得"美国书卷奖"(American Book Award)。

1984年,聂华苓又完成了长篇小说《千山外,水长流》。这部小说主要表现中美两国人民的亲情和友情,同时也反映了40多年来中国和美国的社会历史变迁,以及身处其间的三代人的心路历程。

聂华苓还创作了数量可观的散文作品,结集出版的有《梦谷集》(1965)、《三十年后》(1980)、《爱荷华札记》(1983)、《黑色,黑色,最美丽的颜色》(1983)、《人,在20世纪》(1990)、《人景与风景》(1996)和《鹿园情事》(1997)。另外,她还用英文创作了"*A Critical Biography of Shen Ts'ung—wen*"(《沈从文评传》,1972),和丈夫合译了《毛泽东诗词》(*Poems of Mao Tse—tung*,1970)。迄今共出版了20余本书,包括长篇小说、短篇小说、散文、汉译英、英译汉和文学评论等各种不同样式。

聂华苓在美国已经获得三个大学的荣誉博士学位(Honorary Degree of Humane Letters):科罗拉多大学(University of Colorado)、可欧学院(Coe College)、杜别克大学(Dubuque University)。1981年,她和丈夫一起获得美国50州州长所颁发的文学、艺术杰出贡献奖(Award for Distinguished Service to the Arts)。并曾担任了纽斯塔国际文学奖(Neustadt International Literary Prize)的评审员之一。1977年,300余名世界作家联名推荐聂华苓和其丈夫保罗·安格尔为诺贝尔和平奖候选人。

代表作品

《桑青与桃红》是聂华苓长篇小说的力作。她曾说:"《桑青与桃红》是我的代表作,我最喜欢它,这是最有时代感与历史感的作品。"小说以广阔的历史社会为视野,将现代中国许多重大历史事件作为时代背景,描写了女主人公桑青漂泊动荡的人生。小说分为四部,前三部均由桃红给移民局的信和桑青的日记组成,第四部由桃红的信和桑青的剪报组成。作者将传统的书信体和日记体的叙事方式,与现代意识流的表现手法互相结合,跳跃地叙述了特殊历史背景下桑青的生命历程。

第一部,瞿塘峡被困,时间是1945年7月27日—8月10日。抗战后期,少女桑青为了逃避后母的虐待,和女友老史一起弃家出走,乘一条运货的木船沿长江西上重庆。船在上黄龙滩时遇险搁浅,在绝望的境地里,船上的男男女女聚赌痛饮,进行着最后的疯狂,桑青也稀里糊涂地与流亡学生发生了性关系。船终于脱离困境,当他们再度起航时,传来了抗战胜利的消息。故事虽然简单,但深刻表现了在困境里人的真实心灵。桑青这个放逐的中国人的形象,开始了她的漫长的流浪,逆流而上闯三峡的木船,象征着中国人处境的艰难和人生的磨难。在女主人公的追述和见闻里,还可以侧面了解到当时苦难中的中国所遭受的蹂躏。

第二部,北平成婚,时间是1948年12月—1949年3月。桑青来到被解放军四面包围的北平,按照父母之命与封建家庭的少爷沈家纲结婚。婚礼十分仓促和简单,广播里播送着国民党节节败退的新闻,新婚生活在隆隆的炮声之中度过。如同困在木船中一样,桑青又一次感到末日来临的恐惧和惊慌,她只好靠放纵情欲来缓解这种恐惧感。沈家纲还自我解嘲说,将来共产党进城,一定会发现又多了许多孩子,他们都是围城的一代。解放军入城后,沈家老太太在绝望中死去,临终嘱咐新婚夫妇到南方去,延续沈家香火。桑青和沈家纲搭火车南下,往青岛方向逃去。作品真实记录了旧政权倒台之际,北平城中人心的动荡和社会的暂时性紊乱。沈老太太就好像垂死的封建旧制度,在迷乱中不断恍惚地说九龙壁倒塌了。九龙壁是旧中国皇权制度的象征,其倒塌正预示封建制度和道德的必然灭亡。

第三部,困居台北阁楼,时间是1957年夏—1959年夏。桑青的丈夫沈家纲因为挪用公款被通缉,于是携款一万元带桑青及女儿桑娃躲在一户蔡姓人家的昏暗的小阁楼里。终日不敢出门,又无所事事,只好剪报、画图画、反复唱同样的歌和做逃亡的幻想,就这样过了两年提心吊胆的阁楼生活。小说的笔墨主要用在对阁楼人的内心世界的描写,带有相当强烈的寓言色彩:主人公居住的是尘埃满布、老鼠成群、时钟停摆的令人压抑的小阁楼,台湾那一个孤岛也是一个阁楼,因此,阁楼人的心理世界和人格变化,是当时整个台湾社会的普遍状态。"台湾是一只绿色的眼睛,孤零零地漂在海上"十分恰当地象征了当时台湾那种恐惧孤独与外界隔绝的状况。小说还利用"剪报"的内容进行细节的写实:荒山黄金梦、分尸案、故都风物,既反映台湾社会的无聊和黑暗,又通过阁楼人的百看不厌来刻画他们心灵的空虚和苦闷,以及渴望回归故里的强烈愿望。

第四部,流亡美国,时间是1970年1月—4月。桑青申请移民美国不得,于是开始了她的逃亡之旅。为了摆脱移民局的追捕,她乘车四处流浪,没有目的地,也没有终点。此时的桑青已经完全堕落为一个纵欲的狂态的精神分裂患者,她自称桃红,不承认自己就是桑青,甚至分不清桑青与桃红之间的区别。当移民局官员问她如果被遣送出境会去哪儿时,她的回答是:"不知道!"这个回答代表着当时流浪的中国人的悲剧性命运,他们无处可去,连祖国也回不去。桑青的精神分裂其实是精神上的自杀,她原来坚持的传统价值观念和伦理观念,全部遭受粉碎性的颠覆,其道德和操守被抛诸脑后,沉沦到精神上的深渊。小说结尾,她仍在逃避移民局的追捕,在美国公路上,一次又一次搭着顺风车,任凭别人带她往别处去……

文学影响

《桑青与桃红》是一部从内容到形式都带有浓厚的现代派作风的小说。叙述者力求通过个人故事的书写,表现近代中国的分裂局面给一代中国人造成的心灵创伤,而且试图向更深的表现层面拓进,表现超越具体时代背景的现代人的生存困境,及现代人的抽象的心理苦闷和焦虑。这是一种典型的现代主义创作理念,聂华苓在美国受这种创作风气的濡染,学习并吸收了现代小说的创作技巧,尤其是加强了小说叙事的心理表现功能。为了表现主题,作者广泛使用了意识流、超现实主义、象征主义、表现主义和印象主义等表现方法。但是在柔软多情的女性灵魂的观照下,表现方法本身显得并不突出,主题和伴随而来的悲天悯人、伤时忧国的情感才是小说的主旋律。作者曾说:"我所奉行的是艺术的要求;艺术要求什么写法,我就用什么写法。"因此小说中的表现手法显示出自由多样的特点。

除去上面所说的现代派叙述方法之外,还有戏剧表现手法、诗的手法和寓言的手法。作者将25年的时世变迁高度凝练地表现出来,只选取了四个比较短的时段进行精细描述。为实现这一写作目标,作者借鉴并使用了戏剧的表现手法,四个典型场景:木船、沈家、阁楼、美国公路,人物就在这四个场景之中表演,矛盾冲突非常集中。聂华苓说:"当初写那小说的时候,一本厚厚的笔记本记满了和小说有关的细节、情节、人物……那些材料可用来写五部小说!但我终于只是选取了桑青一生中的四个生活片断来加以浓缩、集中、深'挖'。"

作者还使用诗的表现手法来捕捉人物的内心世界的真实,叙述的跳跃性以及景物描写的主观性色彩都能令读者产生诗意的联想。同时也为理解主人公的形象留下了空白,吸引读者去想象、补充,从而超越理解平面人物,而达到理解立体人物的阅读效果。作者还在小说中有效地使用了寓言形式来处理小说的整体架构,建构了一个整体隐喻结构,在"困"与"逃"的对立中展开故事的叙述,展示人物的性格和他们对自由的追求。而故事之中的搁浅的木船、被围困的古城、寂寞隔绝的阁楼和没有尽头的美国公路,都有其各自的隐喻意义。聂华苓在《浪子的悲歌》中写道:"我在《桑青与桃红》的创作中所追求的是两个世界:现实的世界和寓言的世界,读者把它当写实小说读也好,把它当寓言小说读也好——这一点,我不知道是否成功。但那是我在创作《桑青与桃红》时所做的努力。"这也是这部小说多元开放结构特色的具体体现,就文本的表现效果而言,聂华苓的尝试是非常成功的。

小说的语言特色也很鲜明。在小说的四个不同部分中,作者使用了四种不同语言风格,表现桑青在不同处境和不同年龄的截然不同的精神状态。困在木船之中的桑青是一个刚离开家的 16 岁少女,她的日记语言是常态的、写实的,风格清新,带着一些情绪化色彩;困在北平城的桑青是一个少妇,她的语言仍未脱离常态,但张力有所增强,道德对她是一个不可违逆的存在;而困在阁楼上的桑青,这个中年妇女生活在警察追踪的阴影里,心理已经濒于崩溃,这时她的语言就不再是正常人的语言,差不多是呓语、梦话了,阁楼里的语言是一字一句,简单扼要,张力强,甚至连标点符号都是一律的句号,表现了他们心灵的极端恐惧;在美国公路上流浪的桑青精神分裂,道德观念彻底崩溃,她给移民局的信自称桃红,语言散乱,说一些与移民局工作无关的话,强烈的语言张力消失了,表达了叙述者对桑青悲惨命运的深切同情。整部小说的语言构成了一种力学图式:弱→强→极强→极弱,表现了作者对语言和心理之间的关系把握的不凡功力,虽然作者自谦为"一个'安分'的作者所做的一个'不安分'的尝试"。

桑青是 20 世纪中叶无根的中国人的缩影,她悲惨的心灵历程反映了中国动荡不安的政治历史环境,对一个个普通的生命灵魂的压抑和摧残。桑青年轻过,但被战争和封建礼教直接或间接地践踏;桑青追求过,但被无情的现实冰冷残酷地否定;桑青逃避过,但被无边无际的围困挡住去路! 小说最后桑青的结局是一个寄托颇深的隐喻,有着类似桑青的生活背景的海外华人甚至整个海外华人人群,在以异质文化为主流文化的他乡他国求生存,他们的文化身份和道德观念能得到"移民局",即宗主国的主流文化的居留许可吗? 或者这是一场卡夫卡式的梦魇,"审判"无所不在,却没有终局? 还是他们不再承认自己是"桑青",而要以"桃红"的名字进行没有终点的逃亡? 聂华苓不仅真实地记录下了自己在故事中所叙述的时段中切身的心理体验,又揉进她长期的思考和探索,可以说,《桑青与桃红》是一个流放的作者谱写的一曲流放者的悲歌。

71.杰西卡·安德森[澳大利亚]

《劳拉》

作者简介

杰西卡·安德森(Jessica Anderson,1925—　)，澳大利亚当代著名女作家，20世纪80年代中后期两度荣获澳大利亚文学最高奖"富兰克林"奖(The Miles Franklin Award)。她的小说文字质朴无华，构思新颖独特，擅长以内心活动刻画人物形象。她的作品在欧洲诸国有很高的知名度，广受赞誉。

杰西卡·安德森出生于澳大利亚昆士兰省的首府布里斯班，除了年轻时曾在英国伦敦游学，其后一直居住在悉尼。她的文学生涯起步较晚，一开始替报纸撰写一些短篇故事，后来又写了不少广播剧的脚本，直到1963年处女作《一次平常的疯癫》(An Ordinary Lunacy)发表，她才引起文坛的关注。以后，杰西卡·安德森先后创作了《最后一个人的脑袋》(The Last Man's Head, 1970)、《司令官》(The Commandant,1980)、《寻求庇护》(Taking Shelter,1989)、《一只金合欢鸟》(One of the Wattle Birds,1994)等8部作品。1987年，她出版的短篇小说集《来自温暖地带的故事》(Stories from the Warm Zone)荣获了当年的"最佳短篇年度大奖"。

杰西卡·安德森

《来自温暖地带的故事》小说集中包括了《屋檐下》(Under the House)、《事物的表象》(*The Appearance of Things*)、《飞行员》(*The Aviator*)、《牛奶》(*The Milk*)、《户外的朋友》(*Outdoor Friends*)等8部短篇,内容涉及澳大利亚人当代家庭、工作、爱情、婚姻等各个不同方面,大多构思精巧、精雕细琢且语言幽默,表现了作家对当代生活的思考和把握,同时也展示了高超的艺术技巧。

在已经出版的8部长篇小说中,《司令官》是根据澳大利亚历史上著名的摩根船长在默雷顿海湾地区施行严厉的法制化管理这一史实而创作的,作品对殖民思想进行了深刻的反思。小说《一只金合欢鸟》则叙述了以女大学生西西莉和她的情人威尔为代表的当代青年,在面临考试、升学、就业等压力时所产生的困惑与迷茫,准确地把握并剖析了这一现象的社会历史根源。

小说《冒名者》的主人公塞尔维亚在阔别家乡20年后重回澳大利亚,却立刻被卷进了一场关于遗嘱的危机四伏、争端四起的旋涡里,无力摆脱。这部小说为杰西卡·安德森第二次赢得了澳大利亚的"富兰克林"奖,评论家称这部小说"通过充满同情与人道主义的笔触,准确细致地刻画出了当代澳大利亚的城市居民生活",因而被称为是一部"风俗喜剧"。

与前面几部小说相比,在出版于1989年的《寻求庇护》中,杰西卡·安德森将更多注意力集中到了女性的性意识方面。相对于少数极端的"女性主义"作家而言,杰西卡·安德森的思想可能更多属于传统或温和一派。《华盛顿邮报书评》称赞这部小说兼有"珍妮·奥斯丁家庭描写的平实,艾丽丝·默克多双性同体的匀称和澳大利亚本土的热情奔放"。《寻求庇护》一问世,便入选当年的"全国图书委员会"大奖名单,也说明了澳大利亚文学界对它的认同。当然,最能体现杰西卡·安德森创作思想和艺术才能的,便是为她第一次赢得"富兰克林"奖的小说《劳拉》(*Tirra Lirra by the River*,1978,又译为《河边的蒂拉·莉拉》)。

代表作品

小说《劳拉》的叙述者是年届七十的劳拉·波特斯,通过她的回忆片断,读者可大致了解她一生的生活轨迹及与之关联的人和事。劳拉出生在澳大利亚昆士兰的一个小城镇,父亲原在土地部门当测量员,在她6岁时就不幸离开了人世,兄妹三人由母亲一手抚养成人。哥哥在第一次世界大战中英勇牺牲,剩下劳拉与姐姐格瑞斯两人与母亲相依为命,靠给人家做手工勉强生活。不久,格瑞斯的未婚夫也在战场上战死,后来她嫁给一个名叫卡斯特的开小差的士兵,婚后生有阿奇和杰克两个儿子。

劳拉很早就开始做手工贴补家用,她喜爱文学,并在一些妇女专栏上发表诗作和文章,她整天陶醉在自我梦境里,希望出现奇迹能逃开这单调乏味的生活。母亲非常实际,也非常武断,她和劳拉由于生性不和而相互厌恶。很快,劳拉遇到了当时在新南威尔士当律师的柯林·波特斯。劳拉的母亲对柯林很有好感和敬意,劳拉也想尽快摆脱母亲的束缚,于是顺理成章地和柯林举行了婚礼。婚后他们来到悉尼,却发现柯林哥哥一家都搬进了他母亲乌拉的房子里,连一间空房也没给他们留下。

他们在悉尼的一幢老公寓里住下,劳拉开始了家庭主妇的生活。空闲的时候,她就跟隔壁邻居伊达学习裁剪。不久,乌拉搬进来与他们一起居住,老太婆对儿媳甚为挑剔。劳拉时常偷偷跑出去与一些艺术家交往,这令柯林大为不满,不久他便在外勾搭了别的女人,回到家时对劳拉更加冷淡。劳拉则一边以学习法语为挡箭牌,一边暗暗攒钱,打算攒足钱后离家出走,争取真正的自由生活。终于有一天,柯林带回来一个叫珀尔的女子,声称要和劳拉离婚,劳拉毫不犹豫地同意了。重获自由的劳拉立刻买了船票去往伦敦,在船上,劳拉结识了同行的一位美国工程师,并与之发生了性关系,很快发现自己怀孕了。

劳拉在伦敦安顿下来后,做了人工流产。劳拉用手术后剩下的钱做学费,进了一所裁剪学校。由于经济日益窘迫,她不得不离开学校,在一家裁剪店找了个差使。劳拉心灵手巧,加上干活勤奋,深受大家的喜爱。很快她便攒足了钱,创办了自己的裁剪店,并且生意不错。但长期寄寓他乡的漂泊生活却使她产生了浓浓的思乡情,她甚至买了船票准备返回家乡。但突如其来的战争爆发以及随后的一场大病,使她的计划最终落空。

劳拉结识了女演员希尔达,希尔达饱经世故,乐观开朗,两人很快成了好朋友。劳拉效仿希尔达去医院做了整容手术,但手术极不成功,劳拉无地自容,试图用煤气自杀。希尔达前来探望劳拉,两人决定搬到一起居住,后来又加入了一位名叫莉

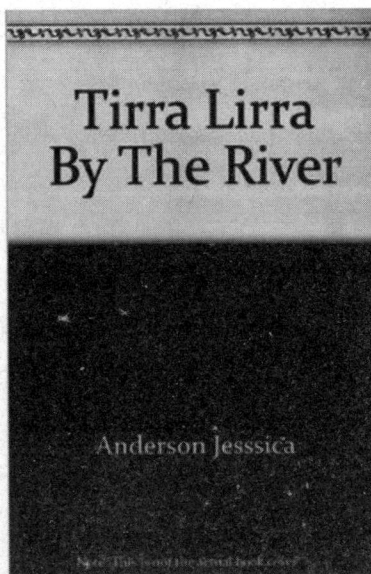

莎的女友。莉莎有一位名叫佛莱德的邻居,房子很大。于是三位朋友便一起住在那里。

佛莱德自小父母双亡,由祖母将他一手抚养成人,祖母平时灌输的旧思想,使他对普通女性产生了无法消除的恐惧,他所交往的朋友不是青年男子便是老年妇女。佛莱德虽然有些神经质,但对莉莎却很好,许多年一直不收她们的房钱。有一次,佛莱德在晚上离家出走,好久也没有回来,后来才知道是被送进了康瓦尔的疯人院。房子交由佛莱德的姐姐代管,后者立刻向她们索要房租,由于开价太高,三人只好准备搬迁。在看房的过程中,劳拉突如其来地决定停止漂泊的生活,立刻返回悉尼。

在悉尼的外甥彼德家里,劳拉听说了老家的情况后,决定立刻返回昆士兰老家,去追寻她过去的足迹。到了老家后,外甥杰克和外甥媳妇贝蒂对她关怀备至,给了她精神上极大的慰藉。在平淡如水的生活当中,过去的一切有如电影画面般地浮现在她眼前。她意识到自己终于回到了属于自己的地盘上,心里有一种强烈的轻松感和终结感。她在平静之中等待着,只是少了从前的"惶恐不安,心慌意乱的感觉",取而代之的"乃是一种召之即来的闲情逸致"。

文学影响

小说的标题"Tirra Lirra by the River"直译为"河边的蒂拉·莉拉",取自英国著名诗人丁尼生的名篇《夏洛特小姐》(Lady of Shahtt,1832),作品中骑士兰斯洛前往河边与情人约会时这样写道:"兰斯洛爵士一边驰骋,一边歌唱:'蒂拉,莉拉,蒂拉。'"杰西卡·安德森用它做标题,以表现劳拉一生苦苦等待、寻觅,却始终不能拥有理想的爱情和婚姻的悲剧故事,显然是一种别有用心的反仿和引用。不明就里的读者看到这样古怪的标题和以上概括,很可能会诧异这样一部絮絮叨叨内容平淡的小说,怎会在英美文学界引起轰动并获得澳大利亚的最高文学奖项。原因在于上述的故事梗概,只是读者在掩卷之余留在脑海里的一个简要轮廓;而作家在叙述之时,却用上了细密精妙的穿插功夫,不仅在时间上,而且在空间上,将上述所谓的故事与情节一一消除,全部打破,仿佛一串珍珠散落开来融化在这位老妇人的记忆里,需要读者细细体会,才能发现它温润的底蕴与夺目的光彩。

小说主人公劳拉的一生似乎处在不断地"逃避"这一过程中,她的遭遇正是20世纪初渴望自由独立的女性不幸遭遇的一个缩影。劳拉从小不满于世故而专制的母亲,渴望从局促狭隘的乡村小镇逃离出去,去寻求梦想浪漫的生活;结婚后到了悉尼,又发现作为律师的丈夫刻板小气,毫无趣味,使她产生了从平庸鄙琐的压抑生活中出逃,去呼吸新鲜空气的渴望;可是在"魅力的大小跟挣钱的多寡恰成正比"的伦敦,孤立无援的劳拉依然不能找到自己理想的生活,虽然通过艰苦努力总算拥有了自己的店面,可是一场战争使得一切努力化为乌有,她重新陷入贫困的境地中,最终不得不怀着满腹的辛酸悲伤黯然返回故乡。

杰西卡·安德森在小说语言的运用上,也有独到之处。在劳拉漫长的回忆过程中,不停地穿插着这位饱经世故、历经沧桑的老妇人对人生、对婚姻的平静而犀利的看法,思想深刻,语言老到,这种思想的睿智与语言的功底,相对于结构的精巧细致而言,可能更是小说成功的关键。如在回忆母亲时,劳拉想"从前,她(母亲)还没真正衰老时,常爱说自己老了,这是一种既想对'老'字吹毛求疵,又不愿细加深究的心情";形容劳拉最后对柯林的态度,"那时候,他只要沉默不语,我就感到害怕,不敢打破他的沉默,以为这种沉默中充满了男性的神秘和深沉的暗示";谈到在伦敦的生活,"在上帝的土地上,没有谁比英籍澳人更可怜,除了澳籍英人外";等等。另外,作者往往能以轻松调侃的口吻,将一些生活中意义重大的事件避重就轻、轻描淡写,甚至以自我解嘲的笔调加以针砭。

《劳拉》一书自问世以来享誉欧美,屡屡再版并被译成多种文字,正是这一种"意的简洁"的风格才给了它永恒的打动人心的力量。

72.玛格丽特·劳伦斯［加拿大］

《石头天使》

作者简介

　　玛格丽特·劳伦斯(Margret Laurence,1926—1987),曾被称为"加拿大最成功的小说家",出生在曼尼托巴省的草原小镇尼帕瓦,也就是她为系列长篇小说所虚构的背景"马纳瓦卡镇"的原型。玛格丽特原名吉恩·玛格丽特·威姆斯,在她4岁时母亲就去世了,父亲也在几年后去世,她住在外祖父家,由姨妈抚育成人。她的苏格兰祖父、祖母为长老教信徒,传授给她上帝裁断功过的威严形象。童年的这些经历,在她创作的马纳瓦卡镇系列小说中都刻上了印迹。

　　童年时的劳伦斯便决心要成为作家,很快便开始在学校的杂志上发表作品。1942年,她获得了一份曼尼托巴省奖学金,去温尼伯的联合学院就读,开始了独立的生活。1947年,她以优异的成绩毕业于温尼伯的联合大学,后为《温尼伯公民》杂志当记者。第二年,她嫁给工程师杰克·劳伦斯,并陪伴他前往英国,两年后又去非洲,先后在正酝酿民族独立的殖民地——英属索马里和黄金海岸居住了7年。这些非洲生活经历促使了劳伦斯反帝、反殖民主义、反独裁的社会意识和情感发展与成熟,并反映在她后来一系列的创作中。

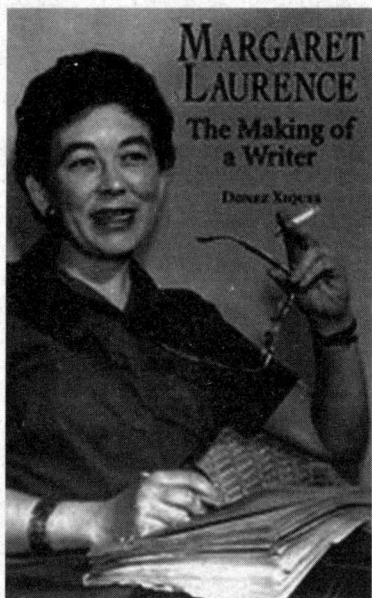

玛格丽特·劳伦斯

劳伦斯是在旅居非洲时开始写作的,最先是翻译《贫困之树》(*A Tree for Poverty*,1954),重现了索马里的诗歌和故事。而后,她又创作了大量非洲题材的作品,描述了正处在从古老部落转向现代社会的非洲大陆,包括《约旦河岸》(*This Side Jordan*,1960)、《先知的驼铃》(*The Prophet's Camel Bell*,1963)、《驯服明天的人》(1963)等作品。1957年,劳伦斯夫妇携儿女回加拿大,定居温哥华。

劳伦斯很重视旅居外国时所获得的观察事物的角度,在回返加拿大5年后,她与丈夫分居,并带着孩子迁居伦敦近郊。她开始从自己的加拿大生活体验中发掘素材,并撰写了"马纳瓦卡镇系列"小说的前4部,包括《石头天使》(*The Stone Angel*,1964)、《上帝的玩笑》(*A Jest of God*,1966)、《受尽煎熬的人》(*The Fire-Dwellers*,1969)和《笼中之鸟》(*A Bird in the House*,1970),这些小说在加拿大产生影响,揭示了地方文学的威力与普遍性,劳伦斯被称誉为20世纪60年代首屈一指的小说家。

1969年,劳伦斯在安大略省的几个大学担任客座教授。1972年,她回加拿大定居,在安大略省靠近彼得伯热的雷克费尔德安家。1974年,劳伦斯完成了第5部"马纳瓦卡镇系列"小说《占卜者》(*The Diviners*),小说集中了其他4部"马纳瓦卡镇系列"小说里的人物和主题,与《石头天使》相呼应,从而正式终结了这个小说系列。

从此以后,劳伦斯主要以撰写出版儿童读物和非小说体裁作品。散文集《陌生人的心》(*Heart of a Stranger*,1976)收录了她在过去的12年里撰著的文章短篇;3本儿童文学作品分别是《六头该死的母牛》(*Six Darn Cows*,1979)、《昔日的外套》(*The Olden Days Coat*,1979)和《圣诞生日的故事》(*A Christmas Birthday Story*,1980)。1987年1月5日,劳伦斯去世后,女儿替她最后完成了回忆录《在地球上跳舞》(*Dance on the Earth*,1989)。

劳伦斯生前获得14所加拿大高校的荣誉博士学位,并因《上帝的玩笑》和《占卜者》两度荣获加拿大荣誉最高的总督奖,1971年,她还被授予加拿大名人榜。

代表作品

《石头天使》是劳伦斯最有代表性的"马纳瓦卡镇系列"小说,也是她的成名作。故事发生在曼尼托巴省一个虚构的马纳瓦卡镇,哈格·希普利太太九十高龄了,同大儿子马文和媳妇多丽斯住在一起。哈格的住房不关不锁,以便儿媳随时进屋照应,但这样一来,老人的独处自由丧失殆尽。更糟糕的是,最后连这座她已住了17年的住宅也无法待下去了。马文夫妇打算卖掉这幢房屋搬进公寓去住,要安排哈格进老人院安身,因为他们自己也60多岁了,无力照管这座有四个卧室的大屋和年迈的老太太。

哈格执意不肯,即使牧师劝说也无效。多丽斯当着牧师的面,说她近几个月几乎每晚尿床。哈格生性高傲倔强,听了这话当晚更是难以入睡,又打翻灯盏惊动儿媳,然后整夜躺在冰冷的床上。

哈格太太病了,儿媳妇领她上医院。大夫做过初步检查后,告诉她还得进行肾、腿检查和胃部的钡餐透视。当天,马文夫妇利用他们一道乘车兜风的机会,归途中突然拐进一家老人院,想让母亲实地察看一下老人院的情形,但哈格拒绝正视院里的一切。几天后,医院的检查报告出来了,哈格没有功能性的大病,但马文当晚宣布哈格将在一周内搬进老人院去住。

哈格没想到老来落到这个下场,往日的经历像电影般一幕幕地掠过她的脑海:哈格祖籍苏格兰,祖父曾经是经营丝绸的爵士。父亲卡里来到加拿大草原后,靠自己奋斗在马纳瓦卡这片草原开起第一家店铺。哈格出生时母亲就去逝了,卡里为了纪念亡妻,从意大利买回一尊大理石雕成的天使,竖立在墓地山坡上,此后也未再娶。哈格和两个哥哥——玛特和丹一起长大。后来丹害肺炎死了,只剩下玛特和哈格。

卡里很宠爱女儿哈格,中学毕业后又送她进女子学校学习。哈格本想教书,却因父亲的反对而待在店铺里记账。3年后,哈格遇上一个比她大14岁、平庸粗俗、很不走运的农场主布拉姆·希普利,她不顾父亲的反对与布拉姆结了婚,卡里从此与女儿断绝了关系。

哈格原想结婚后劝布拉姆改掉种种恶习,可是布拉姆本性难改。大儿子马文17岁入伍,第一次世界大战爆发后,他上了前线,战争结束后他没有回到老家,而是在西部沿海安顿下来。哈格最喜欢小儿子约翰,带着他远远离开恶习难改的丈夫,甘愿替人当管家过日子。然而约翰却不争气,中学毕业后又回到了父亲身边。

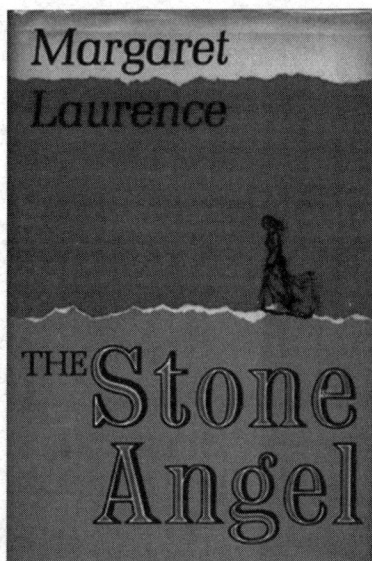

布拉姆病危之际,哈格赶回马纳瓦卡,发现约翰变得完全像他父亲。

布拉姆死后,约翰和阿琳相爱,哈格却多方干涉阻止。最后约翰和阿琳在一次车祸中丧生。哈格将草原上的家产变卖,同时得到雇主奥特利留下的一万元遗产,便在温哥华买下房屋,与大儿子马文夫妇住在一起……

哈格不愿以老人院为归宿,她独自逃到海边一处地方,在一座破败的罐头厂房里栖身。夜里闯进一个陌生人,与她一同饮酒,两人相互倾诉失去子女的悲哀遭遇。第二天,陌生人领来马文夫妇,把哈格接回去送进了医院。在医院里,她仍然十分倔强。最后,这个一辈子像石头天使般冰冷坚硬的老人,终于走完了她漫长的人生旅途。

《石头天使》通过90岁的哈格太太临终前两三个星期对自己一生往事的回忆,成功地塑造了一个坚强、自信、不屈不挠地与命运和环境抗争的妇女的形象。小说以第一人称叙述为主,哈格太太在小镇墓地中的石头天使塑像前回想自己的童年、婚姻生活、已故的丈夫、安分守己的大儿子和因她的过失而死的二儿子、她的中年寡居生活,直到她的老年。她一面为自己过去的经历和感情辩护,一面又对自己的所作所为产生疑问,重新进行审视。她的思绪在回忆与现实之间来回跳跃,过去与现在交织在一起。

哈格自信好强、感情不外露的个性,是受父辈不妥协的生活态度的影响。自信心、自制力和自豪感在她身上依然熠熠发光。她身上这种顽强苦斗的拓荒者精神既是她可贵的美德,同时也是她屡次被生活击败的致命弱点。这使她和小镇上的人格格不入:她看不起丈夫,无视儿子们的需求,也导致了婚后生活的不幸。对死去的二儿子的回忆是故事的高潮,也流露出她心中深藏的痛苦和忏悔。通过对往事的回忆,她意识到了自己的过错,开始面对生活。小说结尾时她已不再是"石头天使",而是一位富于情感的女性。她的转变不但使儿子欣慰,也使她自己得到了精神解脱。

女主人公身上最后出现的这种变化,大大丰富了哈格的形象,使她成为一位可信、可悲而又可敬的人物。劳伦斯在小说发表后曾解释说,小说的主题是"生存",不仅是物质意义上的"生存",而且是精神上的"生存",也就是要努力保留人类的尊严,保留人类走出自我、接触外部世界的热情和能力。在小说中,石头天使本是卡里用来缅怀亡妻的纪念物,最后却成了哈格的象征。《石头天使》发表后,哈格·希普利老太太成了加拿大家喻户晓的人物。

文学影响

劳伦斯创作的 5 部"马纳瓦卡镇系列"小说被视为她的文学最高成就,这主要体现在三个方面。首先,她创造的"马纳瓦卡镇"常被人与福克纳笔下美国南方乡镇约克纳帕塔伐相提并论,两者有相似的特点:虽然在地图上找不到,读者却感到亲切真实;小镇上的人物、他们的日常生活和经历是那样生动,栩栩如生。马纳瓦卡镇与劳伦斯的家乡尼帕瓦镇在许多细节上有相似之处,但并非是后者简单的虚构版本,而是所有加拿大草原省份小镇的缩影,突出体现了加拿大文学中普遍存在的地方色彩的魅力。

其次,劳伦斯在马纳瓦卡镇系列小说中放弃了现实主义小说的叙述传统,试验了新的叙述方法和时间处理技巧:《石头天使》中现在和过去的情节不断交错;《上帝的玩笑》是以现在时态展开的内心独白;《受尽煎熬的人》为了捕捉同时发生的复杂意识活动,通过改变铅字字体和控制页面空间再现了斯塔西的内心呼声、外在对话、梦境和幻境;而时间、记忆、认识在《占卜者》中则得到了透彻的探索,通过把现在时态用于过去的事件、过去时态用于现在的事件以及借鉴摄影、计算机等技术领域的新叙述技巧——"快镜头"和"记忆库电影",产生了灵活多变的叙事效果。

第三方面,也是最重要的方面,作为女作家,劳伦斯十分关心妇女的地位。她小说中的主人公都是女性,无论是老太婆、老处女、家庭主妇、乡村少女,还是小学教师、女作家,都在为争取自己作为女性的尊严、自由和平等地位而同环境、命运、父权制等传统势力和个人性格中的弱点进行斗争。劳伦斯的马纳瓦卡女主人公们各不相同的女性生存状态,引起了女权主义文学评论界的极大兴趣,这些女主人公们以及劳伦斯自己树立的榜样,激励了一批批后来的加拿大女作家,包括玛格丽特·阿特伍德、艾丽丝·芒罗、达芙妮·马拉特、卡罗·希尔兹等等。可以说,劳伦斯为加拿大女性主义文学的进一步兴起打下了坚实的基础。

无论是以非洲为题材的早期作品,还是后期的"马纳瓦卡镇系列"小说,甚至在她所撰写的儿童作品中,劳伦斯都反复地描述了人人追求着的一种生活,这种生活不但自由自在而且充满了快乐。然而,一股股强大的势力阻止着个人对这种生活的追求,正像《石头天使》的女主角哈格太太在小说快结束时所说的那一段感人肺腑的话:"这种认识对我冲击很强烈,把我砸得七零八落的,我从来都没有像这样愤世嫉俗过。我一如既往,所希望的只不过是心情舒畅;可不知是怎么了,我从来就没有心情舒畅过。我曾经有过喜悦……傲慢好似荒野,恐惧是使我误入荒野的魔鬼。我孤身一人,毫无建树,从不自由,重负着心灵的枷锁,锁链从我这儿蔓延开来,把我抚摸过的东西都禁锢起来。"

　　然而,尽管哈格太太和与她同时代的女人,似乎既没有完全得到幸福,也没有完全得到自由,在《石头天使》之后的作品中,劳伦斯的主角则向着实现理想靠近了一步。哈格太太与命运的搏斗解放了小说《占卜者》中的女主角墨娜格,哈格的生活经历感动和帮助了墨娜格,表现了劳伦斯作品中的一个重要的主题:继承传统。在她所有的"马纳瓦卡镇系列"小说中,继承传统都是个永恒的主题。这不仅仅只是血脉的相传,而且表现了文化、社会和环境对人所产生的潜移默化、根深蒂固的影响。一方面,传统通常会对我们所追求的加以限制;而另一方面,传统则是我们力量的主要源泉,这个力量使我们在一个疑惑迷茫的世界里赖以生存。

73. 哈珀·李［美］

《枪打反舌鸟》

作者简介

哈珀·李（Harper Lee，1926— ），美国当代女作家。出生于美国亚拉巴马州的蒙罗维尔的闭塞小镇，她的父亲曾经是一家报纸的编辑和所有者，后来成为亚拉巴马州的参议员和律师。哈珀·李是家里三个孩子中最年幼的一个，从小就很顽皮。

1931 年，亚拉巴马州发生了 9 个黑人强暴两个白人女孩的事件。尽管医学证明那两个女孩子并未遭强暴，但由白人组成的陪审团却一致裁决被告有罪，除了一名 12 岁的孩子外，所有被告都被判处死刑。6 年以后，他们又撤销了所有的判决。这件事给哈珀·李留下了深刻的印象，在后来的《枪打反舌鸟》(*To Kill a Mocking bird*) 中，她将该事件塑造成黑人汤姆的案件。

1945 年至 1949 年间，哈珀·李在亚拉巴马州大学攻读法律，又在英国牛津大学学习一年，后移居纽约从事写作。在一位文学商的帮助下，她将自己的一篇短篇小说扩写为后来的《枪打反舌鸟》。由于父亲的疾病，她必须往返于纽约和

哈珀·李

蒙罗维尔之间，但她仍没有放弃小说创作。1957 年，她将小说的原稿寄给一家出版社，编者们否定了作品的结构，认为它是由几个短篇拼凑而成，但他们却赞赏了

小说的立意,并鼓励哈珀·李对其进行修改。在编者们的赞助与鼓舞下,哈珀·李终于在 1960 年出版了这部成名作。

《枪打反舌鸟》也是哈珀·李的处女作,1960 年,该书首先在英国出版,立即成为畅销书,在英国、美国一再重印,销量达 1100 万册。1961 年,《枪打反舌鸟》还获得美国普利策文学奖,并被改编成电影,使此书广为流传。

1961 年 4 月 15 日,《时尚》杂志刊登了哈珀·李的文章——《爱,换一个字来表达》(Love-In Other Words),并对她的非浪漫主义进行了深入的探讨。1961 年,她的又一篇文章——《我的圣诞节》(Christmas to Me)面世了,讲述了作者一年中收到的几件礼物的来源。1965 年,哈珀·李发表了另一篇文章——《当孩子们发现美国》(When Children Discover America)。1983 年,哈珀·李出席了亚拉巴马州的历史与遗产节,她的《浪漫与冒险》(High Romance and Adventure)刊登在宣传节日的报刊上。

1966 年,约翰逊总统以哈珀·李的名字命名国家文学理事会,之后,哈珀·李获得了一系列名誉博士的头衔。如今,她仍旧居住在纽约与蒙罗维尔,但她选择了一种相对隐居的生活,很少接受采访,也很少发表演说。

代表作品

《枪打反舌鸟》书名为"To Kill a Mockingbird",mockingbird 译为反舌鸟,常见于美国南方。此鸟善于模仿各种鸟的叫声,背灰色,腹灰白色,尾及翼黑色有白斑。"To kill a mockingbird"(杀死一只反舌鸟)是美国南方的一句谚语,意即"滥杀无辜"。书中的小女孩有这样一段话:"反舌鸟什么坏事都不做,总是唱歌给我们听。它们不啄园子里的菜,不在玉米仓里搭窝,只是呕心沥血地给我们唱,所以打死一只反舌鸟是造孽的。"作者如此命名此书,寓意深刻,耐人寻味。此书以一个无辜的黑人遭到一个白人痞子的诬陷的案情为主线,展现了美国南部一个小城的生活画面。作者以《枪打反舌鸟》为题,意在影射无辜者受害是值得惋惜的事情。在 20 世纪 30 年代的美国南部,愚昧、保守,自私和褊狭的习惯还很猖獗,在落后的势力面前,法律、信仰都成了形式,成了于事无补的装饰品。

《枪打反舌鸟》是小主人公斯各特童年生活的回忆。故事发生在 20 世纪 30 年代美国南部的一个小镇。黑人女佣卡尔珀尼亚不允许斯各特和她的哥哥吉姆跑离家门口的那一条街道,除非他们是去接从法庭回来的律师父亲。父亲阿迪克斯出身于该地区一个古老的家族,但他很少按照当时社会的戒律禁锢他的孩子们。

在斯各特快 6 岁、吉姆快到 10 岁的那年夏天,7 岁的迪尔来到了他们的小镇,三人很快成为好朋友。在他们寻求新游戏的同时,内心也逐渐走向成熟。迪尔建议斯各特和吉姆设法把小镇的隐居者——布·拉德利从他家引出来。他是小镇传说中的阴险恶毒的幽灵似的人物,在黑夜,连黑人都不愿从拉德利家的房前经过。"拉德利家有个养鸡的院子,院子里高大的核桃树上的核桃常常掉进校园里,但这些核桃总在那里,没有哪个孩子会去碰一碰:拉德利家的核桃会要你的命。棒球掉进他家的院子就等于丢失了,没有谁敢去问。"

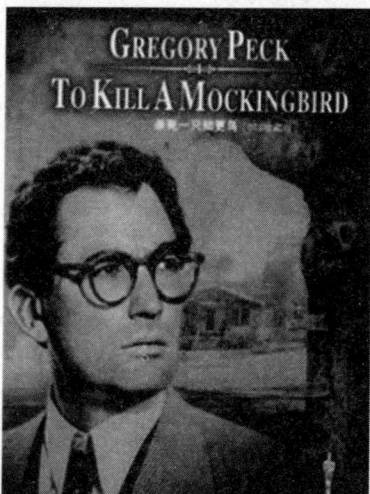

15 年前,布·拉德利由于所谓的破坏秩序、扰乱治安罪被捕,被他父亲保释以来,他就整整 15 年没有再露面,他从此成为一个传奇式的恐怖人物。由于种种诽谤性的传说,斯各特和她的伙伴一直对他又恨又怕,把他视为恶魔。事实上,布·拉德利是一个温厚善良、热爱生活的好人,他一直关注着孩子们,曾偷偷地把两个肥皂盒做的娃娃、一块带链的破手表、两枚给人好运气的硬币放进树洞里,作为给斯各特及吉姆的礼物。就这么一个善良、热情的人,在南方传统势力的桎梏下,成了社会舆论的牺牲品。直到最后,他从凶残的尤厄尔的刀下救出了斯各特及她的哥哥吉姆,他才为这几个小主人公所理解,这一冤案才真相大白。布·拉德利是本小说的一个冤案的受害人,也是贯穿全文的线索之一。

本书另一个冤案的受害人是黑人汤姆·鲁宾逊。他出于好心,多次帮助白人姑娘梅耶拉·尤厄尔,却反被诬陷为强奸了她。斯各特的父亲——正直的白人律师阿迪克斯极力为汤姆辩护,并机智地将事实真相揭示于法庭:梅耶拉·尤厄尔,一个白人姑娘,引诱一个黑人。她做了一件在白人社会里可耻得说不出口的事情——吻一个黑人。但事过之后,却企图把自己过错的证据隐藏起来,而向她的受害者发起进攻。她必须把他从这个世界上消灭掉。所有的人都在附和着他们这个邪恶的假设:所有的黑人都在说谎,所有的黑人都道德败坏,所有的黑人在女人面前都不规矩。在这样的假设下,即使事情真相大白,汤姆仍是有理无处申诉,终究被判有罪并惨遭枪杀。而对于竭力主持公道的白人阿迪克斯,他们持着不理解甚至敌对的态度——尤厄尔甚至想杀害他的两个孩子以泄愤。

文学影响

小说《枪打反舌鸟》的魅力首推三个可爱的小主人公,作者对儿童心理细腻、贴切的描写,是作品的成功所在。作者把现实生活置于儿童眼光的观察下,置于透明心灵的折射里,让读者在为儿童的天真幼稚而掩卷大笑之余,又会情不自禁地沉浸在严肃的思考之中,在儿童的一片纯真中受到陶冶。社会的弊端在孩子们的眼里是那么显而易见,而所谓有修养的人对一切又是那么视而不见,处之泰然。当汤姆最后因为逃跑而惨遭枪杀时,小主人公斯各特也彻底地了解了一些事情:汤姆的案件直到他被杀为止都是按正当的法律程序处理的;审判是在法庭公开进行的,罪名是 12 个正直的人组成的陪审团判定的。尽管阿迪克斯想尽了可以采用的一切办法搭救汤姆,但是,在人们心中的神秘法庭里,阿迪克斯无话可说。汤姆在梅耶拉·尤厄尔张嘴呼喊的一刹那,就已经注定要被处死。至此,当时社会所宣扬的人人平等的法律的本质,已被一个孩子揭露得一览无余了。

《枪打反舌鸟》简单的描述中包含着一系列复杂对比的主题:愚昧与知识,怯懦与勇气,罪恶与纯真,偏见(迫害)与忍耐。愚昧与知识通过性格与行为得以发展,孩子们通过布·拉德利的命运及对汤姆的审判而获得的真知,使这一对比获得了行为的证据。在怯懦与勇气方面,阿迪克斯无疑是最好的例证,而与阿迪克斯的勇气相对应的是鲍伯·厄尤尔的怯懦。文章的第一部分,孩子们目睹了他们的父亲猎杀一条危险的疯狗。他们第一次认识到他们的父亲是一个英雄,他曾经是一个有名的神枪手。阿迪克斯敦促吉姆为都伯斯夫人读书及他为黑人汤姆的辩护,都证实了他的英勇无畏。

在文中,罪恶与纯真、偏见(迫害)与忍耐是紧密联系的,无辜的好人——汤姆·鲁宾逊和布·拉德利被偏见的社会裁定有罪。在审判的最后,吉姆为汤姆得到的不公正的待遇而哭泣,而审判的高潮更令人目瞪口呆——无罪被判有罪。

哈珀·李对象征的运用也是出神入化的。反舌鸟是布·拉德利和汤姆·鲁宾逊的象征,他们代表着快乐与无辜,父亲阿迪克斯和邻居莫迪小姐都告诉孩子们,猎杀反舌鸟是一种罪恶。当多年来的第一场雪降临于梅科姆镇的时候,吉姆以泥土为基堆了一个雪人,在 3 天之内,雪人的颜色由黑变白,又由白变黑。由此,作者生动地提出,凭一个人的肤色来判定一个人是多么的肤浅。

　　哈珀·李的成功不在于她写了一部反映种族歧视的小说,而在于她把白人对黑人的偏见描绘得如此透彻。她通过对梅科姆小镇的描述,揭露了现实社会中的诸多弊端,使读者逐步意识到人类行为的一些劣根性。评论界认为它是一本充满同情的感人肺腑的小说,它对种族的平等提出了强烈的要求,他们高度赞赏了哈珀·李对当时美国南部各习俗道德观的敏锐洞察力,赞赏她的智慧、宽容及写作的技艺。

　　这书虽然是西方流行的畅销书之一,涉及的却是一个严肃的主题,揭示了美国社会的一个基本矛盾。即使在资本主义文明相当发达的美国,封建保守的习俗还残存在人们的头脑之中。在林肯解放黑奴之后百余年,美国虐杀无辜黑人的事情仍有发生,在小说所反映的那个时代里,黑人还缺乏被压迫者的反抗精神。因此,正如黑人汤姆所说的那样:"任何黑人处于那样的困境都不安全。"以至当他被审判有罪后,他所能做的也只是不计后果地逃跑,从而导致了他最后的厄运。

　　哈珀·李从资产阶级人道主义的观点出发,往往寄希望于白人的"天良发现"上。如书中所描述的,当一群白人企图利用私刑杀死黑人汤姆时,只是由于阿迪克斯保卫法律秩序及他的儿女、特别是女儿斯各特的感人行动,才阻止了这一罪恶企图,这一点无疑是本书作者的局限性。但小说无论从内容上还是写作技巧上,或对文学的影响上来讲,都可以称得上是当今美国文学的经典之作。

74. 阿妮塔·布鲁克纳[英]

《湖边旅店》

作者简介

阿妮塔·布鲁克纳(Anita Brookner, 1928—)。英国小说家、美术史学家、美术史评论家。出生于伦敦的一个波兰犹太裔家庭,除了在法国的研究生求学生涯外,常年居住在伦敦。曾获得伦敦大学皇家学院学士学位、伦敦科陶德学院美术史博士学位。

1959 至 1964 年间,布鲁克纳任教于里丁大学;由于她对 18 世纪绘画进行过深入研究,成果卓著,因而在 1967 至 1968 年期间,她又担任剑桥大学的斯莱德美术教授,并成为获得这一职位的第一位女性;1977 至 1978 年,布鲁克纳任科陶德美术学院美术史高级讲师;1990 年,她当选为皇家学院会员。

布鲁克纳的小说创作始于 20 世纪 80 年代初,此前一直在美术史研究领域耕耘不辍,并颇有建树,业已出版了多部有关 18、19 世纪美术批评的书,广受赞誉。她在美术史方面的深厚积淀为她日后的小说创作提供了丰厚的滋养和独到的角度。

阿妮塔·布鲁克纳

布鲁克纳的第一部小说《生活的开端》(*A Start in Life*)出版于 1981 年,其时她已年过半百。小说创作对于布鲁克纳来说似乎并非难事,作为一位高产作家,她以年均一部的速度出版了20多部小说,成为享有国际声誉的小说家,而她在美国和法国享有比在本国更高的知名度。布鲁克纳的主要作品有:《天意》(*Providence*,1982)、《湖边旅店》(*Hotel du Lac*,1984)、《不恰当的婚姻》(*A Misalliance*,1986)、《迟到者》(*Latecomers*,1988)、《简单生活》(*Brief Lives*,1990)、《骗局》(*Fraud*,1992)、《访客》(*Vistors*,1997)、《不正当影响》(*Undue Influence*,1999)以及《天使海湾》(*The Bay of Angels*,2001)等。

《湖边旅店》是布鲁克纳的第四部小说,出版后获得评论界如潮好评,并于1984年荣膺布克奖(Booker Prize)。著名的《泰晤士报》对这部作品的评价是:"这是一个了不起的爱情故事,浪漫动人、幽默诙谐、充满睿智。"《旁观者》评论道:"其优点难以一一道来。这是部经典作品,一百年后读来仍具魅力。"《文学评论》认为:"毋庸置疑,布鲁克纳是当代小说界最伟大的作家之一。"《星期日泰晤士报》则这样评价:"一部非凡的作品,是布鲁克纳迄今写得最好的。"

阅读布鲁克纳的作品很容易被她的文风所感染:文笔华美,敏锐清新,机智诙谐,含而不露,细节描写精准之至,流畅而略带沉郁的行文语气与人物的郁郁寡欢相得益彰。其老到的笔力、优美的文风时常受到评论界褒奖。布鲁克纳擅长刻画如死水般令人窒息的生活、人物的两难处境及由此产生的失望孤独之情,鞭辟入里、丝丝入扣。

布鲁克纳的小说对场景描写着墨不多,对话也尽量精简;但对人物内心世界的描述却是细而又细,不惜篇幅。曾有评论家说,布鲁克纳是"一位在一方象牙上雕刻,而非在一大块画布上作画的小说家"。

代表作品

故事发生在异国他乡的瑞士"湖边旅店"。"湖边旅店"店如其名,依水而建,风景优美,堂皇而宁静。女主人公伊迪丝·霍普是一位爱情小说家,年近四十却仍孑然一身。个性敏感的她,外表沉静,内心渴望浪漫的激情,对爱情小说的美好结局笃信不疑,其浪漫性格在朋友们看来不可救药。面对物欲横流、诱惑重重的周遭世界,身陷寻求情感刺激、追求奢华的芸芸众生,伊迪丝并没有随波逐流。她难能可贵地秉持着一种真诚而朴素的人生观,在她心目中,名利若粪土,唯有爱情高。

在小说开篇,因其在感情方面的特立独行,与大伙心目中的道德和操守相悖。伊迪丝被朋友们从伦敦"驱逐"到这家静谧而奢华的"湖边旅店"自省思过——在婚礼上,她弃众人眼里"门当户对"的未婚夫而去,让家人、朋友蒙羞;不仅如此,她迷恋上了有妇之夫戴维。这不仅为社会道德所不容,也让她周围的人们不解甚至不满。伊迪丝沉溺于与戴维的不伦之恋而不能自拔,朋友们都为她担心不已。在朋友们的劝诫下,伊迪丝来到瑞士的"湖边旅店"找回内心的安宁。朋友们希望伊迪丝在这家静谧的旅馆里能忘却这份痛苦而无望的恋情,重新拾回往日那个努力严谨的自我,那个为大伙熟悉、尊重的自我。

在"湖边旅店"伊迪丝结交了形形色色的房客,和他们一起散步、喝茶、用餐、交谈,日复一日。那些芸芸众生喧闹得近乎荒唐,可笑而又可悲,这更加剧了她的孤独感。更令她失望的是,发生在其他女房客身上的众多关于爱的放逐与伤痛的故事,又让她无法得到期望中的休整与安宁。她开始困惑:真挚浪漫的爱情果真那么可遇不可求吗? 小说中的美好爱情果真无法在现实生活中演绎吗?

伊迪丝的出现引起了纳维亚先生的注意,纳维亚决意向她展开追求。为拉近彼此关系,纳维亚让伊迪丝加入到他的商业运作中来。伊迪丝明白,纳维亚并非出于真爱向其求婚,他所需要的只是一位"妻子"而非"爱人"? 何去何从? 这是摆在伊迪丝面前的难题:到底是要一份痛苦而又快乐的浪漫,还是就此沉闷地度过一生? 是不顾道德禁忌继续与戴维的恋情,还是接受一份众人眼中的理想婚姻? 她能获得真正的爱情吗? 面临将给她的生活带来巨变的抉择,伊迪丝开始真实而深刻地剖析自我、思考人生。

经过一番自我审定,伊迪丝对自己多了一份了解与把握,她最终做出了果断的决定:必须逼迫自己面对现实,面对自己,找到自己真正想要的生活。在故事的结尾,伊迪丝给戴维发了一封只有一个单词的电报:"归来。"小说并没有提供给我们一个皆大欢喜的结局。但可以肯定的是,我们的女主人公已从爱的困惑中走出——这也是一份令人欣喜的胜利。尽管要以痛苦为代价,伊迪丝将不再逃避,她必须回去,勇敢地面对伦敦的一切。伊迪丝的最后抉择并非对现实的妥协,而是更趋适应性的表现,向读者传递出"希望永在"这一信息。

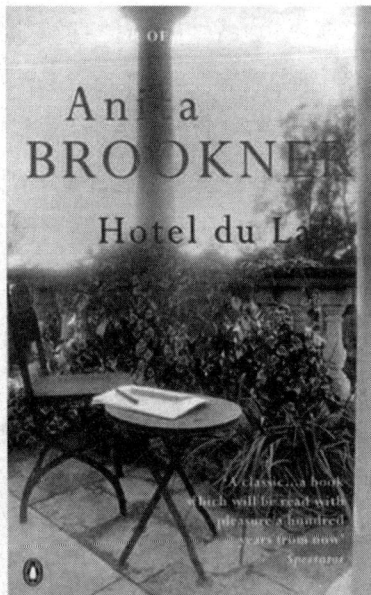

《湖边旅店》是一部关于爱的困惑与迷乱、爱的出路与救赎的小说，同时也是一部讲述自我剖析、自我探索的小说，对女性情感做了真实而大胆的剖析。小说以第一人称展开，叙述者便是女主人公伊迪丝·霍普。女主人公情感丰富细腻、聪慧幽默、有思想、擅体察，具有自我怀疑精神。作者通过大量运用闪回、意识流，追寻伊迪丝在两难抉择之间的心路徘徊：嫁给世人眼中的理想男子，还是从心所欲，忠实自己的情感，继续与一位有妇之夫的不伦之恋——不为社会认可，却能让自己尽情燃烧。布鲁克纳以不着痕迹的幽默、敏锐细致的洞察力，塑造出令人难忘的女主人公形象。她笔触犀利冷峻，如庖丁解牛般展现冷酷社会、悲凉人生。在她笔下，生活以其本真面目示人，悲喜兼具。

布鲁克纳对人物间的恩怨往来着墨不多，大量篇章用于描述互相之间的观感，以及在他人的观照之下对自我的界定与评判。人物的孤独处境似乎并不只是命运所致，其自身的自负性格与抉择也同等重要。这一切都被作者做了细腻剖析，其精确入微犹如放在显微镜下。除此之外，作者还运用反讽手法描绘人物被动、孤独、充满幻想的生活状态。作者在对客观与主观世界的描绘间取得微妙平衡，使作品引人入胜。布鲁克纳以细致的环境与天气描写反映人物情感，小说中的旅店依水而建，湖水好比一面镜子，让女主人公看清自我，并进行自我调整。

文学影响

布鲁克纳的作品主要关注英国当代社会，对社会风尚、伦理道德多有涉及，展现了人们对美好情感的追求以及为摆脱社会束缚而付出的艰苦努力。布鲁克纳擅长以细腻入微的笔触刻画社会伦理：善于举重若轻，在日常琐事的描写中浮现出对严肃问题的拷问。她的作品风格沉静、冷郁，甚至不无悲凉。在她的笔下，孤独与失望是人生宿命，现代人在追求浪漫的同时逃避着现实，于矛盾旋涡中苦苦挣扎的人们充满着不安与困惑。

布鲁克纳尤其擅长刻画女性人物的思想与情感，体现女性与传统观念和势力的抗争，表现女性对幸福的渴望与向往。她笔下的主人公多为温文尔雅的上流社会的中年女子，孑然孤独，敏感细腻，大都情路坎坷，与周围的人们格格不入，却依旧相信美好人生的存在——而这既是主人公的悲哀，亦是主人公令人钦佩、慨叹之所在。在故事结局，主人公往往能度过心理危机，即便不能完全理清思绪，也能最终获得某种感悟，前程虽不甚明朗，人生态度却是积极的。布鲁克纳的作品似乎告诉人们：美好的结局只存在于童话故事里，而生活要严酷得多。她的小说鲜有美好完满的结局，人物身上也少见通常所说的"美德"。她只欣赏人物于奋斗、挣扎中表现出的气概与尊严。小说的结局固然悲凉，主人公的意志力和坚定信念却得到了最大程度的张扬。

布鲁克纳的小说形式遵从英国文学传统，作品中鲜见后现代创作痕迹（如错乱的时空顺序或多重叙述视角），而这并不妨碍她赢得当代文学评论界的尊重。她的大多数小说以第三人称为视角，围绕一位女性主人公展开；在使用第一人称的小说中，叙述者也多为女性。

她的小说作品虽然为数众多，但题材雷同，主题相若——这已成为布鲁克纳的标志性风格。她的多部作品还触及了一个主题：将文学混同于生活、虚构与真实相纠缠的危害性。另外，几乎布鲁克纳的所有作品讲述了一个又一个关于孤独、失落、希望破灭的故事。人们不禁要问：这样一位极富洞察力、练达而睿智的作家，为何进行着如此的重复？是否因为过往对某些人生课题的探问一直未曾找到完满的解答，必须一再予以关注？或者如同聆听巴赫的音乐：我们必须意识到重复正是创造的一部分，是对主题的重申与强调，然后才能体味其间的微妙变化与丰富？

布鲁克纳的小说雷同的主题内容，为读者理解她的作品打开了一扇方便之门。不过，也不可避免地容易使读者产生厌倦，因此引来评论界不少负面评价。布鲁克纳本人似乎并不在意。毕竟瑕不掩瑜，正如评论界所承认的那样，布鲁克纳的写作功力了得，不管她写什么，她总能写好。的确，布鲁克纳以她一以贯之的精彩文笔、淋漓尽致的心理刻画，将现实生活的种种惨淡与无望赤裸裸地展现给读者。她的笔触又是如此文雅、如此有说服力，使读者不知不觉浸染其中，继而产生认同感。布鲁克纳的魅力并不主要在于她告诉了我们什么，而在于她是如何讲述这个故事的。不过，在其近几年的小说创作中，她开始试图打破常规，跳出窠臼，主题内容呈现出多样化的态势。如 1996 年出版的《改变的状态》(*Altered States*)，1997 年的《访客》(*Visitors*)，1998 年的《缓慢下坠》(*Falling Slowly*)。

布鲁克纳的小说具有一定的局限性，那就是缺乏对社会、经济等现实环境的关注。她笔下的主人公似乎从无经济烦恼，金钱用度似乎从来不是问题——这也许是布鲁克纳对人物精神世界的刻意探求使然。这就使得她的读者群以无衣食之虞的中上阶层人士为主。尽管如此，布鲁克纳以有限的题材为读者创造的小说世界却精彩无限。

75. 玛雅·安吉罗 [美]

《我知道笼中鸟为何歌唱》

作者简介

玛雅·安吉罗(Maya Angelou,1928—),原名玛格丽特·约翰逊(Marguetite Johnson),出生于美国密苏里州的圣路易斯城。父亲贝利·约翰逊和母亲薇薇安·巴克斯特·约翰逊在她3岁时离异,她和哥哥小贝利·约翰逊被送到阿肯色州斯丹普镇的奶奶家抚养。奶奶是个虔诚的基督教原教旨主义者,她对孙儿孙女很严格,教给他们为人处世的道理。终其一生,奶奶始终对玛雅·安吉罗施以积极的影响。

玛雅·安吉罗从小就酷爱阅读,1940年,她以优异的成绩毕业于阿肯色州的拉菲尔县培训学校。然后,她来到加利福尼亚和母亲一起生活。22岁时,她嫁给了海员托什·安吉罗斯,但这桩婚姻持续没几年。她的第二任丈夫弗苏密·梅可,是南非的一个反种族主义者,因此,她曾移居非洲,在那里担任过报社、电台编辑和大

玛雅·安吉罗

学行政管理等职。在此期间,她还应马丁·路德·金的请求,成为美国民权活动的北方协调人。她曾被福特总统聘为美国建国200周年庆典委员会成员,被卡特总统聘为国际妇女年全美委员会成员。1993年,在克林顿总统就职仪式上,玛雅·安吉罗朗诵了她为总统就职专门创作的诗篇《早晨的脉搏》(*On the Pulse of Morning*)。

　　玛雅·安吉罗先后著有五卷自传:《我知道笼中鸟为何歌唱》(*I Know Why the Caged Bird Sings*,1970)、《以我的名义聚集》(*Gather Together in My Name*,1974)、《歌唱,摇摆,欢乐如过圣诞》(*Singing and Swinging and Getting Merry Like Christmas*,1976)、《女人之心》(*The Heart of a Woman*,1981)和《上帝的孩子们都需要旅游鞋》(*All God's Children Need Traveling Shoes*,1986),其中第一卷最受赞赏。另外,她还发表了四部诗集:《在我死前请给我一杯凉水》(*Just Give Me a Cool Drink of Water Before I Die*,1971)、《哦,但愿我的翅膀正适合我》(*Oh Pray My Wings Are Gonna Fit Me Well*,1975)、《我还在上升》(*And Still I Rise*,1978),以及《正教徒,你为何不歌唱?》(*Shaker,Why Don't Sing*,1983)。除此以外,她还写过许多剧作,并经常给各种期刊撰稿。

　　玛雅·安吉罗的艺术创作丰富多彩,她曾在多部戏剧、影视剧中扮演角色。她在轰动一时的电视连续剧《根》中的上乘表演,使她获得了艾米奖提名。1972年,她的剧作《佐治亚,佐治亚》被搬上舞台,使她成为第一位剧本被采用的黑人女作家。

　　作为美国导演协会的成员,安吉罗也在美国电影协会理事会任过职;她能很流利地运用世界上多种语言,因此她得以广泛地游历了欧洲、中东地区和非洲;她曾任多家外国报刊的新闻记者,如《阿拉伯观察家》(1961—1962)、《加纳时代》(1963—1965)等。她也曾受到学术界的嘉奖:1970年,她赢得了耶鲁大学研究员基金;1975年,她在意大利被授予洛克菲勒基金学者称号。她曾任教于加纳大学、加利福尼亚大学和堪萨斯大学,现今在威克·福瑞斯特大学美国研究专业任教,已获得终身教授资格。安吉罗被授予过许多奖项,如普利策奖和托尼奖提名,以及《女士之家》杂志评出的年度杰出妇女奖等。

　　不管是在工作还是生活中,玛雅·安吉罗都在成功地进行着对自我的创造与再创造,赋予自己的生命神话般的色彩。毕竟,有多少人能像她一样集那么多角色于一身呢? 她做过公共汽车售票员、家庭主妇、演员、自传作家、导演、电影剧本作者、新闻记者、诗人以及戏剧作家。在《黑人学者》一书中记载了安吉罗与罗伯特·克里斯曼的访谈。她说道:"我热爱生命,我热爱生活及生活的艺术。所以,我试图让我的生命像一次富有诗意的冒险。"

代表作品

　　约翰逊一家从圣路易斯城搬到加州的长滩居住,在那儿,安吉罗的父母决定了他们不幸的婚姻,故事就从这儿开始。《我知道笼中鸟为何歌唱》的女主人公玛格丽特(昵称玛雅),从一开始就努力想要摆脱那种被驱逐的感觉——3岁的她和4岁的哥哥小贝利,手腕上戴着说明他们的身份、出发点和目的地的标牌,被托运到阿肯色州的斯丹普城。他们将和奶奶安妮·亨德逊太太及叔叔威利一起生活。奶奶经营着一家杂货店,已有20年之久。她是一名虔诚的教徒。由于存在着种族主义,他们都生活在三K党和白人种族主义者的威胁之下。

玛雅和小贝利在斯丹普住了几年。一直以为自己是孤儿。忽然有一天,他们获知父母亲还健在,感到十分震惊。父亲贝利到斯丹普来看他们,并把他们领回圣路易斯交给他们的母亲薇薇安。孩子们觉得母亲很漂亮,她是个逍遥自在的赌徒,经常不在家过夜。

玛雅8岁那年被母亲的男朋友弗里曼强暴了,她天真无邪的心灵随之支离破碎。舅舅们为了报复暗杀了弗里曼。玛雅从刚刚开始接触的外部世界,一下子退缩回自己封闭的小天地,除了哥哥小贝利,她拒绝跟其他人说话达5年之久。母亲又把他们送回了奶奶那里,玛雅到一个白人太太家做使女,但因为反抗雇主的种族歧视,她被解雇了。

种族主义过早地在玛雅身上留下了烙印,使她失去了童年的许多乐趣。学校老师告诉她白人可以成为科学家、医生,而黑人只能做运动员或仆人。当她牙疼得厉害时,当地的牙医说他宁愿把手伸进狗嘴里,也不愿伸到黑鬼的嘴里。哥哥小贝利由于白人残忍的恶作剧,受到过度的惊吓而躲起来不说话,这件事使玛雅大为震惊。奶奶意识到最好还是让孩子们远离充满种族歧视和暴力威胁的斯丹普,她想方设法攒够了钱,把孩子们送到加州的母亲家。

又能和亲爱的妈妈在一起,小贝利非常高兴,玛雅也调整自己的心态去接受在加州的生活。妈妈嫁给了克利德尔爸爸,玛雅发现新爸爸与她心目中父亲的形象很贴近,欣然接受了他。而她真正的父亲贝利爸爸却使她很失望。一次,贝利爸爸邀玛雅到南加州去度暑假。他的新女朋友德洛利丝与玛雅不睦,但贝利爸爸对她们俩尽情地彼此斗法,既不喝彩也不起哄,倒是看得津津有味。为了让德洛利丝嫉妒,他故意带玛雅去墨西哥玩。在那里的酒吧,他自己喝得烂醉如泥,不省人事。为了避免在车里面过夜,15岁的玛雅在根本不懂开车的情况下尝试了驾驶。结果她风驰电掣般地撞上了另一辆车。

他们从墨西哥回来时,德洛利丝迁怒于玛雅,歇斯底里地用剪刀刺伤了她。这次遭袭事件再一次令玛雅想起了痛苦的往事,她感觉到没有人值得信赖,决定离家出走。她在一个废品处理场结识了一群年龄相仿的流浪儿,在和他们一起生活了一个月后,玛雅学会了开车、骂街和跳舞,同时也学会了如何照顾自己。她的思维方式也发生了很大的变化,同伴们不加置疑地接受她,驱除了她原先那种如影随形的不安全感,引领她体验了四海一家的人类亲情。这段经历使她拥有了归属感和自信心。最后,她决定回到旧金山的母亲家。

回家后,玛雅意识到自己已脱胎换骨,她对母亲和哥哥的看法也更趋成熟、客观。从小就和她相依为命的小贝利,并不像她原先想的那么完美,但当他终于要离家外出谋生时,她还是非常痛苦。为了重新振作起来,玛雅决定去工作。几经努力,她终于得到了一份公共汽车售票员的工作,她是第一个被聘用的黑人职工。

秋季,玛雅又回去上学。她发现自己已经长大,比周围的同龄人都更成熟而显得格格不入。当母亲建议她干脆辍学时,她突然意识到已站在了人生旅途中能决定自己命运的十字路口,她不能服从于只能做使女的命运,她要从生活中汲取更多的东西,她决定继续上学。

在她刚刚开始对性有所了解的时候,一本描写女同性恋的书使她怀疑自己是同性恋者。为了证明自己不是,她引诱了同一街区的一个男孩。后来,她发现自己怀孕了,她隐瞒了真相,继续上学。当她终于高中毕业时,她已经怀胎 8 个月。不久,她生下一名男婴,儿子成为她快乐的源泉,从此,她感觉有所依托,成了被需要的人。

文学影响

《我知道笼中鸟为何歌唱》这个题目,取自伟大的黑人诗人保尔·劳伦斯·邓巴(Paul Laurence Dunbar,1872—1906)的诗歌《怜悯》(*Sympathy*)。邓巴诗中的感伤情调奠定了安吉罗自传的基调,表现了她在一个敌对的世界里为了冲破重重桎梏所做的抗争。就像邓巴的诗歌和南方黑人的圣歌,小说展现了一种渴望超越的冲动,就像笼中鸟的歌唱。“笼中鸟”代表了一种发自内心深处的祈祷,作者祈祷鸟儿从压迫的牢笼获释,摆脱敌对的世界强加于它的种种限制而自由地飞翔,快活地歌唱。

从审美的角度,《我知道笼中鸟为何歌唱》是南北战争之后美国黑人女作家写就的最令人满意的自传。作为一名富有天赋的自传作家,安吉罗借鉴了小说的技巧,但她从第一人称入手去揭示生活的真实,她全然致力于挖掘自己的情感和私生活的内在本质。因此,评论家称这部小说是玛雅·安吉罗"对一个黑人女孩儿怎样在压抑的环境中长大,而没被摧毁这个问题的答复"。

玛雅·安吉罗的生活与她的作品互相交融。她个人在人生中的冒险经历堪称所有非洲裔美国黑人的代表。具有象征意义的玛雅·安吉罗形象,从她的诗歌和自传作品中冉冉升起,成为美国黑人觉悟的典型,尤其是对那些黑人妇女更加意义重大。安吉罗的自传、诗歌和剧作都追寻着同一条发展路线,遵循着同一种发展趋势,正如手腕上戴着标签的孤儿玛格丽特·约翰逊成为玛雅·安吉罗斯,接着为弗苏密·梅可夫人,然后为玛雅·安吉罗·梅可,最后终于蜕变成从非洲长途跋涉归来的女斗士玛雅·安吉罗。

在某种程度上,玛雅·安吉罗的地位取决于何种衡量标准。从文学自传作品的角度,她以《我知道笼中鸟为何歌唱》一举确立了自己的地位,不仅作为一名黑人妇女,也作为一位美国的自传作家。她的五卷自传被广泛地拜读,甚至被选入教科书。

相比之下,评论界对安吉罗的诗歌和剧作批评较为尖锐。有些评论甚至说她的诗歌"太简单",言下之意是她的诗歌不能融入已经确立的美国诗歌传统,即主要被白人和男性控制的传统。但安吉罗的读者主要由妇女和黑人构成,他们欣赏她诗歌的节奏、抒情的意象和揭露的现实。实际上,安吉罗已通过她的作品确立了一套她自己的标准,并且已被广泛接受。

任何一个参加过她的朗诵会或演讲会的人,都能理解她在观众中的感染力。对于这个身高6英尺多的挺拔的祖母形象,很多人都反映就像仰视一颗坚如磐石的明星。她演出、演讲、申诉、教导以及指引方向,都进一步巩固了她的地位。对于许多读过她作品的人来说,安吉罗超越了贫穷、性别歧视和残忍的种族主义的重重阻碍,成为美国当代最著名的作家之一。她受到人们的爱戴。这不仅因为她的作品的确优秀,还因为她通过它们树立起一个独立女性的榜样,给了许多人鼓励和支持。她是一个坚强的黑人妇女,一位艺术家。

关于主流文学传统的批评家们对她的接受态度,安吉罗可能会说:"假如那种标准,那种主要被白人和男性控制的文学承认我的作品,那很好,我欣然接受这种荣誉。"另一方面,缺乏来自文学传统的赞扬,对安吉罗的作品并不会造成什么影响,因为她的作品本身就是对主流的挑战,因而也赋予她神话般的色彩,因为玛雅·安吉罗其人和标准都是活生生的、积极的,而且都有助于改变所谓的主流。无论何时何地,安吉罗及其作品都将继续保持这种力量。

76. 辛西娅·奥兹克 [美]

《信任》

作者简介

辛西娅·奥兹克(Cynthia Ozick, 1928—   ),当今著名的美国犹太女作家,以短篇小说见长,出生于美国纽约,她的父亲威廉姆·奥兹克是一个药店的老板。奥兹克毕业于纽约大学,并因学习成绩优秀而被选为联谊会的会员;之后,她又于1950 年在俄亥俄州州立大学获得了硕士学位。奥兹克一直潜心研究亨利·唐姆斯的作品,并称自己是"沉醉于文学宗教之中"。

1952 年至 1953 年期间,奥兹克在波士顿一家百货公司担任广告撰稿员的工作。她曾致力于一部长篇哲学小说,但最终只有两个部分得以出版。1952 年,她与伯纳德·汉劳特结婚,并育有一女,在此期间,她写了大量的诗歌,大多与宗教有关。《信任》(Trust, 1966)是奥兹克出版的第一部小说,这本书耗费了她 7 年的时间,作品一问世即得到了广泛的好评。奥兹克谈道:"在创作这部小说时,我先是以一个美国小说家的身份开始写作的,而最后却变成了一个犹太小说家。在写这本书的过程中,我开始信仰犹太教了。"

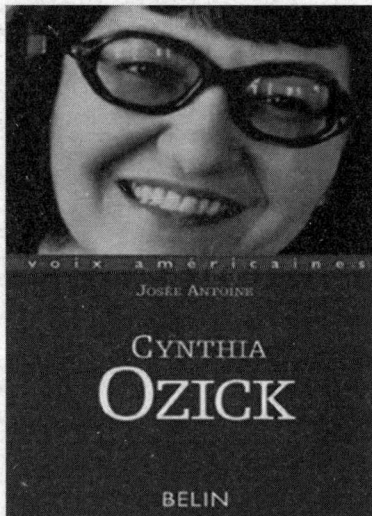

辛西娅·奥兹克

在奥兹克的这部小说及其后的许多小说中,作品中的人物总是受到两种截然对立的宗教教义的折磨,一个是非基督教徒——无论是对自然的崇拜,还是对艺术的盲目崇拜,另一个是神圣的犹太教。在奥兹克的作品中,异教与犹太教之间的斗争就像地毯上的图案一样,渐渐地呈现出来。尽管她站在犹太教教士的立场谴责所有的异教礼拜式和魔法,但她也担心她的一部分立场会站在邪恶的一边。

发表于 1971 年的《异教徒罗比及其他故事集》(*The Pagan Rabbi and Other Stories*),得到了评论界的高度评价。组成这部合集的 7 个故事分别是《异教徒罗比》《嫉妒:美国的意第绪表达方式》《被告女巫》《阳刚之气》《公文包》《医生之妻》和《蝴蝶与交通灯》。其中《医生之妻》一文是对契诃夫的称颂,而《蝴蝶与交通灯》再次重复了在《信任》中提到的主题——大屠杀的道德责任和它在历史上的意义。《异教徒罗比》不仅为美国小说提供了新的注解,而且也扩展了意第绪和希伯来文学的传统主题。

奥兹克创作的其他主要作品还包括:《流血和三部小说》(*Bloodshed and Three Novellas*,1971)、《飘浮:五部小说》(*Levitation:Five Fictions*,1976)、《艺术与热情》(*Art and Ardor:Essays*,1983)、《帕特梅塞结亲》(*Puttesser Paired*,1993)和《争吵和困窘》(*Quarrel & Quandary*,2000)等。

《帕特梅塞结亲》(Puttermesser Paired)是辛西娅·奥兹克 20 世纪 90 年代创作的一部作品,曾获欧·亨利短篇小说奖。小说描写的是当代纽约人可笑地被围困在丰富的现实生活的细节中,女主人公帕特梅塞正是在这样的背景下开始寻求一个合适的丈夫。这部小说在奥兹克的反讽艺术中占有不可取代的地位。

代表作品

小说《信任》是以第一人称的角度来叙述的,叙述者是一个天真的美国女孩。刚获得了大学文凭,并去了欧洲旅行。她是一个令人感觉沉重的女孩,她对别人的信任常常被别人滥用。她的母亲阿莱格拉·凡德是一个富有、自私、野心勃勃且自负的女人。威廉姆是阿莱格拉的第一任丈夫和现任律师,掌管着她的庞大资产。他深知阿莱格拉·凡德的秘密,威廉姆很会利用这个家庭对他的信任,无论是从法律上,还是从道义上。

然而叙述者的亲生父亲既不是威廉姆也不是阿莱格拉·凡德的第二任丈夫耶诺克·凡德,主人公最后决定开始寻找她的亲生父亲——一个叫作古斯特夫·尼克拉斯的神秘人物,这才开始使整部小说运转起来。

尽管阿莱格拉、威廉姆和主人公自身的生活状态都发生了改变,但他们都还处于静态之中。只有耶诺克经历了转变,尽管文中描写他的篇幅要少于其他人物,但读者会渐渐地感觉到他是小说的中心人物,作为书中唯一的犹太人角色,他注入了自己的感觉。他喜欢一些自相矛盾的话语,例如,当他告诉阿莱格拉有关真相而不是信任的时候说道:"如果你很快发现了真相,你就会自然而然地去适应你所看到的。然而通过你自己调节的这一行为,你又改变了你原本所看到的事实。而通过改变这个事实你又改变了真相得以起源的根据,所以得出的真相也不可能与你所预见的相同。它已经有所不同了。所以你会发现要很快知道真相是不可能的。真理被发现得总是太迟。那也是为什么痛苦总是伴随着我们。"

也许耶诺克有能力改变自己是因为他能够同时预想到天堂和地狱,在书中,耶诺克仿佛是一位术士、预言家和无神论者,同时又是历史的创造物,对环境的适应能力很强。最后,他是神话式的犹太人的化身:"他有点像难民,这点很不合理,因为他出生在芝加哥,他爱想象,而且善于随机应变。"他的观点就是:"我想证明天地万物是没有被免罪的,极可怕的东西。"这个世界不仅是没有被拯救的,而且是无法被拯救的。

为了证实他的观点,并且为了生存下去,耶诺克必须不断地改变自己。在19世纪30年代,他开始成为共产主义青年领袖,并渴望在一个保守派的行政机关里获得一个舒适的大使职务。在小说的结尾,他失去了这个职务,但这最后的一击没有击垮他,好像反倒解放了他。仿佛他一旦野心消失了,便可找回美德,他的灵魂也可以得到拯救。

如果耶诺克与摩西和犹太上帝共命运,叙述者的父亲古斯特夫则被描写成一位异教徒,一个"男性的缪斯",一个没有目标的流浪者、一个流民、一个敲诈者、一个难以捉摸的灵魂。古斯特夫信奉异教与摩西对立,所以也与耶诺克对立。

尽管《信任》中的大部分情节发生在室内或是叙述者的内心世界,但小说最后几个章节的场景则发生在户外——杜纳克莱斯,阿莱格拉所拥有的一座被毁坏的岛屿,也是古斯特夫现在的家,在这儿,叙述者将遇见她的亲生父亲。威廉姆的儿

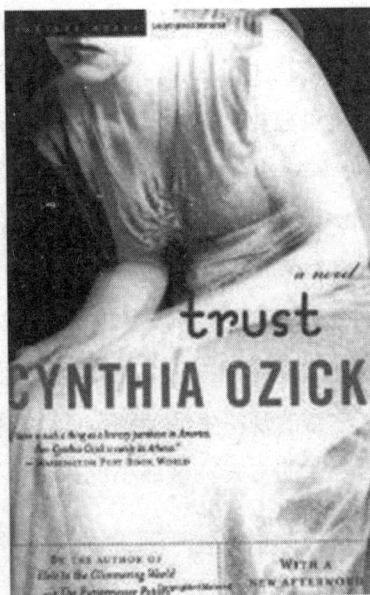

子带着未婚妻去岛上约会。当叙述者看到古斯特夫勾引这位未婚妻时,她相信自己目睹了自己出生的原因。

尽管阿莱格拉、耶诺克、古斯特夫和其他人尽量忽视她,她却没有忽视任何东西,任何的描述细节、哲学论据都不会被忽视。她发现了所有有关她过去的事情,尽管她发现了所有的事情,她却没有任何的改变。她有着作家所有的敏感性,她吸收了所有的事情,整理它们,并把它记录下来供我们阅读。

文学影响

犹太主题,特别是有关宗教传统及责任的主题,经常在奥兹克的作品中出现。奥兹克的《信任》就是一部有关犹太主题的作品。文中那个没有被提到名字的女主人公,代表了由信仰马克思主义的父母培养起来的一代人。她最终遇见了她的亲生父亲,而她的父亲最终接受了别人的钱离开她。女主人公发现的这个秘密并不突出,突出的是作者的风格及文学上的丰富性。

奥兹克的这部小说《信任》丰富、复杂,它揭示了人类思想中不常见的品质。在这部小说中,奥兹克对文章的各个部分精雕细琢,每个段落被精心组织得像首诗一样。格律严整,想象丰富,情节错综复杂。奥兹克和她的叙述者好像决定把所有的知识都压缩在这一本书里,小说虽然是以非犹太人的上层社会为背景,但奥兹克还加入了心理学、哲学、宗教、历史、文学等因素。

奥兹克对语言的熟练运用也让人感到惊愕,虽然由于这部小说过于复杂,所以有时显得晦涩难懂,但从整体看,它确实堪称美国犹太文学的经典。但奥兹克有时仍然觉得被自己的写作语言所束缚。她曾在《流血和三部小说》的前言中写道:"英语是一种基督教的语言。当我写英语的时候,我就置身于基督教世界之中。"她试图寻找一种方法,把犹太人的观点翻译成基督教的语言。

因为奥兹克是犹太人后裔,所以她的作品多以大屠杀为题材,她的中篇和短篇小说尽管都是有关美国犹太人的,但却很少涉及如移民经历、当代家庭生活等美国犹太小说的传统主题。她转向古老的宗教素材以激发自己的创作灵感。这也为其他的美国犹太作家开辟了一条新的创作道路。

奥兹克的作品无论是小说还是散文,主题都十分集中,她一直在试图解答这些问题:什么是神圣? 什么是异教? 是什么把两者分隔开来? 她一直在寻找新的方法以精炼她主要的隐喻。犹太人的过去、大屠杀的重负、《圣经》、所有犹太人的思想和文学、宗教……这些都是辛西娅·奥兹克小说的主题。但奥兹克作品的题材并不是单一的,她的作品涉及的范围很特别,她似乎无所不能。她的故事充满了强烈的抒情色彩,富有创造性——笑话、信、诗、模仿滑稽作品以及讽刺。

77. 安妮·弗兰克［德］

《安妮日记》

作者简介

一位普通的犹太少女,只在这个世界上生活了短短的 16 年,她的日记却先后被翻译成 55 种语言,在世界各地总共发行了 2500 万册……这一连串的数字不啻一个奇迹。与其说是因为她有罕见的文学才华,不如说是因为她所处的那个特殊的时代。她的时代毁灭了她的生命,却造就了她在文学史上的特殊地位。

安妮·弗兰克(Anne Frank, 1929—1945),出生于德国法兰克福一个富裕的犹太人家庭。安妮的父亲奥托·弗兰克是位成功的商人,安妮与姐姐玛戈度过了令人羡慕的童年。1933 年,随着希特勒的上台,安妮的父亲感到作为犹太人继续在德国生活已经很不安全,他在阿姆斯特丹设立了一个食品公司,并在 1934 年把全家接过来。在阿姆斯特丹,安妮进入了蒙太索里学校学习,她漂亮热情,讨人喜欢,成绩也相当优秀。

1939 年,战争爆发,希特勒接连入侵了波兰、丹麦和挪威,并最终于 1940 年 4 月占领了荷兰。在荷兰,纳粹继续实行他们的反犹政策,安妮不得不离开她所喜欢的蒙太索里学校,进入一

安妮·弗兰克

所专为犹太人开设的中学学习。安妮的父亲预见到更大的灾难即将来临,他关闭了自己的公司,把公司一座办公楼的阁楼改建成秘密藏身之所。1942 年 6 月 12

日,安妮 13 岁生日那天,收到一个漂亮的日记本作为礼物,从此她开始记日记。1942 年 7 月 6 日,安妮的父亲带着全家搬进了阁楼密室,开始了长达两年的避难生活。

在阁楼中避难的除了弗兰克一家,还有冯·丹恩一家及一位名叫阿尔伯特·达塞尔的牙医。8 个人挤在拥挤的房间内,只有晚上才能冒着被发现的危险出来散步透气。他们随时都有被逮捕的危险,精神始终处在高度的紧张中。在这两年中,安妮把生活中的各种经历,以及自己内心最深处的感受都忠实地记录到了自己的日记中。

安妮的最后一篇日记写于 1944 年 8 月 1 日,因为 3 天后他们的藏身之处就因被告发而暴露。安妮和姐姐又被转到德国贝尔根 - 贝尔森集中营。在繁重的工作、疾病、寒冷、饥饿的恶劣环境中,安妮始终保持着旺盛的求生意志和乐观精神。据奥斯维辛集中营的一位难友回忆:"弗兰克家的 3 个女人(安妮与她的妈妈、姐姐),年纪最小的安妮最勇敢,也最有精神。她在集中营里一直保持坚强的态度,而且从不流泪。她经常把仅有的一点食物分给母亲与姐姐,虽然自己没吃饱,却很大方地把面包分给肚子更饿的人,她的勇气与精神使她忍耐了所有的痛苦。"

1945 年 3 月初,姐姐玛戈死于伤寒病,紧接着安妮也被伤寒夺去年轻的生命,这时她还不满 16 岁。几星期后,贝尔根 - 贝尔森集中营被欧洲盟军解放,渴望自由的安妮始终没有等到自由的一天。

当阁楼被盖世太保搜查时,安妮的日记本被扔到地上的废纸堆里,得以保存下来。在阁楼避难的 8 个人中,只有安妮的父亲幸存下来。战后,他重回阁楼,意外地找到了这本日记本。1947 年,安妮的父亲把日记整理出版,纪念自己的女儿,也纪念人类在这场浩劫中所受的苦难。

代表作品

在《安妮日记》中,这本普通的日记本成了一位有血有肉的朋友,安妮称它为"凯蒂"。在日记的开头,她写道:"我对谁都不曾做到推心置腹,但我希望能对你如此。我也希望你能成为我获得慰藉与支持的源泉。"

安妮家收到纳粹的通知,要征安妮的姐姐服苦役,这使安妮和姐姐惊慌失措。全家匆忙收拾东西,第二天就冒着大雨搬进秘密阁楼。进了阁楼之后,母亲和姐姐因为紧张连打开行李的力气都没有,只有安妮和父亲能够保持镇定。一个月后,冯·丹恩一家搬来了。他们16岁的儿子彼德安静、害羞,给安妮留下深刻的印象。两家人经常为小事争吵,却又互相扶持着度过恐惧紧张的日子。

在小小的阁楼上,一个特殊的学校开学了,安妮学习法语,彼德则学习英语。大人们夸奖安妮"不算愚蠢",这使她学习的劲头更足了。但是,安妮与丹恩太太、自己的姐姐和母亲都相处得不很融洽。

安妮听说那些没有躲起来的犹太朋友被关进了集中营,这使她非常害怕。为了减轻精神压力,安妮更加努力地学习法语、数学,并记录下两家之间每一次的小争端,偶尔她也和姐姐一起读自己的日记。

阁楼上来了第八位避难者牙医达塞尔,这给安妮单调的生活增添了一丝新鲜的色彩。达塞尔告诉他们,每天夜里德军就像幽灵一样在街上搜寻犹太人,这使安妮深感恐惧。房子的主人把房子出售。当新主人来看房子时,原来的主人只好假装丢了钥匙,保住了阁楼的秘密。

安妮在阁楼里度过了14岁的生日。不久,一位常到阁楼来帮助安妮他们的荷兰人被诊断患了不治之症,这使他们失去重要的依靠。1943年7月16日夜里,几个小偷潜进楼下的房间,偷走了食糖配给券,还把所有储存的食物吃光了。接着楼下的街道发生了火灾,而他们又不敢逃出去求生。这使8个人的神经几乎到了崩溃的边缘。为了帮助女儿们打发时间,弗兰克先生开始教她们学习《圣经》和拉丁文。又一个圣尼古拉节来到了,安妮为阁楼上的每个人写了一首小诗。

1943年的圣诞节到了。安妮等人从保护人那里收到了意外的礼物,但是她更嫉妒那些能在外面自由欢庆节日的人。安妮的心理、生理都逐渐走向成熟,她经常梦见以前的初恋男友。新的一年来临了,彼德开始用一种新的眼光看安妮,这使她"十分高兴",因为她原以为彼德喜欢的是她的姐姐。两个年轻人经常躲在一边倾吐各自的心事,彼德成了她生活中的一缕阳光。周围的人开始拿他们取笑,而安妮的妈妈则警告她不要老是打扰彼德。

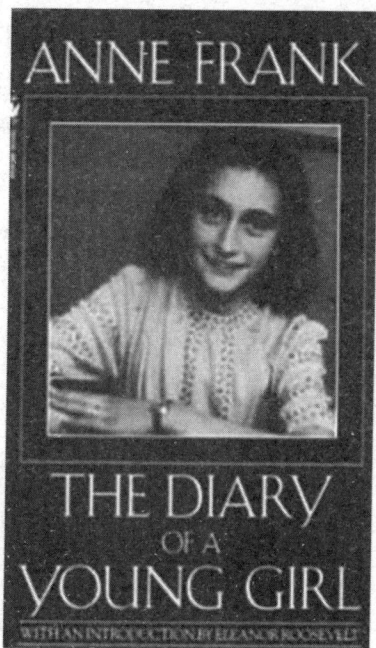

在 1944 年 3 月 7 日的日记中，安妮总结了自己从躲进阁楼以来的成长历程，对自己的表现比较满意。避难的生活越来越困难，大部分的保护人都病倒了。向他们出售黑市食物的人也被抓了，阁楼里出现了食物短缺。安妮听说一位流亡的荷兰部长宣布战后要出版一批信件和日记，这让她兴奋不已，她希望以后能以这本日记为基础，把阁楼里的生活写成一部小说。在再次发生一起入室行窃事件后，大家开始担心暴露行踪，考虑要把收音机和安妮的日记处理掉，这让安妮愤愤不平。

安妮终于得到彼德的吻，这让她又喜又羞。父亲责备安妮与彼德太过亲密，安妮写了一封信给他，倾诉自己的孤独。战争的发展对盟军越来越有利，安妮和姐姐憧憬着战争很快可以结束，她们可以重新回学校读书。在 1944 年 8 月 1 日最后一篇日记中，她写道："似乎有两个安妮，一个是暴露在众人面前的，另一个是秘密的。"秘密的是日记中的安妮。

文学影响

在半个多世纪的时间里，一位十几岁的小姑娘的日记能打动数以千万计的读者的心弦，靠的只是两个字：真诚。1947 年，当日记第一次出版时，安妮的父亲删去了一些章节，因为里面的描写是如此真实，他唯恐会伤害一些活着的人的感情。

首先，《安妮日记》真实记录了人类，特别是犹太人民在第二次世界大战中的苦难经历。从自己的亲身感受中，安妮表达了自己对战争，对种族灭绝政策的怀疑与愤怒。开始时安妮只把避难看作一种冒险，但是，逐渐地她发现自己必须思考这场战争以及自己与社会的关系。她写道："希特勒剥夺了我们的国籍，世界上再也没有比德国人和犹太人更互相仇恨的敌人了。"在阁楼上，她整天提心吊胆，既为在外面的犹太朋友的安全担心，更为自己的安全担心。她不禁疾呼："是谁把这些痛苦强加在我们身上？是谁让犹太人受到别人的迫害？难道犹太人不如别人吗？"

与恐惧相伴的是幽禁生活的艰苦和枯燥。为了不被人发现，他们白天不敢下楼，晚上不敢点蜡烛或点灯。正在发育的安妮只能和达塞尔医生挤在一间屋子里，连看书的书桌都没有。更可怕的是那种单调与枯寂，整天只能无所事事地在阁楼里走来走去打发时间。难能可贵的是，即使在这样令人窒息的环境中，安妮仍保持着旺盛的生命力与乐观的精神。从字里行间，我们虽然可以看出安妮对未来、对命运的恐惧，但更可以看到人性的高尚与坚强。她并没有把时间浪费在恐惧与哀伤中，而是找一些积极的工作来充实自己。一支钢笔掉进炉子里烧坏了，她也写出一首诗来抒发感情。在节日里,她为阁楼中每个人送上一首小诗,给他们平淡的生活送去一个惊喜……

在阁楼中度过的 25 个月也是安妮开始进入青春期的时期,她的生理上、心理上的每一个细微的变化都被真实地记录下来,因此《安妮日记》也是一位少女成长过程的真实记载。在开始记日记时,安妮称自己为"安妮",逐渐地,她改称自己为"安妮·弗兰克",认为自己已经是个大人了。在当年的阁楼,今天的安妮·弗兰克纪念馆的墙上,有一道道铅笔做的记号,这是安妮记录的自己的身高变化。她第一次有了月经,非常激动,因为这是个"非常重要的事"。安妮甚至非常坦率地谈到了自己对性的朦胧的好奇,她称自己看到女性的裸体总是非常"激动"。在阁楼里,她还和彼德一起偷偷研究他们养的猫的生殖器官,并对彼德能如此冷静地谈论感到非常钦佩。

《安妮日记》还真实地记录了作者对周围人的各种观点,例如她对父母的婚姻关系非常担忧,因为她觉得他们已经不再相爱了,并对父亲与丹恩太太的调情非常反感(这几页的内容直到安妮的父亲去世后才被公开)。另一方面,安妮也尝试着在心理方面走向成熟。在避难的日子里,安妮惊讶地发现自己的日记中竟然有这么多埋怨妈妈的句子,她终于意识到自己必须学会与她们相处。她试着和妈妈、姐姐交谈,与姐姐交换各自的日记,学习沟通与了解。

在 1944 年 4 月 5 日的日记中,安妮写道:"我希望自己死后,还能活着。"安妮实现了这个愿望。正因为有了《安妮日记》,在半个多世纪后的今天,安妮的精神仍然长存在人们的心里。

78.克丽斯塔·沃尔夫［德］

《卡珊德拉》

作者简介

克丽斯塔·沃尔夫（Christa Wolf, 1929—2011），德国当代著名女作家，出生于今天波兰境内的兰斯贝尔格，因此，她的少年时代几乎没有遭受战争和纳粹统治的影响。1945 年，沃尔夫的全家被迫西迁到梅克伦堡。第二次世界大战结束后，她一边给梅克伦堡的一名市长当文书，一边完成高中学业，并在第二年毕业后加入了德国统一社会党。沃尔夫先后在耶拿大学和莱比锡大学攻读日尔曼语言文学，师从著名的文艺理论家汉斯·迈耶尔。毕业后，她在民主德国作家协会工作，任协会杂志《新德意志文学》编辑及青年读物出版社的总编审。之后她担任中部德国出版社编辑，后成为专职作家。

还在读大学期间，她就以卢卡契的美学思想及社会主义现实主义为参照，发表文学评论文章，后以小说创作见长，大多以现实生活中人们关心的问题为题材。她发表的第一部文学作品

克丽斯塔·沃尔夫

是短篇小说《莫斯科的故事》（*Moscow Novella*, 1961），这部小说获得了哈勒市艺术奖。1963 年发表的长篇小说《分裂的天空》（*Divided Heaven*）使得沃尔夫一举成名。这部小说以柏林墙的建造引发的爱情悲剧为题材，叙述了一对青年男女由于德国的分裂而遭受爱情不幸的故事，它真实、自然地反映了德国的分裂所引起的人与人之间关系的变化，东、西德两种社会制度的对立以及由此产生的社会抉择，这种抉

择已经影响到个人生活——爱情、婚姻和家庭。这部小说是 20 世纪 60 年代民主德国文学中的一部佳作，曾引起广泛的讨论。

1969 年完成的小说《回忆克丽斯塔·T》(*The Quest for Christa T*)，以第一人称形式回忆了亡故女友克丽斯塔在短暂的一生中为争得个性完善所做的努力及遭受的挫折，探讨民主德国的生产关系和生活方式中人的个性发展问题。1976 年发表的长篇小说《童年典范》(*Patterns of Childhood*)是一部自传体小说，反映希特勒统治时期小人物思想受禁锢、精神被压抑的状态，以及 1945 年解放时他们的经历和感受。作者想提醒人们不要忘记过去，反省导致法西斯取得政权的原因，和当时有严重顺民思想的人们应承担的责任。沃尔夫的代表作是发表于 1984 年的《卡珊德拉》(*Cassandra*)。

1994 年，沃尔夫发表了名为《前往禁忌的途中——1990 至 1994 年书信、演讲文集》(On the Way to Taboo)，在书中，作者回顾了 1989 年以后德国社会的巨变和随之而来的她个人命运的改变。她的近作《美狄娅》(*Medea*, 1996)是一部小说，取材于古希腊的神话。

沃尔夫的文学创作成就主要是小说，还写一些电影剧本和散文、评论。她曾任德国作家协会理事长达 23 年，同时还是国家笔会民主德国中心成员和德国艺术科学院成员。斐然的成就，奠定了她在当代德国文坛上的地位。

代表作品

《卡珊德拉》取材于希腊神话中的特洛伊战争，讲述的是女预言家和祭司卡珊德拉通过对家庭内部和外部社会的密切观察，形成了自己独立的个性，并因此导致与家庭疏远的发展过程。沃尔夫将这一过程浓缩在卡珊德拉作为希腊人的俘虏，被拉出弥克那的狮门面对死亡的短暂的时刻。在这一刻，卡珊德拉通过内心独白，将自己全部的社会化个性分裂以及醒悟的过程回顾了一遍。

卡珊德拉是特洛伊国王普里阿摩斯和王后赫卡柏众多的儿女之一，最受国王宠爱。她被阿波罗赋予预言的才能，却又因为不肯委身于他而背负着预言不为人所信的痛苦。

最初，每当面对家庭内部的矛盾或者令她特别难过的事，卡珊德拉就发癫痫。最近一次癫痫发作是在哥哥帕里斯——她崇拜的英雄说出他并没有把海伦拐到特洛伊的真相之时。原来，国王普里阿摩斯的姐姐被希腊人抢去，国王两次征讨失败。被国王遗弃的儿子帕里斯率领第三艘船出征。可是,斯巴达人拒绝交出国王的姐姐,于是帕里斯以牙还牙就把墨涅拉俄斯的妻子海伦拐走了。当第三艘船返回的时候,帕里斯并不在上面。几个月之后,他才乘坐一艘埃及船返回。船上坐着一个头被蒙得严严实实的妇女,大家都猜想,她就是海伦。对于这样的猜测,帕里斯及国王都不去说穿,结果引得希腊人和特洛伊连年打仗。

卡珊德拉向母亲询问当初帕里斯被遗弃的原因。母亲赫卡柏告诉她,帕里斯出生之前,她做了一个不祥的梦。预言家卡尔哈斯圆梦说,王后将生的这个孩子会把整个特洛伊燃成灰烬。因此,帕里斯出生之后,就被弃于荒郊野外,牧人收养了他。卡珊德拉听了这个传闻之后,就去国王那儿求证。受到卡珊德拉质问之后,国王就开始疏远她,她不再是父亲宠爱的女儿了,而且她无论去何种地方,都有父亲的卫兵尾随其后。

与希腊人的交战在继续。交战中,希腊英雄阿喀琉斯追杀卡珊德拉的弟弟特洛伊罗斯。卡珊德拉留在城内的阿波罗神庙里,看见弟弟被追杀,就招手示意他逃进神庙里躲藏,然而阿喀琉斯还是当着阿波罗的神像砍下了特洛伊罗斯的头。卡珊德拉目睹这一情景,立即晕了过去。恢复知觉以后,她坚持要作为特洛伊罗斯的死亡见证人在议会接受听证,并且要求满足希腊人的要求,结束战争。国王暴跳如雷,指责她不在庙里为特洛伊祈祷,反而为希腊人说话。父亲把她赶了出去。

在与希腊人的又一次战斗中,赫克托耳被阿喀琉斯杀死。国王普里阿摩斯在斯克伊城门上摆放了一架天平秤,一边的秤盘里放的是赫克托耳的尸体,另一个秤盘里放的是特洛伊全部的黄金。阿喀琉斯在城门下对国王高喊:黄金你自己留着吧,我只要你的漂亮女儿波吕克塞娜。国王与心腹商量后答复说:只要你说服墨涅拉俄斯放弃索要海伦,你就可以得到波吕克塞娜。为了除掉阿喀琉斯,他们让波吕克塞娜以在阿波罗庙举行婚礼为幌子,把阿喀琉斯引诱到特洛伊,并且让帕里斯躲在神像的后面,趁阿喀琉斯不注意的时候,刺中他的脚踵,他全身唯一可以加害的地方。当国王询问卡珊德拉的意见时,她坚决表示反对,于是国王命人将她关进地

牢,并让人对她严密看守。

卡珊德拉从地牢里被放出以后,生活在伊达山上的一户人家里。一年之后,父亲让人叫她回去。因为他找到一个对付希腊人的盟友欧律皮罗斯,而欧律皮罗斯以得到卡珊德拉为妻作为结盟的条件。卡珊德拉同意了父亲的要求。然而,新婚一天之后,欧律皮罗斯就在与希腊人的一次遭遇战中丧生。卡珊德拉于是又回到了伊达山,后来生下了一对双胞胎。

特洛伊人不信卡珊德拉的预言,破墙开门,将木马视为胜利的标志迎进城,中了希腊人的计而被打败。

文学影响

沃尔夫是德国最有争议也是最著名的前东德作家,兼小说家、文学评论家、散文家于一身。有人说,读克丽斯塔·沃尔夫的作品,如同见到她本人:她的作品融小说、散文、自传于一体,纷繁庞杂的内容在她的笔下交织。话题包罗万象,环境论、核问题、暴力问题、纳粹、女权运动等等,作品复杂、诡异又不失可读性。可以说,沃尔夫的作品以及她的生活是反映前东德政治环境和社会环境的一面镜子。

《卡珊德拉》是沃尔夫创作中最具代表性的一部作品。沃尔夫将特洛伊女预言家卡珊德拉的命运理解为世界性历史转折的化身,最终以父系统治战胜母系统治而告终,从而奠定了欧洲文明中工具理性的胜利。卡珊德拉虽然不断争取自己的独立,但最终都以失败结束。然而她毕竟树立了和平争取自治权利、摆脱外来束缚的榜样。沃尔夫试图借助神话,将欧洲文明早期的神话形象置于社会和历史的坐标之中,将神话历史化。当然,神话不等于历史。因而阅读神话实际上是一种特殊化的冒险,它要求读者透过故事的表层结构挖掘出隐藏在其后的真实历史。沃尔夫就是要通过神话的历史化,引发读者艺术幻想的潜能,从而达到对历史进行反思的目的。

该作品的主题是和平和妇女的命运,这正是20世纪80年代最热门的话题。在这里,作者认识到通过神话可以将个人的经验与人类的经验模式进行比较,神话的构造反映了人类早期文明过程中的矛盾。从这个意义上说,选择神话题材并不是为了逃避现实,而是对当前现实的反省,借助神话的钥匙打开今天社会矛盾的症结。

沃尔夫的文学创作曾获得诸多奖项,如1963年的柏林艺术科学院亨利希·曼奖,1964年获民主德国艺术与文学国家奖,1977年自由汉萨市不莱梅颁发的文学奖,1980 年德意志语言与艺术科学院颁发的毕希纳奖,1983 年的巴登 - 符腾堡州颁发的席勒纪念奖,1985 年奥地利颁发的欧洲文学国家奖,1987 年民主德国艺术与文学国家奖(一等奖)。1983 年,沃尔夫被美国俄亥俄州州立大学授予名誉博士学位,1990 年又被德国希尔德斯海姆大学授予名誉博士学位。可以说,沃尔夫是当代德语文坛最著名的作家之一。

79. 托尼·莫里森[美]

《秀拉》

作者简介

托尼·莫里森(Toni Morrison,1931—　)，美国当代女作家、大学教师、编辑。原名柯勒尔·安桑尼·威福尔德(Choloe Athony Wofford)，出生于俄亥俄州的洛林

地区，她的父亲乔治·威福尔德是普通工人，母亲瑞安玛在白人家帮佣。托尼·莫里森的父母对她的教育，使她对非洲移民文化遗产和文学产生了浓厚的兴趣。1949年，她以优异成绩考入当时专为黑人开设的霍华德大学，攻读英语和古典文学；毕业后，她又在康奈尔大学专攻福克纳和伍尔夫的小说，并获得硕士学位。在康奈尔大学学习期间，她开始用"托尼"(Toni)这个笔名，这来自于"安桑尼"(Athony)的缩写形式。

在南得克萨斯大学教了两年书后，莫里森于1957年回到了霍华德教授英文课，在此期间，她遇到了牙买加建筑师哈罗德·莫里森，并与之结婚，生育了两个儿子：哈罗德·福特和斯莱德·凯文。这时的托尼·莫里森已加入了一个写作团体，发表了一篇讲述一个想

托尼·莫里森

要一双蓝眼睛的黑人小女孩的故事。后来，她将其改编成她的第一部小说《最蓝的眼睛》，这本书获得了评论界的赞扬。

1964年。托尼在与哈罗德·莫里森离婚后，和两个儿子来到了纽约，并于

1965 年开始了在"兰登书屋"的编辑生涯,一直升任至高级编辑。在此期间,她指导了一些突出的黑人作家的文学创作,其中有穆罕默德·阿里、安吉拉·戴维斯和安德鲁·扬等。

1973 年,莫里森的第二部小说《秀拉》(Sula)出版,该小说使托尼·莫里森博得评论家们的高度赞扬,他们对托尼颇具洞察力的描写和非凡的叙事技巧大加赞赏。《秀拉》也因此获得了全国书评界小说奖的提名。1977 年,托尼·莫里森的第三部小说《所罗门之歌》(Song of Solomon)获得了 1978 年度全美书评界小说奖。这部小说不仅是自我发现式的故事,而且忠实于黑人文化传统。之后,她的另一部小说《柏油娃》(Tar Baby,1981)面世,雄踞全美畅销书榜 4 个月之久。

1983 年,托尼·莫里森离开了兰登书屋,专心致力于写作和教书,并于 1987 年发表了她的代表作《宠儿》(Beloved)。这部小说使托尼·莫里森赢得了世界范围的赞誉,并使她荣获普利策文学奖(Pulitzer Prize),从此,莫里森跻身于 20 世纪的杰出文学家之列。

1987 年,莫里森被聘为普林斯顿大学人文学院的教授,成为第一位在 IVY League School 中占有一席之地的黑人女性。之后,她又发表了小说《爵士乐》(Jazz,1992)、《天堂》(Paradise,1998)和文学集《大盒子》(The Big Box,1999)。托尼·莫里森现生活在新泽西州的普林斯顿镇,年已七旬的她,仍笔耕不辍。

托尼·莫里森对文学特别是女性文学及黑人文学的巨大贡献,使她荣获了 1993 年度诺贝尔文学奖,成为世界上获得诺贝尔文学奖的八位女性之一,也是唯一获此殊荣的黑人女性。1996 年,为了奖励她对全美文学做出的巨大成就,她荣获了博克基金美国文学杰出贡献奖。

代表作品

《秀拉》是托尼·莫里森发表的第二部小说,也是她的成功之作。小说在开篇时,用倒装的手法讲述了一个叫"底层"的黑人社区,即将被改造为高尔夫球场的危机,然后以 1919—1965 年的时间为标题,开始叙述"底层"黑人社区 40 年的历史。

"底层"这个名字来源于白人农场主对黑人奴隶所玩的花招。白人农场主曾经承诺:只要黑人奴隶完成一系列困难的工作,他会得到自由和土地。但是,后来农场主食言了,于是他欺骗黑奴说这片难以耕耘的、常年遭受大风和滑坡之害的多山土地,其实是天堂中的一片土地,只是位于天堂的底层而已,于是黑奴欣然接受了这片叫"底层"的土地。在这个小镇上生活着小说中的主人公秀拉和奈尔。

奈尔和她的母亲海伦娜生活在一个整洁有序、但非常压抑的家庭中,海伦娜是公认的社区里优雅而且相貌出众的女人,但是她的忧郁深深地影响了她的女儿。奈尔一直向往她的朋友秀拉毫无羁绊的自由和豪放,在与母亲去过外婆家后,这种向往变得更为强烈。因为在旅途中,海伦娜身上的那种残留的屈服于种族压迫的奴婢性显露无遗。虽然海伦娜回到家中又恢复了往日的优雅,但是,奈尔开始强烈地要求和秀拉交朋友。尽管秀拉的母亲是个妓女。

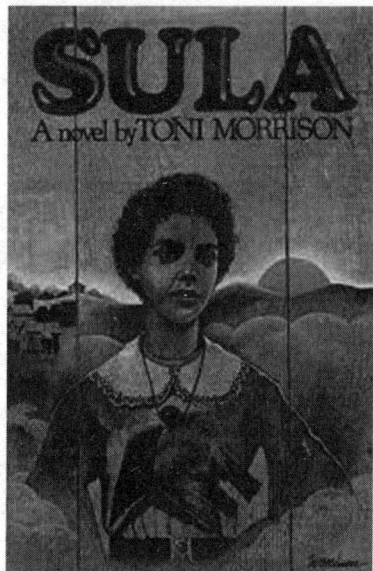

于是在"底层"这个黑人社区中,秀拉和奈尔分别按照既定的和未定的模式步入成年。奈尔成了海伦娜的再版化身,有了安定的家庭,完全进入了为人妻为人母的角色;秀拉则在外游荡了许多年,走遍了纽约、费城、芝加哥、新奥尔良等各大城市,却没有寻求到她所渴求的东西。

秀拉渴望从爱情中得到安慰,但是,男人们对她只有性爱,根本没有把她当作可以推心置腹交流思想的密友。她一直在寻找一个朋友,但她花了很长时间才明白,对一个女人来说,情人不是同志,永远也不是。于是她重新回到了"底层"并重蹈她母亲那种毫无羁绊、放荡自由的生活。

秀拉满心希望能从童年好友奈尔那里得到些许慰藉与同情,但出乎她的意料,奈尔已经变成了一个循规蹈矩的传统女性,站到了秀拉的对立面,这对秀拉又是一个沉重的打击。

而让奈尔伤心悲痛的是,作为好朋友的秀拉,竟然和她的丈夫吉德发生了通奸行为,这种背叛使奈尔感到她的生活和思想已完全成了空白,于是在后来的三年里,奈尔和秀拉形同路人,毫无来往。但是在听到秀拉性病缠身后,奈尔还是去看望了她。秀拉在 30 岁时被疾病夺去了生命。

在 1941 年,秀拉死后的第一个全国自杀日中,许多黑人参加示威游行,然而在他们进入作为黑人和白人社区分界线的隧道时,隧道坍塌了,活埋了许多黑人。

在小说结束的 1965 年里,"底层"里已经住了许多白人,黑人也失去了以往的团结和凝聚力。这时奈尔常会想起曾看到的秀拉的尸体,大张着嘴巴和眼睛,流露出的绝望和无奈。这时,她认识到是因为怀念她的挚友秀拉以及她的生活方式,才造成了萦绕在她心头的痛苦和孤独。

文学影响

托妮·莫里森在小说《秀拉》中描写了一群生活在一个名叫"底层"的偏僻闭塞的小镇上的女性。她们或者遵从旧传统,或者蔑视旧传统,然而无论走哪条路,她们最终的结局一概都是悲剧。前一种包括"底层"的大多数妇女,她们是"底层"保守势力的组成部分。她们坚定不移地维护这个落后小镇的陈腐传统,决不允许任何人对这种传统进行变革,但她们又是"底层"传统的受害者,她们生活在浑浑噩噩之中,没有自己的思想,没有自己的人生目标,根本不懂如何享受生活。她们的人生道路就是伴随着"底层"的陈腐传统,一天天走向坟墓。

后一种是以秀拉为代表的具有反抗精神的女性。她们始终质疑"底层"传统,继而努力挣脱这种传统的束缚,离开这个令人窒息的地方,到外界广阔的天地中去寻求人生的真谛,最后又回到"底层",继续在"底层"进行着抗争。她们中有的人在强大的传统势力面前退缩了,如秀拉的童年好友奈尔。虽然奈尔曾发出"我不是奈尔。我就是我,是我"的呼喊,她最终却向"底层"屈服了。她结婚成家,一心一意相夫教子,逐渐使自己适应了"底层"传统为女性规定的生活方式。有的则以自己的独特方式在传统的范围内进行反抗,如秀拉的外祖母伊娃。当伊娃不愿继续承担"底层"为妇女规定的养育儿女的职责时,她便故意让火车轧断了一条腿;当她唯一的儿子复员返家无法自谋生路、仍要依赖她这个母亲时,她毅然亲手放火烧死了他;而当她的女儿,也就是秀拉的母亲陷于大火之中时,出于对女儿的厌恶,她居然袖手旁观无动于衷。伊娃就是这样满怀报复心理去面对"底层"传统——既顺从于它又暗中与它作对。

秀拉是作者在小说中着力塑造的正面女性形象。她从小生长在这个被白人当作天堂"恩赐"给黑人的"底层"镇上。可是,秀拉和她的外祖母伊娃一样,根本不是个心甘情愿做贤妻良母的女人。她的生活准则是要么得到一切,要么一无所有,为此她毕生都在企图寻求并完善自我本质。她这种重塑自我的要求以及傲睨一切、放荡不羁的言行与"底层"的传统观念格格不入。于是,在"底层"的眼中,秀拉成了邪恶势力的化身——巫女。"底层"不能容忍秀拉,秀拉也不能容忍"底层",秀拉出走了。她独自一人在外闯荡十载,但她发现到处都是"底层"镇,到处都存在着强大的守旧势力,到处都不容她选择自己的人生道路。

秀拉自动结束了这种寻找,疲惫不堪地回到"底层",面对"底层"传统的强大压力,依然坚定不移地沿着自己选定的反传统的道路,继续着自己"做真正的完整的人"的追求。最后,在这场力量过分悬殊的对抗中,秀拉心力交瘁,终于被"底层"吞噬掉了。而"底层"在这场对抗中,也渐渐解体灭亡。由此可见,秀拉这个形象大大超越了以往所有的黑人女性文学形象。她的精神世界复杂丰富。她有自己的思想追求,有自己的独立人格,一反过去黑人对白人既恨又怕的态度,满怀仇恨向白人社会主动进攻,不仅大胆地发出黑人女性既要在法律上,更要在思想上、精神上获得彻底解放的呼声,而且为追求精神上的平等、独立、自由付出了生命的代价。可以说,秀拉是迄今为止在美国文学中,最富有反抗精神与独立意识、最丰满、最成熟的黑人女性形象。

80. 艾丽丝·芒罗［加拿大］

《姑娘和妇女们的生活》

作者简介

艾丽丝·芒罗(Alice Munro,1931—　)，加拿大短篇小说家。1931年7月10日出生在加拿大安大略省的小镇温厄姆,她的童年生活不太幸福,但她很早就对写作产生浓厚兴趣。1949年,芒罗进入西安大略大学学习,专业为英语。

在就读西安大略大学期间,芒罗曾做过侍者、女佣、图书馆馆员、烟草采摘工作。她在入学后的第二年就辍学结婚,随丈夫詹姆斯·芒罗迁往加拿大西部的温哥华居住,并帮助丈夫经营一家书店。1972年,艾丽丝·芒罗离婚后回到了安大略省,成为西安大略大学的驻校作家。1978至1982年间,芒罗游历于澳大利亚、中国和斯堪的纳维亚半岛,曾分别担任不列颠哥伦比亚大学和昆士兰大学的驻校作家。如今,她与第二任丈夫杰拉尔德·弗莱姆林居住在安大略省的克灵顿,离芒罗的出生地温厄姆不远。

1968年,芒罗的第一部短篇小说集《快乐的阴影之舞》(*Dance of the Happy Shades*)问世,荣膺当年的加拿大总督文学奖,该奖代表了该年度加国文学的最高水准。《姑娘和妇女们的生活》(*Lives of Girls & Women*,1974)是她唯一的小说作品,小说获加拿大书商协会国际读书节大奖。之后出版的《你认为你

艾丽丝·芒罗

是谁》(*Who Do You Think You Are?* 1978)，使芒罗再度摘取总督文学奖桂冠，颇具商业头脑的美国出版商将书名改为《丐女》(*The Beggar Maid*)。1977 年，芒罗荣获加拿大－澳大利亚文学奖，成为得到这个奖项的第一个加拿大人。其后，《木星之月》(*Moons of Jupiter*,1982)、《爱的进展》(*The Progress of Love*,1986)陆续出版，《爱的进展》使芒罗第三次获总督文学奖殊荣，并成为玛丽安·恩格尔奖的第一位获奖者。这一奖项专为杰出的加拿大女性作家而设立。

在加拿大文学发展史上，两度荣膺总督文学奖的作家不乏其人，但梅开三度者唯有休·麦克伦南和芒罗两人。进入 20 世纪 30 年代，芒罗笔耕不辍，获奖犹如探囊取物。《我年轻时代的朋友》(*Friend of My Youth*,1990)获加拿大委员会莫尔森奖。《善良女子的爱情》(*The Love of a Good Woman*,1993)更是赢得多项殊荣：加拿大重要文学奖项吉勒文学奖、加拿大书商协会读者奖、年度最佳小说、年度最佳作者，至 1999 年在美国国家图书评论家协会奖的评选中，该书被评为最佳小说类作品。《公开的秘密》(*Open Secrets*,1994)在英国被评为年度最佳出版物，并摘得 W. H. 史密斯奖。芒罗最近发表的作品，是 1996 年出版的《艾丽丝·芒罗短篇小说选集》(*Selected Stories*)。

芒罗因在短篇小说领域所取得的辉煌成就而蜚声加拿大和世界文坛。她迄今出版了 9 部短篇小说集和一部小说，这些作品为她赢得众多文学奖项。她的短篇小说不仅入选许多文学选集，还被改编成广播剧集。她的作品广泛刊载于加拿大和美国的刊物上，如《纽约客》《大西洋月刊》《巴黎评论》等，仅在 1977 年至 1998 年间，她在《纽约客》上发表的短篇故事就有 34 篇之多。

代表作品

《姑娘和妇女们的生活》是芒罗唯一的一部小说作品，讲述少女黛尔·乔丹在 20 世纪 40 年代的安大略乡间的成长故事，小说主要关注黛尔·乔丹由一个懵懂无知、无忧无虑的少女，走向成熟的过程中所经历的青春骚动、理想与渴望、烦恼与困惑。内容丰富感人，笔触幽默诙谐，对女性的成长体验做了真实细致的描写。小说实际上由若干小故事构成，女主人公黛尔即是故事的叙述者。

黛尔起先住在父亲的养狐场，地处偏僻，少人来往，除了自己的弟弟之外，黛尔只能和一个行为古怪的单身汉邻居打交道。少年时期的黛尔懵懂无知，喜欢东探西问，却也无忧无虑。后来，黛尔在镇上待的时间渐渐多起来。

黛尔的母亲住在镇上,是个很有主见的人,却不免有些固执。母亲每天盘算着把百科全书卖给当地的农夫,这让镇上的人们难以理解。黛尔的生活圈子里大都是些女性,寄住在母亲那儿的弗恩,充满活力;内奥米,为人传统,是黛尔最好的朋友,两人经常共同分享青春的喜悦和苦涩。通过与女伴、母亲的相处与交流,黛尔不断探究作为女性的美好与烦恼,对于性、生、死逐渐有了自己的认识。

青春就这么来临了,青春的躁动让黛尔渴望坠入爱河,渴望拥有爱和性的体验。她曾为自己身体难以遏制的欲望感到羞愧,试图为自己对性的渴求找到合理的解释。对于性,黛尔感受复杂,厌恶、着迷、困扰,不一而足。

不断成熟的黛尔越发地温柔、性感、精明。对当年那个有生以来第一个让她产生"为伊濯发"念头的男孩,长大了的黛尔却无法爱上他。从天真无邪经由青涩,再至成熟,黛尔不断地与自己较量,与欲望较量。

聪慧的黛尔头脑也不断走向成熟。母亲鼓励她要有自己的思想。黛尔曾为母亲与周遭环境格格不入的举动而尴尬不已;渐渐地,她有了新的认识,内心为母亲自豪,尽管不曾显露于色。黛尔细心观察着周围的一切,并得出关于小镇生活的真知。生活的不易固然难以克服,但重要的是敢于面对,使自己成为生活的主人。

借由黛尔之口,读者渐渐了解了生活在 20 世纪 40 年代的女性的真实体验。黛尔时常处于种种矛盾、困惑之中,在激情与理智、内心渴望与传统观念之间挣扎。这一两难处境是给主人公出的一道难题,而这一难题由来已久,很多作品中的女主人公都面临相同的困境。但芒罗的这部小说以其非同寻常的洞察力和感性的语言而备受瞩目。

和许多年轻人一样,黛尔也梦想出人头地。她想尝试写一本有关安大略小镇生活的小说,并给自己设定了将来在这一领域想要达到的境界。黛尔对写作尝试的看法正反映了芒罗自己对写作的认识:"我所追寻的是世事万物的细枝末节、点点滴滴。每一个话音、每一片思绪、照在树上或墙上的每一缕阳光、每一种气味、每

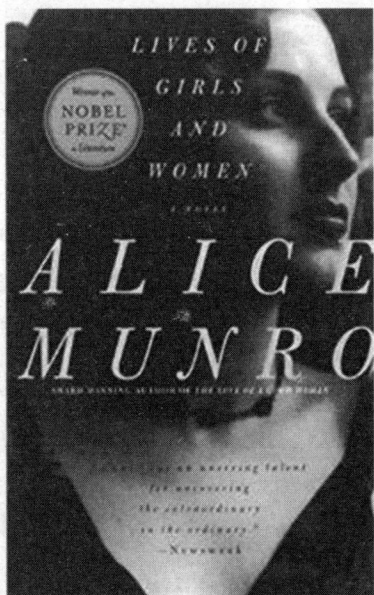

一个小坑、每一点瑕疵、每一份痛楚、每一刻错觉,或静止,或宏观,一切都是那么奕奕有神、永久绵长。"芒罗的现实主义手法呈现给读者的正是真正恒久绵长、让人难忘、富有生命力的细节——那些熠熠生辉、光彩夺目的细节,那些被赋予深意的细节。

隐喻的运用贯穿作品全篇。如在高潮篇章"洗礼"中,芒罗用淹溺来暗喻两股分别来自性和死亡的力量。在"洗礼"的关键部分,当黛尔即将被情人淹溺时,两者的力量结合在一起。黛尔溺入水中,下沉,水进入身体,这一隐喻寓示着对放弃的恐惧和对控制的困扰相互缠绕纠结。小说以黛尔失败的爱恋而告终,在小说末尾,黛尔最终放弃尝试写作,认为那是一种"不可信赖的构建"。评论界认为,主人公的恐惧体现了作者本人对写作的思索和忧虑。

文学影响

芒罗的作品被认为具有一定的自传性。而《姑娘和妇女们的生活》更被看作以芒罗本人的经历为原型写成。但据芒罗本人称,小说只是具有"自传体的形式",就事实情节而言并非个人自传。这样的解释固然不具有说服力,但也不无道理。因为我们发现,芒罗是如此敏锐细致地观察生活,并在她的作品中予以准确、真实、本色的再现。读者读到的是生活的原汁原味。生活是什么样的,读者从芒罗的小说中读到的就是什么样的。小说虽然围绕黛尔展开,但读者感觉到这不只是关于黛尔一人的故事,而是所有那个时代的女性的成长轨迹,她笔下的人物就像生活在你的周围,不禁让人感叹:芒罗的作品即便不是她个人生命的写照,也是对芸芸众生的真实描摹。

芒罗的作品大多以安大略省的休伦郡为故事背景,富有浓郁的地域特色和乡村气息。通过描摹安大略的乡村、小镇生活,芒罗将生活点滴、日常琐事娓娓道来,看似毫不经意,却蕴含着深刻而丰富的人生哲理。其作品从容、深刻、感人,毫无说教意味。芒罗的作品多围绕小镇女孩展开,描写青春勃发的她们如何面对爱情、成长、天真不再等一系列问题的困扰,关注她们如何应对小镇生活,如何与家人相处。但她近期的作品转而以中年、孤身女子为中心,讲述她们的欲望、悔恨、坚强和脆弱,主题依旧是典型的芒罗风格:爱、秘密、背叛以及日常生活的本质。其文字简约精当,往往于细微处见精神,于绵密中见批判力量。

芒罗的个人经历与发生在她周围的人与事为她的小说创作提供了丰厚的题

材。芒罗的作品有着她本人生活的影子,反映她生活的不同阶段:成长于经济萧条年代较为贫困的安大略西南部,面对青春的躁动、反叛和理想,应对家庭和小镇环境,对性的认知、离家、大学生活的锻炼、恋爱、成婚、养育子女,离婚的微妙和错综,谋生、处理复杂的人际关系等。厄普代克 1996 年在《纽约时报书评》上曾评论说,"来自内心的呼唤"始终贯穿在芒罗的作品之中。这种呼唤使其作品具有追忆往昔和自传的特点。虽然在多次访谈中,芒罗否认自己作品的自传性,但她承认这些作品具备"情感的真实"。

不少评论家将芒罗作品中表现出的对小镇生活这一素材的青睐,与美国南方作家相比较。芒罗笔下的人物往往也需要面对当地根深蒂固的风俗习惯和传统观念,但芒罗作品中的人物显得温和一些,不会表现得过于极端。芒罗笔下固然不乏酒鬼、自杀者、狂人、怪人之类的角色,但相较而言,美国南方作家笔下的人物性格上更为极端、边缘。这样看来,芒罗作品中的男男女女倒显得平凡无奇得多。

芒罗的写作手法鲜见而独到,作品集中各个故事的排序很讲究。她的很多作品集中的各个短篇小说或各个故事之间往往具有某种内在联系:有的行文结构彼此呼应,有的由同一个或几个人物贯穿始终,有的形异而意合。于是有些集子被认为是由许多故事片段缀合而成的长篇小说。这种"文本间性"打破了封闭的文本,摧毁了不同故事间的界限,提升了短篇小说的思想意蕴,赋予短篇小说更为深广的表达形式,读者能够获得极大的想象空间,短篇小说的魅力和深度得以最大化的发掘和体现,这一做法受到英语文学界的普遍推崇和肯定。

81. 费·韦尔登 [英]

《一个女魔的生活和爱情》

作者简介

　　费·韦尔登(Fay Weldon,1931—　)，英国小说家、剧作家。费·韦尔登成长在一个有着写作传统的家庭里，外祖父是19、20世纪之交的畅销小说家，擅长写浪漫传奇作品；母亲是一位通俗小说家；她的舅舅则活跃于20世纪中期的英国文坛，以写神、恐怖小说见长，也写一些影视、广播剧作品。而费·韦尔登的写作生涯，也与其个人经历有着千丝万缕的联系。

　　费·韦尔登出生于英国伍斯特郡，在她出生后5个月，全家迁往新西兰居住。不久父母离异，韦尔登和姐姐由母亲抚养，因此，在韦尔登的早期作品中有不少独自一人抚养女儿的母亲角色。韦尔登10多岁时随母亲返回英国，与外祖母同住，并在修道院女校接受教育。1949年，她进入苏格兰圣·安德鲁大学，后获得经济学和心理学硕士学位。

　　在几乎纯女性的环境中成长起来的韦尔登，曾以为这个世界只有女人，她的成长经历使其在日后从事文学创作时，很少顾忌男性的固有立场和观点，直言不讳，毫无保留，直陈社会现实。更

费·韦尔登

有甚者，她小说中的男性人物往往遭到贬抑，大多软弱无用如玩偶。韦尔登20多岁时成为单身母亲，独自一人抚养儿子。这一经历使她更深刻地体会到了女性无

助、无奈、无望的生存状态,并将其反映在她的众多作品中。

韦尔登自 20 世纪 50 年代起便尝试写作,为谋生计,她转而为英国外交部做宣传报道,从事市场调查,为伦敦《镜报》答复读者来函,等等。之后,她又进入了广告业,并取得了令人瞩目的成就,她撰写的一些广告词在英国家喻户晓。广泛的从业经历成为她日后创作的丰富积累。1960 年,她与古董商罗纳德·韦尔登结婚,并育有三子。

结婚后的韦尔登并没有放弃创作小说的梦想,1967 年,她出版了第一部小说《胖女人的玩笑》(The Fat Woman's Joke),小说体现出强烈的女性意识,抨击把女性贬为毫无头脑、驯服隐忍的性对象的社会现状。韦尔登的其他早期作品还包括《到女人中去》(Down Among Women,1971)、《女朋友》(Female Friends,1974)、《记住我》(Remember Me,1976)。这些作品展示女性的生活现状和女性之间复杂而微妙的关系,表达她们的人生追求和对生活的思考,其艺术价值和思想内容都获得了广泛认可。

在韦尔登大部分作品中,女性处于各种困境之中,在获得自我意识的觉醒后仍需面对新的障碍和痛苦,这体现了作者对女性解放问题进一步的思考。就其作品的总体而言,韦尔登对女性生存前景并不乐观,在她看来,许多深层的问题并不能靠妇女解放运动解决。韦尔登的中后期作品中较重要的有《国家的心脏》(The Heart of the Country,1988),作品获得 1989 年度洛杉矶时报书评奖;《最糟糕的担心》(Worst Fears,1996),曾获英国重要文学奖项惠特布莱德奖提名。

30 多年来,韦尔登创作了 20 多部小说、6 部短篇小说集、多部剧作,还有大量的散文、评论等,韦尔登曾在 1983 年任布克奖评委会主席,1986 年任辛克莱奖评委会主席。1994 年,她与罗纳德离婚,后与诗人尼克·福克斯结婚。韦尔登现今居住于伦敦,年届七旬的她仍笔耕不辍,不断有作品问世。

代表作品

韦尔登的作品中最有影响力的当数她的第九部小说《一个女魔的生活和爱情》(The Life and Loves of a She Devil,1983),小说讲述一个名叫路斯的中年女人的故事。这部作品被改编成电影及电视剧,并广受关注,电视剧十几年来一直上演不衰。

路斯身材高大,长相粗陋,她任劳任怨地操持家务,照顾孩子、家庭,却难以博得丈夫鲍勃的欢心。鲍勃是个会计师,他嫌恶路斯的粗鄙外表,与他的客户、爱情小说家玛丽过往甚密。独身的玛丽娇小可人,富有而浪漫。路斯对此心知肚明,却又无计可施,唯有忍辱负重、处处忍让。

一天,鲍勃的父母来家中做客,本已委屈万分的路斯在丈夫无端漫骂之下忍无可忍,愤然爆发。争吵之中,鲍勃言辞刻薄,称路斯为"女魔"。路斯当下幡然醒悟:一味忍让不是出路。她决计脱胎换骨,寻求报复。一个极富创意的复仇计划在她脑中生成,一个温良恭俭的路斯至此一去不返。

此时,鲍勃已搬去与玛丽同住。路斯烧毁了房屋,把两个孩子送到鲍勃与玛丽的爱巢,只身去了一家照看老人的机构做服务人员。玛丽的母亲便在这个老人之家生活,她是被自私的女儿当成累赘送到这儿来的。路斯一边悉心照顾老太太的饮食起居,一边动员她回去与女儿生活。此计果然得逞,给一向独立、潇洒的玛丽平添了许多家庭负担。而鲍勃对家庭义务一向是一推了之的,玛丽不得不独自负担一家老小的生活及开支。于是,被家庭琐事缠身的玛丽由一个浪漫的小说家蜕变为一个准家庭主妇,在鲍勃的心目中自然魅力大减。

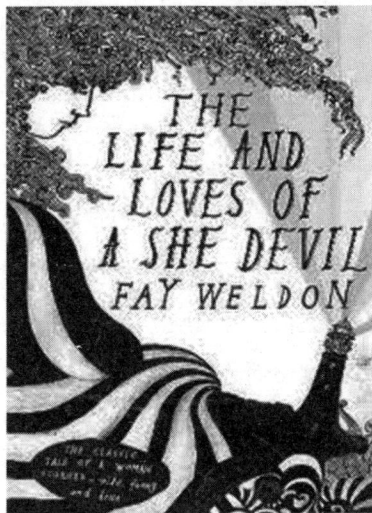

路斯接着去了一家精神病治疗机构,凭借事先谋得的伪造证明在那儿做一名护士,并利用闲暇时间去学秘书和簿记课程。学有所成之后,路斯时常在夜间潜入鲍勃的办公室(她一直保留着鲍勃办公室的钥匙),将鲍勃客户账户上的钱转移到自己的账户上。

路斯离开那家精神病治疗机构后,与在那儿结识的护士霍普金斯一起合办了女性职业介绍所。职介所的运作非常成功,路斯本人也借以了解了许多公司的内部情况。路斯继续以鲍勃的名义为自己巧敛钱财,同时借机栽赃陷害鲍勃。不久后,尚蒙在鼓里的鲍勃被警方逮捕。

路斯将职业介绍所交由霍普金斯打理,再次改名换姓来到负责鲍勃一案的法官家做女管家。在赢得了法官的信任及好感后,路斯对其施加影响,最终使得鲍勃被从重判了7年徒刑。

路斯如今已有了一笔巨额财产,为安全起见,她隐姓埋名与一贫民区女子合住。路斯继而想到了整容,但此前必须减轻体重。她又搬入一个牧师家中为其打扫房间,换取零星吃食,以达到减少体重的目的。在此期间,她唆使牧师前往玛丽家中对其小说大加贬损。玛丽的境况早已大不如前,为操持有老有小的家,为鲍勃的案子她已是心力交瘁,勉强写出的作品也是读者寥寥,收入每况愈下。

路斯在体重合乎要求后,用假名去一家诊所开始了另一层意义上的"脱胎换骨"。几年下来,路斯吃尽了苦头、耗费了巨资,终于得偿所愿:外貌上她俨然成了玛丽的翻版。潦倒的玛丽最终患了癌症死去。路斯买下了她的住所。刑满出狱的鲍勃回到了路斯身边,此时的他锐气已尽,完全在路斯的掌控之中。面对这几年的沧海桑田他更是无从参悟,只能如行尸走肉般恍惚度日。一场报复闹剧以路斯的大获全胜而告终。

文学影响

韦尔登是当今英国文坛十分活跃的女性作家,她的作品都以女性为主体,以独特的笔触反映女性体验,探讨女性生活和情感,揭露男权中心的传统文化对女性的压抑,进而伸张独立、自主的女性主义思想。她的作品具有强烈的讽刺性,尖刻、睿智、幽默。她善于运用客观真实又不着痕迹的描述反映出她对社会、对女性问题的深邃思考。另外,和英国小说家珍妮·奥斯丁一脉相承的是,费·韦尔登擅长通过轻松、戏谑式的处理手法揭示男性和女性之间错综复杂的关系。充满睿智的幽默是费·韦尔登创作的一大风格,这使得她在众多女性作家中脱颖而出,也使某些男性作家认为女性拙于幽默的论断不攻自破。她的小说刻画了女性苦涩、压抑、难堪的生活现状,谴责了父权文化,却始终能以轻松、幽默、简洁的笔调处理,给人笑中带泪的阅读体验。她的作品兼具深刻严峻的主题思想与极强的可读性,既发人深省又能带给读者血肉丰满的阅读感受。她的作品真正做到了贴近最广泛的读者大众,从而大大增强了其社会指导意义。

小说《一个女魔的生活和爱情》问世后,女权主义者为路斯从一个逆来顺受的家庭主妇嬗变为自立、自强、自主甚至自私的"女魔"而叫好。小说体现了作者费·韦尔登的女性主义主张,以及她对男权文化的声讨和鄙弃。与众多作品中的"妖妇"或"恶魔"形象类似,韦尔登所塑造的"女魔"路斯恰恰是女性创造力对男性压抑的反抗形式,是对父权文化的挑战。女主人公路斯的报复行为不仅是其自身权利意识不断觉醒、自主意识不断增强并付诸实践的过程,也是男性统治地位被否定、颠覆和解构的过程。女性并非天生任由男性宰割的"第二性",一旦自省、自觉,她同样可以在男性领域纵横驰骋,甚至将男性玩弄于股掌间。作品中的男性人物虚伪、软弱,表现出对女性的依赖和顺从,而女性则逐渐取得了两性间的主导地位。路斯在复仇之路上辗转于不同的社会机构与阶层,游刃有余。费·韦尔登以此探讨了女性在自身独特处境下建设女性生命的策略与模式,尤其强调了女性之间的友谊对提升整个女性群体的自我认识和获取解救途径所起的重要作用。此外,费·韦尔登解构了已被全社会认同的审美观念,挖掘和颠覆了以男性为中心的文化内核,企图将女性从这一束缚中解放出来。

费·韦尔登的叙事风格让人印象深刻,如《一个女魔的生活和爱情》,明显具有剧本创作的特点。人物和环境的描写被降到最低限度,情节依场景展开,人物的思想和与他人的关系通过对话而不是心理刻画来展现。费·韦尔登措辞简约,语言如警句般精辟有力。这样的创作风格与作者另具的剧作家身份以及在广告界的从业经历不无关系。此外,纯熟的讽刺手法、睿智冷峻的幽默也是这部小说的亮点。韦尔登以她擅长的戏谑式的喜剧处理方式服务于严肃深刻的主题思想,剔除了说教味,整部小说读来毫无生涩之感。在这部文学价值与现实意义并重的小说中,费·韦尔登以其独特的女性话语挑战男性写作的立场,力图打破现存的文化秩序,使读者获得借鉴的同时,更深地体会到她在文学语境中为女性所争得的一席之地。

82. 西尔维娅·普拉斯 [美]

《钟罩》

作者简介

西尔维娅·普拉斯(Sylvia Plath,1932—1963),是美国女性文学中一位颇具代表性的诗人、小说家。她出生于波士顿一个贫苦家庭,父母都是德国后裔。受父亲的影响,普拉斯自小就喜欢文学,但在她8岁时,父亲不幸去世,这给幼小的普拉斯留下了深深的心灵创伤。出于对父亲的怀念,在她以后的成名作品中,不时地出现父亲的意象。

普拉斯自小就充分显示了写作天赋,在中学时就开始不断发表诗和短篇小说。1950年她考入史密斯学院,学业优异,并一度成为《小姐》杂志的特邀编辑,与其他20位特邀编辑在纽约见习一个月。但由于性格内向,不善于与周围人进行充分的交流,她感到十分孤立、绝望和彷徨,无法得到周围人的理解和共鸣,想一死了之。1953年夏天,她曾吞服大量安眠药企图自杀,后被人及时救起并送到精神病院进行短期治疗。

普拉斯出院后即返回学院继续认真学习,并在1955年以极其优异的成绩毕业,获得剑桥大学的奖学金。在剑桥她结识了英国诗人泰

西尔维娅·普拉斯

德·休斯,二人志同道合随即坠入情网,并于次年结婚。婚后她基本上住在英国,结婚初期两人生活颇为和睦。1956年夏,普拉斯参加了罗伯特·洛威尔(Robert

Lowell)在哈佛大学举办的诗歌研讨班,被其《生命研究》(*Life Studies*)中的自白体深深打动,随即进行了模仿和练习。不久,普拉斯生了一双儿女,并于1960年出版了第一部诗集《巨人》(*The Colossus*)。这期间,丈夫休斯却偷偷与人私奔,抛弃了她和两个孩子。

1961年初,普拉斯开始写自传体小说《钟罩》(*The Bell Jar*),普拉斯为创作《钟罩》酝酿很久,在她进入大学后不久,就对自己的女性身份越来越敏感,对作为诗人、妻子和母亲的复合角色产生了强烈的心理冲突。她曾写到,"令人惊奇的是在钟罩内稀薄的空气里,我是如何度过我的大半生的",在她的诗中也曾多次暗示她难以同时承担诗人、贤妻和良母这三重身份。小说署名是普拉斯的笔名"维多利亚·卢卡斯",并于1963年6月普拉斯自杀前一个月发表。

普拉斯死后,休斯把她的遗作收集整理并出版,包括诗集《爱丽尔》(*Ariel*,1956)、《涉水》(*Crossing the Water*,1971)、《冬树》(*Winter Trees*,1972)和《西尔维娅·普拉斯诗集》(*Collected Poems*,1981)。其中《爱丽尔》再版七次,并获美国普利策诗歌奖,深受评论界的重视。对于这位天才女作家的过早离世,人们深表惋惜,但并不感到十分意外。

普拉斯的杰出成就主要是她的诗作,作为美国文学界"自白派"的代表之一,普拉斯选择了与美国诗歌传统截然相反的殊途。以艺术为生命的最高境界,努力使生命和艺术自然地融为一体。她的诗歌强调自我剖白,直率坦诚,敢于直面丑恶的灵魂和疯狂的世界,借助诗篇抒发她对人世的不满和厌倦。爱情和家庭的破碎使她清醒地认识到人生的荒诞、苦涩,社会的凄冷无情,在深切体会她的诗篇后,我们会更多地感受到一个现代灵魂的孤独与飘零。

虽然普拉斯也有女性的柔情和豁达,也会在《冬树》中褒扬新生命,以美丽的心情和女性的柔情赞美大自然,但是,如此的灿烂只是沧海一粟,人生展现给她的更多的是伤痕,裸体、奸污、哀号、妓女、野蛮、废墟。出于她的宗教信仰,她认为死亡可以使人在精神上获得净化、升华乃至重生,死亡就是体验生存的最高境界。她曾留下了不朽的诗句,"死是一门艺术。我要使之分外精彩",她作品的魅力恰恰体现在对死亡的坦然和眷恋,以平静的心情幻想和欣赏死亡的美丽境界。她在诗中不时地渲染死亡的主题,正是她对自我亵渎的写照和自我解脱的宣泄,她的黑色精神深深影响着当代美国诗篇。

代表作品

普拉斯的作品具有非常强烈的自传性,她的生平有利于我们理解她的创作,特别是她的成名小说《钟罩》涵盖了她大部分诗的主题。小说描述了一位女学生埃丝特·格林伍德6个月的生活片段。埃丝特才华横溢,事业心和自尊心极强,她的门门功课都是A,特别是在参加一次写作竞赛中获奖,有幸获得去纽约为《女士一天》杂志做特邀编辑见习一个月。但在纽约的花花世界里,她虽力求完美,却常常受挫,虽故作世故却常沦为笑柄,这使她失望和迷惘,对传统的强加于妇女的婚姻习俗和道德标准深表厌恶。

埃丝特长相一般,也从未把自己看作美人,但她像其他追求时髦的姑娘一样,沉湎于对流行的盲目追求。她爱穿名牌,把化妆品当作时髦的最基本物质加以滥用。纽约的花花世界像磁铁一样吸引着她,尽管她一向对此深感厌恶。为此她时常感到羞愧并诅咒自己,却又不自觉地一味追求时髦,千方百计吸引异性,因为她知道受异性欢迎,远远高于她作为好学生的价值。有一次埃丝特被男友邀请参加耶鲁大学的舞会,她突然发现令同伴们侧目的并不是她平时的优异成绩而是她的表面形象,在纽约的舞会上,当一个陌生男人走向她和女伴时,他选择的是她的女友多利而不是她,埃丝特自尊受到严重伤害,对她的追求产生了怀疑。

埃丝特从小接受传统教育,长大后很重视贞操,直至19岁还是个处女。母亲写信给她,要她保护贞操,这使她大惑不解。她遇到的男人似乎都把女人分成贞洁型和淫荡型。她大学里的一位男朋友埃里克把所爱的姑娘视为贞洁型,而另一个女性憎恨者马克却把她看作荡妇,威胁说要强奸她;而埃丝特的反应是,当她发现多利轻浮放荡的行为时就赶回旅馆洗个热水澡来荡涤污浊。

一天,埃丝特和一个典型的无知女孩贝特茜参加了《女士一天》的促销宴会,并品尝由家庭主妇烹制的美味佳肴,结果全体中毒,被及时发现后脱险,这使埃丝特对贝特茜做家庭主妇的愿望产生了怀疑。另有一天,受男友巴迪的邀请,埃丝特在他的医学院分娩室看到了一个个钟形玻璃瓶内装着的死胎,和一个在诅咒和呻吟中被麻醉的分娩的母亲,觉得女人只是受男人控制而从事生产的机器。

后来,埃丝特到巴迪家时发现,威拉德太太花了几个星期用她丈夫的旧毛衣织成的地毯,只是作为厨房门口的擦脚垫,威拉德太太只是从早到晚忙碌不停的无聊的家庭主妇而已。作为对传统女性角色的厌恶和报复,她蔑视并拒绝了巴迪的求婚。社会的双重道德标准使她和巴迪的关系日趋复杂,当她获知巴迪与女招待有过性行为后十分恼火,感到自己受了欺骗,从此他们之间的和谐关系完全破碎了。为了获得心理平衡,她决心挑战传统的道德标准——失去贞操。回校以后,她在图书馆的台阶上随便引诱了一个年轻教授欧文,事后血流不止,痛苦不堪。

在离开纽约前,埃丝特从旅馆高楼的窗口,把所有的时髦服饰全部抛弃,作为对时髦女性形象的鄙视,对世俗的唾弃和对社会标准的排斥。纽约的种种虚荣和不道德使她反感,但她家乡小镇传统的女性道德标准又无法使她认同。她的邻居康威太太虽然婚姻美满,儿女成群,在她看来却只是简单的动物成就,她害怕自己也会在小镇上像自己母亲和康威太太一样,一辈子生活在婚姻的监狱里。

当埃丝特获悉没有被录取参加一个暑期工作班时,便对自己的前途彻底绝望,于是试图自杀,获救后她的观念走向了另一个极端。虽然此时她已被彻底毁容,但她感到非常满足。回校以后,她由于精神崩溃又多次自杀未遂,最后被送往精神病院治疗。在医院里她遇见了医生罗兰,发现她才是完美女性的代表,因为她既温柔内敛又刚毅果敢,事业得意,感情美满。在罗兰的治疗和开导下,埃丝特回校继续学习,开始了新的生活。

文学影响

《钟罩》的语言看似随意简单,其实含义深刻。在《钟罩》中普拉斯对女性婚姻和家庭的观点,正如她的诗一样极端,但表现的主题却是她对现实生活的真实感受。在父权社会的历史规范中,女性作为"第二性"应该是男性的需求物,应该是女儿、妻子和母亲,应该只是人种的附件而已。这种女性规范深深扎根于美国这个多民族国家的传统文化和传统意识的土壤中,并长期左右妇女生活,使她们带着沉重的精神枷锁跨进现代文明。在《钟罩》中,普拉斯采用荒诞的艺术手法,借用萨特等存在主义哲学的思想来表现妇女生活中的荒诞现实,把对女性困境的思考上升到更理性的高度,说明随着精神世界的崩溃和道德观念的败坏,人生变得更为荒诞,妇女也随之陷入更深的苦难。由于作品中所表现出的辛辣的批判意味和反抗意识,常被视为一部优秀的成长小说。

小说名为《钟罩》,象征着扼杀思想和禁锢创造力的社会。黑色、白色和血色始终在传达绝望、苦闷、死亡的情绪,监狱的意象则始终笼罩着全文,反映了埃丝特艰难的成长历程。也许是由于普拉斯在创作《钟罩》时已处于非正常的精神状态中,小说的自传性极强,显得更集中、真实、感人;虽然她极力渲染的主题颇为极端,使读者和评论家都持有保留意见,但小说的社会政治意义不可忽视。虽然普拉斯从未声称自己为女权主义者,但她的作品却被视为女权文学的一块试金石。

在《钟罩》中普拉斯借用埃丝特来选择自杀和非理性,以逃避现实的难以理喻的丑恶世界,批判传统规范的价值。埃丝特的孤独、愤懑乃至自杀,实质上是要求解放、发展自我的心理反抗,是对男性强权社会的否定,虽然这种反抗是消极的。普拉斯在审视妇女在社会和家庭中的困境,以及因此而造成的性格上的缺陷后,将批判的锋芒指向女性灵魂深处传统观念的枷锁,使小说具有前所未有的深度和内涵。埃丝特的悲剧是由现实生活中的性别歧视和双重角色的重压以及男权意识一手造成的,具有典型的意义。

和许多女作家一样,普拉斯为女性的解放做了不懈的思索和奋斗,旨在打破性别的对立歧视。但她始终认为男女两性是完全对立不可调和的,永远无法建立一种全新的和谐的两性世界。由于过多偏重表现女性在社会、家庭、婚姻和事业中所受的不幸待遇和痛苦压抑的内心世界,过多强调摆脱男性甚至与男性完全隔绝,单枪匹马地开拓女性解放之路,这必然会走向失败的不归路。埃丝特的精神崩溃和毁容自杀及普拉斯的遭遇都充分说明,女性要充分地发挥自己的能力,扩大自己的生活,更多地投身社会,乐观地重塑自我,让两性和平共处,互帮互助,这已成为当代主流文学作家的共识。

83. 苏珊·桑塔格［美］

《火山情人》

作者简介

　　苏珊·桑塔格（Susan Sontag，1933—2004）是著名的女权主义者，被认为是当代最重要的理论批评家之一。桑塔格出生于美国纽约，父亲曾在中国做过传教士，但在她5岁时就去世了。桑塔格自幼由祖父母抚养，天资聪慧的她，10岁时即开始读百科全书，不久就沉醉于古典名著。在中学时代，她因有机会同德国著名作家托马斯·曼谋面，此后就一心一意想当作家。

　　桑塔格16岁时即是芝加哥大学的高才生，第二年，她嫁给一位社会学助教菲力浦·里夫，迁居波士顿，并在哈佛大学获得哲学硕士学位。1957年，她获得奖学金前往牛津大学攻读博士学位，不久即被巴黎的文学气氛所诱，前往法国居住。1959年，她回到美国后与丈夫离婚。

　　桑塔格的文学批评和创作是从20世纪60年代开始的。其创作过程可分为3个时期：第一时期从1963年到1978年。在这期间，她发表了处女作长篇小说《恩人》（*The Benefactor*，1963）和理论文集《反对释义》（*Against Interpretation and Other Essays*，1966），从此走上理论与文学创作的双栖之路。接着她又发表了第二部长篇小说《棺材》（*Death Kit*，1967）和理论著作《激进的意识风

苏珊·桑塔格

格》(*Styles of Radical Will*,1969),这一时期是桑塔格的起步阶段,其理论是在一种批判意识的时空框架中展开对话的,由此,她也成为美国和欧洲的先锋艺术及现代美学的主要倡导者之一。

第二时期为 1978 年至 1989 年。桑塔格发表了《论摄影》(*On Photography*,1977)、《疾病的隐喻》(*Illness as Metaphor*,1978)、《在上星像之下》(*Under the Sign of Saturn*,1980)、《爱滋的隐喻》(*AIDs and Its Metaphors*,1989)四部理论著作和一部短篇小说集《我等之辈》(*I, Etcetera*,1978)。这一时期她以理论批评为主,几乎对美国的社会、政治、思想、文化等重大问题和思潮,都做出了直接或间接的理论思考与讨论。《我等之辈》是一部艺术风格成熟的作品,它体现了作家本人一贯的美学主张——对感悟美学和"反对释义"的实践。

第三时期为 1989 年至今,桑塔格放弃了理论著述,全心投入到文学创作之中。短篇小说集《生活之路》(*The Way Well Live Now*,1991)、《火山情人》(*The Volcano Lover*,1992)、戏剧《床上的爱丽丝》(*Alice in Bed*,1993)、《在美国》(*In America*,1999)相继问世。其中,《在美国》为她赢得了 2000 年度美国国家图书奖,2001 年,桑塔格又成为耶路撒冷文学奖的第 20 位得主。

曾被誉为"美国最智慧的女人"的苏珊·桑塔格,是一位萨特式的特立独行的知识分子,在当代西方文学及思想文化领域里扮演着多重角色,她的写作领域广泛,以其才华、敏锐的洞察力和广博的知识著称。对于政治,她始终保持着新左派特有的激情和参与意识,并以一贯的立场呼吁尊重个人主义。对于当代资本主义,她通过一系列著作进行了深刻的反思。她敏锐地意识到,当代文化和政治具有一种新的野蛮和粗俗,对意义和真理具有巨大的摧毁作用,而"后现代"则是授予这种野蛮的粗俗以合法身份的一种思潮,由此,她提出了启蒙主义传统在当今社会中的重要意义,并提醒人们在对工具理性批判的同时,不要陷入抛弃所有理性的泥潭。

近年来,苏珊·桑塔格越来越引起世人的关注,2002 年,她成了诺贝尔文学奖的热门人选之一,虽然最终没能获奖,但她的名字正日渐地为世界所熟悉。

代表作品

长篇历史小说《火山情人》是苏珊·桑塔格的代表作品,以 1764 年至 1800 年的那不勒斯为背景,在历史的真实和事件的虚构中描述了被称为"火山情人"的威廉·汉密尔顿出任英国驻那不勒斯大使期间的经历。

汉密尔顿的人生之路显得特别的平坦:在军队混了 10 年后,他成了下议院的一名议员,并被任命为英国驻那不勒斯王朝的大使;同时,他如愿地娶到了一位富有乡绅的独生女凯瑟琳,从而为自己的从政之路提供了经济保障。故事开始时,已是 1772 年 9 月。这时,汉密尔顿结束了上任后的首次探亲假,正起程返回任职地。他的心情无比愉快,一方面是他被英国国王封为巴思爵士,另一方面是他从那不勒斯运回的大量古董为他带来了丰厚收入。他利用手中的特权,得到了一批批的古董和绘画,并从中牟取巨额的暴利,成为名闻那不勒斯和英国的鉴赏家,博得了这两国国王的恩宠。他还成了维苏威火山的恋人,尽管对于火山岩并不感兴趣,但由于这些石头可送到大英博物馆展出,关于火山爆发的论文可为他在皇家学院赢得声誉,因此他长期关注着火山,甚至一次次冒险爬上火山。

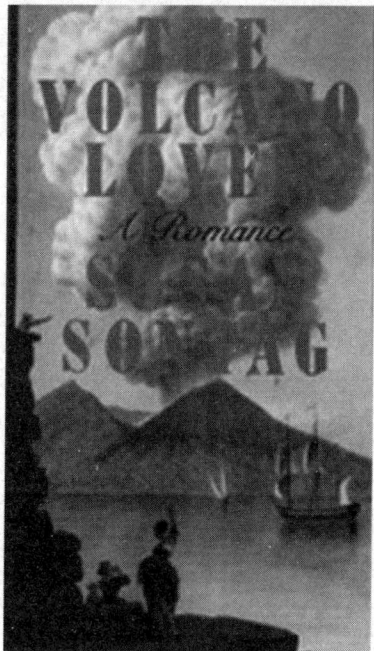

汉密尔顿的声名在他结束第二次探亲、重返那不勒斯后日渐显赫,1779 年,他的远房表侄威廉·贝克福得来到了那不勒斯,这位年轻的富翁是个孤独的同性恋者。他很快便与凯瑟琳陷入了情网,但孤独产生的爱情是虚幻的,威廉最终还是抛弃了她。受此打击的凯瑟琳不久便去世,留下孤单的汉密尔顿自怜自叹。

四年后,汉密尔顿将妻子的遗体运回国安葬,他的外甥查尔斯因害怕他续弦而使自己丧失继承权,将年轻的情妇埃玛送给他。汉密尔顿对这位粗俗的美人精心培养,而埃玛也积极地响应,一直梦想着当演员的她尤其擅长造型表演,她的左右逢源博得了许多人的赞美,也赢得了汉密尔顿的心。1791 年,汉密尔顿携埃玛回到英国成婚,在返回那不勒斯后,汉密尔顿逐渐成为国王最喜欢的人,埃玛则在王后的世界里占据了首位。

1793 年,随着王后的妹妹在法国被处死,革命的熔岩开始在维苏威火山周围奔流。此时,英国的纳尔逊将军在尼罗河上取得了对法战争的重大胜利,并于 1789 年 9 月来到了那不勒斯。这位被视为波旁王朝救星的独眼单臂将军,受到了当地贵族的热烈欢迎，埃玛对他崇拜得五体投地，他也对埃玛产生了好感，将军、大使、大使夫人从此结成了著名的"三人帮"。

那不勒斯国王愚蠢地做出了进攻罗马的决定，法国军队在战略性的撤退之后很快地发起了反攻，在纳尔逊将军的保护下和大使夫妇的掩护下，波旁王朝的王室成员席卷大量财宝从海上逃到了巴勒莫。将军和埃玛则在情网里越陷越深，汉密尔顿看在眼里，却容忍他们的偷情，因为他们两人都是他所不可或缺的。

斯卡皮亚男爵是国王逃离那不勒斯时留下来充当耳目的，他组织暴民凶残地杀害了倾向于共和主义的公爵兄弟，对共和政府进行破坏与颠覆。"三人帮"中，纳尔逊将军成了杀戮的指挥者，埃玛更是成了将军的得力助手，汉密尔顿则自始至终保持"冷静"，没有为营救一个人做出过努力。

但"三人帮"的辉煌终因这次野蛮的复仇而逐渐消退了，一再违抗调遣命令的纳尔逊将军遭到了上司的抛弃，汉密尔顿因在暴行中扮演了不光彩的角色而激起了众怒，英国政府不得不将其解职，于是，"三人帮"只好回到英国。1803 年，垂死的汉密尔顿回顾了他任大使以来的经历，他依然坚持以冷漠的态度对待事物的发展并努力自救的观点，带着对自己"幸福生活"的满足感离开了人世。

小说的最后是四个死去的女人的独白。凯瑟琳主要是对她与汉密尔顿的婚姻进行了评价。这个曾深受哮喘病和寂寞之苦的不幸女子认为，"这是一段特别和谐的姻缘"，并带着丈夫的肖像走向了上帝；埃玛的母亲卡多根太太在对女儿发迹过程的讲述中，强调一个人应充满希望；埃玛则对世人对她的谴责进行了辩解，这个曾风光一时的美人在丈夫与情人死后，被投进了囚禁负债人的监狱，出狱后她逃到了法国的加来，并在那里凄惨地死去；女革命家皮门特尔叙述了她的身世和被绞死的过程，同时对汉密尔顿等人进行了抨击，"让他们见鬼去吧"，小说以她这句愤怒的谴责结束了全篇。

文学影响

《火山情人》是一部以真实事件为背景的长篇小说，它通过主要人物在 1799 年那不勒斯革命前后数十年的所作所为，抨击了英国封建势力和那不勒斯封建王朝的荒淫无度，镇压革命的惨无人道，同情并歌颂了革命，表达了桑塔格作为一位具有新左派思想的自由知识分子的鲜明立场。苏珊·桑塔格曾将《火山情人》视为"所有出版的著作中我最喜爱的一本"，这部小说的重要意义可见一斑。

　　小说在艺术上独具特色。首先是小说音乐式的结构特点。音乐家辛德斯密有一部名为《四种气质》的作品,其中有一个三重序曲,接着是四个乐章:忧郁、火爆、冷静、热情。这一结构极大地影响了《火山情人》的构思与创作。整部小说以一个具有讽刺意味的"序"开篇。第一部分是收藏家的忧郁与迷醉,第二部分让热情的埃玛占据了主导地位,第三部分通过冷漠的文字演绎了主人公的死亡,第四部分则是四个死者"火爆"的独白。小说也因此呈现出一种音乐般的浑圆与宏伟。

　　其次是小说的复调性。作品充满了各种不同的声音与对话,第一、二部分采用的是第三人称,叙述者的感情是中立的,对话是在作者、叙述者、读者之间展开的;第三、四部分采取了第一人称,记录下了五个不同人物的独白,从而在作者、叙述者、读者、小说人物之间建立起了多重对话关系。作品的主题也是多样的,在"对革命进行解释"的大主题下包含了许多小主题:对女性命运的探讨,对爱情与金钱关系的探讨,对自我的探讨,等等。

　　第三是小说的讽刺性。讽刺是美国文学的一个优良传统,桑塔格在作品中充分运用了这一艺术手法,使作品获得了巨大的感染力。作者从反面人物的特殊视角来讲述故事,在冷静的叙述中处处显示着批判的力量。有的讽刺非常明显,如"国王在自得其乐的人中是最放纵的,爵士则是最大的折衷派";更多的讽刺深藏在文字下面,如在凯瑟琳死后,刚刚决定"当一辈子鳏夫"的汉密尔顿很快地又因为"体内的欲火还没有完全熄灭",所以,他如今只好违心地让查尔斯的那个姑娘到那不勒斯来;有的讽刺则近似于黑色幽默,如对凶残的斯卡皮亚的描写——"唯一的错误就是男爵曾经只处死了40人"。

　　作为小说家与评论家,苏珊·桑塔格在评论和创作两个领域都对当代文学产生了巨大的影响。1966年,她在《党人》上发表的《反对释义》一文,一下子把她拉进至今还在继续的公众对话之中。在论文中她指出艺术的最不受约束的价值"是"透明性,也就是说,感受"事物内在的光辉、事物本来面目的光辉"。而释义没法用别的事物(通常是历史的、伦理的或是心理的解释)来代替作品,因而她反对这种使作品"枯竭、空虚"的释义,而主张就作品本身来理解、欣赏和研究作品,她的这一观点在当代美学中具有不小的影响力。在创作方面,桑塔格小说中的时间往往变成一张复杂的网络,过去、现在、将来糅合在一起,叙述和回忆交替出现;内心独白的大量使用又使小说的叙述视觉不断变换,而意义的指涉也趋向复杂。另一方面,敏锐的感觉又使她对现实往往抱有批判态度,所以她的小说虽与新感觉有类似之处,又与新小说派作者使用不带感情的语言不同,她的小说中不时闪烁着讽刺的光芒。这种将现代艺术手法与深切的生命和社会关怀相结合的创作方法使她成为当今世界文坛一道独特的风景。

84. 凯特·米利特 [美]

《性政治》

作者简介

　　如果说欧美现代女权主义运动第一次浪潮掀起西方妇女们轰轰烈烈的争取选举权及其他参政权的运动,那么在 20 世纪 60 年代开始的女权运动第二次浪潮中,新一代女权主义者已提出了更为强硬的"妇女解放"的主张,她们要求改变制造性别歧视的社会制度,对种种男权代表物展开了一系列象征性的攻击。凯特·米利特(Kate Millett,1934—　　)就是这一运动的代表人物之一。

　　凯特·米利特出生在明尼苏达州圣保罗市一个爱尔兰裔天主教家庭。1951 年,米利特考入明尼苏达州立大学,之后又辗转于牛津大学、纽约大学和哥伦比亚大学等著名高校学习。1961 年,米利特移居日本。1965 年,她与一个同性雕刻家结婚。70 年代两人分手。这段时间,她把全部精力都花在了《性政治》(*Sexual Politics*)的写作上,生活十分窘迫。

　　1966 年,凯特·米利特加入了由贝蒂·弗里丹等领导的"全国妇女组织"(NOW)。1970 年,她出版了博士论文《性政治》,该书的出版,几乎是在一夜间给米利特带来了金钱和声誉。《时代周刊》说她"简直是女权运动的领袖",可

凯特·米利特

见她当时名声之盛。而实际上，米利特无心充当领袖，对于声誉带来的副作用，她显得有些束手无策。再加上此时的米利特又出现了个人感情危机，渐渐地，她患上了狂躁型精神抑郁症。她不再愿意成为公众注目的焦点，后来，米利特果真消失在公众的视线里。

但米利特从来没有停止过写作。1973 年，她出版了《堕落文集》(*The Prostitution Papers*)。1974 年，出版了《飞翔》(*Flying*)，这是她在 38 岁时回首往事的一本自传。1977 年，她又出版了自传体作品《西塔》(*Sita*)，书中描写的是她和她的同性恋爱人西塔非一般的爱情故事。西塔比米利特大整整 10 岁，属于那种阅历丰富的女性。她在各个方面都把米利特迷得不能自拔，然后两人同居。但是，西塔用情不专，常常跟男人私奔，两人最终分手。之后，米利特尝试过自杀，精神抑郁症也更加严重。

1979 年，米利特前往伊朗谋求妇女权利。后遭到当局的驱逐。1990 年，她出版了《疯子之旅》(*The Loony Bin Trip*)，主要描写她自己的精神抑郁症。1994 年，她完成了另一部力作《残忍政治学》(*The Politics of Cruelty*)，但其影响力远不及先前的《性政治》。

米利特现在已是 60 多岁的老太太，晚景有点孤独和凄凉。一个才华横溢的文学博士，为女权奋斗了一生的她，如今竟为找工作四处奔波，跑到街区办的补习班应聘都不能成功。这也许就是美国女权运动的一个悲剧，也是对美国人权至上的一个讽刺吧。

代表作品

《性政治》分成三部。第一部名为"性政治"，是该书的理论主体，包括"性政治例证"和"性政治理论"两章，是"对作为一种政治制度的男权制做出的一个系统的概述"。第二部名为"历史背景"，包括"性革命"和"反革命"两章，是对历史的回顾，概述了 19 世纪和 20 世纪初，在传统的两性关系中发生的巨大变化，接着论述了随后出现的反动年代的情况。第三部名为"性在文学中的反映"，"着重分析了作者认为代表反动时期思潮的三位作家的作品，评述了他们带着反动情绪对这一变动所作的反抗"。

在《性政治》中，作者首次提出了男女两性关系是人类文化中最为根深蒂固的压迫关系；并运用社会发展的观点，从阶级、经济、强权等意识形态领域，并从生物学、社会学和心理学等多种角度对文学中"性"这一复杂敏感的问题进行分析，特别对劳伦斯、诺曼·梅勒等作家作品中男权意识以及对性的处置进行了深刻的剖析和无情的批评。

米利特首先列举了足够的例证来说明在当代文学作品中描写性行为时强权和支配观念所发挥的作用。她又在论述中声明，书中所引用的"政治"这一术语，已不是一个只包括"会议、主席、政党"之类事物的狭义定义，而是指"一群人用于支配另一群人的权力结构关系和组合"的广义概念。现行的人类政治由于并非以和谐、合理的原则为基础，故而处于一种非理想的状况，当然，性政治也同样不尽人意。

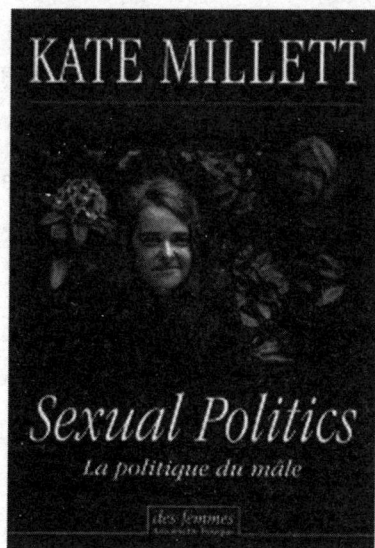

接着，米利特用犀利的语言对禁锢人类思想的"男权制"进行了酣畅淋漓的轰炸。尽管米利特并不是最先使用"男权制"这一术语的人，但她是最早将这一概念引入女权主义理论的人，也是她使该词成为后来女权主义作品的标准术语。男权制指的是由父亲做家长的机制。米利特为它加入了新的含义，这样它就包含了双重含义：第一，指男性统治女性；第二，指男性长辈统治晚辈。作者敏锐地指出，我们的社会同历史上其他文明社会一样，也是男权制社会，社会上的一切权利手段无不掌握在男人手中。即使在现代社会，在女性可以享有受教育权、就业权、选举权等政治权利的今天，男权制依然存在，这是因为男权制不再要求女性公开接受自己的从属地位，而是通过严格划分"性别角色"的方式，规定女性接受它。因为在关于两性角色的不成文法中，男性一般代表着智慧、力量、主动和效率，而女性则被视为其反面或弱一些。

此外，男人们之所以津津乐道"女人的位置是在家庭中"这一观念，就是因为人们给女人所下的定义就是母亲、妻子和家庭主妇，这一定义直接与她们的性别有关：而对于男人，人们则无须根据他的性别来定义，而是根据他在政治、经济等领域担任什么职位来定义。因此，米利特认为，性别角色的影响是现代妇女处于从属地位的一个关键因素。更何况西方文化要求女性具有柔情、服从、快乐、善良、友好和富有同情心等品质，就是在蓄意塑造温顺的妇女心理，使她们心甘情愿地服从男权制的统治。

米利特还使我们清楚地意识到,尽管西方发达国家的妇女生活与不发达的第三世界国家的妇女生活存在许多不同之处,但有一点却是共同的:男人统治着女人。男人对女人的普遍统治为男权制这一术语的广泛运用提供了事实依据。她纵览人类文化长河,历数有史以来男女两性之间发生的集团冲突,并将男权制施加于女性的种种约束一一加以揭露。在她对男权制的批判过程中,我们惊诧地发现,我们已摆脱了传统观念的桎梏,看到了男权制社会中作为一个劣势阶级的女性的真实情况。她们在经济、教育、社会地位等可以用来衡量人类处境的重要方面,无不为各种约定俗成的重重势力所压迫,并被诸如"美德、品行"之类观念所鼓励,身不由己地顺从甚至助长着这种压迫。这种逐渐形成的男权制统治是如此强大,如此根深蒂固,以至于即便觉醒了的女性发动革命运动,随之而来的反革命又会迅速重构男权制的统治体系,吞噬革命的成果。第二次世界大战以后,大量美国妇女纷纷回归家庭,就是一个典型事例。

文学影响

第二次世界大战结束后,大量美国妇女回归家庭,成为"幸福的家庭主妇"。但她们并没有产生社会所宣扬的女性价值自我实现的喜悦,相反只是感到家庭生活的烦琐和悲哀。贝蒂·弗里丹通过对自己亲身经历的痛苦反思和对社会各阶层妇女的广泛调查,愤而写出了《女性的奥秘》一书,书中用事实批判了"女性奥秘论"。该书启发了美国妇女对男权社会意识的质疑,成为第二阶段女权运动的开端,是现代女权主义的一个里程碑。

也许正是由于独特的论证视角,凯特·米利特才得以凭借《性政治》这份博士论文,在早已门派林立的女权论坛中异军突起,一跃成为全美妇女运动的代言人和领袖人物。不过,正如我们即将看到的一样,《性政治》展现在读者面前的是一个相对而言尚未被探索过甚至充满臆断的领域,将性与政治相提并论,并非只是米利特标新立异或独出心裁的一种做法,而是她经过深思熟虑后,针对人类两性关系得出的合理结论。

作者通过探讨女权主义运动的核心问题——两性关系,对人类的历史、文化进行了理性的批判。在男权主义者看来,所谓"男权制"难免危言耸听,男性已经对女性做出了极大的让步,例如"骑士精神""女士优先"等等;而女权主义的危险在于,它可能无情地毁灭家庭和"母道"。米利特在书中对这种"骑士精神"给予了辛辣的批驳:"骑士精神一方面缓解了妇女社会地位的不公正,但也是对这一不公正进行伪装的一种伎俩……骑士举止只是主人集团将依附对象抬到偶像地位加以崇拜的游戏。"

值得注意的是,米利特在全书的总结阶段颇为得意地推出了所谓的怪物、杂种的下半部分:与文化批评分量相等的文学批评。她从当代作家中挑选了 D. H. 劳伦斯、亨利·米勒、诺曼·梅勒等进行分析,指出他们在其所处的广阔的文化环境中受到的影响。米利特认为,贯穿于当代文学作品中的主导思想,很大程度上受到"强权与支配意识"的影响。她毫不留情地批评当时著名的作家 D. H. 劳伦斯、亨利·米勒和诺曼·梅勒,认为他们的作品不同程度地反映了男权主义者们对自身危机的认识、对腐朽的男权制度的顽强维护,以及将女性作为敌对的阶级进行对抗的垂死挣扎。

总之,米利特用此书为性革命第二次高潮的到来做好了准备。但是《性政治》一书对人类文化进行的毕竟是一次良性轰炸,因为除了为女性呼吁自由与平等之外,它也将为男性带来前所未有的解放。正如《二十世纪主要作家》一书所言:"如果男人们能不抱偏见地阅读这本书……他们就会明白,他们从书中获得的解放并不少于妇女们。"

作者在剖析男性对女性的统治早已实体化和制度化的同时,明确地指出:女性只有通过不懈的、自主的反抗和普遍的自强自立,才能实现社会地位的真正提升,并最终磨平两性关系上的不合理印记。最后,作者肯定且乐观地指出,变革的时期已经成熟。"新的妇女运动将会在平等的基础上与黑人和学生逐渐实现彻底的联合",妇女必将成为一种足以影响整个民族情绪的、以实现有意义变革的关键因素。作为我们社会中异化程度最大的一个群体,同时也由于她们的众多的人数、巨大的激情、漫长的受压迫的历史,以及广泛的革命基础,妇女很可能在社会变革中发挥前所未闻的领导作用。这正是《性政治》给现代女权运动的发展提供的振聋发聩的启示。

凯特·米利特满怀信心地说:"或许,性革命的第二个浪潮能够最终实现其将占人类一半的妇女从千百年的屈从中解放出来的目标,同时在这一过程中,使我们所有的人极大地接近仁慈、博爱。或许有一天,我们还能使性彻底脱离严酷的政治现实,但是,这一切的实现有待于我们在目前所居住的这片沙漠中创造出一个适宜于我们生活的宇宙。"

85. 弗朗索瓦兹·萨冈［法］

《你好，忧愁》

作者简介

弗朗索瓦兹·萨冈（Francoise Sagan，1935—2004），原名弗朗索瓦兹·库瓦雷，出生于法国南部洛特省的卡雅尔克，是法国当代著名的小说家、戏剧家，也是当代最时髦的美女作家。

萨冈在一个富裕的家庭中长大，她的父亲是一名工程师，一家人住在豪华的公寓里。上层社会人与人之间的复杂关系，在她后来的作品中均有所体现。萨冈从小就醉心于阅读现代派作家尤其是存在主义作家的作品，她喜欢的作家有普鲁斯特、艾吕雅、福克纳、普雷维尔、莫里斯·萨奇等。她"从存在主义经验中学到的是最消极的因素"，认为"世界是荒诞的，人是软弱的，生存是空虚无望的；严肃的抱负理想、伟大的感情都不再有任何价值，人生就是追求渺小的、瞬间的物质享受和肉欲满足"。

萨冈是法国文学史上一个颇为奇特的人物。1952 年，萨冈从巴黎的一所女子寄宿学校毕业后，由于大学落榜而开始了文学创作。第一部作

弗朗索瓦兹·萨冈

品《你好，忧愁》（*Bonjour，Tristesse*，1954）是一部篇幅不长的小说，小说发表后畅销一时，并获得了当年的评论家奖，年仅 19 岁的萨冈因此一举成名。从那以后她笔

耕不辍,几乎每年都有一部甚至数部作品问世,直到今天她仍在坚持创作。

继《你好,忧愁》之后,萨冈的作品不断推出:《某种微笑》(*Un Certain Sourire*, 1956)、《一月之后,一年之后》(*Dans un Mois,dans un An*,1957)、《您喜欢勃拉姆斯吗?》(*Aimez-vous Brahms*,1959)、《美妙的云彩》(*Les Merveilleux Nuages*,1961)、《狂乱》(*La Chamade*,1965)、《心灵守护者》(*Le Garde du Coeur*,1968)、《冷水中的一点阳光》(*Un Peu de Soleil dans l'Eau Froide*,1969)、《从蓝色到心灵》(*Des Bleux a l'Ame*,1972)、《凌乱的床》(*Le Lit Defait*,1977)、《躺下的狗》(*Le Chien Couchant*, 1980)、《厌倦的战争》(*La Guerre Lasse*,1985)、《萨拉·贝尔纳特》(*Sarah Bernhardt*,1987)和《缰绳》(*La Laisse*,1989)等。她还创作了一部日记体的自省作品《毒物》(*Toxiques*,1954)和自传《我最好的回忆》(*Mon Meilleur Souvenir*,1984)。

从1960年起,萨冈开始转向戏剧创作。她的第一部剧作《瑞典的城堡》(*Chateau en Suede*,1960)获得了巨大成功。之后,她陆续创作了《有时候听到小提琴》(*Les Violons Parfois*,1961)、《瓦朗丁娜的淡紫色连衣裙》(*La Robe Mauve de Valentine*,1963)、《昏厥的马》(*Le Cheval Evanoui*,1966)等。

1978年,萨冈被诊断为胰腺癌,后虽被否定,但死亡的阴影从此笼罩着她。1994年,她以此为题材,写过一本小说《忧郁过客》(*Un Chagrin de Passage*)。萨冈近10年的作品还有《虚假的远景》(*Les Faux-Fuyants*,1991)、《失落的镜子》(*Le Miroire Egard*,1996)等。

萨冈还曾肩负外交使命出访各国,是当代活跃在文化舞台上的显要人物。她的作品总是能够吸引读者和评论界的注意,不少作品被翻译成多种文字。多部剧本被搬上银幕,她以其独特的风格,在当今的世界文坛上占有重要的地位。

代表作品

17岁的赛茜尔和父亲雷蒙生活在一起,40岁的雷蒙已鳏居15年。他从事广告业,善于经营,又继承了一笔遗产,所以父女两人生活富裕,衣食无忧。在女儿的眼中,雷蒙年富力强,无所不能;他对任何事物都充满好奇心,但仅仅是三分钟热度;而且他为人轻浮,身边情妇不断;他的头脑中没有忠诚、庄严和约束的概念。对于女儿,雷蒙从不严加管教,女儿功课不好也无所谓,因为他觉得没有文凭照样可以活得很好,他认为女儿以后可以找个男人来养活她。赛茜尔两年前才从寄宿学校回来和父亲一起生活,受父亲的影响,她的生活也很放荡,她觉得爱情中消遣的成分更多。

这一年暑假,赛茜尔和雷蒙到地中海避暑,他们在那儿租了一幢别墅,同行的还有雷蒙的情妇艾尔莎。在那里,赛茜尔遇到了学法律的大学生希利尔,希利尔爱上了赛茜尔,赛茜尔不喜欢年轻的大学生,觉得他们不够成熟,但她被希利尔吸引住了,因为他魁梧、漂亮、值得信任,可是她明白自己并不爱他。父女两人在海边各得其乐,但是安娜的到来打破了这种"平静"的生活。

42 岁的安娜是赛茜尔的母亲生前的挚友,她离婚后经营服装业,是个优雅、理智、品行良好的女人,为人很坦诚,不会逢场作戏。她瞧不起一切放荡的行为,但她却深爱着雷蒙,虽然表面上她总是一副很冷漠的样子。她试图用自己严肃的生活态度和天生的气质去影响他们,用正常的家庭秩序和规范约束他们放荡的生活,让他们活得更有价值、更有意义一些。赛茜尔在离开寄宿学校后曾在安娜家里住过一星期,安娜教她如何打扮得体,并教会她如何生活,赛茜尔对安娜很感激,也很敬佩。

安娜到来后,雷蒙的好奇心又开始作祟,他知道安娜和其他浅薄、愚蠢的女人不同,她了解他,同时满足了他的虚荣心、肉欲和情感。最终,雷蒙宣布要和安娜结婚,并准备假期后在巴黎举行婚礼。这个消息让艾尔莎很伤心,她没拿行李就离开了;赛茜尔对这件事也感到很震惊,因为这意味着她日后的生活将会彻底改变。

自雷蒙和安娜宣布要结婚之后,赛茜尔觉得父亲改变了很多,父女间的默契也被破坏了。安娜甚至开始干涉赛茜尔的生活,她反对赛茜尔和希利尔继续交往,她要赛茜尔在假期复习功课以备补考,她还把赛茜尔锁在房间里一个下午。安娜让赛茜尔觉得失去了自我,所有这一切激起了赛茜尔的反抗,而且她对于父亲为安娜放弃自由生活、选择婚姻的决心表示怀疑,她觉得父亲只是想征服傲慢、冷漠的安娜而已。

为了维护自己的生活方式,赛茜尔设下了圈套,要破坏父亲和安娜的婚姻,她利用父亲的虚荣心、艾尔莎对父亲的感情以及希利尔对自己的爱导演了一场戏。她让回来取行李的艾尔莎和希利尔扮成情侣,并时不时地很"巧合"地出现在父亲

面前。雷蒙最终也忍受不了了,他不能接受曾经的情妇和别人搞在一起,而这个人比他还年轻,况且艾尔莎显得比以前更漂亮了——他又开始和艾尔莎幽会,这引起了安娜的怀疑。终于,当他和艾尔莎在松树林里再次幽会时被安娜发现了。安娜一气之下开车出走,却发生了车祸,掉下悬崖摔死了。

赛茜尔在实行这项计划的过程中曾心怀内疚,因为她明白安娜会引导她,为她分担生活的重担。但她不能容忍安娜干预她的生活,所以她没有放弃,并最终导致安娜的不幸身亡。在安娜葬礼后的一个月内,雷蒙父女都沉浸在悲痛和回忆中,但过后他们又重新开始了各自放浪的生活,赛茜尔只是在偶尔想起安娜这个可怜的受害者时才感到忧愁。小说以“我闭上眼睛,呼唤着它的名字‘你好,忧愁’以示欢迎”结束。

文学影响

《你好,忧愁》是弗朗索瓦兹·萨冈的处女作,也是她的成名作。这部小说在出版之后印数达到了数万册之多,轰动一时。因此在当时很多人的眼中,萨冈是一名“文学神童”、罕见的才女。《你好,忧愁》这部作品反映了当代青年的思想状况,他们生活优越,自由自在,对待感情也很随便;但他们在精神上却极度空虚,缺乏明确的目标,也没有更高的理想追求,因为父母已经给他们安排好了今后的一切,他们已经习惯了这种看似“平静”的生活,如果有人试图改变这种生活方式,他们就会千方百计地进行阻挠。赛茜尔生活放纵,任意妄为,不用为前途担心,这一切都只是因为父亲有钱。而当安娜的出现给她的浪荡生活造成威胁时,她设下了圈套,造成安娜的死亡。面对这个后果,她也只是偶尔忧愁一下而已。

萨冈的小说一般都篇幅不长,人物很少,描写的是个人世界里的感情波澜。她笔下的主人公都有一种狂热的情感,他们一般都属于中产阶级,生活富裕却百无聊赖,生活中没有明确的目标,生命中的激情正在一点点地被侵蚀。萨冈的作品描述了她这一代人的苦闷、爱情上的随意和情感上的失败,真实地再现了20世纪50年代以来法国中产阶级的生活状况。

人生的孤独是萨冈作品的主题,忧郁是其基调。在她的作品中读者经常可以看到“忧愁”这个字眼或者是它的同义词。柳鸣九教授就曾以“忧愁的情调与浪子的灵魂”来形容萨冈的小说,他说:“正如每个画家有自己独特的色调一样,每个作家也有自己所喜欢的情调。”而她,弗朗索瓦兹·萨冈则喜欢忧愁。萨冈的小说尽管情节不太一样,但是里面传达的是一种共同的情绪,作品中弥漫的是懒散、颓废、无所事事的忧郁。这不是几个人身上的现象,而是普遍存在着的,是西方资产阶级的一种通病,这在青年人身上的表现尤为明显。

萨冈一直坚持自己的创作道路,她的小说一般不接触重大的社会问题或政治问题,也不涉及妇女解放,她以流畅的文字、自然的笔调描写了她所感受到的社会现状。萨冈富有想象力,敏感而准确地抓住了中产阶级的那种忧郁情绪,用她的笔传神地描述了出来。而且她的文风洗练清新,笔致聪颖洒脱,心理剖析细腻深刻,似乎钻到了作品人物的内心深处,把主人公情绪的细微变化,心理的波动都生动地表现了出来,很有艺术魅力。她的小说中没有戏剧化的激烈冲突,也没有大喜大悲,有的只是"细小的举止,微妙的表情,日常的言谈,甚至是有意无意的只言片语",但就能把人物表现得淋漓尽致,她的这种风格无疑为她在文学史上树立自己独特的地位奠定了基础。

86. 卡罗尔·希尔兹［加拿大］

《斯通家史札记》

作者简介

一部小说，能够在出版后的两年里先后在三个讲英语的主要国家——英国、美国和加拿大——荣获极具权威性的文学大奖，这在现代英语文学史上也是不多见的。这部小说便是 1993—1994 年间先后获得英国布克奖、加拿大总督文学奖、美国书评奖以及美国普利策文学奖的《斯通家史札记》(*The Stone Diaries*)，加拿大女作家卡罗尔·希尔兹（Carol Shields, 1935—   ）及其作品的影响力由此可见一斑。

卡罗尔·希尔兹出生于美国伊利诺伊州的奥克帕市，先是就读于英格兰埃塞克特大学的汉诺威学院，1957 年毕业获得文学学士学位。1975 年，她又获得渥太华大学的文学硕士学位。在她 22 岁那年，她与加拿大建筑工程学院的教授唐纳德·休·希尔兹结婚，并随其夫移居多伦多，婚后生有 5 个子女。1972 至 1974 年间，卡罗尔·希尔兹曾任《加拿大斯拉夫文集》助理编

卡罗尔·希尔兹

辑，1974 年起转为自由作家。她曾先后执教于加拿大的渥太华大学、马尼托巴大学和英国哥伦比亚大学。1996 年，她担任加拿大温尼伯大学校长、教授，目前仍定居于温尼伯市。

早在 20 世纪 50 年代上中学和大学期间,卡罗尔·希尔兹便对文学产生了浓厚的兴趣,写过不少诗歌及短篇小说。婚后,在丈夫的鼓励之下,她创作的一个短篇故事被加拿大广播公司购买了版权,这一成功使她坚定地走上了文学创作之路。在渥太华大学攻读文学硕士期间,卡罗尔·希尔兹潜心研究了 19 世纪加拿大著名作家苏珊娜·穆迪的生活经历,并创作出了后来获得巨大成功的文学评论作品《苏珊娜·穆迪:心声与梦幻》(*Susanna Moodie:Voice and Vision*,1977)。此后她佳作不断,迄今已有两本诗集、两部短篇小说集及 10 余篇小说相继问世,并屡屡荣获包括"加拿大作家协会奖""全国杂志奖""加拿大作家奖"及"CBC 短篇小说奖"等在内的各种文学奖项,成为活跃在当今加拿大文坛的一位声誉卓越的重要作家。

卡罗尔·希尔兹的主要作品包括:《细微的礼仪》(*Small Ceremonies*,1976。作品荣获了当年加拿大作家协会奖)、《偶然事件》(*Happenstance*,1980)、《一个相当传统的女人》(*A Fairly Conventional Woman*,1982)、《万千奇迹》(*Various Miracles*,1985)、《斯旺》(*Swann*,1987)、《香橙鱼》(*The Orange Fish*,1989)和《爱的共和国》(*The Public of Love*,1992)等。继 1993 年《斯通家史札记》获得巨大成功后,1997 年秋季推出的《拉里的聚会》(*Larry's Party*)也在评论界和读者当中激起了强烈的反响,至今已被译为几十种文字。小说以同名主人公拉里穿错他人外套为开头,引出了拉里对本人身份的焦虑和思索,从此踏上了一条"奥德修斯"般的寻找"自我"的漫漫征途。

除了小说创作外,卡罗尔·希尔兹还发表了诗集《分隔》(*Intersect*,1974)和《来到加拿大》(*Coming to Canada*,1992),以及戏剧作品《离去者与抵达者》(*Departures and Arrivals*,1998)和《十三双手》(*Thirteen Hand*,1993)等。她还曾与凯瑟琳·希尔达合作创作了剧本《时尚、权力与罪过》(*Fashion Power Guilt*),分别在加拿大及英美数家著名剧院演出,获得了成功。她的近作《拉里的聚会》于 2001 年由加拿大一位著名的戏剧导演改编为音乐剧,也广受观众的欢迎和喜爱。

卡罗尔·希尔兹曾提及她所创作的小说,大多属于那种我想读却(在图书馆)无法找到的,即透过生活的表面揭示女性生存的本质和意义,以及反映女性之间友谊的小说。她的创作风格也颇具特色,善于把握生活中的细枝末节,描写寻常琐事,从而透视人物的复杂心理,特别是女性主人公的丰富的情感世界。在创作手法上,卡罗尔·希尔兹尤其擅长运用多声部的叙事手法,将主要及相关人物的不同心声分别呈现在读者面前,从而使读者对事件及人物获得整体印象和把握。评论家所言"平凡中见伟大，淡朴中见深邃"正是希尔兹小说的共同特点，而最能集中体现上述特点的，便是传记体的《斯通家史札记》。

代表作品

小说《斯通家史札记》以自传的形式叙述了一位名叫黛西·古德威尔的普通妇女的一生。黛西出生于加拿大自治领曼托巴省的廷多尔小村庄。父亲古德威尔先生是一名技艺高超的石匠，为人厚重，沉默寡言，整日在附近矿石厂做工。母亲默西身材肥胖，心地善良，但性格内向，甚至在怀孕后很久也没有将这一消息告知古德威尔。黛西出生的那天，古德威尔下工回家，却不幸目睹了默西由于产后惊厥而死的悲惨一幕，从此在心底留下了永恒的伤痛。

此后，黛西由好心的邻人克莱恩廷收养，并将她带至温尼伯和克莱恩廷及其儿子巴克一起生活。克莱恩廷与马格那斯先生结婚后生有3个儿子，巴克、西蒙和安德鲁。由于感情不和，她与丈夫分居两地，她的3个儿子之间也由于性格原因几乎不相来往。她对黛西倾注了全部爱心，而古德威尔先生由于妻子的去世，对黛西的情感是爱恨交加，每个月只是例行公事地寄来一些生活费，并未尽到做父亲的职责。克莱恩廷靠卖花维持生计，巴克正致力于农业植物方面的研究，一家人只能勉强维持生计。在黛西11岁那年，悲剧再次发生，克莱恩廷外出时被一名鲁莽青年骑车撞死，她便被父亲接回了老家。

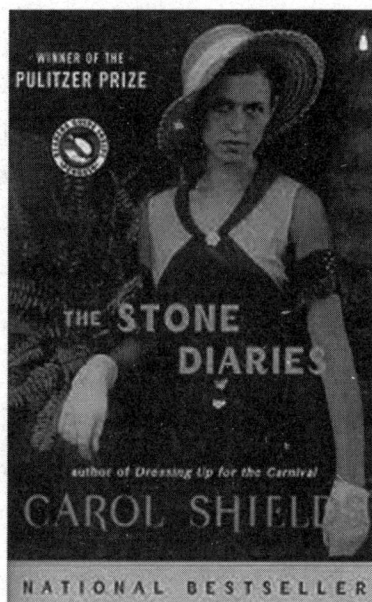

已成为一名虔诚基督徒的古德威尔先生，将对亡妻的怀念尽情倾注到石塔的雕刻工程中，并使之成为当地的一大旅游景点。后来他又接受邀请，去了美国布鲁明顿的印第安纳石灰石公司就职。黛西也随父一同前往。在那里，当黛西22岁中学毕业后，她与当地一名叫哈罗德的富家子弟相识并结婚。哈罗德的母亲刻板而势利，对黛西颇多苛责挑剔。两人婚后决定去德国度蜜月，此时，由于早年父亲自杀而心理不太健全的哈罗德开始暴露出了他的本性：偏执冷酷，嗜酒如命，一意孤行。在酒醉以后，他不顾黛西劝告疯狂驾车，回到旅馆后又狂饮不已，终于不幸坠楼而死。黛西孤身一人返回美国，开始了凄凉孤寂的生活。幸而从前女子学校的两位朋友弗雷迪和比恩斯给了她鼓励和慰藉,使她渡过了难关。

在此期间,巴克由于在农业研究方面贡献突出而升任农业研究所的所长。这么多年来,他对黛西一直给予了默默的关心与帮助,而黛西在父亲古德威尔再婚后,越发感到孤独压抑。于是决定去渥太华与巴克"叔叔"会面。两人会面以后,31 岁的黛西与 53 岁的巴克重燃爱火,在经历磨难后终成眷属。婚后两人恩恩爱爱,相敬如宾,先后生育了艾丽丝、沃伦和琼 3 个孩子。巴克除了科研工作外,业余时间还替《记录者》杂志撰写植物园艺方面的稿件,并深受读者欢迎。黛西则有条不紊地操持家务,抚养孩子,同时她对园艺技能也颇有研究。

巴克退休后不久,患病逝世,黛西强忍悲痛的心情,开始独立支撑家庭。在编辑杰伊的帮助下,她接替巴克出任《记录者》杂志的园艺栏目专栏作者,由于她在园艺实践方面的精深造诣和流畅富于诗意的文笔,再加上工作勤奋,很快便将这一栏目办得有声有色,成了受人推崇的"园艺技能女士"。但在从事这一工作 9 年以后,黛西却被告知由于年龄等原因,她已不适于继续担任这一工作。59 岁的黛西被迫"早早地"退休,开始无奈地安度晚年。

1965 年是黛西极度颓丧的一年。她先是万念俱灰,继而冷冰冰地沉默无语,再后来抱怨他人,遗世独立,完全隔绝了与儿女孙子孙女以及许多朋友的来往。此时大女儿艾丽丝在俄罗斯文学研究方面已小有名气,与丈夫本杰明·唐宁生有小本杰明、朱恩迪和雷切尔 3 个孩子。儿子沃伦两度离异,尚未有孩子,而小女儿琼则远在异国他乡。

随着时间的推移,黛西在孤寂之中慢慢地适应了老年的生活,简朴的生活,宁静的回忆,使得头脑中的狂躁与紊乱渐渐消退,虽然健康状况已大不如从前,然而她又开始了美容、烫头发之类的"悠闲"享受。在 72 岁那年,她还在侄孙女维多利亚的陪护下去了一趟远在大洋彼岸的奥克尼群岛,见到了她平生素未谋面的"公公"马格那斯,从老人那里出来,她"感到浑身松软无力,身心皆空,轻飘飘如精灵一般……她变得重新年轻,重新健壮了"。回来后不久,黛西终因衰老、疾病(肾衰竭)病逝于医院,走完了她丰富而漫长的人生历程。

文学影响

小说《斯通家史札记》的主题,通过"流水账"一般的形式展示主人公黛西一生中那些不同寻常的、具有重大意义的事件和经历,刻画了人物丰富而复杂的内心情感世界。除了表现以黛西为代表的广大女性孤独哀伤的处境,更表现了她们自强自立并相互帮助克服生活中的困难挫折,寻得人生真谛的坚强意志和奋斗精神。因此,小说中的每一个情节意想(包括一些细节)都是经过作家精心挑选的。小说10个章节的标题分别为出生、爱情、婚姻、工作、悲伤、安逸、疾病与衰老、死亡等平常而极具深意的字眼,正说明了作家一贯的创作主张:出生、爱情、死亡这些寻常之物,才是构成作品的最原始的"大情节"。希尔兹一贯以善于描绘普通人物的心理活动而见长,生活中那些耸人听闻的传奇、扣人心弦的故事,显然早已经过筛选,被摒弃到小说的素材范围以外了。评论家称希尔兹的小说须细细回味才能有所感悟,正是她作品的魅力之所在。

在创作手法上,小说采用的仍是作家所擅长的多角度叙事手法。第一、二、四章的叙述者为黛西本人,第三、六、七章则由故事之外的叙述者言说,第八、九两章又改由"我"即黛西来叙述所谓的弗莱特太太(即黛西自己)晚年的心境疾苦及最后的死亡。最奇妙的是第六章,以书信的形式,由包括黛西的子女在内的亲朋好友及诸多读者等人物从各自的角度,对她这一段的工作生活进行了全方位的介绍和描述。整部小说视角之多、变化之大,确实令人叹为观止。这不仅增加了小说的可读性和观赏性,同时也说明了作者运用这一手法进行创作的技巧已炉火纯青。

作为对珍妮·奥斯丁颇有研究的女作家,希尔兹在描写家庭生活方面,尤其是丈夫与妻子、母亲与女儿的对话方面,对前者显然是有所继承、有所借鉴的。如古德威尔先生在黛西与哈罗德婚礼上一番热情洋溢而不乏机智幽默的演讲,以寥寥数语而将人物形象及性格特点刻画得惟妙惟肖、淋漓尽致。有时作者又以轻松的口吻对人物进行善意的调侃或反讽,如小气的马格那斯在克莱恩廷犯牙病时为了阻止她花钱请医生,便"告诉她,他前一年春天患耳道感染时并没去花那挺贵的医疗费,那耳朵就自己好了,紧接着又说,这固然不错,但他那只耳朵最终还是失去了一半的听力,这也是事实"。描写古德威尔日夜潜心研究《圣经》,结果是《圣经》中的警句咒语经常在他那颗寻常思维的脑袋上盘旋,但经文的节奏却直接渗透进了他的身体……语言经过他说话,而不是——如通常那样——倒过来,他说出语言。诸如同类的解嘲(或自我解嘲)往往令读者忍俊不禁而发出会心的微笑。

小说评论家常常乐于指出小说中人物如斯通(表示女性存在的坚固的本原)及黛西(雏菊,借指争开眼观察世界)等名称的象征意味,其实本不必细究,因为《斯通家史札记》整部小说中都弥漫了这样丰富的意象和寓意,需要读者时时停顿下来做一番思考。称之为字字珠玑,耐人寻味,显然不只是评论家才有的读后感。

87. 安东尼亚·苏姗·拜厄特 [英]

《园中的处女》

作者简介

安东尼亚·苏姗·拜厄特(Antonia Susan Byatt,1936—),原名安东尼亚·苏姗·德拉布尔(Antonia Susan Drabble),出生于英国的谢菲尔德市。拜厄特的父母当时均在剑桥大学,拜厄特是四个孩子中的老大,著名女作家玛格丽特·德拉布尔是其胞妹。1957 年,聪慧的拜厄特以优异的成绩取得剑桥大学文学学士学位,并师从牛津大学的海伦·加登娜(Helen Gardner)研究 17 世纪文学。1959 年,拜厄特与经济学家伊恩·查尔斯·瑞纳·拜厄特(Ian Charles Rayner Baytt)结婚,婚后搬至达勒姆定居,并生育了一对儿女。拜厄特在照料孩子的同时,不仅兼职教书,而且着手为她的第一部作品准备素材。

1964 年,经过漫长的思考、斟酌、修改,拜厄特的第一部小说《太阳的阴影》(*The Shadow of the Sun*)终于出版,她称这部作品是一部女性主义的小说。激发拜厄特创作的原因是 20 世纪 50

安东尼亚·苏姗·拜厄特

年代普遍存在的对女性的歧视观念,舆论似乎鼓吹那些有雄心壮志的女性回归家庭主妇的角色。拜厄特通过作品主人公安娜的内心挣扎和寻求解脱的过程,表现了女性面对被束缚的生活,希望获得自我释放和身心自由的渴求。同时,拜厄特将

这部作品视为对自己写作能力的一次检验。

1965 年,拜厄特出版了《自由的程度》(*Degrees of Freedom*),这是一本关于英国现代杰出女作家艾丽丝·默多克(Iris Murdoch)的文学评论,拜厄特潜心研究这位自己十分喜爱的作家,写作风格也受其影响。1976 年,拜厄特还写过另一本评论作品《艾丽丝·默多克》(*Iris Murdoch*),她也因对默克多的研究而闻名于文学评论界。

1967 年出版的《游戏》(*Game*)被拜厄特自称为"一种写作技巧的试笔,即如何在小说中运用隐喻"。这部小说主要叙述了一对性格迥异的姐妹,由于童年的一个游戏引发了一生的争斗。拜厄特在叙述的同时,把蛇、亚当和灌木丛的意象与情节紧密交织,使中世纪与现代社会、精神与感官、正义与邪恶的矛盾冲突显得更加具有逻辑辩证的关系。这部结构紧凑的小说在英国文学界广受好评,该书确立了拜厄特在当代作家中的重要地位。

1970 年,拜厄特的另一部文学评论《年轻时的华兹华斯与柯勒律治》(*Wordsworth and Coleridge in Their Time*)出版,拜厄特在书中对早期的浪漫主义诗人进行了深入的研究,并将诗歌和诗人置于文化和历史的背景下进行探讨。

随后的几年间,拜厄特的个人生活变故不断。第一次婚姻破裂后,她不仅继续她的文学评论写作,而且受聘在伦敦大学教授英美文学。1972 年,拜厄特 11 岁的儿子因车祸身亡,这个打击使拜厄特的写作计划停滞,已完成的第三部小说《园中的处女》(*The Virgin in the Garden*)有三分之一的内容被她推翻重写,拜厄特称"一切都随之消亡了"。

1978 年《园中的处女》终于出版,拜厄特计划以这部小说作为一个庞大的四部曲之一,牵涉到的众多角色将跨越数十年,她的四部曲写作也持续了数十年,第二部《平静的生活》(*Still Life*)和第三部《巴别塔》(*Babel Tower*)分别于 1985 年和 1986 年问世,最后一部《吹哨女人》(*A Whistling Woman*,2000)最近才出版。

拜厄特在 20 世纪 80 年代末退离教职专事写作。1990 年小说《占有》(*Possession*)出版,这本长达 500 余页的巨著标志着拜厄特艺术成就的巅峰。她的近作《传记家的故事》(*The Biographer's Tale*,1997)则以特殊的视角表现作者对西方"传记工业"的批判性思考,之后的随笔集《论历史和小说》(*On Histories and Stories*,2003)更展示了她的创作潜力。

拜厄特已年过六旬,仍笔耕不辍,频频成为读者大众和英美评论界的关注焦点。

代表作品

《园中的处女》发生在 1952 年约克郡的一个小镇上。当地人为了庆祝 1953 年伊丽莎白女王二世的加冕,准备上演一部关于伊丽莎白女王一世的诗剧,并由才华横溢的亚历山大·威德布恩执笔。亚历山大是北区布莱斯福德大道学校的英文专家,马修·克劳尔是该校创办人的孙子,也是亚历山大诗剧的制片人。亚历山大与学校另一位专家的妻子詹尼一直有私情,但詹尼对这份婚外情的前景十分悲观。学校主任比尔·波特是亚历山大的下属,这个倔强暴躁的古怪老头有 3 个孩子:20 出头的大女儿斯蒂芬妮,17 岁的二女儿弗雷德里卡和小儿子马库斯。弗雷德里卡时常与父亲争吵,颇有主见的她对父亲的阅读要求十分反感。孤僻的马库斯常有难以名状的感触。

丹尼尔·奥顿是当地一名助理牧师,与斯蒂芬妮结识并喜欢上了她,但不信教的比尔坚决反对女儿与他来往。马库斯的科学老师卢卡斯·西蒙兹发现马库斯对形状和符号的观察视角与众不同,对马库斯产生了浓厚的兴趣。体弱多病的马库斯怀疑自己精神不正常,于是向卢卡斯求助,卢卡斯替他进行了特异功能的测试,证实了他确实有视觉方面的天赋。卢卡斯开始了对马库斯的研究实验,师生两人的关系也日益亲近。

弗雷德里卡通过了诗剧的面试,亚历山大与弗雷德里卡单独交谈了一会儿。面对心仪的人弗雷德里卡内心激动不已,但亚历山大对这个年轻的姑娘没有任何非分之想。丹尼尔最终获得了斯蒂芬妮的芳心。当斯蒂芬妮将订婚的消息告诉家人时,气愤的父亲比尔认为她将毁掉自己的生活。弗雷德里卡偶然目睹了亚历山大在他的车上与詹尼做爱,心情沮丧。一日她散步时遇见了马修,并随他回到家中。马修乘机挑逗,但被事先约好来访的亚历山大发现,他开车把弗雷德里卡送回家。丹尼尔与斯蒂芬妮举行了婚礼,比尔拒绝出席。斯蒂芬妮

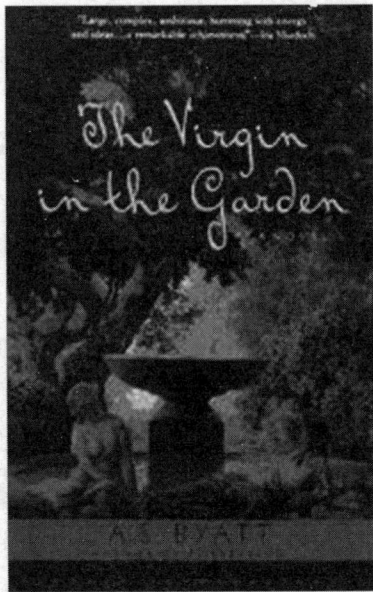

很快有了身孕,夫妻俩决定暂时保守秘密。

诗剧开始彩排,弗雷德里卡的表演不尽人意。亚历山大与詹尼的关系越发紧张,弗雷德里卡则再次向亚历山大示爱。亚历山大认为这是不明智的举动,又一次拒绝了她。诗剧的首次公演圆满成功。亚历山大和弗雷德里卡均受到媒体好评,弗雷德里卡对亚历山大的爱慕已不是剧组中的秘密。

马库斯与卢卡斯两人的举止十分怪异,师生两人的亲密已经趋向同性恋的程度。迷恋马库斯的卢卡斯提出了性要求,忐忑不安的马库斯拒绝了他,精神错乱企图自杀的卢卡斯被送入疯人院,而马库斯对此自责不已。得知真相的比尔勃然大怒,受惊的马库斯变得极度焦躁。医生建议让马库斯与丹尼尔夫妇同住以便恢复,丹尼尔则对马库斯的到来以及带来的种种不便深感忧虑。

弗雷德里卡家中无人,亚历山大终于决定与她共度一晚,但弗雷德里卡临时改变了主意,跟剧组中一个叫埃德蒙·威尔克伊的朋友去了宾馆,在性经验丰富的埃德蒙的引导下,弗雷德里卡第一次体验了性爱。发现人去楼空的亚历山大感到被愚弄,气愤地决定远离这个是非之地。弗雷德里卡在夏季之后开始了她的大学生活。

文学影响

在《园中的处女》这部小说中,拜厄特将几位主人公的不同经历紧密交织在一起,并通过波特三姐弟的三条主线,体现出性格对命运的影响力。温顺善良的斯蒂芬妮,在丹尼尔锲而不舍的追求下,最终答应嫁给他,平静被动地接受一切生活中的责任。热情执着的弗雷德里卡对生活充满好奇和渴望,但道德意识使她并未成为一个毫无辨别力的享乐主义者,她在小说最后学会了做爱,并为能够区分肉体与精神的不同欲念而高兴。马库斯戏剧般的人生是小说的重点,同时也是评论家视为最有力的部分。马库斯对事物的许多反应都不能用言语表达,与他心有灵犀的卢卡斯对他怀有的复杂情感,导致两人心灵都受到伤害,而且这段不愉快的经历对马库斯性格的巨大影响将伴随他一生。

拜厄特运用了普鲁斯特式的叙述方式,将小说置于真实的历史与文学的统一体中,故事的氛围隐射了繁荣的伊丽莎白时期的阴谋和发现等史实。拜厄特将故事的背景放在伊丽莎白时代,文中引用了大量的象征和神话,辞藻华丽的叙述更加强了艺术特色。虽然普通读者认为拜厄特的作品篇幅较长且深奥难懂,但她独特的创作风格吸引了一批学识丰富的读者,并开始引起英美文学评论界的关注。

在拜厄特四部曲的第二部《平静的生活》中,《园中的处女》中的人物再次出场。弗雷德里卡仍然是小说的中心人物,继续她充满冒险的生活;斯蒂芬妮的婚姻生活遇到了困难,逆来顺受的她在家中不幸触电身亡;马库斯因为一段纯洁的友谊而开始渐渐转变封闭的性格;丹尼尔无法忍受丧妻的痛苦,将两个年幼的孩子托付给斯蒂芬妮的父母后四处流浪。在第三部《巴别塔》中,弗雷德里卡还是故事的中心人物,拜厄特对自己小说中永恒的主题继续进行探讨,即独立自主的女性不断发现自我、寻找自我的曲折及努力与命运斗争的决心。

在拜厄特创作的《园中的处女》《平静的生活》《巴别塔》和《吹哨女人》这庞大的四部曲中,牵涉到的众多角色将跨越数十年。拜厄特希望自己能像普鲁斯特一样,创作出源源不断的作品,并且她形容《园中的处女》就是一部普鲁斯特风格的小说,叙述中经常插入各种感想、议论和倒叙。拜厄特动笔之前,曾对偶然的事件会改变一个人的命运这样的观点很感兴趣,她也希望在四部曲中能表现出来。

四部曲的第一部《园中的处女》的中心象征是伊丽莎白女王一世,拜厄特认为这位成功的女王,正由于她的深明大义和处事不惊,才确立了她在英国历史上的重要地位。拜厄特也借此暗示她作品中不断表现的主题,即对于女性而言爱情是危险的,而智慧才是人格魅力和个人成就不可缺少的。她独特的创作风格以及作品中富含的文学意象,使她在英国当代的女性作家中独树一帜。

88. 考琳·麦卡洛 [澳大利亚]

《荆棘鸟》

作者简介

考琳·麦卡洛(Colleen Mc Cullough,1937—),出生于澳大利亚的新南威尔士州,从事过旅游、图书管理和教学等工作。她曾是一名品学兼优的医科学生,以理学优等荣誉学位毕业于新南威尔士大学。毕业后,她在神经学方面的特长得以发挥。先是获得了儿童健康研究所(伦敦)硕士学位,继而在美国纽黑文耶鲁医学院神经学系研究室担任技术领导。麦卡洛是数家神经科学研究所和基金会的赞助人,她还担任皇家悉尼北岸医院临床神经生理学顾问。1980 年,她与丈夫瑞克·罗宾逊定居美国诺福克。

麦卡洛作为杰出的神经生理学家的同时,又是一位多才多艺的女作家。迄今她已出版小说10 多部,销量达 3000 多万册。1974 年,她的第一部小说《提姆》(*Tim*)在纽约出版;之后,她历时 4 年创作的小说《荆棘鸟》(*The Thorn Birds*,1977)一经发表便迅速成为畅销小说,印数超过了 800 万册,并被《时代》周刊列为 10 部现代经典作品之一。

考琳·麦卡洛的小说类型多样,既有为她赢得世界声誉的《荆棘鸟》这样的家世小说,也有《密萨龙基的淑女们》(*The Ladies of Missolonghi*,1987)一类的言情小

考琳·麦卡洛

说,《第三个千年的纲领》(*A Creed for the Third Millennium*,1985)之类的理念小说……1998年出版的《特洛伊之歌》(*The Song of Troy*)是她的另一部畅销作品。小说讲述的是许多人耳熟能详的希腊神话故事:古希腊美女海伦被特洛伊王子帕里斯诱拐,导致希腊联军和特洛伊之间进行了一场持续十年的战争,最后希腊人巧设木马计才攻克特洛伊。麦卡洛以现代人的眼光、以女性的敏感和细腻、以小说家的想象力和历史学家的深度,为我们重新讲述了这古老的故事,描绘了一幅幅恢宏的战争画卷,刻画出一个个栩栩如生的人物,发掘出许多值得深思和回味的东西。

除此之外,备受关注的还有"罗马主人"系列历史小说,这一系列小说是作者耗费了十三载心血潜心研究罗马帝国衰落史的结晶,为麦卡洛在学术界获得了很高的声誉。这一系列小说共分六部,前五部分别为《罗马第一人》(*The First Man in Rome*,1990)、《草冕》(*The Grass Crown*,1991)、《命运的宠儿》(*Fortune's Favorites*,1993)、《恺撒的女人》(*Caesar's Women*,1996)和《恺撒》(*Caesar*,1998)。1993年,考琳·麦卡洛因其在"罗马主人"系列小说中对历史的出色研究和准确把握,而被悉尼的马夸里大学授予文学博士学位。

除了小说创作之外,麦卡洛还撰写传记、散文和杂文,甚至音乐剧,并都引起了较大的影响。考琳·麦卡洛的创作领域广泛,其斐然成就不仅得益于她丰富的经历,还应归功于她不懈的探索精神。她总是在探索新的领域,尝试新的文学形式。她创作态度严谨,对每一部作品的题材、历史背景都进行深入研究,每每数易其稿,才有如此众多的佳作不断面世。

代表作品

在考琳·麦卡洛的众多作品中,《荆棘鸟》是其中最精彩的上乘之作。这是一部澳大利亚的家世小说,以女主人公麦琪与神父拉尔夫的爱情纠葛为主线,描写了克利里一家三代人的故事。故事始于20世纪初,止于20世纪60年代末70年代初,时间跨度长达半个多世纪之久。它经久不衰的爱情主题,栩栩如生的人物刻画,匠心独运的叙事结构以及诗意盎然的环境描写,都使之成为一部富有魅力且长销不衰的经典作品。

帕迪·克利里应无儿无女的老姐姐、贵妇玛丽·卡森之邀,偕妻子菲奥娜和7个子女从新西兰迁居澳大利亚的德罗海达牧场。在这里,帕迪美丽善良的女儿麦琪遇到了雄心勃勃的年轻神父拉尔夫。

当时,麦琪只有 9 岁。随着年龄的增长,麦琪对拉尔夫由崇拜逐渐转为一种少女的迷恋,而一心向往教会权势的拉尔夫也喜爱上这个头发颜色难以描绘的美丽姑娘。麦琪渐渐地长大了,成为一位善良又聪慧、执着又理智的美丽女性,她对拉尔夫的爱情渴望已成为她生命成长的必然。随着他们之间接触的频繁,两人终于相爱了。

神父拉尔夫身材高大健硕,相貌优雅高贵,而且博学多才,会讲多国语言,既有经营才干,又有政治头脑和外交手腕。贵妇玛丽·卡森对拉尔夫心仪已久,她因嫉恨麦琪与拉尔夫之间的爱情,而在临终前重新拟了一份遗嘱,说明她的遗产将全部交给罗马教会,条件是教会必须赏识拉尔夫神父的价值和才干。

麦琪虽然也朦胧地意识到教会是横在她与拉尔夫爱情之间的鸿沟,她不能以一个神父作为自己的丈夫和情人。但她毕竟还很单纯,设想只要拉尔夫脱离教会问题就解决了,她决心以自己的韧劲和智慧,以自己的青春和生命来赢得拉尔夫。然而,姑妈的遗嘱粉碎了这美好的梦幻,她看出了拉尔夫爱上帝甚于爱她。然而,她要得到拉尔夫的决心丝毫也没有动摇。

拉尔夫在无数次思想斗争之后宣读了新遗嘱,由此,拉尔夫"官运亨通",很快在教阶上步步高升,由澳大利亚一个牧区的神父一直升到梵蒂冈红衣大主教、罗马教会的国务大臣,成为教皇的左右手,真可谓达到了权力的高峰。

但是,一场始料未及的感情纠葛开始了。麦琪见拉尔夫远赴罗马出任主教。便违心嫁给了长相酷似拉尔夫的卢克,婚后生活悲苦。百般失望的麦琪独自到疗养区麦特克岛旅行,依然记挂麦琪的拉尔夫闻讯赶来安慰她。深秋的麦特克岛是旅行的淡季,两人终于在这个远离人群的度假岛上偷偷地结合了。两天的欢愉后,拉尔夫再次离开了麦琪,他将到罗马梵蒂冈教廷任职,权欲又一次战胜了爱情。

再次受到感情重创的麦琪开始痛恨上帝,因为他夺走了拉尔夫,夺走了爱她和她爱的人。她骂上帝是"骗子",是"吓唬人的恶魔"。她得出的结论是:"女人极端凶狠的敌人就是上帝!"

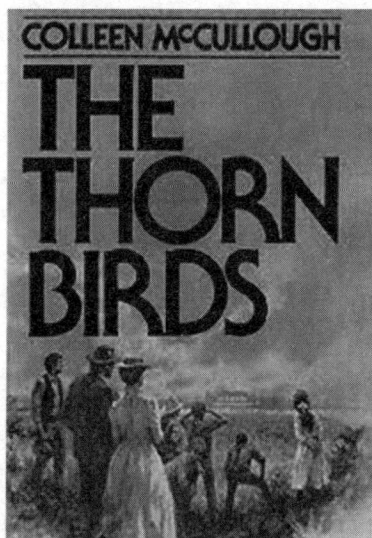

之后,麦琪生下了拉尔夫的儿子丹尼,却一直隐瞒着事实的真相。丹尼除了头发像妈妈外,简直是个小拉尔夫。而麦琪最不愿看到的事又在丹尼身上发生了——他以拉尔夫为偶像,也愿献身神职。

丹尼在神学院毕业后,到希腊旅行,在海边游泳时为救两个溺水的女孩葬身大海。麦琪闻讯悲恸欲绝,她把丹尼的身世告知拉尔夫。拉尔夫此时已近70岁,得知事实真相后,因过度悲痛而脑溢血死去。

这部传奇式的家世小说,有一个极富象征意味的关于荆棘鸟的引子:"传说中有一种鸟,它毕生只歌唱一次,但歌声却比世界任何生灵的歌声都美丽动听。它把自己的身体扎进最长最尖的荆棘上,在那荒蛮的枝条之间放开了歌喉……"因此,"荆棘鸟"就成为追求爱情、追求理想生活的青年男女的象征,它在书中暗示了男女主人公和克利里家族其他成员各自悲欢离合的命运,特别是麦琪与拉尔夫神父之间那场刻骨铭心的爱情。

《荆棘鸟》里的人物并不算多,但极富个性。书中人物对话精彩,心理描绘细腻,动作描摹出神入化,外貌勾勒恰如其分。人物常常被置于特定的环境之中,或设计冲突,或进行对比、反衬,以此烘托、凸显其性格本质。作者在表现这一个性格复杂的人物时,虽然大多使用传统技巧,但娴熟自如,丝毫没有斧凿的痕迹。

作品里有着各式各样的奇妙人物:温良内向而又倔强坚强的麦琪;欲爱不能、欲罢也不能的拉尔夫神父;骄横张狂、满腹尖酸的玛丽·卡森夫人;忠厚温雅的帕迪,始终以含蓄的方式深爱着他的妻子;外表冷漠的菲奥娜,一生未走出早年遭受爱的背叛的阴影;暴烈而备受苦恼折磨的弗兰克,在监狱里埋葬了出人头地的梦想;克利里家其他勤劳的儿子们……这些人物个个有血有肉、栩栩如生,他们像荆棘鸟那样奋不顾身地去追求各自的理想、完成自己的"绝唱"。书中凄婉的爱情悲剧不仅表现了野心对人生幸福的毁灭,也控诉了宗教禁欲主义的虚伪性和危害性,揭示了它扼杀人性的本质特点。

小说富有个性的叙事结构也增添了作品的丰富性和表现力。《荆棘鸟》在结构上分为七部,每部以一个主要人物为中心进行叙述,而麦琪和拉尔夫神父之间的爱情纠葛,正是将这七个部分贯穿在一起的主线。

评论界认为考琳·麦卡洛"将人生全部的方方面面都浓缩进了这本杰出的小说中"。她试图通过克利里家的沧桑和感情历程揭示这样一个道理:真正的爱和一切美好的东西是需要以难以想象的代价去换取的,正如小说的结尾所写的那样:

"鸟儿胸前带着棘刺,它遵循着一个不可改变的法则。她被不知其名的东西刺穿身体,被驱赶着,不停地唱着、唱着,直到生命耗尽。但是,当我们把棘刺扎进胸膛时,我们是明白的,我们是明明白白的。然而,我们却依然要这样做,我们依然把棘刺扎进胸膛。"

这部小说情节曲折生动,结构严密精巧,文笔清新婉丽。在描写荒蛮广漠的澳大利亚风光时,颇有苍凉悲壮之美。考琳·麦卡洛作为一位女作家,对女人爱情心态的探索又十分细腻感人,故这本书又有着"澳大利亚的《飘》"的美誉。

89. 乔伊斯·卡罗尔·欧茨［美］

《他们》

作者简介

乔伊斯·卡罗尔·欧茨(Joyce Carol Oates,1938—)是一位颇具争议的美国当代女作家。她著作等身,却被人认为是粗制滥造、重复而已;她屡获大奖,甚至被提名角逐诺贝尔文学奖,却有人仍把她归为"通俗作家,从文学角度不值得过分重视";她容貌文弱秀丽,说话慢条斯理,给人羞怯内向的印象,但其作品却常常充满了血腥、暴力、凶兆、恐惧和混乱,她也因此被称为"The Dark Lady of American Letters"(美国文学的黑夫人)。这样一位集诸多矛盾于一身的女作家,自然不容忽视。

欧茨出生于纽约州洛克波特镇,她的父母没有受过很多教育,但都有一些艺术天赋。欧茨是家族里第一个上大学的人,17岁进了锡拉丘斯大学后,完全沉浸在书的海洋里。她对心理学、哲学和文学的兴趣,引导她阅读了弗洛伊德、尼采和卡夫卡的大量作品。大学期间,她不停地写小说。她的短篇小说《在过去的世界里》(*In the Old World*)获得《小姐》杂志大学生小说奖一等奖,这是她成功的起点。

乔伊斯·卡罗尔·欧茨

1960年,欧茨以第一名的优异成绩在锡拉丘斯大学毕业,一年后获得威斯康星大学英语硕士学位。在赖斯大学攻读博士学位时，她偶然发现自己的一篇短篇小说被选入《美国最佳短篇小说集》里，决定放弃学业，专门从事写作。1962年，欧茨随夫迁居底特律后，开始了边写作边教书的生涯。底特律这座城市对她日后的创作产生了巨大的影响，成为她许多作品的故事背景。这一时期，她还创作了短篇小说集《北边门》（*By the North Gate*，1963）和优秀长篇小说《人间乐园》（*A Garden of Earthly Delights*，1967）。

　　1968年，欧茨随丈夫去了加拿大安大略省温莎市，在温莎大学执教，讲授文学创作、心理学及现代世界文学，显示了她在这些领域的功底。这也是欧茨极其多产的时期，出版了27部书，其中包括短篇小说集《爱的轮盘》（*Wheel of Love*，1970），长篇小说《他们》（*Them*，1969）、《奇境》（*Wonderland*，1971）和《暗杀者》（*The Assassins*，1975）等作品。

　　1978年，欧茨夫妇回到美国，她在新泽西的普林斯顿大学继续教授文学创作，同年当选为美国文学艺术学院院士。回国后的欧茨继续发表了《不神圣的爱情》（*Unholy Loves*，1979）、《光明天使》（*Angle of Light*，1981）、《布勒兹摩传奇》（*A Bloodsmoor Romance*，1982）、《请记住》（*You Must Remember This*，1987）、《蛇神》（*Zombie*，1995）、《疯狂的人》（*Man Crazy*，1997）、《金发》（*Blonde*，2000）和《难以捉摸的绿眼睛》（*Freaky Green Eyes*，2003）等大量作品，至今佳作迭出。

　　欧茨堪称美国当代最多产的作家之一，至今已出版长篇小说、短篇小说集、诗集、散文集、剧本、评论等60部，还有数百篇见诸众多杂志的文字尚未结集。在她所有体裁的著作中，当数小说类成就最高，先后获美国全国图书奖、美国文学艺术学院颁发的罗森塔尔奖、欧·亨利短篇小说奖等。其中，集全美短篇小说一流之作的欧·亨利短篇小说奖获奖作品集中，自1963年至1996年间，欧茨有27篇作品入选，其中获得一等奖两次，二等奖四次，特别奖两次，被誉为"作家中的作家"，"也许是自福克纳以来男女小说家中的佼佼者"。

代表作品

　　《他们》是欧茨早期最成功的作品。描述的是洛蕾塔一家在1937年至1967年间的悲剧，揭示了个人与历史、社会及环境的斗争。书中主要人物包括洛蕾塔和她的一对儿女——朱尔斯和莫琳，情节就是由他们充满暴力和死亡的生活穿插交织而成。

洛蕾塔年轻时同一位青年相爱,但她哥哥把她的情人杀死后畏罪潜逃。洛蕾塔迫于无奈和一名警官结婚,不久她丈夫因故被解职,一家人迫于生计迁至乡下居住。第二次世界大战爆发后,她丈夫应征入伍。乡下生活的乏味,与婆婆关系的不和使洛蕾塔带着孩子返回城里。生活无着落时,她企图以卖淫为生,却被警方拘留。

第二次世界大战结束后,全家终于得以团聚,但是在一次事故中,丈夫被砸死,洛蕾塔带着孩子再嫁给一个失业司机,在她重新鼓起生活的希望时,丈夫又抛下她远走高飞了。

大女儿莫琳是个文静、柔顺的姑娘,她不愿寄居继父家,想离家出走。为了攒钱她当了暗娼,被继父发现后遭到毒打,险些丧命,过了一年神志不清的生活。恢复健康后,莫琳入院校学习。她和一位有妇之夫相恋,导致后者家庭破裂,两人最终结婚。

儿子朱尔斯从小就不安分,有股天不怕地不怕的野性。他第一次出逃时年仅6岁。玩火时把谷仓烧得化为灰烬、上学考试总是不及格……整天逃学、胡混、偷东西。朱尔斯退学后干过各种低贱的工作,甚至被人用作医学实验的对象。一个偶然的机会,朱尔斯认识了一位黑道人物,做了他的司机,并得以和他的侄女娜旦相遇。

朱尔斯英俊的外貌让娜旦无法自持,他们私奔到美国南部。在南方,他们身无分文,朱尔斯只好去偷盗。后来他患病昏迷不醒,娜旦甩下他跑回家,嫁给一位富有的律师。朱尔斯侥幸未死,回到底特律为他的伯父开车,与娜旦再次相遇,两人重续旧缘。在一家旅馆约会后,郁闷的娜旦开枪企图和情人同归于尽,但朱尔斯再次侥幸活了下来。

后来,城里发生了暴乱,在几个狂热分子的煽动影响下,朱尔斯也抄起枪支参加骚动,杀死一名追捕他的警察,暴乱后前往加州谋生。

欧茨在该书"作者的话"中告诉读者,女主人公之一的莫琳是她夜校班的学生,这部描写"他们"的小说,并非运用某些文学技巧向读者指出某人某事,而主要是根据莫琳的大量回忆撰写成的。而且欧茨认为:"只有这样的小说才是真实的。"真实之一在于"他们"就是美国当代社会下层的活生生的人,是与她的生活有

某种联系的人。更重要的也是欧茨想要向我们展示的，"他们"是被主宰、被支配、被摆布、被扭曲、被抛弃的对象，是被孤独、绝望、彷徨、愤怒、怨恨所折磨的对象。真实之二在于"他们"所经历的一切，是最不起眼的，也最具代表性。生活的艰辛、世态的炎凉、四伏的危机、莫名的恐惧等，酿就了一个家庭的悲剧，也是一个社会的悲剧。

唯有真实才能产生震撼，这便是看似平淡甚至琐碎的《他们》，为什么能让人一页页读下去，最终掩卷扼腕的道理。在《他们》中，以心理描写见长的欧茨不追求故事的惊天动地、情节的离奇曲折，而是充分运用意识流的手法，通过对日常生活的细致描写，着力刻画人物的切身感受，从而深入到人物的内心世界。更可贵的是欧茨对内心独白、自由联想等意识流技巧的运用把握得很好。她能把人物的内心活动有机地融入现实主义的描述中，使人物意识的流动与作者的客观描述浑然天成，不露斧凿痕迹。

欧茨在阅读《他们》的校样时，曾表示她有"一种可笑的巴尔扎克式的野心，想把整个世界都放进一本书里"。的确，从《他们》中，我们不仅可以看到美国社会的物质世界，更能领略美国劳动人民的心灵世界。

文学影响

欧茨的创作包括多种体裁，手法与风格也有颇多变化，但总的来说她是一位坚持现实主义传统的社会小说家。她的创作指导思想是"小说应该反映现实世界的复杂性"。由于受成长环境和所处年代的影响，她的作品展现了自 20 世纪 30 年代以来美国社会历史变迁的生活画卷，人物生活背景覆盖大萧条、第二次世界大战、民权运动、妇女运动、肯尼迪遇刺等重大事件。她的创作内容极其宽泛，从家长里短到家族史，从偏僻小村镇的苦日子到高等学府，视觉焦点投向了生活在风云激荡、喧哗骚乱的现代社会中的普通人。这些人承受着命运的、社会的以及自身心理上的种种折磨。《纽约时报》曾载文评论欧茨，说她"常常根据报纸标题构思故事，她把她的作品视为对美国生活的反映"。

在欧茨的早期作品中，人物大多是游移不定、生活失去控制的，他们经常处于无所适从的紧张状态，因而很容易走向暴力。美国社会的暴力泛滥，是世人有目共睹的，是任何有良知的正直作家都无法掩饰回避的。因此，在有人批评欧茨的作品充满暴力、凶杀细节时，她的回答是："只因为在生活中这种事太多了。"欧茨勇于直面暴力这一美国社会的重伤,表现出的是一种"民族批评精神"。

欧茨作品的另一个重要主题是妇女问题。她以一名女性的亲身体验、以女性作家特有的敏锐细腻,来描写各种女性人物的生活和爱情遭遇。她尤其注重探索她们的复杂心理状态,试图从更深的层面分析妇女种种悲剧的原因,唤起广大女性的自省意识。

从创作手法上来说,欧茨在20世纪60年代以及70年代初期,主要以传统的现实主义为主。她尊重文学传统,对巴尔扎克、狄更斯、德莱塞等人十分推崇,受影响颇深,很多作品中场景与细节的刻画,都颇有19世纪现实主义作家描绘现实场景的传统遗风。之后,欧茨的创作风格与手法发生了一些变化。欧茨开始把重心由客观的物质世界和人物行为转移到人的精神世界上来,而欧茨正是公认的心理现实主义大师。她在作品中使用内心独白和心理分析等"意识流"手法,从不同的角度去描写人物内心世界和彼此之间的看法;通过心理活动,成功地将人物灵魂深处的东西挖掘出来。

进入20世纪80年代以后,欧茨的作品从内容到形式都进行了创新实验。她吸收了现代派文学中的一些表现手法,将魔幻现实主义以及南方文学中描绘恐怖与怪诞事物的哥特派兼容并蓄,将现实主义的细节描绘与丰富的有时是离奇诡谲的幻想交织在一起。创作基调渐渐从现实主义转向超现实主义,作品的实验性色彩也逐渐浓厚。

欧茨曾这样总结自己的创作:"我的每一本书都是一种试验,都是在某种意识与其形式上、美学上的表达之间的一种研究。"欧茨在创作上的勤于探索和勇于创新,充分表明了她严肃的创作态度,同时证明一些惊愕于欧茨的多产进而怀疑她的创作态度,甚至认为她只不过是在不断重复自己的人,是失之偏颇了。欧茨非常赞赏福楼拜关于作家必须爱护艺术作品的观点,在她自己艰辛的创作生涯中,也一直遵循着这一信条。

但不可否认的是,欧茨的探索与实验常有极端之举,故其作品含有一些过于神秘、离奇、隐晦,过分突出主观臆想和艺术夸张,这是她主观唯心主义等不良倾向的反映。

90. 玛格丽特·埃莉诺·
阿特伍德[加拿大]

《使女的故事》

作者简介

　　玛格丽特·埃莉诺·阿特伍德(Margaret Eleanor Atwood,1939—　　),当代加拿大最负盛名的女诗人和小说家,被称为"加拿大文学女皇"。1939 年 11 月 18 日,

阿特伍德生于加拿大渥太华,由于她的父亲是位
昆虫学家,阿特伍德童年的大部分时光都消磨在
加拿大荒野之间。她的父亲每年有 8 个月的时
间在森林进行昆虫研究,那一阵子阿特伍德就和
家人住在只有一个火炉和几盏煤灯的林间小屋
中。由于没有现代文明和科技的便利,阿特伍德
多半读书自娱。童年时她最爱的童话书之一是
《格林童话》。
　　在童年阅读时光中,阿特伍德开始写作。6
岁时她开始写诗和关于蚂蚁的小说。16 岁时她
就决心成为一名作家。1957 年她进入多伦多大
学维多利亚学院,师从女诗人杰伊·麦克弗森和
文学理论家诺斯洛普·弗莱;1961 年,18 岁的阿

玛格丽特·埃莉诺·阿特伍德

特伍德取得学士学位后,赴哈佛大学拉德克利夫学院深造,次年获得硕士学位,并
开始撰写关于哥特式小说的博士论文,论文最终没完成,但哥特式小说在她的文学

创作中留下了印痕。

阿特伍德的双亲都反对她从事写作,而是希望她能做个植物学家,但阿特伍德不愿放弃写作。她先后做过市场调研员和编辑,并在加拿大多所大学执教,同时发表了许多诗作,开始在加拿大文坛崭露头角。这段时期,她嫁给同样写作的格瑞姆·吉布森,她认为只有写作的人才了解他们的怪异想法。婚后,他们共育有三子,定居多伦多。

阿特伍德22岁时便以《双面普西芬尼》(*Double Persephone*,1961)一诗获得了普拉特奖,30岁之前,便已成为加拿大最著名的诗人。她共发表了10多部诗集,包括《循环游戏》(*The Circle Game*,1966)、《强权政治》(*Power Politics*,1971)、《你是快乐的》(*You Are Happy*,1974)、《真实的故事》(*True Stories*,1981)、《诗选Ⅰ、Ⅱ》(*Selected Poems Ⅰ、Ⅱ*,1986—1987)和《火宅的早晨》(*Morning in the Burned House*,1995)。她的诗歌以其特有的细腻及敏锐显示了对人类深刻的洞察能力,意境开阔而又睿智,语言凝重、语感犀利,体现出诗人独特的艺术感染力,并对20世纪加拿大诗歌发展产生了十分重要的影响。

作为一名女作家,阿特伍德的小说大多以妇女生活为题材。她善于捕捉女人的心理,真实深刻地反映她们成长的烦恼、不同的命运和生活。她的主人公大多为职业女性,其中不少人受女权主义观点的影响。她创作的《使女的故事》(*The Handmaid's Tale*,1985)、《猫眼》(*Cat's Eye*,1988)、《阿丽雅斯·葛雷丝》(*Alias Grace*,1996)曾三次入围英国文学界最具声誉的奖项——布克奖,并最终凭借她创作的第10部小说《盲刺客》(*The Blind Assassin*,2000)获得这一荣誉。

阿特伍德还发表了5部小说集,包括《跳舞的女孩》(*Dancing Girls*,1977)、《黑暗中的谋杀》(*Murder in the Dark*,1983)、《残酷丈夫的蛋》(*Bluebeard's Egg*,1984)、《荒野指南》(*Wilderness Tips*,1991)和《好骨头》(*Good Bones*,1992)。这些短篇小说反映了作者一贯的对人类命运(特别是女性命运)、对人与自然的关系、对生命的价值的独特思考。她的短篇小说因袭了她一贯的行文风格,简洁但寓意深刻,发人深思。有时她的短篇跨越了传统的体裁,介于短篇小说和诗歌之间,被称为散文诗。

《生存:加拿大文学主题指南》(*Survival:A Thematic Guide to Canadian Literature*,1972)是阿特伍德文学评论中的代表作,它通过分析70年代前最为人们熟悉的20世纪加拿大作家和作品,勾勒出加拿大文学的发展过程与特征,并指出,代表加拿大文学象征的是它的求存精神：人们在恶劣的自然环境和令人压抑的精神环境的夹缝中"勉强地活着"；因此阿特伍德主张：摆脱英美文化的影响，发展加拿大自己的文学。该书一经问世便引起争议，这些不同的评价和随后相关的讨论，客观上使该书成为一部影响远超出它本身价值的文学评论专著，对促进加拿大民族文学的发展起了推波助澜的作用。

代表作品

《使女的故事》是阿特伍德的代表作之一，发表于 1985 年。小说预想 22 世纪末美国东北部发生政变，原来的民主制度被推翻，建立起一个基督教原教旨主义分子统治的"基列共和国"。公元 2195 年，在努纳维特市迪尼大学举行了一次"基列问题"研讨会，会议主席是该校白种人类学系主任玛安·纽蒙教授，主要发言人则是英国剑桥大学的"20—21 世纪档案馆"主任詹姆斯·达西·毕埃旭托。22 世纪成为一个少数族裔已从边缘进入中心的种族多元的世界，白种大男子主义咄咄逼人的时代已一去不复返了。

毕埃旭托教授在会上做了关于发现与确认"使女的故事"录音盒带的报告。他说，"使女的故事"是他与一位同事在过去叫缅因州的一个城市里发掘到的，而缅因是基列时代"妇女逃亡地下铁路"的中转站之一。他们发现了 30 盘录音盒带，为了把录音内容用文字记录下来，他们请一位仿古制作专家特地重做了一架旧式放音机。录音带里是同一位女子的声音，从她叙述的内容可以推断，她是基列政权用来繁衍人口的"生育机器"——"使女"。

教授接着说，众所周知，20 世纪末的"基列共和国"曾经是美国的一部分，这个依靠军事政变建立的国家面临着严重的环境污染：空气中充斥着化学污染物和放射线，水里肆溢着有毒成分，核电站在地震中发生泄漏事故：一部分妇女抵制核工业拒绝生育；性病、艾滋病泛滥；妇女运动抗议强奸、虐待儿童、色情出版物等，却在无形中使人们轻信了右翼鼓吹的性控制、焚书等行为；男权统治者虽然竭尽全力，仍旧无法扭

转人口出生率骤减的局面……为了改变局面，"基列共和国"当权者对《圣经》顶礼膜拜，推行一夫多妻制，亦步亦趋地效法模仿《圣经》里描述的古代以色列人以姜代妻生子的习俗。

"基列共和国"当局宣布，所有二次婚姻及非婚同居关系皆属通奸行为，把女人们集中起来，经过整训，分别给没有子裔的高级官员做"使女"。如果三个月后"使女"未能怀孕，就会被转移到另一个"岗位"。如果轮了三次仍未能怀孕，这位"使女"便会被送到"隔离营"去清理核废料，她的下场是很快死去，或是被送去妓院，作为男性统治者的泄欲工具。

据查证，基列政权中有一个姓渥特福特的，是当时"温和派"领袖之一，情况与录音中描述的"大主教"有点相似。女主人公则已无从查考，但从录音内容可以推测，她是在与人串联即将被发现时，由"大主教"的司机救走的。这个司机很可能是一个双重间谍，既是政府的"眼目"，又是地下救亡组织五月的成员。至于女主人公后来逃跑成功还是重新被捕，给送到隔离营还是进了妓院，都无法查考了。报告人在掌声中结束了他的发言。

文学评论界有人将《使女的故事》看作一部政治性科幻小说，更多的评论家将它归入反乌托邦小说的传统；而阿特伍德本人则认为，这是一部思辨型小说，是现实生活的逻辑延伸。阿特伍德把小说看作是促使读者与作家共同思考的途径，利用虚构的反面乌托邦国家作为与读者交流的中介，以期唤起世人的忧患意识。从这个意义上说，《使女的故事》所产生的影响超出了纯文学的范围，具有深远的现实意义。

小说所虚构的故事以美国为背景，然而影射的却是整个西方世界的文化传统。阿特伍德以极其丰富的想象力描绘了一个令人毛骨悚然的未来世界，用这种极端的方式提醒人们对两性关系的对立、环境污染、道德沦丧、独裁极权政治、极端宗教势力等当前各种隐患的关注和防范。可以说，这部小说既承袭了赫胥黎的《美妙的世界》(*Brave New World*)、奥威尔的《1984》(1984)等文学作品所载负的反面乌托邦传统，描写阴森恐怖的未来社会图景，同时又融入了作者特有的女性主题：把当前存在的两性关系的隐患加以夸张和放大，表现两性生存的困境。由于小说具备强有力的暗寓现实的功能，因而被评论界称为"女性主义的《1984》"。

《使女的故事》是一部不论在题材上还是表现手法上都十分"后现代"的作品，颠倒的句法、夸张的语言、令人费解的比喻和自相矛盾而又支离破碎的叙述，制造出噩梦般的气氛,使整个作品微妙复杂,新颖离奇。同时,作者对《圣经》中的典故与语句进行了大量的援引,不仅生动地再现了基督教原教旨主义极端分子的狂热信仰和荒诞行为,也恰当地烘托出小说中的那个政教合一的极权社会令人压抑的氛围。

阿特伍德的《使女的故事》一经问世,便一连获得"加拿大总督奖"、"洛杉矶时报最佳小说奖"、布克图书奖提名、"阿瑟·C.克拉克最佳科幻小说奖"(尽管她声称这不是一本科幻小说)、"里茨-巴黎-海明威奖"等数项奖项;直到1987年7月,即小说出版后的第三年,《使女的故事》才从《纽约时报》的畅销榜中渐渐引退,而它已经在榜上雄踞了23周。

文学影响

阿特伍德是位勤奋而多产的作家,迄今已发表了30多部作品。无论是诗歌、长篇小说、短篇小说还是文学评论,阿特伍德的作品都表现出三大侧重点,那就是女权倾向、民族主义和生态环保意识。这三个侧重点又被同一重要主题"幸存"统一起来,作者十分关注女性作为个人如何在男权传统观念主导的社会幸存;加拿大作为主权国家如何在曾为法、英殖民地的历史阴影中和超级大国邻居——美国文化入侵的现实威胁下幸存;以及作为全人类生存的家园——大自然如何在人类文明的现代化进程的入侵和破坏下幸存。

阿特伍德不仅是一位涉及面较广,对社会、国家和人类都怀有强烈责任感的作家,同时又是一位学者。她曾在多伦多大学和哈佛大学这两所北美极有名望的高等学府攻读过学位,并在多所大学执教,因此,她一直密切关注、吸纳层出不穷的文学新理论、新观念和新方法。特别注意借鉴20世纪下半叶以来出现的女权主义、后结构主义、后现代主义等批评理论和创作手法,并将它们运用在自己的文学创作之中。

阿特伍德在作品中大量运用了如意识流、魔幻现实主义、不可靠叙述者、不确定的开放性结局、反讽等现代主义和后现代主义文学手法,并试验了多种叙事手法和写作技巧,力求使作品达到内容与形式的完美统一。这不仅进一步拓宽和丰富了作品的内涵,突出了主题,也增强了作品的可读性和趣味性。

阿特伍德的诗作是她探讨人类意识的记录,表现了现代人在忧虑、恐慌、孤独、异化感等种种痛苦中摸索、思考,寻找真正的自我。在艺术手法上,她采用一种冷静的、几乎不带任何激情的写作风格,打破传统的阅读期待,将一种崭新的感知方式呈现给读者。她的诗行长短不齐,一反传统的诗歌形式,并以出人意料的意象、精练的语言和含蓄的风格著称,带有超现实主义的色彩。

阿特伍德先后获得十多所大学的荣誉博士学位,以及包括加拿大文学最高奖——总督奖(1966、1986)、英联邦文学奖(1987、1994)、小说类布克奖(2000)等在内的无数国内外奖项和荣誉。她曾担任过加拿大作家协会主席(1981—1982)和国际笔会加拿大中心的主席(1984—1986),并在国内外报刊上发表诗歌、短篇小说和评论,应邀在美、英、德、俄、爱尔兰、澳大利亚等国演讲和朗诵,扩大了加拿大的影响。在过去的30年中,她对加拿大民族文化事业所表现出的热忱和所做的贡献,使她成为加拿大文学的代言人,并吸引了国际文学评论界越来越多的关注:学者们建立了一个国际阿特伍德研究会、多个关于阿特伍德的因特网网站,还发行专门学术刊物——《阿特伍德研究》;经常有国际性的"阿特伍德专题学术研讨会"举行;她的作品已被译成30多种文字。

91. 玛格丽特·德拉布尔[英]

《磨盘》

作者简介

玛格丽特·德拉布尔(Margaret Drabble,1939—)。英国当代著名女作家、女学者。1939 年 5 月,她出生在英格兰北部的约克郡谢菲尔德市,父母均毕业于剑桥。父亲约翰·腓烈德利是一位正直开明的地方法官,母亲凯瑟琳曾任小学教师。1960 年,德拉布尔以优异的成绩毕业于剑桥大学英语文学专业,并在同年嫁给了演员克莱夫·斯威夫特。德拉布尔在校时就酷爱戏剧,毕业后与丈夫一同参加皇家莎士比亚剧团,后转而从事写作。婚后,德拉布尔育有 3 个小孩,但两人在 1975 年离婚。1982 年,她嫁给作家、传记家麦克·赫罗德,她的第二次婚姻非常幸福美满,而且当时她在英国文坛的地位已得到确认。

1963 年,24 岁的德拉布尔出版了第一部长篇小说《夏日鸟笼》(*A Summer Birdcage*)并因这部作品而一举成名。《夏日鸟笼》的标题出自英国 17 世纪剧作家约翰·韦伯斯特的一句话:"像夏日花园里的一只鸟笼。鸟笼外的鸟儿渴望飞

玛格丽特·德拉布尔

进鸟笼,而鸟笼内的鸟儿却因唯恐不能逃出鸟笼而日夜不安。"以后,她佳作不断,主要作品有《盖瑞克年》(*The Garrick Year*,1964)、《瀑布》(*The Waterfall*,1969)、《针眼》(*The Needle's Eye*,1972)、《金的王国》(*The Realms of Gold*,1975)、《冰封岁月》

(*The Ice Age*, 1977)、《人到中年》(*The Middle Ground*, 1980)、《光辉灿烂的道路》(*The Radiant Way*, 1987)和《象牙门》(*The Gates of Ivory*, 1991)等;另外,她还写过《阿诺德·贝纳特传》(*Arnold Bennett : A Biography*, 1974)和《安格斯·威尔逊传》(*Angus Wilson : A Biography*, 1995)两部人物传记,研究作家的故乡风物对其创作影响的专著《作家的英国:文学中的景色描写》(*A Writer's Britain : Landscape in Literature*, 1979)。

德拉布尔是 20 世纪下半叶最具社会学典型意义的小说家,同时,作为一位学者型作家,多年来她在多所大学教授文学课程,曾应邀赴世界各地包括中国讲学(1993 年 5 月),她主编过华兹华斯、哈代、伍尔夫等著名作家的文集,发表了大量文学评论,并主编了第五版《牛津英国文学辞典》(*The Oxford Companion to English Literature*, 1985)。

德拉布尔被称为英国文坛继多丽斯·莱辛之后健在的最有影响力的女作家。在英国文坛上的地位举足轻重,曾获得各种文学大奖,包括:罗斯纪念奖(作品《磨盘》)、布莱克纪念奖(作品《金色的耶路撒冷》)、美国文学艺术学院爱·摩·福斯特奖等等,并在 1980 年秋,被英国女王授予荣誉称号。

代表作品

第二次世界大战以后,越来越多的西方妇女接受了高等教育。新一代知识女性在以男性为中心的父权社会中受到的压抑和反抗促使女权主义思潮高涨。德拉布尔的早期创作和这股思潮密切相关。正如评论家罗莎琳德·迈尔斯指出的,德拉布尔具有强烈的时代感。她幸运地作为一个表现 20 世纪 60 年代英国知识妇女心声的作家而成名。她的作品反映了当时英国社会的状况及妇女的处境,妇女们如何力图适应战后社会迅速的变化,这种变化又造成什么心理影响,从不同角度写出了她们追求自我实现的努力过程,这在她的代表作《磨盘》中就有突出体现。

《磨盘》是德拉布尔的第三部小说,它的标题借用了《圣经》中的一个比喻,"磨盘"暗示了主人公想逃避婚姻和儿女,违背了自然规律,从而遭受惩罚。书中主人公的生活出现了危机。作者采用第一人称的叙述角度,细致地表现了女主人公面临危机的几个月中的心理状态、思想活动、感情与生活,点明了她背负着重如"磨盘"的精神负担。

主人公罗莎蒙德·斯特西受过良好的教育,有自己的思想,但她为自己营造了一个回避性爱的禁区。与同学哈米什相爱一年却从未发生过关系。她甚至尝试同时与两个男人约会，只是为了有人跟她做伴，让其中一个男人"以为"自己与另一个男人有性关系，事实上却没有。但在一次意外的偶合之后，她发现自己怀孕了，对方是与自己关系极为疏淡的乔治，甚至没人知道她认识他，这就排除了日后需要维护关系的麻烦。起初她怀疑、震惊与恐慌，曾鼓起勇气喝杜松子酒打胎，但是却没有用。但她又不愿找医生帮忙，只得把这个孩子生下来。

没有人知道谁是腹中孩子的父亲，包括乔治本人。有那么几次，罗莎蒙德也曾想过打电话给乔治或者去见乔治，但最终都打消了念头。在怀孕过程中，罗莎蒙德跨过了无数心灵上的坎坷：未婚而孕；保健检查时的困窘；因为怀上别人的孩子，而不得不避开朋友的沮丧；父母虽不在身边，但不管是怀孕期间还是有了小孩后，因担心父母随时会回来，焦虑与不安随时向她侵袭；尤其使她为难的是该如何面对她的学生们！而且她深感凭自己一个人带小孩，同时又得工作、学习的这种独立性时刻受到威胁。

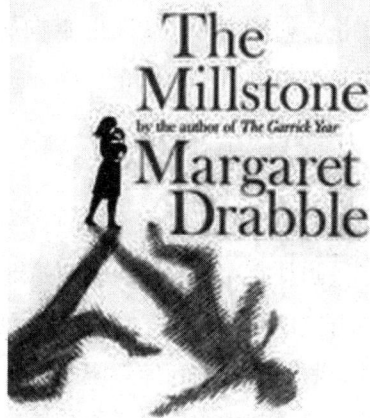

在她怀孕6个月时，她的女友莉迪娅因住处不安定，要求住在她家，她免除了莉迪娅的房租。莉迪娅聪明伶俐、独立自恃、爱好写作，且帮她料理一些家务，在孩子出生前的那个晚上，罗莎蒙德无意间读到了莉迪娅正在写的小说，发现主人公的原型正是自己，而且莉迪娅在小说中表现出对自己专业的攻击与极端轻视，并且揭示了罗莎蒙德这种人迷恋学术上的细节发现，只不过是一种逃遁，试图逃避她个人生活中的危机，逃避一般的社会现实。罗莎蒙德因此心烦意乱，沮丧不堪。

孩子顺利地生了下来，取名奥克塔维亚，一切都比预想的要好得多。孩子很美丽，加上朋友的问候，罗莎蒙德的"抵抗力"增强了，体形也迅速复原；莉迪娅每天都单独或带朋友去看她，但住院的最后一个晚上没来，她忧伤地哭了。

最初带着孩子过日子，罗莎蒙德每周都要在烦乱中哭上好几次，但却不得不勇敢地面对一切。她曾经希望在生了孩子之后，会重新对男人感兴趣。可这样的事情并没有发生；尽管有时除了柔顺的女儿，也会怀着温情想念乔治，但她终归没有打电话给他。某次孩子咳嗽，在医院检查时医生发现孩子是个畸形儿，需要动手术,存活率仅四分之一!没有人可以商量,更无人分担,罗莎蒙德第一次为另一个人感到害怕。她想到乔治,但在同一瞬间,又因乔治从未分担过这不必要的忧伤而感到高兴。

孩子终于平安出院,罗莎蒙德的论文即将出版,并且她将在一所颇具吸引力的新大学里得到一份很好的工作,她的名字将变成"罗莎蒙德·斯特西博士"。她的情绪很好,就在那个圣诞节前夕,她遇见了乔治,她是那么惊喜,思绪翻腾,但她只是请他到家里看看自己的孩子,经过内心的一番矛盾与斗争后,依然没有告诉乔治实情。如果两个人,谁也不向另一个人靠拢,那就只能分手。就这样,乔治走了……故事也戛然而止。

文学影响

在各种主义层出不穷的当今时代,德拉布尔以自己独特的现实主义风格,形成了一道朴实无华的风景线。她继承了现实主义传统,又扩展了现实主义艺术技巧,以开放的结尾、倒叙、闪回等手法丰富了现实主义传统。她往往采用第一人称叙述,风格清新自然,笔调幽默机智,获得评论界的一致好评。在小说的结构上,她喜欢一开始就把主要矛盾推到读者面前,然后从这一角度出发追述导致矛盾的各种复杂因素,再用少量篇幅将故事推进一步。小说结束时,主要矛盾往往并未得到解决,现代生活复杂多变,传统观念被抛弃,新的价值观念还未找到或不统一,在小说中也就不可避免地会出现这种无结局的结尾,这就显得故事本身更加真切感人,耐人寻味。难怪评论家戴维·洛奇把它们称为"后现实主义"小说。

随着时间的推移,德拉布尔对世界的理解日渐深刻,其创作思想亦逐步开阔,如果说把英国当代小说分成"个人小说"与"社会小说"两种,那么,德拉布尔早期的作品可谓比较接近"个人小说",后期作品则转化为"社会小说",超越了狭窄的个人生活经验,进入了更广阔的社会历史时空。在前期的作品中,德拉布尔多从女性的视角看人生、婚姻和爱情,她坚信男女平等,站在人道主义立场来批判社会的不公。她敏锐地感觉到一些古老问题在当代形势下的种种反映和传统观念遭受的种种冲击,不断地探索着新的价值观念,表达着谋求成功与幸福的艰辛和困难。《冰封岁月》(1977)是德拉布尔小说创作从早期转入后期的标志。在她随后创作的一系列作品中,人到中年的德拉布尔以成熟的艺术风格对当今西方社会的政治、经济及文化等诸方面进行了全面的关注和剖析,涉及广阔的地域和社会层面,十分准确地揭示了当代英国社会的时弊和现代人的苦难,这使她的作品具有深厚的历史感和强烈的时代气息。她试图去理解男性的立场观点,去考察全社会、全世界的主义与公平问题。作品表现的生活矛盾重重,充满了突变、混乱甚至荒谬。虽然后期作品政治观念模糊,也缺少早期作品那种亲切感和洞察力,但笔法更为冷峻,观察力和信心与日俱增,叙述技巧也更老练。

与同时代的两位后现代派的作家约翰·福尔斯和安东尼·伯吉斯比起来,德拉布尔并没有采用模仿和反乌托邦的手法,也没有炫弄自己广博的知识,因此,小说的叙事显得比较自然流畅。德拉布尔对于自己"后现实主义"的风格并不否定,1967年,英国广播公司对她专访时她表示:"我宁愿处于一种自己敬佩的正在消亡的传统的尾声,也不愿处于一种我所不屑一顾的传统的前哨。"

92. 安吉拉·卡特［英］

《马戏团之夜》

作者简介

安吉拉·卡特（Angela Carter，1940—1992），英国的小说家、剧作家、记者，同时又是一位评论家。她出生于英国索塞克斯郡的伊斯特伯恩，第二次世界大战时期，全家搬到了南约克郡的一个采煤村庄，她和哥哥在乡下度过了幸福的童年。战争结束后，他们全家又搬回了伦敦。安吉拉·卡特于1962年进入布里斯托大学，主修英语及中世纪文学。在此期间，她广泛阅读了心理学、人类学、社会科学等方面的著作，为以后的创作奠定了一定的基础。

安吉拉·卡特的第一部小说《影子舞》（*Shadow Dance*）于1965年问世，这是一个发生在老古玩店里的谋杀故事，阴森恐怖，具有哥特式小说的特点。之后，她又推出了《神奇的玩具店》（*The Magic Toyshop*，1967），讲述了少女米拉尼从无忧无虑的童年，进入危险神秘的青春期的心理历程。小说沿袭了魔术般变幻无穷的风格，却更加着力于开拓人物的内心世界，后荣获了约翰·莱威林·里斯奖。安吉拉创作的第三部小

安吉拉·卡特

说《若干领悟》（*Several Perceptions*，1969），因为"充满了生动神奇的想象"，又赢得了萨默赛特·毛姆奖。

20世纪60年代末70年代初,安吉拉·卡特的生活发生了一些变化:她与出版商海涅曼关系破裂,与丈夫的感情也出现了裂痕,小说《英雄与恶棍》(*Heroes and Villains*,1969)是她与海涅曼合作的最后一本书。之后,她离开英国,作为访问学者在日本生活了两年。其间发表的作品《霍夫曼博士的罪恶欲望机》(*The Infernal Desire Machines of Doctor Hoffman:A Novel*,1972)并未以日本为素材,但在稍后出版的短篇小说集《烟花》(*Fireworks:Nine Profane Pieces*,1974)中却可以找到一些她旅日生活的影子。

20世纪70年代后半期,安吉拉·卡特任谢菲尔德大学创作研究员,随后又担任布朗大学写作专业客座教授。她这个阶段的主要作品包括:长篇小说《爱》(*Love:A Novel*,1971)、《平安夜激情》(*The Passion of New Eve*,1977)、《马戏团之夜》(*Nights at the Circus*,1984),短篇小说集《血窟》(*The Bloody Chamber and Other Stories*,1979;获切尔顿汉姆文学成果奖)和《黑色维纳斯》(*Black Venus's Tale*,1980)。进入90年代,安吉拉又创作了《聪明孩子》(*Wise Children*,1991)、《美国幽灵和旧世界奇迹》(*American Ghost and Old World Wondery*,1993)以及《燃烧你的小舟》(*Burning Your Boat*,1995)。她的作品是魔幻现实主义的代表,同时也是现代文学理论和女权主义结合的完美产物。

除了文学创作之外,安吉拉·卡特还从事过记者、编辑、影视编剧等工作,她编辑出版了短篇故事集《任性的姑娘和邪恶的女人》(*Way ward Girls and Wicked Woman:An Anthology of Stories*,1986)、《悍妇故事集》(*The Virago Book of Fairy Tales*,1990)以及广播剧本《狼群》(*The Company of Wolves*,1984)。

1992年2月16日,安吉拉·卡特因病去世,年仅52岁。

代表作品

《马戏团之夜》是安吉拉·卡特最为出色的作品之一。故事发生在1899年,在一个四处巡演的马戏团里,充满了各式各样的怪异人物,比如会说话的猿猴、会念字母表的猪和会跳舞的老虎等等。其中心人物是"伦敦东区的维纳斯"——菲弗尔斯,当时在伦敦和其他一些欧洲都市风靡一时。

菲弗尔斯的名气并不是靠美貌得来的,实际上,她看上去"与其说像个天使,倒不如说像个拉货车的母马"。她身高6英尺,她的脸是"宽宽的椭圆形,像个粗泥制成的肉盘子,工艺粗糙",睫毛有3英寸长,眼睛睁开时"像两把蓝色的雨伞"。但是她拥有一对翅膀,"五颜六色的,完全伸展开来有六英尺宽,可以与健硕的老鹰、秃鹫、信天翁媲美"。她精彩绝伦的高空特技表演,足以让她每天晚上被鲜花和掌声包围。

菲弗尔斯所在的马戏团即将前往圣匹兹堡和东京,再从那儿去美国演出。在她动身之前,她接受了年轻的美国记者杰克·沃尔泽的采访,这位记者对这位空中女飞人充满好奇,同时又非常怀疑她那双翅膀的真实性。

采访是在菲弗尔斯的更衣室内进行的,她的胳膊支在梳妆台上,一瓶香槟酒就立在她的肘边。这瓶咝咝冒气的香槟酒随便地放在化妆水的瓶子之间,冰桶中的冰块肯定是鱼贩子用剩下的,因为冰块中夹杂着一两片闪亮的鱼鳞。难怪这个菲弗尔斯的周身散发出一股大海的味道。这股腥味与热烘烘的香水味、汗味、油彩味交织在一起,让人感到菲弗尔斯更衣室里的空气仿佛是一块一块的固体化合物。

尽管菲弗尔斯当天晚上已经进行了一次表演,她还是为沃尔泽又演了一次。她还向他讲述了她生活的故事:被孵化出来——在妓院被养大——第一次飞翔——叔瑞克夫人的雌性怪胎博物馆——遭绑架——逃脱——和马戏团签约。菲弗尔斯将故事叙述得津津有味,其养母兼服装师又在一旁纠正和补充了很多细节,而沃尔泽则在一旁听着,既充满好奇又总有些怀疑,总是不太相信她们所述说的事实。

沃尔泽远道而来,最初只是想亲眼看看菲弗尔斯翅膀的真假。如果是假的,他就把她写进他的系列文章《世界大骗子》。然而,沃尔泽爱上了菲弗尔斯,为了能够接近他的偶像,沃尔泽作为一个小丑也加入了马戏团,并开始感受到一种"令人炫目的自由"。

马戏团的演出情况——正如菲弗尔斯承认的那样,"这是一种流浪汉的生活",先是到圣匹兹堡,"因为她的到来,筋疲力尽的俄罗斯大地稍稍激动了一下",然后穿过西伯利亚。在马戏团异彩纷呈的演出背后,沃尔泽逐渐了解到这些在马

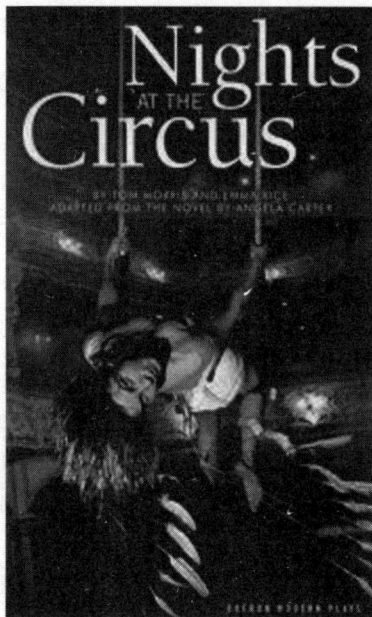

戏团表演的女艺人,虽然或为小丑或为畸形人,内心中却也蕴藏着潜在的痛苦,也有强烈要求被当作人看待的呼声。

最后,沃尔泽一改其写作初衷,转而想通过他的笔,真实地记录下这段由那些默默无闻的,或者很快被人忘却的女艺人演绎的历史,记录下她们活生生的人格,她们的悲哀和情怀。

《马戏团之夜》充满了丰富的意象和隐喻,其中最著名的意象是"菲弗尔斯的翅膀"。主人公菲弗尔斯像天鹅一样长着一对真正的翅膀。通过飞翔,她不再受神话和历史的控制,已经逃脱了被残害的命运,她也因此被作者称为"新女性"。菲弗尔斯还预言,到20世纪末,所有被捆绑着手脚的女人都将像她那样拥有一对翅膀,帮助她们飞离苦难、飞离牢笼。翅膀这一意象,使小说中的女人不再是弱者的形象,它象征着女性所具有的某种超乎常人的非凡能力,如书中所说的那样,她们"既是奇迹又是奇迹的创造者"。马戏团中高空飞行的菲弗尔斯、会变魔术的丽兹、善用音乐驯兽的阿比西尼亚公主……这支女性组成的队伍在默默忍受的同时,也一直在谋求自身的解放,并最终挣脱了男人们套在她们头上的枷锁,使那些仅仅将她们作为畸形展览品的男人都对她们束手无策。

文学影响

纵观安吉拉·卡特的文学创作,她热衷于形式技巧的实验,不仅在时空转换方面设计新颖,手法大胆,在创造具有丰富象征意义的意象方面也不断有所创新,使其作品既带有浓郁的魔幻现实主义气息,又不乏科幻小说的某些创作技法。

同时,安吉拉·卡特也显示出兼收并蓄的倾向,她吸收了心理学、人类学、社会学等现代人文科学的研究成果,并善于在民间素材中发掘丰富的幻想和灵感的源泉。她到过不少边远地区,收集了许多民间传说,很久以前的那些神话故事、谋杀事件以及诗人们的生活深深吸引了她,她经常将这些传说置于现代社会氛围中予以重写,赋予了这些故事新的意义和生命。

在整体风格上,安吉拉·卡特的作品带有明显的哥特式小说的特点,充满着奇异的意象、怪诞的情节、神秘的色彩和阴森的气氛,同时词汇华丽、行文流畅,具有很大的可读性和娱乐性。然而,她又认为文学应该对现实生活有指导意义,她不赞成文学仅仅是文学,而与真实的现实和历史无关的观点,她认为:"我的文学志向是18世纪启蒙主义的观点——写小说既是为了娱乐,在某种意义上,也是教育。""对于我来说,写故事和揭示真理是一回事,是用文学的语言来表达某种观点。"基于这种文学思想,安吉拉·卡特充分运用象征、隐喻等手法,创作了一系列寓言式的小说和故事。

尽管如此,安吉拉·卡特却不主张作者把自己的观点强加给读者。她认为,一部作品一旦完成了,它就不再属于作者本人,而是更多地属于阅读这部作品的读者;而读者在阅读过程中往往都要加入个人的历史背景和生活经历,使作品在顺应个人阅读条件的过程中完成再创作。因此,她的作品虽然在直觉上具有明显的娱乐性,但其创作的真正用意却往往含而不露,为读者留下了充分的阐释空间。

安吉拉·卡特的作品包含了多种文学样式的因素,似乎总是游移在现实与幻想、传统与现代、道德与娱乐、改编与创作之间,自成一体。正如罗拉·萨吉所言:"很难为其作品定位。"詹姆斯·布洛克威在《书与写书人》中的一篇评论也表达了同样的观点,他将安吉拉·卡特称为"我们的女艾德加·爱伦·坡……但她比艾德加·爱伦·坡更为出众。她的作品与所有真正的艺术一样,冲破了一种艺术门类的限制,成功地扩展到了其他领域"。《马戏团之夜》正是体现了安吉拉·卡特鲜明的创作风格和手法,在其漫长的创作生涯中占有重要的地位。

93. 汤亭亭［美］

《女勇士》

作者简介

汤亭亭(Maxine Hong Kingston,1940—　　)，美国当代女作家。出生于加利福尼亚州中部的斯托克顿，是汤家6个孩子中的长女。汤亭亭的父亲汤姆曾在中国当教师，年轻时偷渡去了美国纽约，以洗衣为生。母亲英兰到1939年40多岁时才得以去纽约和丈夫团聚。同年，全家移居加州斯托克顿，以开赌场为生。汤亭亭的英文名"Maxine"，就起自赌场一位赌运亨通的金发碧眼小伙，中文名"亭亭"起自一首中国古诗。

父母以及中国文化对汤亭亭的影响很大。她的大多数民间故事、唱咏、史诗都是母亲所传；父亲则经常吟诵古诗，并给她讲述《三国演义》《红楼梦》等中国古典文学。汤亭亭阅读过许多中国古诗和现代诗歌，并喜欢威廉·卡洛斯·威廉斯、霍桑、马克·吐温、惠特曼、夏目漱石、赛珍珠等作家。

汤亭亭

因为语言缘故，童年的汤亭亭在学校有过一段难于开口的沉默岁月。在公立学校，她成绩优异，是全A学生，共获得11种奖学金，使她得以进入加州大学伯克利分校。汤亭亭最初主修工程学，后改修英国文学。1962年，汤亭亭获得学士学位后毕业，不久，她与同班同学厄尔·金斯顿结婚。在20世纪60年代轰轰烈烈的反战运动中，金斯顿夫妇是热心的活动积极分子。1965年，汤亭亭获得教师资格证书，其后两年在海沃德的中学教英语和数学。

1969 年,全家搬往夏威夷,并在那里居住了 17 年。其间,汤亭亭在私立中学教艺术和英语,作品《女勇士》便是她在教书之余写成的。1977 年,汤亭亭被聘为夏威夷大学的客座英语教授。1981 年,她又获得古根海姆研究基金。1996 年,金斯顿夫妇返回加州,汤亭亭任加州大学伯克利分校英文系教授。

1976 年,汤亭亭发表处女作《女勇士》(*The Woman Warrior-Memoirs of a Girlhood Among Ghosts*),从女性的叙事视角,描述了母亲的几个女眷的故事。该书出版后便一鸣惊人,美国各大报刊好评如潮,并获该年度国家书评非小说类奖,被誉为振兴美国华裔文学的开山力作,当代女性文学的经典著作。其开篇首句"你不能把我要给你讲的事告诉任何人……"一度成为美国大学生的口头禅。

1980 年出版的第二部作品《中国佬》(*China Men*),叙述了男性华侨、华裔在美国的经历,可看作是《女勇士》的姐妹篇。该书原名为:"Gold Mountain Heroes",明显可见书中强调的地方种族色彩以及历史含义。小说采用高超的现代艺术创作手法,记叙、回忆、评论以及心理描写打破时空的隔阂,展现了超越民族与国界的文化内涵。

1989 年,汤亭亭的第三部作品《孙行者》(*Trip Master Monkey:His Fake Book*)出版。小说熔现实与梦幻、现实生活与幻觉、现实主义与超现实主义、东方文化与西方文化于一炉,是一部具有浓厚美国色彩的文学力作。出版后获得了评论界的广泛好评,并荣获西部国际笔会奖。此外,汤亭亭还著有两部短篇小说集:《夏威夷的一个夏天》(*Hawaii One Summer*,1987)和《穿过黑幕》(*Through the Black Curtain*,1987)。

代表作品

《女勇士》将中国的神话、传奇、历史及个人的自传和20世纪的美国融为一体,用故事、梦幻、想象、意识等多种表现手法,反映了一位女性成长中的探寻过程。它涉及中国的传统与美国的现实的矛盾,华人与白人的冲突,女性的被压迫与独立,因而无论从哲学、文化学或历史学的角度来讲,该小说的含义都很深刻。

该作品有个副标题——"一个在鬼魂中长大的女孩的回忆",它暗示了作品的主要内容:华裔女子在男尊女卑、长幼有序的中国家庭所受的歧视,以及东方女性在白人种族社会中所受的种族、性别的歧视,作者在听故事和想象中寻求反叛的力量,最终用文字"报道""报仇"。全书共分五个部分,分别是无名女子、白虎山学道、乡村医生、西宫门外和羌笛野曲。

"无名女子"是"我"母亲讲述的关于"我"姑姑的故事。姑姑因"私通"怀孕，在分娩当天，被愚昧粗野的村民抄家，姑姑被迫抱着刚出世的婴儿跳井自杀，家人对她进行的惩罚是把她遗忘，以及从族谱中除名。尽管母亲反复叮咛"你不能把我要给你讲的事告诉任何人"，但"我"还是崇拜姑姑的独立自主和敢作敢为，鼓起勇气用文字将"家丑"公之于世。

"白虎山学道"改编自耳熟能详的花木兰的故事。作者将自己想象为花木兰，进白虎山修炼。代父带兵驰骋战场，报国恨家仇之后回到家乡，被视为英雄。这个想象中的"我"与现实中的"我"有着明显的差异。前者像花木兰，既是孝顺的女儿，又是复仇的勇士、尽职的妻子、尽孝的媳妇；而后者，作为一名女性，则屡受传统父权观念的束缚、压迫。

"乡村医生"讲述的是母亲英兰在中国学医、从医、捉鬼、招魂的故事，母亲的独立与睿智也教育了"我"。

上述这三部分是儿时母亲讲给"我"听的故事。作品后两部分是"我"的讲述，"西宫门外"讲述的是姨妈月兰的故事。母亲英兰获悉妹夫在美国再婚，便把妹妹月兰从香港偷渡到美国去讨回她的权利，但月兰却懦弱得没有勇气面对丈夫，而且也没法适应美国的生活，最后病死于疯人院。月兰的故事似乎告诉读者：一个人没有了自我便会变得疯狂。由于月兰既丧失了作为妻子的身份，又没有在美国生活的适应能力，处于非中非西的境地，因此最终的归宿只有精神病院。

基于此，在最后一部分"羌笛野曲"中，作者终于决定走出压抑、沉默的现状，找回自己的声音，像中国汉代被匈奴掳掠至蛮地13年的蔡文姬那样，开口唱出了自己的歌。

《女勇士》中的"我"是一位思绪杂乱但又充满悖逆精神的愤怒女孩。她常站在他人叙述的对立面，在不断进行质疑的痛苦中，寻求关于"自我"的答案：她对中国文化传统和美国价值持质疑态度；她憎恨"愚蠢的种族歧视者"，讨厌"华裔女孩

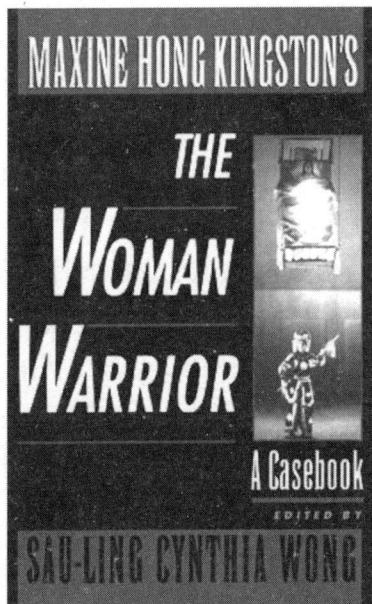

为使自己有美国女人味,把话压得往往比美国人还低";她感到在中国无家可归,但"美国生活也令人沮丧";她不明白为什么母亲说她"长大后会成人妻,给人当牛做马",但又教她唱女勇士之歌;她搞不懂为什么中国人守口如瓶,"却能保持五千年文化亘古不变"。这种质疑、探寻的过程是汤亭亭通过十分复杂的叙述手法实现的,作品结合母亲的故事叙述和作者本人的叙述,将母亲讲的故事与自己的感受、美国生活与中国经历、神话与幻想、历史与现实穿梭于时空的变换,构成了人物间巴赫金式的多声部对话。

文学影响

汤亭亭的族裔经历使她拥有从两种文化中汲取素材的智慧。《女勇士》中采用了大量的中国传统文化,从历史传说、神仙鬼怪、易经八卦、儒道佛教到招魂祭祖、气功武术、裹足绞脸、听书看戏、吃活猴脑、喝甲鱼汤,其间涉及许多中国历史或传说中的人物,如:花木兰、孟姜女、蔡文姬、岳飞、关公、孔子等。因此,当初出版时,许多美国读者把它"当作中国书来读。因为它神秘费解""充满东方异域色彩"。对此。汤亭亭本人的反应是:她是美国人,这是美国书,出现在书中的内容是她从母亲那儿听来,且经她添枝加叶、重新润色而成的,她写的是美国人而不是中国人。

《女勇士》在美国白人读者中激起热烈反响的同时,也在美国华裔文学界引发了一场激烈的"真""伪"文学论争。辩证的焦点集中在:《女勇士》是一部沿袭了"东方话语"的自传,还是一部手法创新独到的小说。汤亭亭改写花木兰的故事,是否在"伪造"中国文化,亵渎中国文化以迎合讨好白人? 对此,汤亭亭本人曾说:"每个说故事的人赋予故事以他自己的声音和精神,在写故事时,我要帮助读者把他自己的故事连接上其他的异国的故事,并借以连接上全世界的人和文化。"是的,汤亭亭早就意识到文化是民族的,也是世界的,更是流动的。她的文学创作是为了以新的女性形象解构白人心中对华裔的既定认识模式,加深华裔自身对存在于他们种族内外的种族、性别不平等的认识,并探寻女性的出路。特别是她有意识地改写花木兰的故事,旨在抒发自己的理想,借助花木兰的豪迈气概抵御美国华裔生活中的压抑,创造属于华人自己的神话。这也反映了东方女性在白人主流社会中一直在进行的抗争,因此,作为一位弱势种族和边缘文化的女性作者,要向强势种族和主流文化喊出自己的声音。

　　毋庸置疑,《女勇士》的成功在很大程度上源于作者在其作品中所展现的多元文化特质,中国传统文化为华裔作家提供了可以言说的素材以及富含隐喻的功能,使他们能够在两个世界、两种文化、两个声音、两种语言之间,以独特的生命体验和视角审视生命、关注存在。尽管汤亭亭成名时已近中年,至今也只发表了三部长篇小说和两部短篇小说集,但她对开创美国华裔文学的新传统,提升华裔文学在美国的地位做出了不可磨灭的贡献。

　　她自己说:写作的方式促使我们的作品被当作文学作品严肃以待,而不只是当人类学、娱乐之作、异国情趣。的确,这一点她做到了,她的作品的丰富内涵使它们不但跨越了文学的界限,而且跨越了学科的界限,讲授她作品的人不仅包括文学研究还有美国研究、人类学、民族学、历史、妇女研究等。她已成为当今在世的美国作家中作品被各种文选收录率最高、大学讲坛讲授最多、大学生阅读得最多的作家之一。《女勇士》还成了美国学术期刊、学术会议讨论最多的亚裔文本之一。

94. 安妮·泰勒 [美]

《思家饭店的晚餐》

作者简介

安妮·泰勒(Anne Tyler,1941—　),出生于美国明尼苏达州的明尼阿波利斯。她的父亲是一位化工学家,母亲从事社会工作。夫妇二人为给孩子一个理想的成长环境,曾经几度搬家,最后在北卡罗来纳州的一个山镇住了下来,开始了乡村生活,孩子们在劳动中逐渐接受艺术、木工和烹饪的教育。安妮·泰勒进入当地的公立学校学习,在 7 岁时就创作了大量的故事。

16 岁那年,安妮·泰勒进入杜克大学专修俄语,曾因写作天分获得两次奖学金,并在杜克大学文学杂志上发表了她的第一部短篇小说。毕业后,她又进入哥伦比亚大学研究生院继续进修一年。1963 年,泰勒与伊朗裔儿童心理医生、作家塔吉·默达瑞斯结婚,并有了两个女儿。自 1967 年以来,她与家人一直住在巴尔的摩。

泰勒的生活目标始终如一:写作和抚养孩子。她曾在《作家作品自评》一书中说:"我知道这会让我的眼界变得狭窄,而实际上,我本来就是个眼界狭窄的人。我喜欢日常生活中的琐碎小事,我不喜欢离开家。"因此,她的作品几乎都以家庭生活为主题,并大多以巴尔的摩为背景。

安妮·泰勒

　　早在杜克大学就读期间,泰勒就在小说家雷诺德·普莱斯教授的鼓励下开始写作,创作了大量作品,曾在《十七岁》《纽约客》等各类杂志上发表过 50 多部短篇小说,1964 年,她推出了第一部长篇小说《要是天亮的话》(*If Morning Ever Comes*)。这部小说虽然受到了很多批评,但它已经大致呈现出她日后创作的一系列长篇小说共同的特征:小说情节都涉及家庭生活的复杂性,地方背景总是北卡罗来纳州的小城镇,总是破破烂烂的一排排房屋,要不然也是作者最熟悉的巴尔的摩比较时兴的罗兰公园;作者总是以稍带苦笑的幽默笔调来处理严肃的主题,真实地反映出美国中产阶级的生活,特别是中产阶级妇女的处境。

　　20 世纪 70 年代,泰勒作品中的人物大多生活在矛盾之中,既向往家庭生活,又想从家庭生活中逃离出来。《天国航行》(*Celestial Navigation*,1974)是泰勒本人最喜爱的作品,因结构精妙而广受好评。《寻找凯莱布》(*Searching for Caleb*,1976)描写了巴尔的摩一家三代人的生活,这部作品引起了著名作家厄普代克的注意。他在《纽约客》的评论中将泰勒与弗兰妮·欧克诺尔、卡森·差克勒尔斯等久负盛名的南方作家相提并论,称她与这些作家一样善于观察日常生活中的细节,并且能够运用洗练的语言将其在作品中表现出来。

　　进入 80 年代以来,泰勒的作品多次获奖,她本人也跻身当代美国优秀女作家的行列。《摩根之死》获简妮特·海丁格尔·卡夫卡小说奖,并获得美国图书奖提名。《思家饭店的晚餐》(*Dinner at the Homesick Restaurant*,1982)获美国图书奖,自1982 年问世以来一直畅销不衰。《偶然旅客》(*The Accidental Tourist*,1985)获全美图书评论界奖,书中人物行为乖僻却亲切可信,1988 年,该小说被成功地改编为同名电影,获美国电影学会奖。《活的教训》(*Breathing Lessons*,1988)一书描写了一桩持续了 28 年的婚姻,尽管很多评论家都认为这并不是泰勒最好的作品,但仍然获得了 1989 年度普利策奖。

　　1995 年,泰勒又推出了《岁月之梯》(*Ladder of Years*),小说女主人公出于一时冲动离开了家庭和 3 个孩子,以全新的身份在一个陌生的小镇上生活了一段时间,最终回到了家人身边。《拼凑星球》(*A Patchwork Planet*,1998)也描写了一个流离失所的局外人,作者对其充满了同情和理解。

　　作为一位女性作家,泰勒在其作品中塑造了很多妇女形象,她们大多顽强甚至偏执。然而,泰勒却总是倾向于把她们放在传统的女性角色中加以表现,她们在面临悲惨命运时不是公然反抗,而是默默忍受,独自担当。因此,她的小说里通常很少有女权主义者的尖锐呼声,却在看似平淡的日常生活中透露出对自由的渴望。

代表作品

《思家饭店的晚餐》是安妮·泰勒的第九部长篇小说,描写的是一个普通美国家庭的生活。小说叙述两个兄弟和一个妹妹被父亲遗弃,靠脾气暴虐的母亲独自抚养成人的故事,家庭中每个人都渴望着有一个和睦融洽的家,但他们无法像亲人一样团聚。

小说开始时,85 岁的波尔·塔尔躺在病床上回忆往事。她结婚很晚,丈夫是个终日东奔西走的推销员。当她生育了 3 个孩子之后,却被丈夫抛弃了。一幕幕往事在这个垂死的老妇人脑中闪现:35 年前,贝克·塔尔宣布他将离开家,其后她开始独自抚养 3 个孩子的艰难岁月,她对孩子的粗暴惩罚,在内心至今仍是难以抹去的创伤。

小儿子艾兹拉从一个寡妇那里继承下一家饭店,并改名为"思家饭店"。他多次邀母亲兄妹来此举行家宴,然而,"每次吃饭,总要出什么差错,不是这个生气,就是那个哭着离开,最后总是不欢而散",艾兹拉"完美家庭"的梦想一直到母亲去世都未曾实现。

小说由十个独立的章节构成,每个章节都从一位家庭成员的角度出发,反映出他们各自对于过去的不同观点。母亲波尔认为:"她的孩子们都有点不正常,他们都那么令人沮丧——虽然都有吸引力,讨人喜欢,但他们反常地跟她隔离开,使她无法指正他们。在他们每个人身上她都感觉到有一种明显的缺陷:考迪经常无缘无故地发脾气;珍妮是那么轻率无礼;艾兹拉做事总不把潜力充分发挥出来。他开了一家饭馆,跟她替他设想的完全不一样。"

在大儿子考迪和女儿珍妮的记忆中,母亲是"疯狂的、尖叫的、不可捉摸的巫婆"——"她拖着我们往墙上撞,叫我们贱货、毒蛇,希望我们早点死掉。她使劲摇我们,一直摇到我们的牙齿咯咯作响。她冲着我们的脸厉声叫骂,一天又一天。我们从不知道她什么时候心情好,什么时候心情坏。芝麻大的事也会使她暴跳如雷。

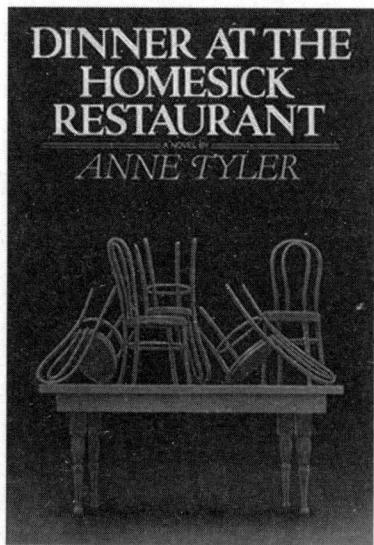

我要把你从窗口扔出去,她总是这么对我说。"每次聚餐的时候,他们回忆的总是过去的贫困与寂寞:她无力替他们购买的玩具,他们没能去参加的晚会之类。尤其是考迪,总是不断回忆母亲的坏脾气。

而在艾兹拉的记忆中,"母亲并不是一直发脾气。实际上,她很少发脾气,只有几次,间隔时间很长"。相反,他认为母亲是家庭中力量与安全的来源。她"常常跟我们一起玩垄断游戏。跟我们一起听弗雷德·阿伦的歌曲,一起唱那支短歌——春藤,多么可爱的常春藤……还有踢踏舞,她和我们手挽手跳着踢踏舞进厨房"。

这部小说还充分体现了儿时的家庭生活对人一生的影响,即使当塔尔家的3个孩子长大成人而远离了家庭之后。这种影响仍然无处不在,无法摆脱。大儿子考迪因为童年时母亲对弟弟艾兹拉的偏爱而事事都要与他一争高低,连艾兹拉矮小幼稚的女朋友露丝也不放过。尽管露丝根本不是考迪想象中的妻子人选,他还是处心积虑地将她从艾兹拉身边夺走,娶她为妻,并时刻提防她与艾兹拉的接触,甚至怀疑自己的亲生儿子路加是露丝和艾兹拉所生。

小儿子艾兹拉由于自幼缺乏家庭生活的温暖,总是梦想着所有家庭成员之间的团聚,但现实一次又一次地击碎了他的梦想,在露丝被哥哥夺走之后,他一直未婚,似乎他只能永远生活在对幸福生活的憧憬之中。

女儿珍妮儿时经常遭到母亲的侮辱和责骂,总是生活在恐惧之中,她性格内向,对她所爱的亲人保持距离,对陌生人却和善亲切。她对自己也十分挑剔,明明骨瘦如柴却还是拼命控制饮食,她的婚姻生活也屡遭不幸,直至第三次婚姻才算找到了一些幸福。

小说《思家饭店的晚餐》曾被评论称为:读此书的乐趣不仅仅为娱乐,而且为了受启发。小说里所写的"思家病"已成为许多美国人的一种通病,它不是"游子思乡"意义上的"思家",而是有家不成其为家而"思家",这大概是这部小说受欢迎的原因。

虽然小说的气氛有些沉闷,作者的幽默仍然可以通过细节描写显现出来。作者的叙述口吻就像平日讲故事一样,但却娓娓动听,引人入胜。小说通篇文笔简洁,场面生动,她似乎总是在一个特定的范围之内,细致地观察她笔下的人物。在她的作品中,即使是一个存在缺陷的人,通过深入的观察,也能表现出闪光点,让人感动不已。

在《思家饭店的晚餐》中，双目失明的波尔要求儿子为她朗读她少女时期的日记，"那个打扮入时的小姑娘，就是这个老太婆！这个坐在身边的瞎老太婆！她曾经是一个完全不同的人，曾经有过一段完全不同的生活，曾经跟亚马孙家的孩子打球，跟尼尔家的男孩一起耍了些坏花招，在秋季朗诵比赛上获第一名……"18 岁少女的青春和欢乐，与八十高龄老人的衰老和无奈所形成的鲜明对比令人动容。

《思家饭店的晚餐》被很多读者认为是泰勒最感人至深的一部作品，1982 年一经发表，就被《纽约时报书评》和《时代》杂志评为当年美国五部最佳小说之一。随着时间的推移，《思家饭店的晚餐》赢得了更多的读者，获得了评论界更高的评价。厄普代克认为该书"达到了一个新的层次，是作者对于家庭生活这一她最钟爱的主题的绝妙发挥"。拉瑞·麦克默德里也认为泰勒的《思家饭店的晚餐》是一部异常优美的小说。它成功地表现了家庭生活中悲剧与闹剧之间的转换。本杰明·德默特对此书更为推崇，他认为该书"不仅机智有趣，而且同时体现了心理学、伦理学等方面的真理，这部作品所达到的深度是很多当代著名作家的作品无法企及的，同时它也是泰勒本人写作生涯的里程碑"。

95. 艾瑞卡·琼 [美]

《女人的忧郁》

作者简介

艾瑞卡·琼(Erica Jong, 1942—),美国当代活跃的女性主义文学家。1942年3月26日出生在美国纽约,她的母亲是个画家,父亲早年从事音乐工作,后转而经商。大学期间,艾瑞卡·琼积极地参加文学活动,参与编辑学校的文学杂志,并给哥伦比亚大学校广播站提供文学节目。1963年,她取得文学学士学位。两年后又获得哥伦比亚大学的硕士学位,专业是18世纪英语文学。

在攻读博士学位期间,艾瑞卡·琼创作出她的成名作《恐惧飞行》(*Fear of Flying*, 1973)。这里"飞行"不单单指乘飞机飞行,它更象征着女性离开男性中心、离开旧有价值观念和平凡生活的自由追寻。然而飞行总会带来些眩晕和担心,这正是小说传递出的想飞又怕飞的矛盾心态。小说主人公是伊莎朵拉·韦恩,她对性的追求和对自我的追寻交织在一起,她的故事典型地反映了20世纪六七十年代美国社会性开放的汹涌潮流,同时也包含了作家对这股潮流的深刻思考。这部小说获得了极大成功,亨利·米勒称它为"女性的《北回归线》",说它为女性打开了自己

艾瑞卡·琼

的心门,给读者带来了关于生活、性、快乐和冒险的传奇故事;厄普代克则称它为"女性的《麦田里的守望者》"。

之后,艾瑞卡·琼在1971年出版了诗集《水果与蔬菜》(*Fruits & Vegetables*),初步显示出其强烈的女性意识,她另有诗集《爱之根》(*Loveroot*,1975)、《躯体边缘》(*At the Edge of the Body*,1979)和《平凡的奇迹》(*Ordinary Miracles*,1983)等。在《如何拯救己身》(*How to Save Your Own Life*,1977)和《降落伞和吻》(*Parachutes & Kisses*,1984)两部小说中,艾瑞卡·琼继续了伊莎朵拉的故事。她创作的其他小说还包括:《芬尼·一个女人冒险的真实故事》(*Fanny, Being the True History of the Adventures of Fanny Hackabout-Jones*,1980)、《夏洛特的女儿》(*Shylock's Daughter*,1987)、《创造记忆》(*Inventing Memory*,1997)和《莎孚的跳跃》(*Sappho's Leap*,2003)。1990年,艾瑞卡·琼推出了长篇小说《女人的忧郁》(*Any Woman's Blues*),这篇小说继续着作家一贯的主题:探讨女性的生存境况。通过主人公的情感经历,勾勒出女性在欲望与理性之间的剧烈挣扎,表达出对性的渴望和心灵的充实的双重追求,充分张扬女性自我的生命力和创造力。这部小说在美、英、德、法、西班牙及南美地区都获得极大好评,《华盛顿邮报》文学专栏的评价是"激情、智慧并且诚实"。

1998年,艾瑞卡·琼为女性文学和女性作家做了一件很有意义的事。那年夏天,著名的学术出版机构"兰登书屋"开出了一份清单——20世纪英语小说百佳,在这份清单中,只有8位女作家的9部作品入围。艾瑞卡·琼认为这显然与事实不符,她发表文章力主建立女性作家自己的作品榜单,并向30位文学家评论家征询意见,同时吁请广大读者参与评选。此举正体现了艾瑞卡·琼反抗男权中心、追求平等的坚定立场。

近年来,艾瑞卡·琼开始对自己的创作历程进行了回顾,1998年,她在接受媒体采访时,说自己的作品曾遭到很多人的攻击,那是因为她揭示了部分的真实,开启了原来无人知晓的层面,她为自己成为一个干扰现状者而自豪。

代表作品

蕾拉的父母在酒精、药物和争执之中消磨生活,因此,她的童年没有得到父母足够的关心和照顾,这形成了她独立而又忧郁的心理基础。蕾拉从小学习音乐和绘画,颇有天分。后到耶鲁美术学校学习艺术。自那时起,她便显示出特立独行的风格和反叛的姿态,她总是一身黑色装束,腋下夹着《存在与虚无》,嘴里叼着烟,身旁跟随着高大威猛的男友史耐克。

艾瑞卡·琼[美]

　　大学毕业后,蕾拉出人意料地嫁给了汤姆士,一个富有但却酗酒的年轻人。由于汤姆士过于软弱,两人的婚姻很快就结束了。蕾拉很快与艾尔摩结婚,并生下一对双胞胎女儿艾得和美可。在艾尔摩那里,蕾拉找到了性爱的满足,艾尔摩的口才和绘画才能也令她钦佩。但好景不长,蕾拉的艺术成就飞快地达到顶峰,而艾尔摩的抽象派作品却开始走下坡路。这使得艾尔摩开始酗酒,再加上其他原因,他们的婚姻戛然而止。

　　与艾尔摩分手后,蕾拉找过许多男人,但没有情投意合的。独自生活了几年后,蕾拉遇见了达特,由此开始了一段极度美好而又令她心碎的生活。达特是个有自恋癖好的小伙子,那时他25岁,而蕾拉已经39岁。蕾拉通过自己的艺术才能塑造着达特的形象,获得了很大成功,达特也由此成为公众人物。蕾拉与达特共同漫游世界各地,疯狂地享受着性爱带来的愉悦,同时他们还酗酒、嗜药,完全沉浸在感官刺激和自我放纵中。

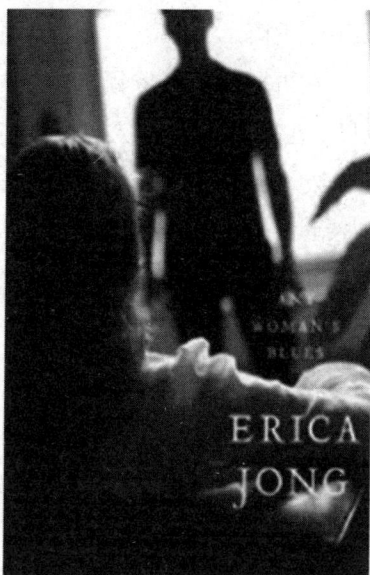

　　达特渐渐找借口独自离开,很长时间不见踪影,而每当达特突然归来时,蕾拉又会放弃自我,与达特陶醉在放纵的性爱当中。但结束之后,达特又会无情地离去。这样的反复使蕾拉逐步走向自我崩溃甚至企图自杀。蕾拉知道自己在达特之外还需要更多的平静,但她一直无力摆脱达特的诱惑,她开始用酒精麻醉自己。

　　蕾拉向好友艾米倾吐苦闷,说自己的灵感离不开性爱的激发,艾米则规劝蕾拉应对自己保留一份爱,要靠“自己”而非男人来提升自身的创造力。在艾米的开导下,蕾拉逐渐清醒,她重新拿起画笔,在绘画中找回了迷失在性爱中的自我。当达特再度归来,蕾拉已在心中为自己“保留了一点空间——一小块理智的角落”。

　　一个来历不明的电话,使蕾拉对达特的不满终于爆发,两人分手了。两个女儿的到来使蕾拉的心情有了寄托,她感到自己过去迷失了自我,而错过了很多幸福的时光。

　　蕾拉与50岁的古董商人丹尼·唐诺相好。唐诺还为蕾拉建了一间画室。可它是一个只有一扇天窗的“坟墓”,这使蕾拉感到窒息,她无法与大自然隔绝,因而也无法这样生活下去。蕾拉酒醉后驾车外出，被警察吊销了执照。蕾拉又一次进行反思，她读起了罗梭、老子和铃木大佐的作品，想培养自己"静默的艺术"，但她知道这实际上更难。

蕾拉又迎来了另一个情人——商人里欧·史考夫。她一心希望有男人可以保护、安慰自己，但眼见里欧的麻烦比自己还多，十分失望。里欧匆匆离去，蕾拉感到很空虚，不顾一切地打电话寻找达特，当最终听到对方声音的时候，蕾拉又痛苦地放下了听筒。

在男友韦恩的带领下，蕾拉在阿达夫人家目睹并参与了两次所谓的"心理剧"。在这里，一些男人自愿充当奴隶，给他们的女主宰任意打骂玩弄。蕾拉扮作一位女主宰，鞭打了一名男奴，结果发现此人竟是里欧。蕾拉拒绝继续参与，她明白这些行为体现了一种变态的心理需求，虽然可以在这种鞭打与主宰的愉悦中打破对达特的幻想。可是她觉得真正值得追求的是"如何去爱人"，而不是对男性的驾驭和报复。

富立安是蕾拉精神上的好友与恋人，但两人一直疏于联系。在接受了来自威尼斯的宴会邀请后，蕾拉打电话请求富立安与她同行。在威尼斯，蕾拉见到女友克第拉。得知蕾拉的不幸遭遇后，克第拉建议蕾拉应勇敢地面对孤独，只有这样才能把握自由。

尽管有克第拉理性的劝慰和富立安精神上的陪伴，蕾拉还是无法自控地开始与威尼斯美男子南左交往。在与富立安深入平静地交谈时，蕾拉了解到为何富立安从不与她涉及性。蕾拉也明白性无法解救自我。蕾拉强烈希望与富立安结婚，而后者希望到南太平洋的一座小岛上过隐居的生活。

蕾拉在独自观赏了当地的一次画展后，她决定用自己的绘画直面发自远古的性的主题。她不再沉湎于单纯的性的满足，既不与南左留在威尼斯，也不与富立安去托不里昂岛，而是回家，回归自己的绘画艺术。这是蕾拉最后的决定。

文学影响

艾瑞卡·琼致力于探析当代处境下的女性心灵，以大胆的笔调持续不断地发出女性自己的声音。她的作品直面女性对性爱的本能需求，并主张女性建设独立自我，在性与自我之间复杂的纠缠与冲突是把握其作品的关键。在文学传统中，特别是20世纪的文学创作中，我们可以看到不少将性和自我交织在一起进行思考的作品,比如说劳伦斯和维吉尼亚·伍尔夫的作品,但艾瑞卡·琼的描写与深思却更具当代色彩。

比如说艾瑞卡·琼的成名作《恐惧飞行》中,主人公伊莎朵拉·韦恩的经历就紧扣时代而又令人惊异。伊莎朵拉·韦恩是一个具有欢闹性格的反英雄角色,她喜欢做白日梦,喜欢幻想;她写诗,诗中充满了性爱的色彩;她需要一个精神病医生,她追寻自由与拯救。在维也纳,她遇到一个居无定所的分析家,在他的引诱下,伊莎朵拉开始了一次横穿欧洲大陆的存在主义式的旅行。旅行中,他们夜宿街头、不断地更换性伴侣,通过一些有趣而又痛楚的方式重新估量自己的生命价值。小说中的这些描写与美国20世纪60年代兴起的"性革命"相对应,其"出格"的性话语及"出轨"的人生追求,的确反映了现实的一个方面。艾瑞卡·琼及时捕捉到了性观念与性活动在现实中新的发展,并大胆地探究放纵的性与自我追寻的复杂关系,这的确是她的独特贡献。

两性间的矛盾与冲突,或是男性对女性的压迫,是女性主义文学和女权主义关注的焦点,而这也同样是艾瑞卡·琼所要表现的重点,但她的突出之处就在于除了具有强烈的女性意识外,她还展示了女性在寻求幸福真爱中理性与非理性的猛烈冲突、灵与肉的剧烈挣扎以及成功女性的双重困境,甚至她还从女性的眼光描写了男性的虚弱,这些方面也都更明显地体现出了当代色彩,同时也丰富了她对两性关系的思考。

在小说《女人的忧郁》中,主人公蕾拉对达特的渴望与痛恨穿插交织,既想与他彻底告别,又时常不顾往昔的一切烦恼想与达特见面;有时想杀掉达特,有时又觉得自己就喜欢达特的不负责任和疯狂。徘徊中的蕾拉时而想自杀,时而又觉得自己充满生命力,种种矛盾的心态正揭示了某种心理真实。而小说除描写了阿达夫人家的"心理剧"外,还写了另一处充斥着变态与暴力的夜总会,这些情节相当尖锐地直指处在迷惘中的当代各色人等的阴暗心理。艾瑞卡·琼及其作品的评介在国内目前还很少,这位作家的许多方面还需要进一步挖掘与整理。

96. 柳德米拉·叶甫盖尼
耶夫娜·乌利茨卡娅 [俄]

《库科茨基的特殊病例》

作者简介

　　柳德米拉·叶甫盖尼耶夫娜·乌利茨卡娅（Ludmila Evegemevna Ulitskaya，1943—　），俄罗斯当代著名作家。出生于莫斯科一个犹太知识分子家庭，她的外祖母毕业于旧俄时代的中学，并获得金质奖章，懂法语和德语。母亲是生物化学家，父亲是农业机械工程师。乌利茨卡娅从小就酷爱读书，尤其沉醉于俄罗斯古典文学之中，"整个童年和青春都是在手不释卷中度过的"。但是受母亲的影响，她大学里学的是遗传学专业，毕业后在苏联科学院生物研究所工作。但出于对文学的热爱和深厚的文化素养，她最终踏上了文坛。

　　乌利茨卡娅的文学创作始于 20 世纪 70 年代，早期创作以电影脚本和儿童文学作品为主，后来开始发表一些短篇小说，都未引起评论界的

**柳德米拉·叶甫盖尼
耶夫娜·乌利茨卡娅**

注意。但她仍然笔耕不辍，创作也逐步成熟。1992 年，她在《新世界》杂志上发表的中篇小说《索涅契卡》（Sonechka）获得广泛好评。从此她佳作连篇，成为当代俄罗斯乃至世界文坛上的知名作家。乌利茨卡娅曾以中篇小说《索涅契卡》、《美狄娅和她的孩子们》（Medea and Her Children, 1996），长篇小说《库科茨基的特殊病

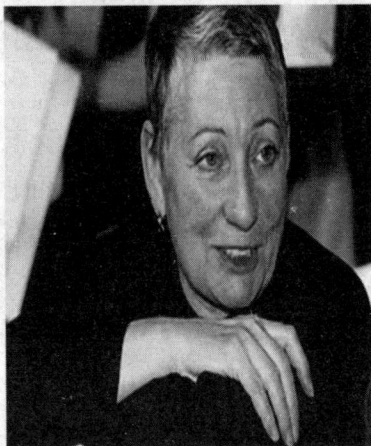

例》(*The Special Case of Kukotziky*, 2000) 分别入围 1993 年、1991 年和 2001 年布克文学奖。最终于 2001 年摘取桂冠,这也是 10 年来第一位获得此奖的俄罗斯女作家。她的作品还曾获得过莫斯科－彭内奖、法国的美第契文学奖和意大利的奖项。

乌利茨卡娅的创作思想和风格都非常独特,很难把她归入某一类作家中去。她深受俄罗斯古典文学传统的影响,一方面关注小人物的生存和命运,描写普通人的悲欢离合与家庭关系;另一方面,她在作品中常常表达内心自由的感受。她的小说大都以女性为主人公,以家庭为人物的活动舞台,以重大历史事件作为社会背景。

家庭是乌利茨卡娅创作中的重要主题。女作家深受犹太文化传统的影响,认为家庭是社会的中流砥柱,"正是在家庭中能够找到真正的价值"。她笔下的家庭有两层含义:一是指具体的某个小家庭甚至是大家族,二是指世界这个大家庭。一个家庭的命运既受社会历史发展的影响,又反过来折射出社会历史的发展状况。乌利茨卡娅赋予家庭中的女主人平凡而又崇高的品格,使她成为家庭的主要支柱。她非常欣赏俄罗斯人,尤其是俄罗斯女性拥有的那种温顺地接纳一切的能力。乌利茨卡娅笔下的女性具有一种独特的魅力,她们总是尽力去理解生活,保卫生活,从她们身上生发出给人安抚、令人镇静的力量。

在家庭关系中,两性关系占据着主要地位,乌利茨卡娅在作品中深刻探讨了两性关系。在她的新作《库科茨基的特殊病例》中,乌利茨卡娅认为:人要想完全拥有对方,达到灵与肉的完全统一是不可能的。相爱的人总是在一次又一次的拥抱中、在肉体的欢娱中感到幸福,以为达到了一种前所未有的境界,彻底拥有了对方。然而"肉体本身就是界限",人在强烈的索求背后却是独立的渴望。

对内心自由的颂扬和追求是乌利茨卡娅创作中的另一主题。她的亲人中有两位曾经被驱逐出境,她本人也曾受牵连而被剥夺工作的权利,因此,她对自由的感受非常深刻。女作家坦言,她之所以对普普通通的人感兴趣,正是因为"在他们当中,我遇到那种我认为是无比宝贵的东西——那种对内在的自由的感受"。对于这一主题作家并没有进行正面描写,而是以并不引人注目的笔触渗透于行文之中。

代表作品

乌利茨卡娅的重要作品《库科茨基的特殊病例》,讲述了库科茨基医生一家几口人的命运。主人公巴维尔·阿列克谢耶维奇·库科茨基祖辈都是医生,他从幼年起就对人体结构非常感兴趣,童年和少年时代最愉快的时光是在父亲的医学实验室里度过的。1917 年,他考入莫斯科大学医学系,毕业后做了一名医生。第二次世界大战后,他开始在苏联卫生部下设的研究所里工作。

巴维尔具有一项特异功能:用肉眼就能透视到病人的严重疾病,他把这叫作"内视"。他对自己的这个秘密守口如瓶,但他发现自己的这个特异功能是仇视女性的,任何与女性的亲近都会损害它。终于,他寻找到了唯一与自己的这个功能不相矛盾的女性——叶莲娜,并娶她做了妻子。那一年他已经 43 岁了,而叶莲娜28 岁。

叶莲娜出身于莫斯科郊外的一个农民家庭,早年在工厂的夜校里她认识了制图教师安东。他们的结合虽然没有火热的爱情,却是严肃审慎的决定。婚后他们平静、和睦地生活了几年,直至卫国战争爆发,安东上了前线。在库科茨基医生为叶莲娜治病期间,两人产生了感情。同时传来安东阵亡的消息,叶莲娜怀着负疚的心理带着女儿嫁给了库科茨基。

婚后,库科茨基立即把叶莲娜的女儿过继到了自己的名下,对她视如己出。一家三口的生活幸福而又宽裕,直到有一天,库科茨基的一句话把这一切都打破了。

库科茨基医生的家庭构成是复杂的,而且都和他所从事的职业有关。他曾为了挽救叶莲娜的生命帮她切除了子宫,叶莲娜失去了生育能力,因此带来了她和前夫所生的女儿塔尼娅。而库科茨基的另一个女儿托玛,同样是一个女病人遗留下的孩子,因此,这个家庭里的成员只有叶莲娜和塔尼娅之间有血缘关系,而这个家庭的兴衰以至最后的崩溃,也和库科茨基的职业不无关系。

在 20 世纪三四十年代,库科茨基凭借自己的天赋和坚韧精神,已经成为赫赫有名的医生和研究所的领导。但是苏联为了实现人口增长,在 1936 年颁布了一项禁止人工流产的法令。库科茨基遇到的许多危重病人都与做非法流产手术有关,他强烈要求取消这项法令,并为此不懈努力着,这都是瞒着自己的妻子做的。

当又一个病人因为非法流产失血过多而死去,他们收留了她的女儿托玛时,医

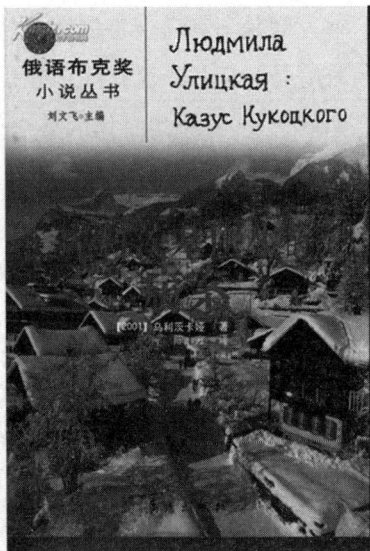

生把自己的秘密行动告诉了妻子。叶莲娜大为震惊,认为这是在剥夺一个尚未出世的孩子的生命。而库科茨基目睹了大量妇女因为偷偷流产而带来的悲剧,对妻子的无知深感痛心,激动之中说出了一句极其无情的话:"你没有那个器官,你已经不是女人了,你哪里知道她们的痛苦。"这句话把叶莲娜抛入了痛苦的深渊,从此,这个家庭虽然生活秩序依旧,但夫妻两人之间的裂隙永远也无法弥合了。终于有一天,叶莲娜不堪心灵的重负,对过去丧失了记忆。

在父母的关爱中塔尼娅长大了,她聪颖好学,勤奋多思,懂事听话。在父亲的影响下她对医学产生了浓厚的兴趣,在大学实验室里当了一名实验员。但有一天让她用死去的婴儿做标本时,她终于无法忍受这种残酷,永远离开了她所热爱的工作,否定了父母的信仰和生活方式,开始了离经叛道的生活。

塔尼娅没有工作,她与父亲好友的两个儿子同时交往,因为怀孕不得不嫁给其中一个,却又带着腹中的胎儿和一个音乐家同居,并认为找到了真正的爱情。生下女儿后,她又怀上了音乐家的孩子,却不幸流产而死去。小说以塔尼娅的女儿诞生结尾。

文学影响

小说中每个人物的命运都牵扯着一个中心话题:怀孕、胎儿、小孩和人。医学,尤其是遗传学是与人的物质存在形式联系最紧密的一门科学,乌利茨卡娅正是借助于此来探讨人的存在意义——这个亘古永恒的话题,这里的存在包括物质的存在和精神的存在。库科茨基的一生致力于挽救人的生命,但他却无法拯救人的精神世界。他的妻子为他所伤,从此对他关闭了心灵的大门;他的女儿面对残酷的医学实验而对自己的理想和追求产生怀疑,向他寻求答案时,他却把"这就是职业"这样冷冰冰的话抛给了女儿,致使女儿义无反顾走上了完全背离科学的道路。

尽管仍然像几个世纪以来那样,"存在的意义"这个问题没有答案,但重要的是,作者努力使读者相信——直接提出这个地球上最主要的问题,不仅是权利,而且是每个人的责任,并相信,在共同研究和共同创造的道路上,最终会得到我们要寻找的答案,她希望告诉人们,尽管存在这些问题,但我们依然要无畏地去生活。乌利茨卡娅表示:"我希望他们在个人的生活中打开我在我作品人物的生活中给他们打开的东西。我没有回答一个问题,我只是试图说明我怎样看待我们所处的这个进程,这个有限的进程。同时也是永无止境的进程⋯⋯"

　　这部小说与以往不同的地方在于:以往的小说完全是采用写实笔法叙述现实生活;而在这部小说中,除了有现实生活这条线索,还有一个神秘的梦境中的世界,梦境对现实有所昭示。叶莲娜经常做梦,在梦中,她漫游"多极坐标系"中的沙子世界,还有过去和现在同时存在的时间舱。那里是她摆脱巨大痛苦的地方,也是她寻求答案的地方,可以说就是她的精神后盾。乌利茨卡娅承认她本人也经常做梦,而且对许多梦记忆很深。"我不敢说有哪个确定的梦改变了我的命运,但在我的生活中,梦给了我大量重要的信息。"当一个人面临使他困扰的问题,他得到答案的方式是多种多样的,可以通过书,可以通过人,甚至也可以通过梦。

　　小说的第二部分完全是叶莲娜的梦境,有些评论家认为乌利茨卡娅是在赶时髦。对此女作家解释说没有第二部分她的小说根本就不存在,主人公的现实生活当然是她感兴趣的,但使她更加感兴趣的是他们的第二(或者第三,愿意多少就多少!)方案。小说原来的名字是《到世界的第七方旅行》,但许多人不明白,总是要追问这个名字的含义,作者只得改变了小说题目。关于新题目,乌利茨卡娅解释说,特殊病例就是一个例子,她想把库科茨基医生作为一个例子,讲述他这个人和他的命运。乌利茨卡娅觉得这个病例是我们当中每个人的病例,任何一个人都是上帝手中的具体的例子。这一次是库科茨基,但他可能是每个认真审视生活、无畏而又诚实地看待世界的所有人的代表……

97. 艾丽斯·沃克［美］

《紫色》

作者简介

艾丽斯·沃克(Alice Walker, 1944—　　)，美国著名的当代黑人女作家。出生于佐治亚州的一户佃农之家，家境贫寒。8岁时，艾丽斯·沃克与哥哥玩耍不慎被玩具手枪射瞎右眼，尽管后来接受了手术治疗，但还是落下了终身残疾。童年时的沃克就对文学有着特殊的爱好，对夏洛蒂·勃朗特的《简·爱》更是爱不释手。

1961年，艾丽斯·沃克以优异成绩高中毕业，并获奖学金进入亚特兰大的斯培尔曼学院学习。这是一所专门面向黑人女子的学校，在校期间，她积极参加人权运动，并被介绍认识了美国著名的黑人民权领袖马丁·路德·金。她还参加了在芬兰举行的世界青年和平大会。回国后参加了一系列反种族歧视活动，在华盛顿亲耳聆听了马丁·路德·金的《我有一个梦想》(*I Have a Dream*)的著名演说。

在斯培尔曼学院学习两年后，艾丽斯·沃克又获得奖学金，转入学术气氛较自由的纽约莎

艾丽斯·沃克

拉·劳伦斯学院学习，是当时进入名牌大学就读的少数几个黑人女性之一。在这里，她遇到了文学上的良师益友——诗人默里鲁凯色和作家简库柏，在他们的帮助和鼓励下，她开始写作诗歌，创作了第一个短篇小说《临终地狱》(*To Hell with Dying*)。

1966 年,艾丽斯·沃克结识了人权法学生、犹太青年梅尔莱文泰,不久与之结婚并生有一女。婚后,她边参加人权运动边进行创作,担任了当时有名的女权主义杂志《女士》的编辑,并发表了散文《民权运动:它的好处是什么?》(*The Civil Rights Movement: What Good Was It*)。1968 年,她创作的第一部诗集《一度》(*Once*)和第一部长篇小说《格兰奇·科伯兰的第三次生命》(*The Third Life of Grange Copland*)发表,这使她信心倍增;1973 年,她又发表了第二部诗集《革命的牵牛花外》(*Revolutionary Petunias and Other Poems*)。

20 世纪 70 年代初期,艾丽斯·沃克在多所大学、学院应聘任教,并在威里斯大学任教期间创建了妇女文学研究课程。之后,她发表了短篇小说集《爱的烦恼》(*In Love & Trouble*,1973)和第二部长篇小说《梅丽迪恩》(*Meridian*,1976),后者讲述了一位青年女子在人权运动中的斗争和遭遇。由于这部小说获得一致好评,艾丽斯·沃克受到极大鼓舞,决定接受古根海姆研究基金会的资助,从事专职写作。这一时期,沃克和梅尔莱文泰离异,她迁至美国西海岸的旧金山,在那里,她和罗伯特·爱伦——《黑人学者》杂志的编辑相爱。不久,艾丽斯·沃克发表了诗集《晚安威利·李》(*Goodnight Willie Lee, I'll See You in the Morning*,1979),以及短篇小说集《你征服不了的女人》(*You Can't Keep a Good Woman Down*,1981)。

1982 年,是艾丽斯·沃克创作生涯的里程碑,她在这一年发表了著名长篇小说《紫色》(*The Color Purple*),这部小说受到读者、评论家们的一致好评,并先后获得 1983 年的普利策奖、全国图书奖和全国书评家协会奖等多项大奖,艾丽斯·沃克也成为获得普利策奖的第一位黑人女作家,并跻身于全美最著名作家之列。

继小说《紫色》的成功之后,艾丽斯·沃克又继续出版了以妇女为题材的散文集《寻找我们母亲的花园》(*In Search of Our Mother's Gardens*,1983)、小说《我熟悉的坦普尔》(*The Temple of My Familiar*,1989)、《保守秘密的乔伊》(*Possessing the Secret of Joy*,1992),以及回忆自己过去婚姻生活的《伤心前路》(*The Way Forward Is with a Broken Heart*,2000)。

纵观艾丽斯·沃克的全部作品,政治、种族和社会始终是她关注的内容。在她的最新小说《在我父亲微笑的光芒下》(*By the Light of My Father's Smile*,1998)中,作者采用了多重的叙事角度,从性别、宗教、战争和种族 4 个方面剖析了几代人的不同观念。沃克站在边缘人的立场,以"后殖民"文学特有的尖刻性对西方中心论进行了全面颠覆,即以一个非洲裔美国黑人女作家的身份,为遭到新旧殖民主义者边缘化的人进行旷野呼告，呼唤人与人真正意义上的平等。

代表作品

《紫色》讲述的是一个14岁的黑人姑娘茜莉的故事，她生活在美国南方乡下的一个小村。因母亲长年多病，且频繁生育，所以茜莉从小就得操持家务，洗衣做饭，还要照看弟妹们。不幸的她竟然被她父亲方索多次奸污，生下的孩子被狠心的父亲弄得下落不明，还威胁不许她告诉别人。她现在又有了身孕，不明真相的母亲却以为她败坏家门，对她横加责骂。但这一切茜莉都忍受了，因为她不想让重病在身的母亲遭受到更大的打击，不久，她的母亲去世了。

茜莉第二个孩子同样被弄得不知去向，她怀疑是被父亲弄死或卖了。很快，她父亲又续娶了一个与茜莉同岁的姑娘，并开始对茜莉厌倦了，想将她赶出家门。

茜莉的妹妹聂蒂有了一个男朋友，叫X先生，他每个礼拜天晚上都来茜莉家。不久他便开口向聂蒂求婚了。可方索却借口说聂蒂太年轻没经验，而且X先生孩子又多，不同意他娶聂蒂，但却同意他娶茜莉，还送了一头牛做陪嫁。

X先生最终还是娶了茜莉，主要原因是他需要一个帮工，原来做家务的女工辞工不干了，而且黑人保姆也要走了。但婚姻并没改变茜莉的命运，只不过是逃离虎口又入狼窝罢了，X先生对茜莉非打即骂，并把她当作泄欲的工具，茜莉过着牛马般的生活。

茜莉默默地忍受着生活的不幸，认为只要活着就足够了。她过着一种麻木混沌的生活。不久，歌星萨格到城里来演唱，这引起了X先生的激动。他又去会老情人了。

萨格病倒了，其他的人并不理解她，没人愿意收留她。X先生将她接到家中，茜莉体贴周到地服侍她，为她做可口的饭菜，替她洗澡、梳头。萨格在茜莉的细心照料下逐渐康复，同时她也转变了对茜莉的看法，加深了对茜莉的了解。

X先生的父亲听说萨格的事情后，匆匆赶来表示反对意见，而X先生和茜莉在

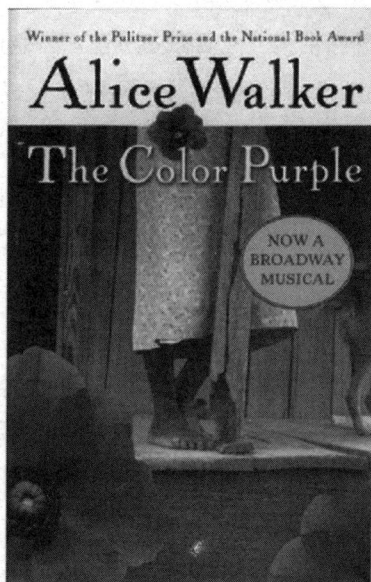

对萨格的态度上却是一致的,这是他们在感情上从来没有过的最亲近的一次。茜莉和萨格之间的友谊又加深了一步,萨格在酒吧中特意为茜莉唱了一首歌,这让茜莉觉得受到了尊重,也让她初步发现了自身的价值。

萨格身体康复后,很快就要走了,但当她听说 X 先生时常无故毒打茜莉时,便决定留下来帮助茜莉。萨格终于设法从 X 先生处截获了聂蒂的来信,茜莉得知自己一双儿女都还活着。她们还找到了所有聂蒂的来信,从此茜莉的生活有了希望。从聂蒂的信中茜莉还了解到方索是她的继父,母亲是在父亲被白人私刑处死后才嫁给方索的。

茜莉此时彻底觉醒了,不再给上帝写信了。她决定和萨格一起离开,去田纳西自谋生路。凭着裁缝手艺,茜莉的事业站住了脚并兴旺起来,茜莉在经济上的独立、性格上的坚强,使她终于发现了"自我"的价值。

后来继父方索死了,被占的遗产还给了茜莉。而茜莉也原谅了 X 先生以前的所作所为,两人言归于好,平等相处。分别多年的妹妹聂蒂带着家人和茜莉的儿女从非洲归来,全家人终于团聚了。

文学影响

艾丽丝·沃克从小就亲身经历了黑人的苦难遭遇,亲身体验了黑人在白人社会中求生存的艰难和所受的种族歧视,深感命运的不济和社会制度的不公平。她认为美国社会白人的价值观及其对黑人男性的消极影响,更增加了黑人妇女的精神压力,使她们蒙受"双重压迫",即社会种族歧视和家庭夫权专制。她认为黑人妇女在寻求解放的过程中,只有依靠自己,提高自我的教育和认识,依靠姐妹友谊,团结一致,争取黑人男性的理解、同情与支持;同时也意味着女性只有在经济上独立,才有可能获得彻底解放,这些观点及创作思想都在《紫色》中体现出来。书中的典型人物茜莉是广大黑人妇女的代表,她的目标也是沃克的希望之路,最终,茜莉成了新一代黑人妇女的形象化身。

《紫色》的重点在于探讨黑人内部关系,即黑人男女之间的关系、黑人的家庭关系和黑人"自我",从而揭示黑人自身的弊端并提出克服的途径。因此,《紫色》具有开拓性的探索精神和非凡的现实意义。艾丽斯·沃克继承和发扬了美国黑人文学的优秀传统,并吸收了现代美国小说的多种表现手法,使《紫色》集美国南方文学、黑人文学和妇女文学之所长,并成了当代美国黑人文学新的里程碑。

《紫色》除涉及黑人问题和种族歧视外,还涉及了宗教信仰、性解放、性自由和同性恋,以及非洲殖民主义等诸多社会现象,表现了沃克作为一个作家的责任和对社会的关注。

纵观全书,理解与友爱是贯穿全书的主题:是姐妹之爱使茜莉获得新生,是理解之爱使家庭夫妻两性平等相待,是血缘之爱使茜莉最终能与聂蒂久别重逢。在小说的结尾处,茜莉与X先生即阿尔伯特言归于好和平相处。阿尔伯特改变了对茜莉的看法,重新认识了她的价值,不再把茜莉当作私有财产和附属品。沃克认为只有男性思想的提高,才可能有妇女的彻底解放,同时男性思想的提高很大程度上又取决于妇女自我意识的觉醒和自我品质的完善,因此,阿尔伯特的转变是茜莉找回自我的坚决态度促成的。

《紫色》采取书信体这一格式和空白的语言艺术手法,具有独特的象征意义和隐喻意义。小说中发信人地址从无到有,写信人签名从无到有,姓名从隐匿到显现等,隐喻女主人公茜莉从麻木、觉醒、抗争到独立做人的心灵感受和生活历程,批判了社会生活中两性关系的不合理不平等现象,展现了自尊自强的女性意识。作品在语言风格方面,大量运用美国南方黑人农民的口语,显得更有乡土气息,也与主人公茜莉的身份相符。其中对话简洁,文字清新朴实,引人入胜。

98.玛丽·戈登［美］

《人与天使》

作者简介

  玛丽·戈登(Mary Gordon,1949—),美国著名女作家。出生于纽约长岛的一个信奉天主教的知识分子家庭。她的父亲做过出版商,母亲为意大利和爱尔兰移民后裔。在父亲的熏陶下,玛丽从小喜欢读书,热爱文学。

  在她7岁那年,由于父亲的突然故去,使她受到沉重打击,她后来曾这样描述过那段经历:"觉得似乎所有的灯都熄灭了,我陷入了孤独……阅读成了我生活的全部内容。"迫于生计,母亲带着她跟外祖母和姨妈同住。玛丽自幼在天主教家庭氛围中长大,曾在20世纪60年代美国思想解放的潮流中放弃了宗教信仰。但是30多年以后,玛丽·戈登又回到了教堂,她说:"那些宗教的神圣是早已形成且不可替代的。"她认识到了这些宗教习惯对她来说依然十分重要,否定它只会迷失自己的存在。

  玛丽·戈登22岁时获伯纳德学院硕士学位,24岁时又获得锡拉丘兹大学硕士学位。她

玛丽·戈登

开始从事创作是在20世纪70年代,当时她在攻读文学硕士,并在完成评论维吉尼亚·伍尔夫小说的论文时,动笔撰写了她的第一部小说《最后的清算》(又译为《最后几笔付款》),这部处女作受到伍尔夫很大的影响,描写了一位自小受严父管教

的姑娘伊萨贝尔,在父亲逝世后生活放荡不羁,历经挫折后,她终于否定了自我放纵的人生态度,重新确定了自己在生活中的位置。小说出版后得到批评家和读者的好评,初涉文坛的她被比作珍妮·奥斯丁、多丽斯·莱辛和弗兰纳里·奥康纳。当时该书发行量也扶摇直上,销售量高达100万册。

玛丽·戈登随后创作的小说《有女为伴》,也同样引起了文坛的注意。小说描写了7位女主人公和一位天主教教士的感情纠葛。玛丽·戈登认为,由于教士在性生活方面难以接近,以及他们在宗教仪式中所显示的神秘性,对女性富有特殊的魅力。这部小说的成功,加强了戈登作为一个对天主教徒的生活有着敏锐观察力的作家的声誉。

玛丽·戈登至今共创作了5部长篇小说,包括《最后的清算》(*Final Payments*,1978)、《有女为伴》(*The Company of Women*,1981)、《人与天使》(*Men and Angels*)、《另外一边》(*The Other Side*,1989)和《花费》(*Spending*,1998)。她还创作了两部小说集《生命的休憩》(*The Rest of Life*,1993)和《临时掩护体》(*Temporary Shelter*,1987),两部散文集《好男孩和该死的女孩》(*Good Boys and Dead Girls*,1992)和《看穿地域》(*Seeing Through Places*,2000),以及一部论文集《影子男人》(*Shadow Man*,1996)。最近她主要从事关于贞德传记(Joan of Arc)的创作工作。

她的作品不仅是畅销书,而且普遍得到评论界的高度评价,她曾经获得"里纳·艾奇逊·华莱士读者文摘作者奖项"。她的短篇小说也较为出色,为她赢得了三次欧·亨利最佳短篇小说奖。

玛丽·戈登现在居住在美国纽约,自从1988年起,她开始担任伯纳德学院的英文系教授,同时还担任古根海姆研究基金的研究员。

代表作品

《人与天使》创作于1985年,被视为玛丽·戈登的代表作,这部小说问世以后立即引起读书界和文学评论界的广泛注意和赞誉,被评为当年全美最畅销书之一。这部小说并不以故事情节曲折离奇取胜,它的最大优势在于心理描写的细致入微。作者从女性对生活的独特感受出发,在小说中提出了当代西方社会最尖锐的问题:人的生存状态的深刻悲剧性。在物质生活充裕的发达国家,在一个弥漫着个人主义的天地里,人的处境极端孤独、疏离和绝望。

小说从劳拉在飞机上与法国女教授埃莱娜的邂逅开始展开叙述,劳拉此前刚刚被雇主张伯伦家解雇,因为她给孩子们讲述圣灵的事,这让不信仰宗教的张伯伦很是不满。而埃莱娜是作为交换学者前往美国。热心的她把劳拉推荐给了她的美国朋友迈克尔,以帮助他的妻子安妮——本书的另一位女主人公——照料家务,因为迈克尔也将作为交换学者去法国一年。

安妮是位女博士,塞尔比学院绘画馆的副馆长。这时刚刚接了一项工作:为美国 20 世纪初期的女画家卡罗琳·沃森的作品撰写展品说明,每个星期得去纽约工作几天。因此,照料家中两个孩子——彼得和萨拉——就成了难题,而原先勉强雇来的年过六旬的达文波特太太不被孩子们和安妮所喜欢。

初次见面劳拉没有给她留下好印象,"她那有忍耐力的微笑,她的沉默使安妮觉得她愚蠢,没见过世面和年轻幼稚",更因为劳拉和埃莱娜——她心目中隐然的情敌——的友谊让她感到不快,但是最终因为实在没有人选,安妮还是接受了劳拉。这样,劳拉走进了她的生活。

尽管安妮不习惯和劳拉共处一室,但是她别无选择。同时,她的工作也在展开,为了获得更多的背景资料,通过朋友本尼迪克特的引见,她和年近七旬的简·沃森认识了。初次见面,她就被简的强烈张扬的个性和魅力所吸引,两人迅速成了好朋友。简邀请安妮一家在复活节那天去她在长岛的家中做客,安妮兴奋地接受了邀请。同时,由于简的帮助,她获得了许多卡罗琳的私人信件,这使她能够慢慢触摸到女画家隐秘的内在精神状态。卡罗琳虽然是一位成就卓越的艺术家,但她始终不肯把爱给予她自己的私生子斯蒂芬,她是一个坏母亲,对儿媳妇简的爱更是自私:斯蒂芬英年早逝后,她一直把简留在自己的身边。安妮是一位视子女如生命的母亲,卡罗琳对儿子的冷漠让她不解、气愤,但是与此同时,她又被卡罗琳坚强的事业心和独立不羁的精神所折服。

安妮家的电线坏了,在邻居巴巴拉的推荐下,电工爱德华·考科兰来了。安妮第一眼就喜欢上了爱德华那身材魁伟、粗壮有力的外表。在迈克尔不在家的日子里,孤独寂寞的她需要心灵慰藉。电工爱德华填补了这个空缺。她愿意和他坐在一起喝咖啡,她幻想能够靠上他宽厚的肩膀,再加上对丈夫不忠的怀疑,安妮需要一场

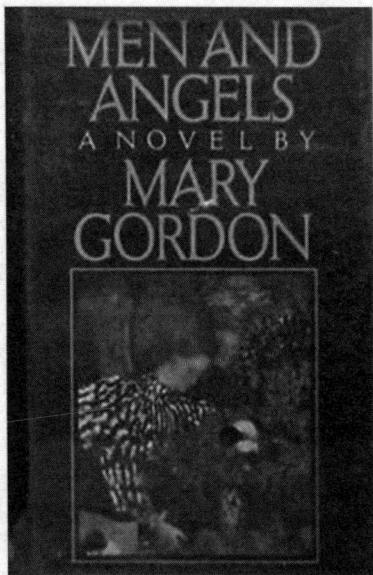

婚外情来满足她内心深处的渴望,使她那平静如水、不起涟漪的生活产生一丝波澜。

这一切都被劳拉看在眼里。在和劳拉相处的日子里,安妮曾试图对她表现得友爱一点,安妮认为应该善待这个自称父母双亡、无家可归的孤女。劳拉误解了安妮,以为安妮是爱她的,她要永远和安妮在一起,因此,她觉得要把安妮从肉身之爱中拯救出来,让她明白爱子女是尘俗之爱。她要阻止安妮对爱德华的渴望,她要带上安妮一起去寻找圣灵,去上帝那里得到永生。她花了自己全部劳动所得去购买一条贵重的水晶项链给安妮,殊不知换来的却是安妮内心深处加倍的厌恶和排斥。

安妮对爱德华的渴求日益强烈,但是,爱德华却近乎粗暴地拒绝了安妮的求爱,因为他有个近乎残废的病妻,不能违背婚姻的诺言。安妮在羞辱状态下产生了深深的愤怒,她把这一切归咎于劳拉的存在,她不能接受与陌生人同处一室的心理已经到了无法遏制的地步,尤其是一个她厌恶到哪怕连轻轻的接触也无法忍受的人。对她来说,劳拉就像在她浑身脱得一丝不挂时把脸贴在窗户上偷看的一名下流的偷窥者。

内心的火山终于到了爆发的时候。早春时节,劳拉带着孩子们去户外滑冰,一位邻居打电话告诉安妮,说冰正在融化,不知道孩子们滑冰是否安全。安妮怀着极大的恐惧来到了现场,担心子女安全而产生的愤怒与长久以来对劳拉的不满交织到一起,安妮内心长期的郁闷终于释放出来,她命令劳拉收拾东西离开她家。

劳拉如梦初醒,为了使安妮离开她所认为的歧途,拯救安妮的灵魂,使她回到上帝和圣灵身边,她决定用死亡来唤醒安妮,用自己的鲜血清洗安妮的屋子。留下一封遗书给安妮后,劳拉在浴缸里平静地割开了自己的手腕……

迈克尔回来了,一家子又生活在一起,似乎回归到以往平静的生活中,但安妮一心要保护在自己的羽翼下的孩子们却明显受到了这次事件的影响。留在他们记忆中的童年又会是怎样的呢?丧失了信心和安全感的他们将来又会如何面对生活呢?这一点安妮也无法回答。

文学影响

《人与天使》这部小说塑造了劳拉、安妮、简及卡罗琳等几位女主人公栩栩如生的形象,细致传神地刻画了她们在处于不同身份背景下的种种纤细微妙的心理。作者通过劳拉从离家出走到最后割腕自杀的悲剧性经历,揭示出了西方现代社会人与人之间极度隔阂的现实,以及人们冷漠的精神状态。缺乏爱的人生和社会都是不可想象的,它只会酿造一个又一个悲剧。正如书中扉页所引《圣经》有言:我若能说万人的方言，并天使的方言，却没有爱，我就成了鸣的锣、响的钹一般。

人与人之间的爱有很多种，小说中重点着墨的始终是母爱——这个所有爱中最本能也是最神圣的爱。充满了悲剧性的主人公劳拉姑娘就像一棵没有甘霖滋润的小草，心理扭曲变形，再也得不到健康的发展，这是注定了她悲剧结果的最根本原因。让人感到无比悲哀的是，她的死反而受到了更加猛烈的谩骂和羞辱。我们在书中还可以看到，童年缺乏母爱同样导致了卡罗琳的私生子斯蒂芬走向凄凉的结局。寂寞孤单的斯蒂芬被撇在无助的境地，最终变得衰弱，意志消沉，终于在28岁时就早早地离开了人世。

安妮特别爱她的一对孩子，彼得和萨拉，他们是她生命全部意义之所在，为了他们她可以不顾一切。她和丈夫迈克尔的童年都缺乏爱，在她潜意识里有一种极力要为子女打造一个带有童话般色彩的童年的愿望，但这一切最终却被劳拉的死无情地粉碎了。

英国当代著名女作家、《牛津英国文学词典》主编玛格丽特·德拉布尔非常欣赏《人与天使》这部小说，她评论道："小说写的是道德生活、宗教生活、艺术生活和家庭生活。玛丽·戈登女士用她那饱含感情的、敏感的、精妙的笔触把人的这些有时是互相排斥的存在方式和观察方式进行了对比。她善于把人生的这些不同片断联系起来，揭示出它们之间与其说是彼此封闭的，毋宁说是互相包容的关系，从而使小说达到了一种整体性。她在小说中与其说是提供了答案，倒不如说是提出了问题。小说与其说使你放心，倒不如说使你困惑，因为它显示了家庭生活——女性最安全、最传统、最受到赞许的选择——其本身并不是一座圣殿：它永远是一处充满着危险的场所。"

由于自身的宗教背景，玛丽·戈登在创作劳拉这个人物时表现出了极好的驾驭能力。对《圣经》恰到好处的引用不仅不让人感到突兀与生硬，反而在人物塑造和推动情节方面发挥了无可替代的作用。

小说中人物语言不多，主要是以人物的内心独白和作者旁白为主。这种手法把读者直接引领进人物的内心世界，从而切身感受到女性主人公在恋爱、婚姻、家庭问题上的种种心理活动，也使得作品具有了非凡的魅力。

玛丽·戈登在开始创作时，美国刚刚经历了妇女解放运动巨浪的冲击，女性主义文学批评蓬勃兴起。持这一观点的文学批评认为：女性作家的想象力离不开由性别特征所构成的潜意识结构。玛丽·戈登的创作正是表现了女性对生活的独特感受。她从女性的视角出发，准确地把握住了女性的生命感受，从而具有强烈的现实意义以及丰富的感染力。在她的笔下,现代女性的渴望、激情与骚动被表现得淋漓尽致。她的小说始终存在一个完整的自由不羁地发言的女性主体,具有一种如西蒙·波娃所谓的"女性的注意、观察、批评世事的内在气质"。

优秀的作品总是表现出对人的终极关怀,只有这样,人物的遭遇才能引起读者强烈的关注,女性小说一向被认为是"改变生活的小说",而不是能在商业上获得成功的小说,然而《人与天使》这部以心理描写见长的小说却很畅销。可以说,它获得巨大成功的原因,正是对当代社会中普通人——尤其是女性的命运表现出了真挚的同情与关切。

99. 简·斯迈利[美]

《一千英亩地》

作者简介

简·斯迈利(Jane Smiley, 1950—),美国当代女作家。出生于加利福尼亚的洛杉矶,孩提时代移居密苏里的圣·路易市郊,并在那里读完了中学。1971 年,简·斯迈利获得依阿华大学博士学位并留校任教,业余从事小说创作及报刊文章的写作。直至 1996 年放弃教职,开始专门从事文学创作。简·斯迈利一生婚姻生活较为坎坷,共有过三次婚姻,时间最长的是与斯蒂芬·默腾森维系 10 年左右。她有两个女儿和一个儿子,目前孩子们和她共同生活在加利福尼亚的家中。

迄今为止,简·斯迈利创作的中、长篇小说已逾 10 部。最早的是 1980 年问世的小说《巴恩·布林德》(*Barn Blind*),体现了女作家对家庭成员之间复杂情感的洞察与理解。第二部小说《在天堂门边》(*At Paradise Gate*)出版于 1981 年,作家延续了上一部小说中问题的思考,并对下一代人的前途表现出了进化论者的乐观主义思想。《双重钥匙》(*Duplicate Keys*, 1984)是一部侦破小说,斯迈利自言是想借助侦破小说这一体裁,锻炼自己谋篇布局、驾驭情节发展的写作技能,这一尝试获得了成功。但作者再也没有写过同类题材的小说。1987 年出版的《伤心年代》

简·斯迈利

(*The Age of Grief*)虽然篇幅不长,但对于当代美国人生活细致入微的描摹刻画及高超的叙事技巧,已为作者赢得文学界的广泛赞誉。之后问世的《平常之爱和好意》(*Ordinary Love and Good Will*,1989)包括两个较短的故事,通过描写家庭生活最表层的幸福与欢快,更进一步探求其底层所埋藏的黑暗与隐忧,这也为两年后面世的《一千英亩地》(*One Thousand Acres*,1991)预留了深入挖掘拓展的余地。

几乎在小说《一千英亩地》创作的同时,斯迈利脑海里又有了更为大胆奇妙的构想,她设想以同一主题(农业生活)同时创作两部风格迥异的悲喜剧。于是,在《一千英亩地》完成4年以后,作者又以一所农业大学的教员为主体,创作了极富喜剧色彩几乎近于闹剧的小说《哞》(*Moo*,1995)。中西部地区这所名为"哞"的大学城,简直就是当代美国学术界或美国社会的缩影:一方面他们既求善求真,充满善意;另一方面又追腥逐臭,唯利是图。小说在喧哗与热闹之中透着犀利与冷静,这一种平实素朴、隽永而深邃的笔调,也为女作家赢得了"20世纪后期美国中西部巴尔扎克"的美誉。

《一千英亩地》一问世,各界反响强烈,好评如潮,接连荣获1992年度美国普利策小说大奖和美国国家书评人奖。获得巨大成功的女作家并没有被荣誉的光环所笼罩,所陶醉,而是异常清醒地开始了更大范围内的文学研究与创作。近年来的作品有《里迪·牛顿历险记》(*The All Time Travels and Adventures of Lidie Newton*,1998)、《马的天堂》(*Horse Heaven*,2000)、《真诚》(*Good Faith*,2003)。

代表作品

小说《一千英亩地》的故事情节明显是对莎士比亚悲剧《李尔王》的模仿,可是用了很细密的功夫,几乎彻底消解了原作那种剑拔弩张、惊心动魄的戏剧冲突,而显得不露声色。

故事发生在美国中西部泽布伦县的一片农庄上。主人公拉里是一位精明强干的农场主,凭着几代人的辛勤劳作和他本人对农场生产管理的丰富经验,到了60岁左右,他终于成功地兼并了不事生产的邻人埃里克松家的一大块地,从而将自己的农场连成一整片,拥有了梦寐以求的一千英亩地。

年老的拉里老伴早已去世,他有3个女儿,大女儿吉妮,二女儿罗丝和三女儿凯洛琳:大女儿吉妮嫁给了同样精明且踏实能干的泰伊,一位小农场主的儿子,婚后来到拉里家中帮助经营农场:二女儿罗丝也早已成婚,嫁给了心性耿直但脾气暴烈的波特,并且生有两个女儿帕美和琳达;三女儿凯洛琳大学毕业后在城里的一家律师事务所找了份工作,未婚夫是一名律师,叫弗兰克。

老拉里带领泰伊和波特在农场劳动,有独立精神、遇事有主见的罗丝也时常参与其间,后来罗丝由于做了乳腺癌切除手术而在自己家中休息,吉妮则扮演了整个大家庭看护保姆的角色。她性情平和,任劳任怨,无微不至地照顾着全家老小。虽然劳作非常辛苦,全家倒也算和和美美,只有老拉里最宠爱的小女儿凯洛琳住在城里,偶尔回家一趟。

除了埃里克松,老拉里还有一位邻人哈洛德,是他多年的老友和老对手。哈洛德有两个儿子:杰斯和洛伦。长子杰斯多年前参军去往海外,13 年后才重返故乡,也正是工于心计、深藏不露的杰斯的归来,打破了这一片广袤的农场的宁静。

拉里在步入晚年之后,脾气变得越加古怪偏执,不能听取别人的任何意见。有一天心血来潮地在餐桌上以不容置疑的口气宣布他将退隐养老,而将这一大块田地平均分给 3 个女儿。对于两位帮工多年的男子而言,自然是一个不容错过的大好机遇,罗丝也竭力赞同,一向柔弱的吉妮稍作抵抗,也很快服从了一贯以家长制主宰全家的老拉里的意志,只有小女儿凯洛琳当下表示强烈反对,认为这是不智之举,并且怀疑两位姐姐从中做了手脚,刺激并逼迫年迈的父亲交出他的家产。结果是,一意孤行的拉里改变决定,剥夺了小女儿的继承权,将一千英亩地平均分给了两个女儿,凯洛琳愤而离家返城。

富有心计的杰斯早就看上了拉里家的这一片肥沃的土地,由于和老哈洛德发生争吵,他被赶出家门,从前跟他一直关系亲密的吉妮,将以前居住过的空房让给他暂时居住。杰斯善于言谈,知识渊博,并且对吉妮孤弱无援的境遇表现出了极大的同情和慰藉。吉妮抵挡不住杰斯的进攻,与之偷欢,在领略了婚外恋情的同时,她对待生活的态度也发生了变化,对周围环境有意无意地开始了反抗。

罗丝和吉妮在一起回忆从前的生活,罗丝无情地揭穿了老拉里人面兽心曾经深夜潜入吉妮房间奸污她的事实,同时也控诉了老拉里对她本人的凌辱,吉妮终于明白父母从前的生活不像表面看上去那样幸福美满,也明白了婚后她自己对性生活一直无动于衷的真正原因。后来罗丝又公开了杰斯在占有吉妮之后又与她本人偷情的残酷事实,令吉妮痛不欲生,并且试图用毒香肠毒死罗丝来进行报复。

波特酒后驾车声称要找老拉里算账,结果出了车祸淹死在水沟里,随后罗丝与杰斯公开同居。老拉里在凯洛琳的支持下开始了法庭诉讼,以农场经营不善为由,打算收回已分给两个女儿的家产。正在兴致勃勃贷款兴建养猪场的泰伊遭此变故,立刻陷入了进退两难的境地。法庭审判的结果,由于老拉里精神状况不健全,判其败诉。一家人和好的最后一线希望落了空。伤心绝望的吉妮离开家乡,来到城里打工。老拉里则由凯洛琳领回家照看,不久吉妮便收到罗丝的来信,告知老拉里在一次外出购物时,心脏病发作而死,谁也没有参加他的葬礼。

由于泰伊不满罗丝在农场经营问题上指手画脚,更由于当地银行家卡森在法庭审判以后不愿继续给养猪场贷款,惆怅失意的泰伊在吉妮39岁生日那天开车到城里找到她,告诉她决意离开农场去得克萨斯谋生的计划。在临行前,他最后要求吉妮在离婚协议上签字。

不久,罗丝从临终的病榻上打来电话,要求吉妮去看她。姐妹俩进行了最后一次深谈。从罗丝口中,吉妮得知负心歹毒的杰斯看到农场已没有太大希望,便抛弃了罗丝只身去往温哥华,可当吉妮拨通他电话时,他却否认自己的身份。吉妮安顿好了罗丝的两个女儿帕美和琳达,变卖家产偿清了贷款,又回到了城里。无尽的孤独、愤怒和自责,以及对过去生活的种种回忆成了她如影随形、挥之不去的伴侣,将陪伴着她走完余下的漫漫人生。

文学影响

简·斯迈利虽着力淡化并消解《李尔王》原有的故事情节,可读者还是不难发现两者之间的契合之处。拉里就是年老昏庸、喜怒无常的李尔,吉妮是高娜·李尔,罗丝是里根,凯洛琳则是充满孝心的考狄利亚,而工于心计、贪婪自私的杰斯显然就是爱德蒙的化身。一开始的拉里,拥有大片农场,又是大家庭中绝对的独裁,骄横专断,不可一世,贸然做出了分产(分国)的鲁莽决定并为此付出了惨重的代价。随着故事情节的缓慢推进,如同剥茧抽丝般,读者从字里行间逐渐认清了这个淫邪成性、色厉内荏的老色鬼的真面目。他对罗丝的无端责骂和对吉妮不能生育子女的恶毒诅咒,只是更加暴露了他丧心病狂、泯灭人性的丑恶嘴脸。如果说李尔的被逐、发疯乃至死亡能够引起人们同情和怜悯的话,拉里的种种行径直至死亡,只能引起人们的憎恨和厌恶。

作为一种女性主义对莎翁悲剧的重新阐释和解读,虽然从某种意义上小说是对原作的一种背叛和颠覆,但也未尝不能视为对原作的一种丰富和延展。作者的本意就是要挖掘出每一个表面幸福之家下面掩盖的丑陋之处,就是要揭穿沿袭已久的男性家长制的本来面目。当记者问及小说家是否认为李尔王也有类似拉里的行为时，斯迈利断然回答"不排除这种可能性"，说明了作家在解构"男权中心主义"这一问题上一贯坚定的立场。

小说以第一人称"我"的叙述展开故事情节，拉里的长女吉妮才是小说真正的女主角，在很大程度上，小说的推进就是吉妮女性意识渐渐苏醒展开的过程。一开始出现的吉妮是一位典型的具备"温良恭俭让"诸般美德的传统妇女，特别与泼辣直率、雷厉风行的罗丝比较，更可以看到她对全家人（特别是老父亲）无微不至、体贴周到的关怀与照料。然而，随着老拉里的丑恶面貌渐渐暴露，她不再畏缩忍让，开始了顽强的抗争。小说中多次出现"我觉得我正从一场大梦里醒来"以及类似的内心独白，也正象征她试图告别过去，重新认识自我走向新生的种种努力。

在"男权中心主义"长期处于统治地位的社会（家庭里），以吉妮为代表的广大妇女饱受着来自物质、精神各个方面的压迫摧残；但随着女性意识的逐渐苏醒，这一种至高无上的男性权威的神话被打破。拉里农场最后的凋敝和大家庭的最终解体，正是这一种权威没落破败而女性得以重新找回自我、重获新生的象征。

当然，任何一部主题鲜明、思想激进的小说，倘若没有作者高超的写作技巧贯穿其中，仍然不能保证它的成功。斯迈利在《一千英亩地》中采用的不动声色、剥茧抽丝的叙述方式，使得这部很"传统"的小说取得了当代若干手法新颖的小说所难以企及的成就。她对事物的刻画精细入微，仿佛法国的新小说派"见物不见人"的态度，有时几乎到了痴迷忘我的程度。如对家庭主妇柴米油盐日常生活的刻画，对枯燥乏味、寂寞单调的农场生活的描写。有时哪怕是一件不起眼的服饰，一场不经意的邂逅，一次不成功的性生活，女作家也是不厌其烦，刻意描摹，务必传达出当事人的真实感受。斯迈利自言她的创作观便是要在"大量真实细致的客观事实中，发现人物活动的目的和意义"。称之为一种全新的现实主义或写实主义手法，恐怕并不过分。美国也有些评论家认为这类描写过于琐碎，冲淡了故事情节，可从另一个角度看，恰如某些评论者所言，这种平淡如水、不露痕迹的意境不正是文学创作的最高境界，不正说明了女作家的触觉敏锐而细腻，与男性作家粗犷豪放的路数截然不同，不也正说明了女性作家确有重塑经典的必要？斯迈利坚持认为斯陀夫人的《汤姆叔叔的小屋》远胜于马克·吐温的《哈克贝利·费恩历险记》，原因也许正在于此吧。

100. 谭恩美［美］

《喜福会》

作者简介

　　谭恩美（Amy Tan, 1952—　　），美国当代华裔女作家,出生于美国加利福尼亚州奥克兰。她的父亲约翰是一名电子工程师,母亲黛西则是一位职业护士,他们都是从中国大陆移居美国,家中共有 3 个孩子,谭恩美排行老二。

　　尽管父母当初抱着过一种新生活的美好梦想远涉他乡,但骨子里依旧没有改变自身的族裔本质,他们基本上过着一种与美国主流隔绝的生活,生活圈子仅囿于加州华人社区。但他们希望自己的子女能拥有两种文化赋予的完美结合,所以,谭恩美是在父母的期望以及族裔文化与西方主流文化的矛盾冲突中长大的。

　　童年的谭恩美是班上唯一的东方学生,她对自己的族性感到自卑,并曾幻想过做整形手术以改变自身的东方外形。谭恩美 14 岁那年,父亲和哥哥相继患脑瘤去世。从此,她的命运就更加紧密地与母亲连在了一起。父亲去世后,母亲带着恩美和弟弟旅居瑞士。谭恩美在那里读完中学,然后回到美国先就读于医学院,后取得语言学硕士学位。

谭恩美

　　大学期间,谭恩美做过各种零工,由于种族问题的困扰,她放弃这些工作,专门从事写作。谭恩美的文学创作生涯起步于商业创作。成功的商业创作一方面给她带来了丰厚的物质报酬,另一方面却打乱了她的生活秩序,几乎占据了她白天黑夜的所有时间。为此她感到厌倦,决心重新开始有序的生活,写自己想写的东西。她开始大量阅读名著,在众多作家的作品中汲取丰富的养料,这为日后的文学创作打下了一定的基础。

1986 年,她的母亲因心脏病住院。这次突发事件对母女关系而言是个重大转折,对谭恩美而言则是创作的重要里程碑。为了使病中的母亲有所安慰,谭恩美倾心聆听母亲的故事,并陪母亲回中国寻找失散的姐姐,以完成母亲的心愿。母亲的这段故事,后来成为《喜福会》中的吴宿愿故事的原型。

1988 年,谭恩美的处女作《喜福会》(The Joy Luck Club)出版,小说赢得了空前的成功,使谭恩美迅速跃升为文坛明星。这部小说踞《纽约时报》畅销书榜达 9 月之久,销售量达 4 000 多万册,荣获全美图书大奖、全美图书评论家大奖等多项文学大奖的提名,小说还入选《诺顿文学入门》,走入经典作品的行列。

谭恩美的第二部小说《灶神爷之妻》(The Kitchen God's Wife,1991)被评论界称为"谭恩美的第二次胜利",并且对她"讲故事"的技巧、语言的运用、小说的结构以及人物进行了充分的肯定。同《喜福会》一样,《灶神爷之妻》继续探寻了母女两代的关系,只是笔墨更多地落在母亲温妮在旧中国的经历和遭遇。作品中同样糅进了作家母辈的许多经历。

之后,谭恩美又出版了两部儿童作品:《月亮女神》(Moon Lady,1992)和《中国暹罗猫》(The Chinese Siamese Cat,1994)。1996 年,她的第三部小说《百种神秘感觉》(The Hundred Secret Senses)问世,这部小说主要描写了有"阴"眼、能与鬼魂通话的中国姐姐与美国妹妹之间爱恨交错、割不断理还乱的姐妹关系。而随后创作的小说《正骨师的女儿》(The Bonesetter's Daughter,2001),继续延续了母女关系的主题,作品借助于破碎的梦幻、神话以及爱的力量,使母女最终找到了各自信念中所共有的东西。

代表作品

作为谭恩美成名作的《喜福会》,描写了建国前夕从中国大陆移居美国的四位女性的生活波折,以及她们与美国出生的女儿之间的心理隔膜、感情冲撞和恩恩怨怨。书名《喜福会》是个麻将会名称,最初由四位母亲之一的吴宿愿在战时的桂林发起成立。取名"喜福"是为了表达战乱中人们对生命的祈求、对美好事物的愿望。

后来,吴宿愿去了美国,在教堂遇见苏家、钟家、圣家之后,提议承接旧喜福会的传统,定期聚会。全书共分四个部分,每个部分有四个故事,分别由四位母亲或四位女儿叙述。

小说第一、第四部分是母亲们的故事,这些故事勾勒了母亲们在旧中国的风雨沧桑以及世态人情。故事由坐在麻将桌东方的吴晶妹开始(母亲吴宿愿已去世,故母亲的故事由女儿代为转述)。在兵荒马乱的年代,吴宿愿带着襁褓中的双胞胎女儿,从桂林逃难奔赴丈夫。一路上她精疲力竭,无法带着女儿继续赶路,只好将她们弃之路边,并留下珠宝,希望好心人有朝一日能将她们送回上海。吴宿愿自己则昏倒在地,幸被过路汽车搭救。后来,她得知丈夫已死,在痛苦中宿愿回到了上海,可家中房屋被炸,父母兄妹在轰炸中无一幸免。

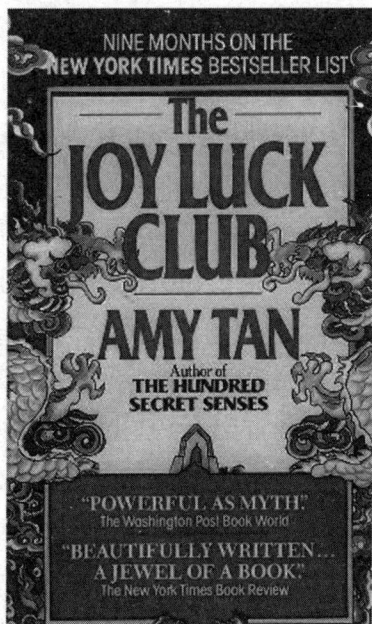

苏安梅跟随被迫为妾的母亲从宁波来到了天津,却逐渐发觉在妻妾成群、争风吃醋的吴家,根本就没有母亲的地位。最后,安梅的母亲用自己的生命为安梅换来了一定的经济基础以及自由。

钟林冬两岁时,就因"父母之命,媒妁之言"许配他人,年仅 12 岁就嫁过去,学习"为人妻、为人媳"之道。后来,钟林冬终于以非凡的智慧挣脱了婚姻的枷锁。

顾映映是一位富家千金,却不幸嫁给一个粗俗不堪、到处寻花问柳的丈夫。最后也以莫大的勇气逃离了婚姻。她先隐居乡下多年,后以新的姿态赢得了圣克莱尔的爱情。

走出各自命运阴影的母亲们到了异域他乡之后,不得不把在原有文化基础上的人格特征隐藏起来,以适应新的环境要求,但新的环境又不断地改变着她们。尽管她们想用中国的文化传统影响女儿们,但女儿们的误解与反叛使她们深感迷惑与失落。

小说的第二、第三部分是女儿们的故事。母亲"望女成凤"的严格要求,使女儿产生了反叛情绪,伴随着成长过程中的成熟,女儿们最终还是对母亲表示了理解和认同。吴晶妹最终理解了为什么"中国母亲从不在女儿面前夸奖女儿",知道了母亲送她玉坠金项链这"命根子"的意义,最后,她决定回上海与姐姐相认,以慰母亲在天之灵。

苏·乔丹·罗丝,是位缺"木"、没有主见的姑娘,平时常把母亲的话当耳边风,但在婚姻失败的时候,悟到了母亲对她的爱,最后,她在母亲的影响下,以积极的姿态维护了自己的尊严和权利。钟·韦弗利认为母亲爱炫耀、爱虚荣,但她还是从母亲那儿学到了一种无形的力量,看到了自己同母亲抗争的愚蠢。圣克莱尔·琳娜也在与母亲的冲突中,承认母亲具有未卜先知、未雨绸缪的远见。

在小说《喜福会》中,谭恩美成功地塑造了四对个性迥异的母女形象。她将自传与他人传记、历史与神话、民间故事与口头传说、个人回忆与他人回忆结合在一起,采用了多种艺术手法,如象征、隐喻、意象、梦幻、混杂的语言等,进一步加强了作品的感染力。值得一提的是,谭恩美采用了"讲故事"的多角度的叙事策略。这种传统的口头形式是找回过去、连接现在的有效手段,也是教育女儿、传递文化传统、影响女儿的重要途径,更是处于双重压迫下的华裔女性打破沉默、言说"自我"、从边缘解构中心的最恰当的斗争武器。从叙事的可靠性来讲,这种手法能使说故事者在自身与故事、自身与听众之间保持适当的距离。

文学影响

《喜福会》延续了华裔作家特别是汤亭亭的传统。它以作家本人母辈经历为起点,以母女关系为主线,用"讲故事"的叙事手法,描绘了母女两代所代表的两种文化之间相互冲突、相互融合的心灵历程。其主题涉及:(1)文化冲突,两种文化在思想、观念、价值、理解等方面的差异,这些差异所造成的冲突,以及这些冲突是如何走向融合的;(2)美国梦,生活在美国主流文化中的移民,以及土生土长的女儿们对美国梦的理解和追寻;(3)家庭关系,母女关系、夫妻关系;(4)种族、性别、差异以及诸要素之间的关系;(5)族裔身份,尤其是族性身份与双重身份的矛盾与困惑。作者将这些主题纳入整部作品,思考了家庭关系中两代人所面临的文化错位与文化融合的问题与挑战,展现了文化移入与坚持祖先文化、同化与反同化之间的矛盾。更重要的是,作者站在两种文化、两个世界的立场上,描绘了一幅人类在丰富多彩的多元文化的景观基础上,从矛盾走向和谐的灿烂画卷。

《喜福会》的叙事结构基本上是章回体式的。16个章节似乎没有明显的联系,每个故事自成一体,相对独立。全文似乎没有一个主要情节涵盖各个故事,也没有一个引人入胜的高潮和结局,但这 16 个故事,通过不断变化的聚焦点,通过跨越时空的障碍,并且通过将它们构建在一张麻将桌上,取得了深远的蕴意。无论在内容上还是在结构上,四家如同麻将桌上的四方,各家的故事就是在麻将的轮流做庄中娓娓道出的,16 个故事构成麻将的 4 圈 16 局。谭恩美这种独到新颖的手法,赋予了麻将深厚的寓意,使小说在形式和内容上达到了完美的统一。

全书由坐在麻将桌东方的吴晶妹开始(麻将由"东风"开始),由吴晶妹回到中国与同母异父的姐姐相认结束。这个从东方开始到东方结束的旅程突出了东方的寓意:东方既是母亲们生命开始的地方,又是落叶归根的心灵归宿,它标志着母女从误解走向理解、从对抗走向接受;它也是女儿回归家园、自身族裔身份觉醒的旅程。这种"母女同一""种族回归"在某种意义上,与麻将牌本身所蕴含的"天人合一"思想非常吻合。

尽管和许多有成就的美国华裔作家一样,谭恩美的作品常被冠以美国华裔文学,而不是美国文学,但就其作品主题的广泛性与普遍性、作品独特的艺术表现手法、作品在形式与内容上的完美结合,可以说它们绝不是一般意义上的畅销作品。尽管有评论指出她的作品还"不够深刻",还带有主流文化认识下对"华人的刻板形象的描写",但大量肯定性的研究体现了谭恩美作品作为经典文学的深厚文学内涵。她的作品,不仅为美国华裔文学的发展与繁荣做出了巨大的贡献,而且还为多姿多彩的美国文学增添了新的一章。

后　　记

　　本书是由哈尔滨师范大学徐畔和杨胜男共同编写完成的。具体承担的编写字数为:徐畔,20 万字;杨胜男,38 万字。

　　需要说明的是,本书系 2015 年度黑龙江省哲学社会科学研究规划项目《美国意象派诗歌中国文化移入现象研究》(15ZWB01)阶段性成果和哈尔滨师范大学文学院博士后流动站阶段性成果。另外,书中个别作家"代表作品"中的部分内容由笔者翻译而成。为了尊重原著,所有注释出处一律保留英文版本,以便学生查阅。

　　在此,要特别感谢南京师范大学王晓英教授,她的支持使得本书出版成为可能。

徐　畔

2015 年 10 月